U0136167

瑰異庸凡

—抗戰時期的一位民國報人(下)

哈庸凡著　哈曉斯輯

博客思出版社

上　　冊

瑰異庸凡——抗戰時期的一位民國報人

04

下　　冊

歷史斷片・特載　447

著述輯佚 · 文稿

　　哈庸凡先生自讀書時代起，就喜愛寫作，並藉此躋身新聞行列。抗戰前後，先後在廣西、安徽、湖北、河南等地做記者、主編、總編輯和社長，著述頗豐。本章輯錄哈庸凡先生在各個時期發表的散文、小說、戲劇、社論等及晚年創作百餘篇（部）。由於時代久遠，許多報紙雜誌已很難尋，因此這些文稿僅是先生平生著述之冰山一角，更多的還有待繼續發掘。

　　抗戰前後哈庸凡先生歷任《桂林日報》和《廣西日報》首席外勤記者，採訪過一些民國知名人士，經歷過若干重要事件，本章亦收錄若干消息報導，並附錄與傳主當年經歷密切相關的若干重要史實背景報導，以資見聞。

電視紀錄片《廣西抗戰紀事》鏡頭

❊ 蒲節風俗談

市民多於是日備辦酒肴以資慶祝
各種俗例盛行名為除毒實為迷信

《桂林日報》1936年6月23日

本日為舊曆五月初五日，俗稱端午節，又名蒲節及夏節。本市市民對於這個日子的種種儀式，一向都不能免俗。到了這天，家家都要準備一點酒肴，作為慶祝，同時還舉行很多有意或無意的俗禮。今將採訪所得，一一誌之於後。

掛菖蒲　這是一種很普遍的舉動。除卻回教人不算外，到了這一天，幾乎家家門首都要掛上一片菖蒲，這種舉動很早就流傳在民間。原來以前的人，也知道夏季的氣候不良，瘟疫很盛行，同時又據說菖蒲是可以驅邪避毒的，所以就主張把菖蒲懸在門前，使這一切不良的毒菌，望而生畏不敢闖入。

貼鍾馗像　這個舉動的起因，也和門前掛菖蒲的意思相同。大概這種舉動是從鬼神之說盛行的時候才發生的。以前的人以為夏季的瘟疫，完全是由於那些瘟鬼在作祟，同時又據說鍾馗很會捉鬼，所以把鍾馗的像貼在牆壁上，鎮壓著一群魔邪。普通這些鍾馗的像，都是刻成木板，用湘紙印成，由廟中的廟祝沿家分發。領到了鍾馗的像的人家，就要拿幾個銅元給廟祝，算是買到了一張無病無災的康健券。

喫雄黃　上面說過，夏季是毒氣盛行的季節，所以一般人就想出種種方法來避免這種毒氣的沾染。雄黃是可以解毒的，因此到了這一天，一定要買點酒拌起雄黃，讓一家人來喝。同時，還要買一塊整塊的雄黃，放在水缸內，讓水中的毒物消失。還有用雄黃在小孩子的額上畫一個王字，也是這種意思。

喫五子　這種舉動，多半是讓小孩子做的。其意義也不過是防此毒氣。所謂五子，就是蛋子（即鹹蛋）、蒜子（即老蒜）、粽子、李

15

子、桃子。原來的意思，是因為小孩嘴饞好喫，所以特定這一天，讓他把這些東西均嚐一嚐，將來在夏季裏好免得生病。

帶香包 香包是一種女工，就是用各色的布料做成各種事物的形象，內面放著些麝香利大黃粉，讓小孩帶在身上，以免毒氣染上身來。

扒龍船 這種舉動的原意，本是紀念屈原的憂國投江，不過積習既久，輾轉相傳，遂失掉了它的本意，而復為人民好勇鬥狠的一個好機會。因此而肇事的，多不勝舉。近年來，在本省賢明政府領導之下，民智已較前開通，這種弊端早已免除。去年本省各縣及本市舉行的扒龍船——已轉變為紀念屈原和划舟比賽，而不是從前那種愚蠢的舉動了。

上面所列舉的幾點，都是本市端午節例有的俗禮，此外也許還有一些其他的舉動。總而言之，多半是由於迷信所致，所以提高人民智識的水準，實是目前一件刻不容緩的急務。

❈ 昨日蒲節市面頗形蕭條

經濟恐慌之氛圍中
各種應時物品銷售量大減
貧富均極力節省一切開支

《桂林日報》1936年6月24日

本市蒲節之各種風俗習慣已誌昨訊，惟是項風俗本市居民向來甚為注重，富家巨室其儀式之隆重，鋪張之奢華，固不必說。即赤貧之家，亦必傾其血汗所入，以供是日之犧牲。所謂三節之首者，其慶賀虔誠固不遜於新年也。

乃自經濟恐慌之怒潮淹沒整個世界，所有金錢悉數為少數擁有生產手段者所攫取，其他人多屬於小市民及勞苦者群，自不能不感受莫大之脅迫。影響所及，傾家蕩產者有之，流離失所者有之，嗷嗷待哺者有之，因而使整個世界走入矛盾之尖端，而不可拔。同時，又因一般小市民之破產，致使市場上之購買力日趨薄弱。近年

以來，本市所遭受之情形，亦復如此。非但赤貧之家感覺謀生之不易，而愈行窘迫，即往昔之富家巨室處於今日，亦惟有日趨式微，力圖節省，除生活上之必需品外，其他一切不必要之耗費極力減少，藉紓生活之困。故雖節屆端陽，其冷淡之市面，正不亞於平時。較諸往昔，真不啻有天涯之別矣。

查是日照例舉行慶賀者，惟中等以上人家，然所應有之儀式，亦已減少。最顯著者，端陽節前一日，倘有女出嫁者，其母家必須購買鴨子、粽子、鹹蛋等禮物送往其夫家，今則除少數富家之新嫁娘外，皆已免除。再如端陽節之晨早，鄉販多攜鴨上城出賣，挨肩接踵，道途幾為之塞。然今年端陽，販鴨者匪寥寥無幾，購鴨者亦屬少數中之少數。又如往年之端陽，各家多爭買鹹蛋和包粽子，而在今年，如此者極少，即有亦不若往年之多。又如往昔五月開始，沿街即遍掛香包出賣，至端陽節，必購買一空。而在今年，雖香包之多依然如故，然直至端陽下午，仍累累遍掛街頭。他如過去之端陽節，人人必爭著新衣新服，藉以誇耀，尤以小孩為最。而在今年，除少數紈綺子弟更易新裝外，其他人等皆依然著故服，即素喜爭鮮鬥豔之小孩，亦惟有慘慘澹澹捱過佳（？）節而已。至於一般販夫走卒，平時且求一飽溫尚不可得，何況是日需出倍於平日之用費，自不能鋪張揚厲，所謂「過節」幾乎與彼輩毫無關係矣。

綜上所述，民生之凋敝，實已至危急程度，就一般雜貨商言，往年端陽一日，須賣貨百餘元。近年來，已由幾十元降至十餘元。由是，更可想見經濟壓迫下我國市場之蕭條也。

✳ 女伶小飛燕等備受捧場

歌頌藝術嗎？傾倒丰姿嗎？

附庸風雅者流頻贈佳句讀之毛髮悚然

詞呀！序呀！詩呀！頌揚備至盡屬花綠匾額

《桂林日報》1936年7月22日

桂劇在本市是一種很流行的娛樂，雖然它的形式沉腐，表演粗劣，而且在內容方面又充滿了無數的封建意識。可是，它依然能夠深深地吸引住一般小市民。在這些小市民中固然有一部分是真愛好它的音調或醉心於它的情節，但是另外卻有一部分是為著留戀伶人們的姿色。因此，遂形成一些一無所事的附庸風雅的捧角家了。

在本市，捧角的方法，和外面各地稍有不同。外面捧角的方法，是當場拍掌喝彩，背後贈送禮物。現時本市這些捧角家，雖有時間用拍掌，但這是很少見的。原因是恐怕臺上臺下一個樣的，而生妒忌。其最普遍的方法，就是贈送匾額。如果是想把捧的對象獨佔或銀錢豐裕的，多是單人贈送。否則，就約起幾個志同道合者的朋友一起贈送。這是指贈送給女伶的而言。至於男伶，也有人贈送匾額的，不過那是少之又少。贈送匾額給男伶的，大約也可分為二種，一種即是該男伶之技藝確有特長，為他人所不及，因而引起戲曲的讚賞者；一種則為該男伶欲抬高自己身價，特約幾個朋友來贈送，捧一捧自己的場。贈送的方法，就是將匾額上的題詞限定，交由鏡畫店或車衣店照計劃的式樣做成，雇人拿至戲院去，對園主說明自己的意思，就將匾額為之懸掛。也有些要求園主給他介紹見一見贈送的對象的，這就要看贈送的人，是否有點聲望和贈送的對象願不願意而言。這樣，贈送的手續就算完了。

匾額的材料，最初是採用市面上普通所製的陳設鏡畫，中間題四個字，再加起上下衡就行了。這種式樣，在當時的市價，大概是五六元左右。後來有將題詞改為橫寫，上下衡則題於兩邊。再進一步，有感到這樣式樣太單調的，就在上面用顏色的綢緞，結一個球，球中繫一顆水銀珠，這樣形式上是比較美觀些，價錢則增高到

十元。後來有的人擬定的題詞太多，就把鏡畫的尺寸放大來。到現在，漸漸地就改用紅綠緞做成的軟匾，上面的題詞，則用黑綢剪成釘上。沿邊還繡設各種花樣，備極美觀，每做一張，約花銀二十元左右。茲將本市西湖酒家及同樂園的名伶的匾額題詞，錄誌於下。

小飛燕　其一，「媲美洛神」（附七律一章）：桂林山水本鍾靈，捧出嫦娥藝有聲。壓倒錢塘蘇小妹，幾疑天上許飛瓊。含芳不盡纏綿意，度曲偏饒燕婉情。最是可人誰憐處，大方落落問誰倫。其二，「帶雨梨花」（附七絕一章）：玉為肌骨雪為神，女士儼然飛燕身。歌喉婉轉如天曲，人間哪得幾回聞。其三，「宜嗔宜喜春風面」（附七絕一章並有序）：小飛燕藝員，桂劇中後起之秀也。於藝一絲不苟，一顰一笑俱率天真，精而進之，正未有艾，因題一絕云：冰雪聰明玉樣姿，嫦娥絕唱正芳時。求得十萬金鈴護，莫遣風吹第一枝。

如意珠　「名齊桂林山水，人比洞天神仙」（附序）。如意珠，桂林藝術家也。其代表古代社會文化，肖妙絕倫，一枝獨秀，八桂蜚聲。其山水齊輝，天仙競美，及其錦瑟弦歌，足堪嘉賞。爰贈斯匾，非在張其名藉勵其行也。

露凝香　「英姿颯爽」（附七絕一章並有序）。露凝香女士，桂劇翹楚也，每演一齣，令人擊節。於黃鶴樓諸劇，尤饒精彩。爰書四言贈之。誰說巾幗不英雄，人在蓬萊第一峰。二十年來漂泊甚，看他人唱大江東。

金玉鳳　「旭日芙蓉」（附七絕二章並有序）。金玉鳳女藝員，豆蔻年華，嬌豔欲滴，嫣然一笑，媚態畢形。其奏技也，聲音細膩，表演合拍，令人傾倒不置。爰綴題詞，聊富表彰之意云爾。其一，粉墨登場正妙年，嫣然一笑更嬌妍。生成閉月羞花貌，疑是廣寒宮裏仙。其二，裝束齊整分外新，歌喉細膩目傳神。古今離合悲歡事，信手扮來總動人。

小梅芳　「藝術化人」（附詞一章並有序）。小梅芳女士，表演文武生角，氣概雄邁，卓爾不群。一洗脂粉態度，足以喚醒女界沉

渝，因並為小詞以誌之，調寄浪淘沙。一曲大江東，宛若遊龍，居然巾幗亦英雄。最是揮戈復凝睇，意氣如虹。萬紫與千紅，美雨歐風，乾坤芻狗劇場空。莫問此情真也幻，今古悠同。

桂枝香　「藝術觀止」。

上面這些匾額上的題詞，在主觀上是暴露了贈送者羨慕女伶姿色的內心，在客觀上復助長了桂劇的勢焰。這是從新的立場來說，如果站在桂劇本身立場上講，則這種行為，也只是使一般頗具姿色的女伶故步自封，因而只是停留在現階段，不能向前發展。因此這些附庸風雅的捧角家，無論從那方面說來，都可以算是罪人。如果改良桂劇，這一點是很應當注意的事。

✿ 縣黨部昨召集各藝員談話之結果

僉謂有組織團體之必要以求改良
決組劇業工會八月一日開籌備會

《桂林日報》1936年7月22日

本市黨部通訊處為改良桂劇，提高藝員生活起見，特面達各劇園派重要男女代表二人，於昨日上午十一時出席談話會，各情已誌昨報。查昨日出席者，有三都戲院代表碧雲枝、樊官生；清平戲院代表閻玉亮、莫啟之；西湖代表楊蘭珍，均記同樂園代表胡尚勳。開會時由周振綱主席，並報告召集談話會之意義，在促進各藝員組織桂劇團體，俾使改良桂劇，提高生活云云。談話結果，各藝員代表均一致承認有組織團體之必要。旋決定組織劇業工會，並定於八月一日上午十時在黨部辦公廳開第一次籌備會，每棧派代表四人出席，討論一切進行事宜云。

✿ 縣黨部定今日召集各劇園藝員談話

籌備改良桂劇　適應現代需要

《桂林日報》1936年8月1日

戲劇為社會教育之一，其吸引觀眾，陶冶性情，為力甚大。厥自

海通以來，外人挾大量之資本、商品以臨我國，遂致經濟變質，文化從之演進，而新興戲劇亦乘時勃興，萌芽而為文明戲。繼則電影、話劇，莫不大露頭角，內容形式一變舊觀，驍驍乎有取舊劇地位代之之勢。至舊劇係封建時代之玩藝，不克盡時代任務，其衰落也固宜。本市黨部通訊處為改良桂劇，並提高藝員生活起見，特定於本日上午十一時，在該處辦公廳召開桂劇藝員談話會，屆時各劇園派重要男女藝員二人出席，共商進行云云。

❖ 本市消暑的玩意兒

酷暑凌人的時候
象鼻山伏波潭木龍洞臨流游泳
風洞山月牙山普陀山設宴臨風

《桂林日報》1936年8月1日

雖說本市是處在溫帶底一角，然而，當這盛暑降臨到大地來的時候，卻也是異常的酷熱。同時，夏季裏的時光腳步，又似乎來得分外的笨重而緩慢，一個整天，最少比平常底日子多上好幾小時。如這樣長日綿綿而又溽暑侵人的當兒，真令人感到像是坐在蒸籠裏似的難過。一些消暑的玩意兒，也就應時而興了。

在本市，最流行最普遍的消暑的玩意，就要算是游泳。說起來也許會教人懷疑：在這一個素名「古城」的市中，游泳居然會像喫涼粉梅水一樣的普遍於每一個人底身上（這當然不是指那些無閒無錢的）。每當烈日斜射時，在東門外底河邊，便可以看到一群一群的男男女女，在那裏練習「水怪」、「人魚」底姿勢。

游泳與下水洗澡不同，這是基於衛生和鍛煉體魄這個動機而出發的，所以去游泳的，以智識分子居多。普通都是些中學校底男女學生，但也有些在機關上的職員。另外，也有一些無聊的公子哥兒們參加。

在往年，去游泳的，都是約幾個朋友，租一隻小船，雇用船家或是自己划到河中去。每日的租價，大概一隻船是四毫。今年因為灘

江游泳島的創立，雇船的就比較少一點。灕江游泳島是設立在灕江下游和定桂門附近的河邊，周圍約有十餘方丈，內面是用幾隻船和木板搭成的，設備是較為簡單。那裏是賣門票的，每張收費一毫，每日約可收入五六元。不過那裏很少有女子去，因此顧客也就稀少些。

灕江最適宜游泳的地方，就要算象鼻山底、伏波潭和木龍洞一帶。在往年底夏天，到這幾處去游泳的人是很多的。今年不知怎的，這幾處的人都比較稀少，而且甚至於沒有。大多數去游泳的，都是到老凹洲（即訾洲）去，並有一部分婦女參加。

傍晚黃昏底輕幕籠罩在人間，那時，定桂門河邊，文昌門河邊，南門虹橋邊和西門河邊，都有一堆一堆的黝黑的身體，在映著晚霞的水中浮沉。他們底形狀是怎樣呢？他們沒有穿游泳衣，也沒有戴什麼遮光帽，更不會去花幾毫錢來租船或買門票。他們只要捲著一套剛由竹篙上收下來的衣褲，拿著一雙木板拖鞋，走到河邊，把被汗珠浸透了的衣褲脫下來，放在岸上，撲通跳下水去，把渾身上下擦洗乾淨。有些識水性的，還在水裏鑽兩下，然後才上岸來。擦乾身上的水漬，穿上乾淨的衣褲。穿髒了的衣褲，就手在河邊洗乾淨，然後，才拎著濕的衣褲，緩緩地閒適地走回家去。他們是些什麼人呢？他們就是一些用勞力去換取生活資料的苦力們。每天傍晚，他們都是要到河下去洗澡的。原因第一是想圖個清涼；第二是想為家裏省兩個柴火錢和水錢。

除了游泳以外，還有一種消暑的玩意，就是遊山。過這樣生活的，大概以上層階級的婦女們和一些富家子弟居多。一到了夏天，他（她）們總是三三五五邀上一般同伴，約定一個日期，清晨趁著早涼，就走上山去。同時雇一個廚子，做一桌菜，送上山去。早飯晚飯都在山上喫。直到天將昏黑，涼風伴著黃昏來時，就悠開地踱回家去。最適於避暑喫酒的，有風洞山、普陀山和月牙山等處。在本省未禁賭以前，甚至在山上打牌，狎妓遊山的，更不在少數。自從當局力整市容和厲禁賭博以後，這些情形是少多了。不過去避暑喫酒的，

依然還是有，依然還是那些上層階級底婦女及商家底子弟們。

至於在毒烈的太陽下做著勞苦的工作的窮人們，那就只有希望在偶爾涼風吹來時，享受一點短時間的清福罷了。

夜闌更靜

❖ 悠閒人們消遣的一種

聽瞽目如泣如訴的揚州小調
歌聲絲竹聲金石聲互相應和

《桂林日報》1936年8月2日

夜之序幕拉開了，黃昏的氣息在人間底每一個角落裏流蕩著。月兒靠在那錦屏風一樣的碧空上，露出一張嫵媚的臉，望著這廣漠的大地在憨笑。環依在她底四周一閃一閃像頑皮的小孩子對著人眨眼睛時的那副神情的，是一群燦爛的繁星。在這澄澈的碧空上，偶爾也有幾片白雲在飛翔著，頗不讓這夏夜底天幕感到寂寞。

烈日帶來的暑氣，到現在是漸漸地消失了，每一條街，每一條巷，每一個選手們競賽的球場，每一座少奶奶梳妝的小樓，都似乎充滿了清涼的意味。有時，不知從哪裏起，吹過來一陣涼風，更令人感到異常的爽快。馬路上，一串一串地踱著一些悠閒的人們，兩旁人行路上底店戶底門首，坐著，站著，躺著一堆乘涼的朋友。他們，有的在交談著一些張家李家的長短，有的在慨歎著市場底冷落，也有的在哼著一曲肉麻的小調。

這夏夜底桂林。

夜色漸漸地深了，有錢有閒的人們都去享樂了，馬路上是來得比較冷清一點，只有深巷底柝聲和小販底叫賣聲，還在點綴著這深夜底街頭。忽而，遠遠地送過來一疊清脆的雜板聲和淒涼的弦聲，跟著，便有一串一串地為著找尋生活資料的瞽子們，摸索於街頭了。

這是本市夏夜裏特色的音樂，也就是夏夜無聊時，唯一最經濟最便宜的娛樂品。每夜在二更過後，他（她）們便結隊地或單獨

地摸索於街頭了。一邊走，一邊撥弄著手中底樂器，當作他（她）們底招牌，讓一些閒人們聽了，便可叫住他（她）們，議定身價以後，便鼓動他（她）們那光脆的而又慘澹的嗓子，唱一些熟悉的調子，讓閒人們悅身。唱完了，領到了錢，便又慢慢地走去，找尋第二次的生意。這樣，他（她）們捱過了一天又一天，一年又一年。

幹這樣生活的，大多數是雙目不見的瞎子，因為沒有眼睛，就只好靠這雙手和這張口來謀生。自幼兒便跟著師父學上了這麼一套手藝，藝成之後，就結上一夥同伴，出來混這碗飯喫。他（她）們大概可以分為四種，第一種是唱桂調的，他底由來大概有兩個原因，（1）在往時是搭耍玩子[1]底班子的，如今因為班子散了，便邀起幾個朋友，沿街賣唱，希圖充實容易飢餓的肚子。（2）他（她）們是一夥耍玩子底班子，不過因為目下生日喜慶的事太少了，縱然有，也不一定光顧到耍玩子這般瞎朋友。同時，夏夜裏是無聊而又躁悶的，有些閒人們一定會要找一點材料來散散心。因此，他（她）們便把一班分為兩起，分頭出發，去兜攬生意。這些唱桂調的，人數很簡單，只需要一個旦角、一個生角和一個各色各樣的配角就行了。奏樂的分派是這樣的，一個人拉弦子，一個人打板，另一個人打小鑼。普通的大概化上這麼兩三毫子，他（她）們就可以對付上一齣像《女斬子》、《女梆子》、《曹福走雪》、《拷打紅娘》……之類。第二種唱小調的，人數雖有四五個這麼多，然而奏樂的也只是有彈月琴、拉三弦和打板三個，大概也是花兩毫子的光景，便可以在《送潘衣》、《妙禪罵寒》、《寶玉聽琴》和《四季相思》、《罵玉郎》、《紅繡鞋》……這些劇碼中，任意挑選一曲來聽。第三種是唱蓮花落的，多半是叫化院的副業，普通都由兩個老婦人主唱，代替她們底叫賣聲的，是由兩片竹牌做成的雜牌，沿街敲搭。假使有人想聽，大概出上一毫子左右，她們便可以坐在門檻上或石階上很熟稔地唱著《祝英台》、《矮大娘》、《十杯酒》這些名堂。第四種是單

---

[1] 桂劇一種不用化妝的坐唱形式，只有清唱，沒有動作，伴奏也只有弦樂，沒有鑼鼓，俗稱「耍玩子」，又叫「桂劇玩子」。

獨一個人拿著一把弦子滿街拉，遇有人叫唱，他便把些令人肉麻的《十八摸》、《四妹妹反悔》這些小調奉獻上來，代價也只是一角光景。

夜已入於寂寥的境界，娛樂的場所裏已宣告閉幕，有錢有閒的人們也安心樂意地去睡覺了。可是，這群瞎子們依然是敲著清脆的雜板或撥弄著淒涼的弦子，慢慢地，摸索過每一條街，每一條巷。

他（她）們望不見天，望不見地，望不見一線兒光明，眼前充滿的只是一片沉沉的黑暗。他（她）們朦朦朧朧地，不知道歡娛，不知道憂傷，也不知道什麼努力。他（她）們只知道，天天起來要喫飯。為了喫飯，就不得不在更闌人靜時，敲著清脆的雜板或撥弄淒涼的二弦，慢慢地，一個牽著一個，摸索過每一條街，每一條巷，去找尋一些養活生命的資料。

市面唯一經濟食品

❊ 油條與糊辣

味既可口　價復低廉
它是窮人們果腹的珍品

《桂林日報》1936年8月5日

在本市一般的經濟的零食當中，油條、糊辣差不多是一樣最有名而又最普遍的東西，這差不多是每一個桂林人都熟悉的事。只要身上有十幾個銅板，便可以昂然地走進油條店去，選定了座位，店裏的夥計，馬上便把炸得油膩膩香噴噴的油條，送上一盤來。接著，又舀上一碗糊辣，喫完了再添。過早，過午，宵夜，都是非常適宜的。

提起油條，糊辣，凡是去光顧過的朋友，都能夠說得上來一聲，「好喫」。雖然它們的原料，只不過是灰面和油之類。可是當喫起來時，香噴噴的，卻也異常可口。更有一件令人願意喫的，就是價錢很便宜——油條每條只要銅仙二枚，糊辣也只是二枚銅仙一碗。——差不多任何一個人都夠得上資格來喫，所以油條店裏可

說是「顧客常滿」。店間的生意，也就發達得可觀。早上，大概六點鐘起，店中都已有相當的忙了，這時去吃的，大概以走讀的學生們和趕圩的小販居多。漸漸到中午時，生意又比較的冷淡一點。一到下午，進城賣貨的鄉里人一多，生意又馬上「回漲」起來。晚上去吃的，大半是一些在定桂門和三都戲院看罷戲回家及一般「普羅」的朋友，小學教師們光顧的也很多。小孩子們對於這兩樣食品，也是很愛好的。想要喫東西的時候，便問媽要幾個銅仙，叫姐姐拿了碗去買回來，擱在矮板凳上，把油條撕了一小塊一小塊，放在糊辣裏，歪著頭，慢慢地，乖乖地喝。

看了油條、糊辣容易吸引「食眾」的原故，一些小販們，也感到這是一種「謀生」的門徑。於是，他們便放下米粉擔、湯圓擔以及其他各種食品的擔子，而去向油條店裏購買一些油條，自己造些糊辣，便挑上一副油條、糊辣擔，沿街叫賣，這樣也能兜攬到很多生意。更有些本錢很微末的小販，連擔子也挑不上一副，只能用竹籃裝起幾十根油條，跑到賭場、煙館這些地方去賣，也能養活自己一條命。

附帶在油條、糊辣店中賣的，還有餞子、油炸粽子、米花、油炸鍋巴等食品。不過這些食品，有些太硬，有些太熱，都不十分適合。雖然它們能在店中佔領一席地，可是都趕不上油條、糊辣的備受歡迎。

實在說起來，油條、糊辣最大的功用，還是幫助一般貧苦的人們，解決了飢餓的恐慌。常常有些窮人們，出賣一天勞力的結果，還獲不到兩毫子，這樣「買酒喫不醉，買飯喫不飽」的一點點錢，夠得哪點用？可是肚子餓這件事還是不能不設法解決，口與心商量的結果，只好跑到油條店中去喫上幾碗糊辣，十幾根油條。這樣，一餐就抵得過了。據說有一位貧苦的青年，在初中那三年就是這樣度過的。因此，油條、糊辣這兩種食品，在窮人們的生活裏，就演了很偉大的任務。

象鼻潭邊

❈ 特察里別饒風味

娼妓們倚門賣笑儘是一堆的可憐蟲
拖拖扯扯歡迎遊客肉市場甚為活躍

《桂林日報》1936年8月11日

　　出了文昌門，左邊一帶便是特察里。

　　特察里外面臨街處的門首，有一道紮門，進了紮門，走不上十步，右側便是橫塘東路。沿著橫塘東路走，走到公共廁所，再向左轉，便是一條繁盛的大路，名為林蔭路。右邊是三都戲院，左邊一帶都是做生意的鋪戶。這條路的盡頭，便是這一部分特察里的終點了。走到這裡，向左面轉身走，走不上幾步，就可以望見一株大樹，這株大樹是位置在一條小路口，這條小路就叫做鴻飛里。直向裏面走進去，兩邊都是妓館。過了這裏，又是一段小路，叫做紅杏里。再向前走，那條小路便叫做綠楊里。綠楊里的盡頭，又是橫塘東路了。從這裏向右轉，到了原來出來望得見紮門的那裏，又向右轉，過了幾處小經紀人家，又是一帶延長到鴻飛里的終點的路口，這條路比較還寬，名叫三都路，但因為靠住文昌門的城牆，所以一般人都拿「城牆背」這三個字來稱它。到了這條路的終點，再向右轉朝前走，經過鴻飛里口和林蔭路口，又前行數步，向右邊的路走，這裏便是銀笙里，前面那一段就是玉簫里。這一帶住的都是堂班，只有右側蓋房子，每條里內，包含三家，一共六家。玉簫里的盡頭是不通行的，所以走到銀笙里口，便要朝左面轉出到橫塘西路。出了橫塘西路，迎面就是一條大馬路。這路左邊臨河，右邊蓋著高大的房屋，都是些酒館之類的鋪戶。這條路和環城路相銜接，名叫磻溪路。由此向右轉，經過那些鋪戶，經過特察里辦事處，迎頭又是一道紮門，這便是特察里的出口了。

　　以上是給這一部分的特察里畫了一個粗略的輪廓。

　　每當夕陽西下，特察里便漸漸由昏朦中甦醒起來，路上的黃灰灰的電燈，像是揉著惺忪的睡眼，所有的人物也就開始活動起來。

27

一團一團的圓形的肉，兀自陳列在城牆背的那些妓館的門前，笑著，談著，在等候著光顧的客人。要是由這裏經過一趟，熟悉的便會馬上拉著你，唧唧噥噥地講上一大堆話，或是還會拖你到房裏喫瓜子。就是不熟悉的，她們也會依依妖妖來逗引你。如果你走的匆忙不備，她們就會故意伸出腳來絆你一下，或是把吃著的瓜子，向你臉上擲過來。假若你稍微停頓一下，或者眼光在她們身上溜這麼一兩遍，她們就會立刻掀開兩片鮮紅的嘴唇，緊盯著你，嘴裏不住地喊著：「坐一下好嘛，先生」。要是你居然會因此而停下步來（自然不管你是動情不動情），那麼，她們也便馬上毫不客氣地上前來，倚在你的懷中，嬌聲嬌氣地喊著，嚷著，硬要把你拉到房中坐上一坐，一直得到了那幾毫子瓜子錢才肯放手，另找別人。假使遇著那脾氣不好的客人，便是一巴掌兩腳尖踢過來，那就只得忍痛轉回去，再等候著。

至於紅杏里鴻飛里這些地方，又來得比較少些「那個」些。依然是三個五個坐在門前，或是倚在牆上，笑著，談著，等候著她們的主顧，只不過不亂拉人就是了。再說到綠楊里，那處更文雅些。她們很少坐在門首，對過路人也很少隨隨便便地假以顏色。她們只是安詳地靜坐著，準備著把這一段溫柔的身子，貢獻到那闊綽的客人懷中去。

堂班裡，也是文雅得多，普通的人很難得去問津的。晚上，她們就走入了騷媚的狀態中，她們機械般地把自己妝扮起來，細長的眉毛，俏媚的眼波，白嫩的面龐，鮮紅的嘴唇，還有那隱隱約約出現在胸前圓圓的乳房和纖細的腰肢。這樣，她們便去應答著客人叫的局，在談笑聲中，喊著「五奎……八碼……」，唱著「小東人」、「借燈光」，或是「黃昏卸卻殘妝罷」這些名堂，一直捱到三更、四更。

在路口，或是在黑暗的角落裏，常常可以看到幾個多情的妓手，在依依不捨地送別她們的相好，她們是那樣的親熱，那樣的溫存，簡直不像是用金錢買得到的。一邊走，一邊也就唧唧噥噥地談上一些情話來，一直送出了縶門口，才獨自兒回去又接一個

客人。

夜色更入於沉寂，大多數的人早已散去，只有一部分的閒人們，兀自在東走西走地蕩著。妓女們呢，一些掠到客的都歸到房裏去了，只剩那些沒有接著客的妓女，還在硬睜著倦眼，靠在門前或者甚至於走到路口，張望著做一注生意，甚至於零售都行。

望著，望著，又搖過三鈴了。生意沒做成，進房去睡，又怕老闆娘打罵。只好睜著兩隻淚眼，凝望著那陰沉的天空。

她們有罪惡嗎？！

桂林城內名勝之一

❖ 榕湖杉湖縮影

有「小西湖」之稱　為葫蘆形的明鏡
匯成溝渠橫斷內城南部東西互相輝映

《桂林日報》1936年8月12日

將桂林城內靠南的一部分，由東到西，橫切開來，匯成兩個澄清如鏡的大湖，這就是有名的榕湖和杉湖了。

先說杉湖，那是靠東邊的一個。全形像個葫蘆，由陽橋起，一直到福建會館為止，這是橫的方面的限度。至於縱的那方面，則由福建會館，直達到竹園卡去。面積很寬，四周圍繞著的，都是住戶人家的後樓，有的直起出來，吊到湖上，在樓板上開一個洞，便是天然的廁所。此外，糞草以及各種污穢的東西，也是匯著往下面丟。所以湖裏很是瀦積不通，甚至於連蓮藕也不能種，魚也不能養，只是常年地空著。每到秋涼以後，天高氣爽，湖水便慢慢淺了下去，一直到只剩得中間窪水。沿岸各處，都可以自由行走，沒有一點兒使人留戀的地方。倒是在那邊，福建會館旁邊，靠著杉湖，有一所精雅的小樓，叫做瀟湘旅館。在以前是一所歌妓的班子，內面是一片粉紅色的羅曼蒂克的生活。每當繁星燦爛的夏夜，樓頭上的白熾的燈光伴著婉轉的歌聲，有節奏地流到湖面上，湖水受著這溫柔的撫摸，便輕微地飄動起來。更有一些人駕了一隻小舟，三五個坐在上面，

飲著，笑著，歌舞著，來排遣這悠閒的歲月，一時有「歌聲燈影伴杉湖」的名句。自從歌妓遷入特察里營業，這裏便冷落下來。因此杉湖也就分外顯得褪色，伴著它度日的只有太陽和月兒在輪流著。

靠西邊的那一個叫做榕湖，面積比杉湖更寬，風景也較杉湖清秀些。這條水由陽橋下流過來，這一節就像一根木棒，到了榕樹樓，便向兩邊分開來，一直到西門城腳才又合攏。這樣，便構成一個所謂「小西湖」的榕湖。由榕樹樓這邊走過去，有一條小徑，一邊靠著城牆的是一座很大的菜園，這一邊便臨傍著榕湖。那邊對岸雖然有一兩家的住戶臨著湖，但並不像杉湖那樣吊出湖面來，所以榕湖的四周是清淨的沉默的，沒有一點兒塵世的氣息。湖裏面種的是一片一望無際的蓮藕，那些綠的葉子，粉紅色的花卻甚形擁擠地伸出水面來，真叫人感到異常的清爽。菜園這邊，是一帶碧蔥蔥的樹林遮蔽著，偶爾有幾個種菜的人，挑著一對糞桶去澆菜，真令人不相信還置身在城市中。對岸靠近雲貴會館那處，有一個斜坡，慢慢走下來，便可以臨著水面了。水面上常是盪著一隻竹排，像一個散淡的老人在撫柯徘徊。有時，有幾個小孩子捲起褲腳在那裏撈歪歪，或是下水去捉幾條蝦子和魚仔。最好是夕陽西下晚霞映空的那時候，在那裏湖水的岸邊的石砧上，常常有三五個俊俏的女郎，在那裏浣衣。微風輕撫著她們的頭髮，散到臉上，散到肩頭，散到胸前。

如果在月朗星稀之夜，湖上的景物更是美麗弗比。

有閒階級哪裏去？

❋ 榕城古董市場蕭條特甚

羅列珍品儘是七銅八鐵
士大夫重游斯境能不渭然興歎

《桂林日報》1936年8月13日

提起榕城市場，人們馬上便會聯想到書畫、器皿、日用什物以及其他各種古董、玩具之類的東西。

這地方是在榕城街一角，舊日的城隍廟裏面。地址是夠寬闊的，後面緊接著舊日的撫署，雖然現在改成了市場，但是舊日城隍廟的那種格式，依然還沒有多大變動，除開毀掉了神像，拆去了大殿，其他一切如戲臺、十殿的迴廊，地藏廟的神座及兩旁的通門，都還存在著。裏面是陰陰的，涼涼的，宛如置身在深秋的氣候裏。

在這裏，橫橫縱縱地陳列著十幾間古董攤子，他們賣的貨物，有的是古瓶，有的是盤碟，甚至水筆、圖章、眼鏡、火爐、鎖匙……等破銅爛鐵都有。其間也有些專賣成品的攤子和測字算命的課棚穿插著。他們的鋪設是很簡單的，只要兩條木凳，上面蓋上兩張木板，就成一副攤子。倘使攤子上不夠擺，就擺在地上也行。有些有資本的，就圍起一個圈子讓自己的攤子擺在裏面，晚上便關起門，那居然是有點古董店的風味。

每天日出的時候，他們便開始了他們的工作。一個個從模糊的舊夢醒來，把自己的貨物陳列好，便靜靜地坐著，在等候顧主。寂寞了，抽兩口旱煙；疲倦了，伸兩個懶腰。有的便和臨近的攤子主人交談著家庭的瑣事和市場的冷淡，有的卻屏聲息氣地在下棋。他們的生活是弄得那樣呆板，那樣平淡，簡直除開喫飯穿衣以外，再也不會設想到人世，只有在慨歎著生意的冷落時，他們才會皺起眉頭，互相投下一瞥不勝其難的眼光。

本市在遜清間原是省會，帝制時代下所遺留的那些有閒階級，他們沒有新的意識，沒有進步的思想，他們不敢逼視現在，更不敢展望將來。他們有的只是懷戀過去，因而在過去所遺留下來的古董——這是和他們感到同樣的命運的東西，便給予他們以排遣歲月的興趣，他們從這些古董身上找尋一些活力（那是只有繼續生命這一切能力）。所以榕城市場便成了他們這群人的常遊之地，時時我們都可以看得到，兩三個中年以上紳士風度的男人，站在一所攤子邊，拿著一個瓶子，在撫摸著，交談著，捱過了半日的時辰。

除此以外的顧客，便是一些購買什物的鄉下人和想尋兩本有用的書看的青年學生。

不過，古董總是有閒階級們懷抱中的物品，而在今日，有閒階級的生存的權利又為社會所否定了，所以一切的古董都黯淡下來，古董生意也冷落得多。

榕城市場便在冷落與寂寞中度著它的晨昏。

✵ 與愛滋君[1]公開討論《桂市青年之分析》

《桂林日報》1936年8月12—14日連載

歷史進化的鐵則，昭示著我們，現社會的礎石已經在動搖了。動盪不安的情緒，充滿在世界底每一個角落裏。在這風雨欲來的前夜，一般青年底力量是顯得更偉大，更堅強。因為他們有著火一般的熱情，鐵一般的意志，他們將為了一切飢寒交迫的勞苦大眾，而去盡了那偉大的歷史的使命。所以我們對於每一個青年，都不能抹煞一切地去輕視他，哪怕他底意識是如何落後。然而我們仍是要抱著誠懇的態度，打著正義底旗幟，援助他們，指示他們，使他們洗滌掉那些封建的、不正確的、沉腐的思想，獲得革命的人生觀，從而發揮他們那「翻江倒海」的力量，推動社會踏上另一個光明的階段。

今日底青年，有一部分仍是散漫悠閒毫無認識的。所以對他們給予一種革命的理論的教養，實在是眼前最迫切的需要。同時，在一般的理論中，又要選擇那不含雜質的、有助益的來接受。否則，非但無補於青年，反而使我們愈走便離真理愈遠，終於陷入牛角尖端而不可拔。為害之烈，是不難想得到的。因此，那些熱心指導青年們底先進者底理論，便應該要毫不吝惜地給以嚴格的批判了。

在七月卅一日的「突擊」上，讀到愛滋君的一篇大作——《桂市青年之分析》。在這篇文章裏，愛滋君抱著一片苦口婆心與嚴正的態度，對本市一般青年加以毫不客氣的指摘。這，在消沉的桂林社會裏，該是一種偉大的、非常的壯舉。筆者是桂市青年之一，在

---

[1] 愛滋係筆名，即郭英布，時為桂林師專學生。

這裏，讓我謹以萬分虔誠向愛滋君致謝！

愛滋君寫這篇文章底動機，是「A、為了認識桂市青年群眾的真面目；B、為了認識桂市社會諸現象中之一環，從此深入去把握桂市社會；C、為了貢獻青年一點禮物」（原文冗長，這裏只摘錄大意）。有著這樣高遠的、好學的、誠摯的抱負，去從事於前人未有的、繁雜的事業——分析桂市青年，這不是很令人欽佩的嗎？所以，嚴格說起來，愛滋君這篇大作，不但是有功於本市青年，而且就是在革命的過程中，也算是建立了一點功績。

愛滋君這篇大作，在原則上我是同意的，不過，裏面有幾處地方，我不敢苟同。同時，為了糾正事實上底乖謬——從動的方面去認識青年群眾的真面目，為了使青年們拋棄過去底錯誤的意識而覺悟起來，挺起胸膛步入革命的陣營中，為了使那些生長成思想落後的社會層從速潰滅，我還有幾點意見提出來和愛滋君商榷。

首先，我們應提到愛滋君的分析。分析一件事物，本來是很繁雜的工作，尤其是分析這種社會諸現象底一環——青年，更非分析電子原子一樣的關閉在實驗室裏可比，而是要站在客觀的立場，抱著嚴肅的態度，深入分析的對象中，去體味各方面底印象。同時，還要從動的方面，去認識它底發展過程以及一般的和特殊的現象。然後才把搜集得來的材料，用科學底方法整理出來，這才是正確的分析。但是愛滋君的分析方法，卻並不和我們所想像的一樣，他只是把自己所接觸過的青年，「鳥瞰」一會，便去著手分析，他把生存在今日這種社會裏底一切青年所共有的幾種習性，造成前進、為我、享樂、厭世、動搖這五種模型，硬把桂市青年塞進裏面。（注意，我並沒有否認桂市青年中沒有這五種模型，我只是覺得這五種模型未免太肯定太單純得可憐！）

他忘記了人與人底中間以及個體與集團底中間底依存關係，把五派底青年各自孤立起來；他忘記了在市民社會裏所生長的意識形態是複雜的，變動的，多方面的。因此他把每一個青年都簡單化，肯定化了。這樣的分析，只是一種表象的、主觀的、機械的分

析，而不是科學的、客觀的、深入的分析。所以，愛滋君底第一個動機——「為了認識桂市青年群眾的真面目」，便在他自己底粗心大意之下被辜負了。

再說，就是愛滋君所列舉的那五派，也不能儘量容納桂市青年。譬如說，有好些人是昏昏沉沉，一無所知的；有好些人是死抱著英雄主義的（這與愛滋君所謂的「罵我派」不同）；有好些人是不知不覺走上墮落之途的；又有好些人還是循規蹈矩，聽天由人的；還有一種人是幻想著有朝一日中了防空獎券底頭彩，便去經營一座大觀園，讓自己來做賈寶玉的。……還有許許多多，形形色色的青年，然而愛滋君只是像演代數代入公式就得出答數地把桂市青年胡亂編成五派，這不是像「瞎子摸象」一樣地忽略了很多的部分嗎？

而且，所謂青年，其涵義當然是很廣泛的，無論男與女，有智識的和沒有智識的，有錢的和無錢的，統統包括在內。可是，我們統觀愛滋君所列舉的五派，卻只說到男子，而抹煞了女子；只說到有智識的，而忽略了那些沒有受過教育的；只說到有錢的，而忘記了一般窮人們。更正確一點說，他只是從所有一般青年中，截取那些小布爾喬亞和受過中等教育以上的莘莘學子（注意——是男的！）來分析，而認為「桂市青年的輪廓，是粗具端倪了」，這不是太斷章取義了嗎？雖然照愛滋君所列舉的五派底字義上看，一部分底女子的確應該分門別類地列入，但是大多數底女子是有著另外一種不易捉摸的思想和意識的（這，只要多接近一些女性，是不難稔悉的）。再說，那批沒有受過教育的和窮人們，在愛滋君所列舉的五派中，的確很難立足，牽強說起來，只好列入「為我派」中。然而，卻也不是盡皆如此。況且愛滋君在他底原文裏，明明白白地說：「為我派以商家的子弟占多數」，所以我們也是多慮。雖然厭世派底青年底「家庭環境是江河日下，一天不如一天了」，可是他們究竟「大半是沒落的官家和書香人家子弟」，究竟有著他們那一社會層底意識形態，所以那批沒有受過教育的和窮人們，也不能列入其他各派，更

加和他們底生活離遠了。這樣看來，沒有受過教育的和窮人們，在愛滋君所分析的五派中，是不能佔領到一席之地了。天天時時在口頭上高喊著「為勞苦大眾謀幸福」，可是實際上卻把那些沒有受過教育的和窮人們，從青年的領域中趕開，這個理由真費人猜測。難道「桂市青年群眾的真面目」，就只是這些小布爾喬亞和受過中等教育以上底莘莘學子嗎？

討論到這裏，可以告一個結束。以下再讓我向愛滋君提供一點有關於本文底意見。

青年群眾，各有各所寄託的社會層，各種社會層底利益不同，從而他們各人所表現的意識也不同。某種社會層底青年趨於享樂，某種社會層底青年趨於厭世，這都是被他們底社會層底利益——經濟——所決定了的。現在我們雖然抱著公正的態度，對那些不長進的青年施以嚴格的批判，希冀他們幡然改悔。這樣，即使他們接受了，覺悟過來，加入到革命的陣營裏，可是，生長這些不長進的青年底社會層，依然是存在著，依然是繼續不斷地造出大批不長進的青年來，這不但是減低了革命的力量，就是人類社會也要蒙受無上的損失。所以我們既批判那些不長進的青年，更應當要批判產生他們底社會層；既把那些不長進的青年拉到真理底懷抱中，更應該進一步去毀滅產生他們底社會層。關於這一件偉業，只有理解了這一社會底經濟結構才有成功的勝算可操。所以與其「費力不討好」地去一片一片摘葉子（甚至連葉子也摘不乾淨），還不如簡截了當地把兜根挖出來。

假如愛滋君能夠在分析桂林社會這塊荒地上去發掘，其收穫一定是比較分析桂市青年來得更豐富的，筆者是這樣相信著。

一九三六，八，八驟雨時

✿ 桂林的「涼粉」「梅水」

仁壽宮、義井的水泉足使它名揚遐邇
效力不管它趕得上「冰淇淋」「雪糕」
「雪藏汽水」……與否，但貧富均得享受

《桂林日報》1936年8月26日

當這溽暑逼人、口渴非常的時候，每一個桂林人就會自然而然聯想起道地的「涼粉」「梅水」來。

效力 在桂林，比不上廣州上海等繁華熱鬧的大都市。到了夏天，並沒有「冰淇淋」「雪糕」「雪藏汽水」……之類的東西來止渴生津；在烈日下奔走的人，也不能找到裝置有大小電扇的「冰宮」去避暑或休憩。於是這些街頭巷尾的「涼粉攤」，便適應這個需要擺列出來，以應顧客之需了。

製法 涼粉的製法很簡單，在糧食店裏買到一包「涼粉籽」，再用一塊潔白的薄布包好，浸到一盆清水裏，不住的揉搓布包，到了適可則止的時候，便把這盆已「洗」過「涼粉」的清水放在陰涼處。稍停，盆內的水就會結凍而成涼粉了。這樣，再將「冰糖水」拌合起搗碎的涼粉，便可拿來解渴止暑。

至於「梅水」，則是用黃糖（片糖）擂碎沖和而成的糖水，再加上少許的「酸梅」泡成的酸水，就可飲用了。所以，涼粉也即是用梅水再拌和凍成的粉而成，而梅水亦即是拌涼粉時所用的糖水罷了。

飲料 因了涼粉梅水的主要原料是清水，所以營業「涼粉攤」者對水的選擇很為注意。大抵河水不及井水的涼沁心脾，而井水又以某幾處的為最著名。據說，在桂林要算正陽門的仁壽宮內的井水最佳，其次則是八連街的義井。所以，名震全城、膾炙人口的涼粉即在「天坪架」（即今正陽門街口），是每一個桂林人都知道的。

陳設 經營此項生意的，大都有一副特製的瓦瓷器具。一張鑲了寸多高邊緣的條桌上，大概擺著兩個裝糖水的圓形瓷缸，下面盛

著錫缽。此外還有十來個瓷茶缸或玻璃茶盅，預備用來盛涼粉給顧客。中間一大碗盤，便裝著還未拼和糖水的「原涼粉」。還有一個較小的圓盤，盤內就是泡著酸梅子的酸水。如果闊氣些的，攤上還擺著花瓶、瓷羅漢之類的裝飾品。有些並且放著幾瓶汽水和果子露，但照顧這些東西的顧客很少，真是寥若晨星。

營業 除了些擺架子或講究身份的特殊階級的人們而外，普通的人在夏天都時常光顧這些涼粉攤。兩枚銅元以上，便可一嘗個中滋味，真是再經濟不過了。所以，這項生意的營業也還不算冷淡，他們雖然有利可獲，但是在這百物騰貴的今日，也不過賺得一飽。然而，在這經濟恐慌、百業不景的現在，他們總算是很僥倖的獲得生命的口糧了。

如今雖是初秋，天氣還仍舊炎熱難受，故此全市百數十處的涼粉攤，依然支持著還未歇業。等到西風漸緊暑氣全消的時候，經營此道者又將改營別業，另謀生計去了。如果你去吃碗涼粉或梅水，你時常可以聽得他們向你歎氣道：

「難呵，做小生意的人！」

市場不景氣，各業均是蕭條現象，尤其是這般小販商人，自有他們永恆的悲哀。

❖ 桂軍團婦工校籌設成人夜學班

收容失學婦女注意工科教授

《桂林日報》1936年8月27日

桂林軍團婦女工讀學校開辦至今，成績斐然。該校學生過去十分之九為軍團官佐眷屬。該校校長周祖晃、副校長陳恩元二氏，以僅軍團眷屬始有來受教育之機會，未免範圍太狹，造福不甚普遍，於是乃由「駐桂軍團眷屬工讀學校」改為「桂林軍團婦女工讀學校」，招收各界婦女。現該校學生，已有百分之七十為外界婦女，可見各界對於該校之信仰。現該校以暑假期已告屆滿，亟宜定期開學上課，聞已定於本日開始註冊，九月五號開學上課。據該校教導主

任談，本期擬附設婦女成人夜學班，除教授日常知識外，在工科方面，則專授縫紉。使來學者，均有一藝，藉可謀生，以造福貧苦婦女云。

✲ 膾炙人口的桂林米粉

《桂林日報》1936年8月29日

每一個由外地到桂林遊覽的人，他除了對桂林山水的秀麗讚頌一番以外，總會附帶地稱賞「桂林米粉」是如何地可口的。

米粉並不是桂林獨特的產物，它並不像「桂林三花」、「桂林馬蹄」這些特產遐邇傳聞。然而，它其所以博得一般「過屠門而大嚼」的人稱道的原因，則是為了它自有別饒風味的地方。所以，於米粉之上，復冠以「桂林」兩個字，也不過要表示與「柳州米粉」、「沙河粉」的區別而已。

桂林米粉的滋味，最負盛名的則是熱天的「涼拌」，冷天的「冒熱」以及晨「湯菜」的「元湯米粉」。「涼拌」與「冒熱」的味道全在「滷水」，元湯米粉的滋味則在那碗酸甜適口的「元湯」。所以，外處（廣州，邕、梧、柳）那些仿製桂林米粉而失掉真味道的「假充貨」，大都因了「滷水」的「滷」與「煮」不得其法（當然米粉榨得不好，滷菜不鮮，也是原因之一）。從而比起真正的桂林米粉來，自然要略遜一籌，而不得不讓桂林所特有的食品——米粉——獨步嶺南，伴著清奇秀麗的山水膾炙人口。

在桂林米粉中別樹一幟的有「馬肉米粉」、「狗肉米粉」等。它們的滋味，真是異曲同工，此中各有千秋。雖然政府曾經有令禁售過，但如今冬天一到，仍舊嘗到它們的滋味。只不過「狗肉米粉」換湯不換藥地改稱了「特別米粉」，或「衛生牛肉米粉」，名目上較前新異罷了。

經營這些米粉的人，有資本的大概開設一家鋪子。隨本錢的多寡，而營業的規模有大小不同。如果它這家的口味特別好，生意自

然比較旺盛。從而,這間米粉館也可以勉強支持。否則,顧客寥寥,門可羅雀似的呈現出一幅蕭條景況。

如果無錢去開鋪的,就只好自己挑著一副擔子,沿街叫賣。雖至更闌人靜的時候,仍可聽到這些「米粉呵」的叫賣聲,點綴著淒清的夜色。

但如今生活程度日高一日,一般市民吃飯問題尚難解決,很少有人向他們問津,花幾毫子吃上幾碗米粉。所以,這項營業在如今看來,較之以前大有一落千丈之勢,這難道不是社會不景氣影響所致嗎?

✹ 抗日與除奸[1]

《桂林日報》1936年8月30日

抗戰!為民族而戰!為生存而戰!

在今日底世界裏,顯然地判別出兩個互相敵視的壁壘,其一是吞噬了大多數生產群眾底血肉的帝國主義者,其二則是輾轉哀號於少數殘暴的統治者底鐵蹄之下的弱小民族。這兩者之間,是深深刻劃著一條不可調解的鴻溝,他們永遠是對峙著,矛盾著。他們絕不能在任何條件之下而走入妥協的途徑。帝國

《桂林日報》1936年8月30日
刊出〈抗日與除奸〉

---

[1] 此文載《桂林日報》當日出版的「抗日救國週刊」創刊號,由廣西各界抗日救國會桂林分會主編。本期刊載桂林縣黨部周振綱、「桂林軍團婦女工讀學校」哈庸凡及署名愛滋的三人同題文章《抗日與除奸》。其中,首篇周振綱的《抗日與除奸》亦作週刊代發刊詞,此文為第二篇。如此編排顯經事前周密策劃,而他們則為週刊的發起與策劃者。

主義者底存在，即是弱小民族底滅亡。反之，弱小民族抬起頭，怒吼起來，那就是帝國主義者底黃金寶座崩潰之時了。在遠東，太平洋底近岸，扮演著這兩個角色的，前者是強盜似底日本，後者則是我們這老大無成的中國。自從日本帝國主義者挾其優越的政治底、經濟底勢力向我國開始了屠殺弱小民族的第一聲以後（嚴格說起來，這第一聲早已響在四十多年前底馬關條約時代，而不僅自民國二十年九一八始了），整個國家整個民族底命運，就日漸陷入奄奄一息的危機中。東北四省是失陷了，華北五省又名存實亡。最近，日本復縱使其國內的浪人在我國內地各處武裝包庇走私，而且還收買一些無恥的漢奸，在福建各地暗自組織傀儡式的亡國的過渡機關——自治政府。這些行為，都深深地給予我國底政治上、經濟上以絕大的打擊，那狂暴的烈焰是漸漸地由松花江流域蔓延到黃河流域長江流域一帶來了。自五年前九一八算到現在為止，這完全是中華民族歷史上最羞恥的一頁！這是慘痛得不忍卒讀的一頁！這是帝國主義者底刀光劍影和弱小民族底碧血白骨混合成的一頁！

同時，在國內也有兩個不能並存的陣容存在。那一邊是緊抱著不抵抗主義，把持著軍政大權，用毒辣的手段壓迫國內民眾，而心甘情願地把整個民族底利益來獻給日帝國主義者的漢奸、賣國賊，另一邊則是抱著捍衛國家復興民族的大志，想挺起胸脯揚起眉毛來做人的抗日勢力。這兩者，現在是很明顯地劃分在我們眼前。看吧，自日寇進兵瀋陽以來，南京政府始則拖戈退入關內，繼則高談「親善」，「提攜」，終則黑起良心摧殘一切抗日運動，消滅一切抗日勢力。像非法逮捕北平上海各地底愛國學生和無端抽調大兵南下威脅西南等等事實，都是南京政府在漢奸賣國賊竊據之下幹出來的罪惡。在他們那一貫降日政策下，連西南這點僅存的抗日勢力，也要無情的加以消滅，暴日給予我們底痛苦，我們已經捱不住了，那堪更遭受國內底自己人底壓迫呢？

眼前，無可懷疑地，我們只有立即發動民族解放鬥爭，本著焦

土抗戰的精神，向日本帝國主義者作殊死戰。這樣，才可以維護國家民族底生存。否則，在外敵與漢奸雙管齊下的煎迫下，那亡國的慘禍，在不久的將來，一定會降臨到我們這國土上面來的。不過，我們還應該知道，宇宙裏底每一個運動都該是關聯的，發展的，它是必然地循著客觀底事實而更有新的展開的。所以我們對於抗日這件事，就不能把它看得太單純。須知在抗日運動底過程中，除奸也是重要工作之一。因為漢奸賣國賊是日本帝國主義者底鷹犬，而日帝國主義者又是漢奸賣國賊的胞衣，他們是互相勾結起來表裏為奸的。所以我們要抗日就必須除奸，除奸即所以促進抗日的工作，換言之，除奸是斬斷日帝國主義者底爪牙，而抗日即是拆毀漢奸賣國賊底後臺。對於這一點，我們決不可忽略。我們要堅決地認定，抗日除奸同是我們目前最迫切的任務，我們要站在正義底大纛下，把這些殘暴的特殊階級——漢奸，日本帝國主義者——從人間掃開。我們是酷愛和平的，但和平必須以武力作後盾；我們是希望統一的，但要以不破碎國土為原則，要在抗日中求統一。為了希冀這種和平與統一，我們將以大好頭顱和滿腔熱血去爭取！

到今日，什麼都已明白地擺在眼前了。我們不會等待什麼機會，也不希冀別人會奇跡般地給予以什麼援助。拯救我們自己底力量，就只在我們自己底身上。我們要穿衣，要喫飯，要生存，就只有勇敢地起來，聯合國內一切抗日勢力，整齊步伐，對內除奸，對外抗日。我們將以英勇的姿態出現於民族解放鬥爭更偉大的一幕中，我們還得以最大的努力，去獲取那末一次的勝利，那勝利，是真理給我們預約定了的。

最後，我們還要牢牢地記取——「鬥爭，不然就是死。血戰，不然就什麼也沒有。問題是這樣不可避免地提出。」

——喬治・桑德（Ccorge Saud）

❀ 南北院乞兒生活剪影

斷牆殘垣中充滿著鬼蜮般地慘澹淒涼
內面儘是些破舊衣衫襯托的活「骷髏」

《桂林日報》1936年9月5日

現社會是多彩多樣的，內中包羅有各階層底形形色色的生活姿態。如果人們只睜開半隻眼睛去觀測，去揣度，那當然可以看見許多「高等生物」底享樂與荒淫——這些人錦衣繡食，養尊處優，完全過著那天堂般的日子。如果人們再能夠有勇氣去凝視社會底黑暗面，那麼，在不甚被人們注意的地方，自然可發現有所謂「貧民窟」這種去處存在著。

「貧民窟」這名稱，顧名思義也就可以想像得到這是無錢的人居住底所在。它在這文明社會裏，到處都有它的根據地，越是「都市化」或將趨於「都市化」底城市，這種「貧民」底「窟」也就愈多得不可勝數。

在桂林，一般地說來，無錢無業底人居住的地方很多，但以「南北東西四院」為最顯著。這裏，已經和普通小市民底住地劃出一條鴻溝，而且也為一般市民所鄙視，所輕蔑。以為這都是同狗一樣底生物的居留地，哪裡值得人們去理會，去關切？！

然而現實畢竟是醜惡而令人難堪的，他們終究在這所謂文明社會裏寄生下來了。

「南北兩院」普通又用另一個名詞呼為「叫化院」，兩院都在桂北路，而相隔並不甚遠。院中兩三排簡陋不堪的房屋，全是用竹籬笆加石灰泥土糊成。看那古老的剝蝕脫落的樣子，就可知道這房屋建築的年代已不知多久了。屋主人當然儘是「貧民」，大多且是瞎子或殘廢不健全的人。南院大約二十來家，共百餘人。北院較少一些，但也有五六十人之多。他們儘是些給現社會遺下底可憐蟲，每天的生活和一般小康以上人家，真是不可「同日而語」！

他們這些殘廢者，也仍舊有他們底家。他們有父親，母親，也

有活潑伶俐的小孩。但所有底人，莫不在飢餓與困苦中掙扎。小孩的教養當然談不上，連每日必需底生命口糧也還大成問題。

當我們有機會走去裏面看看，那麼，除了斷牆殘垣、破屋陋舍以外，一些焦黃的滿佈菜色的面孔，骯髒的身體，襤褸的衣衫，不成其為傢俱的零星東西……會一一呈現在你的眼簾之前。如果是在很少具有社會經驗的人看來，幾疑乎這是「人間地獄」，而不相信真的有這麼一個所在。

然而，這一批批的被人們遺忘了底男女，也各自有其謀生的方法。一到夏天，街頭便有這些盲婦人沿街去唱，普通稱為「唱蓮花鬧」的便是。如果生意好的，也還能購得一天的米飯錢。否則，便只好縛緊肚皮挨餓了。那些殘廢的男人們，有的以賣「鹹脆花生」度日，有的收買雞鴨毛紮成雞毛帚去發賣，有的每天出街頭巷尾拾糞草……他們都各自採取了一種最適宜於自己的生活手段，在這人生的道途中邁步前進。而且，用了最大的忍耐心，在現社會裏堅強地活了下來。

但他們不論男女老幼，卻另外還有一種共同的特殊權利（？），就是每逢一般市民有「喜慶喪吊」底盛典舉行時，他們便會分頭去找到這些人家，用了乞憐和哀告的話語，去「討」點「殘羹剩飯」回來，以便充飢果腹。

可是，他們這種求人憐憫與同情的生活方式，卻也有一定的組織和計劃的。因為，每一個院中，設有一個「頭目」，他有最大的權威，無論誰個，都要服從這「頭目」的命令。當人家有喜慶等事時，這「頭目」就糾合一些同輩所屬去向那人家告化求乞。等到如願以償時，「頭目」便會將一張印有葫蘆形的紅紙條貼在那人家的大門口。而以後，他們中再也沒有人來吵擾了。如果到了年節時候，他們也一樣地用這辦法去向人家討幾串「發財錢」。但這時院中各人卻可自由任意去向人求乞，而「頭目」也不再加干涉。

這「頭目」是一院之主，是這一群裏的領袖。他不但有各種管轄指揮之權，也還可以代表這些人一切事情和要求。而所有的人，

也都聽他如意指揮。他到每月的終結，還可率領所屬到政府方面每名領取一毛錢的「恩餉」，以作他們的常年一定收入之資。

至於東院則在對河東洲，又名「養濟院」；西院則在南城外，又名「廣濟院」。這兩院也各有數十人之多，一切情形亦與南北二院大概相同。只不過這兩院比較盲眼的爲少，而且多以「搓繩」為生。那東西南北的四個字，也不過以地域來區分，各在一境，各不相侵而已。

現社會待他們這一群人是最刻毒而殘酷的，可是他們卻能以一個殘廢者，一切都忍受下去，而且各持一技之長，在這動盪不安的今日，始終勤苦地奮鬥著，努力著，把生命在苦難中培養下來，這或許給那些飽食終日、無所事事的人們看了也知有所警惕吧。

❁ 新編《雁門關》不日在西湖公演

《桂林日報》1936年9月6日

桂林縣黨部通訊處自成立工作以來，靡不卓著勞績，前者以本市戲劇工人甚形渙散，且原有桂劇內容及形式缺點甚多，非組織工會亟加改良，不足以繼續彼等之生存。乃於前月扶持戲劇工會成立，各節經誌前報。茲查該處擬將原有桂劇逐漸局部改良，俾合於現代社會之要求。先將《杏元和番》一劇改良為國防戲劇，更名為《雁門關》。至於腳本，則聘請名家改編，一俟腳本脫稿，排演純熟，即擇日在西湖酒家公演。聞負責改編者談，此劇最大之缺點，厥在只注重兒女私情，而置國家民族於不顧，致使觀眾只僅意識到哀豔情緒，而

《桂林日報》報導「新編《雁門關》不日在西湖公演」消息

其悲涼偉大之意義反因之埋沒不彰。現將之改編為在外敵與漢奸雙重煎迫下之一幕悲劇，把握到其偉大性，使之與現實相似，因而使觀眾獲到深刻之認識，對於救亡圖存，未嘗不無補益。至其原有之哀艷部分，亦酌量保留，以存原意云。至於腳本改編之情形，容探續誌。

✤ 哈庸凡改編桂劇《杏元和番》為《雁門關》

1936年9月

（民國二十五年）九月，國民黨桂林縣黨部組建了劇藝工會以籌畫改良桂劇。當時，國防戲劇的口號已在桂林引起戲劇界的關注。當時由哈庸凡將《杏元和番》改編為《雁門關》，將「兒女私情和哀艷情緒」的內容改為「在外敵和漢奸雙重煎迫下之悲劇」，使之適應當時抗日的現實。

據《中國戲曲誌・廣西卷》

45

市場不景氣之下

✤ 本市劇業前途悲觀

全市共戲院五間內有影院一座
因顧客寥寥各院互相爭減座金
獨特區兩院票價低廉看客滿座

《桂林日報》1936年9月10日

桂林的戲院，除了城內的西湖和同樂兩家以外，還有特察里的三都和清平兩家。另外，在城裏還有間碩果僅存的新華影院。

戲院的數目雖不算多，但在桂林這地方，也就足夠他們支持的了。因為，在這年頭，一般市民謀生尚屬不易，哪里還有餘裕的金錢消耗在看戲方面。而且處茲桂劇前途甚形黯淡的今日，富有前進思想的人們，大都不甚願意舊劇問津了。

西湖同樂　這些戲院中，以西湖的營業狀況較好。在旺

月——據說是廢曆正二月和五六月——每日夜可望有六十元左右的收入，除了一切開銷而外，老闆是大可以賺得一筆錢的。至於同樂，則略為遜色，但每日夜也有四十餘元的收入，也還可勉強支持。這兩家的顧客，大都是一些小資產階級以上的人們，否則便是些靠拿工薪過活的公務人員。普通一般無錢的小市民，是不敢過問的。因為在日間最低廉的座位，都要賣到二毛以上（連茶）。如果是晚間，對號位居然要賣到五毛錢呢。因了顧客們既有一部分是公務人員之類的人，晚間的營業，也特別來得旺盛點。日間，有些時候是「停滯」不開場，即許開演，除星期日外，顧客是寥寥無幾的。

這兩家戲院各都旗鼓相當，勢均力敵。且每家都想盡種種方法以招徠顧客，一面極力地替自己宣傳鼓吹，一面也很注意聘請好角色，以吸引一般有「周郎癖」者。故此一個「班子」請來至少須花上四十元一天夜——中間有一二素負盛名的坤角，居然每天的工價是十元。這樣高的待遇，比之薦任以上的公務員，有過之無不及呢。

清平三都　至於清平和三都，收入方面比起上面二家真是相形見絀。這原因，一面是位在「特察里」中，帶著舊道德的假面具底人們，大都不願側身其間，而稍有地位的人，也不欲賞光，恐遭物議。此外一般公務人員和武裝同志們，則因此處素為「禁地」，不敢擅入。是以到這兩家戲院看戲的，倒是下層民眾居多。且因座金低廉，普通的小市民也都樂於光顧。這裏的座位，客氣點的是在樓上，連瓜子茶在內，也不過花上兩毫子便行。在地面的「長條凳」，每人也僅收半毫錢。故那些有「戲癮」的老太婆（當然不是老太），為了這裏「價廉物美」，所以也時常來光顧。

但到清平和三都看戲，你如果腰包裏實在「不名一文」，也還可以的。因為戲臺對面大部分的空地方，都不取分文，任你自由站著看。所以，這兩間戲院時常總是擁擠非常的，但座金的收入，卻微乎其微。清平每日夜大約二十元，三都不過十把元而已。這情形自然是蝕本的，其所以它不致倒閉的原因，是為了全由那些「銀牌

公司」支持著，賭商們開辦這戲院，目的不是在賺錢，而是想吸引顧客——賭朋友——的惠然降臨。

上面這些戲院，完全以演桂劇為職責，雖然有時偶而聘來些什麼「XX團」到院表演，但也不過是曇花一現，不到許久，也就不能支持得起了。

新華影院　此外這家惟一僅有的電影院，營業的情形沒有一定，如果是有聲的而有價值的片子，則大可招徠不少的顧客，而每場的收入，大約可達四五十元左右。否則，最多不過一二十元而已。因為若是好片子，門券可賣二、四、六毛，觀眾也還不少。但片子既不好，而且三翻四覆的出演，則雖是券價低廉，看的人也還不多。雖然該院有時利用門券「一律二毛」的辦法，但因顧客不甚多，也只好日場停止，放映夜場。

總之，這些戲院的營業狀況，也隨著市場的不景氣大不如前。如果沒有優良的辦法去維持，它們的前途是很悲觀的。

47

❖ 黃旭初通電省會遷桂

中華民國二十五年九月三十日，廣西省政府主席黃旭初通電省府遷設桂林，南寧十月三日停止收文，十月五日在桂林辦公。

❖ 「風雨社」昨補行成立典禮
區團黨部縣府等派員蒞會指導
周通訊員等訓話畢社員相繼演說

《桂林日報》1936年10月1日

「風雨社」定於日昨正午補行成立典禮，各情經誌前報。查是日到會者，計有縣黨部通訊處代表周通訊員振綱，縣政府代表張科長繩材，指揮部代表周主任游及該社社員二十餘人。該社開會地點原定在縣黨部通訊處內，嗣因地點不敷分配，乃臨時改設於「桂林軍團婦女工讀學校」。屆時搖鈴開會，由程延淵主席，陳祖鈺記

錄，林光嵐司儀。主席領導全場如儀行禮後，即宣佈開會理由，略謂「本日為「風雨社」成立典禮，幸蒙本市黨政軍各機關派員參加，實為榮幸之至。本社組織動機，係感覺桂林文化界空氣過於沉寂，願以衝破此沉寂之空氣，提高文化水準，使適應現實環境。經二三同志磋商結果，乃決定發起組織，並定名為「風雨社」，推定四位同志負責起草簡章。其後本市青年同志陸續加入，經第一次社員大會決議，定於本日補行成立典禮。本社之成立，既非風頭主義，復非俱樂部性質之團體，純係一般熱情青年處茲非常時期，感覺自身責任之重大，乃思在文化界中盡一份救亡圖存之力量。今後本社當在革命領袖領導之下，與乎社會人士指示之下，努力工作，以企圖達到此目的。」繼由縣黨部通訊處代表周通訊員振綱訓話，略謂「風雨社成立，純係一般熱情革命青年之組合，今後當盼望腳踏實地做去，勿負初衷」云云。復請指揮部代表周主任游訓話，略謂「桂林為一歷史的城市，自省會遷邕後，風氣即沉寂異常，今後盼望「風雨社」諸君本其宗旨，苦幹到底，使桂林社會得以踏上新的階段。至於本人，願隨諸君子之後，共同努力，以完成此偉大的歷史使命」。繼由該社社員趙醒寰、哈庸凡相繼演說。演說畢，復由主席致答詞，乃禮成散會。

茲探錄該社職員於後。

幹事周振綱、哈庸凡、陳祖鈺、程延淵、謝啟道、蘇永華、林光嵐。總幹事周振綱，總務部部長陳祖鈺，文化部部長程延淵，遊藝部部長蘇永華，《風雨月刊》編輯委員會主任編輯哈庸凡，「風雨劇團」團主任陳邇冬，會計股股長陳祖鈺兼，庶務股股長趙醒寰，文書股股長廖文漢，交際股股長謝啟道，社會教育股股長程延淵兼，出版股股長秦昌英，音樂股股長蘇永華兼，體育股股長

風雨社補行成立典禮

（暫缺），歌舞股股長馮素霏，技藝股股長林光嵐。

「風雨劇團」參加雙十節慶祝大會表演新劇並負責燈謎

又訊　該社應桂林各界雙十節國慶紀念大會之聘，於十月十日到場表演話劇及負責燈謎事宜。除燈謎一項，已推定陳邇冬、程延淵負責外，其餘話劇則由「風雨劇團」擔任。聞該劇團擬上演李健吾之《另外一群》及特約朱門絃先生所編之《風雨》二劇，現正在積極準備中。

❀ 「風雨社」昨召開二次幹事會議

決定加緊籌備劇團工作多項

《桂林日報》1936年10月5日

「風雨社」於昨日上午八時，假座縣黨部通訊處辦公廳召開第二次幹事會議。出席者哈庸凡、謝啟道、程延淵、陳祖鈺、蘇永華、林光嵐等六人，缺席者周振綱，列席者廖文藻。由程延淵主席，行禮如儀後，即開始討論各項提案。茲將其重要議案探誌如下：（一）本社劇團各演員職員可否聘請外界人士參加案，決議：由該團主任負責酌量聘請。（二）劇團需用各物應如何籌借案，決議：由交際股會同慶祝大會遊藝部向

各處籌借。（三）各部股及劇團、編委會各員應加緊工作案，決議：由各該部負責積極辦理，以期提高工作效率。直至九時許，始討論完畢散會云。

❀ 桂林各界籌備慶祝雙十節

雙十節晚舉行提燈及遊藝

《南寧民國日報》1936年10月5日

桂林九月卅日訊　本縣各界經於九月廿七日開各機關代表大

會，討論慶祝雙十節籌備事宜。當經決議推定人員組織籌備委員會，負責辦理。該籌備委員會成立後，旋於廿九日正午十二時在桂林縣黨部會議廳召開第一次籌備會議。計出席者有桂女中代表許翰光、縣政府代表張繩材、婦女會代表全麗芬、縣黨部代表周振綱、桂初中代表馬洛書、桂林公安局代表以述中、縣總工會代表鄧治清、桂林市政處代表屈鵬飛、桂林警備司令部代表李淩霄、桂林日報代表李英、廿師部代表歐劍夫、桂林縣商會代表陳潤堂等十二人。開會時由周振綱主席，行禮如儀，主席即報告召開第一次籌委會之理由，繼即討論提案，決議事項如下：（一）各部應推定何機關負責案。決議：1、總部推定縣政府為正部長，縣商會為副部長；2、宣傳部推定桂林日報社為正部長，桂初中為副部長；3、遊藝部推定桂林縣黨部為正部長，婦女會為副部長；4、佈置部推定體育場為正部長，總工會為副部長；5、糾察部推定公安局為正部長，城防警備司令部為副部長。（二）募捐隊應推何機關負責案。決議：推定桂女中負責，至募捐範圍，除未捐款各機關必須樂捐外，並向本市各大商店勸捐。（三）雙十節晚應否提燈案。決議，各機關、法團、職業會員、各學校學生一律提燈，並請縣政府通令各街商店住戶，每家自備彩燈一盞，派壯丁一名，由街長率領參加提燈，巡行燈燭費自備。（四）提燈集合地點及時間如何規定案。決議，集合地址在體育場，時間定十月十日下午六時半。（五）本會桂劇應如何辦理案。決議，由大會函請南華桂劇班，並由大會津貼毫幣二十元。至於各班名角再行由遊藝部會同公安局調演，開演時間由十月十日正午十二時起。（六）本會話劇及遊藝應如何辦理案。決議，一，聘請總政訓處巡迴演講團表演話劇歌舞；二，聘請婦女會表演話劇及各項遊藝；三，聘請「風雨社」表演話劇及燈謎，表演地點均在體育場，燈謎在雙十節正午十二時後舉行，話劇在下午七時舉行。（七）遊藝部提議函請城區各鄉鎮在可能範圍內，各具彩獅一堂，參加慶祝案。決議，照案通過，並津貼每堂小洋三元。（八）遊藝部提議，應否函

請各戲園各具頂馬參加提燈案。決議，照案通過。（九）大會總指揮應推定何人案。決議，函請第八軍部副官處負責。（十）募捐隊提議由籌委會通函各機關長官，請踴躍樂捐，應否請公決案。決議通過。（十一）提燈巡行總領隊應聘何人負責案。決議，聘請桂林初中教員雷茂松同志擔任。

✲ 慶祝雙十節第三日遊藝情形

分體育場南華戲院兩地表演
觀眾異常熱烈至深夜始歡散

《桂林日報》1936年10月13日

廣西各界慶祝雙十節國慶紀念大會連日遊藝情形，經已詳誌本報。日昨為遊藝第三日，仍繼續表演。體育場左右兩旁舞臺，為南華戲院及清平戲院擔任表演桂劇。正中演講臺，則表演各學校參加之遊藝，計有省實小及崇德等街國基校表演之國技，繼有縣國中表演獨幕話劇《曙光》，劇情緊張，表演深刻，頗能喚起一般民眾之迷夢。他如何善文之幻術，義南鎮中心校之跳舞，省實小校表演之歌唱，亦皆惟妙惟肖，各有所長。因本晚遊藝節目過多，體育場不能完全容納，故「風雨社」及軍團婦女工讀學校參加之遊藝，遂改在南華戲院表演。先由「風雨社」表演《壓迫》、《風雨前奏曲》及《風雨》，繼由婦工校表演《警號》，其劇中情節，有莊嚴者，有詼諧者，有針砭社會者，有提倡愛國情緒者，演來頗能洽適，觀眾亦甚為滿意。本晚到場參觀各項遊藝之民眾，亦不減於前二日，直至夜闌人靜，才盡歡而散。此種熱烈之祝慶，實前此未有，故此次之國慶日，非但能使一般民眾盡興娛樂，抑且能激發民眾之愛國思想云。

✲ 李總座昨偕各高級長官參觀軍團婦工校

《桂林日報》1936年10月19日

「桂林軍團婦女工讀學校」在周副軍長祖晃陳指揮官恩元主

持之下，以託付得人，成績斐然可觀。而該校員生之儉樸，尤予社會以極大之良好印象。昨日下午一時，李總司令及李夫人郭德潔女士，偕李總參謀長鶴齡，呂處長競存，劉副軍長士毅，邱廳長昌渭及高級軍官十餘人，蒞臨該校巡視。是日適值星期日，而該校員生又均係通宿者，故李總司令等到校時，該校負專責之職員，不獲將校務情形報告。李總司令將校內巡視一週後，在教室略事休息始出校。據當時在該校之員生談，李總司令偕各高級長官出校時，滿臉笑容，極表滿意云。

❋ 軍團婦工校定下月一日開懇親會

並擬舉行各種學術比賽
組織時事研究會創辦壁報
昨召開第三次校務會議決定

《桂林日報》1936年10月21日

「桂林軍團婦女工讀學校」為改善學生生活，增進教學效率起見，特於日昨正午十二時，在該校會議室召開第三次校務會議。出席教員十一人，列席學生代表八人，由該校教導主任周振綱主席，領導全體如儀行禮後，即報告開會理由。略謂「本學期開學迄今，已達兩月，雖在師生共同努力之下，然仍有諸端亟待改革。吾人當此，應振作精神，力圖改善，使本校漸臻優良，庶不負政府創辦本校之至意。故召集第三次校務會議，共商辦法。」報告畢，旋即開始討論：（一）本校織襪一科久經停頓，應否恢復請公決案。決議：俟物色相當教員再行恢復。（二）本校定於每週大掃除一次，以重衛生而習勞作請公決案。決議：定每個星期六下午四時至五時舉行，由各班班長及學生會糾察幹事負責督促辦理。（三）擬增添體育器具及遊藝器具多種，俾使學生於課餘時得以運動及娛樂，當否請公決案。決議：酌量增添籃球、乒乓球、口琴、棋類等。（四）擬舉辦時事研究會使學生對現社會有相當認識，當否請公決案。決議：由哈庸凡指導學生及學術會辦理。（五）擬舉行各種學術比賽，俾鼓

勵學生切實求學，當否請公決案，照案通過，並即席推定蘇永華、哈庸凡、張鴻勳、馮素霏等四人負責籌備辦理。（六）應否督促各班學生辦壁報請公決案。決議：由各班國語教員分別負責指導辦理。（七）每日應否派定值日員，負責辦理全校事宜，請公決案，決議：每日派兩位教職員擔任，周而復始。（八）擬於最近舉行懇親會，藉使學校與家庭得以聯絡而增進教學效率，當否請公決案，決議：定十一月一日舉行。（九）教員如因事請假，應否補授，請公決案，決議：應該補授，補授時間由該請假教員自行擇定。（十）近日學生請假過多，應如何規定，以杜流弊案，決議：除婚喪大事及分娩外，每週事假不得超過三小時，病假須得醫生或家長證明。例假每月只准一次，但仍須到堂旁聽。直議至一時許，始行散會云。

✳ 本報與民眾社遷桂

胡社長訥生等昨晨第一批先出發
民眾社全部遷桂二十三日在桂辦公

《南寧民國日報》1936年10月22日

自本省省會遷桂後，桂林已成為文化政治中心，負有宣傳文化使命之廣西民眾通訊社以及本報，為採訪便利計，均有隨遷桂林之必要。本社兼社長（兼民眾社社長）胡訥生，先期派經理熊毅往桂林籌備，並派本報記者曾彧採集要聞。現熊經理已於十六日回邕，並擬就詳細計劃書，預備本報遷往桂林時，從事擴張。茲因本報機件字粒繁多，且出版部、鑄字部、檢字部、電版部、訂書部、裁紙部、雜件部等男女工人達一百五十餘人，一時未能全部同時搬遷。尚有由港購運之捲筒機及新式字模尚未到齊，因此決定民眾社先遷往桂林。在未尋得相當社址之前，暫假《桂林日報》辦公。本報兼社長並經理、出納員以及民眾社編輯及職員等第一批先行出發，於昨（廿一）晨六時分乘專車並押運機件赴柳轉桂，籌備一切。民眾社則趕於廿三日開始辦公。

民眾社昨發快郵代電，轉錄於下。

桂林第四集團軍總司令部總司令李、省黨部、省政府黃、總政訓處長潘鈞鑒

廣西省會公安局、桂林縣政府、桂林日報社勛鑒

南寧副總司令白、總司令部行營、十五軍夏軍長鈞鑒

邕甯縣政府、南寧市公安局、南寧民國日報社、各區民團指揮部政訓處勛鑒

各縣通訊員均覽：

本社於十月馬日遷移桂林，暫假《桂林日報》辦公，除專案呈報總司令部備案外，謹電察核，並希查照，仰各知照。廣西民眾通訊社社長胡訥生呈叩馬（廿一日）鈐

查民眾通訊社組織規模宏大，本省各縣通訊員達二百五十餘人，平津京滬港粵漢口南洋各重要都會商埠均有特約專員，且設有波長三九米達無線電臺，於每日下午五時三十分拍發電訊，平津京滬港粵漢口各地均可收到，該社並設有圖片部專攝時事要片。所有稿件為迅速傳遞計，均用航空寄送。聞該社遷桂後，更從事擴充，以期成為南中國新聞網之總網云。

❖ 《壓迫》和《風雨》出演後

「風雨劇團」導演團

《桂林日報》1936年10月24日

《壓迫》和《風雨》出演後，我們就準備著罵的到來。

為什麼說「準備著罵的到來」，而不說「準備批評到來」呢？這道理卻非常簡單：

由於桂林離開上海很遠，文壇既在上海，桂林方面，則好像是有文無壇。即許有吧，那壇也是草紮的，並不像上海文壇那樣建築宏偉，高不可登。但雖則是草壇，壇下也常有一些三山五嶽的士卒或候補的批評家在侍候著。或上壇捧場喝彩，反之則擲草鞋，或者跳上壇去，振臂尋鬧，也是常見的事。一個隨手可拾的例子，當師

專第一次公演《父歸》、《屏風後》、《父子兄弟》時，不是有一位不懂戲劇而高談戲劇的姓羅的先生，以假充懂行的大叔姿態出場，說了一大篇「不該戴眼鏡」呀，「燈光不合適」呀，「應上前一步」呀，……嘰嘰咕咕，咿咿呀呀的話麼？

這話雖已隔年，但我們的候補批評家卻還活在人間，可是卻並不見出來叫罵。我們此刻見到的，卻是另一位不是候補批評家而確確切切能夠把他的批評使我們接受的司徒華先生。見本月十九日「突擊」——《從南華戲院歸來》。

司徒華先生（也許是司先生）對我們說的話太客氣了。他說「導演先生手法很好」，實則我們的手法卻太低能。由於導演的低能，所以在《風雨》和《壓迫》兩劇中的九位演員，我們都沒有使他們能夠盡量發揮表演天才。再由於時間的促迫，排演不多，匆匆上演，所以有幾位演員在臺上就顯得「火候」不到，或臺詞念得太板等等。這全可以歸罪於導演之手，我們還抱歉到如今，對不住劇作者，也對不住演員，更對不住觀眾。

抱歉是真的，但那晚觀眾的無字批評卻使我們感到溫暖。他們肅靜，他們認真看，他們的情緒隨著舞臺上的鬆緊而鬆緊，隨著舞臺上的歡愁而歡愁。這一千多隻眼光同時攝向舞臺時，我們的真空瓶中就裝進了不少的勇氣。

司徒先生的批評，以及觀眾給予我們的無字批評，在這兩種批評指點（也可以說是培養）下，我們私心希望，目前廣西話劇運動的蓓蕾將開放成一朵燦爛的花。

✻ 軍團婦工校昨舉行秋季郊遊經過

足遍東洲各地名勝
採集標本舉行野餐

《桂林日報》1936年10月25日

「桂林軍團婦女工讀學校」定於本月二十四日舉行秋季遠足旅行，各情經誌前報。查是日八時許，全校員生即陸續到校集合，由

55

該校教導主任周振綱將旅行工作詳加說明。至九時,即整隊出發。計參加學生百餘人,教員十一人。是日該校全體學生一律戴灰色團帽,著灰色學生裝,短裙,青襪,青鞋,服裝異常整潔。一路上隊伍靜肅,精神奕奕。九時半,抵仙隱岩,即解散隊伍,自由憩息,或採集標本,或探勝尋奇,或臨流摘句,或登山遨遊。甚有拿出日記簿抄錄狄青平南碑及元祐黨籍碑者。一時各自從事,頗形忙碌。然於忙碌中,亦有一股舒暢之樂趣,隱現於一眾學生之眉宇間。蓋一則因蒼涼秋郊頗足賞心悅目,一則因久困教室,一旦與大自然接觸,愛慕之情,自不知不覺間表現也。至十一時,復集合學生整隊前行,遊隱真岩,探酒壺山,出岩子頭,轉祝聖寺。一路歌聲悠揚,震破山谷。至下午三時,本擬在六合圩舉行野餐,而眾學生遊興未闌,又登普陀,七星,遊覽多時,始下山舉行野餐。因器具不敷應用,遂分為前後兩次進餐,每次約五十餘人。席間雖無珍饈佳餚,然員生間歡樂異常。餐畢,自由休息。少刻,銀笛一聲,即整隊返校。至入城時已清風明月之夜矣。

✼ 本社重要啟事

《南寧民國日報》1936年10月31日

案奉中國國民黨廣西省執行委員會宣字第一八〇二號訓令,內開:查該社遷桂乙案,業經第二次執監聯席會議議決,在桂另辦新報。在新報未發刊前,由《南寧民國日報》接收《桂林日報》,先行出版。《南寧民國日報》保留規模,等因,即經本社擬具遷移計劃及保留辦法,呈奉省黨部核准,並委黃楚為《南寧民國日報》社社長,繼續辦理,現本社員工及機件,均經酌量分批遷桂,所有邕社一應事務,截至十月底止,全部辦理結束,並將應留邕物件,移交黃任接管。在十月底以前,本社言責及一切經濟關係,統由本社舊辦人員負責,其有未清手續,亦完全移《桂林日報》社繼續辦理。自十一月一日起,統由接辦人員負責。除呈報外特此聲明,敬希各界亮鑒是幸。

社長胡訥生謹啟

✽ 把綏戰擴大為民族解放戰

《桂林日報》1936年11月21日

全世界，我們就再也不能找到有甚麼東西更會比法西斯蒂侵略者更卑劣殘忍的了。

墨索里尼這隻凶狼，當他在向阿比西尼亞宣傳所謂古羅馬之光榮的時候，他曾毀滅了一切國際間的信義，人類間的道德。他用毒瓦斯將持矛執棍的阿比西尼亞人毒害，他炸毀紅十字會，他炮殺傷兵營，他轟擊醫生看護婦。這一切暴獸的行為，造成了曠古未有的罪惡最高紀錄，永為人類留下無窮的恥辱！

而今，東方的凶狼也同樣的在企圖向中國大眾施暴行了。他也想在東方造下罪惡的錦標。據本報十八日電載：

「綏東戰事漸烈，日方運毒瓦斯若干到商都」。

又載：「有日機八架飛到綏東華軍陣地，投下炸彈八十枚，盛傳助蒙偽來犯之空軍並投下毒氣彈」。

五年來，我們在隱忍求和的外交政策下，在體諒政府苦衷的題旨下，我們是一而再，再而三的遭受敵人無窮無盡的壓迫侵凌，無限量的土地，一天繼一天的喪失；無限量的同胞，一天繼一天的淪為奴隸。生殺予奪之權，都聽憑敵人的意旨。我們的憤怒，是蘊蓄了滿身的，我們整身的血液都在沸騰，我們任何一個國民，都已經在恥辱的前頭宣誓，決定和敵人作最後的生存戰鬥了！

然而，為了體察政府的「苦衷」，我們是把這一切恥辱的憤怒，一次又一次的壓抑下來！我們無可奈何的隱忍著，給政府訂立了「上海協定」、「塘沽協定」、「何梅協定」；我們無可奈何的隱忍著，看敵騎由東北而熱河，而察北，而冀東。可是我們隱忍的結果不惟不能遏止敵人的侵略，適得其反的，我們已經由五年長期的隱忍，而將被敵人整個的滅亡了。敵人並不容我們再容忍了，他索性學意大利對阿比西尼亞的手段，準備用毒瓦斯把我們整個的殘滅了！

經了七次長久的中日談判，因為在全中國民眾憤怒的監視下，日本帝國主義者不能遂其所欲的得到一切要求，慣於用伎倆的日本帝國主義者又在用「剛柔並施」的政策了。它一方面不放棄談判，一方面則在綏東唆使日偽蒙匪軍向中國軍隊作武力威脅，企圖由此來得到談判的勝利。五年以來，日本帝國主義者知道這個手段的，它知道中國當局是怕威迫的，所以任何一起的中日交涉，總要來一次全武行的前奏。喜峰口之役使它得到「塘沽協定」的權益，華北武裝保僑行動使它得到「何梅協定」的權益。這次，它為了要使中華民族千萬年永淪為奴隸，為了要整個的吞併華北，為了要徹底壓服中國大眾的抗日情緒，又在最緊急的談判中間來演奏大軍侵綏的曲調了。——是最卑劣殘忍而沒有人道的毒瓦斯侵略戰！

但，事實告訴我們，這次我們再不能容忍政府像解決喜峰口之戰解決平津事件似的，只是向廿九軍和學生群眾壓制來向敵人作屈辱的退讓。政府無論如何要在今日來深切的體察到全國國民的心情，要知道再次的退讓已不是國民所能忍受的了，更要知道整個民族生死存亡的關頭，也大部繫於今次綏遠事件之如何解決！

我們要求政府立即停止對日作無頭交涉；立即停止一切足以耗損國力的內戰；立即「以牙還牙」的把綏遠的抗敵戰線擴大到全國來。只有用被壓迫民族對法西斯侵略者抗鬥的廣大戰爭之展開，才是我們答覆日本帝國主義者此次暴行的正當舉動，才是我們要洗刷五年來整個民族的「奇恥大辱」的唯一生路，才能把握到殖民地民族自衛戰之必然勝利。過去一切戰役給我們許多經驗，局部的抗戰曾在主觀客觀條件限制下而遭受失敗的！

我們要再高聲呼喊，不要把綏東事件局部解決，更不要把綏東戰爭老是局限在綏東！我們要把綏遠問題擴大而為解決整個民族生存的民族解放戰爭！

❖ 關於國防戲劇

《風雨月刊》創刊號1936年11月

隨著國防文學底發生，乃有國防戲劇底被提出。

戲劇，是一種綜合的藝術。可是，那自然，從我們看來，它絕不是甚麼超時代的、至上的藝術，而是緊緊地抓住了人生，抓住了現實，抓住了社會生活的藝術。它體味了人生，表現了人生，又創造了人生。所以，伊科維茲說：「舞臺是反映人間情熱的鏡子」。要是戲劇離開了社會，離開了時代，離開了現階段人類底情緒，那麼，它底內容，就自然是空洞的，不著邊際的，只能讓那些藝術至上主義者懷抱著高臥在象牙之塔裏。

再說，在一切的藝術形式中，戲劇要算是最普遍化，最大眾化的一種。因為戲劇是將人類底各種情感和人間底各種現象，用藝術底手腕組織起來，藉著動作、語言、表情等方式，在舞臺上具體地表現出來，尖刻地刺激著觀眾靈魂底深處，使觀眾底情緒和舞臺底情緒一致，使舞臺底力量，浸透在觀眾底每一個細胞裏，從而發揮更偉大的力量。而且，戲劇底感化力，也最迅速而且強大，它並不像其他底藝術一樣需要他種東西居間介紹，就可以直接獲取在表演裏所給予我們底印象。

前面說過，戲劇是反映社會生活的，所以戲劇應該受到社會底指導，而循著社會底轉變去決定它底內容。在今日，帝國主義者底巨大的魔掌，已經緊緊底扼鎖著我們底咽喉，所謂「亡國」，所謂「滅種」，當然不是普通的，平淡的，恐嚇的警句，而是要在殘暴的侵略者底積極壓迫下給兌現了。我們底赤血，沖成了侵略者底白蘭地；我們底白骨，築成了侵略者底高樓大廈。到今日，我們一切都沒有了，我們只有鬥爭，只有從鬥爭中去求生存，從而國防就成了當前民族解放鬥爭中最迫切，最嚴重的任務。國防戲劇就是要把我們鬥爭的情緒組織起來，具體地在舞臺上表現，使這一點一滴的鬥爭情緒，都滲透到大眾的心中，使大眾勇敢地步上求生存，求解放的道上，使他們成為一員英勇的戰士。

國防戲劇底任務，卻不僅是激發大眾底民族意識，更進一步，它還要教育大眾，組織大眾，訓練大眾，使大眾認識時代，使大眾獲到新的智識，使大眾覺悟到自身底不幸，從而充實自己底武器，去向侵略者作有力而有效的答覆。

但，這裏所謂的「國防」，絕不是狹義的愛國主義底私生子，它是秉承著弱小民族自求解放的要求，大踏步地向帝國主義者作民族生存的抗爭。所以它所表現的題材，主要的自然是反帝反法西斯。在這裏，我們可以儘量暴露敵人底獰惡面孔和漢奸底卑污手段，以及在高壓下的一切不合理、不正當的制度。但是，我們可不能忘記了我們底觀眾，我們還得表現大眾底力量和集團底生活，還得進一步去說明帝國主義者、漢奸，以及一切不合理、不正當制度崩潰的必然性，使大眾因此而獲得信仰，因此而鼓起勇氣，挺身健步踏進民族解放鬥爭的陣營中。

至於國防戲劇底表演技術，則是嶄新的，適應著現代人底生活底需要的。這技術，絕不能乞靈於舊劇裏底陳腔濫調，而是採用了新興藝術之一底話劇底形式，將現代人底活生生的動作，語言，表情……完全忠誠地表現出來，將現代人所能看到的，也即是真實的「景」「物」，毫不抽象地排列起來，從而利用舞臺上底幾個場面，去感化、去激動所有的觀眾。用這樣接近大眾底形式，塗上反帝反法西斯的內容，其收穫之偉大，當然是意想得到的。所以國防戲劇是我們目前最應該、最需要提倡的，這是弱小民族翻身的警號，也就是民族解放鬥爭實踐的起碼。

❋ 「風雨社」主編之《風雨月刊》出版

《桂林日報》1936年11月22日

桂林「風雨社」月前籌備刊行之《風雨月刊》昨已出版創刊號。聞該社經託桂林啟文印務局暨省內各大書局代售云。

✲ 桂林軍團婦工校組織湖濱劇團

決參加慶祝二十六年元旦大會公演

《桂林日報》1936年11月29日

桂林軍團婦女工讀學校以該校缺乏劇團組織，不獨對於抗日救國等宣傳減少效能，且於員生工作之暇，精神不無枯澀，無正當之娛樂，亦一憾事。昨特召開代表會議，決定組織湖濱劇團，該校員生均得自由參加。並聞該劇團組織成立後，即加緊練習，決定參加慶祝二十六年元旦大會公演云。

《桂林日報》刊出「桂林軍團婦女工讀學校」組織湖濱劇團消息

✲ 各校等代表昨商定元旦宣傳地點時間

《桂林日報》1936年12月31日

廣西各界慶祝廿六年元旦大會籌委會宣傳部於昨（卅）日正午十二時，在省黨部會議廳召集各中等學校及學聯會縣婦女會代表舉行談話會。出席者省黨部代表趙誠之、李青，國中代表羅長松，學聯會代表高幼華，桂初中代表石中玉，桂女初中代表許翰光，縣婦女會代表蔡月華，婦工校代表哈庸凡。查其談話結果，決定以下各事件：一、關於元旦宣傳地點及擔任學校之分配，決定如下表。二、關於宣傳時間之規定，決由十二月卅一日起至廿六年一月一日止，每日下午六時三十分至八時三十分為出發宣傳時間。茲將其宣傳地點及擔任學校分配表探錄於後。

宣傳地點及擔任學校分配表
宣傳地點　擔任學校
北門外大街　西大
桂北路法政街　西大
中北路西華公平街　西大

伏和街東華街　初中
桂東桂西路正陽街　初中
中南路百歲坊中山街　女中
依仁街定桂街王輔坪　女中
桂南路　女中
八連街五美塘義倉街　婦工校
（下略）

1937年

✽ 自白──給魏溫君解釋一下[1]

《桂林日報》1937年1月12日「桂林」副刊

未開始正文以前，我先得坦白地承認我曾經做了一次話劇界的罪人，我曾經污穢了一九三七年的劇運，其次我還得感謝魏溫君的直爽和熱情！

真的，這次「風雨劇團」的演出，是不堪想像的失敗了。魏溫君的批評，一句也不是虛話。不過其中有一段是專談我個人的，在這一段裏，魏溫君的看法，似乎有點錯了。所以我想在這裏解釋解釋，可是，請魏溫君千萬不要誤會，以為這解釋是想推卸我的罪名。我的罪名，我是老早就自己承認過了的，這裏的解釋，不過是想把我在這次的演出裏其所以得到這樣壞的結果的事實真相告訴魏溫君，同時，也企圖把魏溫君有錯的地方校正過來。

不怕別人笑破口，我確實是愛好話劇而且忠於話劇的。正因為這樣，所以在這次公演裏，我的奔忙是較別人為甚（這並非就講其他的團員就不愛好話劇而且不忠於話劇）。同時，我自己也願意奔忙，因為將來演出成績的佳良與乎話劇前途的光明，是可以填補我

---

[1] 本文作者署名「蓉藩」。哈庸凡原名哈榮藩，此前在桂林高中讀書時仍用原名，「蓉藩」即為哈榮藩。

這時心力方面的損失的。我是這樣眼巴巴地在期待著，誰知正當我們在努力收穫（無論是歉收或豐收）的時候，那位糊塗的司幕者卻老實不客氣地給我們把幕落了下來。於是大家氣憤憤地去追問「誰吹的哨子」。當時，舞臺總監出場做演員來了，自然不是他的錯過。後來問來問去，有人說是台下吹的。這麼一來，大家可暴跳了，「誰要給我們扯後腿呢？」當時我忍不住氣正好像魏溫君說的「我們雖因那天給我們的壞印象，不免衝動意氣地說了上面這些話」一樣，所以我才走到台前半掀開幕對觀眾說明。我知道，這種不正當的舉止是我的幼稚和脾氣暴躁驅使我做出來的，所以魏溫君說我「違背了舞臺常規」，我是萬分虔誠地承認的。可是，我當時的說話，雖然「大聲」，卻並未「呵斥」，我只是忠告觀眾，卻並沒有「教訓觀眾」呀！魏溫君說我「目無觀眾」，這似乎是主觀上覺到如此，其實正因為我們眼裏有觀眾，所以才那麼認真地向觀眾解釋（雖然後來在演出上是並不認真，可是我們還是始終努力向著認真這條路上走），企圖使觀眾滿意。此外，魏溫君還說我那種舉動是「瞎出風頭的輕薄行為」。這個，我知道，在魏溫君是出於善意的指摘，可是，在事實上，卻並非這樣的。就以這次的公演來講，有很多的機會，在一般人看來，都是可以不但「瞎出」而且大出風頭的，然而我們都把它放棄過去不要，那麼，我又何必爭著在觀眾說話時來出風頭呢？難道我預先就會知道劇未終場就會半途落幕嗎？所以魏溫君對我雖說是善意，卻不免過於苛責，也許在我的主觀上並不想到是出風頭，然而在客觀事實的表現上，我的舉動，就成為「瞎出風頭的輕薄行為」了。要真的是這樣，我不但是話劇界的罪人，不但污穢了一九三七年的劇運，而且還無意地糟蹋了自己的人格。

我依舊很誠懇地接受著魏溫君的熱情和批判！

一九三七、一、一〇

編者按：真理是從不容情的討論裏得來的，能夠離開了感情來論究事實，這種光明的態度，更是令人欽佩。魏溫君熱誠的指摘，蓉藩君樸質的承認與辯解，這兩文的精神，使編者榮幸不少。願所

有的作者都有此種風度，浪費的事就可以少得多了。

❋ 省會遷桂後桂林出版界之活躍

《桂林日報》1937年1月14日

　　自省會遷桂，桂林各種建設頓呈活躍。政治、經濟、交通之飛躍邁進，姑無論矣，即以文化而論，鼓吹推動革命文化之出版物已如雨後春筍，茲將其足述者，分誌於下：

　　創進半月刊　《創進半月刊》前身為《創進月刊》，是第四集團軍總政訓處出版之刊物。總政訓處在南寧時，該刊物已馳名各地，總政訓處隨總部遷桂後，為適應社會之需要起見，大事擴充，且改為半月刊，內容極為豐富，擁有數千基本讀者。

　　正路月刊　《正路月刊》為廣西民團幹部學校同學總會出版之刊物，前在南寧出版，亦曾喧騰一時。後經一度停刊，讀者正深引為失望。省會遷桂後，最近已宣佈復刊，而且復刊第一期現已與世相見矣。該刊以復興民族，抗戰救亡，改造農村為宗旨，內容充滿熱與力之交流。

　　前導週刊　《前導週刊》為省黨部直接指導出版之刊物，原定期於元旦出版，其內容略分五項，甲、短評，乙、時事論文，丙、闡揚三民主義及本省政綱政策之文字，丁、文藝，戊、讀者通訊。現尚未見出世，或因為印刷之關係所致，然欲讀該刊者，無人不在企望先睹為快也。

　　風雨月刊　《風雨月刊》為桂林「風雨社」出版之刊物，該刊為幾位關心桂林文化青年之吼聲，第一期早已與世相見。嗣因經費困難，有夭殤之慮。旋經集議籌款後，已決定繼續出版。

　　抗日旬報　《抗日旬報》為桂林抗日救國會之出版物，內容以分析旬日內之國際政治動態及國內政治動態為主，間亦夾有論著。

　　基礎教育半月刊　《基礎教育半月刊》為省政府教育廳正待刊

行之刊物，創刊號定於本月十六日出版，內容為教育論述、基礎教育實施報告、基礎學校教師常識、教材教具介紹、教師進修研究或報告、教育書報摘要介紹、教師生活寫實、讀者通訊，該刊將大有造於基礎教育教師，基礎教育教師不可不人手一本也。

南國文藝　以上各種刊物，類皆為鼓吹推動經濟、政治、教育之刊物，於文藝方面尚無專門專刊，聞最近已有人進行出《南國文藝刊物》一種云。

✲ 良豐西大素描

《桂林日報》1937年1月16—17日連載

沿桂柳路距省會有二十多公里之遙，誰也懂得那兒有一間「花園學校」，這就是我們廣西最高學府——西大校本部文法學院的所在地。逢星期三和星期六星期日的幾天，省會裏的市民，總可以睹見一輛外面標著「廣西大學」的校車，裏面擠滿的人。就是婦人孺子也都曉得，這是我們新廣西的大學生。

基於廣西領袖的「硬幹」「苦幹」，連年的埋頭建設，這窮僻的廣西，曾惹動了全國以致世界人士的視線。同樣這個特重於政治教育的學校，曾引起南中國以至於全國人士的注目。在廣西這個演得「有聲有色」的學府，來一個簡單的全面的輕描淡寫，讓遠道近道的讀者得一睹其概況，我想雖近「明日黃花」，但也不無意義的吧。那就先就

◈ 它的歷史說到西大

在幾院未合併之前，那只是單指在梧州的兩院。那時，良豐的花園學校還未叫做「西大」，而是名聞遐邇的「師專」。自廿五年夏省府決議通過了「廣西高等教育整理案」之後，接著就把過去的幾個高等學校改組過來，統一起來，將良豐的師專改並為西大的文法學院，把邕的醫學院合併，梧校劃為農、理工兩院——統隸於校本部。

所以現在良豐西大的前身就是師專，該院暑期暫一度遷邕，後

隨著省會搬家亦「歸寧」到娘家來。講到該校的校址——花園，說來話長，亦有一段可記錄的歷史。

據該地村人說，這個園址原是從前大清時代在朝聞人唐子實私人的花園。他老人家貴為顯要而又有股兒「名士」派頭的，所以就揀了這個彌漫了「詩情畫景」的地點來消娛晚景。後來這一代紅員身後以「家道」中傾，他的後裔就「禮讓」予兩廣總督岑春煊氏。民廿二當局商得岑氏哲裔之慨允，把這個只供個人消娛的地方，捐讓給全省的莘莘學子作終歲的休憩。因此，師專在邕開學不滿一年，便建校於此。現存的「梅廳」、「涵通樓」原是岑氏手建的遺址。關於

◈ 學校的組織與課程編配

想也是讀者樂於知道的吧，校直轄所屬文法、理工、醫、農四個學院，校長由省主席兼任。各院設有院長，院之下分有各系的主任。至於校本部的組織，分訓練、教務、總務三處，各處設有主任，以下分課或股長若干。

文法學院現有社會、文學兩系，各系亦祇一班，社會系有學生四五十人，文學系有六十餘人，此外還附設有鄉鎮高中，還有已畢業的留校旁聽的一些「特別生」。

文法學院顧名思義，當然特重於社會科學的研究。先說社會系，它是過去師專史地系改編來的，特注重於中國社會現階段經濟結構之理解與探討，故科目有中國社會史（分上古史、中古史、近代史）、史學方法論、世界史、經濟地理、國際問題、民族問題、政治經濟學、政治學、哲學等科。主要的講座由施存統、鄧初民、熊得山、彭仲文等分擔。文學系特注重現代文學理論與創作實踐一般理解與技巧之獲得，所以課程分為：修辭學、文學論、詩歌、小說史，此外還有哲學、社會科學的概論之類的學科。主講者有陳望道、馬宗融、祝秀俠、廖碧光諸人。

此外有一個「特別講座」，是遇有聞人學者來校邀其講演的。上面所列舉的，自然不無遺漏，好在筆者是個所謂「無冕皇帝」，掛

一漏萬的罪愆，賢明的讀者是可以曲予赦宥的。

◇ 教授們的生涯和動態

該校的教授多是聘自國內有研究的學者聞人，這是「人所共曉」的。他們對於各部門的學問各有所長，更是「有目共賞」。如施複亮之對於經濟學、陳望道之對於修辭學、熊得山之對於中國社會史、鄧初民之對於政治學……都是「拿手好戲」。

所以他們的生涯，大半從事著述，至於他們的活動，也脫不了宣揚文化，鼓吹文化這一套。尤其在廣西「反帝反封建」的大纛之下，他們是針對著這一目標，在文化的領域裏領導著學生作「開路先鋒」的。誰都懂得「反帝反封建」不是誰扯來標榜的旗子，而是殖民地國家客觀現實反映的真理。

至於他們的思想，雖然或強或弱地有所不同，但亡國滅種的威脅，「兄弟鬩於牆，外禦其侮」，他們之宣導，真不甘後人。他們所日夕希望的是抗日，要求抗日，甚至於起來參加抗日。做抗日運動，在別處也許對於這些教授以為未免「偏激」，甚而至加上一頂「紅帽子」，視為「洪水猛獸」。但在「抗日區」的廣西，尤其是主張「焦土抗戰」的廣西的賢明領袖，都視之為「理所當然」、「不足為怪」。實際他們是上了年紀的參透世故的「穩健長者」。

至於他們的著述，真是「滿坑滿谷」，如果要數，我就數給你聽吧。首屈一指的是鄧初民有社會進化史、政治學，陳望道有修辭學發凡、望道文輯，施複亮譯有資本論大綱……此外各先生的鴻篇巨著真個是琳琅滿目，不一而足。至於散篇、短論，見之各報章的更是恒河沙數了，在這裏恕「不勝枚舉」。

◇ 學生的生活一斑

他們過去以至現在，受著嚴格的團體訓練，所以他們的生活是集體化、紀律化的。這裏有著廣西學生的質樸、節儉、誠實的一般「廣西風」，而特殊的空氣是他們日夕愛談「理論」，說「革命」，倡「民族解放」，嘴裏離不掉「辯證法」。記得該校陳主任曾對學生說過：「你們出恭固然道辯證法，吃飯也談辯證法，真是辯證八股

了。」這話雖出之於滑稽，卻道出了相當實在。

新書運到來，他們就蜂擁到閱覽室圖書館去，爭先恐後的奪著。這可見到他們的「研究性」，對於社會活動他們真是「惟恐後人」。「六一」的發動，全體投到抗日陣線來。有聲有色的廣西學生軍，誰也知道是他們組織的，這當然是受了平日政治教育薰陶所收的結果。而廣西領袖對於這批抗日「突擊隊」，更是愛護備至。惟其是他們富於熱力、勇敢，相對的那就容易流於衝動、輕躁，甚至或許會消沉，這當不是一般的說法。

值得「大書特書」的是，在抗綏運動時，他們的抗敵精神，他們不憚於長途跋涉步行來桂林，他們花了幾天的時光，在街頭捐款宣傳，唱救亡的歌曲來喚醒民眾。現在他們正埋頭努力對於救亡理論與實踐之再認識，說他們生活習慣有什麼缺點，我可舉不出來，能指出的是吸紙煙，每當下課，教室即煙雲繚繞，手持一支，差不多「司空見慣」。至於聳動遊人的

◇ 花園的湖光山色

真是「十步一樓臺，五步一亭樹」，倘真個「桂林山水甲天下」，不妨說「花園山水甲桂林」。設身其中猶如劉姥姥身進大觀園，石山陡峭下的「涵芬樓」，梅林叢中的「梅廳」，相思岩前的「紅豆院」，在在足叫遊人興歎觀止。至於「九曲橋」、「相思嶺」、「校外雁山」，倘涉足登臨，確是「別有天地」。

誰有雅興，盡可以在棋亭煮酒圍棋。水榭下的校心湖，醫院畔一道綠流，是學子課餘遊戲的所在。而校旁一池深水，更是「濯纓濯足」的天然泳場。朔風急時，倘你放舟停棹於蘆葦叢中，詩情詩景真不可以筆喻言宣。至於郊外的草原，更是晚上出籠蜜蜂般學子陶醉的母親。

花園內滿植桂花，記得去年開學時正是滿園秋香，總司令說得好：「桂林，桂花，花園學校，最高學府，是有雙重意義的」。

是的，這是廣西文化的發祥地，這是良豐大學的前途。

❀ 廣西民衆舞獅團紀盛

以武裝的方式慶祝新年意義深遠

《桂林日報》1937年1月21日

新釐有慶　毋忘國難　在國難嚴重的年頭，誰也無心來慶祝這廿六年元旦，然而在廣西卻慶祝得特別起勁。他們慶祝的儀禮，總部則舉行元旦閱兵典禮，民衆則匝旬舉行舞獅。他們用著武裝的方式，來慶祝開國二十五週年紀念的廿六年元旦。正表示廣西上下，並不是在臥薪燃火、未及為安情況之下，作刹那的歡樂，而粉飾太平。乃是在貫徹焦土抗戰的主張之下，作武力收復失地的表示。閱兵詳情已見前訊，舞獅盛況，殊有足述者，特紀之如次。

南國舞獅　源流有自　民間的舞獅玩藝，在廣西特別興盛而熱烈。每逢國家慶日或習俗的佳節，總是一隊隊的舞獅團，鉦鼓喧天，到處遊行獻技。但是，人們若單把舞獅看作廣西民衆尚武的表示，則喪失了歷史的意義與價值。夷考南史「元嘉二十二年，伐林邑，宗愨請行⋯⋯攻拔林邑入象浦，林邑王范陽邁傾國來迎，以具裝被象，前後無際。愨以為外國有獅子，威福百獸，乃制其形，與象相禦。象果驚奔，衆因此潰亂，遂克林邑」（按：南史林邑國，本漢曰南郡象林縣，古越裳界，即今安南之順化等處，為王都所在）。相傳漢末三國時代，諸葛亮征南蠻時，也曾利用了假獅子破真獸陣。廣西地臨蠻荒，舞獅在廣西，是有深長的民族光榮史。廣西民衆前事不忘，傳為習尚，在此東北國土日蹙，全國民衆感到葬身無所的今日，西南民衆以舞獅來慶祝新年，其未忘國難，收復失地之心，實與嘗膽臥薪同一意義。

參加檢閱　耀武揚威　元日閱兵典禮，桂林省會所有獅子隊全數參加，計四十餘隊，人數共兩千餘人。其他如靈川義寧等縣民團來桂參加閱兵典禮者，亦共組有舞獅隊三十餘隊。旗旌滿列，劍戟如林，群獅展武，鉦鼓喧天，實開創閱兵典禮中特有的儀式。當著舉行分列式時，一隊隊舞獅團嚴列陣勢，山崩海湧般繼著軍隊之後，鼓舞前進。那整齊的行列，勇敢的精神，恍如再睹武侯破南蠻，

宗愨征林邑時獸陣克敵之雄風。閱兵官李總司令宗仁暨李總參謀長品仙及各高級將領，在閱兵臺上，見軍容之壯盛，大有晉文公與子范檢閱晉民而曰「民可用也」的盛慨。

列隊巡遊　燈光劍影　歲除之夕，爆竹聲中，所有舞獅團暨排燈隊即集合公共體育場，列隊巡遊各街市。省會公安局長周炳南為總指揮，參加巡行的舞獅團，省府衛士隊一隊為前鋒，繼著為靈川縣來省參加的舞獅二十隊、廣東旅桂同鄉四隊、義寧縣各鄉來省參加的十三隊、本市白龍、八桂、義南、培風各鎮舞獅團共五十隊，省會公安局八隊為後殿，中間夾著燈景、舞龍、宣傳故事，五光十色，隊若火龍，巡遊所至，孺婦爭觀。炮響連珠，歡聲夾道，獅子張牙舞爪，耀武揚威，捧刀荷戈、輕裝短打的健兒，雄糾糾地結隊邁進。在巡行中最震耳驚心、令人奮興的，是民眾呼出「武裝收復失地」和「擁護焦土抗戰主張」的口號。到了夜闌時分，尚是餘興未消，餘勇可賈。

鬥獅獻藝　技足驚人　獅的製造，獅頭用硬紙坯範為模型，軀幹用布縫成。從頭至尾鑲著麻線纖維，毛簦簦鬃，形狀畢肖。舞時，一人套著獅頭，一人套著獅尾，步趨相隨，跳縱自如，儼如生獅。舞獅的節目，有「共同奮鬥」、「瑞溢金球」、「登臺望月」、「登峰造極」、「瑞獅出山」、「金毛振威」、「猛獅入山」、「火場鬥獅」各種玩技。每隊約四十餘人，舞獅手之外，尚有打手、鑼鼓手，打手全身束紮，執著犀利的刀、槍、劍、戈、耙、叉、斧、棍等應有盡有的兵器，與獅周旋。一部分打手搖旗吶喊，鉦鼓齊鳴，如戰士之臨場，如古代之圍獵。舞獅手及打手非素熟武技者，不敢輕試。因為在刀光劍影中，跳挪騰翻，稍一不慎，實有生命之危。如「登峰造極」表演中，獅子距平地三丈餘架臺上，翻身躍下；「火場鬥獅」表演中，躍過丈餘火圈，觀眾驚心悚目，演者膽大藝高，大可表現廣西人善打的氣概。

匝旬鼓舞　萬眾騰歡　新年中，省府原通令休息三日，表示慶祝之意。民眾方面因著省會遷桂後，人口激增，工商業暢旺。且數

年來，政通人和，百廢俱興，因此舞獅的興致，直延到十日方休。總部省府各機關、各商店均有獎彩，鼓獎各舞獅隊。各商店多在樓上高懸獎彩，獅手則架人梯提昇攫取。省府總部均在廣場中搭臺任各隊自由表演，公共體育場一連十日內，無日不人山人海，鉦鼓沖天。真個是千里燈珠明似月，六街車馬湧如潮，為桂市空前未有的熱鬧。

✻ 春節來臨的桂林

《桂林日報》1937年2月11日

時間飛也似的過去，所謂一年容易又春風，廢曆[1]除夕昨已來臨了。幾天來桂林的街頭，由於春節的將到，渲染著未曾有的熱鬧和活躍。可是天不造美，連日灑著絲絲的細雨，滿道泥濘，使忙著過年（廢曆年）的人，咸發「行路難」之歎。看看後庫街、水東門、中南路，省會中幾條繁華熱鬧的市街，越呈繁盛起來。如果你老是看慣這些市街鋪戶過去的擺設的，一定會感覺到這幾天有點異樣。水仙花、吊鍾花，這些是「廣東老闆」的鋪子，陳設得異樣的翻新；其他的鋪子，少不得家用兼發售的新年陳列品。那些賣年畫、賣春聯的攤子，差不多佈滿了街頭巷尾。此外，小孩的玩具、鞭炮、花炮、大獅子、小獅子，擺滿了紙紮店和炮竹鋪。而年糕、糍粑、各樣的米糕，更是推陳出新，充斥於餅食肆。這些完全是新年應有的點綴，但最眩人的是紅色金字「××鎮獨角金龍出遊」的街招，和×××大酒店戲院春日坤伶拍演好戲之類的廣告。

最熱鬧要算東門外花橋下的露天市集和桂南路菜市前的地方。不管天氣晴雨，幾天來那裏是絡繹著肩挑背負的近郊農民，他們把終歲辛勞所獲得的農產品及副產物，來換取春節幾天休閒的歡娛，來換取幾天生活的必需。他們正一喜一懼，交感於新年的來

---

[1]　即陰曆。1912年中華民國臨時政府通令各省廢除陰曆，改用陽曆。此後陰曆即被稱為「廢曆」。

臨。喜的是藉口這「得偷閒且偷閒」的良辰，一年來飽受生活的重壓，這時也可以暫鬆一口氣；懼的是「年關」無異是「難關」，債主臨門，兒女牽衣討飯，這出意料中的戲，都使每一個有可能排演的主角怵怵危懼。水東門，浮橋頭，南門市場……滿坑滿谷堆滿了他們辛勞的結晶品，各種蔬菜，蔥、蒜。

❀ 愚婦可憐　膜拜堯山壽佛寺偶像

自前日起該寺開放
一連八日供人膜拜

《桂林日報》1937年3月15日

本市地處桂北，習俗近於湘南。對於鬼神之崇奉，極為虔誠。復因地理上及歷史上之諸種關係，更使迷信普遍於民間。數年來雖經我賢明當局極力普及教育，啟發民智，然積習已深，尚未能一旦破除也。俗傳舊曆二月初八日，為壽佛誕辰，本市東洲堯山（俗名天賜田）尚有壽佛寺，故由舊曆二月初一日起，該寺即開放廟門，所有附近鄉愚及城廂婦女老幼，多前往該寺燒香祈福，習俗相傳，至今未改。日昨為舊曆二月初二日，是日適逢星期，記者特往堯山該寺一遊，茲將採訪所得一一誌之於下，以饗讀者。

習俗相傳　壽佛誕辰由來已久，其源不可考。聞諸故老云，當年每逢壽佛誕辰，其熱鬧頗極一時之盛。由舊曆二月初一日起至二月初八止，在此八日內，每天均有士女前往敬香。相傳燒頭香（即燒第一次香）者，其獲福更較他人為重，故有預日到廟間住宿等候燒香者。遜清間一般達官顯宦且躬自前往，為人民倡，故爾習俗愈深云云。

小販如鯽　該寺於此數日間，前往頂禮者既眾，故一般牟利者皆不憚道遠，紛擔貨品前往販賣。沿途小販如鯽，多不勝數，有賣食品者，有賣香燭者，有賣茶果者。山麓且有臨時炒賣店數間，皆座無虛席，此輩大抵為趁早上山燒香未進早餐者。此間售賣物品，皆較平時約貴一倍。據云商者在此向鄉人租地貿易，須繳納地價，且自

搭棚廠，更需資本，故售價較貴。然食者此去彼來，絡繹不絕，幾令店中夥計難於應付。其營業之佳，於此可見。

行人載道　是日天氣陰晴，無寒風烈日，頗適於遠行。故前往燒香者，更較往日為多。甫出東洲，即見行人載道，熱鬧異常，尤以婦女為夥。上至大家閨秀，下至小家碧玉，靡不扶老攜幼，紛持香燭，前往拜禱。此外，尚有各種人士，或則浪客騷人，或則行商小販，紛紛前往。若者獵豔，若者遊山，若者趕市。各形各色，不一而足。

焚香頂禮　由山麓轉進右角，即為壽佛寺。其間破瓦頹垣，頗形荒涼。惟壽佛金身，尚輝煌如新。兼之該寺廟祝於日來又大加灑掃，極事佈置，故尚保持相當莊嚴。入門左首坐有鼓樂一堂，為廟祝雇來歡迎燒香者。一出一入，皆有鼓樂迎送。鼓樂前置一箕，為燒香者施錢處。祭堂為壽佛神座，其間香煙繚繞，鐘鼓頻喧。無分老幼，皆膜拜於偶像之前，為狀極為虔誠。更有卜吉凶占禍福者，則握筒抽籤，默祝暗禱，其誠惶誠恐之狀，一如壽佛之威靈赫然立於己前者。

廢時傷財　此種陋習深入民間，不特麻醉人民頭腦，妨礙進化，且使人民將有用之時間與金錢，虛擲於無用之處，殊足可惜。須知吾人自身之禍福，當於吾人自身求之。吾人能努力與否，實禍福之由來也，絕不能乞靈於無知之偶像。尤其當茲國難嚴重時期，吾人傾全力以從事於生產，厚儲物力，以期復仇雪恥，猶虞不及，何能虛耗時日為此傷財之舉。愚民無知，良可憐惜，望負地方教育之責者，注意及之，庶幾可破除迷信，聚集財富也。

❀ 桂林縣黨務通訊處移設總工會內

《桂林日報》1937年3月4日

桂林縣黨務通訊處其位址原與桂林婦女會一併設於文昌廟桂林軍團婦女工讀學校內，因該校位址不敷應用，不能繼續租與，除桂林婦女會仍設該校不另遷移外，該通訊處已於昨（3）日遷往春華街桂林總工會內辦公云。

此次會議經過感覺尚覺良好

對本省提案有相當採納

各地資本家商洽投資本省者甚眾

《桂林日報》1937年3月19日

省政府黃主席旭初氏於前月十三日離桂赴京,出席三中全會。於會議閉幕後,即離京赴滬南下返桂,業於前(十六)日下午六時返抵桂垣,各情曾誌昨報。記者為明瞭黃主席赴京出席三中全會經過等情形起見,特於昨(十七)日驅車至省政府投刺請謁,叩詢一切。當蒙黃主席親予延見,對記者作如下之談話。

記者問:黃主席此次赴京出席三中全會後,有何觀感?

黃主席答:凡召開會議,能否得到良好之效果,須視第一,會議通告發出後,是否能依照預定之日期開會;第二,能依期開會,各方面之人員是否多能到會參加;第三,開會後能否順利進行而定。此次會議,既能如期召開,而各省出席之中委亦較歷次會議為多。開會時,亦能順利進行。所以,此次會議之經過尚覺良好。

問:此次會議對於本省之提案是否全部接納?

答:本省對全會之提案有二,第一案,關於抗日救國者,該案共分三項,第一項為立即發動全國對日抗戰,本項照提案審查委員會審查意見,交宣言起草委員會參考;第二項為迅速組織民眾,訓練民眾,武裝民眾,為抗戰總動員之基礎,本項大會決議交由常務委員會參酌廣西民團制度,與現在各省已舉辦之組織與訓練民眾工作以及實際情形,妥議辦法,統籌施行;第三項為保障民眾愛國言論,解放民眾愛國運動,擴大救國力量,本項大會決議交常務委員會。第二案為提前完成西南鐵路系統中之廣州成都線,及廣州雲南大理騰越線、衡州龍州線,以利國防交通。該項提案,各省之中委亦多簽名連署,蓋於抗日戰事發生時,戰事後方之交通運輸須得充分之便利,應付戰事始得裕如,而操勝算。總理之實業計劃中,對西南方面應建築之鐵路甚多,如欲全部同時興築,事實上

恐難辦到，現擬將其中三線較為重要者先行開築。該提案經由大會決議交國民政府斟酌辦理。開會後，鐵道部即決定先築由衡州至龍州邊境與安南鐵路相接之一線，該線甚長，須分期完成。第一期開築由衡州至桂林一段，是段鐵路建築之工程費，預計需要三千六百萬元，由鐵道部負責一半，本省與湖南分擔一半。該段鐵路預定於本年上半年興工建築，明（二十七）年年底可望完成。至其他各段及第二第三各線鐵路開築之辦法，俟第一段完成後再議。

問：主席此次由京南返，經滬粵各地時，對於本省經濟建設諸問題，曾有與當地之實業界商洽否？

答：各地資本家對於本省之實業多欲投資，當余在滬時，與商洽者甚眾。其投資方式有兩種，一為資本家自行參加為股東，共同經營；一為視經營者之需要，由資本家貸給資本。但無論取何方式，在政府均應先將經營之事業詳細調查，並由專門家作成詳細之計劃，資本家將該項計劃考慮，認為穩妥，方肯投資也。

問：聞本省現擬籌設鋼鐵廠一間，然否？

答：鋼鐵廠非屬易辦，籌設煉鋼廠或屬可行。關於煉鋼廠之籌設，現正在籌畫中，

談至此，記者乃興辭而退。

❋ 新任本報社長韋永成昨正式視事

積極整頓社務增加工作效率

《桂林日報》1937年3月22日

本報新任社長韋永成氏，業於昨（廿一）日正式視事。是日下午一時到社略事休息後，即由前任社長胡訥生氏引導新任社長及新任職員等巡視本社各種設備，以資熟悉後，旋即在本社會客廳開社務會議，前任社長胡訥生氏亦列席。

首由社長訓話。略謂本社過去自胡前社長努力整頓後，已有蓬勃之發展，嗣因本省抗日時期工作緊張，致殫精竭慮，須稍休養，

數度辭職，挽留無效。因由李白總副司令及省黨部派本人接任，甚望本社同人努力合作，以促社務之進展，遵照我領袖之焦土抗戰主張，以提高人民革命情緒云。繼指示今後整頓計劃。以本社以前報紙出版稍遲，惟因報機由南寧搬遷來桂，略有損壞及馬力不足，今後亟謀改善及加緊工作，務期本報提早出版，以副各界之需求。並為積極整頓計，擬於最近期間新建社址，添置新式捲筒機，增加工作效率，以適應環境之需要云。

韋永成就任《桂林日報》社社長消息

末由胡氏訓話。略謂本人因本省過去抗日時期，工作繁重，身體精神甚感疲乏，故呈請辭職，幸蒙照准。今後當以個人能力所及與諸同人共同合作，以謀本省新聞事業之發展。直至下午四時始告散會云。

茲將各部姓名列後：社長韋永成。編輯部：總編輯蔣一生。編輯：羅相賢，鄒士良，張惠充，蘇錦元，李天敏。外勤記者哈庸凡，萬殊，黃娥英。校對主任鍾紹英，收電主任黃偉良。經理部：經理王權，職員唐心柏、潘仕揚、馮紫東、廖傑、王世恒、黎繼全、盧秋帆、黎朝棟。

為促進全國團結貫徹焦土抗戰主張

❉ 四集團軍將改番號

第五路軍關防中央已派員送桂
李白總副司令定四月一日就職
昨經電請中央派大員來桂監誓

《桂林日報》1937年3月24日

第四集團軍李白總副司令自國民政府任命為第五路軍總副司

令後，早已籌備改換番號，遵令就職。惟因當時尚未奉到國府之正式任命及關防，致未便即時進行。茲聞國民政府任命李白總副司令之任命狀，經交由黃主席於三中全會閉幕後攜帶回桂，李白總副司令遂電報軍事委員會，俟關防送到，即行就職。電云，急。南京軍事委員會、委員長蔣鈞鑒：黃主席旭初回桂後，藉悉鈞座關垂之切，無任感激。職部改換番號一節，現經準備完妥，擬俟關防送到，即行就職。至各軍師關防委令，亦請飭發為禱。宗仁呈。巧（十八日）印。又查第五路軍之關防，中央已派專員送桂，不日當可送到，李白總副司令亦已定期於四月一日就職。惟監誓大員尚未獲中央派定，李白總副司令昨覆電請中央派定大員，依期來桂監誓，以昭鄭重。

查自從本省六一發動抗日後，中央接納本省抗日救國主張，於茲已經數月，李白總副司令為促進全國真正團結，貫徹焦土抗戰主張起見，因於中央發表任命為第五路軍總副司令後，即行籌備將本集團軍更換番號，所以此次本集團軍改換番號，乃為促進全國團結，一致對外，以期早日實現抗日救國之主張云。

❋ 四月一日起本報改名《廣西日報》

加緊建設廣西復興中國宣傳工作

積極喚起民眾團結一致共赴國難

《桂林日報》1937年3月25日

本報自從呈准立案出版以來，為時已逾兩載。本省省會由邕遷回桂林後，為應付環境之需要，復遵令改組，擴大範圍。韋社長永成氏自接任後，對於社務已經積極整頓，為時雖暫，然成效已大著。韋社長復以本省現正為貫徹焦土抗戰主張及加緊推行三自三寓政策，積極建設廣西，以期復興中國，本報為全省中心言論機關，對於建設廣西復興中國之宣傳工作，應負之責任甚巨。且本社設於省會，原有《桂林日報》之名稱，實不能代表本報之本質與精神，現為使名實相符，加緊本省建設之宣傳工作，喚起國人團結一致，共赴國難起見，特定期於本年四月一日，實行將本報名稱改為《廣西

77

日報》，銜接出版。關於各欄新聞之內容，更力謀充實，消息力謀靈捷。國內外之新聞，除每日照常收取各方之電報外，並特約各地有名人士負責通訊，本市新聞亦增招外勤記者廣為收集，以副讀者對本報之期望云。

✽ 本報重要啟事

《桂林日報》1937年3月25─28日

定期改報名　自省會遷桂後，本報所負宣傳責任較昔繁重。為適應環境，貫徹焦土抗戰主張，及推行三自三寓政策，擴大對外宣傳起見，特定於四月一日起，改名《廣西日報》。

停止義務報　週來紙價飛漲，本報每月每份收小洋一元。事實上成本幾達兩元。故歷月以來，每月虧空不貲。為維持收支平衡起見，凡以前贈送各機關法團之義務報，除必要交換外，一律停止贈送。需要者請直接向本社營業部訂閱。希各鑒諒。

✽ 招考記者

《桂林日報》1937年3月22日─28日

本報現為擴充市聞招考記者三名

（1）不分性別

（2）不論資歷

（3）年齡在三十歲以下者

（4）本月廿二日起至廿六日止報名

（5）試稿一星期（報名日起開始試稿，不報名試稿者不取錄。試稿期間投稿經登載者酌給稿費）

（6）試稿期滿依成績取錄試用五名（試用期間每人月給省幣十五元）

（7）試用一個月後取錄成績優良者三名為本報正式記者（正式取錄後給予生活費省幣卅二元起至七十元止）

❋ 本省各界準備歡迎林主席蒞桂

主席蒞桂時商店住戶須懸旗歡迎
開民眾歡迎大會並舉行閱兵典禮
省黨部昨已去電恭迎

《桂林日報》1937年3月28日

國民政府林主席以三·二九黃花崗革命烈士紀念日將屆，經於數日前離京赴粵，主祭七十二烈士，並擬在粵事畢來桂一行，與李白總副司令談商國事，並視察本省經濟建設。各情曾誌昨報。查本省各界以本省位居偏遠，國家元首從未有蒞臨視察，乃今聞林主席有蒞桂消息，萬眾騰歡，特準備於林主席蒞桂時，舉行熱烈之歡迎。昨據可靠方面之消息，林主席約於四月四日始能由粵啟節，經湖南之衡州來桂。聞屆時省政府黃主席或親乘專車至衡州恭候。第四集團軍李白總副司令則到本市之遠郊歡迎。

當林主席經過各縣時，當地之軍隊及公務員、中心學校以上員生、村街甲長、後備隊、民眾團體，須列隊歡迎。列隊迎接之地點，決定為：一、黃沙河；二、全縣；三、興安；四、大榕江；五、甘堂渡；六、粑粑廠；七、桂林；八、陽朔；九、良豐（由高中員生歡迎）。到場歡迎人員應手執歡迎之小旗，各商店住戶均應一律懸掛國旗，汽車亦應各懸歡迎旗。林主席入城所經街道，一律停止交通，各候迎民眾須立正、脫帽，並將帽高舉致敬，無帽者舉手，軍人適用陸軍禮節。林主席抵桂後，駐節之行轅，聞擬定在舊藩署。

覲見林主席之人員，文職須一律穿淺灰布制服，灰襪，扣鞋，武職穿深灰布軍服，灰襪，扣鞋。覲見順序及秩序：黨、政、軍、團、警、學、農、工、商、婦女、其他各界代表若干人。自備名片，分班由主管長官率領，由引導官帶領覲見。覲見人員亦須一律著制服。並聞各界決於林主席抵桂後，舉行盛大之民眾大會歡迎，同時舉行閱兵典禮，恭請林主席蒞臨檢閱。至歡迎會場及閱兵地點，均定在本市大較場。

又　廣西省黨部聞林主席將移節蒞桂後，昨特去電恭迎。電文

云,廣州東山退忍園國民政府主席林鈞鑒,側聞鈞鑒將移節蒞桂,萬眾歡騰,同志引領,謹電恭迎,伏乞垂察。中國國民黨廣西省黨部感(廿七日)秘印。

軍團婦女工讀校學生自治會

❋ 昨日改選幹事

《桂林日報》1937年3月28日

「桂林軍團婦女工讀學校」學生自治會,以本期開學上課已有數星期,亟應照章改選本屆幹事,以利會務進行。特於前日下午三時開會員大會,投票選舉,結果以黃慕孌、江文英、俸耀容、廖琳琅、江文玉、白以文、王瑤珍、鄧瓊瑤、蔣世英等九人得票最多,當選為幹事。甲筱筠、白崇義、張淳、張寶玉當選為候補幹事。各幹事被選後,已於昨(廿七)正午十二時,在該校大禮堂舉行宣誓就職典禮。到會者有該校全體學生及各職教員,由本屆常務幹事江文英主席,領導如儀行禮後,各幹事即恭立總理遺像前,高舉右手,宣誓就職。宣誓畢,由主席報告開會理由,繼由監誓員、該校代教導主任陳邇冬訓示。末由本屆幹事代表俸耀容致答詞。詞畢,禮成散會。

茲探錄本屆幹事職別於下。常務幹事江文英、文書幹事黃慕孌、宣傳幹事俸耀容、交際幹事鄧瓊瑤、糾察幹事蔣世英、理財幹事白以文、學術幹事廖琳琅、體育幹事秦淑貞、遊藝幹事江文玉、事務幹事王瑤珍。

本市各界代表

❋ 昨晨舉行黃花崗烈士紀念會

李總司令黃主席等均蒞臨參加
由黃委員同仇主席並致開會詞

《桂林日報》1937年3月30日

中國國民黨廣西省執行委員會於昨(廿九)日上午九時,在省

府大禮堂召集各機關、團體、學校代表舉行黃花崗七十二烈士殉難紀念會，並同時舉行擴大總理紀念週，各情經載昨報。查是日開會時，到會者有省黨部、省政府、總司令部三高級機關全體職員，縣政公務員訓練班全體學員暨本市各機關、學校、團體代表。李總司令、黃主席、李總參謀長品仙、黃常務委員同仇及總部省府各廳處長均蒞會參加，共計三千餘人，情形甚為肅穆壯烈。茲將是日開會之情形分誌如下。

◇ **會場佈置**

會場正中，禮臺一座，臺之後壁高懸黨國旗，中掛總理遺像，下紮花圈圍繞靈牌一座，上書「革命先烈之靈位」。靈牌前置檀香爐一，左右供奉素果生花兩盤。靈牌兩旁懸掛黃花崗七十二烈士遺像。臺前置講臺一，講臺上置生花一瓶。臺之兩旁有生花十餘盆，分列圍繞禮臺之三方，秩序極為嚴肅整齊。

◇ **開會情形**

屆時開會，全場肅立。奏哀樂，向黨國旗及總理遺像暨革命先烈行三鞠躬禮。隨由省黨部黃常務委員同仇主席，恭讀總理遺囑後，全場靜默五分鐘，靜默畢，遂由

◇ **黃委員致開會詞**

略謂「滿清末造，政治腐敗，國勢衰弱，總理目擊當前時勢，非推翻滿清建立民國不足以挽救中國。於是乃起而奔走於革命，組織中興會，旋又擴大組織，改為同盟會。有志之士更到處活動，密謀起事。辛亥三月二十九日，黃克強先生率領黨人起事於廣州，嗣為清兵擊敗，死難者七十二人，盡葬於黃花崗。是役雖然失敗，然同年秋季，武昌一舉，而天下回應，亦莫不係受是役之影響。吾人紀念先烈，須知先烈為要求三民主義之實現，不惜犧牲一己之生命。衡之今日之國情，三民主義尚能適合，故吾人應繼承先烈犧牲之精神，不斷努力，以完成三民主義，並抵抗日本帝國主義之侵略，使大好河山完整無缺，方可慰諸先烈於地下」云云。繼請

◈ 李總參謀長訓示

略謂「黃花崗七十二烈士之犧牲精神，實足欽佩，然其所以能出此者，實憑『天下無難事，只怕心不堅』，『精誠所至，金石為開』二語。衡之辛亥起義、民十五北伐諸役，莫不皆然。吾人應本此精神，充實力量，發動對日抗戰，則庶幾不負先烈所昭示於吾人」云云。末並報告第四集團軍更易番號之經過。次由省政府民政廳

◈ 李科長祖若報告

奉命前往果德視察饑荒情形經過。略謂「此次奉命出發果德一帶視察災情，果德縣屬六鄉災民統計約萬餘人，災情極為慘重。現南寧紅十字會已運米前往救濟」云云。詞畢，由主席領導全場高呼口號。一、繼續先烈革命精神；二、貫徹焦土抗戰主張；三、擁護李白總副司令；四、打倒日本帝國主義；五、中國國民黨萬歲；六、中華民國萬歲。至十一時，禮成散會云。

又訊　本市各機關、團體、學校、商店、住戶，以昨（二十九）日為黃花崗七十二烈士殉國紀念日，特於是日一律下半旗一天，以誌哀忱云。

❖ 第五路軍總副司令今舉行宣誓就職禮

中央特派程潛抵桂監誓

《廣西日報》1937年4月1日

自九一八以後，第四集團軍李白總副司令鑒於國土日蹙，國難日亟，處此嚴重關頭之下，非抗戰不足以圖存，爰於去歲「六一」發動抗日救國運動，以冀殲彼倭奴，恢復失土。當時全國民眾對此極表同情，紛起相應。中央洞悉民心趨向，遂悉示接納本省抗日主張。茲中央當局為劃一各軍番號起見，特與本省當局商洽，將第四集團軍改為第五路軍，仍任命李白總副司令為第五路軍總副司令。李白總副司令為促進全國團結，充實對日抗戰力量起見，經定

於四月一日在桂宣誓就職，並經中央派定參謀本部程參謀總長潛來桂監誓。各情曾載本報。查今（一）日為李白總副司令就職日期，定於上午九時在總部大禮堂舉行宣誓就職典禮，所有各項佈置經已就緒。昨經柬請本市各機關、學校、團體屆時到場觀禮。茲探錄典禮儀式於下：（一）全體肅立；（二）奏樂；（三）鳴炮；（四）唱黨歌；（五）監誓員就位；（六）宣誓員就位；（七）向黨國旗暨總理遺像行三鞠躬禮；（八）監誓員恭讀總理遺囑；（九）宣誓員宣誓；（十）監誓員授印；（十一）李總司令受印；（十二）監誓員致訓詞；（十三）來賓演說；（十四）答詞；（十五）奏樂；（十六）鳴炮；（十七）攝影；（十八）禮成。

◈ 程監誓員昨抵桂情形

第五路軍李白總副司令定期於今（一）日在桂就職，經呈奉中央令派國民政府參謀本部參謀總長程潛氏來桂監誓，各情經誌本報。程總長奉派後，於上月二十八日下午二時由京啟程飛漢，當天下午五時抵漢。九時由漢乘專車南行，二十九日上午抵長沙。下午到衡州，三十日抵永州，昨（三十一）晨由永州動身來桂林。李白總副司令得訊後，特於上月二十九日派林高級參謀賜熙前往黃沙河候迎。程總長九時抵黃沙河，與林高級參謀晤面後，復乘車直下，十一時抵全州。全州虞縣長及一三五團覃團長均出城歡迎。程總長等一行在全早餐，餐畢繼續開行。十一時許，本省黨政軍各高級長官乘車出北門外十二公里處之花崗街歡迎。

◈ 歡迎人員

計是日到場歡迎者有：

李總司令、白副總司令、黃主席、李總參謀長品仙、省黨部黃常務委員同仇、蔣委員培英、省監察委員會陳常務委員錫珖、廖軍長磊、夏軍長威、韋副軍長雲淞、劉副校長士毅、區師長壽年、賀師長維珍、莫師長樹傑、楊師長俊昌、徐師長啟明、程師長樹芬、蘇秘書長希洵、雷民政廳長殷、邱教育廳長昌渭、孫總

務處長仁林、呂軍政廳長競存、鄭主任承典、黎參謀處長行恕、唐副官處長希忭、陸軍務處長蔭楫、韋政訓處長永成、藍交通處長騰蛟、謝經理處長贊英、陳軍械處長漢吾、張軍法處長君度、謝軍醫處長謇、桂林區團陳指揮官恩元、南寧區團梁指揮官瀚嵩、梧州區團陳指揮官良佐、柳州區團黃指揮官季豪、龍州區團蔣指揮官如荃、桂平區團黃指揮官鶴齡、鬱林區團黃指揮官琪、平樂區團胡副指揮官天樂、慶遠區團栗副指揮官廷勳、蔣副處長伯倫、曾高級參謀志沂、陳高級參謀濟桓、教導總隊史副總隊長蔚馥、航校馮校長璜、幹校盧教育長象榮、通信兵團闞團長維雍、憲兵團鄧團長光倫、四五師李參謀長闓生、炮兵營李營長光浩、張縣長嶽靈、省會公安局長周炳南、高一分院陳院長祖信、地方法院曾院長貫一、稽徵局楊局長熙光、電政管理局梁局長式恒、禁煙局宋局長澤民、公路局羅主任世澤及各機關代表暨本報記者等共約百餘人。是日由樂群社直到北門外街，均由省會公安局派警巡守，秩序極為嚴肅。

到場歡迎各員均排列花崗街馬路右側，首為總部軍樂隊，次為省府及所屬各機關，再次為總部各官佐，以下為憲兵。左面空坪則為司炮兵，所有到場歡迎各員均由四五師莫師長樹傑負責指揮。

◇ 抵步情形

二時四十五分，程總長所乘專車風掣電馳而來，至離歡迎各員五步處停車。李白總副司令、黃主席、李總參謀長、廖軍長、夏軍長均趨前歡迎。同時，軍樂隊奏樂，炮兵鳴禮炮。歡迎各員均舉手為禮。程總長衣灰綢長袍，外罩馬褂，足蹬布鞋，手持禮帽，精神奕奕，笑容可掬。下車後與李白總副司令、黃主席、廖軍長、夏軍長暨各歡迎人員一一握手為禮，旋即驅車入城。程總長抵市後，下榻於樂群社，李白總副司令、黃主席均到與程總長暢談片刻。

◇ 秘書談話

記者旋驅車至樂群社投刺請謁，程總長因事忙特派其隨從秘

書謝逸如出予接見。據謝秘書語記者,程總長此來係以李白總副司令就任第五路軍新職,奉派來桂監誓,此外並無任務。至同來者,有參謀本部唐高級參謀星、謝秘書逸如、王電務員澍及總部劉高級參謀為章等多人云。

又訊 總部劉高級參謀為章年來效勞黨國,卓著勳績,前因公晉京,此次與程總長一同來桂。記者亦以劉高級參謀離桂日久,亟欲一詢近況,當於晉謁謝秘書後,復投刺往訪,蒙劉高級參謀賜予接見。答記者云,本人此次回桂,純係私人行動,一則因李白總副司令就職在即,特回桂致賀;一則因本人於下月將往歐洲各國考察,約一年後始返,故順便與李白總副司令道別。此外,並無其他任務云云。談至是,記者以劉高級參謀乘車勞頓,未便久擾,遂告辭而返。

◇ 昨晚歡宴

又訊 李總副司令以程總長等此次南來,經長途跋涉,備極辛勞,特於昨(卅一)日下午六時,在舊藩署設宴招待,為程氏等洗塵。並邀請黃主席、李總參謀長、各軍師長、各區民團指揮官、總部省府各廳處長等作陪。席間觥籌交錯,賓主極為歡洽。至八時許始盡歡而散云。

✳ 五路軍總副司令昨宣誓就職情形
程潛代表中央等監誓致訓

《廣西日報》1937年4月2日

第五路軍李白總副司令定昨(一)日上午九時,在省府大禮堂舉行宣誓就職典禮,各情經誌本報。查是日總部門首,高紮松牌一座,

五路軍總副司令昨宣誓就職情形

上插黨國旗各一面。省府大門亦紮松牌一座，除懸黨國旗外，並掛有紅布橫額一幅，上書「第五路軍總司令李宗仁副總司令白崇禧宣誓就職典禮」。總部省府毗連之牆頭上，遍插國旗，各項佈置，氣象莊嚴。茲將各情分誌於後。

禮堂佈置 禮堂當中為禮臺，臺之後壁，高懸黨國旗，中掛總理遺像及總理遺囑，靠壁正中，設臺几一張，上置第五路軍關防，係用黃綾包裹，上懸紅結，燦爛奪目。左壁貼典禮儀式，右壁貼誓詞，均用紅紙書成。圍繞禮臺後方，由靠椅圍成一半圓形，為監誓員及來賓座位。臺前設講臺一，上置生花一瓶，臺前並分列生花十餘盆，佈置極為莊嚴。

觀禮人員 查是日到場觀禮者，有黃主席、李總參謀長、廖軍長磊、夏軍長威、韋副軍長雲淞、黃委員同仇、蔣委員培英、陳委員錫珖、徐師長啟明、楊師長俊昌、程師長樹芬、賀師長維珍、王師長贊斌、莫師長樹傑、區師長壽年、劉副校長士毅、雷廳長殷、黃廳長鍾岳、邱廳長昌渭、孫處長仁林、呂廳長競存、鄭主任承典、黎處長行恕、唐處長希忭、陸處長蔭楳、韋處長永成、藍處長騰蛟、潘處長宜之、謝處長贊英、張處長君度、陳處長桂、謝處長謇、陳處長漢吾、張處長壯生、陳指揮官恩元、梁指揮官瀚嵩、陳指揮官良佐、黃指揮官季豪、蔣指揮官如荃、黃指揮官鶴齡、黃指揮官琪、胡副指揮官天樂、栗副指揮官廷勳、盧教育長象榮、史副總隊長蔚馥及總部全體官佐，省府全體職員，縣政訓練班全體學員暨各機關學校、各團體代表共約五千餘人。

行禮情形 屆時，由李總司令、白副總司令陪同程總長蒞臨，全體人員均肅立致敬。隨即開會，奏樂鳴炮後，程監誓員就位，新任第五路軍總司令李宗仁、副總司令白崇禧、總參謀長李品仙、第七軍軍長廖磊、第四十八軍軍長夏威、副軍長韋雲淞、第一七〇師師長徐啟明、第一七一師師長楊俊昌、第一七二師師長程樹芬、第一七三師師長賀維珍、第一七四師師長王贊斌、第一七五師師長莫樹傑、第一七六師師長區壽年亦同時就位，由程

總長領導行禮。

宣誓受印　禮畢，各員均高舉右手，朗誦誓詞宣誓，誓詞云：「余誓以至誠恪遵總理遺教，實行三民主義，服從長官命令，捍衛國家，愛護人民，克盡軍人天職。如違背誓言，願受本黨最嚴厲之處分。」宣誓畢，程總長即手捧第五路軍關防授印，李總司令受印後，隨即請監誓員致訓詞。

總長訓詞　云今天是五路軍李總司令白副總司令、廖夏兩軍長、李參謀長及各師長宣誓就職之日。兄弟奉中央黨部、國民政府軍事委員會委員長命令，代表來此監誓致訓，感覺非常榮幸。李白兩同志有悠久的艱苦的革命歷史，不僅是國內大家知道，即國外亦莫不知道，這兄弟無須贅述。中央此次分別寄兩同志以總副司令重任，是有重大的意義，現在兄弟將中央的希望於兩同志之意概括言之。因為我們革命雖然有了多少努力，但按照總理的三民主義及當前的環境，還沒有成功。因為本黨革命的目的，在求國家之自由平等，以前打倒軍閥，不過掃除國內的障礙，以求國家的統一，以鞏固對外的基礎，僅僅完成國民革命一部分工作而已。以後的工作，就是正式對我們的革命目標工作，從國際上爭取自由平等的工作，此項工作比以前更艱巨。做的時候，必從建設方面著手，要有現代化的軍事建設，才能應付現代的環境，完成民族主義；要有現代的經濟建設，才能完成民生主義；而兩個重要的建設，從根本的原則言之，都是要鞏固國防。但是鞏固國防，必具有政令統一的中央政府，尤必具有指揮統一、意志統一的國防軍隊。前此內訌迭起，國力不能集中，致為外敵所乘，而國家來受極大的侮辱。我們於痛定思痛之餘，大家正在努力於新生命之創造，先求軍國大計之確定，軍政軍令之統一，以準備抵禦外侮。今天李總司令白副總司令及各軍長參謀長各師長之就職，就是完成這個偉大工作的努力。相信各位同志必能真心誠意奉行總理遺教，遵照中央命令，整飭所部，枕戈待旦，以打倒國內軍閥的精神，再來打倒侵略我國家民族的大仇敵，復興民族，完成國民革命。這是中央政府與全國國民對革命軍人的

厚望。兄弟在七個月以前來此，參加李白黃三同志綏靖主任省主席就職典禮，當時的希望，多已達到。這幾個月來，雖經過敵人武力外交的壓迫，以及西安的事變，幸賴兩同志與各方同志力為後盾，愛護關切，皆能安然過去。可見外侮不足畏，內難不足憂，而有革命歷史曾共同患難視如兄弟的同志，是不能不推心置腹、精誠團結的。今日重來監督異常的愉快，因為在這短短的期間內，眼見得廣西的軍政建設，國內的統一祥和，更有了長足的進步。好像這春天的景象，這個景象，是本黨同志以及各位同志齊心一致所造成的。兄弟於此祝李白兩同志及各位同志健康與努力，中國國民黨萬歲，中華民國萬歲。

總座答詞 監誓員致訓畢，即由李總司令致答詞。略謂，宗仁等今天就第五路軍總副司令及軍師長職，中央派程總長到來監誓，對仁等訓勉有加，自當努力團結，克盡軍人天職。回憶四集團軍發動抗日救國，雖是局部救亡，然使全國上下一致在救亡運動中努力，加強國內團結。現在第五路軍的成立，是表示和平救亡，今後亦當團結武裝同志，充實救亡力量，使國家民族迅速地從敵人壓迫下解放出來，今後更希望全國也能一致團結，努力救亡運動，發揮我們的力量，使國家民族立於平等地位。

詞畢，程總長與宣誓各員一一握手致賀，為狀極為歡洽。隨即相率出場，至省府大操場，全體人員圍成一半圓形，攝影紀念。

通電就職 李白總副司令就任新職後，當即發出通電就職。茲探錄原電於下：

（一）特急，南京中央黨部、國民政府、行政院、軍事委員會鈞鑒：案奉國民政府特派狀開，特派李宗仁為國民革命軍第五路軍總司令、白崇禧為國民革命軍第五路軍副總司令，並頒發印信，等因奉此，宗仁崇禧遵於本月一日在桂林敬謹宣誓就職，啟用印信，謹電呈察核備案。國民革命軍第五路軍總司令李宗仁、副總司令白崇禧叩，東（一），印。

（二）全國各局分送各省市黨部、各省市政府、各總司令、各

總指揮、各綏靖主任、各軍師長、各民眾團體、各報社公鑒：案奉國民政府特派狀開，特派李宗仁為國民革命軍第五路軍總司令、白崇禧為國民革命軍第五路軍副總司令，並頒發印信，等因奉此，宗仁崇禧遵於本月一日在桂林敬謹宣誓就職，啟用印信。竊維國難日深，非對外犧牲抗戰，無以救國家民族之危亡；非對內和平團結，無以促舉國抗戰之實踐。宗仁崇禧謬總師幹，重膺新命，敢不竭令駑駘，共效馳驅。期冀在中央統一領導之下，以迅策抗敵禦侮之進行。所望全國袍澤，全國同胞，時賜南針，藉匡不逮為禱。除呈報中央外，謹此電達。國民革命軍第五路軍總司令李宗仁、副總司令白崇禧叩，東（一），印。

◇ 各軍師番號及長官姓名

又訊　第四集團軍現已改名五路軍，所有各軍師部隊業經更換番號，以資劃一。茲探錄各軍師番號及軍師長姓名於下：第七軍軍長廖磊、副軍長周祖晃；第四十八軍軍長夏威，副軍長韋雲淞；第一七〇師師長徐啟明、副師長羅活；第一七一師師長楊俊昌、副師長王景宋；第一七二師師長程樹芬、副師長張光瑋；第一七三師師長賀維珍、副師長周元；第一七四師師長王贊斌、副師長莫德宏；第一七五師師長莫樹傑、副師長淩壓西；第一七六師師長區壽年、副師長黃固。

✳ 通告

《廣西日報》1937年4月1日

本報社此次招考試用外勤記者，經將報名招考各員來稿評定甲、乙，擇優取錄蕭鍾琴、謝啟道、龐漢善、龍振潢、李雪坦等五名。請被取各員務於今（一）日下午三時來社聽候分派工作，特此通告。

《廣西日報》社編輯部啟

❁ 本報社啟事

《廣西日報》1937年4月2日

　　本報現為廣集本市新聞材料，充實新聞內容起見，特增聘蕭鍾琴謝啟道李雪坦龍振潢龐漢善五員為外勤記者，除通知各該員尅日到社工作外，尚希各界查照。此啟。

《廣西日報》社編輯部啟

❁ 林主席將來桂 明日預行閱兵演習
參加閱兵之團體軍隊服裝已規定

《廣西日報》1937年4月2日

　　國民政府林主席此次移節南下，赴粵主祭黃花崗七十二烈士，並擬順道移節蒞桂，與李白總副司令商談國事，並視察本省各項政務，本省各界民眾特準備熱烈歡迎，並舉行閱兵典禮，各情迭誌本報。現查關於閱兵事宜，已由四十五師莫師長於前（三月三十一）日上午十時，約集本市各機關、學校、團體代表商討決定，於明（三）日上午十時，各機關團體一律到達南門外老教場集合演習閱兵。各團體軍隊服裝並規定如下：一、軍隊官佐，除憲兵營著草青色軍服、皮鞋，炮兵著皮靴，通訊兵團著草青色軍服外，其餘各部一律著深灰色軍服，黑扣鞋，灰襪，白手套，佩帶圖囊、手槍、鋼帽；二、軍隊士兵，除憲兵著草青色軍服、皮鞋，炮兵營著深灰軍服，黑扣鞋，灰襪，通訊兵團著草青色軍服，黑扣鞋，灰色襪外，其餘各部士兵一律戴鋼帽，著深灰色軍服，赤足草鞋，佩帶雜囊、水壺（雜囊水壺由右至左）、雨帽，到會場後，如無雨時，須整齊放置於部隊後方。三、民團官佐，除不帶手槍、圖囊、鋼帽外，其餘與軍隊官佐著裝同。四、民團團兵著深灰軍服，束腰皮帶，赤足草鞋，攜帶木槍雨帽（雨帽到場後，處置與軍隊同）。五、學校官長著深灰軍服，黑扣鞋，灰色襪。受軍訓生一律束腰皮帶，紮腳絆，未受訓生不束腰帶，不紮腳絆。六、女生著淺灰色制服，黑裙，黑襪，黑扣鞋。七、各機關公務人員，男著淺灰色制服，灰襪，黑扣

鞋，女著淺色衣褲，灰襪，黑扣鞋。

❋ 廣西各界民眾昨開會歡迎程中委

李總司令主席致歡迎詞
程對本省建設甚多讚譽

《廣西日報》1937年4月3日

中央委員兼國民政府參謀本部參謀總長程潛氏，此次奉派南下，為李白總副司令就任第五路軍新職監誓，各情經載本報。本省各界民眾以程總長奔走革命，效勞黨國，為功頗巨，年來參贊中樞，運籌帷幄，尤著勳績，特於昨（二）日下午三時在省政府大禮堂舉行歡迎大會。是日省府大門高紮松門一座，懸紅布橫額一幅，上書「廣西各界歡迎程中央委員大會」。到場參加者，有李總司令、白副總司令、黃主席、李總參謀長、省黨部委員黃同仇、陳錫珖、蔣培英，省府總部各廳處長、各軍師長、各區民團指揮官等。黨政軍高級長官及省黨部、省政府、總司令部全體工作人員暨本市各機關、各團體、各學校代表共約三千餘人。屆時，由李總司令陪同程中央委員蒞場，全場人員均鼓掌歡迎，並肅立致敬。程中委答禮畢，即行開會。推李總司令主席，如儀行禮後，由

◇ **李總座致歡迎詞**

略謂「程總長為黨國先進，追隨總理革命數十年，於護國、護法、北伐諸役，卓著勳績，生平統帥軍隊，號令嚴明，心地正直，所行所為，皆站在黨國立場，以民眾利益為出發點，此種精神與人格，足為吾人法。九一八後，擔任參謀總長一職，參贊中樞，籌劃國防，備極辛勞，今天得有機會開會歡迎，實為榮幸之至」云云，繼請

◇ **程中央委員訓話**

略謂「適承主席過譽，愧不敢當。本人忝列中樞，毫無建樹，說來猶覺慚愧。惟時至今日，中華民族之危機已臨最後關頭，非抗戰無以圖存，全國人民深明此理。中央對於救亡，已下最大決心，惟望

全國精誠團結，整齊步伐，以爭取國家民族之自由平等。廣西年來埋頭建設，政治已上軌道，此種蓬勃之氣象，堪為全國模範。望本此精神，繼續努力，以完成拯救國家復興民族之大任」云云。程中央委員訓話時，態度懇切，講詞透徹，聽眾鼓掌不絕。詞畢，奏樂散會云。

又訊　黃主席以程中委此次南來監誓，遠道跋涉，備歷辛苦，昨特設筵歡迎，是夜總政訓處國防劇社並表演戲劇，敦請程中委參觀云。

✿ 白副總司令昨晚歡宴程潛氏

程總長今離桂北返

《廣西日報》1937年4月4日

國民政府參謀本部參謀總長程潛氏此次奉派來桂，為李白總副司令就任第五路軍新職監誓，各情迭誌本報。白副總司令以程總長遠道跋涉，備極辛勞，特於昨（三）日下午六時，假座樂群社大禮堂設宴款待，邀請李總司令、黃主席及各高級長官作陪，並聘本市男女名伶到場表演桂劇助興。席間杯觥交錯，賓主極為歡洽。至九時許始盡歡而散云。

又訊　程總長以在桂公畢，而參部要政亟待主持，已定於今（四）日上午八時，乘專車直赴南嶽，取道武漢返京。聞劉高級參謀為章亦一併前往云。

✿ 參謀本部參謀總長程潛昨晨離桂返京

李白總副座黃主席等送行

《廣西日報》1937年4月5日

國民政府參謀本部參謀總長程潛氏，日前奉中央委派來桂為李白總副司令就五路軍新職監誓，茲以任務已畢，特於昨（四）日晨離桂返京覆命。本省黨政軍各界以程氏為黨國先進，特於是日侵晨驅車前往北門外列隊歡送。計到場歡送者有李白總副司令、李總參

謀長、省府黃主席、省黨部黃委員、陳委員、蔣委員，各軍師長、各指揮官、省府總部各廳長各處長暨本市各機關長官，共約百餘人，分列北郊外馬路兩旁。隊伍整齊，容儀嚴肅。時至七時卅分，程總長由樂群社乘車到該處時，禮炮隆隆，軍樂齊奏，歡送人員均立正致敬。程氏亦下車與各歡送人員一一握手道別，旋即登車望北駛去。直至程氏所乘之車已遠去，始紛紛驅車回城。聞程氏行程，預定今（五）日晚宿衡山，原擬赴粵一行，因時間關係未能成行，在湘約有三數日之勾留，即行飛京覆命。當程氏臨行時，記者曾驅車至樂群社投刺請謁，程氏因有要務急待辦理，特派其隨從秘書謝逸如出見。據謝秘書談，程總長對李白總副司令向極欽佩，貴省年來各項建設成績卓著，實為他省所不及。以素稱貧瘠之省份，一切建設，進步能有如此之速，實為難能可貴。程總長認廣西為復興中國最有希望之省份，經有電致京詳細報告，今後中央地方之關係當益臻精誠團結云云。

93

✱ 林主席今日由粵啟節來桂

引導官雷殷氏今晨赴衡州候迎
本報派記者同往採訪沿途新聞

《廣西日報》1937年4月5日

國民政府林主席定本（五）日由粵啟節經衡來桂，各情經誌本報。廣西各界民眾以林主席年高德劭，此次南巡實屬難得，經已準備熱烈歡迎。當局並派雷民政廳長殷為引導官，率同先導官等赴衡候迎。本報社亦派外勤記者哈庸凡同往，以便沿途採訪新聞。聞雷廳長等一行定本（五）日上午七時，乘坐專車出發云。

《廣西日報》特派記者哈庸凡赴衡州採訪林主席訪桂行程

✳ 國府林主席今日下午可抵桂

本省各界準備赴郊外恭迎

《廣西日報》1937年4月7日

國民政府林主席此次南巡，經於前（五）日由粵啟節來桂，各情迭誌本報。查林主席於晚六時經由粵啟節，計程今（七）晨六時許可抵衡州。抵衡州後，即轉汽車來桂。倘中途不停留，今日下午或可抵達桂垣。本省各界民眾已準備於今日下午，列隊赴郊外作熱烈之歡迎。當林主席抵桂後，列隊前往參加歡迎會之各街民眾，經規定，一、每街民眾須攜帶隊旗一面。二、每街民眾要有一隊長指揮率領。三、各住戶參加民眾須一律穿青色短衣、布鞋，不要戴帽。四、各住戶參加之人須成年者，五十歲以上十四歲以下者則不須參加。

◇ 林主席略歷

林森字子超，福建閩侯人。民國元年任南京臨時參議院院長。二年任第一屆國會參議院議員，與居正田桐等同隸丙辰俱樂部。民六以後歷任廣東非常國會議員、參議院長、廣東治河督辦、福建省長諸職。十二年冬，國民黨改組，為臨時中央執行委員。十三年再被選為第一屆中央執行委員，復任大元帥府建設部長。十四年七月，國民政府成立，任國府委員。八月，廖仲愷被刺案發生，株連甚眾，政府派林與鄒魯赴北京，為北上外交代表。十一月，與居正沈定一等在北京西山碧雲寺總理靈前開第四次中央全體會議。十五年被選為滬二屆執行委員，十六年任國民黨中央黨部海外委員。寧漢合作後，任中央特別委員會委員，十七年十月，任國府委員，

《廣西日報》1937年4月8日刊出特派記者哈庸凡採寫的林森由湘抵桂沿途報導

兼立法院副院長。十八年二月，被選為三屆中央監察委員，復被派為赴平迎櫬專員。二十年五月，五中全會選派林為國府委員，兼立法院院長，中央政治會議委員。九一八事件發生後，寧粵開統一會議於上海，十二月國府主席蔣介石下野。林以年高德碩被推為代理主席。廿一年一月，四屆一中全會復推為正式主席，三月兼華僑捐款保管委員會委員。去歲五全大會復推舉連任主席。現年七十六歲。

❋ 國民政府林主席昨抵桂情形誌詳

各界郊迎者十餘萬人
黨政軍長官均往恭迎
本市各界今晨在大教場舉行歡迎大會及閱兵典禮

《廣西日報》1937年4月8日

本報專訪 國民政府林主席此次南巡，經於本月五日由粵啟節來桂，各情迭誌本報。本省各界民眾以林主席為黨國先進，年高德劭，主持中樞，備極勤勞，特準備熱烈歡迎，以示擁戴元首之熱忱。事前經派省民政廳雷民政廳長殷為引導官，預期率同先遣官及本省各界代表赴衡候迎。林主席業於昨日下午抵桂。

過湘一瞥 茲將林主席由衡抵桂詳情分誌於下：

林主席於五日下午六時，偕呂參軍長超、廣西綏靖公署駐粵辦事處闞主任宗驊及隨從衛士多人，由粵乘粵漢路火車啟節，湘省何主席健聞訊後，經於六日由南嶽趕回衡陽候迎。昨（七）日晨四時，何主席與本省雷民政廳長及衡陽當地長官，過江至衡陽車站迎接。六時主席乘坐火車到達，各歡迎人員均舉手為禮。林主席下車答禮畢，即乘汽艇過江，時正天方破曉，兼且細雨瀰濛，而衡陽全市民眾均佇立雨中歡迎。隨請林主席在該縣樂福酒家早餐。餐畢，何主席與衡陽當地長官乃乘車恭送林主席離衡。雷廳長及本省各界代表等遂乘車先行，湘省各界民眾聞林主席移節經過，極為歡欣，故亦準備歡迎，所過祁陽、永州各處，其全市民眾、軍隊、學生均鵠立

道側，鳴炮歡迎。林主席均頷首答禮。車抵永州北岸，湘何及各長官均在此歡送。林主席下車過江，遂乘本省特備專車，由雷廳長前導，移時遂離湘境。

入桂情形　本省各界民眾得林主席七日蒞桂之確息後，萬眾歡騰。除各機關、學校、團體整隊赴近郊歡迎外，並於是晨早由白副總司令、黃主席偕同韋政訓處長永成、潘秘書處長宜之先期到黃沙河北岸候迎。黃沙河南岸則由各界代表、憲兵、民團、學生、鄉民及福建旅桂同鄉會代表、總部軍樂隊依次分左右排列，共約二萬餘人。所有南岸隊伍，統由藍處長騰蛟指揮。下午一時，先遣官四員乘電單車風馳電掣而來，繼則引導官到達。移時，主席車抵黃沙河，白副總司令、黃主席、韋處長、潘處長均趨前敬禮。是日主席戴禮帽，身著藍色長袍，外罩馬褂，足登皮鞋，執手杖，精神鑊鑠，態度藹祥。與歡迎各員微笑答禮後，當與呂參軍長、白副總司令、黃主席及隨行各員，由引導官雷殷前導，步浮橋過河。南岸歡迎群眾均舉手敬禮。同時，奏軍樂，鳴禮炮，與群眾高呼「林主席萬歲」之聲，直震雲霄，情形甚為熱烈。鄉民瞥見主席芝顏，亦莫不歡呼雀躍。主席沿隊伍步行，一一舉手還禮，至末伍，主席持帽高揚，表示快慰。隨由白副總司令、黃主席陪同至崇山鄉鄉公所進用中餐。席間，白副總司令、黃主席即向主席報告本省近年一切設施情況，主席甚為嘉賞。餐畢，雷廳長即引導崇山鄉鄉長及附近二鄉長晉謁，並介紹其職務，主席勉勵有加。少頃，由白副總司令陪同主席登車南行。

沿途歡迎　沿途各縣民眾聞主席移節經過，莫不歡忭萬狀。所有全市各機關、學校、團體及民團均手持歡迎小旗整隊佇立郊外候迎，電杆柱上並貼有「歡迎林主席」標語。二時許，主席抵全縣，桂林區民團陳指揮官恩元、虞縣長世熙、一三五團覃團長等均趨前致敬，主席下車答禮，步行經過各隊伍站立歡迎之地方，復登車開行。三時三十分，車抵興安，桂林區蔣副指揮官余蓀、龐副指揮官漢禎及陳縣長暨各高級人員均至車前敬禮，主席答禮畢，越過隊伍，登車南行。四時許經靈川，李縣長率領民眾夾道歡迎。主席在車，

頷首為禮。沿途鞭炮之聲，不絕於耳。

本市情況 自昨日晨起，本市即充滿歡悅之氣象。一般群眾對於主席此次南巡，莫不懷有無限之熱望。故歡迎林主席蒞桂情形極為熱烈。由北門外烏金鋪至南門外大教場，共搭彩坊二十一架，每架設黃色橫額一幅，上書「歡迎中華民國元首林主席」，兩旁掛有楹聯，茲探錄數聯於下。其一，冠冕式群倫，蹕節遙臨歌復旦；軍民瞻元首，桂山遠望更生春。其二，問俗鑒精誠，八桂一心同抗日；乘時敷政教，兆民夾道喜瞻雲。其三，佳節屆清明，喜大輅南巡，物候暄和民意樂；至誠孚億兆，願天戈北指，敵氛銷盡國威揚。其四，巡守蒞南交，禦侮彌堅焦土誓；觀光依北斗，臚歡齊拜屬車塵。其五，在遠不遺，三笭蒼黎，自此同沾新雨露；行己有恥，中原豪傑，相期早復舊山河。其六，玉節喜遙臨，傾忱齊奏鈞天樂；金甌期永固，待命同揮指日戈。其七，星拱北辰，一心禦侮；風行南徼，萬眾騰歡。此外，各商戶均於門前懸掛國旗及歡迎旗，以表熱忱。到場歡迎各機關、學校、民團其隊伍由北門外烏金鋪起，直排至主席行轅。其排列次序，一、軍樂隊；二、省黨部；三、省政府；四、總司令部；五、四十五師師部、六、交通兵團；七、通訊兵團、八、憲兵團；九、炮兵營；十、城廂各鄉鎮民團後備隊；十一、省會公安局；十二、廣西大學；十三、桂林高中；十四、桂林初中；十五、桂林女中；十六、縣立國中；十七、婦工校；十八、城廂各鎮國基校高級班學生；十九、各機關；二十、各民眾團體。計全長共二十餘里，人數達十餘萬，實為空前未有之盛況。李總司令、李總參謀長、夏軍長、廖軍長、黃委員、蔣委員、陳委員、黃財政廳長、韋建設廳長、邱教育廳長、孫總務處長及各軍師長、各區民團指揮官暨總部各廳處長均到北門外烏金鋪候迎。

主席抵桂 五時三十分，主席乘車到達烏金鋪，李總司令率領各高級長官肅立致敬，並鳴禮炮二十一響。主席下車答禮畢，與李總司令換乘花車入城。沿途歡迎人員均舉手為禮，商戶並鳴放鞭炮，手搖小旗，高呼「林主席萬歲」。一般民眾扶老攜幼，摩肩擦

背，爭瞻主席丰采。主席在車，微笑頷首還禮。旋驅車直達行轅休息云。

標語口號　廣西各界歡迎林主席蒞桂大會為宣揚主席功績，經製發標語口號及告民眾書各一份，茲一一採錄於下。標語：一、建設廣西，復興中國；二、打倒日本帝國主義，收復失地；三、貫徹焦土抗戰主張；四、擁護中央，領導抗日；五、厲行三自政策，實現三民主義；六、歡迎中華民國元首林主席。口號：一、建設廣西；二、復興中國；三、打倒日本帝國主義；四、林主席萬歲；五、中國國民黨萬歲；六、中華民國萬歲。

告民眾書　歡迎國民政府林主席告民眾書　同胞們，我們的國家元首林主席為國勤勞，間關萬里，已經蒞臨廣西了。在這歡迎林主席的熱烈呼聲當中，我們要認識歡迎的意義。主席這次由湘而粵，而桂，備受邊遠的西南億萬民眾的歡迎，顯然是由於全國民眾對於元首的愛戴，但同時也就證明了國家已經是統一的。我們相信，主席這次南巡，更是增強舉國團結統一的精神。基於此種精神，不難內而建立現代的民主國家，外而打倒日本帝國主義。這是我們應該認識的第一點。主席的人格學問和事業，我們用「淡泊明志，寧靜致遠」二語足以概之。因為淡泊明志，所以在靡靡頹風中，能為全國上下樹立了廉潔公正、質實有為的楷模；因為寧靜致遠，所以在內憂外患中，能雍容整暇地領導全國走上救亡復興的大道。這是我們應該認識的第二點。廣西年來上下一心，窮幹苦幹，實行三自政策，以求實現三民主義，雖有相當成就，然而尚待努力的地方還多。主席必能於巡視俯察之餘，給以正確的指示，完成廣西建設，以期達到復興中國之鵠的。這是我們應該認識的第三點。回憶民十，總理蒞桂，留下了偉大的革命精神，使廣西成為革命的策源地，而有後來北伐的成功。這次主席蒞桂，也必同樣的留下偉大的革命精神，使我們得以償其抗日救國的素志。所以這次主席蒞桂，實與昔年總理蒞桂媲美，這怎能不使我們歡欣鼓舞呢？末了，我們同聲高呼：建設廣西，復興中國！打倒日本帝國主義！林主席萬歲！中國國民黨萬

歲！中華民國萬歲！

　　視察日程　林主席在桂視察遊覽日程經已擬定，茲探錄於下。四月八日，上午八時至九時，各界覲見；十時至十二時，在南門外大教場出席歡迎大會並訓話；十二時半，遊月牙山，並在月牙山午餐，隨即休息。下午二時半，遊普陀山及七星岩；下午六時半，在行轅宴會。四月九日，上午八時至十時，巡視各機關；十時至十二時，遊伏波山及象鼻山；十二時半，回行轅午餐，隨即休息。下午二時至五時，遊良豐；五時半至六時半，遊風洞山及獨秀峰，旋回行轅晚餐。

　　覲見人員　本省各界代表定今日上午八時至十時到行轅覲見林主席。茲將覲見人員姓名職別探誌後。

　　第五路軍總司令李宗仁、第五路軍副總司令白崇禧、第五路軍參謀長李品仙、第五路軍第七軍軍長廖磊、第五路軍第四十八軍軍長夏威、第五路軍第四十八軍副軍長韋雲淞、第五路軍一七〇師師長徐啟明、第五路軍一七一師師長楊俊昌、第五路軍一七二師師長程樹芬、第五路軍一七三師師長賀維珍、第五路軍一七四師師長王贊斌、第五路軍一七五師師長莫樹傑、第五路軍一七六師師長區壽年、第五路軍總部軍政廳廳長呂競存、第五路軍總部總辦公廳主任鄭承典、第五路軍總部參謀處處長黎行恕、第五路軍總部秘書處處長潘宜之、第五路軍總部副官處處長唐希忭、第五路軍總部經理處處長謝贊英、第五路軍總部交通處處長藍騰蛟、第五路軍總部軍務處處長陸蔭楫、第五路軍總部團務處處長李作礪、第五路軍總部訓練處處長張壯生、第五路軍總部政訓處處長韋永成、第五路軍總部馬政處處長陳桂、第五路軍總部軍械處處長陳漢吾、第五路軍總部軍法處處長張君度、第五路軍總部軍醫處處長謝謇、第五路軍總部軍械處副處長張伯倫、第五路軍總部政訓處副處長栗豁蒙、第五路軍總部經理處副處長劉朝、第五路軍總部軍務處副處長梁家齊、廣西平樂區民團指揮官鍾祖培、廣西桂林區民團指揮官陳恩元、廣西南寧區民團指揮官梁瀚嵩、廣西龍州區民團指揮官蔣如荃、廣西梧州區民團指揮官陳良佐、廣西潯州區民團指揮官黃鶴齡、廣西柳州

區民團指揮官黃季粲、廣西百色區民團指揮官黃韜、廣西天保區民團指揮官高仰如、廣西鬱林區民團指揮官黃騏、廣西慶遠區民團指揮官栗廷勳、廣西軍官學校副校長劉士毅、廣西民團幹部學校教育長盧象榮、廣西航空學校校長馮璜、廣西教導總隊副總隊長史蔚馥、廣西省政府主席黃旭初、廣西省政府委員兼民政廳長雷殷、廣西省政府委員兼財政廳長黃鍾岳、廣西省政府委員兼教育廳長邱昌渭、廣西省政府委員兼建設廳長韋雲淞、廣西省政府委員雷沛鴻、廣西省政府委員黃薊、廣西省政府委員梁朝璣、廣西省政府委員李任仁、廣西省政府秘書長蘇希洵、廣西省政府總務處長孫仁林、廣西省修誌局督辦黃旭初、廣西高等法院桂林分院長陳祖信、廣西高等法院桂林分院首席檢察官陽貞粹、廣西桂林市政處長呂競存、廣西銀行行長黃薊、廣西農民銀行行長黃維、廣西電政管理局局長梁式恒、廣西省立桂林醫院院長鄭士襄、廣西桂林省會公安局局長周炳南、廣西桂林縣縣長張岳靈、廣西桂林區禁煙局局長宋澤民、廣西桂林區稅捐稽徵局局長陽熙光、廣西桂林地方法院院長曾貫一、廣西桂林地方法院首席檢察官區兆熙、廣西省黨部執行委員黃同仇、韋永成、廣西省黨部監察委員陳錫珖、蔣培英、高雁秋、廣西省黨部書記長陽叔葆、桂林縣總工會常務唐自榮、桂林縣理髮業職業工會常務李鵬雲、桂林縣製煙業職業工會常務劉湘澄、桂林縣製箋業職業工會常務龔壽軒、桂林縣苦力業職業工會常務周松林、桂林縣車縫業職業工會常務胡紹彬、桂林縣印刷業職業工會常務邵瑞森、桂林縣布履業職業工會常務張德慶、桂林縣革履業職業工會常務唐昌瑤、桂林縣劇藝業職業工會常務楊蘭珍、桂林縣民船業職業工會常務栗慰農、桂林縣商會主席黎連城、紙扇業同業公會常務劉鼎銘、車縫業同業公會常務李志深、土布織造業同業公會常務鄧時和、旅店業同業公會常務秦信誠、廣西大學文法學院學生自治會幹事漆仍素、桂林高中學生自治會幹事廖聯原、桂林女中學生自治會幹事王子英、桂林國民中學校學生自治會幹事莫揮、省立桂林實驗中心國基校代表趙家棟、黃岑生、海舜英、黃華

同、桂林初中學生自治會常務陽昇、廣西省教育會常務高雁秋、桂林縣婦女會幹事陽永芳、桂林律師工會幹事秦名星、省立特種教育師資訓練所自治會幹事陳顯文、廣西文化界救國會常務陽叔葆、廣西各界抗日救國聯合會理事朱堯元、廣西全省學生抗日救國聯合會常務何寶鼎、警官訓練所同學會

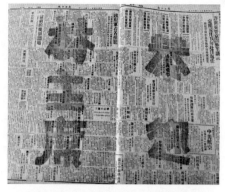

1937年4月7日國民政府主席林森抵桂，《廣西日報》以全版套紅字恭迎林主席

幹事楊日登、湖南旅桂同鄉會文牘傅文昕、蘇皖旅桂同鄉會常務汪秋浦、福建旅桂同鄉會常務曾希亮、地方紳士代表陳智偉、封祝祁、廣西大學校長黃旭初、廣西大學文法學院院長兼秘書長朱佛定、廣西桂林高級中學校長廖競存、廣西桂林初級中學校長莫彝榮、廣西桂林女子中學校長雷震。

　　又訊　本日上午十時，各界在南門外大教場開歡迎林主席大會，並舉行閱兵典禮。昨已由閱兵指揮官通告各機關、學校、團體，務於上午八時三十分以前到達會場云。

　　又訊　國民政府林主席此次移節南巡，中央宣傳部特派電影事業處總幹事周克君隨主席南來，沿途攝製影片。查周君為留法之電影專家，中國攝影能手，昨（七）日已隨林主席抵桂。其此次到桂，將來必有良好之收穫云。

✳ 廣西各界昨舉行歡迎林主席大會及閱兵典禮盛況

參加歡迎大會者十萬餘人
林主席親臨會場舉行閱兵

《廣西日報》1937年4月9日

國民政府林主席於前（七）日下午五時抵桂，詳情經誌昨報。

本省各界民眾以林主席為國家元首，此次不辭辛勞巡視南疆，實屬榮幸之至，除於前日列隊熱烈歡迎外，並於昨（八）日上午十時，在本市南門外大教場開歡迎大會。同

《廣西日報》報導歡迎林森大會及閱兵典禮消息

時，並舉行閱兵典禮。於舉行歡迎大會及閱兵典禮之前，本省各界均派代表到行轅觀見林主席。於後，林主席赴東洲遊覽名勝。茲將詳情分誌於後。

分組觀見 是日上午八時，本省各界代表赴行轅觀見林主席。觀見人員共分五組，第一組為省黨部委員黃同仇、蔣培英、陳錫珖、書記長陽叔葆暨各民眾團體代表；第二組為省政府主席黃旭初、民政廳長雷殷、財政廳長黃鍾岳、教育廳長邱昌渭、建設廳長韋雲淞、委員黃薊、秘書長蘇希洵及高等法院院長朱朝森暨所屬各機關主管等；第三組為第五路軍總司令李宗仁、副總司令白崇禧、總參謀長李品仙及總部各廳處長、各軍師長、各區民團指揮官、軍校、航校、幹校校長暨各直屬團長等；第四組為廣西大學校長黃旭初、秘書長朱佛定暨桂林各中等學校校長；第五組為福建旅桂同鄉會代表。各組人員到行轅後，先在休息室等候，觀見時，由總部軍械處蔣副處長伯倫引入，雷民政廳長殷則引導林主席出見。由典禮股李股長有樞贊，各觀見人員向林主席行最敬禮後，當即由余副官引退。當福建旅桂同鄉會觀見時，並呈改革福建政治鞏固國防意見。觀見畢，主席返室休息片刻，旋驅車赴大教場參加各界歡迎大會。

會場佈置 會場設在南門外大教場，即舊飛機場地，會場北面為入口處，高紮彩坊一座，綴以松針生花，橫額係用黃布，上書「歡迎中華民國元首林主席」字樣。兩旁懸有黃色楹聯一副，坊頂掛油

畫之林主席肖像。會場東面，搭閱兵臺一座，係三聯式，正中圍成圓形，甚為壯觀。臺後為主席休息處，當中正壁懸黨國旗及總理遺像遺囑，左貼歡迎典禮儀式，右貼歡迎口號。靠壁設籐椅一張，為主席座位。臺前置講演臺，並裝置播音機。臺沿左右兩旁，陳列鮮花數十盆。臺口懸黃緞橫額，上書「廣西各界歡迎國民政府林主席蒞桂大會」。會場正中，高豎桅杆，為昇旗處。旗杆四角，繫以黨國旗，到場參加之各機關、團體、學校及各界民眾之排列順序，依禮臺左起，為省黨部及所屬團體、省政府及所屬各機關、總司令部及所屬各部隊、桂林縣屬民團後備隊、各學校及城廂附近民眾，總計十萬餘人。禮臺附近及會場各處，由憲警羅列巡守，秩序極為嚴肅。

典禮儀節　甲、昇國旗；乙、閱兵式；丙、開歡迎會。一、大會主席團就位；二、請國民政府林主席就位；三、全場肅立；四、奏樂；五、鳴炮；六、唱黨歌；七、向黨國旗及總理遺像行三鞠躬禮；八、大會主席恭讀總理遺囑；九、大會主席致歡迎詞；十、大會全體向國民政府林主席行最敬禮（三鞠躬）；十一、請國民政府林主席訓話；十二、高呼口號；十三、奏樂；十四、鳴鞭炮；十五、攝影；十六、禮成。

舉行閱兵　本市連日皆春雨連綿，陰霾滿天。是日天氣忽然晴朗，麗日輝照，一般市民莫不以為主席福祥所致。十時，李總司令陪同林主席乘坐花車抵場。由白副總司令、黃主席、黃委員率同各高級長官在禮臺右側恭迎。林主席下車登臺，閱兵指揮官莫樹傑即飛騎到臺下報告人數，隨在軍樂悠揚中，舉行昇旗禮後，林主席即偕同李總司令、呂參軍長、黃主席乘坐花車在前，白副總司令率同李總參謀長、廖軍長、夏軍長、韋副軍長、各師長、各區民團指揮官等高級長官乘馬後隨，舉行閱兵典禮。由閱兵指

圖為林森在桂林月牙山題字「龍隱」

揮官莫樹傑指揮各部隊、民團、學生受閱。同時，並由航校派飛機十八架翱翔於會場之空中，參加受檢閱，並在空中散發歡迎林主席傳單。當林主席閱兵時，總政訓處電影隊與中央攝影社派來攝影人員乘車前行，沿道攝成活動影片，各受閱部隊、民團、學生見主席花車隊伍時，均肅立致敬，主席在車，一一答禮。閱兵畢，即繼續開歡迎大會。

開會情形 大會推定李總司令、白副總司令、黃主席、黃委員同仇、朱院長佛定、陽永芳女士等七人為主席團，並公推李總司令為主席，如儀行禮後，即由李總司令致歡迎詞（詞見第二版）。詞畢，恭請林主席訓話。主席於掌聲雷動中步至臺前，朗聲訓話。（訓詞見第二版）主席訓話畢，全場即鼓掌，歡呼林主席萬歲。隨即下臺攝影，十一時禮成。林主席遂偕同李白總副司令、呂參軍長、黃主席、廖軍長、夏軍長、韋處長、闞主任等往東洲名勝遊覽。

遊覽名勝 十一時三十分，車抵東門外。主席下車，步過浮橋，換乘軟轎，先赴龍隱岩，賞鑒元祐黨籍碑及狄青平南碑，隨上月牙山遊玩。至則山峰奇拔，樹木蔥蘢，臨高遠眺，城市房屋，盡收眼底，主席大為歡賞。十二時半，在月牙山倚虹樓午餐。陪同進餐者有李白總副司令、呂參軍長、黃主席、韋處長永成、國府典禮股李股長正樞、國府張副官、闞主任宗驊、蔣副處長伯倫、鄧團長光倫、周局長炳南等。其他各員皆在別室進餐。席間皆本省土產，如香心、草菇、豆腐、狗魚、冬筍之類。主席因語宜極力提倡國產，以塞漏卮而挽利權。餐畢，主席隨揮筆題「龍隱」二字，右書「民國二十六年林森」，筆意蒼勁之至。下午一時，往普陀山，寺僧焚香致敬，煮茶以待。至古霞洞，見鐘乳倒懸，有如碧玉，主席讚為天然佳境。原擬往七星岩遊覽，因岩洞深邃，僅在洞外休憩，由里人石孟涵報告洞中景致。少頃，至叢翠軒與李白總副司令、黃主席暢談。一時三十分，在挹香軒與李白總副司令、黃主席合拍一照，留為紀念。二時下山，乘轎過花橋，經浮橋，至東門碼頭，改乘汽車，返行轅休息。五時半，又由李總司令陪同往中山公

園遊覽，移時遂返行轅。

行轅宴會　下午六時半，李白總副司令、黃主席以林主席此次南巡，連日舟車甚為辛勞，特在行轅設宴為林主席洗塵，並邀請同來諸人及本省黨政軍各高級長官作陪。計共分六席，第一席為林主席、李總司令、白副總司令、黃主席、李總參謀長、黃委員、廖軍長、夏軍長；第二席為呂參軍長、鍾指揮官祖培、劉副校長士毅、呂廳長競存、黃廳長鍾岳、韋副軍長雲淞、邱廳長昌渭、闞主任宗驊、韋處長永成、潘處長宜之；第三席為李股長正樞、蘇秘書長希洵、徐師長啟明、莫師長樹傑、陳委員錫珖、陳指揮官恩元；第四席為區師長壽年、楊師長俊昌、陳指揮官良佐、朱秘書長佛定、黃指揮官鶴齡、盧教育長象榮、唐處長希忬；第五席為梁指揮官瀚嵩、蔣指揮官如荃、程師長樹芬、孫處長仁林、蔣委員培英、黃指揮官騏、謝處長贊英；第六席為黃指揮官季傑、黃指揮官韜、高指揮官仰如、中央攝影師周克、馬文愷、金崑、張樹棠等。席間賓主極為歡洽，七時許盡歡而散。又林主席定今晨往各機關巡視，下午繼續遊覽名勝云。

又訊　本市全市基督教徒以我國元首林主席此次蒞桂，自應熱烈歡迎，以表擁戴。除以全市基督教徒名義上書恭祝主席健康外，並於九日晚七時，在中南路浸信會堂舉行為林主席祈禱大會，禮儀嚴肅，茲將上林主席之呈函探錄於下：「竊維主席勤宣黨國，久著勳勞，德沛人民，感沾化育，民族得賴以復興，邦基因進而永奠。此次寰極蒞桂，萬姓歡騰，既懷後蘇之殷，允伸華封之祝。民等雖係宗教信徒，份屬國家赤子，謹本信仰之真誠，敬為元首而祈禱。惟願上帝以馬內利恭祝主席萬壽無疆，謹呈國民政府主席林」云云。

又訊　林主席業於昨日蒞桂。查隨行者有中央攝影場特派隨從攝影師周克君及湖南省政府電影隊隊長馬文愷及攝影師張樹棠君。周克君係國內之電影攝影家，此次係追隨林主席來桂，擬拍攝本市各地風景。馬隊長及張樹棠君亦係國內電影專家，此次隨林主席來桂，除遊覽本市風光外，並擬就近攝影本省各項建設電影云。

✱ 國府林主席昨日視察各機關

並遊覽桂林各名勝
林主席定今晨離桂返京

《廣西日報》1937年4月10日

國民政府林主席此次南巡，經於七日下午抵桂，八日上午在行轅接見各界代表，並參加廣西各界民眾歡迎大會。下午在本市東洲遊覽名勝，各情迭經詳誌本報。昨（九）日上午七時十五分，林主席復往風洞山遊覽，呂參軍長超、李總司令、黃主席、闕主任宗騮、韋處長永成扈從。時朝陽初照，好鳥迎人，愈為清秀山林添無限景色，憑欄遠矚，房舍櫛比，阡陌連綿，盡作碧綠。主席睹此，極為欣悅。

七時四十分下山，八時偕隨從各員往各高級機關巡視。先赴第五路軍總司令部，白副總司令率領各軍師長、各廳處長、各區民團指揮官列隊恭迎。主席下車答禮後，遂至總司令辦公室休息。少頃，由李總司令、白副總司令陪往巡視各廳處會辦公室。八時三十分，復巡視省政府。雷民政廳長殷偕同各廳長並率同薦任職以上職員列隊恭迎。隨由主席陪往各辦公室巡視。巡視畢，主席並在會客室召見各廳處長垂詢政務。

九時，復偕隨行各員往遊伏波山還珠洞，洞瀕灕江，主席乃下車泛舟而遊，飽覽山光水色。隨即順流而下，至象鼻山遊覽，兩岸民眾遙瞻歡呼。十時二十分，換乘汽車往良豐西林公園遊覽。十一時到達，桂林高中全體員生列隊出迎。主席下車後，先至校長室休息，嗣由教育廳邱廳長昌渭報告本省教育現狀，主席對此極表嘉讚。繼由桂高中校長廖競存導遊園林，並巡視校舍。十二時在校進午餐，呂參軍長、李總司令、黃主席、闕主任宗騮、韋處長永成、邱廳長昌渭等陪同進餐。

一時，續遊相思洞，在洞內題「山明水秀」四字。續遊咸通樓，稍憩，廖校長因乘興請主席題「廣西省立高級中學概覽」封面，並請題鳥魚亭匾額。主席改題為「羨樂亭」，取「鳥飛可羨、魚游可

樂」之意。二時許，主席原擬遊覽陽朔山水，嗣因往返需時過多，遂而中止。旋即驅車返駕桂林。二時四十五分抵行轅休息。晚上六時，李總司令、白副總司令、黃主席在樂群社設歡宴，總政訓處國防劇社到場表演「回春之曲」，並聘本市男女名坤表演桂劇助興。八時許始返行轅休息。

又訊 林主席以此次到桂，業已數日，對於本省各項政務均已視察完峻。特定於今（十）早由桂乘車赴衡，然後轉京。本省各界團體及民眾定於今（十）上午五時以前一律到達歡送之地點恭送。並悉歡送地點由北門外半邊街起，向粑粑廠方向延伸云。

又訊 總政訓處電影隊自去年底由邕抵桂後，適聞國府林主席於本月初由粵經湘蒞桂，特先期分別派員到衡州、黃沙河、全州等處工作。林主席蒞桂後，連日之起居遊宴暨本省各界歡迎林主席之種種情形，均派技師攝取影片。據該隊隊員某君稱，該項影片截至昨日，已影就千餘幅之多。內計林主席至衡州、黃沙河、全州三處時攝取者各七八十幅，餘則為林主席至桂林後攝取者云。又聞該隊以曬相機件尚留南寧，故所攝底片必須付邕洗曬，一俟曬就後，即分運各地放映云。

❋ 李白總副司令昨晚宴請劇作家洪深

《廣西日報》1937年4月10日

當代中國劇壇權威之戲劇作家洪深氏，現任國立中山大學教授，日前率領中大英文系教育考察團抵桂，各情經誌本報。李白總副司令對國防藝術甚為注重，現以洪氏為中國有數之戲劇專家，對於中國之文化、藝術，均有極重大之貢獻。此次來桂，對本省文化建設當有所補益，故甚優禮相加。昨（九）晚六時，在樂群社歡宴洪氏及中大考察團團員。並邀請藝人徐悲鴻、前兩廣外交特派員甘介侯先生、潘處長宜之、韋處長永成、邱廳長昌渭、國防劇社萬社長籟天諸人作陪。並由國防劇社表演《回春之曲》助興。洪氏對此，極表讚譽。至九時許，賓主始盡歡而散云。

❋ 西大昨敦請洪深演講關於戲劇問題

《廣西日報》1937年4月10日

以戲劇理論、編導及演技兼優而聞名國內之洪深，現任國立中山大學教授，近因率領中大文化考察團來桂考察，日前已由衡抵桂，各情迭誌本報。廣西大學文法學院以洪教授抵桂機會難得，特於昨（九）日上午九時，假座桂初中大禮堂敦請洪氏演講。先由朱院長佛定介紹，繼請洪氏講演。洪氏操國語，辭令流利，有如行雲流水，一瀉千里。歷一時許方始講畢。而聽者尚無倦容。

洪氏講演之主題 為「在今日的中國從事戲劇的人應該做什麼事」。大意略謂，今日從事戲劇的人，要有決心幹他所應幹的事，盡他所應盡的責任。戲劇不能如政治的作用，是直接的；而它正像軍隊裏面的銅鼓，它能夠敲起群眾的情緒，組織群眾的感情。戲劇現在最大的功能，是怎樣才能使其盡社會教育的作用。戲劇要做到這樣的能事，吾人就要在戲劇技術上研究戲劇的方法。它的方法是用故事來講出，用哲學的觀點，要使哲學在故事裏面形象化。中國過去的戲劇不能收巨大的效果，不夠形象化，是一個重大的原因。戲劇要反映現實，故事裏面的人物是典型性，同時是普遍性的。有時反映現實還不夠，不能指出較高的現實底必然性來，這是我們從事戲劇的人沒有做到的。文藝是同於社會科學和歷史學，它的觀察研究方法，是看人物，看人和人之間的關係。要抓住人物的個性，同時，找出有普遍性的典型。因為人物是社會的產兒，某種社會環境之下，一定產生某種人物的性格、生活習慣概念、情感等，及他對於一切事物的態度，「事物」便從這一切裏面抽

《廣西日報》刊載戲劇家洪深訪桂活動

象得來。大家都以為今日從事戲劇的人，應做什麼事，問題是怎樣去做，如何才做得好。戰士們上前線，我們的戲劇工作不過是「打鼓」。然而，這「打鼓」工作沒有做好。最後，洪氏引一個變戲法的故事，說有一個人，變戲法只玩三粒彈子，後來他走去學道了。他走進僧院，見有的在抄聖經，有的在雕刻聖母像……總之，各人都忙著各人應有的工作。忽然他失蹤了，到處也尋他不見。後來終於在大殿聖母像前尋到他了，他在玩他的彈子。他說他見各人都有各人的工作，他只能玩他的彈子……。我們從事戲劇工作的人，只會「打鼓」，我們盡「打鼓」的責任，決心地幹去罷。云云。

✳ 對桂劇之意見

——戲劇家洪深訪談記

《廣西日報》1937年4月11日

當代中國劇壇權威戲劇作家洪深氏，前率領國立中山大學英文系考察團來桂，連日考察本省教育情況，並遊覽本市名勝，前（九）晚赴樂群社應李白總副司令之宴，各情迭誌本報。記者以洪氏為中國著名戲劇專家，於戲劇理

《廣西日報》刊出記者哈庸凡對戲劇家洪深的專訪

論必有深刻之研究，並聞洪氏日來曾往觀桂劇，其觀後之意見，當為一般關心劇壇者所欲知。故特於昨（十）日下午趨訪，適洪氏自南華劇院觀劇歸，當蒙賜見。記者即詢對於桂劇之意見。

洪氏云：「中國舊劇，論平劇、桂戲，皆不外述敘一段故事，其編劇之方法，一方面發展故事，一方面則刻畫個性，此二者互相消長，不能偏重一方。務使兩者配合得體，因而舞臺情感，能忠實傳達於觀眾。舊劇在此兩方面均甚適得，無如延習相傳，演員泰半敷

衍，故失其真實性，而使舊劇聲價日低。譬諸平劇，倘無程長庚、小叫天諸人致力於前，孫菊仙、梅蘭芳諸人改革於後，當不能有今日之發揚。故常有一二名角，悉心研究，其獨到之處，非常人所能及。桂劇亦然。余日前往高昇觀李百歲之鍘美案，其傳達劇情，刻畫個性之技巧，確為高明，惜未能普遍於桂劇，是則桂劇之所短也。再一般伶工，在舞臺上之動作，多有故作兒戲，致使劇情歪曲，是又為一大弱點。此外，所有桂劇，泰半宣傳封建道德，極不適合時代，至其編劇、表情、音樂各點，尚多足取，故亦不無保留之價值。今後之演唱，應由各演員另編劇本，或將原有劇本改編，使刷新內容，琢練技巧，桂劇前途當可樂觀。至桂劇之存在，對於新興話劇之發展，亦無甚妨礙」云云。談至此，記者遂興辭而退云。

✽ 李白總副司令黃主席昨歡宴各級長官

並令桂劇團到場表演桂劇
請洪深先生批評以資改進

《廣西日報》1937年4月12日

李白總副司令、黃主席以本省年來致力建設，端賴上下一心，乃有今日之成就，為聯絡感情，共同奮勉，繼續努力，以完成「建設廣西，復興中國」之大任起見，特於昨（十一）日下午六時，在樂群社設宴，歡宴各軍師長，總部省府各廳處長，各區民團指揮官，並宴請戲劇家洪深氏。席間杯觥交錯，賓主極為歡洽。以洪深先生為中國有名之戲劇作家，當時特令本市之桂劇團到場表演桂劇，請洪氏觀後加以批評，以便研究將桂劇改進云。

✽ 桂軍團婦女工讀學校近況

現有學生一百五十人
各種機器共約百餘架

《廣西日報》1937年4月15日

桂林軍團婦女工讀學校自遷舊三民中學校址後，積極整頓，成

績頗佳。查其最近情形如下。

員生人數

查該校教職員共十二人，學生分三部：中學部一班、高小部二班、初小部二班，共計學生約一百五十人。在校寄宿者約二十餘人。學科方面，文科占三分之二，工科占三分之一。設備方面，除文科之課堂外，由機械工廠、縫紉工廠、織襪工廠、儲藏室、醫藥室、圖書室等。現有工作用具為織襪機三十二具、織布機二十架、織巾機十二架、手紡車八架、衣車三十一架。

教授方法

文科為遵照教師頒佈之計劃進行，工科則因用具過少，而人數過多之故，採取班級教授，如中學部上文科，則高小部上工科；初小部上文科，則中學部上工科。繼續循環，不能同時三部同上一科。

款項分配

該校以機械工廠、織襪工廠、縫紉工廠所製成之出品，除為員生自用者外，外界定作之制服蚊帳襪布手巾等物，所得之款抽出十分之六為製作學生酬勞，十分之三充作學校經費。至所餘之十分之一，則為工作用具修整購置等費用。

將來計劃

該校之設立，原為教導一般婦女自立之方法與技能，工讀並重，自不必說。但以目前情形而論，學科占全部時間三分之二，工科則占全部時間三分之一，似有未當。聞該校將來計劃，務求兩者平衡發展，同時對於教授時間，亦略增加，如有可能，工科方面擬添設織冷衣、織線衣等項，使學生對於日常手工，多得機會練習云。

✽ 工讀學校學生辦暑期夜學工讀班

定十六日起上課

《廣西日報》1937年4月15日

「桂林軍團婦女工讀學校」學生自治會，現以暑期將屆，為使

各生在暑假中練習社會服務，並協助政府辦理成人教育，以掃除文盲，增加生產起見，特呈准該校當局，在暑期內舉辦平民夜學工讀班，以救濟成年失學之婦女。現該會擬招收學生兩班，每班一百人，年齡在十六歲以上，四十五歲以下者。不論識字與否，一概准予入學。教授科目，有國文、算術、縫紉三科。所有各生書籍筆墨各項用品，概由學校發給。由本月一日起至十四日為報名時間，十六日開始上課。所有各科教員，經由該會在同學中遴選成績優良者充任。現該會正將各科教員名單，呈請該校圈定云。

❋ 桂林縣抗日救國會籌辦《抗日旬報》

定本月廿五日出版
總司令部撥款補助

《廣西日報》1937年4月20日

桂林縣抗日救國會前為喚起民眾參加抗日運動，及發揮抗日救國正確理論起見，曾出版《抗日救國週刊》，後因經費無著，稿件來源困難，出至第五期止，即行停版。現查該會以國難日亟，喚起民眾奮起抗日救國，尤為刻不容緩，特於第十次理事會議決議恢復抗日救國刊物，以資宣傳。所需經費，並決議申請總部、省黨部、省政府每月補助法幣十元。聞總部據情，已准每月補助該會出版費小洋十五元。該會得總部批准後，已著手進行，將前日之《抗日救國旬刊》改為《抗日旬報》，決於本月廿五日出版云。

❋ 本報社啟事

《廣西日報》1937年5月4日—5日

本社為增強採訪力量起見，特於月前招考試用外勤記者五人，現經試用期滿，連同

本報社啟事

本社為增強採訪力量起見，特於月前招考試用外勤記者五人，現經試用期滿，連同之之勤記者從新確定哈庸凡、蕭鑒琴、李雪坦等四人為本社外勤記者，敬希各界查照此啟。

廣西日報社啟

創刊伊始，廣西日報社外勤記者由哈庸凡帶領三名新招考記者組成

原有之外勤記者，重新確定哈庸凡、蕭鍾琴、謝啟道、李雪坦等四人為本社外勤記者。敬希各界查照。此啟。

廣西日報社啟

✱ 本市各話劇團將舉行聯合公演

籌賑會組織入場券勸銷團

準備分頭出發募捐賑款

《廣西日報》1937年5月6日

廣西各界籌賑本省饑荒委員會昨（五）日又收到捐款一批，計廣東省黨部捐款五百元、桂林區禁煙局捐款三十八元六角、桂林電力廠捐款四十四元三角八分。

又訊 該會經於數日前商請本市各話劇團體舉行聯合公演，賣票籌款，各情事曾誌本報。查昨（五）日下午二時，該會特召集各話劇團體代表，在省黨部會議室，開第一次會議，到會代表四人，該會有關係之職員列席三人，由省黨部代表張維主席。議決事項於次：

（一）公演時間改定由本月二十日起，至廿三日止；

（二）入場券分四種：一、五元券；二、一元券；三、五角券、四、通用券（四晚均可入場）。

（三）售券預約期間，改由本月十日起，至十五日止。在預約期間，券價照原價八折，但通用券及五元券不在此限。

1937年5月6日《廣西日報》刊出入場券勸銷團消息

（四）入場券代售處，由文源、強華、莫林記、唐文南四書局負責。

（五）印製入場券，推謝公惠負責，並於本月八日以前印就。

（六）入場券之推銷，除由各書局代售外，並組織勸銷團，並即推定張維為正主任，哈庸凡為副主任，並遴選各機關學校人員為團員，組織勸銷隊，分頭勸銷。

（七）公演之宣傳方法，一、由《廣西日報》刊登廣告；二、由總政訓處在街頭播音；三、張貼街照，統由大會宣傳部負責辦理。

（八）各劇團團員，由大會印就團員證二百個，發給佩戴，但須另配帶該團之證章，以便出入舞臺。

（九）關於舞臺佈置，由各劇團各推代表一人，於本月八日下午二時，到桂初中共同商酌辦理，並推定國防劇社負責召集。

（十）各劇團應否領取津貼，候提交大會討論。

（十一）臨時門售入場券，推定周為楨負責。

（十二）會場秩序，由憲兵團及省會公安局每晚各派十人到場負責維持。至四時，議畢散會云。

❊ 榕杉兩湖擬建築橫堤

在環湖酒店前直通對岸

《廣西日報》1937年5月10日

本市榕杉兩湖為市區著名佳境，有桂林西湖之稱，風景至為秀麗。年來經市政處積極整理後，更大為可觀。現西門外水壩工程業已竣工，兩岸石堤現亦完成十分之六七，其他亭臺及點綴設備，刻正從事計劃建築整理。但湖心亭因基層泥土尚未凝固，須待本年冬季始可興工建築。該處為輔佐南北交通，增進風景起見，並擬由環湖酒店駁岸地方建一橫堤通過對岸，堤之中央則見圓拱，使遊艇往來其下不致受阻。至南岸尚未完成之湖堤，該處現積極飭工修築。惟原有石料不敷甚巨，須待添購石塊。石基砌成後，上部則暫時鋪

砌斜坡，使形式整齊，以壯觀瞻。又自引水入城後，湖內已保持三呎以上水位，碧波蕩漾，可以通行小船。是項工程自五月一日開始引水後，連日間前往參觀者甚多。

查該壩位於西門河上流，在螞蚵橋之南。全壩長二六〇呎，高一丈八呎，浮出水面者七呎。底闊一六呎，但至上部，則僅闊四呎，成傾斜型。全部皆石塊和水門汀砌成，工程異常堅固。計共有水洞二個，中設兩重木閘，均可隨意啟閉。如需水位減退，則將木閘開放。現僅關閉一重，水位已高至七呎許。如全部關閉，水位更高。聞該處以是項工程既經完成，關於湖內船隻設備，甚為需要，但應由公安局主辦，或准商人承建營業，須向省府請示方能決定云。

籌賑會話劇聯合公演入場券勸銷團
❖ 昨開會討論推銷入場券等事宜

《廣西日報》1937年5月11日

廣西各界籌賑本省饑荒委員會話劇聯合公演入場券勸銷團，於昨（十）日下午一時，在省黨部大禮堂，召集各勸銷隊隊長開會討論進行推銷事宜。各情曾誌本報。查是日出席共十五人，由張維主席。如儀行禮後，首由主席報告開會意義，次即開始討論。當經決定推銷時間由本月十一日起至十九日正午十二時止，並加聘李總參謀長為名譽隊長。高一院分、省會公安局、一七五師、桂林市政處、桂林縣政府、地方法院、廣西銀行、農民銀行、特種師資訓練所、中山紀念學校等十機關學校主管長官為隊長，至推銷範圍，決定省黨部、省政府、總司令部三高級機關名譽隊長負責本機關全體，廣西大學名譽隊長負責校內全體職教員，學生隊長負責電政管理局、禁煙局、第十監獄、省立醫院四機關；桂高中學生隊長負責校內全體職教員及學生；桂初中名譽隊長負責校內全體職教員，學生隊長負責稅捐局、電力廠、省修誌局等三機關；桂女中名譽隊長負責校內全體職教員，學生隊長負責《廣西日報》社、地方金庫、禁煙特派

員公署；國中隊長負責校內全體職教員學生，及桂林郵局、省實驗中心校兩處；婦工校隊長負責校內職教員學生，及桂林區公路局、縣黨部兩處；各鎮公所在各鎮範圍內擇戶勸銷，縣商會負責勸銷商會，律師公會負責全市各律師勸銷。各隊銷券數量，由勸銷團酌情形分配。銷券之後，所屬之券，限於本月二十四日下午四時前繳交大會，一律不得拖延。各勸銷隊隊員，除各機關外其餘學生隊員，每隊定五人，並須佩戴勸銷證章，以資識別，統由大會制就轉發各校。至下午三時，議畢散會云。

✾ 劇團聯合公演各種門券

業經妥為分配送勸銷隊推銷

《廣西日報》1937年5月13日

廣西各界籌賑本省饑荒委員會，經商情本市各劇團聯合公演，並組織勸銷團，負責推銷入場券，各情迭經詳誌本報。查勸銷團已按照各機關、團體學校之等級，將各種入場券，斟酌妥為分配，昨（十二）日已分送各勸銷隊收管推銷。又各書局代售之入場券，亦於昨開始云。

✾ 桂林各劇團籌賑本省饑荒聯合公演團露布

《廣西日報》1937年5月13日

1　公演日期：五月二十日起至二十三日止，每晚七時開幕

2　公演劇團：①國防劇社；②二一劇團；③桂初中劇團；④巡迴講演團

3　公演劇碼：①三幕劇《我們的故鄉》；②歌劇《偉大的民團》；獨幕劇《最後一計》、《旱災》、《中秋月》、《我土》、《塞外的狂濤》、《平步登天》

4　入場券預約時間：五月十日起至十五日止

5　入場券預約地點：①唐文南書局；②文源書局；③強華書

局；④莫林記書報局；⑤省黨部籌賑會

6　券價：①名譽券每張五元；②特種券每張三元；③普通券每張五角；④特種通用券每張三元（連觀四夜）⑤普通通用券每張一元五角（連觀四夜）

特種券普通券在預約期內一律八折，全部備券無多，各界早日預約為宜。

✿ 京滇公路週覽團一部團員昨抵桂

大部分團員昨由慶抵柳

《廣西日報》1937年5月16日

京滇公路週覽團南路回程團員行將抵桂，本省當局經派代表前往六寨候迎。各情迭誌本報。茲據宜山電，該團一行百餘人於十三日正午由黔入本省境界，下午二時到達六寨。本省當局代表韋永成、梁局長權、黎科長樾廷出遠郊歡迎，午餐後參觀鄉村建設。十四日早晨七時，與韋處長等同離六寨。十一時抵河池，當地民眾舉行歡迎大會，到會者達五千餘人。由韋處長主席，並致歡迎詞。大意謂吾人必須精誠團結，以達到收復失地，復興民族之目的云云。次請該團褚團長民誼訓話。首報告京滇公路週覽之意義，次謂吾人強國，必先強種，故應注重國術云云。詞畢，當即表演太極拳。末由韋處長領導高呼口號而散。旋即乘車離河池，下午三時抵宜山，宜山各界民眾郊迎者萬餘人。當晚舉行歡迎大會，由宜山區團栗副指揮官致歡迎詞。繼請褚團長訓話，訓話完畢，當即表演太極拳。最後並由大會表演遊藝助興。昨（十五）日將由宜山抵柳，一二日內即來桂林云云。

六寨十四日電　週覽團昨晨在獨山參加歡迎會，褚民誼訓詞，並允將災情呈報中央救濟。九時啟程，午十二時至黔桂交界處營上村，下午二時到達六寨。當有黃旭初、李宗仁、白崇禧代表韋永成、梁權等來迎。午餐後赴村參觀，定明晨去宜山。

宜山十四日電　週覽團今晨離六寨，向宜山進發，午刻到達河

池。該縣特舉行歡迎大會,由李白總副司令代表韋永成致歡迎詞,次請褚團長訓話。午餐後,車前行,下午分兩次渡江,均平順無阻。五時安抵宜山,定明晨赴柳州。

宜山十五日電 京滇公路週覽團南路團員昨晚到達宜山后,當地民眾極表歡迎。肩摩踵接,圍觀如堵。當晚舉行歡迎遊藝大會,到學生民團二千餘人。首由栗副指揮官主席致詞,次由褚團長講演,述精誠團結,培養民力,充實國力,以圖最後與敵人之抗戰。末述交通救國之關係。聽眾無不熱烈鼓掌以表歡迎。週覽團已於今晨啟程赴柳州,宜山民眾歡送情形,熱烈異常,團員備感興奮。

又訊 京滇公路週覽團團員何遂、成濟安等十二人,係取道安南入桂。本月十日到龍州,次日抵邕。參觀邕市各機關、學校、團體,並往武鳴參觀鄉村建設。十四日下午抵柳,昨(十五)日由柳啟程來桂,下午五時到達本市。李白總副司令、黃主席、雷廳長、韋廳長、孫處長等,均驅車至南門外二里店舊金鼓廟處歡迎,並由總部軍樂隊奏樂致敬。何遂等下車與李白總副司令、黃主席為禮後,旋即驅車返城。由韋廳長陪至環湖酒店,當即進用晚餐。八時由招待處職員引導至舊藩署晉謁李白總副司令,略談片刻即辭出。復由招待處派員導遊本市。定今(十六)日上午八時,由陳科長挺之導至省政府謁見黃主席。茲將抵桂團員名單探錄於下。成濟安,湖南省政府顧問;汪松年,大公報漢口辦事處主任;李介民,軍政部技正;李啟乾,廣西公路局總工程師;歐陽鏡寰,湖南公路局總工程師;何遂,立法院軍事委員會委員長;張世綱,中國汽車公司總工程師,發明植物油車;蕭蔚民,中央通訊社貴陽分社主任;鄭岳,中央陸軍軍官學校教官;龍潛,考委會秘書;羅爾瞻,湖南國民日報編輯長;凌卓如,湖南建設廳視察員。

柳州十三日訊 京滇公路週覽團何遂成濟安等八人十三日由邕抵柳,與記者談,由安南入桂後,在龍州一宿,在邕兩宿,曾參觀軍分校,武鳴村公所及各團體、學校,深覺桂省上下咸具苦幹精神,

社會表現動的狀態，甚可欽佩。記者與一部團員乘植物油車，昨宿大塘，今午抵柳。自獨山至六寨一段，路面失修，坎坷不平，六寨以下，路樹成蔭，車行甚暢，沿途秩序尤佳。各車站皆彩紮松柏牌樓，遍貼歡迎標語，對週覽團團員招待甚殷。

❀ 抵桂團員昨參觀本市各名勝

京滇公路南路回程團員今日可完全抵桂

《廣西日報》1937年5月17日

京滇公路週覽團南路回程一部分團員何遂、成濟安等一行十二人，經於前（十五）日下午由柳乘車抵桂，各情曾誌昨報。昨（十六）日上午八時，由陳科長挺之引導該團團員往省政府晉謁黃主席，少刻辭出。驅車出水東門往東洲遊覽普陀、月牙、七星、龍隱各名勝地。各團員對山水之奇秀，多所讚譽。遊畢，返寓所午餐。餐後復往遊伏波山，又駕舟至還珠洞，並順流至象鼻山遊覽。遊畢，由苗圃登岸，乘車返環湖酒店晚餐。昨日遊覽時，一部分團員因天氣暑熱未出遊，故定於本（十七）日晨，由諸葛處員士濂導往遊還珠洞及象鼻山各地。其他又一部分團員，則由趙辦事員魯生引導乘船赴陽朔遊覽，並沿途寫生，以收羅桂陽兩地山水之靈秀。又聞該週覽團褚團長民誼及大部分團員，本日下午可抵桂云。

❀ 京滇公路週覽團南路回程全體團員昨抵桂

本市各界郊迎者約有二萬餘人
李白總副司令黃主席親臨候迎
褚團長民誼氏對記者發表談話

《廣西日報》1937年5月18日

京滇公路週覽團南路回程全體團員定於昨（十七）日由柳啟程來桂，各情曾誌昨報。查廣西分會籌備會經於事前積極籌備歡迎，定本市環湖大酒店為各團員寓所，並於南門外二里店起，沿途高搭松門五座。每松門並懸紅布橫額一幅，上書「歡迎京滇

公路週覽團」字樣。昨（十七）下午二時以前，本市各機關、團體均推派代表，各中等以上學校全體學生、駐桂各部隊暨本市二十里以內之民團後備隊，均列隊至南門外車站舊址歡迎。查是日正午忽降大雨，旋又轉晴，參加郊迎之人員皆能依時到達指定地點，佇立以待。

◇ 郊迎情形

是日郊迎地點，係由南門外車站舊址起，向南門方向延伸，其排列之次序，首為軍樂隊，次省黨部代表、省政府代表、省黨部省政府所屬各機關團體代表、總司令部代表、一七五師師部代表，一三五團、憲兵團、通訊兵團全體官兵，民團聯隊、省會公安局保安隊、廣西大學、桂林縣立國中、桂林初中、桂林女中、桂林軍團婦女工校全體員生，總計約二萬餘人，統由桂林區團陳指揮官恩元指揮。至於高級人員前往郊迎者，有李總司令、白副總司令、黃主席、李總參謀長、雷民政廳長殷、黃財政廳長鍾岳、邱教育廳長昌渭、韋建設廳長雲淞、蘇秘書長希洵、孫總務處長仁林、蔣委員培英、陽書記長叔葆、呂軍政廳長競存、黎參謀處長行恕、潘秘書處長宜之、張軍法處長君度、陸軍務處長蔭楫、謝軍醫處長謇、謝經理處長贊英、張訓練處長壯生、林高級參謀賜熙、覃團長興、蔣副處長伯倫、李參謀長偶生、鄧團長光倫、周局長炳南、田縣長良驥、陳院長祖信、曾院長貫一、楊局長熙光、宋局長澤民等。湖南省政府派來歡迎之李科長步鄴、朱科長度恢、狄技正毅人及陳崇鑒君亦到場參加郊迎。

◇ 抵步情形

至下午四時，即見將軍橋頭塵土飛揚，俄頃，大隊車輛風馳而至，在離歡迎隊伍一華里時，前面號兵即發立正軍號，歡迎各員皆肅立佇待。少刻，褚團長及韋處長所乘之車已到，軍樂隊奏樂致敬，同時並鳴鞭炮。李白總副司令、黃主席均趨前歡迎。褚團長即下車與李白總副司令黃主席等互相握手為禮。是日褚團長頭戴褐色禮帽，身著灰布中山裝，足登革履，精神奕奕，滿面笑容。旋由李

總司令陪同褚團長前行，由白副總司令、黃主席及各團員暨各高級人員隨後，步行入城。當褚團長蒞臨時，即由到場歡迎之隊伍領隊官高呼立正口令，各人員均舉手致敬禮，並目迎目送，褚團長一一答禮。沿途均有憲警站崗巡守，秩序極佳，市民夾道而觀者甚眾。入城後，即分乘汽車直驅環湖酒店。到達時，褚團長與李白總副司令、黃主席在門首合攝一影，隨由各招待員招待該團全體至大廳茶會。茶會畢，各團員則休息片刻。六時，該團全體團員在環湖晚餐。餐畢，由褚團長率領全體團員分赴總部、省府拜訪李白總副司令、黃主席，賓主暢談甚歡。

◇ 團員題名

茲將昨日抵桂團員姓名、職務探錄於下：

團長　褚民誼　中央監察委員

總幹事　薛次莘　經委會公路處簡任技正

總務主任　王世圻　經委會公路處技正

招待組主任　張延祥　資源委員會電工器材廠籌備委員會籌備委員

隊長兼新聞幹事　律鴻起　中央通訊社採訪外勤記者

團員（略）

◇ 遊覽日程

十七日下午，在環湖酒店舉行晚餐。十八日上午七時，早點後赴歡迎大會（遇雨改在省府大禮堂舉行代表大會）。下午分組遊覽伏波山及還珠洞，晚間在樂群社赴總省公宴並觀話劇（話劇由公務人員集演，並請褚委員表演國技）。十九日上午，甲組早點後遊七星岩、月牙山（月牙山午餐），乙組遊獨秀峰、風洞山（風洞山午餐）。下午，甲組遊獨秀峰、風洞山，乙組遊七星岩、月牙山。晚間，在環湖酒店晚餐。二十日上午早點後六時上船，七時開赴陽朔，午餐在大塘舉行，下午宿船上（晚餐在船上舉行）。二十一日上午，早點後遊覽陽朔風景畢，乘車回良豐午餐。下午回桂林城，分組參觀，晚間赴省黨部及京滇公路週覽團廣西分會、各法團公宴，並觀桂劇

及影畫片。二十二日，早點後出發去全州，在黃沙河午餐。

❈ 褚民誼訪談記

《廣西日報》1937年5月18日

　　該團全體團員抵步後，記者即趨前投刺請謁褚團長。當蒙賜見，對記者發表談話如下：京滇公路週覽團之舉行，目的在促進全國交通之發展。蓋一國之盛衰，當視乎交通發達與否而定。舉凡政治、經濟、文化及其他各種建設，皆有賴於交通之便利。譬諸人身血脈，為各部器官之機鈕，如血脈停止，各部器官之作用自然消失。故吾人欲復興國家民族，首宜使交通現代化。而後方可談及各種建設。此次由京南下週覽，沿途所經各省，皆極進步，所有壯丁，多已調集訓練，當本團經過時，皆執木棍、矛、槍列隊歡迎。即幼齡學童，亦佇立道旁爭看。沿途各路，均坦平完好，故雲南邊境，山嶺高峻，頗不易行。至入桂境，所得印象更佳。蓋廣西一般建設，多注意農村，以解決民生問題為前提，斯為各省所未有。至於訓練民團，當更較各省為佳。此種精神，小則可保衛地方，大則可救國。倘能普遍於全國，則中華民族之前途，當極為樂觀云云。

❈ 廣西各界昨晨舉行民眾大會歡迎京滇公路週覽團

　　到會民眾三萬餘人情形極熱烈
　　李總座主席褚團長民誼等演講
　　散會後該團各團員分組遊名勝

《廣西日報》1937年5月19日

　　廣西各界定於昨日（十八日）上午八時，在南門外舊飛機場舉行歡迎京滇公路週覽團大會，各情曾誌昨報。查是日上午天氣陰晴，六時以前各界民眾已陸續到達會場，計有省黨部、省政府、總司令部、高一分院、地方法院、稅捐稽徵局、禁煙局、電政管理局、公路局桂林區辦事處、桂林縣政府、省會公安局、《廣西日報》社、縣商會、總工會、憲兵團、通訊兵團、一三三團、一三五團、炮兵

營、省會公安局保安隊、各鄉鎮民團後備隊、廣西大學、桂林初中、桂林女中、縣立國中、桂軍團婦工校，各鎮中心校等機關職員、團體民眾、學校員生、部隊官兵總共約三萬餘人，黨政軍各高級長官亦均到場參加。

◈ 會場佈置

會場四周，遍插國旗，北面為入口處，紮松門一座，靠西高搭禮臺，四壁綴以松葉。正壁懸黨國旗和總理遺像。左貼開會儀式，右貼口號，臺前設演講桌一，並裝置播音機。臺口置生花數盆，臺簷懸紅布橫額一幅，上書「廣西各界歡迎京滇公路週覽團大會」字樣。會場正中，高豎旗杆，上掛國旗一面，隨風飛揚，燦爛鮮明。旗杆四面，並相間繫以黨國旗，各機關、團體、學校、部隊，先分列於會場之一面，聽候檢閱。禮臺附近及會場各處，由憲警羅列巡守，秩序極為嚴肅。

◈ 開會情形

屆時，李總司令陪同褚團長及各團員蒞場，大會總指揮陳恩元則策馬趨前報告人數。旋由李總司令、白副總司令、黃主席陪同褚團長及各團員步行檢閱各部隊。當褚團長等蒞臨時，各隊人員均肅立舉手致敬，褚團長一一答禮。檢閱畢，全團團員登臺，全場掌聲如雷，表示歡迎。隨由總指揮陳恩元將各隊伍調集臺前，遂正式開會。由主席團公推李總司令主席，領導全場如儀行禮後。即致開會詞（詞另載）。詞畢，即請褚團長演講（演講詞另載）。次請

◈ 何遂先生講演

略謂，此次到廣西來，得見到如此良好的成績，益使吾人相信中國前途之光明，對外抗戰亦有把握。蓋目前日本國內危機極為嚴重，其在國際間復陷於孤立地位。如吾人予以抵抗，則必能操勝算。又各地學生多高唱苦悶，惟廣西學生能回到農村去，努力實際工作，此又為一種好現象云云。繼請

◈ 林士模先生演講

主席及各界同胞，兄弟是學工程的人，不會演講，但是到了此地，又不能不說幾句。講到礦，是現在一個最重大的問題。諸位看得見的，現在打仗不專是人和人打，是用槍炮來打的。但是槍炮的原料是什麼呢？是五金，五金便是礦裏開採出來的。除了槍炮之外，還有毒氣，毒氣是一種化學製成品，它的原料大半亦是從礦產裏提出來的。再看現代所用的飛機，製飛機的原料是鋁及其他五金。因此，無論是槍炮、毒氣、飛機……甚至於製造槍炮飛機的各種機器，都脫不了礦產。假定沒有礦產，則一切國防都建設不起來。再說到交通，固然對於國防上甚是重要，現代交通的工具，是水運、鐵路、公路、航空等數種，然而水運所用的輪船，鐵路所用的火車，公路所用的汽車，以及航空所用的飛機，都要靠煤及汽油才能發動。但是煤及汽油，亦是由礦裏開出來的。所以沒有一樣不與礦有極密切的關係，值得吾人特別注意的也就是這一點。

現在兄弟來到廣西，覺得廣西不僅民眾有組織和訓練，同時廣西的礦產蘊藏甚富，並且政府提倡很力，故不僅對於國防上將來廣西可以極大效力，即在建設上將來亦須藉廣西為根源。盼望諸位努力。

關於礦的問題很多，非短時間所能詳述，兄弟所說過於簡略，仍請諸位原諒云云。

復次請上海市黨部委員

◈ 童行白先生演講

詞云，主席，各位同胞，兄弟今天有機會得來參加這盛大的歡迎會，精神上覺得非常的興奮和愉快。因為兄弟是在上海從事黨務工作的，從上海追隨週覽團各同人，由中國極東的部分上海而到中國極西南的部分廣西來，與各界同胞會面，並看到廣西各種建設，所以精神上的興奮和愉快，實不能以言語形容。

我們知道，廣西在革命歷史上是佔有很光榮的地位與偉大的一頁的，本黨自從總理宣導革命，不知經過了多少次的奮鬥，但每次

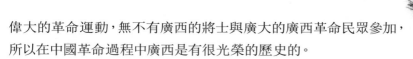

偉大的革命運動，無不有廣西的將士與廣大的廣西革命民眾參加，所以在中國革命過程中廣西是有很光榮的歷史的。

目前，中國最大的問題，是民族復興問題。為甚麼民族復興是我國目前的最大問題呢？因為我們受了日本帝國主義不斷的侵略和壓迫，民族的危機實已到了不能生存之境了。現在我們為了要求國家民族的生存，我們不能不和敵人奮鬥。我們的土地有這樣大，人口有這樣多，假使個個能夠覺悟起來，集中全國四萬萬七千萬同胞的力量以與敵人拼命，我想復興民族一定可以做到。什麼日本帝國主義都不難打倒，收復失地更不成問題。

但是這種集中全國同胞力量從事民族復興運動，是一種國民的政治教育問題。而關於這種政治教育，各省都有了長足的進步。尤其在廣西關於組織民眾，訓練民眾，運用民眾，更覺做得徹底和有效。能使廣西一千三百萬的同胞各個都知道國家民族的敵人是日本帝國主義，同時使各個心目中都有對日抗戰之必要與決心，這不能不說是政治教育的成功。兄弟此次來到廣西，是想看看廣西對於組織民眾，訓練民眾……的方法究竟是怎樣，以便將這種好的民族運動方法，有所參考有所取法推行到各省，普及到整個的國家。

我們既然知道，要復興民族，爭民族國家的生存和自由平等，是要集中全國民眾的力量才能有效的。但集中全國力量的方法，最重要就是鞏固國家的統一。過去因為國家力量不能集中，便受了敵人各個的擊破，被敵人侵佔了我們不少的地方。現在中國已經是統一了，對外的力量也加強了，所以最近的中日外交我們得到了初步的勝利。

這種勝利從敵人方面最近對華外交的兩個口號中可以看得出來，一、我們對於中國的外交，舊的方法已不適用了，再用舊的方法是要失敗的，所以對華政策要再檢討；二，我們對於中國的認識，應有一種新的認識。因為今日的中國已不是一個睡獅，已與從前大不相同了，所以我們對華要有新認識。由此也足證明大家能夠團結，鞏固統一，力量非常偉大的。我們更拿最近德國民族復興的事

例來看，要收復失地，取消一切不平等條約，一定是可以達到目的的。

不過，我們除了精神建設應該努力之外，同時，在物質建設方面更當積極進行。因為物質如未完成，那麼國家的力量是不能充分發揮的。我們這裏所謂物質建設，雖不能說要與人家先進的國家一樣才算完成，但在非常時期至少要做到「進可取」「退可守」的境地。我們要有天天備戰的精神，拼命的努力下去，才能夠從奮鬥中去求生存。只要大家能夠鞏固統一，集中力量，相信失地是一定可以收回的。

兄弟今天所講的大意，歸納起來，約有下面兩點。第一是要大家精誠團結，鞏固國家的統一；第二是我們在努力精神建設之外，同時還要加緊完成國家的物質建設。

◇ 高呼口號

演講畢，全場高呼口號。一、歡迎京滇公路週覽團各同志；二、歡迎京滇公路週覽團指導廣西建設；三、鞏固和平統一；四、復興中華民國；五、擁護中央領導抗日；六、打倒日本帝國主義；七、中國國民黨萬歲；八、中華民國萬歲。隨即鼓掌散會。

◇ 分組遊覽

散會後各團員驅車返環湖酒店早餐，餐畢，自由休息。下午分三組遊覽象鼻山、還珠洞、伏波山，由招待處派十二人負責招待。第一組定下午二時，第二組定二時十五分，第三組定二時三十分出發。各組到達伏波山腳後，先遊伏波山，繼遊還珠洞，當各團員登伏波山時，探幽尋勝，頗饒雅趣。繼至還珠洞，見水波瀲灩，山岩靈秀，為之讚賞不絕。旋乘船順流而下，遊象鼻山，或憑欄遠眺，或艙頭攝影，各有趣樂不同。至象鼻山登岸，沿山麓出苗圃，再乘汽車循環城路遊覽市街，隨返環湖酒店休息。

◇ 昨晚公宴

下午六時，本省黨政軍當局假樂群社歡宴京滇公路週覽團團

員，並邀請黨政軍各高級長官作陪。席間觥籌交錯，賓主極為歡洽。宴罷，各員分散自由憩息。繼復在樂群社禮堂觀國防藝術社表演話劇，在未開演前，全場恭請褚團長民誼奏平調一曲，繼有呂廳長競存陪唱「坐宮」。唱畢，乃由國防藝術社公演名劇「回春之曲」。斯劇情節緊張，觀眾極感興奮。至十時許，始各盡歡而散云。

奉行三民主義最具體的方法

＊ 只有廣西的三自政策

褚民誼氏在廣西各界歡迎京滇公路週覽團大會講
廿六，五，十八，哈庸凡速記

《廣西日報》1937年5月19日

主席團各位同志，廣西黨、政、軍、學、各界民眾諸君：

今天廣西各界開這樣盛大的歡迎會歡迎本團，同人等非常感激，尤其剛才聽到李總司令所講的話，更使我們感覺到無限的快慰。本團上月五號由首都啟程，經過安徽、江西、湖南、貴州、雲南等省而到廣西，沿途所看到的很好的印象，就是一般民眾都有了組織，有了訓練，在這素稱偏僻的西南各省，都一天一天的發展起來。尤其是廣西的民眾，他的組織和訓練，更比較其他各省來得切實，來得緊張，可見我們全國的力量是逐漸在集中起來了。

沿途所遇到的民眾，大家都是非常誠樸勇敢，抗戰救亡的意識，在他們的臉上深刻的表現出來。他們看到我們經過，卻並不說什麼，只是望著我們，我們也望著他們，從眼光裏

《廣西日報》刊載由哈庸凡速記整理的褚民誼演講稿

交換彼此的願望。我們只是心心相印，並不說到任何問題。然而到廣西來卻不同了，到處可以看得見抗日救亡的標語，聽得見打倒日本帝國主義的口號，也可以公開地喊出來，這是廣西當局領導的正確，也就是復興民族的朕兆。

現在要抵抗外侮，首先應該充實國力，不過我們的物質還是落後，不能大規模的去從事發展，尤其是西南各省，更感到經濟力量有所不足。可是我們應當從苦幹中去獲取成績，我們應當用我們的汗和血，去充實我們的力量。廣西近年來得到這樣良好的成績，就是上下一致埋頭苦幹的結果。

講到交通，確是國防建設中的一個重要部門。過去交通不發達，我們到雲南要假道安南，到西藏要假道印度，到新疆要假道西伯利亞，這實在是一個莫大的恥辱。近幾年來，由於中央當局與地方當局努力而苦幹的結果，交通方面比較以前，已經有了很大的進步。就如京滇公路有三千公里之長，也已經在短期間內完成了。這條公路是由首都直達雲南昆明，到廣西來是貴州折回，將來可由雲南直接到廣西。有了這條幹路還不夠，應該有支路；有了公路還不夠，還得建築鐵路，如湘桂、湘黔、湘滇等鐵路。能夠把交通發達起來，不僅對商業有利益，就是對於政治、經濟、實業、文化、國防各方面，都有很重大的關係。同時，中央與地方能夠有機的關聯起來，更促進全國的統一與團結。

過去中央當局與地方當局在見解上稍有不同，因此發生很多的隔閡。譬如，有人說廣西的抗日不是抗日，而是聯共。而又有人說中央不能抗日，只能聯日。這種相反的論調，完全是敵人的挑撥離間。在今日國難嚴重的時候，中央與地方應當消除意見，精誠團結，以鞏固和平統一，達到收復失地的目的。而且抗日也不是空喊口號而已，所以我們此刻要努力埋頭苦幹，充實力量，以保全國家民族的生存。

自國民黨改組以後，本黨同志都極力奉行三民主義，可是最具體的辦法，卻只有廣西的三自政策。本來民眾一定要有了組織，有了

訓練，才可以自衛，才能夠講到民族自立。至於政治，各省都沒有廣西這樣好，這是因為政治基礎沒有廣西這樣穩固的原故。我們在柳州，看見廣西有農林試驗場，大規模的從事於農事試驗與農產品的改良，將自給問題解決了，也就是民生主義的實現。幾年以後，廣西全省就應該沒有一點荒地存在了。我們從入廣西境內以後，沒有看到一個乞丐或遊手好閒的人，無論大小男女老少，都是很努力的工作，到處充滿了蓬勃的氣象。

中國過去幾千年來，都是自私自利，因為在上的不知怎樣扶持民眾，在下的又不知怎樣愛護國家。所以弄成上下交閧，彼此不相接近，因而給予敵人侵略的一個好機會。外國人說中國沒有組織，實在中國組織是有的，不過很小。比方家庭的組織、鄉村的組織、職業的組織種種，在民間都是很普通的。但是這種組織還不夠，我們應該把它擴大來成為新的組織。把過去那種痛癢不相關、老死不相往來的觀念打破，使全民族都融合在一個組織裏。要達到這個目的，首先應當使交通發達。

這次本團由首都到西南來，給予各地民眾以很大的注意。不但在國內如此，就是國際間也有相當的關心。因為這樣一個長途的週覽，當然是說明了中國交通的進步，所以沿途的老百姓很遠的跑來看，幾千幾萬人都出來在道旁歡迎。這種熱情，與其說是歡迎本團，不如說是慶幸我國交通已達到現代化。

此次回去，一定把各地方情形詳細向中央報告，使中央得以明瞭地方政治、經濟、文化各方面的情勢。同時，還把各地方可以效法的，貢獻給中央。我們好比是蠶，蠶吃桑葉後就會吐絲，我們到各處週覽了一次，當然也要把所有心得貢獻出來。將來我們或者用通訊的方法，互相探討。今天時間很短，本人代表本團向各界致謝。因為這次到廣西來，得到很好的招待，同時，又得欣賞桂林的山水，並且到處看見蓬勃的民氣。我們可以說，中國的前途很有希望，因為在廣西已奠定了抗日救國的基礎，將來一天天擴張到各省，最短時間必能實現收復失地的願望。希望各位在「精誠團結，共赴國

難」這個口號下去努力。這次京滇公路通車，是到西南各省去週覽，將來收復了失地，我們要到東北各省去週覽。那個時候，要請西南同胞多多參加，尤其是廣西同胞更要踴躍參加。今日所掛的標語，所喊的口號，一旦成了事實，我們何等快樂。現在恭祝廣西建設發達，民族復興。

省府昨召集各校體育教員等聽

✽ 褚民誼氏演講太極操

《廣西日報》1937年5月20日

本省政府以中央監察委員褚民誼氏乃醫學家與體育專家，更精太極拳，嘗以改良醫藥，提倡國術，以救國弱民病為己任。十餘年來，對我國體育，領導提倡，不遺餘力，躬身實踐，不尚空談。興之所至，輒多心得。乃本諸力學與心理，證之生理與衛生，以太極拳之動作悉為圓形，運動時全身關節韌帶同時活動，身心各部平均發育，故精心探討，用科學方法創製太極球、太極棍等運動器械。在民十九年（1930年）曾參加比利時百年紀念博覽會，經歐美教育家、體育家之評論，公認為世界體育之新發明，得有超等優獎，為我國國際史上開一新紀元。此次為京滇週覽團之團長，駕臨本省，機會難得，特於昨（十九）日下午四時，召集本市廣西大學、各中等學校之軍訓教官與體育教員、國技教員及各中心校之體育教員，在樂群社大禮堂，敦請褚氏演講太極操。屆時由教育廳邱廳長陪同褚氏登臺，首由邱廳長將褚氏略歷介紹後，即請褚氏演講。

褚氏首謂太極拳能修養身心，調和氣血，陶冶性情，卻病延年。演練既久，趣味濃厚，故為拳術中之上乘。且其動作緩和，姿勢平順。語其功用，則能以靜制動，以柔克剛，以輕勝重，以順避害。次述其操練之次序。先運動四肢末端之小肌肉、小關節起，漸向軀體之胸背腹腰及全身之大肌肉，循序漸進，由淺入深，純

任自然。操練既久，不特於全身之肌力增長，關節韌固，即於內臟與「血液循環」、「神經感覺」均有適當之功效。且此種操法有規律，有興趣，供給民眾操練，有三種經濟之益：（一）經濟時間；（二）經濟金錢；（三）經濟氣力。故無論男女老幼強弱貧富均可操練，誠健康之藥石，民眾之良友。末述太極操乃圓形之動作，有順逆回環運動之特點，與普通直線體操之功用為大。且合乎人體解剖之機構與生理之原理。詞畢，即表演太極操，並將太極操特刊分發各校一本。其操法分六段，第一段，練肘腕，分四動作：1、臂內圈；2、臂上圈；3、臂下圈；4、臂前圈。第二段，練肘腕。分四動作：1、臂前圈；2、臂上圈；3、臂下圈；4、臂外圈。第三段，練臂肩。分四動作：1、肩前圈；2、肩外圈；3、頭上圈；4、旋腰圈。第四段，練腿腳。分四動作：1、腿縱圈；2、腿平圈；3、腿前圈；4、腿外圈。第五段，分二動作：1、彎腰縱圈；2、彎腰橫圈。第六段，練全身。分二動作：1、蹬體縱圈；2、蹬體橫圈。並在表演中，同時解釋每一動作之要點，並與普通之拳術相異點，直至七時始表演完畢云。

❖ 本市各劇團由今晚起一連公演四晚

各劇團表演日期已決定

《廣西日報》1937年5月20日

本市各劇團為籌賑本省饑荒，經定由今（二十）日起，在桂林初中大禮堂舉行公演，各情迭誌前報。查此次各劇團公演，共分四晚，經於昨日抽籤決定，第一晚（五月二十晚）由桂初中劇團擔任表演，劇碼為《塞外的狂濤》、《平步登天》、《我土》；第二晚（五月二十一晚）由國防藝術社擔任表演，劇碼為《我們的故鄉》、《偉大的民團》；第三晚（五月二十二晚）由二一劇團擔任表演，劇碼為《中秋月》、《旱災》、《最後一計》；第四晚（五月二十三晚）由國防藝術社擔任表演，劇碼為《我們的故鄉》、《偉大的民團》。每晚開演時間，為下午七時。至於售券處，每日下午五時以前，在文南書

局、莫林記、強華書局、文源書局四處。至於五時以後，則在桂初中大門口臨時售券云。

❋ 桂初中劇團昨晚公演盛況

國防藝術社公演定於今晚假桂林初中舉行

《廣西日報》1937年5月21日

廣西各界賑災本省饑荒委員會舉辦之桂林各劇團聯合公演，其公演時間定於昨（二十）日起，至二十三日止。一連公演四晚，均在桂初中禮堂公演，各情經誌前報。查昨（二十）日下午，為桂初中劇團公演。公演劇碼為《平步登天》、《塞外狂濤》、《我土》三獨幕劇，屆時觀眾約二千餘人，均持券入場。李總司令夫人郭德潔女士、政訓處韋處長、桂區陳指揮官恩元及其夫人，均到場參觀。該團舞臺總監為該校莫校長、蕭鍾棠，導演為鍾嗣桐、吳廣略、蕭鍾棠等。銀笛一聲，劇幕漸開，即開始表演。第一幕《平步登天》，查是劇係寫江南某村村長兼校長，在今年的國選中，希望要有人來運動他，好撈一筆大錢，結果一無所得。飾小學校長兼村長李惠生者為陳鍾瑄，一舉一動，深博得觀眾喝彩之聲不少。第二幕《塞外狂濤》，係寫日本人欲佔領綏遠，中國某軍人受日人威迫利誘，把隊伍調往西邊，下級官兵如劉排長、李鐵牛甚為憤怒，遂將敵人之特派員殺掉，該幕劇主角為李鐵牛，飾者為趙森祿，表現耿直義俠之個性頗為深刻。第三幕為《我土》，係寫幾個鐵路工人，反對日本的威脅和橫蠻，張永義飾工人商志南，蕭瓊英飾商妻，均克盡厥職。而「我土」一劇之效果，有風聲、火車聲、汽笛聲、機關槍聲，均惟妙惟肖。查該團此次公演佈景頗為神速，在第一幕閉幕後未及三分鐘，銀笛一聲，第二幕又呈現於觀眾眼前矣。查桂初中新成立未久，而該團團員均為該校員生。教員學生課程皆甚繁重，僅於課餘抽少許時間籌備排演。竟有此良好之成績，實出吾人意料外之事。

又訊 本市各劇團公演，業於昨（廿）晚開始舉行，聞今（廿一）晚則為總政訓處國防藝術社表演，劇碼為《我們的故鄉》及

《偉大的民團》云。

❋ 總副座蒞國防藝術社——檢閱《偉大的民團》

總參謀長陳指揮官等同行
當晚招待京滇公路周覽團

《廣西日報》1937年5月21日

總政訓處國防藝術社之新歌劇《偉大的民團》，數日來排練就緒。特於昨（十九）下午二時在該社試演。總副司令，李夫人，總參謀長，陳指揮官，韋處長，李處長，栗副處長等，以該劇在形式和內容均係創見，為慎重起見，特蒞臨該社加以檢閱。

◈ 試演情形

劇場即在該社內，大樹路基皆天然景物，是日天氣晴和，清風徐來，益令人感覺置身野外之馬路旁邊。二時許開演，但見無數強壯青年路工正在烈日下興築公路，無數村女亦正在耕耘，此第一場面已充滿苦幹空氣，表示我省男女從事「建設」及「生產」之精神，劇情在調和雄壯之歌聲中進展。至路工們聞民團後備隊集合號音而放下鋤頭拿起槍枝時，劇場極顯出一種壯烈氣象。至路工全副武裝開上前線時，其餘村女亦欲奮勇偕行之狀況，更表現我省民團及婦女「自衛」精神。全劇的終場乃由臺上全體團兵村姑向觀眾中走去，此又為該劇之最大特點也。試演完畢後

◈ 總座訓話

首對國防劇社與巡講團在本省的任務訓示，次述藝術對於救亡工作之重要性。後對《偉大的民團》各職演員有所策勵，聆訓者莫不興奮。總司令訓話後，即由

◈ 副總座訓話

對該社過去工作有所獎譽，今後之工作有所指示。副總座訓話後，由

◇ 韋處長致詞

略謂，國防藝術社今後當遵照領袖所昭示者努力幹去云云。

查偉大的民團，經此次試演後，總副座認為尚可演出，該社即於是晚假樂群社禮堂後之草地上演出，招待京滇公路週覽團。晚間襯以燈光，則較白日試演時更美矣。聞此次賑災公演，該社決定繼三幕劇《我們的故鄉》之後，上演《偉大的民團》云。

✳ 國防藝術社昨舉行公演盛況

情景逼真觀眾極感興奮
今晚輪至二一劇團公演

《廣西日報》1937年5月22日

本市各劇團為籌款賑濟本省饑荒，經於前（二十）日起在桂初中大禮堂舉行公演，第一晚演出者為桂初中劇團，昨（二十一）晚由國防藝術社擔任表演，各情曾誌昨報。查昨晚到場觀眾，頗為擁擠。該社首演《我們的故鄉》，該劇係洪深、夏衍等集體創作之三幕劇，劇情係寫在日寇侵略下之兩兄弟，由北平回到瀋陽，其兄迷戀資財，尚思銳意經營工廠。弟則參加義勇軍，與敵人劇烈抗戰，卒獲生路。而乃兄因畏縮不前，則為流彈所傷。斯劇佈景甚佳，表情說白，惟妙惟肖。中以飾兄及嫂者，刻繪個性更佳。全劇由啟幕至終場，皆甚緊張，觀眾情緒，莫不為之興奮。其成效不僅在增加賑款，拯救災民，對提高民族意識，猶有偉大之作用。次演《偉大的民團》，此為一歌劇，係將本省民眾之生產技能與自衛精神及愛國情緒，全盤托出，其中採用歌詞，係充分含有本省鄉土味外，更有勇敢壯烈之表現。共計有歌詞凡十六首，全劇動員演員凡六十餘人，為該社成立後唯一精彩傑作。觀眾對此，極感興奮。十時許終場。明（二十二）晚由二一劇團擔任表演，劇碼為《旱災》、《中秋月》、《最後一計》，聞劇情甚為精彩，表演尤為認真，屆時當有一番熱鬧云。

❋ 二一劇團昨晚公演盛況

今晚為國防藝術社公演

《廣西日報》1937年5月23日

桂林各話劇團體為籌賑本省饑荒，特舉行聯合公演，各情迭誌前報。昨（二十二）晚繼續舉行公演，演出者為二一劇團。首演《旱災》，斯劇係描寫農村遭受旱災，極為嚴重，而地主與奸商又復趁機剝削，使農民生機斷絕，幸有小學教師建議開發水源，方能得救。斯劇為田漢所著，在賑濟饑荒中演出，其意義甚為重大。次演《中秋月》，係寫在經濟恐慌之怒浪中一貧家之慘事。其中情節，極為動人。演至緊張時，觀眾且為之下淚。末演《最後一計》，寫民族英雄馬百計在被敵人擒獲時，寧犧牲愛子，不肯放棄民族利益。演時，壯烈慷慨之氣，充滿舞臺。觀眾情緒亦為之提高，加之表演藝術熟練，更使觀眾增加愛護國家民族之觀念。是晚到場觀劇者，約六百餘人，惜婦孺輩對臺下秩序未能遵守爾。今（二十三）日為公演最後之一晚，仍由國防藝術社表演《我們的故鄉》與《偉大的民團》，盼今晚入場觀眾恪守秩序云。

❋ 本市新張「紫金書店」

專售新書　書價低廉

《廣西日報》1937年5月23日

自省會遷桂後，本市文化水準驟為提高。民眾智識，進步甚速。故書店之增設，為數頗多。惟以書籍之售價過高，一般市民欲購書閱讀，頗感困難。近有熱心提倡文化事業之人士，合股創設「紫金書店」於本市桂西路，專購辦滬上各種新書販售，尤以切合大眾

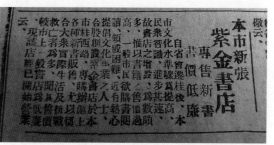

《廣西日報》刊登「紫金書店」開張消息

實際生活及抗戰救亡者為多。聞其售價較市上一般書店為低廉。現該店業已開始營業云。

✻ 廣西各界昨舉行五卅紀念會情形
到會代表千餘人陽叔葆主席
李總司令黃主席均親臨參加

《廣西日報》1937年5月31日

　　廣西各界舉行五月各種紀念會籌備會以今（卅）日為「五卅」紀念日，特定於是日上午八時，在省府大禮堂開代表紀念會，各情曾誌前報。查是日出席者有李總司令、黃主席、省府總部各廳處長暨各機關、各團體、各學校代表共約千餘人。屆時由省黨部書記長陽叔葆主席，領導如儀行禮後，即報告開會理由。略謂「五月之國恥紀念日，除『五卅』外，有『五三』『五五』『五九』等日，依法令規定，未舉行紀念會，特總合在今日五卅開會紀念。所有五月各種國恥之來源，皆由帝國主義者對吾弱小民族之中國施行侵略之結果。自民十六年迄今，所有各種國恥，不徒未減去分毫，而民族危機日迫。九一八失去東三省，一二八日軍炮擊淞滬，整個華北都在日軍勢力範圍內。在此國難嚴重關頭，吾人紀念五月之國恥，更當激發愛國熱忱，實現總理三民主義，建設廣西，復興中國」云云。詞畢，請李總司令訓話（訓詞見第二版）。次有省學聯會代表黃贊明演說，大意略分四點：一、五卅是中國民眾受帝國主義的壓迫至不可忍耐的時候，從上海工人顧正紅被殺，掀起了中國全國民眾的愛國運動；二、五卅以民眾的力量反抗帝國主義，帝國主義不敢再有壓迫的表示；三、從五卅的教訓可證明，焦土抗戰有絕對勝利的把握；四、我們學生要從五卅紀念中，更堅決的要求焦土抗戰主張的實現。我們極願在革命政府領導下參加民族解放鬥爭云云。繼有省婦女會常務委員陽永芳演說，略謂年來國難日趨嚴重，全國各地皆以救國為急務，婦女同胞雖然不落人後，但年來所參加的救亡工作，都是一些慰勞看護及文化工作，很少有到前線去參加殺敵的。

這種原因，就是因為婦女還不曾具有軍事學識，沒有作戰的能力。以後我們要代表婦女同胞請求政府，對於在學的女青年實施軍訓，就是女公務人員也要同男公務員一樣，同受軍訓，養成作戰能力，以便共同負起殺敵救亡之責任云云。詞畢，即高呼口號，禮成散會。

又　「桂林軍團婦女工讀學校」為籌備紀念五卅等紀念日，經決定於是日在街頭公演話劇，公演劇本為《奴隸的呼聲》及《放下你的鞭子》二劇。《奴隸的呼聲》中黃大嫂由王瑤珍飾，黃勝夫由楊敏群飾，其女由劉佩珍飾，其子由張高琴飾，老婦人由陳玉貞飾，日本浪人由秦淑貞飾，何連長由龍素筠飾，工人由劉桂英飾，員警甲乙由朱淑明、馬璧聯分飾。《放下你的鞭子》一劇，賣藝者由李秀蘭飾，香姐由馬璧明飾，青年工人由龍素筠飾，小夥計由胡起秀飾。此外尚有觀眾多人，未能盡錄。現正積極進行排演，記者昨至該校，見排演成績甚佳，預料公演時，必能博得一般觀眾之好感云。

137

✻ 桂林各村街民前日舉行聯合大會

紀念「六一」抗日運動週年　群眾之抗日呼聲震動山嶽
黨政軍各界同日舉行抗日運動週年紀念會
全市學生總動員出發作擴大抗日救國宣傳

《廣西日報》1937年6月3日

桂林村街民聯合大會定於前（一）日上午八時在舊撫署操場舉行，並規定本市各團體、學校一律列隊參加，各情曾誌前報。查是日宿雨初晴，天朗氣清，且無寒風烈日。其晴明之狀，一若昭示中華民族前途之光明者。事前在舊撫署操場內靠北處高搭一禮臺，臺簷掛紅布橫幅一幅，上書「桂林村街民聯合大會」字樣。臺前設講演臺一，正壁掛黨國旗及總理遺像，佈置極為莊嚴。是日到場參加者，有城廂六鎮之村街民及各鎮民團後備隊，暨本市各團體民眾、學校員生，即遠在二十里外之省立特種師資訓練所亦列隊前來參加。總計約有五萬餘人，精神與秩序均佳。各界民眾齊集後，即行開會。

大會儀式如下：一、全體肅立；二、鳴炮；三、奏樂；四、唱黨歌；五、向黨國旗暨總理遺像行三鞠躬禮；六、主席恭讀總理遺囑；七、主席宣佈開會理由；八、請中央委員訓話；九、請省黨部委員訓話；十、演說、十一、高呼口號；十二、鳴炮；十三、奏樂；十四、禮成。

開會情形　大會主席團為栗慰農、黎連城、陽永芳、何寶鼎、陽叔葆、高雁秋、于瑞雲，公推何寶鼎主席。領導全場如儀行禮後，即由主席宣佈開會理由。略謂「今日召開村街民聯合大會，其意義極為重大。蓋去年今日，適為偉大光榮之六一抗日運動發生，當時因鑒於日帝國主義者之不斷侵略，本省民眾乃本我領袖之焦土抗戰主張，毅然發動抗日。結果，在國內促成和平統一局面，在國外抑壓日帝國主義者之兇焰。去年綏遠抗戰，亦受六一抗日運動之影響，故六一運動之收穫極大。今後應喚醒全國同胞，擁護焦土抗戰主張，並努力促其實現，則民族復興可期矣」云云。繼請

李中委德隣訓話　略謂「吾人飽受外人侵略，我總理孫中山先生為國勢危急，乃出面宣導革命，結果推翻滿清，建立民國。自總理逝世後，外侮日亟，時至今日，整個民族國家已瀕危境。數年來吾人以「建設廣西，復興中國」為己任，故去年發動抗日，並請求中央領導對日抗戰。結果雖未能立即實現，然所造成之影響極大。今後吾人應更進一步，努力促其實現，以打倒日本帝國主義，復興中華民族」云云。繼請

黃委員旭初訓話　首述六一抗日運動之偉大及吾人紀念之意義，次述六一抗日運動之影響，末並指示村街民大會之重要及在開會時應守之秩序。訓話畢，復請

鄧初民先生演說　大要謂「去年六一抗日運動，所收效果甚大，今後吾人應本此精神，擁護領袖，貫徹焦土抗戰主張，然後國家民族方有出路」云云。後有縣商會代表李棟、總工會代表唐自榮、婦女會代表陽永芳、八桂鎮十字街第九甲街民黃勳達、縣國中代表周光琇、西大代表俞步騏、桂女中代表李素珍等相繼演說，言

詞慷慨激昂，甚為動人。詞畢，即全場高呼口號，聲震山嶽。呼口號畢，即宣告散會云。

大會口號　（一）鞏固和平統一；（二）擁護中央領導抗日；（三）繼續六一抗日精神；（四）貫徹李白總副司令焦土抗戰主張；（五）全國一致起來打倒日本帝國主義；（六）建設廣西，復興中國；（七）中國國民黨萬歲；（八）中華民國萬歲。

告民眾書　《六一抗日運動週年告民眾書》

在這壯烈的紀念日當中，我們試一回顧六年來的國難。自九一八以來，日本帝國主義者奪取了我們東北四省，屠殺了我們無數同胞，現在又步步進迫，向華北進攻，首先利用殷汝耕成立「冀東防衛委員會」，接著又有無數漢奸紛紛假借「自治」名義，推行各種賣國勾當。冀察兩省已經名存實亡，數千萬同胞又要跟著東北民眾變成亡國奴了。

敵人侵略華北，是他們侵略整個中國計劃中的一個步驟，他們不是以得到華北為滿足，而是由滿蒙而華北而至整個中國。所以華北問題，實在是整個中國的生死存亡問題，絕對不是局部的問題。

在這民族危機亟度深刻的時候，要求獨立生存，只有用我們的鐵和血去同敵人鬥爭。在去年的今日，我們總副司令，篤目時艱，為民請命，出師抗日，以行動答覆侵略者。所以六一運動完全是爭取國家民族的最後生存，決不是對內爭權奪利。

「六一」抗日運動，是偉大壯烈的民族鬥爭運動。大家當還記起，這抗日的烽火，很快的傳遍了全省，燃熾了每個同胞的熱血。全省的學生停課宣傳，全省的民團總動員，一致要求政府立即對日抗戰。雖然這一個偉大民族革命的運動剛剛開展的時候，因為遭受日本帝國主義和漢奸的挑撥離間，造謠中傷，因而有一部分人對於六一運動的真相，容或未盡瞭解，但終因我們抗日主張的堅定不移，全省軍民上下一致艱苦奮鬥的結果，卒能博得中外的同情擁護，抗日的要求，也為中央所毅然接納。現在雖然發動舉國抗戰的步驟，尚有待於中央的統籌策劃，但我們抗戰救亡的主張，已為中

央政府暨全國軍民所諒解接受了。

今天，這偉大的「六一」抗日運動已經有整整一年了，在這一年中間，全民族正面的抗日運動還沒有發動，而窮兇極惡、貪得無厭的日本帝國主義者更伸其巨爪，驅使匪偽向我綏東一再進攻。對於冀察兩省更加緊侵略，這種種，證明敵人的侵略愈來愈凶，我們要救亡圖存，只有是李總司令所說「以民眾武力來答覆日本的武力進攻」，只有洶湧地發動全國的抗日戰爭。我們今日應該繼續「六一」抗日運動的精神，完成民族解放的任務。

同胞們，敵人侵略壓迫已一天一天的加緊了，國家民族危亡的程度一天一天的加深了。唯一的出路，只有抗戰。抗戰需要有堅強的組織、戰爭技術的訓練，所以我們應該在我們的革命領袖——李白總副司令領導之下，努力加緊我們的民團訓練，使得我們的鬥爭力量一天一天的增大，這樣我們自然可以建立強固的民眾武裝，開展英勇的持久的對日帝國主義的戰爭，爭取中華民族的解放。我們一致的向中央政府要求實踐去年的諾言。

要求中央立即發動全國對日抗戰。

要求中央武裝全國民眾以為抗戰基礎。

要求中央解放民眾救國運動，擴大救國力量。

桂林村街民聯合大會製發

✽ 黨政軍各界舉行抗日運動紀念

到會者四千餘人　由李總司令主席

本省黨政軍各界以前（一）日為本省發動抗日週年紀念，特於是日下午一時，在省政府大禮堂舉行紀念大會。查是日到會參加者，有省黨部、省政府、總司令部全體工作人員，本市各機關各派代表四人出席參加，共約四千餘人。屆時開會，由李總司令主席。行禮如儀後，即由

主席致開會詞　略謂「本省鑒於外患日迫，年來一切建設都集

中在抗日救國目標之下。去年因見日帝國主義者之侵略有加無已，乃毅然發動抗日，結果終獲中央諒解，接受抗日主張。今後吾人應再加努力，鞏固和平基礎，並須對民族解放鬥爭堅決信仰，則必能達到復興民族之目的」云云。繼由民政廳

雷廳長渭南演說 首述國人心理建設不健全，乃造成今日之空前國難；次指示吾人今後對於抗日，應先注意四點：（一）建設國防心理；（二）保全國民間之情感；（三）顧全民族利益；（四）政治修明。次由

李總參謀長演說 首述過去吾人遇事退讓之錯誤，並多方譬喻，極為透徹。次述今後吾人應以強硬態度答覆日帝國主義者之侵略。最後，對六一抗日運動之發生及其結果，詳為分析，並盼望各界益堅初衷，以完成「六一」未了之任務。末由總部秘書處夏秘書次叔演說，對六一抗日運動之起因及影響，分析頗詳。三時許，禮成散會云。

141

本市各校學生擴大抗日宣傳

✿ **用種種方式宣傳　聽者皆為之動容**

本月一日為本省發動抗日週年紀念日，全省民眾均感興奮而熱烈參加紀念。尤其一般青年學生最為興奮，紛紛組織宣傳隊、歌詠隊、化裝演講隊、街頭話劇團，出發各街道，用種種方式舉行抗日運動之宣傳。茲將是日各校學生在各街道宣傳情形分述於後。

街頭話劇 西大、桂初中、桂女中、婦女工讀校等校學生均在當天晚上，在街頭表演話劇——放下你的鞭子——（婦工校還加演一幕《奴隸的呼聲》），因此幕話劇最能描寫日本給予我國老百姓身上直接之痛苦。此幕劇之演出，觀者三番五次的觀看猶不願離去，一般富有熱血之男女，莫不為劇中人而動情，而憤恨日本之殘酷，異口同聲高喊：「我們要聯合起來，打倒日本鬼，我們才有飯吃」等語。至於

化裝表演　有女中、八桂鎮中心校等。查女中之化裝出數漢奸與日本人商量如何出賣本國，後給中國民眾揭破陰謀，群起反對，並將漢奸槍殺，以報國人。該宣傳者詳為講解，觀者以漢奸如此行為而得之果報，莫不稱快。最能感動觀眾者，為八桂鎮中心校之活星隊，富於熱血精神。至於

歌詠宣傳　桂初中之歌詠團，以口琴配之街頭歌唱，歌聲響亮，加以憤慨激昂之抗日歌與自由歌、行軍曲等同時唱，同時解釋歌中之意義，觀者圍繞層層，水泄不通，歌唱者欲罷不能。直至晚間十二時，馬路上仍有「起來，不願做帝國主義者奴隸的人們」……等呼聲。

又訊　省立桂林高級中學校以六月一日為本省發動抗日運動第一週年紀念日，當在國難日益嚴重期間，對於去年本省所發動之壯烈的「六一」抗日運動與「焦土抗戰」之主張，誠為整個中國目前最迫切之要求，自應繼續「六一」抗日精神，以求「焦土抗戰」主張之實現，特於是日召集全體員生，分為十四隊赴各村街宣傳。自上午八時半出發，至下午四時許方先後返校。聞該校員生所至之處，甚得當地民眾之歡迎。演講時，聽眾極為踴躍，並有良豐下水街街長李老次為該校員生所感動，竟自動登臺演講，對於擁護本省領袖及團結禦侮之理論，發揮甚詳云。

❉ 桂林軍團婦女工讀學校昨補春季旅行

《廣西日報》1937年6月5日

桂林軍團婦女工讀學校原定於前月二十六日補行春季旅行，旋因是日適值大雨，遂延至昨（四）日方克成行。昨日上午九時，該校全體員生共一百一十二人，由校出發，至東洲三里亭散隊步行。沿途各生唱歌競走，採集標本，三三五五，頗為歡娛。正午十二時抵特種師資訓練所，由該所派員招待至各處遊覽參觀，至下午四時，方整隊返校云。

❋ 端午節本市一般情形

節之前後市面金融活躍

民間各種陋俗已稍革除

《廣西日報》1937年6月15日

本年舊曆端午節，關於前（十三）日本市沿河船家競賽龍舟情形，本報曾有誌載。查昨日已為端午節之第二日，市面仍多見少婦攜兒帶女並禮物等過歸外家，探訪爹娘舅舅。可見一般人對於舊時俗例，因有悠遠歷史關係，尚未能擺脫也。此種俗例，不過為習俗之一。茲將本市關於端午節之形形色色，追述如次。

查本年未屆端午節前，本市各戶均多準備一切，所有事務大半皆由婦女主持。除貧困者為環境所限制外，中等以上之家，多於端午節之前一日，將糕粽準備妥當，並籌劃贈送親友禮物及小兒玩具。至貧困者，亦盡其力之所能以籌備。故在節之前後，市面金融異常活躍，即普通之什貨店，亦多市價兩倍。其他貨物充斥，或兼辦節貨之商店，更不止此數矣。

此為節前大略情形。前日為端午正節，是日各戶均門懸蒲艾，中堂並供設糕粽果品之類，其與昔年不同者只拜節習俗已多革除，各種俗例亦多不拘。而以前所謂供五子（陳設包子粽子蒜子果子蛋子等俗謂為五子），飲雄黃酒，施符送鍾馗，洗百花水禮，已少流行，據說過去這些習俗頗盛行一時。內中施符和送鍾馗，係由和尚巫師將符及鍾馗之像送至家中，取報酬後，張貼於中堂或房門之上，謂可辟邪。此種邪說，因民智日開，已自然淘汰。此外用花盛於缸中，於是日正中蘸水洗眼之習俗，亦已革除。他如孩童佩帶之香囊、刀劍及桃葉所製之麒麟獅像之類，亦多不見流行矣。據說，過去凡新嫁之婦女，並須製大批香囊及紙劍分贈親友，否則即認為失禮，遭人貽笑。因之新婦每每認此種供給為一大難事，多於節前趕製或間人購買。以上習俗之改變，不獨節省消費，且於風俗及教育上尤多裨益。但據多方調查所得，本市關於端午節之陋俗，猶未儘量革除，如親友互相酬贈，家庭多備餚饌，大量飲食，及將生果鹹

蛋粽子之類，由兒童任意取食。俗謂是日給兒童各種食品，可增強其消化能力，殊不知反足以造成腸胃之病。此種習俗於家庭經濟及衛生均大有妨害，亟應改善。查端午之由來，據史籍記載及一般傳說，均謂為紀念先賢屈原，乃年代悠遠，真義盡失。茲所應提倡者，僅關於龍舟競賽一事，藉以提倡體育，尚有其相當價值云。

✽ 桂林縣抗日救國會昨改選二屆理事
桂林初中等七機關得票最多當選

《廣西日報》1937年6月23日

桂林縣抗日救國會自組織成立以來，對於工作之進行，頗為積極。現以該會第二屆理事任期已滿，亟應改選，以符定章。經於昨（廿二）日正午十二時，假座桂林縣總工會會議廳，召開本市各機關、團體、學校代表大會，改選第二屆理事。查是日出席者，有各機關、團體、學校代表共二十餘人。由該會第二屆常務理事周振綱主席，如儀行禮後，由主席報告半年來工作概況，報告畢，旋即進行改選。選舉結果，以桂林初中、桂林縣總工會、省會公安局、桂林縣政府、桂林縣商會、桂林縣黨部、桂林女中等七機關、團體、學校得票最多，當選為理事。《廣西日報》社、桂林市政處得票次多，當選為候補理事。末請廣西抗日救國聯合會代表鄧詩傑訓話，對該會今後工作之進行方針，指示頗詳。詞畢，遂宣告散會云。

第三屆全省運會名譽正副會長
✽ 推李白總副座黃主席擔任
籌委會開會決議要案七項

《廣西日報》1937年6月29日

本省第三屆全省運動會籌委會於昨日下午一時在樂群社閱報室召開第四次籌備會議。出席委員有李品仙、呂競存、孫仁林、邱昌

渭、黃同仇、韋贊唐，列席者有幹事多人。其討論事項如下：一、關於大會運動場地點，經第二次會議議決，在本市撫臺衙門舊址建築，恐不敷用，是否另擇地點建築案。決議，在南門外大教場。二、關於大會經費尚未奉批，應如何辦理案。決議，由本會具文催領。三、應推定何人為大會名譽正副會長案。決議，李總司令為名譽正會長，白副總司令黃主席為名譽副會長。四、大會獎品應如何徵集案。決議，向各機關及各高級將領，各簡任官，省黨部常委徵集。五、省府函請本會兼辦選拔第七屆全國運動大會選手，應如何辦理案。決議，照辦，其經費由省府撥給。六、本會各部推薦股長幹事人選請公決案。決議，照原案通過。七、擬推黃委員同仇為宣傳部長案。原案通過。

桂林縣抗日救國會

❋ 三屆理事昨宣誓就職
並召開第二次理事會議

《廣西日報》1937年6月30日

桂林縣抗日救國會於昨（廿九）日下午二時，在桂林縣黨務通訊處會議廳內，舉行第三屆理事就職典禮，同時召開第三屆第二次理事會議。查是日出席者有理事七人，列席者有省黨部代表農康、省救國會代表李箐，由桂林縣黨務通訊處代表周振綱主席。如儀行禮後，各理事即宣誓就職。繼由主席報告第三屆理事會成立經過，旋即開始討論，當經決定會內工作部門，仍照章分為總務、組織、宣傳三部，並即席推定桂林縣總工會為總務部，桂林初中為組織部，桂林縣黨務通訊處為宣傳部。各部幹事人選，由各部自行介紹，交由理事會通過聘任。至於該會今後工作綱要，則推定由哈庸凡同志負責草擬，交由理事會通過，呈准高級黨政機關施行。議畢，全體理事合攝一影，以留紀念，旋即宣告散會云。

三屆全省運動會籌備會各部股長幹事

❋ 經提出會議通過分別函聘

《廣西日報》1937年7月1日

本省第三屆全運會籌委會，於前月廿八日召開第四次籌備會議時，經將籌委會各部股長幹事人選通過。茲將各部股長幹事姓名職別補錄如次。梁桐為總務部文書股長，馬石鼎為會計股長，趙善安為庶務股長，孫忠賢為招待股長，雷茂松為競賽部場地設備股正股長，關文俊為副股長，楊因為註冊編配股長，鈕兆斌為裁判股長，劉祖源為記錄股長，尚仲衣為獎品股長，季雨農為國術股正股長，馬玉甫為副股長，王贊斌為國術總裁判。李天敏為宣傳部編輯股長，李一冰、李炳琦為幹事，蔣乙生為新聞股長，林洵、哈庸凡為幹事。萬籟天為攝影股正股長，黃學禮為副股長，蒙惠坤、蕭德明、周遊、蘇純煦、蘇良、李鵬為幹事。間已分別函聘云。

❋ 宋子文氏昨離桂飛抵盧

李白總副司令等均到飛機場歡送

《廣西日報》1937年7月2日

全國經濟委員會常務委員宋子文氏，於前月廿九日偕李總司令、省政府財政廳長黃鍾岳等由粵飛抵桂林，商討本省之財政金融問題，各情迭誌前報。查宋氏抵桂後，曾數度與本省當局磋商關於整理本省財政金融問題，經有具體辦法。宋氏以在桂任務已畢，特於昨（一）日上午九時率同事隨員等，乘廣東號巨型機飛赴盧山。本省黨政軍各高級長官，均於是日上午八時驅車赴南門外二塘飛機場歡送，並派憲兵一連到場護送。

計是日前往歡送者有李總司令、白副總司令、黃主席、李總參謀長、黃委員同仇、蔣委員培英、雷民政廳長殷、邱教育廳長昌渭、韋建設廳長雲淞、蘇秘書長希洵、孫總務處長仁林、呂軍政廳長競存、韋政訓處長永成、潘秘書處長宜之、陸軍務處長蔭楫、陳軍

械處長漢吾、謝經理處長贊英、闞交通處長維雍、謝軍醫處長騫、陳馬政處長桂、張軍法處長君度、唐副官處長希忭、李夫人郭德潔女士、黃主席夫人宋綠蕉女士、王師長贊斌、莫師長樹傑、蔣副處長伯倫、甘介侯先生、團務處長李作礪、省府會計處長張心征、電政管理局長梁式恒、鄧團長光倫、周局長炳南,及本報記者等共計八十餘人。時屆九點,記者請宋氏在機場攝影留念。九時廿分飛機將起飛時,忽因機場雨後土鬆,飛機前左輪被陷入泥土中,致未能即時起飛。總副司令乃偕宋氏等暫時乘車回城到舊藩署李總司令官邸休憩。十一時廿分,由總司令部派工程車將機輪抬起後,宋氏等復乘車赴二塘機場,乘飛機離桂。黨政軍各高級長官均復往機場歡送。宋氏將上機時,與李白總副司令及各歡送人員一一握手告辭後,即率隨從各員登巨型機。十一時四十分起航,直向東北方向飛去。總部軍樂隊奏樂致敬。宋氏所乘之飛機遠去後,歡送人員始分別乘車回城云。

147

❖ 全省運會籌委會宣傳部明日召開會議

討論該部預算及一切進行事宜

《廣西日報》1937年7月5日

廣西省第三屆全省運動大會籌備委員會宣傳部現定於明（六）日上午八時,在省黨部會議室召開部務會議,討論該部預算及一切籌備進行事宜。昨經函達部屬各股股長及幹事按時出席參加云。

全省運會籌委會宣傳部

❖ 昨開第一次部務會議

決議要案共十二項

《廣西日報》1937年7月7日

本省第三屆全省運動大會籌委會宣傳部定昨（六）日上午八時,在省黨部會議室召開第一次部務會議。各情曾誌前報。查是日出席者共七人,由韋處長永成主席。領導如儀行禮後,即報告開會

意義。報告畢，旋即開始討論。茲將議決要案探錄於下。

　　一、關於大會前之宣傳，應自現在為始，函知省內各地報館，儘量刊登關於運動消息。並規定每週出版特刊一次，以宣傳體育之重要；二、編撰股在開運動大會時，應逐日出版特刊一張，借用《廣西日報》副刊篇幅。大會閉幕後，應出版匯刊一冊；三、編撰股工作人員不敷分配，增聘龍振濟為副股長，李青為幹事；四、新聞股股長蔣一生因事務繁重，不能到職，改由林洵、蘇錦元為新聞股正副股長；五、為調劑各運動員精神起見，增設遊藝股，股長調攝影股股長萬籟天充任，副股長聘張俊民充任。其幹事人選由股長介紹，交部轉請籌委會函聘。所遺攝影股股長一職，由該股副股長黃學禮昇充；六、為聯絡參與比賽各單位，以溝通消息起見，函聘十一區團政訓組及七軍、四十八軍副官處為新聞幹事，負責供給所屬體育材料，由部發給小洋十元，以作通訊郵費，並由部派員前往聯絡；七、派林洵赴柳、慶、邕、龍、色各區及七軍、四十八軍，旅費由省黨部填支。李一冰赴平、梧、潯、玉各區，旅費由總政訓處填支。定下星期三出發，並由李天敏同志草擬宣傳要點交由出發各員，帶赴各區；八、本部整個宣傳計劃由李天敏、龍振濟、李炳琦三人負責草擬，提交下次會議討論；九、各部門經費預算，編撰股約需二千五百元，攝影股連同攝製活動影片約需三千元，新聞股約需五百元，遊藝股約需一千元，其他雜費約需五百元，總計需銀七千五百元；十、每日辦公時間，由上午九時三十分至十時三十分。地點在樂群社大會籌委會辦公廳；十一、規定每週輪流值日如下：星期一，李天敏；星期二，龍振濟；星期三，李炳琦；星期四，哈庸凡；星期五，李鵬；星期六，蘇錦元；十二、規定每週星期二上午八時卅分，召開部務會議常會一次。至九時五十分，議畢散會云。

　　省運籌會定今下午二時
✱ 召開三次幹事聯會

《廣西日報》1937年7月9日

廣西省第三屆全省運動大會籌備委員會現定於本（九）日下午

二時，在樂群社圖書室召開三次各部幹事聯席會議，商討該會一切進行事宜。昨經分別函達各幹事按時出席參加云。

本省三屆全運會籌委會
❋ 昨召開幹事聯會
議決要案八項

《廣西日報》1937年7月10日

廣西省第三屆全省運動會籌備委員會已於昨（九）日下午二時，在樂群社圖書室召開第三次各部幹事聯席會議，各情曾誌本報。查是日出席者八人，由韋秘書贊唐主席。茲將決議要案探誌於下。

一、請各部草擬預算，限本月十日匯交總務部統計；二、關於大會所聘裁判員其來往旅費提交籌委會討論，至於住址則擬借用縣政訓練班講堂；三、提早購辦競賽部各項重要用具；四、競賽部介紹歐陽鈞同志為國術股幹事，此案提交籌委會核聘；五、宣傳部擬派員赴各區指導宣傳，提交籌委會決議；六、本省參加第七屆全國運動大會各區預選辦法及各種章則，經省府核准，即將該項辦法印發各區軍，必要時由會派員前往指導；七、請籌委會於下星期二下午一時召開第五次會議，以便解決一切懸案；八、關於參加全國運動大會總預算，應將各需要款項列呈具領，並由鈕兆斌同志草擬預算。三時許，始宣告散會云。

149

❋ 總司令部昨日補行北伐誓師紀念
出席各機關代表等五千餘人
李總司令主席黃主席等演說

《廣西日報》1937年7月13日

第五路軍總司令部業於昨（十二）日上午八時，在省政府大禮堂補行國民革命軍北伐誓師紀念，並致祭陣亡將士。各情曾誌本報。查是日到會者，有省黨部、省政府、總司令部全體人員暨本市

各機關、學校、團體、部隊代表等共約五千餘人。高級長官蒞場參加者，有李總司令、黃主席、李總參謀長、黃委員及省府、總部各廳處長。茲將是日舉行紀念大會各項情形分誌於後。

會場佈置　是日會場係設在省政府大禮堂，禮堂門首懸掛白色橫額一幅，上書「英風宛在」四字。場內座椅一律撤去，全體皆佇立臺前，臺上正壁，掛黨國旗及總理遺像、遺囑，靠壁置一几，上設玻璃鏡架製成之靈位，書「中華民國國民革命軍陣亡將士之位」字樣，位前供各色果品及鮮花數盤。臺前設講臺一，狀極莊穆嚴肅。

開會儀式　一、全體肅立；二、主席就位；三、奏樂、鳴炮；四、唱黨歌；五、向總理遺像及陣亡將士靈位行三鞠躬禮；六、主席恭讀總理遺囑，全體循聲宣讀；七、宣讀祭文；八、向陣亡將士靈位俯首默念三分鐘；九、主席宣佈開會理由及講述北伐戰史；十、演說；十一、奏樂；十二、禮成。

開會情形　屆時，紀念會開始。由李總司令主席，領導全體如儀行禮後，遂由總政訓處處員倪志道登臺宣讀祭文。讀畢，乃由

李總座宣佈開會理由　大意首述北伐在國民革命中之重要，次述北伐中重要戰役之經過，再次述北伐成功之條件，及北伐完成後國勢反趨衰弱之原因。末勉勵吾人努力奮起，擔負革命未了之任務（講詞過長，另日登載）。繼由

黃主席演說　大意首述分析北伐完成後國勢衰弱之原因為二，一、從政者徇私；二、思想信仰分歧。次以上述二因，衡諸廣西今日之情勢，末勉勵吾人振作精神，以恢復北伐時之黃金時代。再次由

李總參謀長演說　略謂「總理革命目標原為對內掃除封建勢力，對外打倒日本帝國主義。北伐之完成，僅對前者盡相當力量，而後者非但不能實現，數年來壓迫反而加深。今東北失地未復，而盧溝橋隆隆炮聲，正轟震吾人之耳。際茲國勢危迫之時，吾人應下最大決心，實行抗日，方不愧見諸先烈」云云。詞畢禮成散會，時已十時五十分矣。

大會祭文 茲將大會宣讀之祭文探錄於下：

維民國二十六年七月十二日，第五路軍總司令李宗仁、副總司令白崇禧謹以清酌庶饈、香花果品之儀，致祭於本軍各地陣亡將士之靈曰：追念本軍，國民革命。誓師北伐，以迄於今。轉戰萬里，為國幹城。寰區榮譽，號稱鋼軍。功高汗馬，奮不顧身。疆場效命，流血犧牲。兵臨山海，師出里門。德安龍潭，劇烈戰爭。裹屍馬革，洞腹絕脛。茫茫大陸，寂寂荒墳。風淒長夜，血碧成燐。流光十稔，紀念斯辰。褒揚祀典，優禮增榮。黃蕉丹荔，俎豆芳馨。愴懷袍澤，椒漿親陳。關山迢遞，四望無垠。來歆來格，鑒此一樽。嗚呼，生而英兮死為靈，福吾國兮佑吾民。抗戰救亡兮，效我將士之忠貞；九原可作兮，共扶民族之復興。尚饗。

全省三屆全運會籌委會宣傳部
✽ 昨開二次部務會議

151

由黃部長同仇主席　增聘各股幹事多人

《廣西日報》1937年7月14日

廣西省第三屆全省運動大會籌備委員會宣傳部於昨（十三）日上午八時三十分，在省黨部禮堂召開第二次部務會議。出席者八人，由該部黃部長同仇主席。如儀行禮後，首由主席宣讀籌委會規定該部之職掌，繼則開始討論。當將部內各門經費預算修正通過，並由部長提交籌委會審核。至部內工作計劃，由各股股長草擬。並指定李股長天敏負責召集，計劃草成後，提交第三次部務會議討論。再攝影股副股長一職尚缺，決定推李鵬擔任。編撰股增聘吳廣略、李偉詩等為幹事，新聞股增聘李漫濤、覃啟凡、鍾惠若等為幹事，專責擔任繪畫工作。均予通過，並提請籌委會函聘。李天敏負責草擬之宣傳綱要，經已擬就，決議由黃部長審核修正。又以部內工作日繁，特派林洵、常川到會辦公。至十時廿五分，乃宣告散會云。

❋ 恢復我們的黃金時代

革命者要努力邁進展開新的局面
驅逐日帝國主義於我們的國境外
──李總司令在國民革命軍北伐誓師紀念大會中講

哈庸凡速記

時間：七月十二日上午八時
地點：省政府大禮堂
《廣西日報》1937年7月14日

各位同志：

今天補行國民革命軍北伐誓師紀念。本來北伐誓師紀念是在本月九日，因為接到中央的電報太遲，通告不及，所以未能如期舉行，才改在今天補行。

國民革命，兩個目標　國民革命軍的北伐運動，在中國歷史上，是占著重要的一頁。我們大家曉得，孫總理領導的國民革命，懸有兩個重大的目標。就是：對外要打倒帝國主義，對內要肅清封建殘餘勢力。換言之，對外要求民族獨立，對內要求實現民主政治。在國民革命進程中，不幸孫總理沒有完成這兩個偉大的任務便去世了。然而本黨同志，不但不因為總理去世而放棄肩上的革命天職，反而更加努力去承繼總理未了的工作。就是一般群眾，對於孫總理創造的三民主義也非常信仰，並且對於革命的要求也很迫切。所以民國十四年兩廣統一完成，革命策源地既經鞏固，民十五年七月九日誓師大舉北伐，因為有總理主義的偉大和總理革命精神所感召，雖然革命軍不過八軍，槍械不足五萬，能夠在短時間，完成總理生前念念不忘掃除北方軍閥的遺志。故北伐的完成，確是劃時代的、偉大的、重要的革命史跡。

捨己為群，可歌可泣　當年北伐開始，雖然革命軍的數量很少，可是那種勇敢犧牲的精神，卻貫徹在每一個將士的身上。並且又得各地民眾熱烈地贊助革命，歡迎革命，所以軍閥的軍隊雖然雄厚，槍械雖然犀利，可是一遇革命軍，卻望風披靡，接連大敗，無異於狂風摧朽。北伐之能完成，的確是總理遺教適合中國國情，獲得民

眾深切信仰的表現。並使一般將士均能為主義而犧牲，那種捨己為群的精神，真令人可歌可泣，是值得我們永遠不忘，值得我們紀念的。他們雖然長眠地下，他們的精神是永遠不死的，我們應本著他們這種精神，擔負起未了的革命工作，這才是我們今天紀念北伐的意義。現在，我把當年北伐時各重要戰役的情形，簡單的對各位報告一下：

由北伐開始直到完成統一，其間所經過的重要戰役，在湖北有汀泗橋之役，賀勝橋之役，在江西有德安之役，牛行車站之役，浙江有桐廬江松江橋之役，河南有洛河之役，江蘇有龍潭之役，安徽有合肥良（梁）園之役。其中最重要而又關係黨國存亡的，就是龍潭之役，德安次之。這兩次戰役，都是本軍擔負重要作戰使命。我們開始北伐，一共只有八軍，第一軍蔣總司令兼，第二軍是譚延闓，第三軍是朱培德，第四軍是李濟深，第五軍李福林，第六軍程潛，第七軍就是兄弟統帥，第八軍是唐生智。這幾軍在組織上，武器上比較健全的，以第一、第四、第七、第八各軍為最好，其次為第二、第三兩軍，再次為第五、第六兩軍。因此在各次戰役中，最出力同時戰功也最大的也就是一、四、七、八這幾軍。在德安、龍潭兩次戰役當中，就表現出革命軍視死如歸、為主義而犧牲的精神，使這兩次戰役成為北伐勝負的一大樞紐。

本軍奮勇，迭顯奇功　德安之役，當時蔣總司令率主力軍由萍鄉向南昌進攻，不幸失利。敵軍原定乘勝追擊，想直搗長沙，斷絕我武漢友軍歸路。那時第八、第四兩軍在武昌圍劉玉春、陳嘉謨，假使敵人計劃得逞，那麼，在武漢方面的友軍，就有全軍覆沒的危險。本軍冒險獨軍深入，迅雷不及掩耳，奮勇殺退敵軍，截斷南潯鐵路，佔領德安，抄襲敵人後方，扼住交通要道。於是我們的主力軍才得從容出險，整理反攻。本軍既孤軍深入，四面受敵，然而全軍將士，處此萬分危險的場合之中，絕不絲毫減少作戰的精神，並不因為環境惡劣而徘徊瞻顧，動搖革命的決心。因此，敵人雖然眾多，終於為本軍所擊破。

龍潭之役，適其時本黨內部起了很大的分化，蔣總司令引咎下野。夫處主帥下野、軍心民心動搖之中，孫傳芳乘機傾全力，渡天險之長江，佔據龍潭。南京系統下的軍隊，半數又才由津浦路之臨城、徐州一帶，被敵人擊敗。如二十七軍，四十軍，四十四軍，三十七軍，及第一軍之一部。新敗之餘，退過長江南岸，均失作戰能力，驚魂未定。孫傳芳以破釜沉舟之精神渡長江，據龍潭，扼住長江險要，寧滬危在旦夕。在這種情形下，一般人的觀察，無論用政治或軍事的估計上，十有九都斷定革命軍一定會失敗的，南京必定落入孫傳芳之手。但是卻恰恰相反，把渡江的敵軍全體俘虜。北伐俘虜敵軍，以龍潭這次為最多，不下四萬餘人。由龍潭到南京，大約是六七十里，這些俘虜排的隊頭，到了南京紫金山下，隊尾還在龍潭。其人數之眾多，可以想見了。繳獲槍械軍用品無數，在大江南岸，堆集如山，像堆柴火一般。如果不是為主義而戰，不是為大眾利益而戰，絕對不會得到這樣大的勝利。

極南出發，打到極北　自從龍潭勝利之後，不久就繼續北伐，完成最後的工作。大家都曉得，津浦、平漢這兩條鐵路是軍事上的重要命脈，所以完成北伐的最後工作，就是運用這兩條鐵路，把革命的空氣播揚到北方。可是革命軍一路由津浦路北上到濟南，卻被日本帝國主義者橫加阻擾，阻礙了北伐的進展，因此造成濟南慘案。好得在平漢路方面，卻戰事很順利，並不因津浦路發生阻擾而餒氣。而且不但不受影響，反而因此更助長了平漢路方面的革命軍的作戰勇往直前的精神。當時在平漢路方面的軍隊，一部就是本軍，一部有馮玉祥，一部是閻錫山，並沒有很激烈的戰事，就把敵人驅出山海關以外。本軍由鎮南關動員，直到山海關，完成北伐的偉業。在歷史上，歷來都是北方軍隊到南方來，本軍這次由極南的鎮南關到極北的山海關，創造了歷史上的新紀元。

創新生命，大家努力　回想從誓師北伐到完成統一這個期間，的確是中國國民革命的黃金時代。對外是帝國主義者為革命的空氣所懾服，對內而言，一切封建殘餘勢力——軍閥、貪官、汙

吏、土豪、劣紳———一時為之斂跡，政治上已走向光明的階段，且革命軍很得一般民眾的歡迎，軍閥的軍隊則相反。但是不旋踵，至民十八內戰復起，造成了今日民族的危機。革命運動遭受了夭折，言之痛心，不勝今昔之感。今後我們的使命，是如何恢復北伐期間的黃金時代，重新創造國民革命的新生命。假使黨內不分裂，北伐統一後不發生內戰，我相信不平等條約，到現在一定可取消的。尤其相信東北四省，也不至於被日本帝國主義者侵佔的。北伐完成後，當時有一句「軍事北伐，政治南征」的流言，足見政治逐漸官僚化了，所以百病叢生，內憂外患，乘隙而入，致使國家民族的危機，非常嚴重。我們只有重新創造革命的基礎，才能恢復北伐時的黃金時代。同時，在今日這種危急的關頭中，必須鞏固和平統一，實現民主政治，集中國力，一致對外抗戰。我們千萬不可悲觀，一個革命者終身是不會頹廢的，我們只有努力邁進，自然可以展開新的局面，自然對內可以把死而復活的封建殘餘勢力克服，對外可以驅逐日本帝國主義的勢力於國境外。我們不要悲觀，我們要繼續革命先烈的精神，努力奮鬥，這才是今天紀念北伐誓師的真正意義。

✳ 李總司令宗仁對日抗戰重要談話

華北事件係日人整個侵華計劃
絕非地方事件更不可局部解決
惟有發動全民族戰爭才是生路
願滴盡最後一滴血爭取民族自由

《廣西日報》1937年7月17日

本報專訪 自盧溝橋事件發生，朝鮮偽滿一帶日軍已實施動員，增援平津。日本全國亦已準備總動員，作大規模之對華侵略。情勢危迫，非全國一致起來對日應戰，絕不能挽救中華民族之生存。記者昨特至廣西綏靖公署訪唔李總司令宗仁，叩以對於時局之意見。當蒙延見，並對記者談話如左。

對此嚴重國難，應有兩種基本概念

記者問：李總司令對於華北情勢之觀察如何？

李總司令答：在盧溝橋事件發生之初，有人或尚以為係中日兩軍因一時誤會而發生衝突。實則日人之本意，原欲乘我軍之不備，一舉而占宛平盧溝橋，以切斷我平漢線之交通，以包圍北平也。

問：（記者問，以下准此）誠如總司令所言，則今次華北事件，果係日軍一種有計劃之侵華行動乎？

答：當然。就目前情勢而論，平津一帶之日本駐軍，對我固已完全入於戰時狀態，而朝鮮、關東軍之急切動員向關內推進增援，及日本政府對華侵略政策之露骨表示，更已著手於進行其全國之總動員矣。故吾人對此嚴重之國難，應有兩種之基本概念。第一，此次事件為日本整個對華侵略政策之遂行，絕非中日軍隊局部之衝突，吾人故不能以地方事件視之，更不能希望以地方事件解決之也。第二，日軍之行動，既然係其政府一種有計劃的企圖，故當前之問題，不在吾人對於和平尚作如何之乞求，而是日本內閣與軍部之決心與行動，已不容許吾人對於和平與戰爭尚有徘徊之餘地也。

抱定焦土抗戰，才能獲得最後勝利

問：總司令對此嚴重之局勢意見如何？

答：戰爭，惟有對日立即應戰，我們的民族才有生路；惟有立即發動全民族總動員的對日戰爭，我們才能應付日本當前的侵略；惟有抱定焦土抗戰的決心，我們才能獲得最後的勝利。戰，戰，戰，用戰爭去爭取和平，用戰爭去爭取我們的生路。

問：總司令為我國有數的革命軍事家，不識對於目前中日的軍事觀察如何？

答：我對於對日抗戰的意見，已詳見於我去年「焦土抗戰」的主張中。目前軍事上最緊要的問題，不純在於我們的軍隊對敵人作零碎局部的英勇抵抗，而在於我們此時是否對此險惡情勢，認為和

平業已絕望，犧牲已到了最後關頭，立即發動全民族的對日戰爭，蓋必先有應戰之決心，乃可以言戰爭之如何遂行也。

問：以記者之意，日本既傾其全力作有計劃的進攻，此時凡不願做亡國奴的中國人，應立即起而自救應戰，已無再事考慮之必要。記者所欲請教於總司令者，乃在軍事上此時應采如何之有效步驟耳。

答：據余個人鄙見，關於戰爭之秘密，固可不便相告。但關於戰爭之認識，則全國國民不可不有一新的概念，譬如戰略與政略，係隨時代環境而變更。若以一成不變之理，應付複雜萬端之戰爭，未有不為敵人所擊破者也。余所謂國民對於戰爭應有一新的認識者，乃指必先有此認識，乃能決定吾人對戰爭之處置耳。

國民對於戰爭，應有一種新的認識

問：總司令所謂對戰爭之新認識，可得聞其內容乎？

答：自九一八事變以來，吾人對日本之侵略，雖曾有若干次英勇之犧牲，如嫩江之戰、淞滬之戰、長城之戰，但以限於局部抗戰之故，終至餉盡援絕，為敵人各個擊破。吾人如欲論究以往之失敗，不抵抗之誤國，固不待言。即所謂抵抗云者，謂為可以略雪不抵抗之恥，或成就吾人少數將士英勇之名則可，謂此種戰略能阻止日本侵略之暴行，在事實上則未盡然也。譬如一二八淞滬之戰，十九路軍既擊破日本海軍陸戰隊佔領上海之企圖，本可乘勝驅逐此少數之日軍離去上海之公共租界，使其失去根據，無法增援。但當日軍慘敗之後，我方竟許其停戰三日之要求，於是日軍一面趕築防禦工事，一面等待國內之增援。迄至日本援兵大至，吾人不但無力採取攻勢，即就防禦一點而言，亦不得不因援絕彈盡而向後退卻。又如長城之戰，我方配備之兵力在三十萬人左右，而日本進攻之多門師團及其他兵員總數不過三萬人左右。但因我方戰線太長而又不能攻守呼應，於是日軍乃得集中其全力，任擇一點進攻我軍。終至全線退敗，不可收拾。此無他，政府無整個抗戰之決心及陷於局部抵抗之謬誤，固為其一因，而吾人未能遂行戰爭之任務以克制敵人，

實為其主因也。余所謂國民於對日戰爭應有一種新認識者，第一，必須矯正以往局部抵抗之謬誤而為全民族之動員戰；第二，必須遂行戰爭之任務，以克制敵人。易抵抗為戰爭，以攻擊代防禦。譬如最近盧溝橋事件，我英勇之將士固將侵我之日軍擊敗，然日軍於敗退之後，即全國動員，源源不絕增援前線，而其輸送軍隊之車輛，則取之我方；其輸送軍隊經過之地，則盡為我駐軍之要地。我不能以迅速之處置，解決天津一帶之日軍，已覺失算，若更待其兵力集中，配備完畢，向我進攻時，再事應戰，軍略上之失策，未有危險過此者。吾人對於此點，抱無限之隱憂，甚望政府與前線將士深切注意及之而早下決心。吾人須知如以往之抵抗，在軍人固已略盡其守土之責，但未能盡軍人保全國家領土主權之完整，以制止敵人之侵害，實吾全國軍人之羞也。

日人侵略舉動，超越蔣委員長聲明

問：廣西對於華北戰事，將以何法盡其援救之責乎？

答：全省民眾將士，自盧溝橋事件後，異常憤慨。但吾人一切，均待中央之命令而行。蓋必如此，方能收步驟一致、舉國抗戰之效。余已電蔣委長，痛陳一切，靜待後命。總之，在整個對日抗戰上，吾人當不辭一切，以完成吾人應負之任務。廣西全省經訓練之壯丁，將及百萬，隨時均可動員為此民族戰爭而效死。

問：中央對日已有整個抗戰之決心乎？

答：目前情勢，不在吾人有無抗戰之決心，而是日本政府之侵我行動，迫使吾人非有此決心不可也。蔣委員長曾有不再失寸土，不簽訂任何屈辱協定之聲明，日本今日對我之侵略行動，蓋已超越此限度矣。

靜待中央決定，盼得在最前線服務

問：總司令與白副總司令將赴京主持國防大計乎？

答：待中央大計決定後，如有需吾人效力之處，任何艱苦在所不辭。不過余個人之意，甚盼得在最前一線服務，以為國家盡職，

則快慰殊其也。總之，吾人現正準備一切，為民族生存國民利益，滴盡最後一滴之血。

李總司令談至此，情緒異常緊張。最後復告記者，全國民眾應一致起來，對日應戰。只有這樣，我們才有生路。記者以李氏公忙，乃即辭退。

✱ 廣西各界抗敵後援會會議記錄[1]

甲、理事會議

第一次理事會議記錄

廣西各界抗敵後援會會刊

時間　　二十六年八月三十日上午七時

地點　　省黨部會議廳

出席者　廣西省黨部　于瑞雲

　　　　廣西省政府　蔣毅夫

　　　　第五路軍總司令部　秦開明

　　　　廣西省學生聯合會　熊立明

　　　　廣西省銀行總行　康得興

　　　　廣西大學　梁杓

　　　　廣西文化救國會　謝舉榮

　　　　《廣西日報》社　哈庸凡

　　　　廣西桂林女子中學　劉本漢

　　　　桂林高級中學　蔣培英

　　　　廣西電政管理局　陳偉熙

　　　　省會警察局　周炳南

　　　　第五路軍憲兵團　陳運琛

　　　　桂林總工會　栗慰農

　　　　桂林縣商會　熊忠寬

　　　　桂林縣婦女會　陽永芳

159

[1]　原件藏廣西壯族自治區檔案館。

主席　于瑞雲

記錄　黃覺東

行禮如儀

1、報告事項

主席報告開會事由（略）

2、討論事項

（1）關於本會常務理事應如何推定案

決議：由各理事互選出黃同仇、蘇希洵、韋永成、黎連城、栗慰農等五人為常務理事。

（2）關於本會總幹事如何聘定案

決議：聘請陽叔葆為本會總幹事。

（3）關於本會各部主任如何聘定案

決議：聘定總務部正主任為孫仁林，副主任高雁秋；宣傳部正主任為栗豁蒙，副主任趙誠之；組織部正主任為于瑞雲，副主任李健文；偵查部正主任為韋贄唐，副主任劉藜青；募捐部正主任為黃子敬，副主任龍鳴皋；救護部正主任為謝騫，副主任李圓善；看護部正主任為鄭士襄，副主任李茂蔭；消防部正主任為周炳南，副主任田良驥；節約部正主任為趙可任，副主任區振聲。

（4）關於本會幹事應如何聘定案

決議：各部幹事由常務理事會決定聘請之。

（5）關於本會設之募捐委員會委員人選應如何聘定案

決議：暫聘定范新瓊、黎連城、栗慰農、劉信璧、蘇少林、郭德潔、宋綠焦、唐善元、熊立民、孫仁林、廖明哉、陳智偉、謝贊英、馬健卿、劉尊一、黃仲琴、梁杓等為委員，嗣後再行物色熱心得力者增聘之。

（6）關於本會所設之宣傳委員會委員應如何聘定案

決議：聘定夏次叔、淦克超、晁慶昌、李焰生、彭湘、萬民一、任畢明、蔣一生、胡行健、鄧初民、蔣培英、胡訥生、王深林等為委員。

（7） 擬由本會名義通電本省各抗日救國團體，以後捐款數目概須報匯省抗敵後援會，然後統籌計劃分匯前方，如有私人自動直接匯寄前方者仍須將數目報告本會案。

決議：通過。散會。

❊ 廣西各界抗敵後援會組織與活動

1937年9月1日

一、組織機構

廣西省各界抗敵後援會由省會各機關、團體、學校等，開會討論成立。由廣西省黨部、廣西省政府、第五路軍總司令部、桂林縣總商會、桂林縣總工會、桂林縣婦女會、廣西文化救國會、廣西省學生聯合會、廣西大學、廣西桂林高級中學、廣西桂林女子中學、《廣西日報》等15個單位的負責人或代表組成。該會共設常務理事5人、理事15人、候補理事5人。其中，常務理事為：黃同仇、蘇希洵、韋永成、黎連城、粟慰農。理事為：廣西省黨部黃同仇、廣西省政府蘇希洵、第五路軍總司令部韋永成、《廣西日報》哈庸凡、桂林縣總商會黎連城、桂林縣總工會粟慰農、桂林縣婦女會陽永芳、廣西省學生聯合會熊立明、廣西文化救國會謝舉榮、廣西大學梁構、廣西桂林高級中學蔣培英、廣西桂林女子中學劉本漢等15人。總幹事為陽叔葆。在常務理事會下，設總務、組織、宣傳、募捐、檢查、偵查、救護、看護、消防、節約十個部。各部設正、副主任各一人。常務理事會之下，還設有宣傳、募捐、慰勞三個委員會，各委員會裏也有主任和委員。

二、主要活動（略）

據《廣西地方誌》

✣ 省會各界熱烈歡送第五路軍出發殺敵[1]

一日在南門外舊飛機場開歡送大會
到會人數共約五萬餘由黃主席主席
李總司令訓話 廖軍長致答詞

《南寧民國日報》1937年9月3日

桂林一日電 今晨七時，廣西省會各界在南門外舊飛機場舉行歡送第五路軍出發殺敵大會。到會李總司令、黃主席、李總參謀長、七軍廖軍長磊，黨政軍三機關全體工作人員，各機關團體學校，五路軍出發殺敵將士，各界民眾等共約五萬餘人。屆時公推黃旭初主席，領導全場行禮，並致歡送詞。詞長數千言，大意是說，本省數年來在李白總副司令領導之下，努力建設廣西，復興中國，如今是復興中國的時候，我們要拿所有的力量來對日作戰，以爭取整個國家民族的生存。第五路軍在參加北伐戰爭時代，曾盡了很大的力量，建樹了中國革命史上的偉大功績，希望第五路軍繼續並發揚以往北伐的精神，對外打倒日本帝國主義云云。繼有李總司令對全體將士及各界訓話，詞長千餘言，大意是說九一八以來，第五路軍主張為國家民族求生存而對日抗戰，去年更向全國提出焦土抗戰主張，今已獲全國實行。惟武裝同志在前方殺敵致果，端賴後方同胞接濟資源。故盼望各界同胞下最大之決心，參加抗敵工作，完成民族革命的偉大任務云云。繼有各界代表多人相繼演說，最後由七軍廖軍長致答詞。是日大會並舉行獻旗獻物，獻畢，即高呼口號，列隊巡行。隊伍所經街市，商店住戶民眾均燃放鞭炮歡呼祝捷，沿途抗日情緒異常熱烈沸騰云。

✣ 廣西各界抗敵後援會理事會各理事經已推定

《南寧民國日報》1937年9月5日

廣西專訊 中國國民黨廣西省執行委員會日前奉中央黨部組

---

[1] 此係轉載《廣西日報》消息，當期《廣西日報》未見。

織部巧電，飭從速成立抗敵後援會，業經定期召集各界代表進行組織，各情曾誌前報。查八月廿八日上午八時，在省黨部大禮堂舉行廣西省會各機關團體學校代表籌組抗敵後援會。到廣西大學等四十餘機關團體代表，屆時由省黨部代表于瑞雲主席，李健如記錄。首由主席報告開會意義，繼則進行討論，直至十時始散會。茲將各決議案錄誌如後。（一）主席提出廣西各界抗敵後援會章程草案經擬就提請討論案，決議：修正通過。（二）關於抗敵後援會理事會各理事應如何推定案，決議：由主席呼唱各機關團體學校名稱，以各代表贊成之多寡決定之。結果以省黨部、省政府、總司令部、《廣西日報》社[1]、省會警局、憲兵團、桂林縣政府、省學聯會、桂林縣總工會、縣商會、廣西大學、省立桂林醫院、桂林高中、桂林女中、縣婦女會等機關、團體、學校為理事會理事，省教育會、桂林市政處、廣西銀行、廣西電政管理局、廣西文化救國會為候補理事云。（下略）

❋ 李總座訓詞[2]

《南寧民國日報》1937年9月8日

各界同胞，各位將士們：

今天承各界開歡送各將士北上殺敵大會，實在令我們十二萬分的興奮和感謝的。自九一八事件爆發以來，本軍就堅決地主張抗戰，以我們的頭顱鐵血去對付日本帝國主義者的大陸政策，並主張「焦土抗戰」以挽回民族滅亡的危機。遷延至今，敵人不斷的侵略，國勢益蹙，已到了國亡之最後關頭。幸全國團結一致，在中央領導之下開展了全面的戰爭，爭取中華民族的生存。可見吾人之主張是非常正確的，已完全實現了。我們此次奉令出師殺敵，早已下了最

---

[1]　據廣西各界抗敵後援會會刊，哈庸凡作為《廣西日報》代表出席此次籌備會議，被推定為廣西各界抗敵後援會理事。

[2]　此係轉載《廣西日報》消息，當期《廣西日報》未見。

大犧牲的決心，誓掃蕩日寇，收復失地，才償吾人平素的志願，且亦是我們武裝同志責無旁貸盡忠報國的天職。盼望各界同胞切實服從政府命令，嚴密組織民眾，充實下層力量，趕緊加強訓練，提高民眾殺敵技能。必須有錢出錢，無錢出力，各盡所能以報答國家。

各界同胞們，大家起來罷，努力爭取我們民族解放戰爭最後的勝利，武裝同志們，本軍過去革命歷史是很光榮的，這次中日戰爭關係國家的興亡甚巨，務必大家奮勇殺敵，收復失地，粉碎日本帝國主義者的大陸政策，擴大本軍的光榮戰史，這才是報答今天各界歡送的盛意。

✽ 省會各界舉行擴大總理紀念週[1]

李總司令主席並報告　黃主席訓話

《南寧民國日報》1937年9月11日

桂林訊　省會各界於本月六日上午七時，在省府廣場舉行擴大總理紀念週。到李總司令、黃主席、李總參謀長、黃委員同仇暨黨部各委員、省府總部各廳處會長、省會各機關主管長官、黨部省府總部全體工作人員，各機關、團體、學校代表等共約三千餘人。由李總座主席，領導全場如儀行禮後，隨即報告前方抗敵情形，及勗勉各界堅決抗戰，以爭取最後的勝利。大意約有下面幾點。一、自盧溝橋事件及滬戰爆發以來，戰線日漸廣闊，幸賴我陸空軍將士奮不顧身，而獲得很大的勝利。然要得到最後的勝利，必須要用持久戰、消耗戰的策略。二、此次戰爭日本是反和平的罪魁，國際上愛護和平的國家都反對它，同時其國內也有不少人民反對日本軍閥的侵略行為。三、我們每一個機關公務員、每一個人民都應集中力量來對付暴敵，不但是精神上要動員，物質上也要動員，對於救國公債更宜努力推銷。四、自盧溝橋事件發生，日本軍費已用二十五萬萬，而我國僅發五萬萬公債，我們抱定焦土抗戰的精神與持久抗戰，

---

[1]　此係《南寧民國日報》轉載《廣西日報》消息，哈庸凡時任《廣西日報》首席外勤記者，負責採訪第五路軍總部及省府要聞。

一定得到最後的勝利云云。繼請黃主席訓話，其大意略稱，現在要提起大家注意的是，此次戰爭是中華民族生死存亡的戰爭，是全民的戰爭，如果我們戰敗給日本，我們便不能做中華民國的國民。所以我們每人都要動員，從平常的生活轉變到戰爭的生活，並且在戰爭過程中，要想出種種的方法使戰爭能夠持久，我們要戰到最後五分鐘，要獲得勝利而後已。同時我們在後方的同胞應該注意的有幾點：（一）維持地方治安；（二）穩定金融；（三）發展工業；（四）發展交通云云。黃主席訓話畢，隨即宣告散會。

❉ 廣西各界抗敵後援會理事會成立

通電全國並慰勉前方抗敵將士

《南寧民國日報》1937年9月11日

桂林訊 廣西省黨部執行委員會前准中央黨部組織部巧電，迅即組織成立抗敵後援會，經於前月廿八日在該會大禮堂，召集省會各機關、團體、學校各派代表一人，討論進行組織。各情業誌前訊。查該後援會業於二日正式組織成立，並發出通電，籲請全國共同奮起，對後援工作盡最大之努力。並為慰勉前方抗敵將士之英勇衛國及鼓勵殺敵勇氣起見，同時致電激勵，並勗以滅此朝食，張我國威。茲探錄各原電[1]於次。（下略）

❉ 李濟深陳銘樞蔣光鼐等由粵飛桂林情形補誌[2]

李總座親至機場歡迎

《南寧民國日報》1937年9月11日

桂林訊 李濟深、陳銘樞、蔣光鼐三先生於七日上午十時卅分，偕張文等由廣州崇化機場乘巨型飛機起飛來桂，十二時抵達本市二塘機場。李總司令、李總參謀長、王參謀蓮心等均到機場歡

---

[1] 當日該會通電三則，即「致全國各機關等電」、「致上海抗敵將士電」及「致前方空軍將士電」。

[2] 此係《南寧民國日報》轉載《廣西日報》消息。

迎。李氏等下機後，隨即分乘汽車入城，至舊藩署休息。下午一時，由張參謀長任民、徐顧問悲鴻等陪同李、陳、蔣三氏，赴東洲遊覽七星岩、月牙山各處名勝，是晚下榻於樂群社。記者聆訊，當即驅車訪謁，蒙李濟深先生賜予接見，並與記者作如下之談話。

記者問（以下簡稱問）：李先生此次從何處來？李先生答（以下簡稱答）：本月三日由鄉間起程赴廣州，今早由廣州乘飛機來。問：是否入京，並同行有幾人？答：是入京，有陳銘樞、蔣光鼐、張文、李民欣、黎民任五位同行。問：李先生對此次抗戰有何意見？答：中國今次抗戰，必要達到全面長期戰爭，勝固乘勝，敗亦不餒，前僕後繼，源源不斷，方可期最後勝利。本人到廣州時，發有書面談話，各報已登載，想有閱及。至廣西數年來抗敵主張及所有準備，早為國人所推許。今屆實行時期，想全省民眾在李白總副司令領導之下，必有以副中央之倚畀、慰國人之期望也。談至此，記者以李氏風塵勞頓，未便久擾，乃告辭而退。

聞是晚七時，李總司令、黃主席特在舊藩署設筵為李氏等洗塵，並邀廖軍長、夏軍長張參謀長等高級長官作陪云。

❋ 李宗仁總司令訓詞[1]

哈庸凡速記

《南寧民國日報》1937年9月23日

今日是「九一八」國恥紀念日，整整六個年頭了，我們在紀念這個國恥日中，同時舉行隆重的國民對日抗戰宣誓，這是含有很重大的意義的。

「九一八」是日本帝國主義者處心積慮數十年來陰謀的表現。「九一八」之後，東三省、熱河、平津這些土地，漸漸地淪於日本帝

---

[1]　此係1937年9月18日國民革命軍第五路軍總司令李宗仁在廣西各界紀念「九一八」六週年暨國民對日抗戰宣誓大會上講演。《南寧民國日報》轉載《廣西日報》此篇講演並註「哈庸凡速記」。

國主義的手裏。在這些區域內的同胞都變成亡國奴了，無時不在日本帝國主義者刀槍殘殺之下。自盧溝橋事變後，日本帝國主義者更瘋狂地向我們進攻，我們且看日本帝國主義的代言人近衛文麿的談話：「要讓中國四萬萬七千萬的人民向日本屈膝」。可見日本帝國主義者非達到併吞中國不止，非達到把中華民族淪為日本的奴隸不止。現在全國國民已經團結振奮起來，大家都不甘做亡國奴，英勇地起來，一致向日本帝國主義者反攻。在平津、察綏、上海各地，我們的將士們無日不在槍林彈雨血肉橫飛之下，和日本帝國主義者拼命。自全面抗戰展開以來，日本帝國主義者計劃在今天「九一八」完全佔領上海。然而事實告訴我們，日本帝國主義者的妄想和實際完全相反，這就是我們的將士們的英勇抗戰，使日本帝國主義者的狂妄的野心完全失敗。處此國家民族生死存亡的最後關頭，相信全國國民定能前僕後繼，給予日本帝國主義者以巨大的痛創，以爭取中華民族的生存。

今天桂林各界團體在此紀念「九一八」國恥，舉行國民對日抗戰宣誓之後，無論男女，無論老幼，都要誠心力行，才可以獲得民族解放鬥爭的最後勝利，才可以保全中華民族的生存，才可以收復失地，這是本監誓人所希望於各位的。

❋ 省會各界舉行「九一八」紀念大會[1]

同時舉行國民對日抗戰宣誓
由李總司令主席並監誓
到會人數四萬餘會後示威巡行抗戰情緒極熱烈

《南寧民國日報》1937年9月24日

桂林訊 廣西各界抗敵後援會於十八日上午七時，在省政府大操場召集本市各界民眾舉行「九一八」紀念大會，並同時舉行國民對日抗戰宣誓。查是日上午六時卅分以前，各機關、團體、學校即

---

[1] 此係轉載《廣西日報》消息。前篇李宗仁演說（哈庸凡速記）即為此次紀念會上發表。

紛紛列隊到場，總計全數約達四萬餘人。黨政軍各高級長官亦均到場參加，情形極為熱烈。

會場佈置　禮臺係借用場內之石階，前置講臺一，上置鮮花一瓶。臺後以木架高撐，上懸黨國旗及總理遺像遺囑，臺前懸白布匾額一幅，上書「廣西各界舉行九一八紀念大會」字樣。臺下隊伍以場內當中石板路為準，分別左右排列。四周並有憲警擔任糾察，秩序極佳。開會時由李總司令主席，領導全場如儀行禮後，繼則

舉行宣誓　宣誓開始，全場異常肅穆，各界民眾俱現振奮激昂之象。當由黃主席領導全場，高舉右手，朗誦誓詞，並請李總司令監誓。時全場空氣極為緊張，在場各員俱抱與敵偕亡之決心，抗日之情緒充溢全場。宣誓畢，由李總司令、黃主席、李總參謀長、黃委員同仇等訓話。詞畢，繼有省婦女抗敵後援會代表劉雯卿、桂初中學生代表黃桂永、總工會代表姚劍暉、縣商會代表李志琛等相繼演說，言詞激昂，警惕動人。末由主席領導全場高呼口號，聲震山嶽。散會後，全場依次列隊由省政府後門出公園，沿指定之路線舉行

示威巡行　精神煥發，極表現廣西民眾之抗戰熱情，至十一時，乃轉回皇城放隊云。

❊ 本報之現狀　　　韋永成

《南寧民國日報》1937年11月9日

本報經於本年四月一日成立，同日出版，所有鉛字印機房屋，即接受《桂林日報》原有者應用。惟《桂林日報》原有房屋破舊不堪，且通屬平房，不適宜於工廠安置。印刷機亦極陳舊，出版甚難敏捷。特呈准省府撥款一十六萬四千元，備改造及充實之用。旋因抗戰軍興，所有一切公用建築暫時停止，此款迄未如數撥給。惟本報一切，實不能適應戰時宣傳之需要，迫不得已，因呈准省府撥到一萬六千元。除暫購小型印刷機兩部外，並先建工廠一座，印刷機不日可到。工廠于本年九月下旬動工，本月中旬可全部完成。在工廠建

築期間，暫租用環湖路江西會館應用。今日奠基者，為新樓一座，備編輯經理部之用，兩月內可以完成。本報日報現銷一萬四千餘份，晚報現銷二千八百餘份。新工廠造成，新印刷機運到，出報可較早，本報銷數當可更形增高。此本報現狀，堪可為各界告者也。

桂林六日訊　去歲九月，省會遷桂。省內黨政軍各高級機關先後移駐桂林，《廣西日報》社之前身乃《桂林日報》，為全省惟一宣傳機關，亦同時擴大組織。因此，原有《桂林日報》社社址過於窄狹，不敷應用。乃暫借環湖路榕樹樓江西會館為社址，繼續工作。其間雖曾創議建築新址，無如因庫款支絀，人事紛紜，終未克成。今春三月，總政訓處韋處長永成兼長之該報社，自到職以來，即殷殷致意於新址之建築及機件之添置，以期促進工作，而底該社所負之使命於完成。幾經籌畫，並獲當局允准，除向港滬定購新式機件不日起運抵桂，關於建築新址工作，已於前月杪開工，工廠經已建築完成，現復進著建築前座樓房，定於今（六）日上午十時，舉行奠基典禮。由韋社長永成親臨主持，昨經柬請黨政軍高級長官及各界代表到場觀禮云。

❊ 《廣西日報》社新社址舉行奠基典禮盛況[1]

韋社長報告籌備建築經過
雷廳長黃委員等分別致詞

《南寧民國日報》1937年11月10日

桂林訊　去歲九月，省會遷桂，本省政治文化中心乃轉移桂林，《桂林日報》因適應環境乃擴大組織，改為《廣西日報》。但原有社址不敷應用，乃斯時租借榕樹樓江西會館辦公。自總政訓處韋處長永成兼長本報後，即殷殷致意於新址之建築及機件添置，幾經籌畫，始獲當局允准。除向港滬訂購新式機件不日啟程運抵桂林外，關於建築新址工作已於前月開始，現工廠已建築完成，刻正進行建築前座樓房。特定昨（六日）上午十時，在環湖路三十二號新

---

[1]　此係《南寧民國日報》轉載《廣西日報》報導。

址，舉行奠基典禮。

　　查是日新址門首，以松針搭成彩門一座，頂上插黨國旗各一面，下懸紙紮橫額一方，書「廣西日報社新址奠基典禮」字樣。四周掛以小型之黨國旗多面，隨風飄揚，極莊燦爛。內牆正在拆卸中，多頹垣斷瓦，無容贅述。後進工廠已建築完成，即以此地為禮堂，在場內右壁上懸黨國旗及總理遺像，下方張掛本報社建築圖樣多幅。壁前設長方桌一張，中置菊花一盤，暗香四溢，頗饒雅趣。桌左分行設置座椅若干張，以為坐憩之所。九時許，韋社長及該報社全體工作人員均已到場，各長官及來賓亦陸續到達。

　　屆時，典禮開始，如儀行禮後，首由韋社長主席並致詞。首述籌備建築《廣西日報》社經過情形，略謂「本報前身為《桂林日報》，當去年省會遷桂時，本報社擴大組織，原有社址不敷應用，乃暫借江西會館辦公。最近曾發議建築新址，已蒙省黨部、省政府批准，撥發十六萬四千元，旋因盧溝橋事變發生，舉國一致展開對日抗戰，當此軍事時期，軍用浩繁，各項開支均已節省，故本報社建築費無從支付。又經幾度籌商，由省政府撥給一萬六千元，支付購置小型印刷機兩副，建築工廠樓房各一座，連同廚房、廁所、浴池等，總共約需三萬元。除省政府津貼外，不敷之數由本報社歷月節省所得支付。」次述舉行奠基典禮之意義。略謂「新聞事業為社會文化中心，其地位甚為重要。故此次奠基典禮，不僅為本報社新址奠基，抑且為廣西文化事業、新聞事業奠基，其意義至為重大。盼各位來賓不吝賜教，得使本報社事業得以日有進展」云云。

　　繼請雷民政廳長致詞，對《廣西日報》之推銷，多有指示。次請黃委員同仇致詞，略謂「辦報工作甚為困難，就中以編輯、印刷、發行三項為最。在本省今日環境下，材料來源缺乏，致使編輯困難；機件過舊，印刷不能迅速；交通遲滯，發行不能如期。以是辦報之艱難，較他種工作為最。處現廣西環境，經濟支絀，吾人宜在困難之中，設法突破難關，以完成宣傳使命。自韋社長蒞任以來，對社務妥為整頓，數月之間，一切臻於完善。今又籌備建築新址，將來

前途更為樂觀，謹以此為《廣西日報》前途賀」云云。繼由黃委員均達、陽書記長叔葆、胡參議訥生、任參議畢明等人相繼致詞，對該報社將來工作要旨指示甚詳。末由該報社晚刊總編輯劉範致詞答謝。詞畢，全體趨立門首，舉行奠基典禮。基石上由韋社長勒石為記，上書「中華民國廿六年十一月六日《廣西日報》社新屋奠基紀念，韋永成」等字樣。全體立定，先由韋社長手持四月一日《廣西日報》更名之始報，並今（六）日該報各一份，及來賓姓名、建築圖樣各物墊於基牆之上，再由蔣總編輯逸生及王經理權二人抬起基石，置於基牆之上。於是，乃在爆竹聲中宣告禮成，全體在門前合攝一影，遂散會云。

✽ 國府考試院院長戴季陶氏抵桂詳情[1]

夏總參謀長等親赴烏金鋪迎候
省會各界代表特舉行歡迎大會
歡迎會中戴院長分析目前抗戰

《南寧民國日報》1937年12月6日

桂林訊 我為表示長期抗戰之決心起見，經我國民政府移駐重慶，而各院部會亦同時遷渝。茲悉考試院戴院長季陶，以院務亟待主持，乃於十一月十九日離京南下，因慕本省風景及年來建設之成績，特取道來桂參觀。十一月廿九日由南嶽到達零陵，卅日晨由零陵乘車來桂。本省黨政軍各界以戴院長為黨國先進，中樞政要，此次翩然蒞桂，實為欣幸。乃於上午十一時許，紛紛驅車至北門外之烏金鋪歡迎。計到埠

歡迎人員 有夏總參謀長、黃委員同仇、蔣委員培英、呂軍政廳長競存、黃高級參謀鎮國、雷民政廳長殷、黃財政廳長鍾岳、邱教育廳長昌渭、陳建設廳長維、孫總務處長仁林、鄧委員家彥、馬高等顧問君武、陸軍務處長蔭楫、謝軍醫處長騫、關交通處長維康、總政訓處栗副處長豁蒙、陳軍械處長漢吾、李團務處長作礪、

---

[1] 此係《南寧民國日報》轉載《廣西日報》消息。

唐副官處長希忭、陽書記長叔葆、朱秘書長佛定、周局長炳南、王副縣長潛暨各機關學校主管人員和本報記者等約四十餘人，均在馬路右側列隊佇立，總部軍樂隊排列前面鵠候。

至一時許，乃見北方塵土飛揚，汽車鳴鳴之聲由遠而近。少頃，瞥見汽車數輛風馳電掣而來，至歡迎人員前五步處停止。軍樂高奏，各歡迎人員舉手為禮。馬君武博士及孫處長仁林並趨至車前迎接，戴院長在軍樂悠揚聲中下車。是日戴院長身著褐色中山裝，足登皮靴，精神飽滿，笑容可掬。下車後，由孫處長仁林介紹，逐一與歡迎人員握手為禮。旋即一同登車入城，直趨樂群社休息。夏總參謀長等亦陪同前往，座間賓主暢談甚歡。少頃，夏總參謀長等辭去，記者乃投刺請謁，蒙戴院長親予延見，以誠摯之態度及言詞，與記者暢談頗久。嗣記者以戴院長風塵勞頓，未便久擾，乃告辭而返云。

又訊　戴院長季陶追隨總理，服務黨國，凡數十年，功勳卓著，久為國人所欽仰。此次戴院長由京赴渝，道經本市，全省民眾為對戴院長表示崇敬，及親聆戴院長指示起見，特於二日晨在省府大禮堂，舉行各界代表歡迎戴院長大會。查到會參加者，有黨部省府總部三機關全體職員，及各機關代表共二千餘人，濟濟一堂，洵一時之盛。八時戴院長蒞場，全體一致肅立致敬。戴院長身著褐色中山裝，足登革履，態度極雍容嚴肅。行至禮臺向全場鞠躬答禮。旋即開會，由黃委員同仇主席，行禮如儀後，主席即致歡迎詞及懇望戴院長對於抗戰前途予以嚴正之指示。詞畢，主席恭請戴院長登臺訓話，全場掌聲震動，表示非常誠懇與熱烈之歡迎。戴院長首先表示謙遜致謝之意後，即開始對目前抗戰加以分析。

訓話大意　略謂，一、目前中國之大難，總理在十三年以前，已經鄭重昭示國人，總理大呼大難臨頭，死之將至，國人應大徹大悟，奮起救亡。然而十餘年來，國人對於救亡之努力，不特未副總理之期望，抑且分崩離析，耗損國力。直至三四年來，全國始感到大難已經臨頭，大家漸漸團結一致，集中力量，努力國防的

建設。二、總理生前曾昭示吾人，日本如要滅亡中國，僅十天的工夫即可達到。在當時雙方國力之對比，確實如此。但以後經過革命之努力，及近來之建設，吾人抗敵之力量，不知增加若干倍。一二八之役，能抵抗一月以上，世界人士莫不為之驚詫。一二八以後，吾人之對於國家之建設及國力之培養，比前更為努力。故今日之抗戰力量，最少比一二八增加十倍。總理昭示國人大難之將臨，其時間比吾人近年真正建設之時間，不止三倍。倘國人從總理昭示國難之日起，努力救亡工作，則今日吾人抗敵之力量，必更加偉大。三、此次對日抗戰，已為中國人死裏求生之最後一著，吾人酷愛和平，為全世界人士所共知，苟吾人之生存不受威脅，一線之和平，必不至於放棄，以便從事建設，此為五全大會以來政府一以貫之的政策。惟盧溝橋事變，吾人已到最後關頭，為爭取國家民族之生存，不能不起而應戰。敵人當時雖聲稱不擴大事件，但在敵人屍體拾檢之秘密文件中，其轟炸中國之地方城市，早於盧溝橋事變前確定。故吾人不求戰而應戰之苦衷，全世界人士亦完全明瞭，而寄予同情。四、抗戰以來，敵人在數個戰區已施之火力，較歐戰時東西戰場且有過之。然吾人尤能以精神以制物質。德人曾對本人說，日人猛烈之炮火，唯中國人方能抵抗。吾人所以具有如此偉大之抗敵力量，實乃全國民眾力量集中所致。尤其革命策源地之廣西，其所貢獻之物力、人力、智力，實為各戰區之重要骨幹。此後，吾人倘能進一步以科學馭用物質，抗戰最後之勝利，必屬於我。吾人對於目前各戰區之失利，不須悲觀也。戴院長演講至此，對於上海等地過去物質之建設，及上海北平過去之精神教育，有極沉痛之批評。末謂總理在黃埔軍校之訓詞及在桂林等地發表之軍人精神教育，實為全國民眾精神教育之張本。戴院長今晨演講態度異常嚴肅，且多沉痛語，聽眾皆為感動。至十時半，始畢其詞。後有夏總參謀長及雷民政廳長演說，對於戴院長之指示，願格誠接受。十時五十分，即奏樂散會云。

✲ 鄒韜奮等已於八日抵桂林[1]

對記者發表談話

《南寧民國日報》1937年12月13日

桂林訊 上海文化界巨子鄒韜奮、金仲華、沈慈九等十餘人，於抗日戰事爆發後，即離滬南下至港，旋復離港取道本省赴漢口創辦刊物，從事文化救國工作，並順便參觀本省各種建設。鄒等一行十三人經於八日下午四時由柳抵桂，下榻於樂群社，省府特派員招待。

記者聆訊，特趨訪鄒韜奮君，叩詢抗敵意見，蒙鄒君對記者發表談話如下：抗日前途有絕對勝利之把握，因抗戰到底，不獨全國民眾一致之要求，政府亦已表示極大之決心，國府遷渝即為鐵證。惟在過去三月慘痛之教訓中，咸覺有許多缺點。今後吾人只有在艱苦困難當中，將缺點極力矯正過來，如加強團結和動員全國民眾，共謀抗戰之勝利，乃今後必須加倍努力云云。最後鄒君並謂，在抗戰期間，文化所負之使命，較之一切為重大。因文化是精神物質之總匯，一切事業通過文化運動，其效能特別增進，尤其在此抗敵時期，關於民眾運動尤為重要。欲使一般民眾知識水準提高，民族意識增進，非賴文化之宣傳不為功。故吾人為文化界之一份子，均應將全力應付此神聖抗戰之任務，以爭取我民族之復興云。

✲ 省會學生舉行一二九運動紀念大會盛況[2]

到會參加者共計約五千餘人
夏總參謀長訓話來賓多人演說

《南寧民國日報》1937年12月14日

桂林訊 廣西省學生抗日救國聯合會於九日上午八時，在本市公共體育場舉行「一二九」二週年紀念大會。查是日天氣晴朗，氣

---

[1] 此係《南寧民國日報》轉載《廣西日報》消息。

[2] 此係《南寧民國日報》轉載《廣西日報》消息。

候溫和，一如昭示學生運動前途光明者。七時省會各校學生紛紛列隊到場，計有西大、桂初中、桂女中、電訊所、桂國中、婦工校、中山紀念校、實驗中心校及城廂各鎮中心校等，約共五千餘人，均在會場左右分別排列佇立。會場北面為禮臺，臺之正面，懸紅底白字橫額一幅，上書「廣西省會學生舉行『一二九』二週年紀念大會」字樣。臺之後壁懸黨國旗及總理遺像遺囑，左右兩邊貼開會秩序及口號。臺之兩旁，各置一桌，上置膽瓶，中插鮮花一枝，並裝有播音器。左右兩旁，各置寫字臺一，為速記及新聞記者座位。會場佈置於簡潔中復含莊嚴氣象，場中秩序及指揮均由學生自身充任。少頃，夏總參謀長及省會各機關、團體、學校代表等均紛紛到場，移時黃委員同仇偕同鄒韜奮、錢俊瑞、沈慈九諸先生蒞場，屆時宣佈開會。主席團人物為：省學聯黃保崇、西大俞步騏、桂初中苗鴻昌、桂女中申潤圓、桂國中陽雄飛，公推黃保崇主席。如儀行禮後，首由主席致開會詞，對「一二九」意義之偉大，有極詳盡之發揮。繼請

夏總參謀長訓話　夏氏於全體掌聲雷動中踱進講臺，以誠摯之態度致訓詞。其訓詞大要：（一）前年發動「一二九」地點北平今已淪陷敵手，而江浙上海等地，我中華之青年學生亦均不能自由。吾人痛心之餘，更宜猛醒，爭回永久之自由。（二）照目前戰況，敵人兇焰逼人，我似乎失利，其實敵人愈深入，我之抵抗力愈大，敵人愈需多量兵力，因之困難愈增，敵國內部愈速崩潰。（三）敵佔領上海後，竟倡狂橫行，對英法亦採漠視態度，此固由於歐洲問題嚴重，使英法不能專對東方，但我國只要不怕犧牲，國際同情終屬於我。（四）各校學生應努力鍛煉身體，修養精神，以備戰時任艱吃苦，參加抗戰。詞畢，乃由

黃委員同仇　將鄒韜奮等名流向眾介紹。大意為：（一）鄒先生為上海文化界巨子，其著作素為青年擁護，前曾遍遊歐美，考察世界政治，歸國後更組救國聯合會，未幾被捕入獄，歷時八月始釋放。今全面抗戰展開，鄒先生對救亡工作當有更大努力。（二）錢俊瑞先生為我國經濟學專家，前曾代表中國出席世界和平大會，對上

海救亡工作亦極努力推動領導。(三)沈慈九女士為婦女界中之先鋒,風行全國之婦女生活雜誌,即為沈女士主編。黃委員介紹畢,首請

鄒韜奮先生演說 題為「抗戰與青年的任務」,大意為:(一)吾人之戰略為全面戰與持久戰,而全面戰,必須包括各項工作及各種人才,此中尤以青年學生為中堅。(二)學生青年中可分為訓練成熟及未成熟兩種,前者可參加各項專門工作,而後一種,除開繼續在校內研究外,更宜積極參加各種救亡團體組織工作。(三)欲達到此種任務,必需政府當局及教育家對目前教育制度有適當之改變,配合戰時需要。而青年學生亦宜共同努力,促成戰時教育之實行。(四)最後吾人應知,抗戰非只簡單打倒日本,並須從艱苦奮鬥中建立新的中國。次請

錢俊瑞先生演講 其講題為「一二九學生救亡運動與抗戰」。錢先生首由兩年來我國在政治、軍事、經濟、外交各方面之進步,闡明「一二九」運動涵義之遠大。更由此追溯辛亥革命、五四運動、五卅運動各個時代之偉績,從而論斷學生為中國近代史的創導者、爭取民族解放運動的主力軍。次就戰時需要具體提出青年學生目前之重要任務:(一)青年學生應該自己組織自己、教育自己,並要參加一切抗敵後援的工作。(二)青年學生應該武裝自己的身體,更要武裝自己的頭腦,使身體武裝與頭腦武裝切實配合,成為一員英勇的鬥士。(三)青年學生應該更進而教育群眾、組織群眾、武裝群眾,使整個民族一致參加抗戰,以爭取最後勝利。再次請

沈慈九先生演講 講題為「抗戰時期女學生應有的認識」,對婦女戰時任務之重大,有極詳盡之發揮。並歷舉目擊前方婦女服務戰場之情況,以激發後方婦女之雄心。講時態度均誠懇,言詞警惕動人。每講至激昂處,臺下掌聲雷動,極為興奮。末由西大學生俞步騏演說,詞畢,已十一時許,因時間過遲,乃由主席臨時宣佈停止巡行,高呼口號之後,在軍樂悠揚中乃宣告散會云。

又訊 省會各中等以上學校為紀念「一二九」,喚起民眾,共挽

危亡起見，特於八日下午六時，紛紛組織宣傳隊及歌詠隊等，在本市各街巷向市民作擴大宣傳。西大在鳳北鎮化裝宣傳及歌詠，並有街頭話劇，劇名為「淪亡了的蘇州」。桂初中在白龍鎮，桂女中在八桂鎮，桂國中在東江鎮，婦工校在培風鎮，電訊訓練所在義南鎮，均有化裝及口頭演講、歌詠等。此外，西大、桂初中、女中等並出街頭壁報「一二九專號」，各校學生精神極為興奮，往來奔走高呼，直至九時許，乃收隊返校，一般聽眾甚為感動云。

❈ 省會各團體民眾歡送學生軍出發盛況[1]

《南寧民國日報》1937年12月16日

桂林訊　廣西省會婦女抗敵後援會、廣西省學生抗敵後援會、國防藝術社等，定於十二日上午八時假省府大禮堂聯合舉行歡送學生軍出發大會。查是日天時晴朗，氣候溫暖如春，朝陽初動，普照大地，作萬道彩色，若象徵學生軍前途之光明燦爛者。七時許，各參加歡送人員紛紛到場，除省婦女抗敵後援會等三團體全體工作人員一律出席外，尚有戰時婦女看護訓練班暨省會各機關、團體、學校代表及各校學生代表等。高級長官蒞場指導者，有夏總參謀長、黃委員同仇。移時，學生軍全體到達，隨即分坐於臺前。濟濟一堂，約二千餘人。場內諸人皆雄氣萬丈，加之朝暉送暖，更覺壯烈。場內空氣，於嚴肅中寓緊張之態。主席團人物：為省婦女抗敵後援會常務理事李總司令德鄰夫人郭德潔女士、省學生抗敵後援會代表黃保崇、國防藝術社副社長李文釗。公推李總司令德鄰夫人郭德潔女士主席，如儀行禮後，隨由

主席致歡送詞　大意略謂：一、自抗戰展開後，本省最高領袖為領導一般青年學生抗戰，特組織學生軍，各地報名參加者至為踴躍，足見我青年學生救國偉大精神至為可敬。二、從明天起，諸君踏上萬里征程，展開偉大的事業，前途一定光明。三、學生出發前方，

[1]　此係《南寧民國日報》轉載《廣西日報》消息，當期《廣西日報》未見。

除組織民眾、訓練民眾之外，甚至有時與敵血戰沙場，其事業至為艱巨，在後方同人決誓為後盾。盼諸君努力向前，以完成這偉大任務云云。詞畢，即

舉行獻旗典禮　旗計五面，皆以彩色綢緞製成，極燦爛奪目。省黨部所贈者，上書「為民前鋒」字樣。省各界抗敵後援會所贈，則題「出奇制勝」四字。省婦女抗敵後援會贈「殺敵鋤奸」大彩旗一面。省學生抗敵後援會所贈，亦書「出奇制勝」字樣。國防藝術社亦贈「為民前鋒」旗幟一面。由黃保崇代表省學生抗敵後援會獻旗，李副社長文釗代表國防藝術社，李總司令德鄰夫人郭德潔女士代表省婦女抗敵後援會，陽永芳代表省黨部及省各界抗敵後援會分別獻旗。均由學生軍大隊長蔣元親手敬領，轉交學生軍持執。獻旗畢，即請

夏總參謀長訓話　詞長萬餘言，首將過去親身參加辛亥革命時所組織之學生軍之各種經過情形，作詳細之講述，並將當時之學生軍與此次出發之學生軍兩相對比，從而論斷今日之學生軍，較過去學生軍之任務尤為重大。繼將學生軍將來工作計劃，提綱挈領作扼要之指示，並有極精澈之解述。最後則勉勵各生切實努力，從艱苦中作積極之奮鬥，以挽救國家民族云云。繼請

黃委員同仇訓話　其大意係首將學生軍之任務詳示，次則舉東西北各戰場之失利，以說明今日民眾組織之缺乏，並從而勉勵學生軍應以發動整個民族抗戰為主要任務。再次將戰時民眾運動詳為解說，並指示今日之民眾運動應在抗戰的最高原則之下，作有計劃、有策略的進行。即民眾運動之目的，應集中全民族力量使用於抗戰上云云。詞畢，有

李副社長文釗演講　大意：一、闡明學生軍內部生活及教育情形。二、報告社會上一般對學生軍之觀感。三、對學生軍之希望。講畢，代表國防藝術社再獻歌曲，歌即李副社長所作之「廣西學生軍歌」，用白布書寫，詞極壯烈激昂，深足鼓舞士氣。並代國防藝術社同人將另一白布釘於板上，請學生軍全體簽名，以留紀念。繼有黃

保崇、李振坤、陸麗娟諸人演講，末由學生軍大隊長蔣元及學生軍梁邦鄒（男）、黃予英（女）等

分別致答詞　慷慨激昂，氣壯山河。全場殺敵空氣異常濃厚，講畢，高呼口號，聲震山嶽。至十一時，乃宣佈禮成散會。全體學生軍及歡送人員乃群赴省府門前合攝一影，以留紀念。影畢，全體學生軍乃在嚴肅行列與激昂之掌聲中，步行返隊云。

1938年

✿ 戰時的文化工作

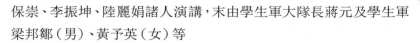

《克敵週刊》1938年第1期創刊號

盧溝橋的炮聲，震起了全國廣大的民眾，每一個不願做亡國奴的中國人，都咬緊牙關，挺起胸脯，跨進民族自衛鬥爭的陣營裏來。用血，用汗，用最後的一分力量，去爭取我們民族的生存與自由。到現在，這偉大的、壯烈的一幕，已展開了八個多月。我們淪陷的土地，有三百五十萬方里，被敵人奴役的，有九千萬的同胞，這個血的、驚人的統計，一方面固然說明了我們過去抗戰的失利，而在另一方面，則將更有力地、更廣泛地激起我們國內的憤怒與國際的同情。這股正義的洪流，必然要匯成不可抵禦的力量，必然會加強，而且促進日本帝國主義者的滅亡。

無疑的，在全面抗戰的過程中，一切部門的工作，都應該在抗敵救亡的口號之下，而密切地配合進行（或者說是加強地發動起來），尤其不可忽視文化這一部門的重要性。我們知道，文化是思想的武器，是團結意志，鼓舞精神唯一主要的元素。我們要戰勝敵人，不僅是在物質上予以殲滅，而且要在思想戰上爭取勝利。因為我們從思想上制服敵人，才能維護物質勝利的永久。同時，我們更

要認識，此次對日抗戰，不僅是單純地掃除敵人在我們國土上的虐威，而是要更進一步復興我們的民族，建設我們的國家。因此，當前的文化使命，除了刺激大眾的情感，堅強抗戰的意識以外，還得把大時代所提示的責任和意義，造成大眾偉大思想的主潮，凝結強固不拔的力量。並進而組織大眾，訓練大眾，使大眾能肩負起這時代所昭示的不可避免的責任，而英勇地向前邁進。

我們企圖在這大時代中，表現文化的戰鬥力，實際上並不像我們所想像的那麼容易，那麼簡單，而是須得以最大的努力和經過無數的艱難困苦，才能克奏膚功的。一個最重要的原則，就是文化不是某些人的私有財產，也不是特殊的工作部門。文化就是大眾的生活，我們應該把過去少數人所把握著的文化，全盤交給大眾，讓大眾的力量去推動它，發揚它。這樣，我們的文化工作，才會產生新的力量，才能擎起正義的火炬，而展示了復興民族的光明大道。這是從事文化工作的基本認識，離開了這一個原則，我們的文化工作必然會走入黯淡的陰影裏。

且回顧檢討一下，就近一點說，自抗戰發生以來，文化這一部門也隨著動員了無數的力量，抗戰的書刊，小冊子，像雨後春筍一般由文化人的筆下出現到書店裏來。這工作，不可謂不大，然而在收穫上，我們也不能不喟然長歎地說是很細微。這原因，就是文化的領域太過於窄狹，僅僅是一部分智識分子在城市裏唱高調，而在偏僻的鄉村，在勞苦大眾之間，是不會發現文化的影子的。記得有天晚上，我到南華戲院去看戲，演的是《比箭分別》，在馬迪與陳俊互相爭執李旦的相貌的時候，旁邊坐著的胡發員外照劇本是應當這樣說：「縱然他的相貌好，到了日後，也不過發幾百銀子的財，難道你我還會保他做一個帝王不成？」可是，當晚演胡發的那個演員，為了要以新名詞來逗引觀眾，便改變成：「難道你我還會保他做一個帝國主義不成？」這句話在文法上並沒有什麼不通，可是，最大的錯誤，就是認為帝王就是帝國主義。在桂林，唱戲的是有一個劇藝工會的組織的，那個扮胡發的演員，本身就是劇藝工會的會員。到

現在，一個工會的會員，根本上就不懂得帝國主義是個什麼東西，其危險當然要比敵人的飛機大炮還要來得嚴重。雖說中國的教育不發達，可是，這就證明我們過去做的文化工作不夠。假如，現在每一個中國人都能懂得帝國主義的本質及與自身的利害關係，則這次民族自衛抗戰的力量，一定會比目前更大得若干倍。今後如何使得大眾瞭解帝國主義以及類似帝國主義這一類的名詞，實在是當前文化界的重大任務。

今後的文化工作，在積極方面，應當要堅定國民抗戰到底的信念，並要盡可能使大眾認識在抗戰過程中，一切事物的本質及現象，更進而集中大眾的一切力量，在政府領導下，去爭取民族的解放鬥爭。在消極方面，根絕一切封建思想及漢奸言論，並運用一切有效的方式，提高大眾文化的水準，進而使大眾接受時代的使命，能自動地運用他們自己的力量，去開闢民族國家新的道途。抱定這兩個工作綱領，把文化的領域展開，使得每一個城市，每一個鄉村，甚至每一個空間，都蕩漾著文化的氣息，每一個中國人都能自覺地起來，擔當保衛國家，拯救民族的神聖任務。

時至今日，文化工作者對怎樣發動大眾文化救亡運動這一責任，當然是義不容辭了。可是，我們還得記住，敵人的刺刀和槍炮是再不容許我們久待了。如何利用這有限的時間去做我們的工作，也是一個異常重大的問題。筆者在這裏，限於事忙，未能詳加論述，以後再作精詳之討論。希望從事文化工作的先生們，對這個問題來共同作一個實際的闡發。

❊ 多瑙河的怒潮

《克敵週刊》1938年第3期

而今，多瑙河是被掀起滔天的巨浪了！

從本月十日到十三日，僅僅是短短的三天工夫，歐洲的黑花臉希特勒便以物力統治了全奧——奪取了中歐的鎖鑰。

我們還記得在上月十二日，奧總理舒斯尼格偕外長施密特，應德元首希特勒之邀請，赴許特斯迦登城會商奧國國社黨問題及其他兩國間之懸案。希特勒並向奧國提出：（一）實行親德外交政策。（二）參加防共協定，並同意德奧軍事合作防共。（三）捨棄一切與捷克友好之意念。這些條件，在當時已相當的獲得奧國的同意。同月十六日，奧國新閣亦在希特勒善（？）意撫育之下，突破國內正統派反對的高潮而順利地成立，且以奧國國社黨領袖殷嘉德出任內務部長，這算是部分地滿足了希特勒的慾望。然而，曾幾何時，由於奧國當局對國社黨的不滿，以及採用公民投票的方式來決定奧之自由獨立問題，這兩種不利於「第三帝國」的措施，乃使得希特勒大吼一聲。頓時翻過臉來，統領左伐利亞軍的威武兒郎，浩浩蕩蕩開抵勃魯諾，並進佔奧京維也納。而昔日座上客的舒斯尼格，也被在保護安全的漂亮名義之下而軟禁起來。這時，奧國的愛國陣線已為希特勒的鐵騎踏破了。所以他也就不客氣地進行以納粹方式統治全奧，而由他的合法代理人殷嘉德出組新閣，並以國社黨員盤踞了新閣中四分之三的閣員地位。在這種「舉目無親」的悽惶情況之下，奧大總統米克拉斯也被迫辭職下野，任命著名的國社黨黨員維也納、喀爾登勃倫、思格里斯三人為國務卿，組織國務院代行大總統職權。至是，希特勒夙願以償，當然不禁忘形地高呼「日爾曼的國社主義的德國萬歲」了。

關於這，與其說是中歐的不幸，勿寧說是當前世界的一個嚴重問題。戰後的奧地利，本身雖是一個殘缺不全的國家，然而，其間卻含有各帝國主義相互間的利害關係的矛盾的總和。因為這樣，所以奧地利常被人認為是歐洲的火藥庫，二次大屠殺的戰場。近年來歐洲的大事件，莫不直接或間接地以奧國問題做軸心。這次希特勒公然併奧，無論在政治上，軍事上，其影響都足以遍及歐洲而牽動世界。正在展開神聖的民族自衛鬥爭的中國人，對此尤應有一個明確的瞭解，以便從國際情勢中認清我們抗戰的任務。

以下，讓我們對德奧合併作一個詳細的探討：

　　希特勒自從以法西斯的形式，取得了德國的政權以後，便促成世界兩大壁壘日益明朗，日益強調，因而使中歐的每一個角落裏，都埋下了二次大戰的危機。我們知道，希特勒的政治，是代表著德國的金融財政資本家。所以他的雄圖，也就是在使戰後德國蕭條的經濟情況復甦，恢復昔日帝國主義的繁榮，並進而作殖民地的收回運動和掠劫弱小民族，「第三帝國」的甜夢在他的政治枕上樹立起來。他為了要實現這個驚人的企圖，第一步便撕毀了凡爾賽條約，恢復軍備。第二步便是廢棄羅加迦公約與萊茵區域的重型武裝。這兩個課題，在希特勒都已如願完成，此刻該演出第三個節目了。第三個節目是什麼呢？就是實行德奧合併。

　　原來奧地利地當歐洲中部，其東南方面，緊接著捷克斯拉夫、匈牙利、南斯拉夫等小國。希特勒的「第三帝國」的版圖，就是整個歐洲大陸，所以德奧合併之後，他便可以進窺這些小國，以作東進政策的途徑。同時，也足以威脅其他在中歐有利益的各帝國主義。其次，希特勒對於他的死對頭——蘇聯，從來是誓不兩立的，進攻蘇聯也是他當前主要科目之一。他要進行這步工作，首先得拿住巴爾幹半島的諸小國，特別是地當沖要的奧地利。在這些欲望的誘惑之下，希特勒對於奧地利更是夢寐不忘。

183

　　關於德奧合併這一主題的完成，希特勒在事先是做了若干的基本工夫的。在國社黨的綱領中，他規定著：「全日爾曼人依據自決的權利聯合而成一大帝國。」這就是德奧合併，乃至造成的「第三帝國」的中心認識。同時，在《我的奮鬥》一書中，他也說過：「日爾曼民族的奧地利，將來必須歸併於大日爾曼的母國。」他根據了這些狂妄的論調，便不惜用大量的金錢在奧國境內製造大批的國社黨人，企圖在維也納建立一個國社黨的政府，在柏林元首的領導下，執行東進政策。然而奧國是中歐的樞紐，假如德國統治了奧地利，就更有佔領巴爾幹半島上諸小協約國以及遠至羅馬利亞的可能，這對於歐洲各國是不利的。因此，以凡爾賽和約看守人自居的法國，以及作為法國的衛星群的諸小協約國，對於德奧合併，首先

便出以激烈的反對，拆散了德奧關稅同盟。而意大利雖然和德國是歐洲的一對法西斯同志，然而為了南歐的利益，也深恐德奧合併之後，希特勒會從勃倫鈉山隘出兵威脅。所以德意雖然同是站在反凡爾賽和約這條戰線上，而從奧國問題上看來，意大利的敵人，法國不如德國。一九三四年七月以親意著名的奧總理陶爾斐斯之被國社黨人暗殺，就引起墨索里尼的不滿，幾乎使二次大戰就要爆發。後來到底由於英、法、意三國召開的斯特萊柴會議，建立了廣泛的對德聯合戰線，才使希特勒併奧的欲念暫時緩和下來。但是在斯特萊柴會議中，華寧街十號主人的模稜態度，迫得法國和蘇聯攜手，並進而在一九三五年締結了法蘇互助公約。同年五月十六日，蘇捷互助公約也在布拉格簽訂。這些轉變，很顯然地說明了歐洲集體安全制度的成長，這才在歐洲當時那種劍拔弩張的緊張局面，透露出幾分弛緩的空氣來。

　　然而，希特勒併奧的野心，卻並不因此消滅。一九三六年七月十一日德奧協定的成立，就是德國改用政治手腕及經濟政策以實行併奧的鐵證。這時，墨索里尼正動員了全國的人力、財力到東非去「宣揚文明」，因此意大利在奧國的經濟活動大為減低。經濟活動減低，政治勢力也跟著削弱，於是，希特勒便得以趁隙在奧國境內加強國社黨的力量，而巴爾幹半島上的小協約國，也因法西斯勢力的高漲，先後起了離心的傾向。希特勒看穿了這時歐洲現狀於他是有利的，所以他除了勾結意大利不干涉他的行動外，並派外長里賓羅甫先後兩度赴英倫，窺探英國的態度，雖然英外相哈立法克斯堅決要求里賓羅甫提供保證，聲明德國對於本月十三日奧國所舉行之公民投票，當任其自由進行，不加干涉，然而德國明知道英國為了西班牙問題及中日問題，絕不會對德奧合併有阻撓的作用，所以里賓羅甫就老實不客氣的回答：「奧國境內日爾曼種人若發生流血情事，德國即不得不採用適當辦法，以資應付」。這種示威的說話，簡直是給英國紳士以一種極度的難堪，過去英國之所以袒護德國，原是想縱容德國以作進攻蘇聯的張本。及至西班牙內亂發生，德、意

竭力支持叛軍弗朗哥，企圖打倒馬德里左傾政府，而把法西斯勢力伸至伊比利亞半島，這種舉動，顯然是危害地中海的安全。英國對此，早已深感不安，英、德間的矛盾，也就日形顯露。可是對於這次德奧合併，英國在事先依然是採取猶豫不決的態度，及至德奧合併成功，英國維持均勢的一貫外交政策，也給希特勒的暴力擊破，這不能不說是英國外交的失敗。上月英外相艾登的辭職，就是在這一點上跟張伯倫首相合不過，所以英國朝野對於英內閣放任希特勒併奧一事，甚為不滿，尤其是近日西班牙叛軍在亞拉貢省獲得勝利，更說明是德國合併奧國，協助意大利支持西班牙叛軍的結果。目下英國人士對張伯倫內閣，已經發生動搖，據說將以前外相艾登出組新閣，若果真成為事實，歐洲的情勢就愈益錯綜複雜了。

法國在目前雖然是由於勃魯姆的重新登臺，加強了人民陣線的作用，然而要想單獨有所作為，在事實上也是不可能。所以英、法的一紙抗議，在希特勒看來，並不算怎麼一回事。從來在奧國問題上不惜與希特勒翻臉的墨索里尼，這次對德奧合併也採用默契的態度，這頗使人懷疑。其實黑衫宰相墨索里尼決不是沒有理由的，因為意大利侵阿的戰爭，已經耗費了無數的人力、財力，在奧的活動能力大為減少，要想和養精蓄銳有年的希特勒硬拼一下，無論在政治上、軍事上、經濟上，都是有不可能的趨勢，所以老奸巨猾的墨索里尼也就知難而退，此其一。上月倫敦反侵略運動的高漲，激動了全世界愛好和平的民族，這，對於站在侵略陣線的他們這一夥——德、意、日顯然是不利。有道是：「惺惺惜惺惺，好漢惜好漢」，所以墨索里尼也就順風轉舵放棄奧地利，減輕德、意間的衝突，以共同鎮壓和平陣線，此其二。當戈林訪問羅馬時，希特勒和墨索里尼有一個交換的條件，就是德國幫助意國支持西班牙叛軍，以維護意大利在地中海的權益，而意大利也承認德國在中歐的一切活動，此其三。因此，德奧合併之後，墨索里尼只是淡淡的說：「奧變乃命運使然」。

德奧合併之後，德軍已開抵捷克邊境，事實上德國對捷克也懷

有覬覦的野心，雖然柏林當局極力掩飾，並由代總理戈林提供保證，聲明德國無侵捷之意。然而「第三帝國」的雄圖，早使歐洲各國震驚，所以目下捷克對中歐局勢極感不安。法國為了集體安全制度的保存，便向捷克表示，法國對捷克所負之任務，必要時自當忠實予以履行。蘇聯也向捷克提供保證，如捷克遭受攻擊，必當立即加以援助。法蘇互助公約，法捷互助公約，蘇捷互助公約，這時都在充分地尊重它自身的任務，對於捷克當然是一大保障。英國也正為此事在主張修改擴軍計劃，美國對德奧合併，將不加以承認。所以在事實上德國目前或不致進行併捷，不過歐洲大陸上的火藥氣味，我們是已經嗅到了。

德奧合併對遠東，特別是中日問題的關係是重大的。上月德國承認偽滿就是強盜們串同分認贓物的鐵證。這次德國併奧，日本當然是禮尚往來，同時，更因為中歐問題牽制了英、法諸國，無暇東顧，更加緊對我國的侵略，這也是意料中事。不過有一點我們不可忽略的，就是帝國主義的加緊侵略，其結果也會使得弱小民族的抵抗更加堅決，更加英勇。在反侵略運動怒潮奔騰澎湃的今日，各國的弱小民族都漸次站起來了。所以我們分開來看，在歐洲是德奧合併，在遠東是中日戰事，合起來觀察，就是中華民族所領導的弱小民族解放鬥爭最壯烈一幕的展開。

世界已臨到腥風血雨的前夜，人類歷史將啟開最偉大的一頁。　　　　　　　　　　　　　　　　　　一九三八、三、十

✲ 透過西亂來觀察歐洲政局

《克敵週刊》1938年第7期

法西斯蒂主義是代表著金融財政資本家們最反動的意識，是資本主義最後掙扎的政治反映。資本主義國家為了緩和自身的矛盾，並企圖喚回向日的繁榮，便不惜用盡一切殘暴的、血腥的、汙穢的，乃至最卑鄙的手段，鎮壓世界上愛好和平的民族與民主

政治的國家。所以西班牙戰爭的內容，便充滿了國際間和平與侵略兩大陣壘的鬥爭，從而導引著歐洲政局走入日益錯綜複雜的關係裏。

自從一九三六年七月十八日拂曉，弗朗哥在西屬摩洛哥的角山地方開始叛亂以來，一直都是為國際法西斯蒂的兩個魔王——希特勒，墨索里尼——所支持著，他們除了給予叛軍以軍火與糧食的接濟外，並密輸若干「志願兵」「義勇兵」攜帶近代最進步的兵器加入到叛軍的陣營裏，幫同殲滅他們所指為「共產主義」的西班牙合法政府，造成一群法西斯蒂國家「由外」用弗朗哥為先導所組織成的叛亂，這是侵略陣線企圖以暴力消滅和平陣線的鐵的事實。所以西班牙戰爭，確成為今日歐洲驚濤駭浪中的一股主要的洪流。

德意之所以興師勞眾來幫助弗朗哥的叛變，其原因則在獲取西班牙境內豐富的地下資源與商業霸權，並欲控制地中海，排斥英法各國利益，以奪取由非洲至南美這條海道的霸權。因此，意大利想憑藉巴列爾群島，畢田尼半島及西屬摩納哥，以造成地中海主人的地位。德則在取得地中海為出路，培植大西洋上德國海軍支站。同時，透過反凡爾賽和約立場，他們還想把法西斯蒂勢力伸至伊貝利亞半島，擴大侵略陣營在歐洲的地盤，以便對法蘭西取包圍的形勢。所以，當一九三五年德國陸軍部長白隆堡赴羅馬時，雙方在威脅世界和平的同一目標之下，結成了以劫掠為內容的意、德軍事同盟。當時，德意雙方所追求的侵略對象，就在多瑙河流域及巴爾幹半島兩處。在這幕三角戀愛的醜劇出演之初，希特勒與墨索里尼這一對難兄難弟都懷著「寧可哥兒倆火拼，不肯讓君獨佔花魁」的決心，一時歐洲的情勢，也隨著他們哥兒倆的喜怒而一緊一弛。及至墨索里尼動員了國內廣大的人力、物力去遠征阿比西利亞之後，意國在歐洲該部分的勢力乃大為削弱。於是，深謀遠慮的墨索里尼，遂不得不作「東方不亮西方亮」的打算，暫時放棄積極反對德國在政治上及經濟上對東南歐之侵略，僅要求德國支持他在地中海的陰謀。希特勒呢，自己既不吃虧，又得方便他人（法西斯蒂的同志

者），落得給老大哥賣個人情。所以他一面協助意大利支撐叛軍弗朗哥，一面用迅雷不及掩耳的手段，合併了「相思日久，夢寐難忘」的奧地利（請參看克敵第三期拙著〈多瑙河的怒潮〉）。之後，他感謝墨索里尼對於他「獨佔花魁」的這種舉動，完全採取不干涉的態度，更是心誠悅服地（當然，德意之間也有很深的矛盾存在）積極援助弗朗哥，才促成近日叛軍在亞拉貢省的進展與政府軍的潰敗。因此，假如我們說，德奧合併是希特勒與墨索里尼合奏的雙簧的話，則西班牙法西斯陣線的勝利，就是他們倆珠聯璧合的絕妙拿手好戲了。

問題到這裏，更展開了另一方面，那就是英法兩國所組織成立的西班牙國內亂不干涉辦法調整委員會，不啻間接的幫兇。當一九三六年二月，西班牙人民陣線各黨在國會選舉中的勝利，曾予西班牙境外廣大的各國勞苦群眾以極大的影響。這，不僅震驚了法西斯蒂的德意，而且使得英、法等國的金融資本家們也感到異常的威脅。同時，更因為西班牙的經濟領域內，交織著英國的，法國的，德國的，意大利的，以及美國的資本，這些國際金融資本家們，對於西班牙人民陣線政府的反資本主義政策，自然是極端畏懼，因而設法抑壓西班牙人民政府的成長，便成為國際資本主義共同的主要任務。而西亂不干涉辦法，就是他們完成這個任務的一套把戲。我們拆穿了這個西洋鏡，便可以看見所謂西亂不干涉辦法，在本質上是包含著這麼兩個部分：一、不干涉西亂，即是斷絕西班牙合法政府向外購買軍械及糧食的接濟。二、不干涉西亂，即是坐視德、意對叛軍作公開的、有力的援助。這種中立和不干涉的辦法，實際上就是國際資本主義共同支撐叛軍以殲滅政府軍的辦法。美國軍火問題專家Frauk Chaulgkau所著的《西班牙戰爭與原料的奪取》一文，其中有一段說：

「德國和意大利的軍隊，公然為攫取原料而作戰。國際金融資本所採取的立場，從各方面觀察，卻與德、意相協調。譬如說，在里夫地方，英國和法國企業家經營的礦區，所有出產的礦物都裝運到

德國去，一切貨款都沒有著落，因為這些貨款必須從弗朗哥所欠的德國的軍火賬上劃除的。可是，這些公司卻處之泰然，不以為意，不僅它們自身和政府不向弗朗哥提出抗議，倫敦和巴黎的報紙（代表它們的利益的）也公然同情於弗朗哥。」（本文為邵宗漢譯，載《世界知識》六卷七號）

　　從這一角度下來觀察，我們便不難瞭解西亂的前途與乎當前歐洲各國對西亂的觀望態度。原來英國自身是一個老大的資本主義國家，對於外交，一向就主張均勢政策。更說得露骨些，就是犧牲弱小民族，來維持侵略國家間的均勢。過去鮑爾溫內閣不干涉西班牙戰爭，與今日張伯倫內閣不抗議德、奧合併，都是同一的作風。自從張伯倫首相宣佈「捷克問題不提保證，西國內亂主不干涉」的外交政策以來，英國反對黨自由黨，工黨等都紛紛出以嚴屬的抨擊。就在叛軍猛炸巴賽隆納城之後，倫敦市民數萬人即在特拉弗爾加廣場，舉行示威大會，要求當局廢止不干涉政策。然而，英國的統治階級一向就給予了法西斯蒂列強在歐洲推行法西斯蒂主義以放縱的機會，所以對於這些正義的呼籲，都給予了冷漠的，蔑視的回答，只積極企圖維持歐局上的均勢。本來英國早就對德國暗送秋波，華寧街十號主人原想把褐色英雄拉在自己的懷抱裏，以左右歐洲的政局。無如希特勒再三不肯放棄「第三帝國」的雄圖，屢次提出殖民地的要求。這，在英國，當然是不願「以身飼虎」，所以英德談判終成泡影。之後，張伯倫便轉而屬意於意大利，積極進行英意談判，以減輕德意軸心的力量。所以，英國固然想要求意大利減少英國在地中海的生命線的威脅，而意大利也要求英國對於意國在地中海的地位予以明白的承認，英、意雙方的癥結便在這裏。而英國在目前，正想犧牲西班牙，好向意大利換取海道安全的保證。在另一方面，英國又與叛軍訂立秘密協定，並以排除德意兩國勢力為交換條件，而將大量款項貸予叛軍。所以西班牙政府軍的失敗，英國實負有促成的責任。而今後歐局的嚴重與鬆弛，即侵略陣線的沉默與囂張，將視英國的態度為轉移，而英意談判前途之禍福，也將看英

國能否善利用國際情勢與意德間的摩擦而定。

自從萊法爾鑄成大錯，與意大利成立羅馬協定，因而促使墨索里尼吞併阿比西尼亞的陰謀實現之後，法國的處境更陷於困難。德國在萊茵河的重型武裝，德意在中歐及中南歐的活動，巴爾幹半島上的諸小協約國的動搖，以及西班牙政府軍的失敗，都使法國感到法西斯蒂勢力的嚴重的包圍。雖然勃魯姆內閣似乎可使沉悶的人民陣線略呈生氣，可是，國內意見分歧，一方面是援助西班牙政府軍的工潮的高漲，而在另一方面，又是火十字團的活躍。這種現象，說明了法國國內的民主陣線與法西斯陣線正配合著國際間的和平壁壘與侵略壁壘而進展著。因此，法國在目前要想單獨有所作用的可能性很小，能夠和它共同努力於集體安全的，只有蘇聯。但，事實上，希特勒之合併奧地利，並進窺捷克，另一原因就在截斷法蘇間的聯絡，雖然李維洛夫召請各國開反侵略會議的主張遭受了張伯倫的拒絕，可是，法蘇間的關係，也就在這種威脅下極度強化起來，更將和平陣線與侵略陣線的界限劃清。然而，英意談判的結果，也關係法國很大。所以今後法國的動向，不趨於蘇聯，則必投向英意，前者成為事實，歐局當益復惡化；後者成為事實，必然是粉碎希特勒的「第三帝國」的野心。

在歐洲，西班牙民主政府是為國際法西斯蒂暴力所擊破了。在東方，在中國，正展開著偉大的民族自衛鬥爭。一切愛好和平的民族，都是我們的朋友，我們要聯合起來結成一條鐵的戰線，消滅日本帝國主義的勢力！消滅一切侵略國家的勢力！

我們要保障世界的集體安全！

一九三八、四、一

言虛而功實，虛聲易盜，實詣難誣。

故雖堯舜之君，考言必兼詢事，舍此無由。

今天下非無才，特恐其真不見，

湮沒者多，僥倖者並不少耳。

——《戊戌百日誌》

孟子曰：

惻隱之心，仁之端也；

羞惡之心，義之端也；

辭讓之心，禮之端也；

是非之心，智之端也。

晚年讀書筆記

❈ 韋處長永成到達桂林[1]

總政訓處職員暨記者等郊迎

《南寧民國日報》1938年5月6日

桂林訊 第五路軍總政訓處韋處長兼本社社長永成氏，於本年1月出發前方視察政訓工作，現經視察完峻，於1日由柳乘車返抵桂林。總政訓處及本報社日前接柳州電，得悉韋處長於1日晨由柳啟程回桂消息。總政訓處蔣科長逸生、莫科長寶、黃諮議學禮、樂群社梁幹事瑞生、謝股長中天暨本報記者等一行多人，乃於是日下午二時許乘車到南門外二塘歡迎。三時零五分鐘，韋處長等所乘小篷車兩輛由南駛來。抵達時，韋處長等下車與歡迎人員各握手為禮。復乘車入城，至舊藩署公寓休息。昨日已返總政訓處照常處理公務。聞是日同韋處長抵桂者，有西大教授歐陽予倩、香港永安公司經理郭林褒、梧州永安公司經理敦煌等多人云。

❈ 黃主席設筵招待歐陽予倩先生[2]

維新國劇社亦在樂群社設筵歡迎

《南寧民國日報》1938年5月8日

桂林訊 戲劇專家歐陽予倩氏近應廣西大學之聘，來桂擔任該校文法學院教授，經於數日前抵桂，各情業誌前報。省府黃主席以歐陽先生乃當代戲劇家，今來省任教，本省之戲劇前途定將增益不少。特於四日下午五時在樂群社設筵招待，席間賓主甚為歡洽云。

又訊 本市維新國劇社同人於四日下午六時在樂群社大禮堂設宴歡迎歐陽先生，並請對該社演員演講。馬君武博士、省府顧問陳智偉、省府秘書曾希亮、西大秘書長鄧伯科、國防藝術社副社長李文釗、省府科長唐資生、主任唐現之、股長劉黎青等均被邀請參加。由該社社長馮玉琨致歡迎詞後，即請歐陽先生演講。首述戲劇

---

[1] 此係《南寧民國日報》轉載《廣西日報》消息。

[2] 此係《南寧民國日報》轉載《廣西日報》消息，當期《廣西日報》未見。

對於社會之作用與效能，次述改進舊戲劇之原因與方法。詞畢，由馬博士君武、陳顧問智偉、李副社長文釗等相繼演說，最後由該社馮社長玉琨招待入席。席間賓主甚為歡洽，直至八時始散云。

❀ 桂各界公祭空軍四烈士[1]

由空軍隊長張伯壽主祭

各高級長官均親到致祭

《南寧民國日報》1938年5月8—9日

桂林訊 空軍何莫李梁四烈士公祭委員會於三日正午十二時，在本市南門外老車站舉行公祭。查是日在老車站舊址搭蓋竹棚一座，分割為四，分置四烈士靈櫬。靈前各設祭台一，上懸各烈士遺像。祭棚上下左右，遍懸黨政軍各界輓聯及花圈等物，極為壯烈肅穆。是日自朝至午，前往致祭者絡繹不絕，計有黃主席、夏總參謀長、雷廳長殷、黃廳長鍾岳、邱廳長昌渭、陳廳長雄、蘇秘書長希洵、孫處長仁林、朱院長朝森、鍾總參議祖培、呂主任競存、張處長壯生、韋處長永成、闞處長維雍、陳處長桂、唐處長希忤、陸處長蔭楣、陳處長漢吾、謝處長贊英、謝處長騫、張處長君度、李處長作礪、唐副處長汜、蔣副處長伯倫、陽書記長叔葆、省府高等顧問馬君武、西大教授歐陽予倩及省會紳耆馬健卿、陳智偉、易五樓、李冕英暨省會各機關、團體、學校代表，以及各界人士等。

公祭情形 正午十二時舉行公祭，由空軍隊長張伯壽主祭。各機關、團體、學校代表陪祭。由主祭人領導向四烈士如儀行禮，並默念致哀。旋由主祭獻花並宣讀祭文。隨由主祭人報告四烈士殉國經過及空軍第三大隊殲敵情形，旋由何副隊長家屬何德潤致詞答謝。全場高呼口號，宣告禮成。

祭文輓聯 查是日致祭之祭文輓聯甚多，茲分別探錄於下。

---

[1] 此係《南寧民國日報》轉載《廣西日報》消息，當期《廣西日報》未見。

李白總副司令祭文 維中華民國二十七年五月三日第五路軍總司令李宗仁、副總司令白崇禧謹以香花果品清酌庶饌之儀,派總參謀長夏威率總參議鍾祖培、高級參謀曾其新、總辦公廳主任呂競存、副主任張君度、參謀處處長張壯生、副官處處長唐希忭、經理處處長謝贊英、軍醫處處長謝騫、團務處處長李作礪、軍械處處長陳漢吾、副處長蔣伯倫、軍務處處長陸蔭楫、建置處處長陳一足、政訓處處長韋永成、防空處處長陳桂、副處長唐汜等,致祭於何君德璋、莫君休、李君膺勳、梁君志航之靈曰:抗戰建國,效命疆場;軍人天職,有勇知方;我五路軍,愛國愛鄉;焦土抗戰,淮海名揚;維我空軍,雲路翱翔;有四烈士,何莫李梁;智勇兼備,大敵克當;驅機逐北,鞏固國防;屢殲倭寇,臨城棄莊;抵牧馬集,蹈火赴湯;我四烈士,竟為國殤;悵懷壯烈,喪我元良;爰率軍旅,誓掃檻槍;寢皮食肉,殲彼豺狼;以慰烈士,收復國疆;嗚呼烈士,作民之坊;功在民國,櫬返桂鄉;有酒盈樽,有餚在堂;鼓鐘鏘鏘,令德洋洋;海山蒼蒼,海雲茫茫;抗戰建國,長毋相忘;英靈不昧,來格來嘗。尚饗。

　　各界祭文 維中華民國廿七年三月廿五日暨四月十日,乃同志何莫李梁四君於臨棗間空戰,先後殉國之期,本月由前方運柩返桂,今日舉行公祭。桂林各機關團體代表暨張伯壽、韋一青等,謹為誄文,以告之曰:嗚呼,值寇焰方張之日,國步維艱;正英雄旋轉之機,幹城需要;奮而不顧,恐後爭先;死有重如,爍今震古。敬維我同志,天生神武;戰演空間,地上仙遊;耗驚機墜,一聲霹靂;千仞翱翔,何駕馭以奔騰;翻飛波浪,致神奇之妙運。彩暗雲霓,取義捨生,捐軀為國。棗臨現節,威風應銅柱留顯;桂嶺歸魂,熱烈與鋼軍生色;從此流芳百世,自宜景仰千秋;豈徒倭鬼魂消,允矣神州績著。伯壽等追隨有日,憑弔於今,白馬素車,冀其臨格,哀哉尚饗。

　　航校主任王叔銘電信 桂林飯店轉空軍何莫李梁四烈士公祭委員會何莫李梁四烈士壯烈丹心,抗戰捐軀,成功成仁,光昭史冊,緬懷忠烈,彌深哀悼。謹致電吊,諸維哀祭。中央航空分校主

任王叔銘叩

李白總副司令之輓聯云　凌空抗戰，效命前驅，置身於硝煙彈雨之中，秉無畏精神，競掃敵氛標偉績；視死如歸，英風宛在，浩氣與河嶽日星並永，痛多年袍澤，悵懷忠烈繫哀思。

黃主席之輓聯云　英勇奮雲霄，敢辭萬仞飛騰，戰績足堪垂不朽；勳名昭日月，同是一般壯烈，敵氛未靖竟成仁。

又何故副隊長之母輓何故副隊長云　危險早在意中，差幸兒志竟成，致孝教忠，總算不負我生平願望；修短雖由數定，只恨敵氛尚熾，為民為國，惜未能留汝緩死須臾。

又其妻輓云　恩愛福難消，說什麼夫貴妻榮，三載同心成幻夢；事畜責未了，若不為姑衰子幼，九泉聚首正此時。

其他輓聯甚多，未能盡錄。

何信[1]烈士事略　何故副隊長信，號德璋，年二十六歲，桂林縣人。天資聰穎，生性純孝。年十一歲喪父，家貧，賴母服務社會以謀生活。母因操勞過甚，夜間心常作痛，信乃於夜課抽暇，傭為人書。獲有筆資，悉購甘旨以奉，從未嘗私用一文。年十二，肄業桂山中學。旋考入師範學校，嗣復考入軍校無線電班。前後八九年間，學隨年進，識並日新，識者咸目為大器。民國二十一年，廣西設立航空學校，即應試入選。同事中有認為危險者，兼以正資臂助，咸尼其行。信慨然曰，男兒當以身許國，何患學不成名不立耳，其他烏足介意。入校後屢試屢冠其曹，尋奉選送赴日，入明野飛行學校。卒業後仍回柳州本校充任助教，上峰刮目待遇，歷充分隊長、教官等職。迄抗日軍興，奉令調赴前方，勃勃雄心，欣然應召。當臨行前一夕，置酒約家人捧觴為母壽。謂兒此去，適愜素心，誓掃倭氛，以酬壯志。立功所以報國，揚名即以顯親。母但含飴弄孫，遞聽捷音，勿為兒念。待敵寇肅清之日，即兒奉母之時，絕不作離別可憐之色。及至西安受訓時，以不獲身臨前敵為恨。迨奉委為中央

---

[1]　何信即何德璋，係哈庸凡高中同學，其兄何德潤也與哈庸凡要好。

空軍第八隊副隊長，出發前方作戰，屢建奇勳，臨棄一役，以我機十四架與敵機十七架戰鬥，擊落其七，安然返防。不圖於回抵馬牧集上空，猝與敵機廿餘架遭遇，發生激戰，歷時既久，油彈俱窮，復能奮其餘勇，乘機向敵猛撲，卒將敵機擊落，適與偕亡。此次殺敵情形，當地人士目所共見，痛其壯烈犧牲，哭聲為之震地云。

查何故副隊長信於軍中曾作信致其家人，書中多慷慨激昂之詞，字裏行間，咸流露誓掃倭氛以身許國之熱情。英雄兒女，足堪千古。記者於日昨曾分訪其家屬，覓得何君遺劄甚多。茲分別摘錄於次。致其母函有云：「……第三次敵襲西安之慘狀，較兒等在此時那兩次尤淒涼數倍，閱之令人切齒。打不下敵機，第二世變豬……但願把敵人漢奸通通殺掉，那時回家做個小百姓就高興了，就愜意了……」最後一函有云：「……願你老及家中諸人都莫掛牽我，我快要開始用密集的子彈向暴敵的腦海心窩中裝去了。你老人家好好地保重罷……」致其妻函有云：「……人總是想活的，假如你底人兒命大，死遲點，甚至不死，那麼所獲的代價自然相當，這可說是如願以償了。譬如食牛柑子，先苦後甜，這才愜意呢。假如你底人兒命短，那麼，好妹妹，你不要過於傷心。你要把球兒帶大，教大，直到他知道為父報仇為國雪恥時止。同時，你好好地送了母親上天，那時你再繼余志，最後拼掉一個敵人，我們再在泉下過那快樂不知人間的生活罷……你乖乖地聽我的話麼。」這不止是話，簡直像篇遺囑……又一函有云：「好妹妹，趁現在有空時努力讀書吧，日後總是有收獲的。球仔一定會講嘴了，不要教他先學喊媽媽，應該教他先會說『抗日』兩字，記著，記著……」

✿ 導演《新難民曲》

1938年5月10日，桂林軍團婦女工讀學校參加廣西各界雪恥與兵役擴大宣傳週，演出《撤退》與《新難民曲》。其中《新難民曲》為該校集體創作，題材偏重于桂林地方實際生活，並採用桂林口頭

語，先後兩次在街頭演出，舞臺演出一次，哈庸凡導演。據當時報紙報導，每次演出均能激起觀眾抗敵熱情。

據《桂林文化大事記》（1937—1949）

❋ 名戲劇家歐陽予倩訪問記

《克敵週刊》1938年第12期

在愛好戲劇者及戲劇工作者的心目中，歐陽予倩先生，應該是一個不生疏的名字。同時，歐陽予倩先生年來對於中國劇運的貢獻，以及在劇壇上的地位，也是一般努力戲劇的人所忘不了的。特別是自抗戰發生以後，歐陽予倩先生在被敵人威脅的孤島，運用他那深刻的、獨到的戲劇修養，從事於戲劇理論上的闡揚和改編舊劇的實際工作，給抗戰戲劇闢開了一條光明的前路。假如我們說抗戰戲劇是抗戰中的一件武器的話，則對於這個武器的鑄煉人——歐陽予倩先生——當然是表示無限的欽仰。所以這次歐陽予倩先生到廣西來，其意義不僅限於促進廣西劇運的發展，就是在抗戰戲劇的整個部門裏，也應該是一種有力的幫助。在這種偉大的意義下，我開始了訪問歐陽予倩先生的工作。

是一個很熱的下午，太陽像火一般地蒸著世界的時候，在中華大旅館一○七號的房間裏，我開始和歐陽先生握手。那時，歐陽先生剛在外面訪友回來，脫了外衣，穿著一件線衣和一件柳條竹紗褲，正在房裏坐著憩息。進門之後，我仔細打量著這位名聞全國的戲劇大家，他是一副很合度的身材，胖胖的，頭髮很光滑地分梳著，眼睛裏閃耀著藝術家特有的光輝，是一張圓潤親熱的臉，說話時神情非常灑脫，而且飽含著笑意，除了額角眼梢略有幾條皺紋之外，簡直叫你不相信這是一位年近五十的人。一番照例寒暄之後，我們便並不客氣地閒談著。

講到戲劇，歐陽先生劈頭便認為戲劇在戰時，是一件直接的有力的武器。他說：「以話劇而論，話劇的形式及表現方法是很多

的，這許多的形式和方法都各有不同，目前話劇雖有相當的基礎，但還未得到普遍的認識。在上海、北平這些大都市裏，因為人才集中，物質條件充分，就是努力於戲劇運動的時間也比較長久，所以話劇有相當的觀眾。但是話劇在內地就比較困難，無論在主觀上的力量和客觀上的條件都不夠，所以我們從事戲劇應該有兩重工作：（一）建設話劇，（二）用話劇宣傳抗戰。現在是迫不及待的時候，所以我們的話劇只須顧到內容健全，意識正確。但是，我們也並不允許導演有過於粗製濫造的事。現在的話劇，是形式、技巧跟不上內容的時候，所以我主張趕緊訓練技術，尤其是表演技術，因為戲劇本身就是動作藝術。在非職業團體或想走上職業團體的劇團中，往往苦於沒有相當的先生或模範來做指導，而我們又不能把成功的導演集中在一處指示我們。所以我們只能根據過去的基礎，從演員的表演與觀眾當中，實際去訓練我們的技術。本來觀眾就是我們的先生，但我們並不是迎合觀眾，而是要給觀眾以一點東西。」

　　歐陽先生很親切，很興奮地在說著，不時睜起一對靈活的眼睛來望我，似乎是在徵求我的同意，我滿足地點了點頭。歐陽先生微笑著，又繼續談下去：「凡是一個劇的演出，一定有三個問題，第一，想給點什麼東西給觀眾？這就是中心思想。第二，想從觀眾收到什麼效果？這就是演出的目的。第三，怎樣使觀眾接受？這就是技術問題。這三個問題是一貫的，而且都是劇中的主要部分。前兩個問題是內容問題，第三個問題則屬於技巧，所以內容跟技巧，在戲劇中是同樣的重要的。如果我們能夠像蘇聯、法國一樣，有很多的劇場設立，有很多的導演來指導我們，那麼，一定會有很快的進步。但是在現時的環境裏，我們只有一天一天藉自己的聰明才力去測驗觀眾的反應，從實際行動中，去獲取寶貴的經驗。雖然這樣的成功慢一點，但我們對於戲劇的努力，依然是毫不鬆懈的。」歐陽先生始終認為戲劇是一個鬥爭，是跟傳統思想鬥爭，跟社會上的惡勢力鬥爭，跟帝國主義鬥爭，從這些艱苦的鬥爭，去鍛鍊我們的技術。

雖然歐陽予倩先生很獎掖戲劇工作者應從實際行動中去接受教訓，但他認為同時也不可看輕專家。雖則專家並不是萬能的，可是卻也各有所長，各有所短。一個真正獻身於戲劇工作的人，應該是很虛心地從每一個專家中間攝取好的成分，而集其大成。同時，歐陽先生以為抗戰戲劇並不只是抗戰一個時期中的需要，就是抗戰結束，而民族復興運動仍得繼續進行，所以我們目前應動員廣大的民族文化力量，來克服當前的許多困難，以展開我們更偉大的前進。

談到這裏，歐陽先生更具體地指示了抗戰戲劇的內容。他以為抗戰戲劇的內容，應該離開公式，因為抗戰戲劇並不是把戰場縮小來再現於舞臺，主要的是解釋抗戰意義，提高人民抗敵情緒，並廓清一切足以妨礙抗戰的傳統思想。譬如：俗話所說的「各為其主」，「得人錢財，與人消災」，「忍辱含垢，以免生靈塗炭」這些話，在本質上都有漢奸理論的毒素，是我們的戲劇所應該粉碎的。又如歷史上的人物，有許多是不妥協的，這種不妥協，不屈服，強硬到底的精神，是我們足以效法的。所以抗戰戲劇的題材，也可以採用一些激勵氣節的故事，使觀眾從這些故事裏，聯思到現在的環境。在這裏，歐陽先生並且更進一步地告訴我們：「無論寫什麼戲劇，第一，要故事完整。第二，要人情味豐富，不要神化。第三，要趣味豐富，即是從整部看起來，是很戲劇的（Dramatic）。」

歇了一會，陽光有些斜了，這間小屋子裏給反射得更悶熱，我的汗珠已經透濕了一件內衣，可是我還不想輕易丟開這個寶貴的談話。我把歐陽先生預備好的冷開水，咕嘟地喝了兩盅，又繼續提出街頭話劇這個問題來向歐陽先生請教。歐陽先生對於這個問題的意見是這樣的：最初蘇聯以為戲劇要從室內，解放到露天去，使多數人看。不但要多數人看，而且要使多數人演，使大眾自己有自己的戲劇，於是就主張戶外劇，並利用宗教式的儀式來宣傳思想。像這樣，相當的效果自然是有的，但是也有限度。現在關於這種戶外

劇大半歸到電影方面去了。街頭劇也自有其效果，但是本人對於街頭劇沒有經驗，不敢作十分肯定的批評。由這裏，歐陽先生並聯談到化裝演講。他說：「有些人以為化裝演講過於淺薄，但是我並不反對，我以為這種口號式的東西，也有在一個時期的作用，一個時期的宣傳方式，總是不免淺薄的，就是蘇聯也承認他們初期的宣傳是比較淺薄。不過，我們雖然不反對化裝演講，但我們也得應時代的需要，在這個大轉變的機會中，建立中華民族的戲劇基礎。」

最後，我知道歐陽先生對於舊劇很有獨到的修養，他自己所改編的《長恨歌》、《梁紅玉》、《桃花扇》、《漁家恨》等劇，又是那麼地轟動一時，所以我雖然看到時間已經過了四點半，而且也明知道歐陽先生馬上要應友人之約去吃晚飯，但是我仍然還把改良桂劇這個問題提出，詢問歐陽先生的意見。歐陽先生微笑著說：「我認為改良桂劇和改良京劇一樣，第一要徹底澄清桂劇的內容，對於那些不好的戲，要毫不姑息把它拋棄，而對於那些有特殊表現的地方，也可以把它保留。第二腳本完全新寫，不一定就原有的習慣，同時要把劇中的唱工、做工完全拆開，另外重新接過。這樣做法，並不是破壞桂劇，而是延續桂劇生命的一個方法。至於演出時，我也主張用佈景，但我不求寫實，只求像畫，像圖案畫。因此在臺上站的位置，也完全變更，是要利用整個舞臺成為有變化的舞臺面，每一個舞臺面，成為一個畫面，每一個人在畫面上的動作，就好像浮雕，活動的浮雕，這樣就是把畫的成分和雕刻的成分加入到桂劇中去。同時，在劇本的編撰上，是一套完整的，不是片段的。在唱工方面，桂劇中有許多是不夠表情的，所以新的腔調也必須編制，特別要把合唱加進去。就是人物的上下場，也得重新支配。戲是要在舞臺上視分曉的，或許經過幾度導演之後，桂劇可以換上一個新的面目。藝術是沒有國界的，當然也沒有省界。我們並不否認桂劇有其地方色彩，地方色彩有時也可加深它宣傳的力量，增加觀眾的興趣。」

問題到這裏，當然是告一個結束。在歐陽先生站起來更衣預備

外出的時候，我便一面揮汗，一邊告別出來。

二七、五、十七

✱ 中委鄒魯氏抵桂發表抗戰談話[1]

動員全民族力量抗戰到底
改善人民之生活實行計劃經濟

《南寧民國日報》1938年5月22日

桂林訊　國民政府委員、中央黨部常務委員兼國立中山大學校長鄒海濱氏，數日前由漢口來桂，經於十八日抵興安。因阻於大雨，一時未能抵達。十九日積雨少晴，鄒氏即離興安。省政府孫處長仁林、第五路軍總政訓處長韋永成、省政府委員雷沛鴻特驅車前往甘棠渡迎接。鄒氏於是日下午三時許抵省後，下榻於樂群社。記者聞訊，即行趨訪。蒙予接見，並作如下之談話。

一，自八一三全面抗戰開始展開之後，我軍為戰略關係退出上海，遷都重慶。此時對於第二期抗戰整個計劃即已擬定，對於軍事上的佈置尤為注重。當時最嚴重之問題，即敵人全力擬奪徐州以通津浦路線，壓迫武漢。幸賴李總司令、白副總司令鎮守徐州，整頓軍紀，使韓復榘終於就法。因之軍心大振，向之能戰者益加鼓勵；向之不能戰者亦化為能戰。卒之台兒莊之役，以北方原有之隊伍擊潰頑敵，軍民氣為全振。所謂兵隨將轉，即此之謂。其餘各部隊亦局勢轉變，予敵以挫敗。至去月廿九日，武漢擊落飛機廿一架，敵人之空軍亦為之氣餒。自信現在照臨全大會之抗戰建國綱領做去，以後必能得最後勝利。二，最近中國國民黨召開臨時代表大會，訂定抗戰建國綱領，在外交上則本獨立自主之精神，及聯合世界上以平等待我之民族共同奮鬥；在政治上加強全國國軍之政治訓練，以求全國官兵一致為國效勞，並切實動員全民族力量，以支持抗戰到底；在經濟上，力求適應軍事需要，努力戰時生產，尤注意人民

201

---

[1]　此係《南寧民國日報》轉載《廣西日報》消息。哈庸凡時任《廣西日報》首席外勤記者、採訪主任，負責省內外軍政要人專訪。

生活之改善，實行計劃經濟。從今而後，國民黨同志當切實依照此次中國國民黨所訂定之抗戰建國綱領分頭去努力，以促其實現。至於黨務之整理，則注意黨部之下層工作及青年之組織與訓練。故最近黨部力謀縣以下組織之健全，而青年方面，則有青年團之組織。三，此次來桂，原因為久慕桂省建設，尤其此次抗戰展開，廣西民眾參加抗戰最為熱烈，前後陸續動員幾十萬大軍。全國人民聞訊之下，無不景仰。此次能親身來桂，目睹後方情形安定若常，至為欣慰，實足為全國之模範。中山大學因敵機狂炸，為確保我文化機關之安全起見，曾多方設法，避免敵機損害，而求繼續上課，以造就抗戰建國人才。其間雖經敵機屢次摧殘，然僥倖無大損失。同時，各執教同人與夫青年學子，均能本鎮定沉著以應付大時代巨變之旨，不因敵機轟炸而少有退避。反之，工作更加緊張，每日均以「最後一課」自居。故近來敝校精神實無少變。

鄒氏詳言至此，精神雖毫無疲倦，但記者以鄒氏連日舟車勞頓，未便多擾，乃辭退。

又訊　省政府黃主席於昨（十九）日下午六時在樂群社設筵招待鄒校長海濱氏，席間賓主甚為歡洽。

❋ 《克敵週刊》第12期編後話

1938年5月28日

這一個「改良桂劇問題專號」已經匆匆出版了。因為篇幅的關係，所載的稿子雖不多，但對於桂劇改良的理論與方法，都有所貢獻。顧曲君的《關於桂劇的改革》，沛棠君的《桂劇的改進問題》，彥文君的《從「舊瓶裝新酒」說起》，是論述關於桂劇改良的一般問題的。司徒華君的《略論改良桂戲》及唐兆民的《桂劇本身的沒落》則是一面暴露桂劇的弱點，一面是曉以改正的方法。且娜君的《關於劇本的寫作》及哈庸凡君的《名戲劇家歐陽予倩訪問記》則也不僅是一種名人素描的文章，頗多引述老舍先生及歐陽先生的

改良舊劇的意見。所以稿雖不多，而篇篇頗有其可貴之處。在改良桂劇這問題上，總算有點貢獻了吧。

❋ 八十四軍編成及參戰經過概要

民國二十七年六月一日至七月八日

軍（轄一八八、一八九兩師）6月1日奉令由廣西南寧向武漢出發，徒步行軍至長沙轉乘火車至武漢。7月上旬奉命開廣濟，乘輪船至蘄春登陸，轉廣濟待命。歸第十一集團軍指揮。

民國二十七年八月三日至九月二十四日

8月3日，奉命接替六十八軍廣濟附之李家灣、塔兒寨、葉家大屋、後山鋪、苦竹口之線，拒止西犯之敵。12日敵開始以炮轟擊我軍陣地，我不斷向敵出擊，屢挫敵鋒。敵不斷增補猛撲，與敵浴血戰鬥五十餘日，並克復雙城驛，獲委座嘉獎。至9月24日，奉命將防務交與二十九集團軍接替，軍開界嶺。

1941年

❋ 省黨部昨舉行宣傳工作座談會

《皖報》1941年4月22日

本社訊　省黨部本宣傳重於作戰之標的，數月來對本省宣傳工作，經積極策劃指導，頗著成效。茲悉該會為增進宣傳效能、暨研討宣傳技術起見，特於昨日下午四時，在該會大禮堂召集省會各宣傳機構，各雜誌社，報社，舉行第二次宣傳工作座談會。計到皖幹團哈庸凡，建設廳龍錦書，省政府孫肇辛，軍管區特黨部政治部余鐘璦，總部特黨部梁澤普（馮科升代），保安政治部潘吹揚，抗建藝術社魏鐵錚，豫鄂皖黨政分會張厭如，文委會王祜，皖報社郝夢雲，青年團包遵彭，立煌師範陳秉初，教育廳萬雪峰，皖保特黨

部邊正潮，掃蕩簡報周伯飛，省黨部蘇樸生、萬石軍等十餘人。由省黨部宣傳科長蘇樸生主席，恭讀總理遺囑後，即席報告（一）清壁工作進行概況；（二）包裝紙張及紙品表面印製抗戰文字施行情形；（三）近日中央頒發之宣傳要點；（四）宣傳工作改善意見與普遍深入方法。旋由張厭如，萬雪峰，郝夢雲，王祐，哈庸凡，包遵彭，周伯飛，邊正潮諸同志相繼對革命紀念節之宣傳工作，頗多宏論發表云。

✿ 以行動來紀念五月

《幹訓》半月刊第1卷第8期

在抗戰進入最艱苦階段的今天，對著這個壯烈的五月，在悲憤之餘，應該提高我們的警惕，以行動來紀念五月。

五月所教訓我們的，只是兩件事：第一是反帝，第二是反封建，這是國民革命的中心任務，也是中國社會的自發要求。我們知道，中國之所以淪為次殖民地，完全是受著帝國主義的壓迫，特別是日本強盜，從「五三」，「五四」，「五九」以至於「五卅」，這一連串鐵的事實，都是日本帝國主義滅亡中國的陰謀的暴露。這種奇恥大辱，是每個有良心的中國人寢食難忘的。我們一年一度的紀念五月，就是企圖以「臥薪嚐膽」的精神，來湔雪民族的深仇大恨。今天，在這奇恥未雪，流血未幹的時候，日本帝國主義更復變本加厲，武裝進攻，四年以來，多少土地被敵人踐踏！多少人民被敵人殺害！雖然我們的英勇抗戰，已經阻滯了敵人的進攻，而且已經逐漸步入勝利階段。然而，在敵人的野心尚未遏止之前，在敵人還未完全退出中國國境之前，我們是絕不能以勝利在望而稍有怠忽的。恰恰相反，在今天，由於我們日益接近勝利，我們的處境也就日益艱苦困難，而需要我們努力的地方也就更加繁重，更加艱巨。所以，今天我們紀念五月，必須要統一意志，集中力量，在賢明的領袖蔣總裁領導之下，堅決抗戰到底。這樣，才算是最有效的紀念五月。我們必須牢記：只有抗戰最後勝利之日，才是我們報仇雪恥之時。

其次，阻礙著中國社會進步並且給帝國主義的侵略盡著嚮導作用的，就是國內殘餘的封建勢力。他們為了一己的利益，不惜奴顏婢膝的去勾結帝國主義，並以最卑劣的手段來反對革命，破壞革命，乃至於出賣國家民族的利益。「五五」時候的直系軍閥以及「五九」時候的袁世凱，都是這一勢力的典型代表。十五年北伐以後，雖然廓清了若干封建勢力，但，他們之中的一部分還是以潛伏的姿態在危害著革命，危害著國家。今天，漢奸汪精衛之流以及一切偽政權，就是封建殘餘禍國殃民的具體表現。我們應該認識到，帝國主義與封建殘餘是狼狽為奸的。日本強盜必須利用汪精衛之流做嚮導，汪精衛之流也一定要依仗日本強盜做靠山。所以，我們今天紀念五月，必須要無情的肅清漢奸偽政權以及一切封建殘餘勢力，只有這樣，抗戰的最後勝利，才能得到有力的保證。

最後，我們還得指出，一切以抗戰為名以篡奪為實的□□也是國家民族的罪人，也是我們所應該積極起來肅清的。因為中國今天只有實行三民主義才可得救，只有堅決抗戰才能求生，凡是有良心的中國人，都不應該在這國難嚴重的時候而別有用心。倘使這樣，那就是自躋於漢奸，自絕於國人。為了抗戰的勝利，為了祖國的生存，我們是絕不允許這些喪心病狂的民族敗類存在的。這點，也是我們紀念五月應該認識的地方。

❋ 幹訓生離團以後

《幹訓》半月刊第1卷第8期

一

近來，許多人都有這樣一個感覺，就是：幹訓生一旦離團以後，各方面都有些改變了。

其實，豈止幹訓生而已。任何一個人，從生到死，都是不斷地在改變著的。因為人生根本就是一個過程，所以，如果用歷史眼光來看一個人的改變，實在算不了怎麼一回事。問題只在這種改變是好的還是壞的，是進步的還是落後的。換句話說，這種改變是幫助

了他還是損害了他。倘使是前者，則這種改變是應該的，值得我們去發揚和鼓勵。倘使是後者，則這種改變便是一種罪惡，需要我們以最大的努力去防止和糾正。

到底幹訓生的改變是屬於前者呢？還是屬於後者呢？不幸得很，許多人都一樣的回答：一部分的改變是傾向於壞的方面了，傾向於落後的那個方面了。

這個答覆雖然很使我們痛心，然而，卻不是「空穴來風」的，他們可以舉出許多例子來做他們的有力佐證。自己的幹訓同學裏面，大部分也有這樣一種見解。當然，像這樣的情形，是不能概括所有的幹訓同學的。事實上，許多忠實英勇的幹訓生正在以新人的姿態和革命的作風在工作裏活躍著。然而，我們不能就拿這種進步的現象來替代那種落後的現象。同樣在事實上，也有不少的幹訓生在馬馬虎虎地打發日子和應付工作。所以，在今天，我們一方面固然是並不否認幹訓生的光輝勞績，但是另一方面我們也應該毫不客氣地指出那些少數人所犯的毛病。因為進步是集體的，即許是最微細的一點毛病，也會使整個工作為之減色。因此，只有把那些毛病完全改正過來，然後我們才能永遠保有那段光輝勞績，而且繼續不斷地發揚它。

年輕人對於自己的錯誤絕不好含糊，尤其不應該抱著不高興的態度。古人以「勇於改過」稱為美德，這就是說，一個人在犯了錯誤的時候，應該坦白地、虛心地檢討出來，並且以最大的勇氣和決心來改正它。只有這樣，我們才能夠「日新又新」的不斷進步，才能夠逐漸完成我們的偉大事業。倘使是有意「文過飾非」和「粉飾太平」的話，那麼，結果不但是害了團體，害了別人，同時，也害了自己。

二

幹訓生就是新人，是依據政治需要訓練出來的一批中堅幹部。在受訓的要求上，總裁曾說過一段很懇切的話。他說：

我們這一回受訓，要達到祛腐生新起死回生的目的。首先要洗滌心胸，襟懷若谷，把自己當作一無所知，一無所能的一般，當作一張白紙一樣，從最基本的所在，一切從新學起。要學新的學問，新的思想，新的生活習慣，徹裏徹外把自己造成一個新的人，才能夠從頭造就自身成為一個新的黨員，三民主義的新的信徒。這樣，才能達到我們受訓的目的。

——《黨政訓練的要旨》

這一段話的著重點，就是告訴我們一個作為新人的幹訓生，是必須要有「新的學問，新的思想，新的生活習慣」的。然而，上面所謂的幹訓生離團以後的改變，就是恰恰忽略了這種新的東西。這就是說，他們不僅沒有繼續吸收「新的學問，新的思想，新的生活習慣」，連自己在團訓練時候所獲得的一點新的基礎也動搖了。

概括許多人所列舉的事實，我們可以具體地指出幹訓生在離團以後有四種最不好的毛病：

第一是喪失了堅強的團結精神。幹訓生離團以後，大家便「化整為零」地奔赴自己的前程，在「各自為戰」的生活中，由於社會關係的錯綜複雜，由於許多不良意識的侵染，或者，由於一些枝枝節節無關重要的意氣之爭，於是，便逐漸喪失了往昔那種堅強的團結精神，把一條堅韌的紐帶斬成若干小環節，並且使這些小環節各自孤立起來。不但前一期的同學與後一期的同學之間沒有聯繫，就是同一期的也因區域和工作不同而有厚薄之分。至於因名義不同和訓練內容不同而發生的許多傾軋現象，更不在少數。同時，幹訓生離團以後，便好像羽毛已乾的小鳥，不再與團發生一點關係，這也是喪失團結精神的一種。其實，這種分裂是不應該的。目前全省的幹訓生，雖因政治需要不同而在形式上有多少差異，然而，在內容上完全沒有兩樣。大家都是推行新政的新人，都是「建設安徽，復興中國」的中堅幹部，我們的目標只有一個，我們的任務也只有一個，為什麼我們不能精誠團結呢？有人認為離團以後就是脫離了

集團生活，其實，這是最錯誤的一種看法。生活在這個「科學的群眾時代」的今天，無論如何是離不開集團生活的。所以我們離團以後，並不是脫離集團生活，而是擴大集團生活，是從團的集團生活進而到社會的集團生活，在錯綜複雜的社會裏面，我們尤其需要團結，惟有團結才能發生力量，也惟有團結才能幫助自己，幫助別人。

第二是喪失了旺盛的學習精神。許多幹訓同學在離團以後，馬上便拋開了學習，不但沒有隨時隨地「即物窮理」地去研究一切做人做事的學問，就連與自己工作有關的書報也懶得讀，似乎學習只限於在團學習的時候。這種觀念的要不得，我相信是有很多人知道的，而且知道得很透徹。但，事實上，卻往往忽略了這個問題。其實，學習是人生的第一件大事。一個人需要吃飯就跟他需要學習一樣重要，要想使自己的工作做得好，做得順利，要想使自己永遠進步，永遠健全，除了不斷地學習，實在沒有第二個辦法。何況我們處在這個複雜的社會裏，負著這樣艱巨的任務，倘使離開了學習，那不是自取滅亡嗎？或許有人會以「沒有時間」這句話來推卸放棄學習的責任，其實，這話也是極不正確的。一個有決心學習的人，他必然會懂得怎樣爭取時間和利用時間。而且，無論怎樣，我們總得要生活，這生活就是我們的學習對象。推而廣之，隨時隨地都有很豐富的智識存在，問題只在我們有無決心和力量去發掘而已。李主席兼團主任有一段關於學習的指示，說得很是透徹。他說：

> 本班結業之後，表面上看起來是工作的時候多，學習的機會就少了，其實以後才是真正的學習機會。因為學習離開了工作，往往感覺到不切實不需要，如果在工作中遇見了困難，為須解決困難而來研究時，那你會感到特別的深刻。同時，你學習的課程，拿到工作中去應用，有時會發現一種缺點和漏洞來，會把你們所學的東西加以事實的糾正。

> ——《工作目標，精神，方法，手段及工作中學習問題》

並說：

各位此後出去，務必要「工作不忘學習」，並以「學習促進工作」。不僅如此，各位還要時時認定「為工作而學習而工作」，甚至再進一步瞭解「工作便是學習」的意義，然後才能表現我們平常所說的「一面工作，一面學習」的真精神和曉得其真效用。

——《從幹訓團教育說到軍事化的教育與六藝教育的精義》

關於李主席兼團主任的這段訓示，我們就可以知道學習的重要以及學習與工作諸關係的問題。

第三是喪失了艱苦的工作精神。本來工作精神是要在工作中養成的，工作愈繁重，則工作精神就愈需要艱苦。只有以艱苦的工作精神去執行繁重的工作，那麼，工作才會做得有效，同時，也才做得有力。可是，有些幹訓同學根本就忽略了這一點，他們不但沒有從工作中去樹立艱苦的工作精神，反而把原有的一點刻苦耐勞的工作作風都喪失了。這只要看看現在的一部分幹訓同學多方要求另調工作，就可以得到證明。原來所謂「窮幹，苦幹，硬幹」，並不是當作騙人的話來喊喊就算了的。假使我們在工作裏不能兌現，這一切都是空談。老實說，今天擺在我們面前的工作，一切都是困難的，要是沒有艱苦的工作精神，就一定不能勝任。雖然人的習性是「好逸惡勞」，但是，在今天，在中華民族遭受著空前大難的時候，我們一定要「苦其心志，勞其筋骨，餓其體膚」地刻苦自勵，只有這樣，然後才有光明的前途。假使一入社會，便和那種腐化勢力相適應，時時刻刻為自己的享受打算，那麼，結果不但工作不能迅速開展，就是自己也會「同流合污」地墮落下去。李主席兼團主任曾經說過：

我們所謂「新人」，是有熱情，能進取，吃苦耐勞，勇於犧牲，舉凡腐化、墮落、頹廢、敷衍、自私自利這一切不合理不合時代的舊積弊，都能一概屏除，而能埋頭苦幹的。

——《告安徽省政治軍事幹部訓練班同學書》

我們既是新人，就必須要合於新人的條件。換句話說，就必須要革除一切畏難苟安的心理，樹立艱苦卓絕的工作精神。這一點，我們是應該以萬分的虔誠來實踐的。

第四是喪失了勇敢的奮鬥精神。有許多同學在離團之後，慢慢地變得氣餒衰頹，乃至連原來的奮鬥精神也喪失了。推究這種原因，主要的是在工作中遇到了阻力，碰了幾次釘子，社會人士既不諒解他，他自己又不能找到一點安慰。於是，想來想去，只有失望悲觀，因此精神也就頹喪下來。像這樣的事實，我想是很不少。解決這類問題雖然是比較麻煩的工作，但是，無論怎樣，都犯不著要我們氣餒下來。不但如此，而且我們越是氣餒，工作裏的阻力就越來得重大。反之，要是我們把勇敢的奮鬥精神拿出來，很合理，很機動地運用到工作上，則我們相信那種阻力是會逐漸減輕以至於消滅的。我們要向上，要進取，就必須時時刻刻保持著旺盛的工作企圖心，這種旺盛的工作企圖心，就是工作的奮鬥精神，它在我們做人和做事上，是有著重大的決定作用的。如果喪失了這種奮鬥精神，不但是取消了工作，而且也就取消了我們自己。但是我們所謂的奮鬥精神，並不是「硬碰硬」的瞎撞，而是說我們必須要有一定的立場和一定的原則，並且本著這個立場和原則去做人做事，不動搖，不妥協，不屈服，也不取巧，只有把自己的奮鬥精神提高起來，然後才能保證自己工作的成功。

以上四點，在原則上都是含有一般性的，而且是比較概括的敍述，其中屬於事實部分的都不列舉例證。自然，這四種毛病並不是存在於安徽的一萬七千幹訓同學中的，但是，就事論事，我們也不妨以「有則改之，無則加勉」的態度來看它。

三

此刻，我們可以談到改正這些毛病的辦法了。

但，我得預先聲明的，就是這裏的改正辦法，只是就幹訓生本身而言。當然，我也知道，造成這種毛病的原因並不簡單，政府方面和社會方面都得分擔一些責任。然而，那是另外一個問題，以後我們還會詳細談到它。現在只是從幹訓生方面來貢獻一點改正意見，雖然我明知道問題不可分割，但是為了節省篇幅，我依然不得不這樣做。

改正第一點毛病，無疑的是要加強團結。但是要如何才能加強團結呢？我的意見是健全各級同學的通訊處，運用這個機構把全省的幹訓同學聯繫起來。在通訊處的統一領導之下，消滅一切界限和意見。另外，還得要充實畢業同學的小組，使這些小組的活動內容都集中在團結方面。除此之外，在工作上，學習上，生活上，處處都應該溶合在集體方式裏，這樣，也可以幫助我們的團結臻於鞏固和堅強。

關於第二點，我們希望所有畢業的幹訓同學，都要依照工作分佈情形分別組織學術研究會，用小組討論，集體座談，讀書會報，傳遞閱讀等等方式來加強我們的學習。另外，在工作上和生活上所碰到的問題，也應該隨時拿來研討，自己不能解決的，跟同學大家商量，大家不能解決的，還可以用書面提到團裏來，請求團方給我們詳細指示。關於幹訓生的學習問題，最好由省同學通訊處負責設計，根據進度按期製發學習計劃，並且責令各縣同學通訊處督促施行。這樣，幹訓生的學習才不致支離破碎，分歧複雜。為著要加強幹訓同學的學習，我還主張把學習考核列為考績項目之一，按期由省同學通訊處派人視察，或者把這項視察配合到政府的視察裏。

至於第三和第四兩點，則比較屬於理論方面。因為工作的艱苦精神和奮鬥精神，是需要在有了堅定的工作信念之後才能建立起來的。說到工作信念，一定就要牽連到我們的政治認識。這就是說，當我們徹底地明瞭了我們的工作是有如何重大的政治意義之後，我們就一定會產生工作的艱苦精神和奮鬥精神。話雖如此，但是我們也還要盡一切可能去達到這個目的。所以，我認為我們的幹訓同學除了積極加強政治認識以外，最重要的就是確實埋頭苦幹，時時刻刻發揚「幹」的精神，並且以「幹」的精神來克服一切不良意識和落後傾向。從「幹」的當中，才能建立起工作的艱苦精神和奮鬥精神。李主席兼團主任曾告訴我們說：

> 我們每一個行政工作人員的本身，第一要具有先憂後樂的政治道德，第二要有通權達變的行政技術，第三要有夙夜匪懈的工

作態度。

——《新安徽與新幹部》

這三個條件，就是工作艱苦精神和奮鬥精神的由來。假如我們能夠切實身體力行的話，那麼，第三和第四點的毛病是很可能改正過來的。

四

現在，我想順便談談改正上述那些毛病的根本辦法。

上面說過，造成這種毛病的原因並不簡單，當然不能讓幹訓生完全負責。因此，從整個問題的根本解決來看，我們很有理由進一步的提出下列幾個要求：

（一）建立健全的幹部政策，對於訓練幹部，任用幹部，領導幹部，考核幹部，都要確定一個最高準則。

（二）在訓練當中，應該特別注重政治訓練，尤其要透過政治認識去建立堅定的工作信念。

（三）加強政治領導和工作領導，並且建立進步的工作作風。

（四）鞏固學習心理，並且要繼續保持旺盛的學習精神。

✳ 訓練幹部的幾個中心問題

一、問題的提出

在今天，訓練幹部有幾個中心問題應該被提出來。這些問題就是：

（一）建立堅定的政治信念和工作信念。

（二）建立夠力的政治領導和工作領導。

（三）提高旺盛的學習精神。

（四）加強思想和能力的訓練。

我們為什麼要提出這些問題來呢？這可以由下面兩個原因來說明：

第一，訓練幹部這件工作，在今天雖然是普遍地被執行著，然而，無可諱言地，到今天為止，這件工作還是執行得不夠。換句話說，我們還沒有收到訓練幹部所預期的效果。總裁在《訓練的目的與訓練實施綱要》裏告訴我們，訓練幹部的目的應該是：「（一）真能成為實現三民主義與徹底奉行命令之戰士與信徒。（二）能得到主持一般機關之常識與領導辦事之要領。」根據這一明確的指示來看，則今天的訓練工作，顯然與我們的要求還距離很遠。這段長遠的距離，正是說明我們對訓練工作執行得不夠，也就是說明訓練工作在今天還存在著許多缺點。自然，這些缺點並不曾完全否定了我們的訓練工作，但是，由於這些缺點的存在，卻使我們的訓練工作效率減縮了許多，至少，也是使得這件工作在時間上和財力上增加了一些無謂的浪費。在抗戰建國的艱苦過程中，我們應該以最經濟同時也是最有效的方法去創造一批新的、健全的幹部，假定不是這樣，我們就沒有辦法在這個困難的環境中打開一條出路。基於這種認識，則我們今天的問題應該是：如何改正訓練幹部的缺點，如何使訓練工作執行得夠力。總結一句，就是如何確實達成總裁所指示的訓練目的。因此，我們有提出那些問題來的必要。

第二，訓練幹部的工作是一件創造的工作，這就是說，它是適應時代需要而產生的一種嶄新的工作。這種工作古今未曾有過，當然沒有成例可沿，我們要想順利地完成它，只有憑著不斷的努力和耐心的學習去逐步充實它，健全它。過去訓練幹部的工作，雖然留下不少的缺點，但是，也不能說完全沒有一點收穫，我們應該從過去的工作裏接受寶貴的經驗，發揚它的優點，揚棄它的缺點，這樣，我們的訓練工作才會有進步。同時，也才能確實達成我們訓練的目的。而且由於訓練工作在今天還是一件嶄新的工作，一切都還在創始和啟蒙中，所以更加迫切地需要我們工作者在實際工作中根據事實需要和工作發展，去創造各種新的工作方法和新的工作形式。只有不斷地在工作裏體驗、學習，不斷地在工作裏試驗、改進，然後才能使訓練工作得到完滿的收穫。我們提出上面那些問題，正是適

應這個需要。

上面說到的兩點，是本文的理論依據，同時，也是本文的事實根據，我們就是本著這個根據來研討那些問題的。

二、一個錯誤見解的批判

前面說過，訓練幹部的工作是一件嶄新的工作，是一件正在創始的工作，因此，在它進行的開始，必然會發生一些錯誤的見解。由於那些錯誤的見解，跟著便產生許多錯誤的做法，而這些錯誤的做法，正是前面說的訓練工作的缺點。所以，我們要改正訓練工作的缺點，首先應該改正那些錯誤的做法，尤其應該改正那些錯誤的見解。倘使「捨本逐末」，或者「諱疾忌醫」，則結果不僅無濟於事，反而會招致來更大的困難和損害的。

哪些是過去訓練工作裏的錯誤見解呢？

我們認為：最主要的就是把幹部當作職員來看待，因此，也把訓練幹部的工作當作訓練職員的工作來看待。這種見解的出發點，是完全站在工作技術的立場去認識幹部，而忽視了幹部的政治意義和政治作用。至少，也是把幹部的政治意義和政治作用當作從屬的東西。由於這種錯誤的見解，乃產生許多以工作技術為主以政治認識為從的訓練方式和訓練方法，而且因此造成了畸形的政治領導和工作領導。這是一個最基本、最原則的錯誤，它所表現出來的具體事實是：

1.由於把幹部當作職員看待，所以在訓練上並沒有特別加強幹部的政治認識，也沒有明確地指示幹部以政治遠景，而只是灌輸一些一般的政治常識。

2.由於把訓練幹部當作訓練職員看待，所以在訓練方式和訓練方法上，都不免墨守成規，套襲前例，甚至流入庸俗和呆板，而不能以創造的精神去取得最大的收穫。

3.由於把訓練幹部當作訓練職員看待，所以對於受訓者，只是要求他成為一個較優秀的職員，而沒有要求他成為一個堅強的幹

部。因此，幹部應該具備的性能，有許多都付諸闕如。

4.訓練者把自己的工作看作是訓練職員，受訓者也以為是在準備做職員，雙方都沒有把政治任務放在第一位，所以結果大家的情緒都會低落下來，乃至於以敷衍塞責為了事。

5.因為受訓者與訓練者都忽略了自己的政治任務，看不清楚政治遠景，所以大家的學習精神都不夠旺盛，更談不到在工作裏學習，尤其不能做到「互教共學」的地步。

6.因為幹部的政治認識不夠，所以對於訓練並不感到迫切需要和樂於接受。只是想透過（或者說是利用）訓練的關係，去獵取謀生的工具和謀生的地位。

7.因為幹部完全是根據自己的生活需要來估計工作，所以他的工作信念也不堅定，只要有一個較優的職位，他便毫無留戀地放棄他自己的工作。

8.因為幹部沒有深刻的政治認識，也沒有明確的政治遠景，所以對於他的工作，不會拿出最大的勇氣和無比的熱情來。即許努力一點，也只是把自己本身的工作做好，而不能在整個政治上發生大的作用和影響。

9.因為幹部沒有深刻和堅定的政治認識，所以在政治領導和工作領導上也不能表現得十分夠力。最多也不過是支離破碎地去作部分的領導，而不能夠把所有的幹部都在一個總的目標之下領導起來。

這就是把幹部當作職員看待的結果。

誠然，在我們的主觀上並不是有意如此的。但是，從今天訓練工作的一切缺點看來，我們的確犯了那種不可饒恕的錯誤，最少在客觀事實上是如此。因此，在討論訓練幹部的中心問題之前，我們特別提出這一錯誤來給以批判，不僅是必要，而且也是有益的。因為不是這樣，我們就沒有辦法來最有效地展開我們的討論工作。

幹部跟職員的不同之處，最主要的還是在於他們的政治意義和政治作用。一個堅強的幹部，不僅需要具備做人做事的才能，而

且需要有深刻的政治認識和明確的政治遠景，並且需要從深刻的政治認識和明確的政治遠景中去瞭解他自己的政治任務，從而堅定他的政治信念，這樣的幹部，才是我們所要求的幹部。所以總裁在訓練目的的第一項裏，特別標明「實現三民主義」這一點來，這就是明確地指示出我們幹部的政治任務，也就是說明，一個幹部應該以政治任務放在第一位。因此，如果只有膚淺的政治認識和模糊的政治遠景，則他一定不會瞭解他的政治任務，更不會堅定他的政治信念，其結果只能成為瑣碎的事務主義者，呆板的辦公主義者，而不能成為健全的工作主義者。

我們這樣不厭煩詳地來區別幹部和職員，是不是就說職員是完全要不得的呢？這很顯然，我們的意思並不是這樣。如果從工作上的一切要求來看，則幹部與職員是沒有甚麼區別的。我們的企圖，只在指出幹部的政治意義和政治作用，以改正訓練工作的一切缺點。至於所謂職員的本身，自然也有他的長處，我們應該取法他的優點，而揚棄他的缺點，因為不是這樣，我們幹部本身的內容就無從豐富起來。這一點，我們也是需要認識的。

但，為什麼會把幹部誤認為職員呢？我們的答覆是：因為沒有確定一個基本的幹部政策。

三、對幾個中心問題的意見

現在，讓我們來談談前面所提出的那幾個問題。

首先是建立堅定的政治信念和工作信念，關於這個問題，可以分作兩方面來看：一個是建立堅定的政治信念，一個是建立堅定的工作信念。但，這兩個問題並不是分立的，也不是平行的，而是後一個問題從屬於前一個問題的。這即是說，只要政治信念堅定了，工作信念也必然會堅定起來。所以我們也可以說，前一個問題是後一個問題的理論，後一個問題則是前一個問題的實踐。

建立堅定的政治信念，自然應該從加強政治認識入手。但，在這裏，我們必須注意的，就是所謂政治認識並不同於一般的政治常

識。換句話說，就是政治認識並非僅限於表面的瞭解，而必須進入到本質的探討，並且要從歷史觀點來把握政治的發展路線。只有在深刻地究明了政治現象的本質之後，只有正確地看清了政治的發展路線之後，才會瞭望到政治遠景。同時，政治信念才會堅定起來。經過這樣的認識而建立起來的政治信念，是無論如何顛破不破的，即許是在萬分艱苦的環境裏，也不會動搖、餒氣和變節。否則，如果只憑著膚淺的表面認識，則不僅他個人會日益消沉，甚至不能應付險惡的情勢。同時，在幹部的日常生活裏，必須滲透著強烈的政治意義，使他們的生活跟政治現實連成一片，從他們的生活裏去加強政治認識。這樣，我們便可以避免過去那種灌輸方式的一切流弊了。另外，我們必須要盡各種手段，去肅清幹部本身的不良傾向和落後意識，因為不是如此，我們就不能使他的政治認識發生積極作用。

上面說過，工作信念是決定於政治信念的，在政治信念堅定之後，他必然會本著他的政治認識去瞭解工作意義。這即是說，他必然會把他的政治認識通過工作而具體地表現出來。不過，我們仍然應當隨時提高他的工作情緒，使他在工作裏永遠保持著旺盛的精神。

其次談到建立夠力的政治領導和工作領導，這個問題跟建立政治信念和工作信念一樣，也是後者從屬於前者的。這就是說，我們的政治領導夠力的時候，我們的工作領導也就夠力了。

在今天，我們的政治領導自然是以三民主義為最高原則。但，問題是在於我們的領導方式，並且這種方式運用的靈活與否。關於這點，在原則上我們主張集體領導，一切黨團活動和基本小組的活動，都是集體領導的方式；一切小組討論和時事座談會，也都是集體領導的方式。可是，集體領導應該有兩個原則：第一，集體領導要有中心，這就是說，集體領導是民主的，同時也是集中的。不民主，就不能博采眾議；不集中，就不會發生力量。只有把民主與集中統一起來，然後集體領導才能活潑夠力。第二，集體領導要有中心

任務,這就是說,集體領導不能是盲目的,而是要有計劃的。每一個時期都要課予它一個中心任務,這個中心任務通過集體領導的方式而傳達到每一個細胞身上。同時,每一個細胞的意見又通過集體領導的方式反映到上層來,而成為這一個時期的中心任務。這樣互相交流的結果,才能使集體領導成為最有效、最有力量的政治領導。

工作領導雖然從屬於政治領導,但是,它也有它獨創的風格。這個獨創的風格應該根據實際需要和工作需要而定。不過,在原則上我們可以提出幾點意見:一是確定工作原則,這個工作原則應以靈活機動為主。二是樹立工作紀律,在積極方面,提高旺盛的工作精神;消極方面,克服一切工作上的弱點。三是執行工作檢討,目的在積累工作經驗和考察工作進度,並且用以克服工作上的困難的。四是舉行工作競賽,用突擊的方式去提高工作效率。五是工作與學習的統一,這就是要從工作裏去學習經驗,從學習裏來印證工作。用這樣的方式去領導工作,才能夠使工作有著飛躍的進步。

再次則說到提高旺盛的學習精神。這一點,跟政治認識是有關聯的。假定一個人的政治認識充分,看得清楚政治遠景,同時,也瞭解他的政治任務的話,則他必然會懂得為什麼需要學習。事實上,人生就是一個漫長的學習過程,拋開了學習的人,是不會看得見前途的光明的。尤其是一個作為政治基礎的幹部,更是一天也離不了學習,在受訓的時候固然需要學習,受訓完結之後也要繼續學習。只有不斷的學習,才能延續他的生命。所以,我認為訓練幹部的主要任務,除了堅定他的政治信念和工作信念之外,其次便是提高他們旺盛的學習精神,並且幫助他們把這種精神永遠保持下去。

提高幹部的學習精神,首先要鞏固他的學習心理,這就是說,要使幹部透過政治認識去瞭解學習的意義,只有這樣,學習才會成為幹部自己的強烈要求,而且也只有自覺、自動、自發的學習,才能真正得到學習的益處。反乎此,則學習是被動的,學習精神也是不

能持久的。所以我們必須要鞏固學習心理，就是為了保證學習精神的持續和旺盛。

第二步工作便是擴大學習的範圍，因為當前社會的每一個角落裏，無一莫非智識，所以我們的學習範圍當然也不僅局限於一隅，而是應該擴張到整個社會裏，向生活學習，向工作學習，向一切人學習，時時刻刻拿學習來充實自己。所以我們訓練幹部，應該要養成他們「即物窮理」的習慣，這樣，他們的智識才能逐漸積累起來。同時，他們也才不會落伍在時代後面。不僅如此，我們還得要求他們將學習所得在工作上和生活裏印證、發明，這樣把理論和實踐統一起來，則學習的收穫才是活生生的、現實的智識。

這樣的做法還是不夠的，所以第三步我們還特別提出「互教共學」來。所謂「互教共學」，有兩方面的意義，一個是幹部與幹部的「互教共學」；一個是訓練者與受訓者的「互教共學」。因為每個人都有他的長處，也有他獨特的社會經驗；同時，每個人都有他的短處，也有獨特的生活缺陷。因此，一個人是不能萬全的。學習他人的長處，同時，又以自己的長處去克服他人的短處，這正是我們學習的最高理想，也是古人所謂「取人為善，與人為善」的意思。尤其在訓練裏，幹部與幹部固然是分不開，訓練者與受訓者也一樣分不開，所以只有通過「互教共學」的方式把大家聯繫起來，統一起來，這不僅在精神上可以保持團結，就是在學習上也可以促成進步。

最後說到加強思想和能力的訓練，這個問題也是根據事實需要來的。因為幹部將來必須擔任工作，在工作裏，一個人的思想和能力幾乎可以起著決定作用。我們提出加強思想和能力的訓練這一問題來，正是為了使幹部將來在工作上能夠開展得很順利，很有效。

在原則上，我們認為思想訓練應該注重於思想方法的訓練，就是使幹部能夠有方法去搜集問題，組織問題，整理問題，歸納問題，研究問題，分析問題，判斷問題，解決問題。這樣，當一個問題到來的時候，他才會有正確的認識和適宜的措施。至於能力訓練，

除了一般的工作技術訓練之外，也是應該注重於方法訓練，就是使幹部知道怎樣去估計對象，判斷情況，設計進行，解決困難。同時，還應該使幹部知道怎樣去接受經驗，積累經驗，綜合經驗，運用經驗。這樣的做法，我們的訓練工作才不致於落空，同時，我們的幹部也才會日漸壯大起來，堅強起來。

四、最後

本文是在倉促間寫成的。因為筆者過去對訓練工作並無若何經驗，所以其中有些問題，本想多多發揮一下，但，到底限於材料，只好馬虎一點。當然，這樣的隨便是要不得的，不過，在筆者個人的意思，只是想很忠實地提出一些問題來，以作訓練工作的參考。我希望所有對訓練工作有興趣的同志們，都能給我以很嚴正的指示。另外，本文裏曾經提到幹部政策一事，這是訓練幹部，領導幹部和運用幹部的最高原則。但是因為這個問題太龐大，太複雜，同時，也不是這裏所要討論的，因此，在本文裏就沒有特別地去說明它。

三〇，四，一六，於皖幹團

❉ 幹部訓練之重要性

《幹訓》半月刊第1卷第六七期合刊
1941年4月25日出版

沒有健全的幹部，就不會達成政治的任務。同樣，如果沒有完善的訓練工作，也就不能造成健全的幹部。因為訓練工作，就是依據政治需要，培養新的幹部，用以擔負新的政治任務的。

訓練工作不僅含有教育意義，而且含有政治意義，它是政治行動中最重要同時也最有力的一環，也可以說是政治實踐的準備工作。另外，訓練工作是在新的政治需要之下產生的，它本身就是一個發展過程，對於幹部的訓練，它需要從量的擴張進而到質的轉變，所以訓練工作不僅含有改造意義，而且含有創造意義。

從培養幹部，訓練幹部，選拔幹部到任用幹部，領導幹部，考核幹部，這一連貫的工作，都是整個訓練工作的內容。它們之間有系統性，也有連貫性，我們不能割裂它們，正如一個人不能割裂他的肢體一樣。因此，必須要把這些工作做得夠力，然後訓練工作才能趨於成功。

訓練工作是一件偉大的工作，也是一件艱巨的工作，只有當我們有了深刻的政治認識和看清了光明的政治遠景之後，我們才能以最大的努力和無比的熱情來從事它。

✳ 精誠團結　互助合作

《幹訓》半月刊第1卷第九十期合刊
1941年6月10日出版

如果說渙散常會引起意志分歧的話，則我們很有理由可以說：只有團結才能力量集中，因為團結就是一切智慧的綜合的發展，在這個科學的群眾時代裏面，離開了團結而單獨生活的人，其結果一定會遭受悲慘的失敗的。所以，在今天，團結就成了我們做人做事的第一課。

尤其是，擔負著「建設安徽，復興中國」重任的幹訓同學們，無論對公對私，都應當以精誠團結，互助合作為第一要務。因為今天我們肩上所擔負的責任是非常艱巨的，要想使這艱巨的任務順利完成，最重要的前提條件，就是站在工作的立場上，使彼此之間緊密地團結起來，而形成一股巨大的力量。憑著這支力量，就可以順利地推動一切工作。否則，如果基於個人利害而不斷地在爭執，在傾軋，則無論理由如何充足，都恰好暴露了自己的弱點，表現了自己的淺薄，而且也給自己的工作帶來慘重的損害。這種意氣之爭，即許僥倖之時得到勝利，然而，循環不已的報復，終久不免有失敗的一天。因此，我們誠摯地希望，全體的幹訓同學都能夠精誠團結，互助合作，無論如何，不能從區域或界限上分出派別和成見。即許

的利害而妨礙了工作的開展。我們應該牢牢記住：只有團結互助，才能健全自己，展開工作。

說到這裏，我們得舉出關於團結應當注意的幾點：

第一，團結不是單純的聯絡感情，而是透過我們的政治信念和工作信念以達到意志集中和力量集中的革命的結合。單純聯絡感情，不但是使團結的內容庸俗化，而且會使團結變成工作前途的暗礁。因為聯絡感情的結果，只有成為張三李四輩的酒肉征逐，或者英雄好漢們的金蘭結義，於工作是絲毫沒有益處的。我們固然不否認團結裏面有聯絡感情的內容，但，這種感情應該建築在彼此的政治信念和工作信念之上。

第二，團結不是官官相為，朋比為奸，而是一種互相教育、互相勉勵的友情。我們知道，過去官場裏，有不少的人在幹著團結（？）的事，可是，他們的企圖只是在造成一種便於營私舞弊的環境，來掩飾他們的一切罪惡。這種積弊在今天雖然不能說是普遍存在，但也不能說是完全無跡。所以我們應該以最高的警覺性來防止它，我們的要求是：團結互助必須以工作為前提，站在工作的立場上，我們應該互相批評，互相影響，從友情交流中去互求進步，至於貪汙腐化、瀆職枉法的人，我們是絕不能以團結而稍有寬宥的。

第三，團結不是幫派作風，不是造成幹訓生與非幹訓生之間的鴻溝。因為在今天，凡是努力於抗戰建國工作的，都是我們的朋友；凡是擔負著「建設安徽，復興中國」的任務的，也都是我們的夥伴，大家之間絕對沒有界限。我們之所以特別強調幹訓生的團結，是企圖由部分的團結達到整個的團結，由自己的團結去策動別人的團結，決不是想把幹訓生在社會上造成一個特殊地位。所以我們今天是一面團結自己，一面也是整個團結，那些以團結裝飾自己、炫耀於人的想法，是犯了不可饒恕的錯誤的。

最後，我們誠摯地號召：全省的幹訓同學精誠團結起來，在李主席兼團主任領導之下，向著「建設安徽，復興中國」的總目標努力邁進！

❋ 本刊今後的新動向

《幹訓》半月刊第1卷第九十期合刊
1941年6月10日出版

著述輯佚・文稿

一、說起來一言難盡

說起大別山中的文化讀物來，本刊當然也應該佔有那麼一個小小的席位。然而，那個席位到底太小了，小到使我們慚愧得無地自容。所以說起來真是一言難盡。

也許還有人記得，本刊最早的前身就是《大路月刊》，那是在幹訓班的時代創辦的。之後，曾經一度改為《基層行政月刊》。去年秋天，又改為《幹訓旬刊》，它的創刊號便是在沉寂的「九一八」那天出版的。去年冬，又由《幹訓旬刊》改為《幹訓半月刊》，這就是今天出版的這個式樣。算起來前後一共出了九期。

在《幹訓旬刊》的創刊號上，本團副教育長范苑聲先生曾經撰了一篇發刊詞，在那裏面，他這樣寫著：

223

「……我們幹訓同學在團受訓的時間短促，尤其是業務和技術部門的學習不夠，所以才有這個團刊的發行……事實上也就是一種函授式的訓練，繼續負著培養、選拔、指導、考核幹部的責任，也就是一面要大家實幹、苦幹、快幹，一面還要大家不斷地學習，這也就是我們平常所說的要從工作中學習，從學習中去努力工作的意思。」

范副教育長這一段話，很明顯地指出了本刊的主要任務在於繼續執行訓練工作，換句話說，就是在於繼續教育幹部和領導幹部。

要達成這個任務，有一個最主要的先決條件，就是擴大讀者，說得明確一點，就是要使全省每一個幹訓生都有閱讀本刊的機會。因為我們所謂的「教育」和「領導」，是以全省的幹訓生為對象的，假使幹訓生沒有辦法閱讀本刊，或者閱讀的只限於少數幾個人，那麼，本刊的「教育」和「領導」的任務，就難以勝任愉快地完成。

然而，說起來真是一言難盡，從《幹訓旬刊》到《幹訓半月

刊》，我們都沒有做到擴大讀者的工作。關於這一點，倒並不是本刊過去負責人的疏忽。其實，在主觀上大家都是很想努力於此的。無如因為人力、物力、財力的限制，交通輸送的困難，以及戰事的影響，到底使擴大讀者這件工作不能如願以償。於是，本刊便只好以支撐門面的姿態在度著淒涼的歲月。

二、「解鈴還要繫鈴人」

前幾天，本刊曾經分別召集在團受訓的四六兩隊同學，舉行了一次關於改進《幹訓》的座談會，大家都一致地指出《幹訓》的主要缺點就是在於內容不夠充實。歸納他們的意見，有下列幾點：

（一）不能吸收各班同學的工作經驗和教訓。

（二）不能適切適宜地指示工作原則和工作技術。

（三）不能指導離團同學的進修和學習。

（四）不能糾正各地同學的缺點和錯誤。

（五）不能反映幹訓同學的要求，尤其不能代表幹訓同學的意見。

（六）不能表揚和鼓勵工作努力的同學。

這幾個缺點的指出，對於本刊是非常有益的，我們願意以最大的努力來改正它。但是，從根本上說來，這種改正也還是有待於讀者的擴張。因為我們深深地覺得：一個刊物的內容是必須要依據讀者的需要來設置的，這正跟政治的設施要依據地方實際情況一樣。倘使不是這樣，這個刊物的內容就會流入「閉門造車」、「無病呻吟」的危險，所以要改正本刊，首先還是要使全省的幹訓生都能有機會讀到它，讓幹訓生自己提出意見和要求來，然後根據大家的意見去努力，才能使問題得到根本的同時也是完滿的解決。脫離了讀者對象而空談改革，任何努力都將一樣的歸於失敗。基於這種見解，所以我們便決定以「解鈴還須繫鈴人」這種做法為本刊的改革原則。

在這裏，我們需要加以說明的，就是所謂依據讀者意見來充實

本刊內容，並不是像狡猾的商人對於他的顧客那樣一味投機取巧。我們非常清楚，那樣的做法，是會使讀者日趨淺薄的。我們所謂的依據讀者意見是積極的，而不是消極的。這就是說，我們不僅不是迎合讀者，諂媚讀者，而且是加深讀者，提高讀者，使得讀者對問題的瞭解更加充實，更加深刻。一句話，我們是幫助讀者向進步的那個方向發展。

三、一個有根據的奢望

本刊在大別山的文化刊物中，雖然僅佔有那麼一個小小的席位，然而，本刊有一個條件卻是其他刊物所不及的，這個條件就是我們已經有了一萬七千的讀者基礎。我曾經這樣想過：「旁的刊物尚須顧慮讀者的有無或讀者的多少這些問題，這一點，《幹訓》倒是可以放心的。因為今天安徽全省的一萬七千幹訓生，都是《幹訓》的讀者，問題只在如何使《幹訓》能夠普遍地而且確實地達到他們的手中而已。」所以本刊當前最重大的課題，便是在既有的讀者基礎上迅速地推廣它自己。

關於推廣的辦法，我們不願以贈閱的方式來降低讀者的熱情。因為刊物一到贈閱，便會成為一種應酬，結果是放在會客室內堆滿灰塵也沒有人看。我們從不「敬惜字紙」，也應當體念物力艱難，而且照本刊的預算來看，也絕不允許我們普遍贈送。所以本刊的推廣辦法，主要的還是採用訂購，我們企圖用這個辦法來幫助它的銷售。

我們的讀者是不是都有訂購的經濟力量呢？這一點，本刊也曾充分地考慮到的。就因為這樣，所以我們把定價定得特別低廉，而且特別規定，凡是幹訓同學，一律照價八折收費。算起來，訂閱半年不到兩塊錢，訂閱一年不到四塊錢。照我們想，這個數目該是幹訓同學所能負擔得起的。即許個人的經濟力量不許可，邀集兩三個同學合訂一份也行。總之，我們的主要目的是希望本刊能夠普遍達到幹訓同學裏面。

225

為著要推廣本刊的銷行，我們來了一次徵求基本訂戶，徵求期間是由六月一日起至七月三十一日止。我們要求在兩個月內，增加五千基本訂戶。這個預定的數目，雖然相當龐大，可是，它是具備了實現的客觀條件的。只要我們自己拿出突擊的精神，從多方面去發動，我們相信是不難達成要求的。除了我們自己努力以外，尤其希望各地幹訓同學和社會人士多多給我們幫忙，不但自己看，而且還要介紹別人訂閱。如果大家都能這樣為本刊而努力，則本刊在短時期內普遍全省是極有可能的。最近我們定了一個推銷本刊的競賽辦法，這個辦法不久就可以宣佈，請大家注意吧。

推銷和發行是有連帶關係的，所以要推廣銷路，便不能不改善發行。我們改善發行的原則，是以不超過現有的人力、物力和財力而能收到最大的效果為準。在發行的具體辦法上，我們規定了很重要的四點。就是：（一）裁減無謂的贈送；（二）馬上出版，馬上寄出；（三）配合各種交通機構，既要迅速，又要確實；（四）發行人員切實負責，經常檢查寄送是否到達以及到達的速度。

四、將來的一批貨色

我們是不是以擴大了讀者，增加了讀者為滿足呢？這很顯然，倘使我們不從內容上、編排上各方面去努力，則結果我們的讀者一定會因失望而減少的。雖然我們在上面曾經說過，要依據讀者的意見來充實本刊的內容，但我們絕不是說擴大讀者和充實內容這兩件工作是可以絕對分開的。事實上，擴大讀者和充實內容並不是兩回事，而是改革本刊這件工作的兩面。我們一面固然需要依據讀者的意見來充實內容，另一方面，我們也要以充實內容來達到擴大讀者的目的。只有這樣雙管齊下的努力，才能使本刊前途有著光明的希望。

在未說到今後本刊的內容之前，我想先說明一下本刊的主旨，這一點是與下文很有關係的。因為曾經有人批評本刊，說是「沒有國際政論」，又說「沒有專門學術研究」，還說「沒有文藝如小說、

戲劇、詩歌之類」。對於這種批評，我們不能說不對，因為時下一般刊物，每每喜歡給自己加上「綜合的，批判的，研究的，理論的」以及許多個「的」的字樣，因此一來，許多讀者都給養成一種習慣，以為凡是一個刊物都必須要有一些「國際政論」、「學術研究」、「文藝」之類的內容。其實，本刊卻不能和一般刊物相提並論，在於本刊的讀者對象主要的是幹訓生，本刊的「教育」和「領導」的對象主要的也是幹訓生。所以，本刊不能跟一般刊物那樣採取綜合的內容，我們的主旨是在「建設安徽，復興中國」的總的政治任務之下，來研究基層建設，推行地方自治，提高基層幹部的修養和工作技能。因此，本刊不能採取綜合的內容，同時也不需要採取綜合的內容。

基於本刊的主旨和一部分讀者的意見，我們決定今後本刊的內容應該有下列幾方面：

（一）選載總裁及中央與本省高級長官之重要言論，使基層幹部對抗戰建國的認識納入正軌。

（二）登載政府重要法令，並說明其產生之意義，以及推行時所應把握的方針及方法等。

（三）對國內外時事、本省動態及各地方政情作有系統的報導。

（四）刊登各地各部門之工作報告及工作經驗，使幹部工作經驗作廣泛的交流。

（五）調查各地幹部對工作所提出之意見及問題，以展開廣泛而深入的討論。

（六）刊登有關地方建設及幹部問題的論文。

（七）提高各種工作技術，以增進行政效率。

（八）介紹外省施政情形，作為基層工作的參考。

（九）經常刊載有關做人做事的專論，使各地幹部在進修上有所借鑒。

（十）開「幹訓生信箱」一欄，對各地幹部所提出的生活上、學

習上的疑難問題，予以詳細解答。

（十一）選載本團一切為研究及討論之終結，使各地幹部能藉以學習。

（十二）選載本團富有積極意義的生活斷片。

上面所列舉出來的各點，當然不能算是十分充實的內容，但是，能夠照著這樣做去，則我們相信讀者是可能感到相當滿足的。所以今後本刊的內容，就是朝著這個方向去力求充實。

五、剩下來的零碎問題

關於本刊今後的改革，其主要者已如上述，剩下來的不過是一些零零碎碎的問題。但，為了要使大家完全明瞭本刊今後的新動向起見，即許是很零碎的一些問題，我們覺得也有把它提出來加以說明的必要。

首先要說到的，是關於稿件的寫法問題。這一點，是和讀者有著密切的聯繫的。因為一篇文章的內容與形式，常常可以是從讀者方面得到很大的感應的。如果不注意這一點，則一切改革，都將成為空談。因此，本刊對稿件的寫法，提出下列幾個原則：

（一）以「建設安徽，復興中國」為基本立場。

（二）用科學方法研究問題，對問題的看法務求一致。

（三）內容要翔實具體，形式要生動活潑。除專題論文外，儘量做到文藝的形式、政治的內容這一要求。

除了上述幾項原則外，短小精幹和通俗暢達，也是本刊對稿件寫法的重大要求。

其次要說的，是本刊稿件的來源問題。「稿荒」差不多是時下一般刊物的通常現象，也是最令一般編者頭痛的事。這個問題在我們看來是這樣的，我們認為一般刊物的讀者對象是一般的，因為是一般的，所以讀者對刊物本身都不負責任，結果它就不能不「挖稿」、「催稿」、「鬧稿荒」。本刊呢，本刊則不然。本刊的讀者對象是固定的，每一個讀者和本刊都有魚水的關係，所以我們可以這樣

說，本刊的讀者都是本刊的作者，本刊的作者也就是本刊的讀者。說得明顯一點，本刊擁有一萬七千讀者，只要我們能夠不斷改革，力求完善，我們是不怕稿件不會源源而來的。這一點，雖然頗近於理想，但，卻是具有充分的可能的。

目前，在本刊尚未普遍於幹訓生中的時候，我們對稿件的來源，暫時採取幾個辦法：第一是特約撰稿，聘請本團同人為特約撰稿員；第二是特約通訊，聘請各地幹訓同學為特約通訊員；第三是專門採訪，由本刊編者專往政府各機關採訪一切重要法令及政情資料；第四是徵求稿件，凡幹訓同學，無論在團或離團的，均可自由投稿。

記得在我們召開改進《幹訓》的座談會上，一個同學曾經提出這樣一個意見：「《幹訓》上面，官長的文章太多，同學們的文章太少，以後應該多登載各地同學的文章。」這個意見當然是無可非難的，因為《幹訓》原來就是幹訓同學的東西，自然不好讓「官長」來強姦它。但是，本刊也有它的苦衷，因為幹訓同學很少有稿來，所以我們不得不硬拉「官長」寫稿。而且「官長」的稿不見得就完全要不得，他們的理論、學識、見解、經驗，都多少可以給我們一點參考。所以今後我們是一面積極獎掖各地同學寫稿，一面逐漸減少「官長」的稿，使同學與「官長」的稿在比重上倒轉過來。

附帶在這裏說明的，就是以後對於各地同學的來信，除開在思想上有著根本的重大錯誤之外，一概予以刊登，即許在內容上或形式上有多少缺欠的，我們也願意不憚煩瑣地加以修正發表。總之，我們絕不辜負各地同學寫稿的熱情。

再其次要說到的，就是排版和校對的問題。無可諱言，本刊過去對這兩方面都留下了很大的缺點，這些缺點就是使本刊銷行萎縮的重大原因之一。所以今後在排版上，我們的確要下一番工夫。第一，版式編配要輕鬆活潑；第二，線條運用要柔和勻美；第三，對於封面，在不損害原有題字的原則下，力求富於藝術情調。在校對方面，我們唯一的要求就是不要有錯別字句。這一點，以後除了要

229

承印本刊的商店切實負責以外，在每期全版排成之後，要由本刊編者整個復校一次。雖然這件事頗為麻煩，但是，只要能夠沒有訛字來淆亂讀者，我們也心甘情願去做。

最後要說到的，是質料和印刷的問題，這是最令我們頭痛的事。因為在今天大別山中的紙張，不但昂貴，而且粗劣。由於質料不佳，所以印刷也就模糊不明。許多讀者都曾以此來責備我們，我們也正在積極設法，但，處在目前的環境裏，要想一時完全改好，實在是不可能的。今後我們一面要求印刷要確實認真，不許可有凸凹不平的字粒和濃淡不勻的油墨，一面我們也盡最大可能去採購較好的紙張。總之，凡是人力所能做得好的，我們都願意切切實實地做好來。

六、三個要求

本文裏已把本刊今後的動向大概說了一個輪廓，算是自我介紹。最後，我們向所有的幹訓同學提出三個要求：

第一，對於本刊今後的動向，請提出批評和意見。

第二，請依照本刊內容源源寫稿來，

第三，請多多介紹本刊，推銷本刊，使本刊迅速普遍於全體同學中。

我們期待著你們的滿意的回答！

五、二一、於皖幹團

❋ 禮 物
——給全省幹訓同學的第一封信

《幹訓》半月刊第2卷第1期
1941年6月25日出版

我最親愛的同學們：

當我提起筆來寫這封信的時候，我心裏實在感到極大的興奮，我欽佩你們，我頌美你們，我熱愛你們，我懷念你們，我願意藉著

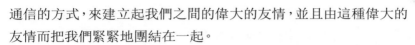

通信的方式，來建立起我們之間的偉大的友情，並且由這種偉大的友情而把我們緊緊地團結在一起。

　　首先我要告訴你們的，就是我的來歷。同學們！你們認識我的恐怕不多吧？告訴你們，我不是官長，也不是教師，而是和你們一樣從一個母親——安徽省地方行政幹部訓練團——的懷抱中生長起來的同學。我現在還年輕，壯健，有熱情，也很勇敢。一切都和你們一樣，我是你們的小弟弟，或者是你們的老大哥。總之，我們都是好朋友，好同志，雖然目前我們的工作崗位各有不同，然而，我們都是擔負著「建設安徽，復興中國」的同一任務的。所以不管認識也好，不認識也好，我都願意叫你們老大哥或者是小弟弟，同時，也請你們把我當作小弟弟或者老大哥看待。

　　好，現在就讓我們親熱地談下去吧。

　　對於你們，我是應當致以最大的慰問的，這並不是客氣，因為你們自從畢業離團之後，便分佈到基層工作的各部門中去。兩年多來，在惡劣的環境裏，在艱苦的生活中，你們都能拿出最大的勇氣和無比的熱情去搏鬥，去衝擊，打破了一重難關又一重難關，創造了一件事業又一件事業。今天，安徽能夠在敵後建立起鞏固的抗日政權來，可以說都是你們努力的代價。所以，你們的英勇行為，是特別值得讚揚和慰問的。

　　回想在武漢撤退的時候，整個安徽幾乎完全陷入混亂的狀態中。敵人的瘋狂騷擾，固然是造成了恐怖的氣氛，而漢奸匪徒們的趁機破壞，更使人民流離失所。在這個破碎的局面下，政府一面以軍事力量護衛著敵後政權的建立，一面迅速採取了「行新政，用新人」的幹部政策，來培植基層政治力量。果然，由於政府的領導正確，由於你們的不斷奮鬥，到底給安徽打出了一條光明的出路。假使當初我們沒有埋頭苦幹，則今天的穩定局面是一定不會有的。所以，我覺得，對於任何一件事，不管它是如何艱苦困難，只要你肯努力幹下去，那麼，前途一定是有辦法的。

說起幹，也許有人認為是很平常的，很簡單的工作。其實不然，天下的事看起來愈是平淡無奇，然而其中的道理卻愈是艱深，實行起來也愈是不容易。譬如說：我們時常喊「窮幹，硬幹，快幹，實幹」，可是，試問真正能夠這樣去幹的，到底有幾多？

中國人最壞的毛病，就是空疏迂闊，不切實際。無論什麼事，都是「坐而言」，不能「起而行」。在口講的時候，有條有理，有頭有緒，倒也娓娓動聽。可是一到實行的時候，就畏首畏尾，患得患失，甚至根本就不願動手去幹。像這樣的人，無論是有多大的學問，永遠也不會成功一件事業。還有一種人，也是因為崇尚空談，所以往往只知道批評別人，而永不檢討自己，對於別人的工作成績，常常批評得一錢不值，但是，他卻始終沒有想到自己從來也未曾動手幹過。這種人比空談還要壞，他不但自己不幹，而且還妨礙別人的幹。正所謂「成事不足，敗事有餘」。

像這樣的毛病，無可諱言，在今天還是普遍存在著的。老實說：這就是我們民族的最大病根！我們要完成革命大業，乃至要做成一件很小的工作，都非得要把它徹底肅清不可！

天下的事，無論怎樣艱難，只要是有現實根據的，都可以從「幹」之中去求得解決。所謂有現實根據的，就是說它並不是出於自己的幻想。譬如說：騰雲駕霧，翻江倒海。這些事在現實社會裏都是沒有根源的，我們自然無法去幹。除此以外，你說：還有甚麼事我們幹不了？一次失敗，二次再來；今天做不好，明天再做。窮年累月，始終不懈，這樣幹下去，是不會沒有成功的。記得小時候，見得一副對聯，說是「有志者事竟成，濟河焚舟，十萬秦師終入晉；苦心人天不負，臥薪嘗膽，三千越將尚吞吳」。它借用淝水之戰和勾踐復國的故事，來激發人們苦幹的精神。古人也說：「事有難易乎，為之，則難亦易矣；不為之，則易亦難矣」。可見，只要我們自己肯幹，則一定可以化難為易、轉危為安的。

有些人以為自己的力量太渺小了，即許再賣力的幹，也不會見得於事業有多大的幫助。這話初看似乎頗有道理，其實是非常錯誤

的。我們知道，每一件事業，都是含有社會性的，因此，社會上的每一個分子都負有推動和完成這件事業的責任。我們個人的責任雖然渺小，但，也不見得完全沒有作用，一塊石子投到池塘裏，最少也要激起一個波紋。而且如果我們自己首先努力去幹，用我們的幹的精神去激發別人，也可能推動別人和我們一起來幹。總之，做得一分算一分，做了總比不做好。但，也不應該妄自菲薄，魯迅先生說：「有一分熱，發一分光」，就是叫我們盡力做去的意思。

可是，有的人也許是太聰明了，他雖然是幹，然而幹得太不切實，太不穩當，常常想取巧倖進，這種毛病的壞處也不下於空談。因為任何一件工作，都是努力的成果，不費吹灰之力而坐享其成的人，是絕對不會有光明的前途的。雖然偶爾可以僥倖成功，但是，其成功的根基是不堅實的，一旦遭遇著驚濤駭浪，馬上就會崩潰下來。所以，取巧倖進是不足為訓的。古人修身很講究一個「拙」字，這，看起來似乎近於迂闊，其實就是針對著這個「巧」字來痛下

針砭的。所謂「拙」，並不是拙劣和蠢笨的意思，而是穩紮穩打、不屈不撓之謂。所以，古人告誡我們要「以拙制巧」。中國有一個愚公移山的故事，雖是一個寓言，卻也可以發人猛省，我們希望中國人大家去做「愚公」，千萬不要做動口不動手的聰明人。

總理在提倡革命的早年，就看清了中國人的一類毛病在於不肯實行，所以才創造了「知難行易」的學說，企圖喚起國人力行革命的勇氣。在《心理建設》的自序

《幹訓》半月刊刊出哈庸凡先生給全省幹訓同學的第一封信

中，總理特別精闢地指出：

> 夫國者，人之積也。人者，心之器也。而國事者，一群人心理之
> 現象也。是故政治之隆汙，繫於人心之振靡。吾心信其可行，則
> 移山倒海之難，終有成功之日；吾心信其不可行，則反掌折枝之
> 易，亦無收效之期也。

從總理這一段話裏，我們可以看出事業的成功與否，只在於我們自己肯不肯實行。總理之所以能以赤手空拳推翻滿清創立民國者，就是他那種不屈不撓的幹的精神。總裁的力行哲學，也是主張發揚幹的精神的。在《心理建設主要意義》中，總裁痛切地告誡我們：

> 現在中國一般人對於任何事情，既不能腳踏實地，刻苦求知，更
> 不能切實力行。譬如每年到了水災或旱災發生的時候，各地政府
> 和人民只知奔走呼籲，到處乞憐求救，不知每個人都有雙手、雙
> 足，耳目心志，不應用這些天賦富能來戰勝困難，大家只是束手
> 呼號，專依賴人的救濟，無知無勇，一致如此！

這段話雖然是在以前各地發生水災或旱災時候說的，但是，衡諸今天的一切工作，亦莫不如此。所以我們應該服膺總裁的訓示，用自己的「雙手」、「雙足」、「耳目心志」，力行不懈，貫徹始終。只有這樣，我們才能從艱苦的環境裏，去開闢我們光明的前路。親愛的同學們，你說對嗎？

上面寫得非常囉嗦，而且似乎有些板起面孔說教的樣子。這一點，我知道你們是一定不很高興的。其實，請你們原諒，我並沒有存心說教。我是覺得那種「坐而言不能起而行」的毛病至今還是普遍地存在著，我深恐那種毛病會傳染到你們的身上，而且朋友有規勸的義務，同學們其實更應該互相切磋，所以提起筆來，就不知不覺寫上這麼一大篇。我知道，這些道理你們都懂得，而且比我懂得更高明，但，同學們，僅僅懂得是不中用的，懂得了還要實行，實行了才會更懂。所以，今天的問題不在別的，就是在於幹。如果說第一次見面要送見面禮的話，那麼，今天我送給你們的見面禮便是

「幹！幹！幹！」

我希望你們會有信給我，譬如說：談談你們的生活啦，講講你們的工作啦，或者是討論些甚麼問題啦，無論什麼都可以。總之，我們都是同學，是同志，不管認識也好，不認識也好，通信談話是沒有關係的。好吧，我在等待著你們。謹致

民族復興敬禮

你們的同學　哈庸凡

端陽節後一日（1941年5月31日）

✻ 如何推行糧食政策

（座談會記錄）

《幹訓》半月刊第2卷第2期1941年7月25日出版

時間：（1941年）七月十二日下午六時

地點：本團中山室參加者：何義信[1]、杜定球[2]、哈庸凡、徐廷署[3]、朱尚文[4]、朱玉湖[5]、吳思培[6]、周之平[7]、華從練、黃鶴齡[8]、方之良、李景耀、武景星、王世美[9]、王有三。

主席：哈庸凡

記錄：徐廷署

主席：各位同志！全國財政會議決定了糧食政策以後，當然是

---

[1]　廣西博白人，桂林師專第一屆畢業生，時任皖幹團訓育處中校主任訓育指導員，後任上校主任教官。

[2]　抗戰爆發後參加廣西學生軍北上，時任皖幹團第二隊訓育指導員。

[3]　廣西陽朔人，時任皖幹團第五隊訓育指導員。

[4]　廣西百色人，抗戰後期任安徽省政府法制室主任。

[5]　廣東人，曾任安徽省太湖縣政府秘書。

[6]　後任安徽定遠縣縣長。

[7]　後任安徽太湖縣參議員。

[8]　曾任安徽蒙城縣督學。

[9]　安徽壽縣人。

事在必行的了。因為糧食政策不僅有關軍食民食之解決，而且誠如總裁所說：「土地政策與糧食管理能否貫徹，就是我們全國國民能否建設一個真正獨立自由的現代國家的試金石！」同志們都是政令的推行者，對於這個問題一定有很豐富的經驗與寶貴的意見，大家貢獻出來，作政府推行時的一種參考。兄弟簡單地如此開場，請各位踴躍發表意見。

黃鶴齡：根據過去的經驗，要推行糧食政策，只有堅決的執行下列幾點：第一，取締地主豪富，在方法上我們要確定永佃權，地主不得更換佃戶，由此調查地主豪富之實有田畝，方便實行餘糧由政府統調的實施；第二，防止囤積居奇，我覺得應該取締米行，並由政府計算規定各人應存糧數，多存即是違法，並制定糧食囤積居奇治罪條例嚴切執行；第三，獎勵人民獻糧運動，實行有糧出糧之宣傳；第四，舉辦糧食公賣，由每保設一公賣所，公賣所與保公所應取得密切配合；第五，發行糧食庫券——主要的是給地主，貧苦農民仍給予若干之法幣。這是我簡單的意見。

武景星：過去在皖北阜陽，為了應付駐軍的給養，曾以合作站名義，做過強行糧食公買辦法。當時以急待需要，不暇調查，即以過去紳富借款底冊為標準，凡在五元以下者不出糧，五元以上者按數累進。因此減除了一時的困難。由此可證舉辦糧食公買絕無問題，倘再加上縝密調查和普遍確實登記，目前糧荒不難迎刃而解！關於倉儲問題，最好用封存的辦法，將地主豪富餘糧驗收封存原倉。這樣一方面可以防止囤積居奇，同時也可以節制私人資本以達有糧出糧原則。

李景耀：這個問題可以分做兩方面來說：在治標方面，第一須將住戶所有地畝、人口及每年所需食糧數作普遍調查，調查清楚後，除將住戶所需食糧扣除外，剩餘食糧一概查封或繳歸各該鄉保公倉保存。第二，實行公賣制度，嚴禁住戶私自購賣食糧。凡住戶所需糧食，一律到公賣所去買，公賣所既可控制糧食的數量，復可平衡糧食的價格，如此自可免去糧食的恐慌。第三，發行糧食庫券，

使地主無從操縱。第四，健全各級糧食管理機構，嚴厲執行糧食政策，妥善保管糧食。第五，節制糧食消耗——釀酒，製糖，絕對禁止。在治本方面，要實行土地政策，改革佃租關係以達耕者有其田的目的。

吳思培：阻礙糧食政策推行的，只有地主與豪富，他們的罪惡，第一是囤積；第二是賤糶。他們一向就有一個原則，規定佃戶刈麥的日期，所謂不到秋後不刈，這樣在成色上當然是最好的了（燥，實）。同時，不管如何荒年，不到次年廢曆三月十五不開倉。這即是賤收貴賣的把戲，以加重對農民的剝削。其次，賤糶的辦法是零賣整運。過去攤派軍糧為什麼派不到他們呢？這主要的原因是政府沒有決心，基政人員不敢切實負責，也顧點情面。今後糧食政策，政府已有執行決心，則推行者就有了後盾。同時這政策必然有廣大的人民擁護，毫無疑義是可以行得通的。

周之平：糧食政策是總理遺教中關於改進國家財政與經濟建設的三大任務之一，在目前艱苦過程裏，為了防止食糧賤糶，調節軍糧民食，推行糧食政策是刻不容緩的。因此，我認為：第一，推行糧食政策是一種新的政治設施，在推行的初期，必有阻礙，尤其是地主豪富。為了徹底執行這一政策，對於他們阻滯的伎倆，應予以無情的打擊！在糧食管理上實行民倉公管制，在運售上實行平價公賣制。第二，實行糧食公賣是統制糧食的最好辦法。惟在起初推行時，最好是把各地的糧商糧行統計起來，舉行登記，再就他們年年經商的額數，分配糧食庫券，督促他們推銷，期以時日，再勒令他們改業。

王世美：糧食問題是決定戰時最後勝負的主要因素，現在糧食有問題並不是糧食太少，事實上是，倉有腐糧，野有餓殍；豪富囤積，戰士忍飢。所以目前糧食政策極宜推行。在土地法尚未實施以前，我覺得應儘先著手於（一）糧食公賣——凡地主豪富除所需食糧及備荒糧外，統應加以查封，備價收買，平價出售。但是民間的部分零星交易，在若干地區准其暫留，這便可給若干便利予農民小

戶。（二）發行糧食庫券，此舉固可調節糧食，也可以吸收遊資，我覺得取締地主豪富，在土地法未實施前，最妥善的辦法是實行上述兩個辦法。至於田賦改徵在本省萬難行通，有糧出糧，也難免耕者疲怠，影響糧食之總收成！

《幹訓》半月刊第 2 卷第 2 期推出「糧食問題專號」，刊載哈庸凡先生主持的《如何推行糧食政策》座談會記錄

主席：剛才各位發表的意見已經很多，關於這個問題，總裁在全國財政會議的訓詞中說得很明白，對於推行也有萬分的決心。自然，在推行時必然會有困難，但是我們不能因為有困難就推諉責任！我們還是要堅決執行下去，因為這是我們能否建設真正的獨立自由的國家的試金石！至於有糧出糧，這是實行土地政策的一個自然步驟，在原則上那是完全正確的。現在請繼續發表意見。

朱玉湖：為了解決目前的糧食問題，就不得不先行採取治標的辦法。第一，先要把民間糧食調查統計；第二，發給採買證；第三，舉辦糧食公買公賣。調查工作頂不易做，善於囤積居奇販賣獲利的地主豪富手段神通，他們運用在地方上的勢力，想盡可能的方法來逃避公家的統制。而保甲人員不健全，礙於情面，畏其勢力，公然讓他們討此便宜。所以在調查之先，必須制就詳細的調查表，並加添佃租關係一欄，利用各縣集訓的員生切實調查，其餘糧就地封存，並責令糧主保管，不得私自變賣。然後對糧食不足之戶發給採買證，實行公賣。封存之糧食如果與採買證數目不敷，則認為資敵，加以嚴重的懲處。這樣實行，一定可以成功的。

朱尚文：推行糧食政策，綜括起來可以分作幾個步驟來說：第一，糧食政策是為著軍食與民食，它的意義就是有糧出糧，那我們統制的對象，當然是有盈餘倉糧的地主和豪富，而不是糧食不足的農民，我們必須把這個意義廣為宣傳。那麼我們的工作目標既在少

數人身上，不但辦理容易，而大多數農民也不致受少數人的煽惑，誤解政府意義，有礙政令推行。第二，地主們對糧食的藏匿，多用化整為零的方法。可是糧食是極笨重的東西，不易隱蔽，佃戶的積存不多，我們只要基層人員負責去調查統計，大致是不會相差很遠的。第三，調查統計之後，我們就要嚴格統制運銷，使縣內外糧食流通供給不致發生困難，賫敵現象也不會再見。至於公賣一節，恐怕因面積及人事種種關係，不容易即刻達到要求，為免去初步困難，還是統制運銷辦法比較合宜。第四，以庫券收買，不特食糧得以統制，農村中因糧價而發生的遊資問題都可以免去流弊，而集中為戰時生產之用。第五，實行田賦改徵，如運送收納成色坁耗存儲保管種種困難甚多，我們並為著防空及軍事上起見，最好發行庫券之後，仍由原主保存，以庫券代徵，則上列困難便可解除。第六，實行土地政策，這個政策為本黨民生主義的主要內容之一，我們第一步如能將糧食調查統計運銷辦理妥善，那末土地的解決，也自然就容易多了。總之，這個糧食政策是一個利國福民的好政策，我們只有奮力執行。

王有三：關於調查工作，我覺得還應該有一兩次的復查，使統計更趨確實。

方之良：對於這個問題，我簡單地說出我的意見如下：第一，健全各級糧管機構與行政各級機構密切聯繫配合。第二，新穀登場時應切實調查統計，如不確實，調查人員應受處分。第三，全國人民實行計口授糧，多餘的糧食由政府統制處理。第四，實行糧食公賣，規定不變之價目。第五，收買豪富地主糧食一律發給糧食庫券，其他人民可酌給法幣。第六，實行政府規定的減租，改革租佃關係。第七，實行土地政策，達到耕者有其田。

黃鶴齡：這個問題是必然可以實行的了。所以今後政府應該訂定各種懲獎辦法，督促各級人員努力執行。

何義信：糧食政策為本黨政策之一，事在必行的。不過在推行時當然有不少的困難。但，我們不能因為有困難就不幹，所以事先，

我們對這個問題應該作廣泛的宣傳，使大家明瞭政策的進步意義而擁護它。同時對這個問題，我們作深入的研究，提供有效辦法給政府參考。在施行時，首先碰到的困難當然是封建勢力的阻擾，所以政府要有決心以政治力量強制執行。在方法上當然是實行調查統計，公買公賣，不予私人經營，則囤積居奇、貨敵等自可消滅。此外發行糧食庫券，改徵實物等也須相繼實行，而最主要的還是實行土地政策。因為中國農村十分之八九是佃戶，經常一年所獲不夠付租，因此不願耕田。假如我們實行總理的耕者有其田的遺教，則農民必努力，生產必大增，糧食問題當可解決。

　　主席：時間已經夠了。各位的意見已經發表了很多，現在兄弟來綜合各位的意見，作一簡單的結論：

　　一、反對糧食政策的，只有地主豪富等封建殘餘，他們為了自私自利可以不顧軍民的饑餓的，所以，我們要嚴厲取締他們，努力推行糧食政策。我們必須不畏豪強，不畏權勢，因為我們有廣大人民做基礎，有賢明政府做後盾。

　　二、囤積居奇是漢奸的行為，我們要嚴切執行法令，並讓人民有權檢舉。同時要照總裁的訓示：「一切統制和管理要從最富的下手」。

　　三、經過調查統計後，實行有糧出糧，首先以宣傳力量使其自動執行，如不可能，則強制執行。各地基政人員可發動一個有糧出糧的競賽運動。

　　四、訓練糧政人員，舉辦糧食公賣，由政府全部統籌。

　　五、發行最後勝利的預約券——糧食庫券，其對象是那些倉有餘糧的地主豪富，及從中獲利的米商米行。

　　六、實行田賦改徵的原則，辦法可依照實地情形另擬妥善。

　　七、實行土地政策，達到耕者有其田，則整個問題都可以解決了。

❋ 做人做事的基本態度
——給全省幹訓同學的第二封信

《幹訓》半月刊第2卷三四期合刊
1941年8月25日出版

親愛的同學們：

上次我跟大家談過關於「幹」的問題，當然，這問題的本身是很容易明白的，我們用不著再事研討。不過，我覺得，當我們在幹的時候，我們得確定一個基本的態度，這一基本態度就是我們幹的最高指標，也就是我們做人做事的最低限度的立場。有了這一個基本態度，我們才不致在工作中迷失方向，才不致因萬花繚亂的社會現象而動搖了我們的初衷。否則，那種毫無原則的幹法，不僅是影響到工作的遲滯，而且會使我們自己發生走入歧途的危險。

所謂做人做事的問題，質而言之，就是待人接物的道理。這，看起來似乎是老生常談的迂闊之論。其實，這問題可不那麼簡單。特別是在今天的社會裏，人與人之間的關係較過去更為錯綜複雜。同時，許多五花八門的現象又不斷地淆亂著我們的耳目。我們要應付這個變化無常的社會，對於做人做事的問題，實在有重新提出來的必要。

甚麼是今天做人做事的基本態度呢？要回答這個問題，首先得確定我們到底是要做什麼人和做什麼事，關於這一點，我想是非常容易解答的。常言說得好：「人望高，水望低」，無論如何，我們總不至於想做壞人和想做壞事，世界上沒有一個人是自始就甘於墮落的。所以，簡單說來，我們每個人都是希望做好人，做好事，由是，便可以確定我們做人做事的基本態度是應該以「好」為準則，說得更具體一點，我們做人做事的基本態度應該是要向上，要進取，要熱愛真理，要追求光明，要有益於人類社會。這是積極的一面。

然而，問題到這裏還不能算是完全解決。因為社會到底太複雜

了，許多黑暗、醜惡、卑劣、荒淫的現象依然存在著。這些形形色色的事物，往往結成一股力量，對我們盡著阻撓甚至於破壞的作用。在這種腐惡勢力包圍之中，我們要能揚起眉毛，挺起胸脯來做人做事，僅僅是主觀上想做好來還是不夠的。因此，我們還得要無情地打擊那些惡劣的勢力，從日常的生活行動中，肅清那些不良意識和落後傾向。只有這樣，才能達成我們做好人和做好事的志願。這是消極的一面。

概括起來講，我們做人做事的基本態度，就是本著我們的良知，去為人類社會創造光明的前路。為了真理，我們要敢說敢講；為了正義，我們要敢作敢為。不畏強暴，不畏權勢，不同流合污，不敗德虧行。這樣的做法，才能算是頂天立地的好漢，才能算是抗戰建國的鬥士，也才能算是二十世紀四十年代的革命青年！

本來，人生就是一個鬥爭。在這個鬥爭的場合裏，我們要想立於不敗之地，就必須要有自己獨立的人格，有了獨立的人格，然後我們才能時時刻刻爭取主動，才能「以不變應萬變」。否則，一味的隨聲附和，幫忙幫閒，或者是明知不合理而噤若寒蟬，則其結果便只有成為懦夫、俘虜或奴才，因為他已經沒有獨立的人格來支持這個人生戰鬥了。

我們時常可以看見這樣的一種人，他們為了希圖個人的顯達，為了滿足一時的物質享受，不惜依附權勢，賣身投靠，甚至以奔走鑽營的卑劣手段，去達成逢迎權貴的目的。像這樣的人，雖然他暫時也可以「名成利就」，然而，到底是一個沒有人格、沒有靈魂的東西。他只有「人云亦云，亦步亦趨」的在打發日子，什麼是非、善惡，他可以一概不管。像這樣的人，除非是世界或然回復到愚昧時代，否則，他一定會給社會進化的巨浪所淘汰。這，倒不是我們相信「善惡到頭終有報」的因果說，而是像這樣恬然不知恥的傢夥，的確沒有任何條件可以生存於將來的社會裏。

趙高指鹿為馬的故事，想必大家都是知道的。你看，當時滿朝的文武大臣，袞袞諸公，因為畏懼趙高的權勢，竟無一人挺身而

出來分辨鹿馬，由是，趙高知道群臣都是失了人格、失了靈魂的廢物，所以後來他才敢於欺君貌法，一意孤行，終至於斷送了秦朝的天下。假定當時群臣中有一個有肝膽、有良心的人，出來與趙高辨別鹿馬，雖然當時很可能因為忤逆了趙高的意旨而罹殺身之禍，但是，由此一來，趙高知道公理尚在人心，到後來也未必竟敢那樣妄作妄為。因此，我覺得，人世間的是非善惡，真是間不容髮。其影響所及，不僅是個人的成敗，而且是國家的興亡。所以我們做人做事的基本態度，就是要明是非，別善惡，在是與非，善與惡的分水線間，我們一定要「擇善固執」。在任何惡劣的遭遇之下，我們都必須要做到「富貴不能淫，貧賤不能移，威武不能屈」。

數千年來，我們民族都是沉湎於保守的生活中的。因為這樣，所以在一般智識分子（特別是士大夫階級）中便以「明哲保身」相標榜，而在民間，則流行著「各人自掃門前雪，休管他人瓦上霜」的這樣兩句俗諺。這種保守性是由個人主義造成的，凡事只講求個人的榮辱得失，其他可以一概不管。這樣一來，所謂「非」，所謂「惡」，只要不直接危害到自己，就可以隨它去蔓延、滋長和繁榮，因為那種「非」和「惡」，分明是「他人瓦上霜」，又何必去自尋煩惱呢。這種做法，雖然是頗能體驗人情世故，然而我們依然不能不認為它是錯誤的，因為由於社會的進化，人與人之間已經形成一個不可分割的整體，以人為基礎的種種事物現象，自然也交錯而發生密切的關係。在今天的世界裏，像陶淵明的桃花源和魯濱孫的荒島是絕對不會有的，所以我們個人無論如何都會必然地投入複雜的社會關係中。你不去影響現實，現實就必然會來影響你，這是鐵一般不可動搖的事實。小之如一個奸商的囤積居奇而影響到市場的物價，大之如中國抗戰而樹立了世界正義的先聲。所有這些，都是證明人與人之間的確存在著錯綜複雜的密切關係。因此，那種「明哲保身」的個人主義，不是我們今天所需要的。一個人的行為或一件事的影響，雖然不直接和我們發生關係，可是在間接上依然要或遲或早蔓延到我們的身上的。譬如，一個奸商囤積居奇，表面上似乎

和我們絲毫沒有關係，可是，假定不去積極的加以制止，則必然會使市場的物價高漲，到那時候，豈非也影響到我們的生活？又如，辦理兵役的人賣放壯丁，看起來也和我們絲毫無涉，然而，此風一長，則兵員補充困難，抗戰前途大受影響。萬一抗戰失敗，豈非也損害到我們自己的生命財產？再如，一個人的夤緣奔走，看起來也跟我們是「風馬牛不相及」的，可是，假使人人競相效尤，則必然會造成澆薄之風。那麼，國家的事就不堪設想了。國家的事既然是一團糟糕，則我們自己又豈能置身事外？由此看來，我們是絕不能脫離社會而生存的，假使社會是惡劣的，則無論我們自己怎樣努力想好，也是毫不可能。所以我們不但要自己好，而且要別人好；不但要使自己所做的事有益，而且要使別人所做的事有益，這就是所謂「教人為善、與人為善」的意思，也就是現代做人做事的最高理想。要想達到這點，則對於許多的人，許多的事，我們都要關切注意，絕不好以「他人瓦上霜」而漠然視之。在這許多的人和許多的事中，我們一定要站在正義和真理的立場，去分別是與非，善與惡，嚴肅與荒淫，純潔與卑劣。不僅如此，而且在行動上，我們還得堅持「是」，反對「非」，擁護「善」，摧毀「惡」，保衛嚴肅與純潔，打擊荒淫與卑劣。同時，不僅我們自己是如此，而且要影響別人也如此。像這樣磊落光明、正直無私的做人做事態度，才是我們今天所積極需要的。因為只有這樣，才能肅清人間一切落後意識和不良傾向，才能使正義和真理在世界上繁榮滋長。

有的人以為多一事不如少一事，何必要開罪於人而自討麻煩。是非善惡，自己心裏明白就行了，不必要行諸辭色和行動。所以，對好的一方面，他也是「唯唯」；對壞的一方面，他也是「唯唯」，於是弄得八面玲瓏，到處討好。在他自己看來，似乎是聰明的辦法，然而，其錯誤也不下於那些顛倒是非、混淆黑白的人。因為是非善惡之間，是絕不許可有中立的。是則是，非則非，自己的立場一定要明朗，否則，一旦到了是與非的鬥爭的時候，他自己必然首先遭受毀滅，因為雙方都不會以他為友的。所以處處討好，結果是處處不討

好。這種兩面滅的做法，在做人做事的基本態度上面，是絕對不容許存在的。

也許有人會這樣問：這種鐵面無情的做法，那不是明明去碰釘子嗎？而且，這個釘子是自己找來碰的，別人不會同情你，這不是白白犧牲嗎？對於這個問題，我們的答覆是：公理雖然可以遮蔽於一時，但卻不能遮蔽於永久，是非善惡，終究會大白於天下。而且假使我們的確是為了正義和真理去碰釘子，則我們一定可以得到廣大的同情與援助。因為天下人心尚未死盡，只要我們這一個釘子碰得多少有點作用，則無論如何犧牲也還值得。大家都曾看過京戲的，京戲裏有一出《包公打鑾駕》，那是包公奉旨陳州放糧，龐妃恐怕包公查出她哥哥放糧舞弊的情事，所以在包公啟程的時候，便假借皇后的全副鑾駕來阻滯包公的行程。包公一再回避，結果還是不得通過。後來包公為了要執行自己的任務，便不顧欺君之罪，指揮王朝馬漢等人打碎鑾駕，上殿面君請罪。仁宗皇帝本來想懲治包公來安慰龐妃，不料八賢王手執畫眉金鐧闖上金殿，據理力爭，後來仁宗礙於眾議，除了赦免包公的欺君之罪外，還治了龐妃一個擅用鑾駕的罪名。於是，這一場打鑾欺君的大罪，便宣告究結。我們想，在君主時代，臣之事君猶如羊之伴虎，稍一不慎，便有死亡的危險的。包公生在這樣的時代，為了正義，竟敢打碎鑾駕，當街給龐妃難堪。這個釘子可算碰得不小。然而，不但當時有八賢王出來據理力爭，而且後世的人，還以此來稱頌包公的正直無私，可見公理到底是在於人心的。我們用不著為了這點而害怕。上面說的《包公打鑾駕》，本是一個隨便舉起的例子，雖然它是一個「莫須有」的故事，但是也可以多少鼓勵我們一點碰釘子的勇氣。不過，當我們碰釘子的時候，我們千萬不好希望半空中跳出一個八賢王，我們只憑著自己的力量去幹，有八賢王這樣的人固然好，就是沒有八賢王，我們也得要碰這個釘子的。

以上說的是做人做事的基本態度，基本態度一經確定，那麼，在運用上我們也不妨技巧些，所以有時我們也可以不用碰釘子這樣

的做法。不過，因為這封信寫得太長了，我想稍微停一下，所以就在這裏賣一個關子，用「欲知後事如何，且聽下回分解」來做結束吧。

　　祝你們

進步

　　　　　　　　　你們的同學　庸凡八月十三日

❈ 論人情世故

　　——給全省幹訓同學的第三封信

《幹訓》半月刊第2卷第5期
1941年9月10日出版

　　最親愛的同學們：

　　提起人情世故，不由得叫我想起前人說的兩句話，就是「世事洞達皆學問，人情老練亦文章」。這兩句話看起來似乎很平淡，而且也似乎近於迂闊，其實這當中卻是很有道理的。一個人生存在世界上，無論做什麼事情，總不免要和社會環境以及在這社會環境裏活動的許多人物相接觸，並因此而構成種種錯綜複雜的關係。所謂人情世故，就是指人與人之間和事與事之間那種種關係的規律性。究明這些規律和運用這些規律，正是我們做人做事最不可缺少的條件。所以古人特別強調人情世故，把它拿來當作「學問」和「文章」看待，其理由就在此。

　　一般人平常總喜歡用「世故太深」幾個字來罵那些奸巧圓滑的人，似乎他們之所以奸巧圓滑，完全應當由世故來負責一樣。這種似是而非的看法，只要我們仔細想一想，就不難發現其錯誤的。譬如說：一把刀在屠夫手裏是拿來殺豬，而在土匪手裏則拿來殺人，假使我們看見土匪拿刀殺人，我們能說這是刀的罪惡嗎？再舉一個淺近的例子：政府的法令本來是為人民謀利益的，倘使推行法令的人是賢明的，則人民自然會蒙受政府的好處，反之，如果遇著貪汙土劣，則政府法令有時反會成為他們營私舞弊的護身符。假使我們看見人民因此而發生痛苦，我們能將這個責任歸罪於政府的法令

嗎？所以，世故本身是並沒有罪惡的，只看我們運用的人如何。運用在壞的方面，當然變成奸巧圓滑。可是，如果運用在好的方面，也可以成為正直聰明。總之，人情世故是我們為人處世最重要的工具，我們沒有任何理由可以放棄它。倘使以為世故會導人入於陰險，因而不聞不問，那是和以為刀是殺人的利器，因而連剖瓜切菜也擱而不用是一樣的愚笨和可笑。

人情世故是一切事物通有的習慣。譬如：大多數的人是喜歡戴高帽子的，你對他恭維，他便覺得開心，這是人性中通有的習慣，也即是所謂人情。又如，你要勸告一個很生疏的朋友戒賭，如果劈頭就來一套「賭博之害，勝如洪水猛獸」的高論，那麼，他不但不肯接受你的忠言，反而對你發生厭恨甚至於仇恨。倘使我們先跟他加深感情，從行動上去影響他，逐漸使之潛移默化，或者幫助他的工作緊張起來，使他沒有空閒的時間去賭博，然後等到又一次他輸得赤光並且心裏有點懊喪的時候，我們再單刀直入地來勸誡他。像這樣的做法，就是事情通有的習慣，亦即是所謂世故。由此看來，人情世故簡直可以說是我們做人做事的助力，我們多懂得一分人情世故，就是多增加一分力量，也可以說是多增加一分成功的把握。反之，就是增加我們的困難。俗話說：「因風吹火，用力不多」。明儒呂叔簡先生也說過：「凡事須知棄用乘，失其所乘，則倍勞而功不就；得其所棄，則與物無忤，與吾無困，而天下享其利」。所謂「因風吹火」，所謂「知棄用乘」，無非都是人情世故的道理。用一句現代的時髦話講，就是發揮工作的機動性。

有些青年朋友初入社會，不知天有多高，地有多厚，只憑著一股熱情，瞎撞亂衝，滿以為只要有「一舉手，一投足之勞」，便可以改造環境。孰不知事實到底不像理想那麼容易。你越是瞎撞，它越是給你釘子碰；越是亂衝，它越是給你準備著陷阱。弄到結果，這些青年朋友都不期而然地餒氣了，灰心了，而環境的荒淫腐化依然如故。像這樣的青年朋友我們相信並不少，對於他們的熱情和勇氣，那是萬分值得我們敬佩的。然而，我們依然不能饒恕他們那種

不懂人情世故的幼稚行為。我們應該知道，一個人要改造環境首先就得順應環境，因為不如此，他就不會明白這個環境裏的癥結所在，也不會分辨得出哪些問題是主導的，哪些問題是從屬的，更不能分別這個環境裏的敵和友，阻力和助力。像這樣不明情況不知彼己的指揮官，怎能不在人生的戰場上大敗虧輸呢？

順應環境並不是同流合污，更不是背叛變節，而是一種戰略的運用。在第二封信裏，我曾說過：「我們做人做事的基本態度，就是本著我們的良知，去為人類社會創造光明的前路，為了真理，我們要敢說敢講；為了正義，我們要敢作敢為。不畏強暴，不畏權勢，不同流合污，不敗德虧行。」這一個基本態度，我們是始終不變的。但，同時，我在第二封信裏又說過：「基本態度一經確定，那麼，在運用上我們也不妨技巧些。」所謂「技巧些」，就是指順應環境，瞭解人情世故而言，也恰巧符合了「以不變應萬變」的道理。因為我們的順應環境和瞭解人情世故，並不是消極的，而是有著積極的意義的。這就是說，我們始終是立在主動的地位，而向著改造環境這個鵠的去努力的，順應環境不過是一時權宜之計而已。

可是，這話又得說回頭來。人情世故的作用是有消極性的，一方面它固然可以幫助我們，但，另一方面它也可以危害我們。因為人情世故到底是社會的產物，而且還是無數腐化意識的積累。因此，當我們深入人情世故的時候，我們只有兩條路可走，一條路是我們使用人情世故來增強我們的力量；另外一條路是我們為人情世故所同化，所泯滅，結果是我們自己做了人情世故的俘虜。所以我們一面固然是要求熟悉人情世故，一面也要防止人情世故所帶給我們的那種弊害。

據我看來，人情世故可能發生的弊害有兩種：一種即是所謂奸巧圓滑，一種則是同流合污。關於前者，雖然我們在上面曾經指出，人情世故並不是奸巧圓滑的原因，但是，人情世故卻的確是奸巧圓滑的工具。關於後者，卻是人性中的一種惰性作用，因為他深知人

情世故，覺得人生不過是這麼一套。於是，有機會的時候，也不妨投投機，取取巧。久而久之，也就「習慣成自然」了。然而，我們今天要求熟悉人情世故，卻絕對不許可走上這樣的道路。同流合污，我們固然要反對；奸巧圓滑，我們也一定不可放饒。總之，我們今天是要拋棄人情世故的壞處，而利用人情世故的好處。

因此，對於人情世故，我們應該有下面幾個新的認識：

第一，人情世故是一種情理的智識，它可以幫助我們去瞭解社會環境以及在這個環境內所活動的許多事物，使我們能夠從錯綜複雜的社會關係中，得到一般的入情入理的法則。因此，它首先就糾正了我們青年人最容易犯的好高騖遠和衝動盲從的錯誤。

第二，人情世故是人生經驗的總結，它是從人類的歷史活動和社會活動中，提煉出來的一般的待人處事的道理，使我們能夠從前人的成功裏，接受那些寶貴的教訓，同時，又從前人的失敗裏，來加深我們的警惕，以免重蹈別人的覆轍。

第三，人情世故是一種生活的策略，它幫助我們在生活中瞭解對象，估計情況和決定機宜，使我們縱然處在五花八門、變化無常的社會裏，也能夠適切適宜地生活下去，而且永遠站在主動的地位，取著攻擊的姿態，像一個最優秀的指揮官一樣。

僅僅是有了以上這些認識還是不夠的，所以在下面，我們還得提出幾點在運用上應該注意的地方：

其一，人情世故是社會的產物，社會是在不斷的變化著的，所以人情世故本身也有變化，我們絕不能把它當作一成不變的真理來看待。不僅如此，而且因為時間和空間的不同，因為各種人物的教養、生活意識、社會關係的不同，所以人情世故在運用上也因而有種種差異。如果把人情世故當作萬應膏藥去運用，結果是恰好暴露自己的幼稚和盲從，正如古人所謂「愚而好自用」一樣。所以我們對於人情世故的運用，應該要求機動靈活，要求做到因時制宜，因地制宜，因人制宜。

其二，人情世故是奠立在我們做人做事的基本態度之上的，

因此，人情世故的運用，應該不脫離基本態度所確定的目標。否則，人情世故便沒有原則，沒有準繩，其結果不是奸巧圓滑，便是同流合污，那就完全失掉我們運用人情世故的本意了。所以我們應該認定，基本態度是主，人情世故是從；基本態度是立場，人情世故是手段。總之，人情世故是拿來輔助基本態度的，其目的在於減少困難，削弱阻力，絕不能以人情世故而放棄了我們做人做事的基本態度。再進一步來解釋，基本態度是兵家所謂正兵，人情世故則是所謂的奇兵；基本態度是正規戰，人情世故是遊擊戰，我們必須要在這樣的原則下，去運用人情世故，才不至於發生意外的弊害。

其三，由於上面所說，則我們可以得到這樣一個結論：人情世故不是投機取巧，而是以退為進的策略的運用。因此，我們無論做人做事，都不可存心偷懶取巧，希圖僥倖。當然，這並不是說在客觀環境絕對有利於我們，並且可以儘量供我們利用的時候，我們也拒絕而不利用，我們只是認定不投機取巧，不苟且偷安，不妄想，也不等待。雖然我們很熟悉人情世故，而且也能很靈活地運用人情世故，可是我們依然要腳踏實地，努力不懈，在任何情況之下，我們都必須要保持旺盛的企圖心，並且時時刻刻要求自力更生。這樣，我們才可以取得主動的地位。

最後，我想談談關於怎樣加深人情世故這個問題。

人情世故是一部浩大的智識，它包羅萬象，囊括古今，從個人以至於社會，從修身以至於治國，都是人情世故的範圍。我們要想懂得它，絕非一蹴可至。所以俗話說：「做到老，學到老」，可見人情世故是沒有止境的。我們只有努力學習，不斷學習，向生活學習，向社會學習，向一切學習，把我們的學習範圍，擴大到天地間的每一個角落裏去。這樣，我們的人情世故便可以慢慢地豐富起來。

今天，我們的祖國正在度著災難的歲月，我們自己也正遭逢著一個艱苦的時代，我們的任務是重大的，我們的工作是吃力的。為

了這些，我們必須要好好生生地學習做人做事，必須要好好生生地學習人情世故，從這樣的學習裏，來增強我們的力量，幫助我們的工作。

末了，我祝你們的進步！並致民族解放敬禮！

你們的同學　哈庸凡

（一九四一年）九月四日

✻ 集體生活與集體教育[1]

《幹訓》半月刊第2卷第5期
1941年9月10日出版

一、　集體生活與集體教育的時代意義人類是不能脫離社會而單獨生存的，因此，人類的一切活動方式必須適應著社會的進化和發展。譬如，舊社會（包括封建社會和資本主義社會）的基礎是自私的，虛偽的，所以它必然會產生個人主義和形式主義的活動方式。我們做人做事的先決條件，就是要認識時代，並且把我們的活動方式與時代進展相配合。否則，就難免成為時代的落伍者，特別是作為抗戰建國的青年幹部，更需要對時代有明確的瞭解，而後，無論在為學、做人與治學各方面，才有一定的準則可資遵循。

今天，我們面臨著的是歷史上一個嶄新的時代。這一時代，總裁告訴我們，就是「科學的群眾時代」，這一時代有兩個最主要的特徵：即（一）是群眾的；（二）是科學的。因為這兩點，總裁說得很明白。他說：

> 為什麼我說現在是群眾時代呢？現代和前代的不同，就是各個民族中間已經不是以部分的表面的力量相競爭，而是以整體的全民力量相競爭，所以一切事業的進退成敗，要看能不能增進群眾實力和發展群眾力量為斷，要以能不能適應群眾需要和喚起群

---

[1]　此文於1944年9月21日起，在第五戰區司令長官部《陣中日報》副刊「台兒莊」連載，題目改為《集體生活與集體教育——在皖幹團訓育講話講稿之一》。

眾協力為斷。現代不是知識壟斷，或財力壟斷的時代，更不是滿足少數欲望的封建時代，也不是少數志士英傑孤軍奮鬥，即能成就事業的時代，而是群眾的智慧強弱，榮枯利害，決定著國家民族盛衰存亡的時代。現代革命事業必須為群眾而奮鬥，由群眾來參加，一切都不能離開群眾本位，這是不可或略的時代特徵之一。為什麼又說是科學的時代呢？現代之所以成為現代，一切都是科學智識發達和科學精神普及的結果。不但一切有形的文化進步是如此，就是一切生活習慣、社會制度和公共事業的進行，也非貫徹科學精神和科學方法不能成立而發展。現代人做事講精確，講迅速，貴有組織，貴有條理和次序，這是和前代最顯著的不同之點。我們固然應該認識現在時代是群眾本位的時代，但這個群眾，決不是烏合之眾，決不是只仗人多而不需組織，不講方法，沒有次序，換言之，必須把群眾本位和科學精神結合起來才能成就一切事業。所以我們又必須認定「科學的」三字為現時代特徵之一。（《認識時代——何謂科學的群眾時代》）

根據總裁這一正確的指示，則我們當可以明白，今天的時代並不是個人主義的時代，而是集體主義的時代。在這個時代，個人是極其渺小的，無論為事、做人與治學，都必須要透過集體精神和集體行動，而後才有意義，才有價值。否則，「上焉者離群索處，自鳴孤高，下焉者損人利己，自徇其私，都是自私自利，不顧群眾，這種人必不能適存於現代，不必說了。就是那些滿懷匡時濟世的理想，知道盡己為人的重要，如果他不明瞭現代的真相，不能接觸實際社會，不能深入民眾，只是閉戶造車，空思冥想，或憑片段智識，不講科學，不明本末，不顧實際，那他無論有怎麼高深的學問，怎麼大的本領，都不能成功什麼事業，對於國家民族，也不會有什麼益處。」（同上）

因此，從科學的群眾時代這個意義來看，則所謂集體生活和集體教育正是適合時代需要的。因為第一，集體生活與集體教育是奠基於集體行動之上的，它不是個人或少數人的特殊活動，而是集團的、整個的一致活動，這是符合「群眾本位」的第一個時代特徵。

第二，由於集體生活與集體教育是集體行動的表現，所以它必然會運用最合理的組織、最進步的方法去爭取進步，加強效率，這是符合「科學精神」的第二個時代特徵。

這就是集體生活與集體教育的時代意義。

二、集體生活與集體教育的內容

上面說過，集體生活與集體教育，是我們這一時代所特有的一種生活方式和教育方式，它們的最大的特點，就是在於以集體

《幹訓》半月刊刊登哈庸凡先生
〈集體生活與集體教育〉

精神和集體行動去爭取整個的進步，並且永遠保證這種進步的強大和持久。以下，我們再個別地來觀察它們。

集體生活又可名之為集團生活，是一種最活潑、最生動，同時也最富於現實性的生活方式。它的內容，則有下列幾點：

（一）集體生活是有集團性的。它要求一切都服從於團體，一些都以團體利益為依歸，因此，它反對那種唯我獨尊的個人主義和睥睨天下的英雄主義，尤其反對那種放浪形骸的狂誕行為和逃避現實的飄逸行為。

（二）集體生活是有民主性的。它要求每一個成員都是團體的主人，同時，團體的意志也就是每一個成員的意志。因此，它反對那種一手遮天的包辦主義和弄權竊政的霸道主義，尤其反對那種獨斷孤行的操縱行為和仗勢假威的強制行為。

（三）集體生活是有組織性的。它要求團體裏的人與人之間，都在合理的關係中生活著。此一團體與彼一團體不但要有縱的貫

串，而且要有橫的聯繫，乃至團體裏的每一件工作，也必須要在有組織和分工合作的狀態之下進行。因此，它反對那種放蕩不羈的自由主義和支離破碎的散漫主義，尤其反對那種烏合之眾的嘯聚行為和單槍匹馬的孤傲行為。

（四）集體生活是有計劃性的和有紀律性的。它要求所有的生活、行動和工作，都要有條不紊，按部就班地去進行，尤其要分輕重，別緩急，更要在事前有詳細的估計和佈置，事後有周密的檢討和改進。因此，它反對那種閉門造車的幻想主義和顧此失彼的零亂主義，尤其反對那種盲人騎馬的摸索行為和輕舉妄動的幼稚行為。

（五）集體生活是有自動性的。它要求每一個成員能夠自發、自覺地去執行團體的命令，遵守團體的紀律。因此，它反對那種點綴門面的虛偽主義和愁眉苦臉的勉強主義，尤其反對那種爭功卸過的推諉行為和聽天由命的等待行為。

（六）集體生活是有教育性的。它要求每一個成員不僅是自強不息，而且要「取人為善，與人為善」，一面學習別人的長處，一面把自己的長處去教育別人。因此，它反對那種閉戶潛做的關門主義和獨善其身的唯我主義，尤其反對那種坐井觀天的短視行為和夜郎自大的傲慢行為。

集體生活雖然有了上面這些豐富的、完善的內容，然而，它的建立，卻絕不是普通的聯絡感情所能成功的。因為感情並不是人與人之間的永恆的聯繫，只是由於一時的好惡利害，而結合起來的關係，這種關係是沒有韌性的。一旦彼此的好惡利害不同，則感情也就因之而破裂。所以集體生活的主要基礎，還是在於它的教育性。因為只有集體教育的力量，才能促使團體中每一個成員的進步和成長；只有每一個成員都進步了，健全了，然後，集體生活才有堅強的基礎。同時，也才能夠不斷的發展。因此，當我們談到集體生活的時候，我們同時也不要忘記了集體教育，我們要求以集體教育的方式去充實集體生活的內容。

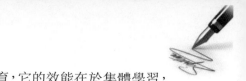

集體教育即是集體主義的自我教育，它的效能在於集體學習，互相幫助，一致發展，共同進步，這是現代的一種嶄新的學習方法。論其內容，則因為它：

（一）是集體的。它不是要求少數人的特殊進步，而是要求整個團體的共同進步；它不是在「異於人」的意義上求進步，而是在「同於人」的意義上求進步。它是要求把個人組織於團體，用團體的力量去改造自己，創造自己，影響別人，推動別人，從而達成教育的效果，所以它反對那種個人主義的自私教育。

（二）是自動的。集體教育是利用人類共同的求知慾，而激發每個人學習的要求，使每個人都能認識學習的意義、學習的目的，從而自動的學習、積極的學習、不斷的學習。同時，不但被教者要向教者學習，就是教者也要向被教者學習；不但落後分子要向前進分子學習，就是前進分子也要向落後分子學習，由這種自動學習的力量，才可以展開全面化的教育，才可以收到互相幫助、共同進步的效果。所以它反對那種「先生教，學生學」的被動教育。

（三）是討論的。它是要求以民主的精神，來提高教育的效率。因為今天的切磋常常比個人的摸索來得正確可靠，通過了集體研究和相互責難的方式，一定可以統一許多複雜分歧的意見，可以解決許多困難問題，可以吸收許多工作經驗，可以創造和展開一切新的工作。所以它反對那種武斷主義的強制教育。

（四）是計劃的。集體教育是反映集體生活的，所以集體教育最富於現實性，它要求一切教育計劃都要適應活生生的客觀環境，同時，也要適應教育的對象，使一切的教育行動，都要納入一定的、具體的計劃之中，因材以施教。由這樣具有現實性的計劃教育的實施，才不致使教育效能落入主觀的空想。所以它反對那種漫無目的的自由教育。

（五）是批判的。它要求我們在教育過程中，不僅是要有吸收的能力，而且要有提煉和消化的能力。必須如此，才能不斷發現自己的錯誤和缺點，同時，也才能使自己的認識提到更高的水準，所

以它反對那種囫圇吞棗的盲從教育。

（六）集體教育是力行的。集體教育不在於形式和空想，而是在於從現實中去身體力行，因為教育的終極目的，是在以行動來改造社會，必須把理論與實踐統一起來，工作與學習統一起來，一面從學習中去提高工作能力，一面又得在工作中來改正學習的錯誤，從而來建立新的學習與新的工作。所以它反對那種「坐而言，不能起而行」的殘廢教育。

集體教育是能動的教育，創造的教育，發展的教育，是訓練一個革命戰士最有效的教育。只有靠著這種教育，才能使我們這年輕的一代壯大起來，堅強起來。

三、怎樣參加集體生活與集體教育

集體生活與集體教育，其本身就是一個行動，一個實踐，因此，我們僅僅是懂得了集體生活與集體教育還是遠遠不夠的，我們還得進一步去參加它，實踐它。

參加集體生活與集體教育，本沒有固定不變的公式，更沒有輕車熟路的捷徑。因為集體生活與集體教育都是變化的，發展的，其中許多因應制宜的技巧，自然是要我們自己去機動地運用。以下僅就原則方面，提出幾點必要的條件，以供參考。

首先是怎樣參加集體生活，這又可以分為下列三方面來說明：

（一）對己方面

1、要虛心——熱烈地追求真理，誠懇地學習別人，勇敢地承認錯誤。要認定自己各方面都是不夠的，即許比較能幹些，但，「強中更有強中手」，絕不好藐視別人。對於別人的意見，要尊重，要虛心接納。

2、要坦白——心底光明磊落，做事大公無私，不掩飾自己短處，不抹煞別人好處。表示意見時，要直爽明朗，不模棱兩可，不疑神疑鬼，忠實坦白，胸中不著絲毫私念。

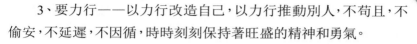

3、要力行——以力行改造自己，以力行推動別人，不苟且，不偷安，不延遲，不因循，時時刻刻保持著旺盛的精神和勇氣。

（二）對人方面

1、要關心——大家都是團體的一員，別人的思想、生活、行動，都與我們自己有關。所以一定要愛護別人，關切別人，使別人在我們的關護之下，感到溫暖，感到親切，然後使大家結成鐵的一群，並且永遠取得一致的行動。

2、要諒解——不拿自己做尺規去衡量別人，不以自己的心理去揣度別人。凡事未必都是自己對，所以一定要諒解別人，不要頑冥不化，主觀太強，應該是「行有不得，反求諸己」。

3、要真誠——待人以誠，處事以誠，反對虛偽的和氣，反對表面的親善。是則是，非則非，不唯唯否否，不東倒西歪。

（三）對團體方面

1、要愛護團體——團體的成長即是個人的成長，團體的光榮即是個人的光榮，所以一切都要服從團體，一切都要以團體的利益為依歸。為了團體，個人可以犧牲；為了團體，可以放棄自己的成見。

2、要忠實負責——對於團體交付的一切任務，必須忠實執行，負責到底，不自欺，也不欺人；不誇大，也不菲薄。更要不爭功，不卸過，時時刻刻保持著頂天立地的氣概。

3、要遵守紀律——紀律不是束縛，而是維繫團體的紐帶。如果這條紐帶被切斷，團體即形瓦解。所以必須要遵守紀律，服從命令，不可以個人的自由妨礙了團體的生存。

至於說怎樣參加集體教育，則也不外下列四個方面：

（一）要虛心學習，真正做到「不恥下問，不恥下位，不恥下人」。

（二）要互教共學，從「取人為善，與人為善」學習交流中，達到全面發展，全面進步。

（三）要厲行自我批判和相互批判，並且養成接受批判的精神，使能改正錯誤，避免錯誤，爭取進步，加強進步。

（四）要身體力行，說到做到，真正達成理論與實踐的統一，工作與學習的統一。

以上僅是簡單地提供一點原則上的意見，至於一切處理的方法，還有待於我們從實際行動中去發掘。

由前面所說的做來，集體生活與集體教育是最適合於時代需要的，尤其在今天的民族解放戰爭中，我們個人的思想、意志、生活、行動，以及其他的一切，都需要集中在國家民族的利益上面，而能夠加強這種集中力量的，只有集體生活與集體教育。所以我們必須要從集體生活與集體教育中去鍛煉自己，健全自己，然後，我們才能成為堅強的幹部和時代的先鋒，並且也只有這樣，我們才能完成歷史所賦予我們的偉大任務。

三〇，六，五 於皖幹團

✳ 幹訓生之福音

《幹訓》半月刊第1卷第8期

本省省主席兼本團團主任李鶴齡[1]將軍，此次出巡皖北各縣，過霍邱渡灃湖時，見該處幹訓生列隊來迎，不勝欣慰，口占一絕云：

麥浪湖波一色看，

帆檣倒影日方闌；

卸鞍解纜乘風去，

忽見新人百慮寬。

詩中情感，真摯動人。其對「新人」期望之殷，愛護之切，於此可以想見。吾侪幹訓同學于安慰之餘，應如何奮發努力，以副長官之期許？

---

[1] 李品仙將軍字「鶴齡」。

❊ 「幹訓生信箱」答讀者

《幹訓》半月刊第2卷第1期
1941年6月25日出版

編者先生：

幹訓同學們正苦於無說話地方，忽然在第九、十期《幹訓》上面披露了——「幹訓生信箱」。真是我們幹訓同學不知道怎樣地興奮和快樂。由此更知團方對我們關懷愛護。

我現在有兩個問題，請先生給我一個詳盡的解答。

一、畢業後的失業問題

在一個青年同志們未踏進幹訓團以前，他們對那一塊小而圓的「幹」字，真是不知道怎樣地仰慕和希望，希望在進幹訓團以後，將來在工作是有了保障，在學問上、道德修養上，都可以得到一個新的萌芽。

進幹訓團的希望，他們是嘗到了。他們的生活，是萬分的緊張嚴肅！整天地對問題的研究，對技術的深造，忙的大小便都沒有工夫，甚至於飯吃不飽，他們仍然是不動聲色地幹著……走著路還唱著呢！

「我們都是新人，從敵後大別山中生長……」

這是他們常發出的口吻，由此證明他們不能說沒有苦幹的精神，沒有堅強不拔的意志，沒有政治的認識。

但是一到了畢業後，遂有不少的失業生！像這樣的現象，是失掉他們的希望！

先生，這個問題的產生，到底是什麼原因呢？

二、工作不能持續問題

每每一個青年的幹訓同學，他們的工作不久，便有了一個變化，或是環境惡劣，或是自己能力不能應付，而停止了工作！若在廣義方面講，是失掉國家的培養和團主任對同學的期望；在狹義方面講，是青年本身的退化。這兩方面，都是可以影響到「建設安徽，

復興中國」的使命。先生，這兩種不好現象，今後團方想如何解決呢？

先生，上述這兩個問題，請先生早日賜知，不勝感激！最後恭祝先生快樂健康！

社會組學員張德周

三十年六月二十四日

張德周同學：

來信拜讀，現敬覆如下：

（一）在未說到畢業後的失業問題之先，我們得先分析一下那些想來受訓的青年們的心理問題：根據事實，未受訓的青年在心理上大致可分兩種，一種是認為來受了一次訓，則工作有了保障，他在受訓期間勉強努力，以謀獲取一個足以混工作的招牌。一種是真正想為民族國家幹一點事，他在受訓期間虛心學習，以謀獲取將來負擔一部分責任時的必要技能。前一種人在心理上是非常不健全的，而使他不健全的原因，可以說是由於他政治認識不夠！我們不能只看到他在受訓時的集體生活中的「緊張」「嚴肅」……以及「走著路還唱」，就下結論說：「不能說沒有政治認識」；而主要的是看他來受訓的目的，要研究他這樣做為了什麼。後一種人心理上是非常健全的，訓練之後，他才是國家所亟求的幹部。

政府「行新政，用新人」的幹部政策，所需要的是後一種人，那些有「新人」之名，而無「新人」之實的青年，在幹部中是「寧缺毋濫」的；假如青年們在心理上還存在著前一種人的想法，則失業的現象永遠不會消滅。而且，即許他現在有工作，而遲早也會被淘汰的！

假如青年們真有政治認識，真有本領，心理上健全，則失業的現象就不會存在！因此，他們不會「失望」的！

自然，我們在訓練中儘量設法克服這類青年在心理上的缺點，但，假如他硬是冥頑不化，或者別有用心，那末，他之失業問題，我們只好自承失敗，也不好如何過問。

（二）這當然是一個「不好現象」，解決的辦法，照我個人的意見是：在受訓期間加強政治教育，使同學瞭解「某種工作」在「整個工作」中的地位、責任與比重，提高其戰鬥情緒，他就不怕環境惡劣，而且更能克服環境；在畢業以後加強輔導，使同學能力不斷增長，運用同學通訊處，採集體學習方法，使同學在工作中相互策勵，共同進步，則能力不夠應付的現象必不存在，

這兩個問題的答覆如此，你認為滿意嗎？

編　者

✱ 我的工作經驗

《皖報》1941年9月3日

我從事工作算來前後將及十年。由文書而教員而記者，而軍人，而秘書，而「幹訓生」，這其中的每一次轉換，都曾灑下我自己奮鬥的血汗。而今，回想當年的履險犯難，猶恍若壯士橫戈上戰場。

在任何一個工作裏，我都從不感到灰心。凡是現社會裏無可避免的痛苦和災難，我都咬緊牙關，坦然承受，毫不怨天尤人。縱使在萬分艱危的境遇之下，我仍然是揚起眉毛，挺起胸脯，勇往直前把工作幹下去。所以，十年來——不，簡直可以說是半生來，我自己雖曾扮演過若干悲劇的主角，但，最後，我仍能透過悲哀的氛圍而屬望著未來的光明。

我不願投閒置散，為的是我害怕寂寞，尤其不願讓自己的精力和意志，因此而鬆懈。所以，一般人所渴望的清閒工作，在我是不堪勝任的。我認定：寧可讓自己的生活多辛苦些，也不能使工作沒有意義。因此，哪怕是一件最冷僻的工作，我也要設法把它做得活躍些。

可是，我要特別說明的，就是我從沒有對工作存過幻想。我知道，每一件工作的實現是有它的條件的，把自己的努力去適應

這些條件，而後工作才能展開。同時，更要隨時深入工作，透過工作，從工作的發展中看出它的困難，而預為種種應付和解決的佈置。總之，自己要做工作的主人，莫要做工作的尾巴。此外，結集經驗和運用經驗也是一個完整的工作過程中不可缺少的部分。假使把工作當作做生意，則工作經驗便是賺來的盈餘，不能利用盈餘，不能利用盈餘去增厚資本和擴充營業的商人，那是最愚蠢不過的。

做工作的基本條件便是養成自己的堅定力。堅定力的第一個作用，就在保持立場。毫無原則的做法，不僅使工作失去了重心，而且也表現自己的優柔和逢迎。古人所謂「擇善固執」，至今還足為我們效法。其次，用堅定力來支援工作，則工作的進行永遠是平衡發展的，絕不會有忽激忽弛忽冷忽熱的毛病，這是堅定力的另一作用。但，堅定力並不是憑空養成的，它是產生於我們的工作信念，而工作信念又產生於我們的政治認識，這是不容忽視的一點。

據我看來，做工作與寫文章頗為相似。因為它們都是沒有成法，沒有秘訣，沒有捷徑的。記得前人有一句話，說是「文章本天成，妙手偶得之。」做工作也是一樣，能夠靈活機動，因時制宜，則無往而不應心得手。所以，我的工作經驗，一言以蔽之，在乎相機運用而已。

❖ 如何健全基層幹部

《抗戰》半月刊1941年11月第4、5號合刊

本省實施新縣制以來，迄今將屆一年。在這一年中，我們並不否認，在若干方面已經有了顯著的進步，如調整縣各級組織，整理縣各級財政，保甲之整編，縣各級衛生業務之推行，充實倉儲，救恤事業之實施，民眾團體之組訓，發展國民教育，發展農工生產事業，興辦水利，推廣合作，辦理警備，建立縣各級民意機構等等，都有事實來作為成績的表現。但同時，我們也得承認，在這些工作

裏，依然還有許多不夠的地方。這些不夠的地方，倒不是因為新縣制本身有何缺點，而是我們未能有效地去克服工作中的許多困難。由於這些困難的存在，乃使我們的工作效率不能表現得更加充分。

關於實施新縣制時所遭遇的困難，說起來雖然很多，但，主要的癥結，還是在於基層組織不能健全。而基層組織的不健全，乃是由於基層幹部未能充分發揮其力量。因為如此，所以就不能堅定地站在自己的工作崗位上，而且也不能勇敢地負起自己的責任來。當然，這個現象未必是普遍的。事實上，許多堅強的基層幹部正在埋頭苦幹著。但嚴格說來，這究竟是少數。同樣，在事實上，也有許多基層幹部在苟且敷衍的混過日子，或者是灰心失望的要求改變工作。這種現象，充分說明現在的問題並不是法的問題，而是人的問題。總裁在確定縣以下地方組織問題中，曾經明白地指出：「現時之上級監察機關，人數有限，耳目難周，而最與人民發生聯繫者，即為鄉鎮保長等基幹人員。」因為基層幹部是政府與人民中間的橋樑，他需要上對政府負責，下為人民服務。所以無論是就政府的施政方面來講，或者是就人民的福祉方面來講，健全基層幹部，使之充分發揮其力量，實為當前政治上最迫切的要務。

這個現象的由來並非偶然，而是由於許多原因所造成的。這個原因，根據事實的觀察，可以概括為下列六項：

（一）幹部的訓練不夠充分。特別是沒有著重於政治認識的加強。僅是部分的或是形式的給以一點刺激作用，並不能夠真正做到精神的改造和意識的革新。尤其不能使幹部透過政治認識去瞭解他的工作遠景。因此，幹部雖然是培養成了，然而，作為一個幹部的基本條件的精神和意識卻並沒有加強，最少也是不夠充實。這樣，他的精神和意識已經不足以支援他的工作，而其頹喪、灰心和動搖的基礎也種於此。這是一個最根本的原因。

（二）幹部的任用不夠嚴明。當然，這並不是說我們的人事制度尚未建立，而是說有許多講情面、賣關節的舊習慣尚未徹底破

除。本來用人應該以賢能為標準，作為「賢者在位，能者在職」，這就是用人的最高理想。可是，在今天的社會裏，對人的私的關係，往往超過對事的公的關係。上有「用人唯親」的主官，下有夤緣奔走的僚屬，於是，有能力的人則屈居末僚，而那些卑劣庸俗之輩反而佔據高位。這種不合理的現象，自然不能令人心誠悅服。而且基層工作本是異常艱苦的工作，在這種艱苦的工作裏，一般基層幹部在物質上的酬勞是很有限的，如果在精神上還使他們憤憤不平，勢必更加重了他們的消極心理。這又是一個不可忽視的原因。

（三）幹部的領導不夠有力。關於這一點，麥世法先生在《幹訓》一卷八期《如何領導幹部》一文說得最為清楚。他說：「過去的領導，往往是以力服人，而不是以德服人。一般領導者的一貫作風，總是不經常接近幹部，頤指氣使，靠著簡單的命令來執行工作，把幹部看作是全靠主管官吃飯的寄生者。一切都用消極處分來約束幹部。這樣，領導者的命令與威信完全建立在消極的處分上面。而在幹部方面，也就往往抱著『不求有功，但求無過』的態度，甚至在主官面前表示服從負責，而事實上發生推諉、虛偽、蒙蔽、欺騙、投機、取巧、逢迎、諂媚等等不良的弊病，這是舊式官僚的領導，是不可能誘發幹部的自覺自動精神，不可能使主管官的命令徹底執行的。」在這種官僚的領導下，一般幹部不僅是失去了工作的信心，而且根本就打不起工作的精神，所以最後也只有走上腐化惡化的道路。這也是一個最嚴重的原因。

（四）一般鄉鎮保甲長，在作用上雖說是政府與民眾中間的橋樑，可是在今天社會一般人眼光看來，其名位卻頗卑微不足道，也不能怎樣受人敬重。特別是在地方有聲望、有地位的人士，對於鄉鎮保甲人員，根本就不放在眼裏。高興時，發縱指使，做做太上的鄉鎮保甲長。不高興就吹毛求疵，講風涼話，甚至專門跟基政人員為難。在這樣冷酷無情的環境裏，一般基層幹部既看到工作無法開展，又感到人事不能調協，結果只有化勇氣熱情為失望灰心，不安於位而去。

（五）一般基政人員在從事基層工作的時候，往往抱有很大的決心，所以遇事認真，毫不苟且，對於阻力的程度並沒有充分估計到。正因為如此，所以有時難免開罪於人，甚或因此還遭受攻擊與控告。上級機關有時多半不明白體察，而予以有力的保障，只憑著一面之詞或想像的判斷，便將一個努力的幹部輕輕撤換，這樣一來，一般幹部自然對工作感到無望。於是，小之則敷衍塞責；大之則另求出路。其流弊而及，當不僅心理動搖而已。

（六）一般基政人員的待遇過於菲薄，雖然近來政府准予每人每月增加米津二十兩，但在今天不斷高漲的物價之下，實在也很難度日。因此，多數的基政人員就不得不把大部分的時間和精力，花在自營的生活上去，對於政府的命令和公共的事業，只好隨便應付，更談不到自覺自動地去創造工作。

上述六個原因都是外在的，這即是說，今天基層幹部的不能健全，都是外力作用使然。然則，在基層幹部本身是不是有缺點呢？我們的回答是：有的。譬如，好高鶩遠，性急心躁，愛慕虛榮，希圖倖進，不通曉人情世故，不能因應制宜去展開工作。這些都是一般青年幹部最顯著的缺點。可是，這些缺點並不是決定的，只要上述六個原因能夠適當地解決，則幹部本身的缺點是可能克服的。最少，也不會使這些缺點引起很大的毛病。所以，現在的問題並不在幹部本身，而是在幹部的訓練、任用、領導、工作保障和生活保障這幾個方面。

對於上述的問題，根據個人見解，提供如下幾點：

第一，在幹部的訓練方面，首先應該著重於品質提高，使每個幹部原來的文化水準，要與他將來的工作職責得以相稱。所以在考選甄別時，要特別注意。唯一的原則，便是寧缺毋濫。我們知道，在大別山這個艱苦的敵後環境中，我們已經創造了一萬多的幹部，這個數量不能不說是相當可觀。今後訓練的著眼點，應該是由數量而轉到質量，惟有素質的提高，才能保證數量的擴展。現在許多地方都在感覺無人可用，其實並不是沒有人，而是這些人缺乏充實的學

識和能力。所以對於幹部訓練，寧可是訓練得少一點，切不可忽略了內容的充實。這是一。其次，在訓練中，最重要的是加強幹部的政治認識。筆者在另一處曾經說過：「幹部跟職員的不同之處，最主要的還是在於他們的政治意義和政治作用，一個堅強的幹部，不僅需要具備做人做事的才能，而且需要有深刻的政治認識和明確的政治遠景，並且需要從深刻的政治認識和明確的政治遠景中去瞭解他自己的政治任務，從而堅定他的政治信念，這樣的幹部，才是我們所要求的幹部。所以，總裁在訓練目的的第一項裏，特別標明『實現三民主義』這一點來，就是明確地指示出我們幹部的政治任務。也就是說明，一個幹部應該把政治任務放在第一位。因此，如果只有膚淺的政治認識和模糊的政治遠景，則他一定不會瞭解他的政治任務，更不會堅定他的工作信念。其結果只能成為瑣碎的事務主義者，呆板的辦公主義者，而不能成為健全的工作主義者。」（見《幹訓》一卷六七期合刊拙著《訓練幹部的幾個中心問題》）因此，幹部訓練，應該特別著重於加強政治認識。惟有政治認識的提高，乃能達到精神的改造和意識的革新，也惟有精神的改造和意識的革新，乃能使之成為革命工作忠實的幹部。

第二，幹部的任用方面。我們的要求是選賢任能，嚴明賞罰，切實保障。這一點，在本省每年度的施政計劃裏都有明白的規定，而各種人事法規更加使人事行政日漸走上正軌。所以，從理論上說來，幹部的任用是有充分保障的。但今天的問題，並不是沒有良法，而是執行良法的人多少還有點弊病，特別是在縣這一級，有時因為處在敵後，有時因為「天高皇帝遠」，所以在幹部的任用上不免有失公平。即許上面的人事行政如何合理，人事制度如何嚴密，但是，在縣一級機構中，也可能透過種種關係去安置私人。同時，縣以下的視察制度雖然是建立了，可是，在這些視察人員本身似乎也還有問題。這問題簡單說來，就是他們的視察是對事的公的關係超過了對人的私的關係，還是對人的私的關係超過了對事的公的關係？如果是前者，當然沒有什麼問題；如果是後者，則不免有埋沒英才、

奧援敗類的弊病。所以今後對於人事行政，特別是對一般基政人員的任用，應該切實設法來糾正上述各種弊病。最好能夠這樣規定：凡確屬賢能而無故被停用者，其主管人員應受嚴重處分，升遷遷調亦同。同時還要規定基層幹部有權來檢舉其直屬主官的舞弊徇私，但誣告者必須連坐。這樣上有由上而下的監督，下有由下而上的檢舉，則人事上不公平的現象，一定可以相當的減少，乃至逐漸消滅。

第三，幹部的領導方面。這一點，李副長官兼主席曾經有一段很精闢的言論。他說：「對於幹部的領導，除以身作則之外，還要盡培養教育之責。不可眼孔太高，動輒謂幹部缺乏。應深知人才以培養而得，器械以歷練而成。不僅要做到能用幹部，更要做到善用幹部，善教幹部。天下盡多領導為善可與為善的青年，天下難得放縱為惡、迫令為惡而絕不為惡的善士，求絕不為惡之士不可多得，求可與為善的青年則到處皆是。祇要自己能善用善教，則純潔的青年幹部可成為堅強的報國之士。」（見《中原》三卷三期〈期盼革命的政治家〉）

這裡，李副長官兼主席指示我們，領導幹部應該有兩個最基本的要領，其一是以身作則，其二是教育幹部。惟有以身作則，乃能不令而行；惟有不斷的教育，乃能使幹部日有進步。同時，在教育的過程中，更使上下聯繫，互相信賴，從而造成精誠團結同心同德的良好現象。這是我們所應恪守毋渝的。此外，我們希望一線領導者，尤其是接近基層幹部的縣長，一定要以「敬賢禮士」的態度去對待一般基政人員，並且要時常接近一般基政人員，不僅是要關心他們的工作，而且要關心到他們的生活、進修各方面，使他們能夠從這種關切裏感到精神上的安慰，從而能夠振奮精神，努力工作。這是關於領導幹部的一個最低要求。只要是不沾染官僚習氣的人，那是無論如何都可以做得到的。

第四，幹部的工作保障方面。我們認為用人的另一原則，就是用人不疑，疑人不用。既用之則信之，既信之則不要隨便動搖。特

別是基層幹部，如果五日京兆地時常更換，則一切建設工作，是難望有所成就的。我們應該認識，在今天的社會裏，舊勢力與新政猶之如水火不能相容，基政人員是負責推行新政的，所以有時必然會遭受許多明槍暗箭的攻擊，這種攻擊在基政人員本身是無從提防的，所以上級機關應負起全責，當基政人員在執行工作發生困難時，一定要詳細地判明是非黑白，切實予以保障。不可輕信一面之詞，或者為著討好某一方面，而將自己的忠實幹部犧牲。當然，我們也不容許姑息養奸，如果基層幹部確是違反法令，我們也一定要予以嚴重處分。這種嚴正的態度有兩種好處，一方面使那些忠實英勇的幹部能夠放膽去做事，不致畏首畏尾；一方面使那些假公濟私的敗類能夠逐漸淘汰清除，而樹立起公正廉明的政治風尚。如果是非不清，善惡不明，則有能力的人不敢做事，無能力的人又不做事，影響所及，不僅政治日漸凋敝，而且新政也無從推行。這是政府當局所應慎重考慮的。當然，在另一方面，我們一定要約束幹部，不許可他們藉端滋事，一定要抱著「化阻力為助力」的原則去從事工作。

第五，幹部的生活保障方面。關於這一個問題，似乎很容易解決，只要提高待遇就得了。然而，問題可不這樣簡單。如果是在太平盛世國家豐裕的時候，自然可以提高待遇。可是，今天我們是在從事抗戰建國最艱苦的工作，一切物力財力都有節約緊縮的必要。因此，提高待遇並不是今天解決基層幹部生活問題的方法。要解決這個問題，最好是提倡公共造產。在公共造產中，在公共造產所得的盈餘中，規定以百分之幾提作基政人員的津貼。在這種物質的鼓勵之下，一般基政人員必然會以競賽的方式去進行工作，結果，非但解決了他們的生活問題，而且也使鄉村生產事業得到迅速的展開。不過在舉辦上項事業時，要特別注意到一點，就是不要使基政人員因為利益的追逐而忽略了甚至放棄了其他的政務。如果是這樣，其津貼依然是要取消的。必須如此，才可以使他們既能以全力貫注工作，又能在生活上獲得相當保障。一切不安於位的心理，自可清除淨盡。不過，話說回來，基政人員的待遇菲薄，並不是使基政

人員不健全的主要原因。在上述的問題中，如果能夠徹底解決，則我們相信，即許待遇菲薄一點，他們依然是有足夠的熱情和堅定的信心去完成他們的工作的。

基層建設是國家建設最基本的單位，所以要談建國，必先從地方建設著手。今天地方建設的成敗，完全是以基層幹部是否健全為關鍵。李副長官兼主席說：「我們要想實現建國建省的理想，我們的基層幹部一定要健全。有了健全的幹部，才能打破困難。」這是一個極正確的指示，我們應該記取這個教訓去努力。

三十、一一、一三

❈ 哈庸凡啟事

《皖報》1941年10月17日

本人遺失「皖幹團」五○八號職員證章一枚，特此聲明作廢。

帝與群臣論選調曰：「近世高卑出身，各有常分；此果如何？」李沖對曰：「未審上古以來，張官列位，為膏粱子弟乎，為致治乎？」帝曰：「欲為治耳。」沖曰：「然則陛下何為專取門品，不拔才能乎？」帝曰：「苟有過人之才，不患不知。然君子之門，借使無當世之用，要自德行純篤，朕故用之。」沖曰：「傅說、呂望，豈可以門地得之！」帝曰：「非常之人，曠世乃有一二耳。」秘書令李彪曰：「陛下若專取門地，不審魯之三卿，孰若四科？」著作佐郎韓顯宗曰：「陛下豈可以貴襲貴，以賤襲賤！」帝曰：「必有高明卓然、出類拔萃者，朕亦不拘此制。」

頃之，劉昶入朝。帝謂昶曰：「或言唯能是寄，不必拘門；朕以為不爾。何者？清濁同流，混齊一等，君子小人，名器無別，此殊為不可。我今八族以上士人，品第有九；九品之外，小人之官複有七等。若有其人，可起家為三公。正恐賢才難得，不可止為一人渾我典制也。」臣光曰：選舉之法，先門地而後賢才，此魏、晉之深弊，而歷代相因，莫之能改也。夫君子、小人，不在於世祿與側微，以今日視之，愚智所同知也；當是之時，雖魏孝文之賢，猶不免斯蔽。故夫明辯是非而不惑於世俗者誠鮮矣。

——《資治通鑒》卷一四〇

晚年讀書筆記

1942年

❊ 編輯部啟事

《幹訓》月刊第三卷第二期1942年2月20日

本刊原由訓導處哈科長庸凡負責編輯，自第三卷第二期起，奉命交由梁主任指導員秀群主編。

❊ 安徽省地方行政幹部訓練團第六期教職員通訊錄

中華民國三十一年一月

訓導處		
級職	少將處長	中校科長
姓名	全無若	哈庸凡
性別	男	男
年齡	32	28
籍貫	廣西蒼梧	廣西桂林
學歷	上海法學院畢業	廣西省立第三高級中學畢業
經歷	任高中訓育教務主任、軍校政治教官、總政訓處宣傳科長、師軍政治部主任	曾任少校政治指導員、科長、少校秘書
現在通訊處	本團	桂林桂南路十一號

✳ 回教救國協會立煌支會改選幹事會

《皖報》1942年9月8日

本社訊 全國回教救國協會安徽省分會立煌縣支會第一屆幹事會任期屆滿，於日前召集在立全體回民改選第二屆幹事，到五十餘人。省分會哈幹事長親臨指示。改選結果，以哈庸凡等當選為幹事，張北星等五人當選為候補幹事。末通電向總會白理事長、省黨部李主任委員、省政府李主席致敬。散會後，隨即召開首次幹事會議云。

✳ 廣西省政府政令（1942年11月27日）

電飭追繳民眾半月刊等三家登記證
及公告撤銷梧州大公報等三十家登記

三十一年十一月民三字第一七七二三號沁代電

桂林市政府蒼梧邕甯恭城岑溪各縣縣政府均覽：案准內政部本年十一月十一日渝警字六一七七號公函開，案准貴省政府卅一年八月民叁字第一一八七一號代電，檢送廣西省新聞紙雜誌一覽表請核辦等由准此。查表內所列民眾半月刊（梧）電信界（桂）及岑溪日報（岑）等三家均已停刊，應請追繳各該社原領登記證送部核銷。又梧州大公報等三十家均停已久，情形不明，應請即將各該社名稱、發行人姓名、登記證號碼等項登報公告撤銷登記，以杜流弊。並請將原登公告報紙二份送部備案。准電前由。除註銷各該社登記外，相應抄送梧州大公報等三十家名冊，復請查照辦理見覆為荷等由。抄附廣西省應予公告撤銷登記之新聞紙雜誌名冊一份，准此，自應照辦。合將附件抄發，仰各該市縣政府分別遵辦具報，毋延為要。省政府主席黃沁民叁印 [1]

　　附抄發名冊一份

---

[1] 此處「黃」只時任廣西省政府主席黃旭初，「沁」為韻目代日，即11月27日，「民叁」即省政府代電文號。

廣西省應予公告撤銷登記之新聞紙雜誌名冊

名　　稱	發行人	登記證號碼	備考
梧州大公報	黃劍文	警字第1160號	梧
梧廣西民眾通訊社	巫瀛洲	警字第4459號	梧
桂克敵半週刊	毛健吾	警字第6681號	桂
邕桂區週刊	龍濟華	警字第6706號	邕
民眾三日刊	洗畏金	警字第6800號	桂
救亡日報	郭沫若	警字第6957號	桂
國際新聞社	范長江	警字第6961號	桂
桂林自立基督教會刊	陽啟堯	警字第1428號	桂
縈中週刊社	陳奇芳	警字第1726號	桂
梧州宣道消息週刊	趙柳塘	警字第2576號	桂
由道月刊社	蒙布增何瑞珍	警字第2731號	梧
蒼梧學生週刊	王鋐華	警字第6643號	梧
小生活週刊	哈庸凡	警字第6660號	梧[1]
怒濤週刊	歐家珍	警字第6759號	恭城
洪流文藝半月刊	陳尼曼	警字第6799號	恭城
步兵雜誌	王夢雲	警字第6983號	邕
逸史半月刊	龍振濟	警字第7010號	桂
少年戰線半月刊	陳洛	警字第7029號	桂
血光月刊	毛健吾	警字第7058號	桂
抗戰文化雜誌	李詩偉	警字第7098號	桂
國際英文選雜誌	余雷寒	警字第7284號	桂
桂林青年雜誌	沈志中	警字第7360號	桂
國民公論半月刊	徐伯	警字第7420號	桂
音樂與美術月刊	冷體琨	警字第7485號	桂

---

[1]　民國時期報紙雜誌發行人即該報刊社長，對該報刊負全責。備考「梧」即梧州，此刊係在梧州註冊。

十日文萃	郭沫若	警字第7528號	桂
中蘇月刊	李仲融	警字第7624號	桂
木藝月刊	劉達庵	警字第7225號	桂
音樂陣線旬刊		警字第7645號	桂
青年群季刊	陳茗琪	警字第7834號	桂
旦華半月刊	白懷民	警字第7022號	桂

❊ 一年來的本團

《幹訓》月刊1942年新年特大號

（一）

　　如同全國各地方訓練機關一樣，本團的一切訓練設施，都是以中央頒定的地方幹部各種訓練辦法為根據的。同時，也如同全國各地方訓練機關一樣，本團的一切訓練實施，都是以本省的實際環境和需要為準繩的。因此，本團的訓練工作，一方面具有全國的統一性，他方面又具有地方的特殊性。這種統一性是表現在訓練的要旨和訓練的方針上面，而特殊性則表現在訓練的步驟和訓練的方法上面。前者是原則的指導，沒有它，訓練工作將失去了重心，且無一致的步調；後者是具體的實施，沒有它，則訓練內容無法充實，訓練效果亦無從表現。所以這兩者並不是對立的，而是一致的。只有切實地遵照中央頒定的地方幹部各種訓練辦法，而後乃能使訓練工作有著同一的目標，同一的認識和同一的力量。同時，也只有確實的把握著地方的實際環境和需要，而後乃能使訓練的效果不落貧乏，不尚空談，不致重蹈「坐而言，不能起而行」的錯誤。

　　本團的訓練工作，在統一方面，最主要的是遵照中央訓練委員會的《全國各訓練機關訓練要領》，行政院的《縣各級幹部人員訓練大綱》，暨總裁在中央訓練團所闡述的《訓練的目的與訓練實施綱要》，這三者可以說是今天訓練工作最正確的路向，全國的訓練

工作都應該奉為圭臬。所以本團的一切訓練設施，處處著重與上述三者的要求相吻合，並且力使此三者的精神，滲透於各項訓練實施之中，從而達到總裁所訓示的幹部訓練的目的。至於本團訓練工作的特殊性，從今年的訓練全般過程來看，可以分作下列三點：

第一，本省過去政治未上軌道，各級行政人員不僅是在質的方面成了問題，就是在量的方面也大大感覺不夠。至於基層幹部，則幾乎可以說是沒有。直到二十七年廖故主席燕農先生主皖時，才有省軍事政治幹部訓練班的設立。這三年來，雖然已經創造了一萬七千多的幹部，可是，這個數目跟事實上的需要還是相差太遠。目前本省各部門的工作中，無一不感到幹部的缺乏。根據著這種事實，所以本團在今年的訓練，依然著重於量的擴展。換句話說，我們的訓練要求就是要大量的創造幹部、培植幹部和選拔幹部。因此，本團在今年所訓練的各期，除開調訓現職人員而外，並且考選中等以上學校畢業學生，使他們經過訓練之後出而擔任工作，以解決幹部缺乏的嚴重問題。這是本團訓練工作的第一個特點。

第二，按照縣各級幹部人員訓練大綱的規定，省地方行政幹部訓練團的訓練對象，應該是縣這一級的佐治人員，如縣府秘書、科長、科員等。但是，如果要確實遵照這個規定，就必須要設立省以下的各級訓練機構，然後，各級幹部人員才能按級分別受訓。目前，本省處在敵後，無論是人力上、財力上和物力上，都在在感到困難。所以對於省以下的各級訓練機構，只有縣訓練所在今年是相當普遍的設立了。至於區訓練班，除開皖南的六七八區聯合訓練班之外，其餘江北各區，至今尚未有區訓練班的設立。在這種情形之下，所有一、二、三、四、五、九各區訓練班應該訓練的人員，自然只好完全由本團調訓。（今年四月，開辦四、五、九區聯合訓練班，仍附設在本團內，現該班第一期已結業，明年將移往皖東續辦。）同時，省內一般中級幹部，如縣長、省府各廳處主任科員等，按照規定應送往中央訓練團受訓。但因戰時交通不便，往返費時，而事實上又不

得不需要訓練，所以也由本團特設黨政訓練班分別調訓。這樣，本團的訓練對象，不僅是縣一級的佐治人員，而且有區一級的幹部人員，縣一級的主官和省府各廳處的佐治人員，因之在訓練實施的程度上，也就有了多少差別。這是本團訓練工作的第二個特點。

第三，本省是豫鄂皖蘇邊區重建區的一部，而本團團主任李鶴齡先生又兼任本邊區黨政分會的主任委員，所以在事實上，本團已成為本邊區最高的訓練機關。在重建工作亟待開展的時候，對於全邊區各部門工作中的各級幹部，自然需要加以訓練，而後乃能收到黨政軍一元化的最大效果。因此，本團在今年的訓練中，除了調訓本省的各級行政幹部而外，並且將本邊區所轄各縣的幹部人員也分批調來受訓。從地域上看，有豫南、鄂東以及安徽的全部；從業務上看，有黨、政、軍各部門的工作人員。因之本團的訓練效果不僅普及到安徽全省，而且還伸展到豫南和鄂東。這是本團訓練工作的第三個特點。

綜合上述三個特點，我們可以得到一個結論，就是本團的訓練工作，是在敵後的艱苦環境之下進行的。敵後的訓練工作，一方面固然受了人力、財力和物力的限制，然而，他方面又不得不創造大量的幹部，以適應抗戰建國的需求。在這種艱苦的環境之下，訓練工作不僅是教育的工作，而且是鬥爭的工作。它必須要從不斷的鬥爭中去戰勝一切困難，而後乃能使訓練工作得到順利的展開。同時，又必須把這種鬥爭精神透過訓練傳授給一般幹部，而後乃能使他們健全起來，壯大起來，真正成為抗戰建國的忠勇戰士。

（二）

今年開始的時候，適值本團由省軍事政治幹部訓練團改為省地方行政幹部訓練團未久，一切都在草創之中。雖則我們已經積累了三年的訓練經驗，可是，在新的需要之下，所有的訓練方式和訓練方法，乃至訓練計劃和訓練設備，都有積極加以改進的必要。

是時，第二期訓練已經畢業。二月初，第三期的民政、財政、統計、社會、驛運各組均先後開始。同時，並籌備開設訓練中級幹部的黨政班和訓練皖東基層幹部的四五九區聯合訓練班。二月底，黨政班開始上課。訓練期間為一個月。四月一日，黨政班畢業。同月中旬，四五九區聯合訓練班正式開始訓練。

在這個期間，因為各組（班）調訓時間不一，有訓練六個月的，如統計組，四五九區聯訓班；有訓練一個月的，如黨政班。其餘各組（班）的訓練時間，也是兩個月或三個月不等。因此，在訓練的實施上，難求得一致的步調。所以在第三期各組（班）尚未全部畢業的時候，第四期的黨政班、民政組和鄉政組又已開始入團。在第四期訓練的各組（班）中，有一組是值得特別提出的，就是幹部教育組。該組訓練時間僅有三週，受訓人數亦僅二十五人，是本團開辦以來訓練時間最短同時受訓人數最少的一組。該組開辦的原因，是為著訓練本省各縣訓練所教育長人才。因為截至去年底為止，本省各縣訓練所尚未普遍設立，即已設立的，也因教育長遴選不得其人，以致影響應有的訓練效果。本省訓練委員會有見及此，特在本團開設幹部教育組，選送富有訓練經驗的人員入組訓練。同時，為了需要的迫切，不得不把訓練時間縮短到三個星期。

七月底，本團人事稍稍調整。其時，第五期訓練正將開始。為著統一訓練步調，遂決定爾後各組（班）訓練時間一律定為兩個月。除預備時間及辦理離團手續時間外，正式訓練時間計為八週。這一確定可以說是本團訓練工作上一個極大的改進。因為自此以後，不僅是一切訓練實施可以整齊劃一，就是一切的訓練方式也因之逐漸趨於定型化。之後在訓練的技術上和方法上的革新，都是以這一確定為基礎，這是本團在今年中不可忽略的一大關節。但，在第五期各組（班）中，也有兩組的訓練時間與上述的規定不符。一個是防空組，訓練時間為三週；一個是黨政班，訓練時間為一個月。其原因是因為防空組的開辦，是在第四期結束第五

期尚未開訓之間，當時兩個月的訓練時間尚未確定，所以該組的訓練時間完全以該組的業務課程為準。至於黨政班，因為這期調訓的大都是中等以上學校的校長、教導主任和教員，原來是準備使他們在今年暑假完畢以前結業的，所以之後也還是依照原來的規定，這是訓練時間不足兩個月的兩組。至於第五期中，訓練時間超過兩個月的，還有會計組一組。因為本期會計組的學員大部分都是考訓的，即由各機關保送來的，也無非是會計工作中的新進人員。所以實際說來，會計組的學員對於會計智識都是未具根基的。可是，會計的業務很繁，課程很多，兩個月中無論如何講授不了，因此不得不想出一個變通的辦法，就是該組在第五期中，仍與其他各組同受兩個月的訓練。在這兩個月中，所有政治訓練、軍事管理均與其他各組相同。兩個月訓練期滿，即將該組改編為第八隊（按本團各組（班）共編為七隊），移往四五九聯訓班班址上課。此時除軍事管理照常實施外，其餘時間均講授業務課程，預定兩個月內講授完畢。所以第五期會計組的訓練時間，實際上是四個月。

第五期是在十月底結束的，休息一個月之後，十一月下旬，又開始第六期的訓練。第六期所開辦的各組，計有黨務組、民政組、鄉政組、度量衡組、合作組、糧政組等七組，以兩個月的訓練時間計算，第六期須至明年一月底方可畢業。不過，因為第六期是在今年內開辦的，所以仍舊歸在今年的訓練工作之內。茲將本年各期各組訓練人數列表統計如次：

安徽省地方行政幹部訓練團民國三十年各期各組訓練人數統計表（略）。

以上是本團在今年內訓練的概略情形。至若其他方面的改革和調整，最主要的便是人事和機構兩個部分。在人事方面，本團前任教育長劉真如先生，副教育長范苑聲先生，教務處處長王貫之先生，訓導處處長宋厚礽先生，總務處處長李品和先生，均因另有新命，先後去職。七月底，中央派本省省政府委員張宗良先生為本團

教育長，劉士隨先生為副教育長兼教務處處長，全無若先生為訓導處處長，孫肇辛先生為總務處處長。在機構方面，首先便是將各處所屬的各股，一律改為科，原有主任處員改為科長，原有處員改為科員。其次便是將團主任辦公廳改為秘書室，設主任一人，之下分設文書、人事兩股。這種機構的改革，一方面是使事權集中，分層負責，一方面是使職掌明確，責有專司，予本團行政上的功效很大，這也是本團在今年中的一大進步。

此外，在團的機構方面，應該特別提出的，就是聯絡指導處的設立。原來本團對於畢業等學員的輔導和考核，一向是由省幹訓同學通訊處負責，在各縣亦設有分處，分處之下，便是小組。這種通訊處的組織，在性質上是半民眾團體的，所以在事權上多少還有不便。於是，在本年七月底人事調整時，決定將省幹訓同學通訊處改組為聯絡指導處。該處直屬於團，地位與其他各處相等，但在該處職權範圍內，亦可單獨對外發佈文告，這是跟其他各處不同的地方。該處成立後，各縣分處同時改組為聯絡站，之下仍分設小組。該處內部組織系於處長下設秘書一人，下分四科，現任處長為李品和先生。

（三）

上文曾經指出，本團的訓練工作是在敵後的艱苦環境之下進行的。因為環境的艱苦，迫使得我們不得不以至高的熱忱和最大的努力來從事之。所以，在一年來的訓練中，由於兼團主任的領導和全體同仁一致的努力，我們已經獲得若干可貴的成就，雖則這些成就尚未臻於十分完滿，但，無可諱言，這是一種進步的現象，惟有倚靠著這種進步的現象，才能使我們所創造的大量幹部發揮應有的功能。同時，也惟有倚靠著這種進步的現象，才能在今後的訓練工作上獲得更大的成功。

哪些是本團一年來的成就呢？

首先應該指出的，是確定了本團的訓練中心和學員的行動指

標。過去我們的訓練，雖然有了中央頒定的各種訓練辦法作根據，但，這都是原則的指導，至於根據中央法令而作具體的訓練要求，則一向都付諸闕如。本年三月，兼團主任頒佈了他的訓示信條，同時，本團學員信約也以民主集中的方式通過公佈。這一來，不僅是統一了學員在團時的訓練要求，而且也統一了學員離團後的一切生活行動。以往的一切籠統、空泛以及多樣性的毛病是完全改正了。自此以後，我們有了更具體的規約來範圍學員的一切生活行動和保證學員的一切生活行動，使他們永遠成為一個新人，一個健全的幹部。茲附錄兼團主任訓示信條及本團學員信約如次：

李兼團主任訓示信條

一、要服從總裁實行三民主義

二、要精誠團結建設新的安徽

三、要確立革命的服務人生觀

四、要奉公守法堅定工作崗位

五、要有忠貞廉潔的政治道德

六、要有大公無私的工作態度

七、要有現代科學的辦事技能

八、要有任重致遠的強健體魄

九、要有身體力行的服務熱情

十、要有刻苦耐勞的質樸生活

十一、要以精神代物質事業思維

十二、要從生活中進修從工作中學習

本團學員信約

我們是三民主義的信徒

我們是抗戰建國的戰士

我們的信念

一個政府——國民政府

一個主義——三民主義

一個黨——中國國民黨

一個領袖——蔣總裁

我們的目標：

國家至上　民族至上

軍事第一　勝利第一

意志集中　力量集中

我們的任務：

服從蔣總裁　李主席

建設安徽　復興中國

我們的生活：

明禮儀——嚴整紀律慷慨犧牲

知廉恥——實行節約努力奮鬥

我們的行動：

不腐化——發揚革命精神

不惡化——恪遵黨紀國法

我們的工作：

肅清貪汙——樹立廉潔風尚

剷除封建——實現民主政治

消滅□□——鞏固國家統一

殲滅奸偽——完成抗建大業

　　其次，是由劃一訓練時間進而使一切訓練實施逐漸趨於定型化，改正以往在訓練上的支離破碎的毛病。上文曾經說過，劃一訓練時間，是本團訓練工作上一個極大的改進。因為過去訓練時間參差不一，往往前一期各組（班）尚未完全畢業，而後一期又要開始，時而開學典禮，時而畢業典禮。所以負責訓練的人員沒有時間來作充分的準備，臨學時只好頭痛醫頭，腳痛醫腳。即許發覺有毛病存在，也因為時間的不許可，依然因陋就簡，抱殘守缺。又因同期的各組（班）進度不一，一切訓練實施也因而表現了支離破碎紛歧複雜的現象。自從劃一訓練時間之後，每期各組（班）的進度相同。訓練人員可以按照進度規定實施。而團內亦可按照進度規定檢查工作，因為在訓練上取得了同一的進度和步調，所以在方式上和方法上逐漸凝成定型。雖然這種定型本身亦在發展之中，但，最少是確定

了一致的要求和一致的效果。同時，因為劃一訓練時間之後，每期都有一個月的休息時間，所以負責訓練人員可以利用此項時間來作充分的檢討和準備。例如：訓導處在第五期畢業之後，馬上就有第六期訓育工作設計委員會的組成，而大隊部也在這個時間裏準備了第六期的軍事管理計劃。這些事實，顯然是由於劃一訓練時間後而得到的寶貴收穫。

第三，是改進了許多訓練方式和訓練方法，同時，也創造了許多訓練方式和訓練方法。在過去，我們雖然吸收了三年的訓練經驗，但，那種吸收是靜止的，而不是發展的。這即是說，過去我們只是接受經驗，而沒有提煉經驗，更沒有從經驗中去掘發更新的經驗。因此，一切的訓練方式和訓練方法，無可諱言的，都是「守成有餘，進取不足」。即以小組討論的提綱而論，往往都是從問題的全面來著眼，任何一個題目在討論時，縱橫表裏，無所不談，而於問題的中心，反因未見凸出而忽略過去。至於指導方法，大多也墨守成規，指導者只是把自己的意見向學員講述，而沒有從學員的論爭中導引到正確的結論，所以依然不免犯了注入教學的毛病。可是，在第五期開始，這些毛病都改正過來了。譬如：小組討論的提綱，就決定了不用那種冗長龐大的條目，而只是將問題最主要的論點擬列出來，使學員從這些主要的論點而瞭解到問題的全般。舉例來說：「如何改善兵役」一題，其中的小節只有兩個，一是「如何實現三平原則」，一是「如何優待出征軍人家屬」。因為兵役問題在今天的癥結，莫過於三平原則與優待抗屬兩者。如果這兩者執行得當，則兵役問題即可迎刃而解。所以我們對學員的要求，也只要他們在這兩者上面討論具體辦法，明白了這兩者，自然可以瞭解整個兵役問題。這是我們對小組討論提綱的一大改革。在指導方法上，我們不僅是給指導者提示了本題的要求和重心，而且還假定了在本題中學員所最容易犯的幾種錯誤，並且提示糾正此種錯誤的手段，最後歸結到指導者適切適宜的處置。此外，如基組互動，課外活動等，在實施上不僅是有了新的形式，而且也有了新的內容和新的生命。

至於創造訓練方式和訓練方法的，最主要的有所謂「政治演習」，此種演習之精神，在於即訓即練，講到做到，演習課目偏重於政治技術方面，即是在假定的情況之下，要學員把已經學得了的政治技術使用出來。這種演習，事實上已經表明了它的效能和功用。

以上說的是本團一年來訓練工作的成就，然則在一年來的訓練過程中，我們是不是還有缺點呢？這也毋庸諱言，缺點是有的。我們指出了好的一面，同時，也應該有勇氣來承認壞的一面，只有如此，然後我們才會知道如何去發揚我們的優點，以及如何去克服我們的缺點；也只有如此，我們才能在未來的工作中避免重複過去的錯誤。

哪些是我們一年來的缺點呢？

第一，是課程太龐雜，太零亂，也太繁多。在短短的兩個月中，教官既不能詳盡講授，學員又消化不了，所以結果便有「貪多嚼不爛」的缺憾。其次，本來有些課程用講授的方式來給學員接受，還不及用小組討論的方式來給學員接受有效得多，但，一向我們似乎都忽略了，因之使學習效果相當減低。

第二，是時間的把握、控制和運用尚未臻於合理，隊上的軍政雙方也因此而發生許多不必要的爭執。嚴格說來，兩個月的訓練時間，對於地方幹部實在是太短促了。因為訓練時間的短促，所以對於時間的運用，一方面應於事前有統籌的計劃和分配，一方面應對時間確實遵守，充分利用，不許有一點浪費。可是，在過去一年中，我們深覺得事前對時間的計劃和分配，依然是統籌得不夠，最少這種統籌只是一些技術上的分配問題，而並沒有把這種統籌配合到工作的發展。因此，臨事時雖然都能確實遵守，充分利用，但，這種遵守和利用，亦是苦了學員，使學員連喘息的時間也沒有，甚或因此而引起隊上軍政雙方的爭執。因為大家都要遵守，同時，大家也都要利用。

第三，是沒有樹立森嚴的工作紀律，也沒有建立嚴格的工作檢查制度。工作努力的是這樣，工作懈怠的也是這樣。沒有比較，沒有

競爭，因此，一般工作人員的情緒都不容易緊張起來。舉例來說：在第五期中，每個人都是生龍活虎般地緊張，努力，甚至在休息時間也有一部分工作人員以全力來完成第六期的準備工作。可是，就由於上述的缺點，所以進入第六期以後，工作情緒又成為拋物線似的下降了。

第四，是人力、物力的使用不能達到合理的要求。不僅不能做到「一人要當二人用」，「一物要當二物用」，而且有時還不免流於浪費。譬如：團設有一個圖書室，團中山室又設有一個閱覽室，每月雙方都有圖書費，每一種書雙方都要買，而雙方所存的圖書又都不完全，始終不能把它們合併起來成為一個規模稍大的圖書館。這不僅是給予全團官長和學員閱讀參考的不便，而且也是人力上和物力上一個極大的浪費。

上面所指出的四個缺點，雖則是相當的影響了訓練的效果，但，這並不是原則的錯誤，而是在一定條件限制之下所發生的現象。過去的事實，已經證明了我們是有足夠的力量去戰勝一切困難的，所以今後對於這些缺點，我們也一定有辦法來克服，只要我們能夠把這些問題當作一個問題來重視。

（四）

如果說安徽的幹部就是建設安徽的工匠，則本團就是孕育這些工匠的搖籃。鐵的事實在證明著，自從中央的訓練國策和李主席的幹部政策執行以後，安徽的一切政績都有了長足的進展。假使沒有一萬七千多的幹部分佈在工作部門中，則安徽今天的成就是不可能的，最少也是使今天這種光輝的政績為之減色。因此，我們應該承認幹部的力量，尤其應該承認訓練國策的正確。今後安徽的建設工作，依然有賴於幹部，而幹部的訓練，依然有賴於本團。所以，本團今後的責任，與其說是推動安徽的建設，毋寧說是決定安徽的建設。既然本團的責任重大有如此，則今後的訓練工作更應該銳意改進，精益求精，以期能夠達成所負的使命。

作為創造革命建國新興力量的幹部訓練，一開始就帶有無限

的進步性。這種進步性表現在它是配合著革命進展與適應著政治需要的。離開了革命，離開了政治，則幹部訓練將成為毫無內容的技術人員養成所。因之，訓練工作的第一任務，便是把握這種進步性和發揚這種進步性，盡各種手段去提高幹部訓練的效能，這是今後訓練工作所應努力的總方向。

根據過去訓練的情形，同時，體察今天政治的需要，我認為本團今後的訓練重心，應該是由量的擴展進而到質的提高。換句話說，就是幹部的訓練，今後是在精不在多。這個理由很顯然，目前的幹部雖然已在各部門中表現了光輝的成績，但，也不能說是毫無問題。嚴格說來，今天一般幹部的水準都是有相當低落的，政治認識尤其感覺不夠。因此表現在事實上，一方面是幹部的不安於位，他方面是幹部的能力又不足以勝任更高的工作。這種現象在今天是相當普遍存在的。過去，因為戰事影響著政局，一切都未上軌道，所以，當時的需要是在創造大量的幹部，去推動一切建設工作。在那時，因為需要的迫切，所以對於幹部訓練只求大量擴展，至於素質方面則較為次要。然而，今天的形勢已經不同，各級政治組織已經樹立了相當規模，一切建設工作也已逐漸步上軌道。今天的需要，是在原有的基礎上求其充實，求其更向前發展，所以幹部的素質便成了問題。針對著這種現象，所以今後本團的訓練，應該偏重於質的提高，把幹部的學識和能力充實起來，以適應新的政治需要，這是今後不可忽略的一點。但，要達到這個要求，必須靠著訓練方式和訓練辦法的改善。

其次，我們應該集中全力，從事於訓練方式和訓練辦法的改進。我們知道，幹部訓練是一種新興的工作，這種工作在今天尚無成例可沿，一切都還在創始和啟蒙之中，所以迫切地需要我們的工作者在實際工作中根據事實需要和工作發展，去創造各種新的工作方式和新的工作方法。特別是在提高幹部的素質方面來講，假定沒有更有效和更有力的訓練方式，則訓練效果是無法收穫的。雖然目前我們所採用的訓練方式和訓練方法，已經有了相當的改進，但這

種改進，只是模仿，而不是創造，尤其不能處處運用集體教育的原則。此外，我們還認為是缺憾的，就是過去的改進，只限於一部分工作人員，而未能普遍到工作人員的全體，這就是表現了我們對於訓練方式和訓練方法還是改進的不夠。所以今後我們應該特別發揚這種研究、改進和創造的精神，使一切的訓練方式和方法都能集中於訓練效果的發揮。可是，要保證工作人員的研究、改進和創造的精神，消極的說教依然是不可能的，最可靠的還是樹立工作主義的作風，從正確的領導中去提高旺盛的工作精神，使每個工作人員都能在「工作第一」的號召下，努力奮發地去爭取工作的主動。在個人方面，是刻苦耐勞，虛心學習；在對人方面，是互助合作，誠懇檢討。同時，樹立起鐵的工作紀律，使是非清，賞罰平，激勵每個工作人員的向上心。此外，並須樹立工作檢查制度，使每件工作在事前有周詳計劃，臨事時能確實執行，事後有嚴密檢查，糾正一切浮誇浪費、因循敷衍的惡習。

關於本團今後的訓練實施，本來有省訓練委員會和本團當局悉心擘劃，此處毋庸贅言。不過，筆者在這裡僅僅是憑著個人的管窺與一年來的經驗，提出如上的幾點意見，以備當局採納，也是作為本文的結尾。

一九四一、十二、二十五於皖幹團

✲ 國父論宣傳工作

《抗戰》半月刊1942年第7號

一

在國父畢生的革命事業中，宣傳工作無疑是占著最主要的部分。因為國父從事革命之初，不僅沒有全國人民的贊助，就是革命的同志，也是寥寥無幾。在這種單人獨騎赤手空拳的艱難情形之下，欲「求舉國之人民，共喻此主義，以身體而力行之，於是有宣傳。」（自傳）果然由於國父奔走鼓吹的結果，「於是士林中人昔以革命為大逆不道，去之若浼者，至是亦稍知動念矣。」（同上）及至

乙巳，「凡學界、工界、商界、軍人、政客、會黨，無不同趨於一主義之下，以各致其力。」（同上）因此，才有武昌起義的成功和中華民國的創立。之後，民國雖然成立，但是大多數人民對於主義還未深刻瞭解，以致「國事則日形糾紛，人民則日增痛苦。」（《孫文學說自序》）所以，國父除了自己不斷地隨時隨地對國人反覆開導曉諭外，並於民國十二年十二月三十日對各黨員演講時，特別鄭重指出：「現在我們要再圖進步，希望我們的革命主義完全成功，便要恢復武昌起義以前的革命方法，注重宣傳，所以這次國民黨改組之後，便要請大家向宣傳一方面去奮鬥。」因為宣傳工作貫串著國父的全部革命實踐，同時，國父又從革命實踐中體認了宣傳工作的重要性，所以終國父之世，一時一刻也沒有放棄宣傳工作，甚至在他臨終的遺囑裏，也頻頻以「喚起民眾」為告。

國父為什麼這樣注重宣傳工作呢？從他的遺教裏，我們可以得到兩點說明：

第一，國父認為革命事業是離不開群眾的，只有依靠著群眾的力量，革命事業才有光輝的前途。他曾經這樣說過：「我們要求中國進步，造成一個極合三民主義、五權憲法的國家，非用群力不可。要用群力，便是在合群策群力，大家去奮鬥，不可依賴一人一部分用孤力去做，用孤力做去，所收效果是很小很慢的。」（《國民黨奮鬥之法宜兼注重宣傳不宜專注重軍事》）又說：「我們要達到這個目的（指建設三民主義國家——作者），不是現在廣東的少數國民黨員可以做得成功的。必要應用群力，請全國人民都同心協力去做，那才容易成功。要全國人都同我們去做，便要他們明白我們做事的主義，……所以從事革命，便要宣傳我們何以要革命的主義。」（同上）

第二，國父認為，「人心就是立國的大根本。」（《黨員不可存心做官》）「國家的基礎是建築在人民思想之上……只要改造人心，除去人民的舊思想，另外換成一種新思想，這便是國家的基礎革新。」（《國民黨奮鬥之法宜兼注重宣傳不宜專注重軍事》）因此，

「要民國的基礎怎麼鞏固,就是在把三民主義的道理注射到人民心內。」(《女子要明白三民主義》)歸結來說,國父之所以注重宣傳,第一是在運用群力,第二是在改造人心。力量是在思想上生長起來的,能夠得人心,自然就可以用群;能夠用群力,則革命一定可以成功。

關於宣傳工作的任務,在國父的遺教中,曾經有過幾次的說明,現在將它分項錄在下面:

(一)「人民的天性,本來沒有蜜蜂和螞蟻的天生長處(指合群和自衛——作者),所以能夠變好的原故,多半是由於學習,普通人要學習,便是不知,先覺先知的人要他們知,便應該去教,教便是宣傳。」(《國民黨奮鬥之法宜兼注重宣傳不宜專注重軍事》)

(二)「軍官學校是教學生用槍炮去奮鬥,這個講習所是教學生用語言文字去奮鬥。」(《國民黨宣傳講習所開學演講詞》)。

(三)「向民眾宣傳,就是同向敵人猛烈的進攻一樣。古人說,攻心為上,攻城為下。攻心就要用宣傳的方法。」(同上)

(四)「我們要根本上去改變他(指有舊思想的人——作者),便要想法子去感化他。感化就是宣傳。」(《國民黨奮鬥之法宜兼注重宣傳不宜專注重軍事》)

(五)「宣傳就是勸人。」(《女子要明白三民主義》)

根據上面的第一個說明,則宣傳工作就是教育工作;根據第二和第三個說明,則宣傳就是鬥爭工作;根據第四和第五個說明,則宣傳工作又是說服工作。這三個各不相關的說明,到底哪一個才對呢?它們是否有衝突呢?這個問題,初看起來,似乎頗為難答。其實,國父的指示是非常正確的。所謂教育、鬥爭和說服,同時都是宣傳工作的任務。而且也必須要具備此三者,而後乃能構成宣傳工作的完整過程。缺少了任何一項,都不能算是完全的宣傳工作的。因為宣傳的初步,是在使對方知道宣傳者的思想,使人知便是教育。在教育過程中,宣傳者的思想跟被宣傳者的思想必然起著劇烈的鬥爭,最後是宣傳者的思想戰勝了被宣傳者的思想,這就是說

服。所以這三者不僅不會衝突，而且相互之間還有著異常密切的關聯。

宣傳工作既然同時負有教育、鬥爭和說服三個任務，然則如何才算達成了這三個任務呢？換句話說，如何才算收到了宣傳的效果呢？關於這點，國父的指示是：「專就平常的宣傳而論，自然是要令人知，令人曉，但是這不能算是我們宣傳的目的，不能算是我們宣傳的效果。……至於我們宣傳主義，不特是要人知，並且要感化民眾，要他們心悅誠服。我們若果能夠感化民眾，民眾能夠心悅誠服，那才算我們宣傳的結果，那才算是達到了我們宣傳的目的。」（《國民黨宣傳講習所開學演講詞》）因為當「民眾能夠心悅誠服」的時候，他不僅已經明白了宣傳者的思想，而且也克服了他自己的思想和接受了宣傳者的思想。這便是由教育而鬥爭，由鬥爭而說服，最後的結果，就是民眾受了感化，「民眾能夠心悅誠服」。

二

宣傳是理論的鬥爭，是攻心的方法，是戰勝敵人最有效也最有力的武器。所以當國父講述到革命方法時，他從來沒有忘記過宣傳，而且有時還特別強調宣傳的力量。在《黨員不可存心做官》那篇講詞裏，他就這樣說過：「革命的方法，有軍事的奮鬥，有宣傳的奮鬥。軍事的奮鬥是推翻不良的政府，趕走一般軍閥官僚；宣傳的奮鬥是改變不良的社會，感化人群。要消滅那一般軍閥，軍事的奮鬥固然是很重要；但是改造國家，還要根本上自人民的心理改造起。所以感化人群的奮鬥更是重要。」對於這種說法，國父有很多事實做證明。

首先，他指出，「辛亥年武昌起義，全國戰事不過兩三個月，便大功告成；太平天國打了十幾年仗，還是不能成功。當中的原因，全是由於漢人自己維持不維持。辛亥年，漢人知道自相維持，所以滿清的江山，一推便倒。太平天國時，漢人不知自相維持的道理，所以終洪秀全之身，總是推滿清不倒。漢人知不知道自相維持的道理，

是由於全國漢人明白不明白漢滿的界限。辛亥年，全國漢人明白了漢滿的界限，所以武昌的漢人一經起義，便沒有漢人再來反對漢人，去維持滿人的天下。國人明白不明白漢滿的界限，是由於主持革命的人有沒有普遍的宣傳。當辛亥年武昌沒有起義之先，我們革命黨老早發明了民族主義，一般有思想的人，都拿這種主義對全國宣傳。一傳十，十傳百，大眾一心，向前奮鬥。」（《國民黨奮鬥之法宜兼注重宣傳不宜專注重軍事》）另外，他又引蘇聯的十月革命為例，說是「俄國革命成功快的原因，全是由於他們革命黨都信道篤，拿主義來感化全國。」（《打破舊思想要用三民主義》）由於這些事實驅使，國父體認到一個經驗，就是「革命成功極快的方法，宣傳要用九成，武力只可用一成。」（《國民黨奮鬥之法宜兼注重宣傳不宜專注重軍事》）

孟子說：「以力服人者，非心服；以德服人者，中心悅而誠服也。」這幾句話的真諦，國父是深深地體認到的。國父認為革命是「順乎天，應乎人」的王道事業，既然是「順乎天，應乎人」，就應該使「心服」，不應該以「力服」。所謂使「心服」，就是宣傳的效果。這是國父對宣傳的基本觀點。所以當他將軍事和宣傳比較時，便得到如下的見解：「說起功效來，是哪一樣大呢？自然是宣傳奮鬥的效力大，軍事奮鬥的效力小。譬如就武昌起義說，表面上雖然是軍事奮鬥的成功，但當時在武昌的軍隊是清朝訓練的，不是本黨訓練的。因為沒有起義之先，他們受過了我們的宣傳，明白了我們的主義，才為主義去革命。所以這種成功，完全是由於宣傳奮鬥的成功。假若當時武昌的軍隊，絲毫沒有受過宣傳，不明白革命的道理，專由本黨另外起一支兵去打那些清兵，想把他們盡數消滅，他們一定拼命來和我們反抗，那麼，我們的革命恐未必能夠成功。或者我們有了一支兵，對於我們的兵士，絕不注重宣傳，兵士絲毫不知為甚麼要革命的道理，拿這一種軍隊來和清兵奮鬥，那麼勝負之數，也未可必。至於武昌起義，當時能夠達到目的的道理，完全是由於滿清軍隊的自動，一經發起，便馬到成功。那些清兵有自動力的根

本原因，全是由於我們宣傳的效果。他們受了宣傳，都贊成我們的主義，所以便不來和我們反抗。像這樣用敵人的軍隊，來做我們的事業，所收的效果，該是何等大呢？」（《國民黨奮鬥之法宜兼注重宣傳不宜專注重軍事》）由是，國父得到一個結論，就是「用武力去征服人，完全是假的，用主義去征服人，那才是真的。」（《打破舊思想要用三民主義》）雖則如此，可是革命到底是無情的鬥爭，在推翻政府，趕走一般軍閥官僚時，軍事的奮鬥也有它的必要，問題是在於我們的運用是否適宜和是否配合。所以國父在另一處又指出：「現在我們應該曉得，初期的革命，十分重要的是槍炮奮鬥，後來的革命，更加重要的還是宣傳奮鬥。如果我們沒有宣傳的奮鬥，那麼，我們用槍炮奮鬥得來的結果，便不能夠保持。」（《國民黨宣傳講習所開學演講詞》）這裏很顯明地告訴我們：軍事奮鬥和宣傳奮鬥在運用的時機上有著輕重的不同。同時，更重要的是，必須要用宣傳力量做保證，而後軍事奮鬥的成果才能鞏固和加強。

291

　　國父曾經不止一次地指出，革命尚未成功的原因，是由於放棄了宣傳工作。他說：「自清朝推倒了以後，我們便以為軍事得勝，不必注重宣傳。甚至有把宣傳看做是無關緊要的事。所以弄到全國沒有是非，引起軍閥的專橫，這是我們不能不負責任的。」（《國民黨奮鬥之法宜兼注重宣傳不宜專注重軍事》）又說「滿清政府雖然已經剷除了十三年，說到革命，還沒有徹底成功，沒有得到甚麼結果，這是因為甚麼原故呢？就是因為缺乏宣傳奮鬥的工夫。」（《國民黨宣傳講習所開學演講詞》）在〈要靠黨員成功不要專靠兵力成功〉那篇講詞裏，國父尤其切實地指出：「自辛亥

哈庸凡〈國父論宣傳工作〉

革命以至今日，宣傳事業幾乎停頓，即革命未成功以前，吾等非不從事於宣傳，但當時宣傳的方法，皆是個人的宣傳，既無組織，又無系統，故收效仍小，故只可謂之「人自為戰」的宣傳。至武昌起義以後，則連人自為戰的宣傳，亦皆放棄而不肯做矣。」至於那時為什麼會放棄宣傳工作，國父也看得很清楚。他說：「從前黨員出外宣傳，發揮主義，非常踴躍。至成功後，則以為此等苦事乃無效力之所為，須握軍權，乃算奮鬥，其觀念實在錯誤。」（《黨員應協同軍隊奮鬥》）這的確是一語道破當時黨人的心理。

最後，國父再三勉勵，說是：「現在我們要再圖進步，希望我們的革命主義完全成功，便要恢復武昌起義以前的革命方法，注重宣傳，所以這次國民黨改組之後，便要請大家向宣傳一方面去奮鬥。」（見前）

宣傳的作用是不是僅僅限於革命事業呢？不是的。國父從來就沒有把宣傳工作單獨當作革命方法來看待。在他看來，「世界文明的進步，多半是由於宣傳。」（《國民黨奮鬥之法宜兼注重宣傳不宜專注重軍事》）這種說法並不是毫無根據的，國父曾經告訴我們兩個例證：一個是孔子周遊列國以及後來的刪詩書，作春秋，「今日中國的舊文化能夠和歐美的新文化並駕齊驅的原因，都是由於孔子在二千多年以前所作的宣傳功夫。」（同上）一個是佛教和耶穌教，它們之所以流行廣遠，就是由於它們的教徒善於宣傳的原故。由是，我們可以知道，宣傳的力量不僅可以保證革命的成功，而且可以促成文化的進步。

對於宗教宣傳的力量，國父認為是相當偉大的。他曾經這樣說過：「宗教之所以能夠感化人的道理，便是在他們有一種主義，令人信仰。普通人如果信仰了主義，便深入刻骨，便能為主義去死。」（同上）但是，革命宣傳的力量更來得偉大。他說：「我們國民黨要革命的道理，是要改革中國政治，實行三民主義和五權憲法。我們的這種主義比宗教的主義還要切實，因為宗教的主義是講將來的事和在世界以外的事，我們的政治主義是講現在的事，和人類有切

膚之痛的事。宗教是為將來靈魂謀幸福的，政治是為眼前肉體謀幸福的。說到將來的靈魂，自然是近於空虛，講到眼前的肉體，自然有憑有據。那麼，宗教徒宣傳空虛的道理尚可收到無量的效果，我們政黨宣傳有可憑據的道理，還怕不能成功嗎？」（同上）由此看來，革命的宣傳只要能夠專心致力，其成效一定是駕乎宗教宣傳之上的。（待續）

附：《抗戰》半月刊本期編者的話

在這期裏應向諸君介紹的，「宣傳重於作戰」為第二期抗戰的警語，其意義之重大為眾所周知。哈庸凡先生〈國父論宣傳工作〉一文，係根據總理遺教，列舉總理對宣傳之寶貴昭示，證論精闢，文字老練，可供從事宣傳工作者之寶箴與參考。

✻ 國父論宣傳工作（續）

至於宣傳方法和宣傳技術，國父認為，一個宣傳者，在他開始工作之前，首先要瞭解情況和明瞭對象。他說：「革命主義既以生人為最終之目的，故必須周知敵人（指對方而言——作者）之情形，尤須明瞭士農工商之狀況。然對待此類人們，非可殺之也，實須生之。如何方可以生之，則須知其痛苦所在，提出方法，敷陳主義，乃能克敵致果。」（《黨員應協同軍隊奮鬥》）這是國父指示我們的第一點。

其次，國父告訴我們，宣傳的時候，必須要因應制宜，切合對方的需要，不可徒作籠統空泛的高論。他說：「大家擔負這種任務（指宣傳工作——作者）所用的方法，必須臨機應變。」（《國民黨奮鬥之法宜兼注重宣傳不宜專注重軍事》）所謂臨機應變，並非迎合取巧，而是「遇農則說之以解脫痛苦之方法，則農必悅服；遇工遇商遇士各種人們亦然。」（《黨員應協同軍隊奮鬥》）這即是說，宣傳工作應有因應制宜的機動性。這是國父指示我們的第二點。

復次，國父主張宣傳的內容和語言，應該淺顯通俗，「親切有味」。他說：「諸君所用的宣傳方法，……就措詞而論，應該親切有味，要選擇人人所知道的材料。」（《女子要明白三民主義》）對於這一點，國父給我們引了一個很好的實例。他說：「革命沒有成功以前，廣東人有一句俗話，可以包括民生主義。這句話是歡迎民生主義的，很可以用來做群眾宣傳的材料。因為普遍的宣傳，是要對極無知識的群眾去演講。普通人極歡迎的心理，是在甚麼地方呢？拿他們心理上極歡迎的話去演講，便可感動許多人，不必費很大的力量，便可收很大的效果。這句話不是我們革命黨說的，是普通人自己造出來的。這是一句甚麼話？就是『革命成功，我們大家有平米喫。』」（《國民黨奮鬥之法宜兼注重宣傳不宜專注重軍事》）拿「我們大家有平米喫」這句話去向民眾宣傳，自然個個聽得懂，想得到，宣傳的效果也很容易獲得。這是國父指示我們的第三點。

又次，國父認為，一個宣傳者應該要有耐心，要循循誘導，「反覆規勸」。同時要把握聽眾的觀點，不可完全拿自己去揣度別人。他曾經引證他自己的一段事實：「我從前提倡革命，常常遇到很多的反對的人，過細考察那些反對者的心理，大概都是挾持成見，不肯改變。我總是用盡方法去開導，反覆規勸，以至於瞭解而後已。並且把那些最反對的心理，變成最贊成的心理，熱心為本黨盡力，替本黨的主義去奮鬥。」（《黨員不可存心做官》）此外，民國八年五月，上海星期評論記者訪問國父之後，曾有一段記述：「先生（指國父——作者）說道：『要做指導社會的工夫，最要緊的就是不好先拿我們的知識整個的放上去，以為這事我已經明白了，他為甚麼不明白。兩次說不明白，便生了氣，這是不行的。我們要曉得群眾的知識是很低的，要教訓群眾，指導群眾，或者是教訓知識很低的人，最要緊的是替他們打算，不好一味拿自己做標本。』」這是國父指示我們的第四點。

再次，國父認為：「宣傳的方法，就對人而論，應該由近及遠，先對父母兄弟姊妹和一切家人說明，再對親戚朋友和一般普通人

說明。」(《女子要明白三民主義》)同時，並主張即知即傳人，「由一人傳諸幾百人，由幾百人傳至幾千人，由幾千人傳至幾萬人。」(《黨員須宣傳革命主義》)這是國父指示我們的第五點。

最後，國父認為，宣傳工作不僅限於喚起民眾，而且在宣傳之後，還要去組織民眾。當時，國父稱組織為聯絡，在《耕者有其田》那篇講詞裏，他就這樣說過：「此刻大家去宣傳，一定要很謹慎，……要教他們聯絡的方法，先自一鄉一鎮聯絡起，然後再聯到一府一省，以至於全國。」又說：「倘有不明白此種主義者，必向之宣傳，使之明瞭，再以此主義團結各鄉。」(《黨員應宣傳三民主義》)這是國父指示我們的第六點。

宣傳的方法雖然有了，可是運用的適當與否，還是在於宣傳者的本身。所以，國父對於宣傳者的修養，一向都是看得非常重要的。在他的遺教裏，對於這方面，我們也可以找到許多切要的訓示。現在為要便於說明和瞭解，特分項列舉於次：

第一，一個宣傳者首先要有至誠。國父說：「我們要感化人，最要緊的就是誠。古人說，『至誠感神』。有至誠，就是學問少，口才拙，也能感化人，所以至誠有最大的力量。」(《國民黨宣傳講習所演講詞》怎麼樣才算是「誠」呢？國父跟著解釋說：「要誠心為革命來奮鬥，誠心為主義來宣傳，要以宣傳為終身極大的事業。」(同上)這就算是「誠」。在另一處，他又這樣告訴我們：「諸君去實行宣傳的人，居心要誠懇，服務要勤勞，要真是為農民謀幸福。」(《耕者有其田》)所以「誠」的意義，就是要真正獻身主義，獻身革命，獻身群眾。這對於每一個宣傳者是最不可缺少的。

第二，從事宣傳的人，應該要有恆不斷，持久努力。國父說：「諸君擔負宣傳的任務，應該有恒心，不可虎頭蛇尾。今日熱心奮鬥，明日便心灰意冷，因為要人心悅誠服，不是一朝一夕，一言一動就能收效果的，必要把我們的主義潛移默化，深入人心，那才算有效果。我們要能夠收到這種效果，更非請諸君對於宣傳做繼續的工夫不可。」(《國民黨奮鬥之法宜兼注重宣傳不宜專注重軍事》)只

有繼續不懈，始終如一，而後宣傳效果乃能在廣度上求普遍，在深度上求「心服」。

第三，一個宣傳者對於他所宣傳的內容，一定要有正確的和充分的理解。國父曾說：「我們擔任宣傳的，自己先要明白他（指三民主義——作者）才好，如果不然，便是以盲導盲，都不知道是從哪一條路走。」（《國民黨奮鬥之法宜兼注重宣傳不宜專注重軍事》）因為「教人民瞭解三民主義，必要自己先瞭解三民主義，所謂先知先覺者，必自己先覺，然後才可以覺人。決沒有自己不覺，而能夠覺人的。」（《三民主義之具體辦法》）關於這一點，國父拿一個譬喻來說明：「若黨員欲運用其能力，出而感化他人，亦猶之軍人上陣戰爭，必須明白其槍炮之效力及其用法，故黨員亦必須明白三民主義、五權憲法之內容如何，然後試用之出而宣傳，始生效力，始能感化他人也。」（《要靠黨員成功不能單靠軍事成功》）因此，研究主義，是一個「至誠」的宣傳者所必不可少的工作。

第四，一個宣傳者僅僅是具備了一般知識還是不夠的，他還得在工作中不斷地學習，然後他才有進步，有前途，他的工作也才有偉大的成功。國父指示我們：「我黨須每日學習宣傳方法，時時訓練，訓練純熟，然後能戰勝一切。」（同上）所謂學習，應該不受時空的限制，隨時隨地皆可學習。所以國父又說：「今我黨人若能日日出而講演主義，其有不入者，則考其有何障礙。」（同上）因為學習本來是為了解決實際問題，離開了實際問題，則學習必將流入空泛和迂闊。因此，國父不僅是教人學習，而且還引導大家去注意實際問題。下面所引的即是一例：「今定於每兩星期來此學習一次，而此兩星期，須將做過之工夫，報告於我。由下一星期起，訂一種問題，互相研究，以便答聽者之問話。搜集材料如軍隊打仗然，打過後須補充子彈，今黨員出外宣傳，亦當如之。」（同上）這一點，也是一個宣傳者所不可忽略的地方。

除開上述種種之外，關於宣傳機構和宣傳人才，國父也有他

自己獨到的主張。在他看來，過去宣傳的缺點，是「既無組織，又無系統，收效仍小，故可謂之『人自為戰』的宣傳。」（見前）這樣的宣傳，自然是不足以適應革命的進展的。所以「吾黨欲求真正之成功。從今以後，……各盡能力，努力奮鬥。而且今後吾黨同志的奮鬥，不要仍守著舊日『人自為戰』的奮鬥，要努力於有組織、有系統、有紀律的奮鬥。」（同上）這是他對於宣傳機構一方面的主張。

至於宣傳人才，國父主張應由專門學校去培植。因為「要有很多的宣傳人手，非要辦一個宣傳學校，慢慢的養成不可。」（《黨員不可存心做官》）

最後，我們可以這樣說，國父對於革命的信心，完全是由於體認了宣傳工作的偉大力量。現在我們且引他的一段名言，以作本文的結束：

「本黨從前在日本組織同盟會，所得的會員不過一萬多留學生。他們回國之後，到各省去宣傳，所以辛亥年武昌起義，登高一呼，全國回應，不到半年全國就有統一的大效果。由這樣看起來，革命的發起人不怕少，只要大家負起責任來，到各處去宣傳，前途總是很有希望的。」（同上）

民國卅一年一月十五日於皖幹團

❋ 關於領導上的幾個實際問題

《幹訓》月刊1942年第3卷第5期

一、一個必要的前提

在未講到本題之前，我們首先應該認識一個必要的前提，這個前提就是：所謂領導，並不完全是居高臨下的統率，也不完全是操縱自如的駕御。倘使是這樣，那便是官僚主義的做法，一切的一切，只消一紙命令，便已了事，用不著我們在此饒舌。而且此輩大權在握，想怎麼樣便可怎麼樣，更無我們置喙的餘地。

然而，問題並不那麼簡單。像上面那樣的做法，是夠不上稱為領導的。那樣的做法，完全是靠著法律所賦予的權威來維持，靠著傳統的社會習慣來支撐，在法律權威和社會習慣群相衛護之下，從表面上看來，自然是上級指揮下級，部屬服從主官，似乎彼此相安無事，一切都在循著軌道進行。然而，實際上是怎麼樣呢？絕大多數是因循、敷衍、苟且、搪塞、虛偽、混沌，總括一句，形式上雖然是一呼百諾，而內容上卻是腐化惡化。站在工作的立場上說，不僅是毫無裨益，而且還招致無窮的損害。所以，那樣的做法，並不是領導，只能說是做官。

所謂領導，起碼應該包含內在與外發的兩個方面。內在的就是思想，外在的就是行為。怎樣從思想上去領導呢？就是孫子所說的「令民與上同意也」。怎樣從行為上去領導呢？就是孔子所說的「作之君、作之師、作之親」。違反了這兩者，固然不是領導，就是缺少了這兩者之中的任何一者，也不能成為完善的領導。必須在思想上使被領導者加深政治認識，瞭解政治任務，堅定政治信念，看清政治遠景，從而充分明悉上級在工作上的種種部署和企圖，真正做到「令民與上同意」的地步。然後在行為上，以公正廉明「作之君」，以勤教嚴繩「作之師」，以愛護撫慰「作之親」。這樣的領導，才能使被領導者心悅誠服，努力不懈。同時，也才能給工作帶來無限的活力與光明。雖然，在領導上有時也會形成居高臨下的統率和操縱自如的駕御，但這只是領導工作在一定條件下的一種形式而已，問題是在這種形式是不是具備了上述的那種內容。如果具備了那種內容，則即許是居高臨下的統率和操縱自如的駕御，也還不失為賢明的領導。

根據上面的說法，我們可以得到一個結論：就是所謂領導，乃是「以德服人」，而不是「以力服人」，這是我們領導的基本觀點，也就是本文的一個必要前提。有了這個前提，我們以下所提出的問題才能有所依據。如果依然把領導與做官混為一談，則下面所說的都將成為廢話。所以這一個前提，是我們首先應該明確

認識的。

二、幾種嚴重的錯誤

事實上，儘管官僚主義的做法是不折不扣的存在，然而，官僚主義者的本身，卻是毫不害羞地在大談其領導，這種魚目混珠自欺欺人的事實，明眼人一見即知，用不著浪費時間去作口誅筆伐。此刻我們所要指出的，乃是那些真正的領導者在實際工作中所犯的幾種錯誤，那些領導者，在他們自己的主觀上，是的的確確想要做到「以德服人」的地步的。無如一方面因為他們本身的落後意識尚未克服淨盡，另一方面又受著客觀環境中的種種不良傾向的誘惑，所以便不知不覺地鑄成了那些嚴重的錯誤。那些錯誤如不及早設法克服，是很可能發展成為官僚主義的。我們為了愛護那些真心誠意的領導者，更愛護由他們辛苦築成的一點領導基礎（雖然這點基礎是薄弱得非常可憐），所以在此我們有坦白地、嚴正地指出的必要。

據筆者個人生活所接觸到的，在領導上最普遍而又最嚴重的錯誤，約有以下的五種：

（一）是領導者的成見太深，對人對事總以自己的主觀為斷，不肯接受被領導者的意見，尤其不肯因被領導者的意見而變更自己的主張。於是，一切工作，一切的活動，都完全由領導者個人的意志來支配，由領導者個人來把持包辦，獨斷專行。被領導者沒有頭腦，也沒有嘴巴，祇只是呼之即來、揮之即去的一批工具。在這種情形下，領導者與被領導者是完全隔絕的。所以弄得結果，自然是下情不能上達，彼此不能推誠相見，領導者遂變成了孤家寡人一個。這種錯誤的由來，是在於領導者過分看重了自己，以為自己是巍巍聳立於被領導者之上的。自己的學識、能力、經驗，都比被領導者為豐富，當然自己的一切都是對的，別人的一切都是不對的。其實，這個看法是毫無理由的。被領導者固然離不開領導者，同時，領導者也離不開被領導者。這即是說，被領導者固然要受領導

者的領導,而領導者同時也得受被領導者的領導。他們雙方是統一的,而不是對立的。關於這點,楊東蓴先生有一段話說得最為清楚。他說:「領導者要時時注意被領導者對工作上的反應,要不斷聽取被領導者對工作的意見,要不斷注意工作的發展情形,並進而綜合這一次反應、意見和情形,作為領導的依據。」(見〈兩年來本校的自我批評〉)因為領導者絕不能離開實際去作空洞的領導,但要不脫離實際,則自己的耳目有限,見聞不周,所以必須要從被領導者的反應和意見之中,從工作的發展之中,去確定領導的方向,

《幹訓》月刊1942年第3卷第5期刊載哈庸凡先生〈關於領導上的幾個實際問題〉

絕對不能摒絕被領導者的意見而一意孤行。而且被領導者的學識、能力、經驗,也不一定較領導者差得多少,有時甚至較領導者還要高明的都有。所以我們也不能坐井觀天,夜郎自大。退一步說,即許領導者的學識、能力、經驗,確較被領導者為高,但,「智者千慮,必有一失;愚者千慮,必有一得」,也不能以此就斷定自己完全對而別人完全不對。揭子宣有言:「勝天下者用天下,未聞己力之獨恃也」。

所以一個賢明的領導者,是必須要博采眾議,集思廣益的。只有經過多數人的思慮和研討的意見,才是最完全和最能執行的意見。獨斷專行的做法,最多也不過是造成愁眉苦臉的被動,絕不能出於旺盛熱烈的自發,這是我們所應注意的。但,所謂聽取被領導者的反應和意見,並不是說領導者自己就完全沒有主張,一任被領導者的擺佈,做被領導者的尾巴。而是說領導者自己先要有一定的原則和方針,然後再徵詢被領導者的意見,來充實自己的原則和方針。這即是說,領導者自己有他的思考和判斷,這種思考和判斷,

猶如一面篩子，當被領導者的意見通過這面篩子時，好的部分自然被保留下來，壞的部分則被揚棄了。在這樣一面保留一面揚棄之中，才能顯示出領導者自己獨立的活動，才不至於做被領導者的尾巴。

（二）是領導者自己沒有意志，沒有主張，凡事都是以耳代目，以人代己。對於一切工作，一切活動，絲毫不加思考，也絲毫不加監督，一味聽信被領導者的意見，不論被領導者是好的或是壞的，都完全由他們去作主。這種做法的結果，是領導者的大權旁落，領導者成為一個傀儡，一切都由被領導者操縱把持，讓被領導者得以「挾天子以令諸侯」。所謂「倒持太阿，授人以柄」，即是這種現象的警喻。犯這種錯誤的人，大別之可有三種：一種是自己懦弱，凡事優柔寡斷，患得患失，看起來條條路可走，而其實每條路都有困難，自己判決不了，於是就只好仰賴別人。第二種是昏庸，把一切事情都看得無所謂，祇要能夠對付過去，犯不著自己來操心。而且他自己正沉湎於當官的享樂，更不願意去找麻煩，所以別人怎麼說便怎麼做。第三種人是過分民主，以只有讓大家都能夠說話，然後事情才通得過。所以儘量讓被領導者充分發揮意見。但是，他只記得民主，卻忘記了集中，一旦搜集了被領導者的反應和意見，便立即付諸實行，一點也不考慮這些意見對於工作的效果。以上種種情形，跟前面所說的第一個錯誤恰恰相反，第一個錯誤是過分看重自己，這裏的錯誤是過分抹煞自己，所謂「過猶不及」，是同樣有損害的。一個領導者需要聽取被領導者的反應和意見，這是對的。但絕不能毫無原則的接受，必須根據既定的領導路向和當前的工作需要，對這些意見加以縝密的考慮，使這些意見經過濾清作用，而後才可以付諸實行。否則，大權必然旁落，被領導者的不良分子一定會利用機會，竊取權柄，而作利於個人的措施，這是領導者所不能不留意的。昔太公謂武王曰：「不能定所去，以人言去；不能定所取，以人言取；不能定所為，以人言為；不能定所罰，以人言罰；不能定所賞，以人言賞。賢者不必用，不肖者不必退，而士者不必

敬。……是以不必治也。」這就說明了以耳代目，以人代己的危險。所以一個賢明的領導者，不僅貴能民主，而且貴能集中，民主集中制是領導上最正確的原則。張江陵有言：「天下之事，慮之貴詳，行之貴力，謀在於眾，斷在於獨。」所謂「謀在於眾」，即是民主，所謂「斷在於獨」，即是集中，這兩者必須相輔而行，才不至有偏廢的毛病。

（三）是領導者在對人對事上，有些近於勢利。以對人言，比如，出身高的，資歷深的，或者是由有勢力的介紹來的，領導者對他們多半是客氣些，敬重些，遇事總是以他們的意見為準，似乎他們的意見總是對的。反之，出身低的，資歷淺的，或者是並未經過介紹來的，則領導者對於他們往往是比較輕慢，比較嚴峻，他們提出的任何意見，都認為毫無理由，一概摒絕。以對事言，凡是長官交辦的或者是上級命令的，領導者總是非常認真，迅赴事功，而對於被領導者請求的或有關於被領導者切身利害的，多半是隨意擱置，愛理不理。這種情形，勿須加以說明就知道它是異常錯誤的。可是事實上依然有這樣毛病存在，這就是我們的傳統的封建思想尚未根除淨盡的緣故。先就對人來講，我們並不反對領導者對於先進者的敬重，但是這種敬重是有一個限度的，在私人的友情上，在非正式的交換工作意見上，領導者可以對先進者表示敬重，但在工作上，領導者對先進者和後進者都應該視同一律，不容有輕重厚薄之分，尤其不能無條件地接受先進者的意見，和無條件地抹煞後進者的意見。因為站在工作立場上，大家都是工作者，所負的責任各有輕重之分，但在需要盡心竭力來完成工作這一意義上講，卻是沒有兩樣，有時或許後進者比先進者還要來得努力。而且在中國過去的教育制度之下，資歷也不是人才的絕對標準。一個不用功的人，就是大學生，也未見得高明。反之，一個努力上進的人，即許僅是小學畢業，也不妨礙他的學識豐富。又如，一個不斷進修不斷學習的人，即許只有一年半載的工作經驗，也可能對工作有正確的見解。反之，一個馬馬虎虎打發日子的人，縱使他有十年八年的歷史和一大串

漂亮的官銜，倘如問起工作來，他也可能莫名其妙，不知所對。所以問題還是在真正的本領，不在外表的華麗。至於以有無背景來作對人輕重的標準，更是卑劣不足道了。再就對事而言，長官交辦或上級命令的固然是事，而被領導者或下屬所請求的，也一樣是事，雖然事的關係不同，但在責任上則是無兩樣。所以也不能厚此薄彼，辦這樣而擱那樣，而且要從領導者本身來說，辦理被領導者所請求的事項，尤其來得重要。因為被領導者是一個團體或一個機構的支柱，沒有他們，就沒有這個團體或這個機構，從而領導者本身也就失了存在。這個理由很簡單，因被領導者所請求的事項，多半關係於他們自己切身的利害，這些問題一天不解決，他們就一天不會安心工作，由此所帶來的損害如何，是不難想像得到的。所以一個賢明的領導者，一方面固然應該遵行上級命令，同時，一方面也要當心下級的請求，替下級想辦法。

（四）是領導者的眼光短淺，魄力不夠，不能洞悉事物的發展，尤其不能合理地、有效地解決一個事件。我們看見有些領導者，每當一個問題發生時，總不能迅速予以斷然的處置，總是用些不徹底的辦法來彌補問題，掩飾問題，甚至不惜委曲求全的採用種種妥協的方式，企圖使事件不致擴大，以求得暫時的、表面的安全。可是，正如俗語所說：「小時不補，大了一尺五」。儘管領導者在主觀上是如何的企求「大事化小，小事化無」，但，問題始終是客觀存在著的，並且按照它自身發展的規律去發展。所以久而久之，小問題便成了大問題，一切眾叛親離和土崩瓦解的禍害都種基於此。這種錯誤的根源，顯然是中國傳統的調和性在作祟。記得有一個故事，說是清朝有一個縣官，為了避免麻煩，凡是來告狀的，不論原告被告，有理無理，都各打五百小板了事。這是對付一般平民的，如果告狀是地方有名望的士紳，則由縣官請一抬酒給兩造勸和。這一故事，就是我們所謂調和性的具體說明。總之，這病根是在怕麻煩，怕得罪於人，所以便企圖由自己的主觀來造成一個太平的局面。這樣的做法，問題是不是解決了呢？沒有，問題依然存在，最多也不

303

過由明顯變為潛伏，一旦生長而爆發起來，其力量是不堪想像的。老實說，這樣粉飾太平的手法，是舊式官僚才用的，以工作主義為原則的領導者，絕對不能再蹈其覆轍。否則不僅損害工作，而且危及自己。因為任何問題都是客觀地存在的，即許問題如何微小，也有它的客觀根源。如果不能除去這種根源，盡做些表面的調和工夫，則問題依然可以繁榮和滋長。昔太公謂文王曰：「涓涓不塞，將為江河；熒熒不救，炎炎奈何；兩葉不去，將用斧柯。」這就是說，任何一件事情，都能夠由小而大的。小的時候不設法消滅，等到長大更加困難。所以古來老成謀國的人，不貴于敷展鴻猷，而貴於防微杜漸，為國家防患於未然，即是此理。有人主張：「大事不糊塗，小事應該糊塗」，所以便同意「不癡不聾，不做阿家翁」的做法。凡事隨隨便便，聽其自然。其實，這是最錯誤的。不論任何大事，都由小事積累而來。做大事的能力，也得在小事中磨練。小事糊塗慣了，如何處理得大事？至於以癡聾的態度去對事，則更是毫無理由。試問，我們主持一件工作，如果不聞不問，那還成什麼事體呢？所以，一個賢明的領導者，是必須要有勇氣去認識問題和解決問題的，而且認識要找出根源，解決尤其應該徹底，而後工作的前途，才不會有暗礁存在。這是我們應該特別慎重的。

　　（五）是領導者過分寬大，有過的不能罰，不肖的不能退，以致紀律廢弛，風氣蕩然，一切有形無形的弊端，都由此發生。本來領導者是「以德服人」，似乎不必施用權威。然而，「德」與「威」，並不是兩個絕對對立的東西，而是一個對立的統一體。這即是說，「德」不能離開「威」。離開了「威」，「德」就會流於寬縱；「威」也離不開「德」。離開了「德」，「威」就會變成殘暴。所以這二者必須相輔而行，古人說：「即之也溫，聽其言也厲」。「德」「威」一體的道理，領導者對被領導者固然應該寬大為懷，但是這種寬大，絕不能超於紀律的限制之上的，如果超過了紀律的限制，就得要以權威來施以懲罰，絕對不能徇情也絕對不能規避。本來處罰的作用是消極的，只能懲惡而不能勸善。但，在團體之中，如果有一兩個腐惡分

子而不加懲處，則其餘的人也將相率效尤，此風一長，工作前途就不堪設想了。而且在政風靡蕩的今天，大之如貪汙豪劣，小之如怠工誤事，幾乎所在皆是。因此更宜秉「處亂世，用重典」之古訓，施以無情的懲罰，使作奸犯科之徒不能逍遙法外，庶足以肅綱紀而挽頹風。此外，在積極方面，還得獎掖努力分子，提拔優秀人才，只要好的人才有希望，則壞的人當然就漸漸少了。所以一個賢明的領導者，一定要使是非清，賞罰明，而且懲罰應該先由左右親貴的人做起。陸宣公曾云：「行罰先貴近而後卑遠，則令不犯；行賞先卑遠而後貴近，則功不遺。」這是運用賞罰時所應特別注意的。

三、兩個起碼的要求

　　領導問題是直接關係著事業的成敗的，領導得好，事業自然可以得到廣大的開展。反之，如果領導得不好，則事業必然會萎縮以至於消滅。即就工作本身而論，工作效率的高低，也完全決定於領導的強弱。所以領導問題的確是一個不容忽視的問題，特別在抗戰建國齊頭並進的今天，為了使各部門的工作順利完成，尤其需要迅速地樹立起賢明的領導。只有在賢明的領導之下，一切工作才會有飛躍的進展，而抗戰建國的大業，也才會加速的成功。

　　雖然領導是當前非常迫切需要的工作，但是由於各種客觀條件和主觀力量的限制，一時尚未能使之盡如理想。因此，在今天，對於領導工作，除了在理論上應該積極地給以充分的研討之外，我們覺得，在實際上，一個領導者起碼應該做到下面兩個要求：

　　第一要廣開言路。目前一般的現象，多半是靜悄悄、死沉沉的。這種沉靜的現象，是在埋頭苦幹嗎？我們答：不是的，其中「一言難盡」的事情多得很，不過大家由於事實的教訓，只好「忍氣吞聲」，效「金人三緘其口」。於是，上下之間，便劃了一條深深的鴻溝。領導者不明瞭被領導者的隱衷，被領導者也不瞭解領導者的意見，甚而至於背道相馳。推究這種現象的原因，不能不說是領導者的失責。如果領導者能夠循循誘導，虛心接納，並且擇其適當者而付之

實施，則被領導者必然歡欣鼓舞，有聞必告，一切隔閡、壅塞、蒙蔽、隱瞞的弊端都可以免除了。而領導者有了輿論作根據，在領導上也必然能夠正確而有力，所以我們要求一般領導者，首先注意於此，必須要使被領導者敢說、敢講、敢批評、敢建議，而後方能統一意志，集中力量來推進一切工作。

第二要賞罰公平。我們看見很多人的灰心失望，就是由於賞罰不公平。往往工作懈怠的人，靠了鑽營奔走，也居然不次擢升，而那些工作努力又不想趨炎附勢的人則依然屈居末僚，屢年不遷。又如工作能力薄弱的人，只有漂亮的資歷，也可以佔據要津。資歷低下的人，即許工作能力很強，也還是投閒置散，這些都是最不合理的現象。假使這種現象長期存在下去，則賢能者必將裹足不前，工作前途就不堪設想了。所以我們要求一般領導者對於賞罰方面一定要秉公辦理，當賞的要賞，當罰的要罰，務必打破傳統的封建觀念。只有這樣，才能激勵賢能，使工作日有起色。

以上兩點，揆之今日情形，實屬迫切需要，我們誠懇地希望一般賢明的領導者能夠將它見諸於事實。

✽ 我們應該信任幹部

《幹訓》月刊第 3 卷第 6 期1942年7月

我們不談保障幹部則已，如果談到保障幹部，則信任幹部應該是一個不可忽視的問題。這理由非常簡單，因為保障幹部多半是法的問題，而信任幹部則是人的問題。在今天的中國裏，依舊是「徒法不足以自行」的，儘管有了完備的法規和健全的制度，但，倘使執法的人根本不瞭解幹部的力量，對幹部還存著輕視和猜疑，則所有這些法規和制度，依然將在種種藉口下而失去了效力。因此，當我們談到保障幹部這一問題時，除了在法的方面力求健全外，還得在人的方面給以極大的注意，這就是我們所以提出信任幹部這個問題的理由。

所謂信任幹部，就是古人說的「用人不疑」。大凡一個機關或團體，其中各級都是有一定的責任的。各級既然有了責任，就一定要有表現責任的事權。各級在其事權以內，除了秉承上級的意旨之外，還應該具有獨立的活動。這即是說，各級為了滿足其責任，對其本身的事權應該有計劃、有力量去處理。一個主管人對於他的各級幹部既然課予責任，則在其事權以內，就必須要相信他們，聽從他們，不好對他們猜疑，更不好任意干涉其事權。否則，各級因事事掣肘，即許有天大本領，也是無法展開工作的。張江陵曾云：「欲用一人，須慎之於始，務求相應。既得其人，則信而任之，如魏文侯之用樂平，雖謗書盈篋，而終不為之動。」這就是「用人不疑」的最好的註腳。一個領袖群倫的主管人，對此是不可不加注意的。

然而，在今天的用人行事上，我們時常看見有猜疑幹部的現象，特別是縣這一級，許多基層工作人員常常無原無故地被停止工作。從表面上看來，當然是「欲加之罪，何患無辭」，可是，我們試一探究其底蘊，則其中大多數都是上級不加信任所致。比如，一般基層工作人員在從事工作的時候，往往抱有很大的決心，所以遇事認真，絲毫不苟，對於阻力的程度，並沒有充分估計，因為如此，所以有時難免開罪於人，甚或因此而遭受攻擊和控告。又如，一般基層工作人員大多入世未深，閱歷尚淺，對於應付人事，不能面面俱到，尤其不善於逢迎和諂媚，對於上級機關派出的視察人員，難免有不恭（？）之處，因此，視察人員故意給他們為難，甚而至於在長官面前說他們的壞話。像這類的事實，上級機關多不能明白體察，往往只憑著一面之詞或想像的判斷，便將一個優秀的幹部輕輕撤換。在上級機關的見解，自然為的是息事寧人，不要因小失大。然而，因此一來，就打擊了幹部的工作精神，降低了幹部的工作情緒，使他們對工作心灰意冷。從此之後，有能力的人不敢做事，無能力的人又不做事。影響所及，不僅工作無法展開，而且政風也日漸萎靡。這種由不信任幹部所造成的不良現象，在主管人方面是要負相當的責任的。

許多不信任幹部的人，常常以為這些年輕小夥子，都是「嘴上

沒毛，做事不牢」的，萬一讓他們胡鬧下去，說不定連自己的地位也難保。可是，礙於政府法令，又不得不用他們。由於這種矛盾的心理，所以一方面雖給他們以事權，一方面又對他們行使事權的行為表示不信任。因為自己對幹部首先沒有堅定的信任，所以一切挑撥和譭謗，便很容易乘隙而入，結果，許多好的幹部都因此遭受犧牲。由是，我們可以說，凡是不信任幹部的人，都是由個人的利害出發，而不是由工作的利害出發。所以，不信任幹部的原因，歸根到底說來，還是一個「私」字。假如主管人能夠站在公的立場，從工作的利害來著想，則對於一個優秀的幹部愛護尚且不暇，何能輕信人言而予以撤換？即如上面所說的事實，基政人員遇事認真，絲毫不苟，因此而開罪于地方人士，只要他所做的是為了工作，而不是為了他自己，則上級機關應該盡最大可能予以支持，把他們所做的事都由自己負責。這樣，幹部的精神才能振奮，才能為工作去效死。至於他們有些魯莽或過火的地方，則上級機關應該積極指導，最多也不過予以一種警告。總之，我們既然用了一個幹部，就應該信任他去行使事權，而且支持他去行使事權，絕不能疑神疑鬼，輕信人言。昔太公謂武王曰：「不能定所去，以人言去；不能定所取，以人言取；不能定所為，以人言為；不能定所罰，以人言罰；不能定所賞，以人言賞。賢者不必用，不肖者不必退，而士不必敬……是以不必治也。」這是我們所應引為法戒的。

可是，信任幹部並不是姑息幹部，也不是袒護幹部，而是在一定的政治目標之下，在幹部本身的事權之內，承認他的活動。我們對於幹部，一方面固然應該寄予信任，但，另一方面也不容許姑息養奸。倘使幹部確有違法瀆職情事，也一定要依法予以嚴重處分。有了這種嚴正的態度，才能樹立政府的威信。同時，也才能使涇渭分流，是非明朗。不如此，則信任幹部又將成為濟私行惡的一種幌子。

然則一個主管人要如何才能信任幹部呢？

照我看來，第一應該要知人善任，量才使用。我們知道，相信一個人並不是沒有條件的。或者因為其人忠實，或者因為其人謹慎，

或者因為其人有學識，或者因為其人有才幹。所有這些，一個主管人在事前必須瞭解清楚，分別他們的長處和短處，然後把他們支配到一個足以發揮其長處和避免其短處的工作部門。這樣，在主管人心目中，首先就知道某人在某個工作部門是非常適宜的，有了這種認識，然後才會相信某人在某個工作部門中一定不會出岔子，從而一切對某人的挑撥和譭謗，到了主管人耳中，才不會輕易相信。如果主管人對幹部不加考察，胡亂任用，則對於所用的人毫無印象，自然也就談不到信任，結果便不免輕信流言。曾文正曾云：「不輕進人，即異日不輕退人之本」。所謂「不輕進人」，就是說對於所用的人，一定要有瞭解，有認識，這種認識和瞭解，就是將來信任幹部的保證。

其次，就應該要嚴於監督，勤於教導。主管人對於幹部，雖然在任用之前，有了充分的瞭解和認識，但，這種瞭解和認識，還只是信任的基礎，而不是信任的鞏固。要使這種信任加強並且持續不斷，還得要從工作中去教導他，監督他，詳細指示他的一切工作方式和方法，告訴他在此時此地做人做事應取的態度，使他逐漸瞭解工作環境，學習工作技術，慢慢成為一個工作中的健將。在這時，即許幹部犯了甚麼錯誤，只要不是貪汙違法，都應該耐心地去糾正他，教育他，直到他有了足夠的能力去行使他的事權。這時，主管人對他的工作能力必定獲得更深一層的瞭解，從而對他的信任也就日漸鞏固。從此之後，主管人就可以放膽讓幹部去工作了。在此需要加以說明的，就是所謂嚴於監督與橫加干涉不同，橫加干涉是主管人硬拿自己的意見去壓倒幹部的意見，嚴於監督是就幹部的意見而從旁加以指導和考察，所以監督並不就是不信任幹部的表示，而是信任幹部的理論與實際之統一。

以上兩點，一在任用之前，一在任用之後。有了這兩步工作，對幹部的信任才能完成。不過，主管人對幹部雖然是信任了，但是如果有挑撥和譭謗發生，主管人仍須縝密考慮。所以，我認為最後還須綜核名實。凡是遇有對自己的幹部講壞話的報告，主管人首先應

該沉著，不要滲入主觀的見解。然後從多方面去考究它的究竟，從工作的立場上去判斷他的是非。這樣，才不致於使幹部含冤莫伸。老實說，在今天的社會裏，舊勢力與新政，猶之乎水火不能相容。基政人員是負責推行新政的，所以有時必然會遭受許多明槍暗箭的攻擊。這種攻擊在基政人員是無從提防的，所以上級機關對此必須要詳細地究明是非黑白。換言之，就是要注重考實。陸宣公曾言：「所謂聽言考實者，欲知事之得失，不可不聽之於言；欲辨言之真虛，不可不考之於實。言事之得者，必原其所得之由；言事之失者，必窮其所失之理；稱人之善者，必詳徵行善之跡；論人之惡者，必明辨為惡之端。既盡其情，復稽於眾。眾議情實，必參相得。如或矯誣，亦實明罰。」能夠這樣，則主管人就不致以耳代目，以人代己。一切是非功過，經考實之後，自然是水落石出。這也是信任幹部不可缺少的。

　　總之，在今天，基層工作乃是異常艱苦的。在這種艱苦的工作裏，一般基層幹部在物質上的報酬非常有限，所有能夠鼓舞他們的工作熱情的，全恃精神。如果在精神上還使他們飽受打擊，則勢必更加重了他們的消極心理。但，如何才能振奮他們的精神呢？我們的回答只是一句話：「信任他們！不要懷疑他們！」

❉ 國父論組織工作

《抗戰》半月刊1942年第17號

　　國父對於一般團體的組織，曾經給我們定下了兩個異常明確的原則，其一是一個團體必須信仰三民主義，其二是一個團體必須接受中國國民黨的領導。

　　為什麼一個團體要信仰三民主義呢？國父告訴我們：「本黨的主義，的確是適合中國國情，順應世界潮流，建設新國家一個最完全的主義，……從今以後，便要盡力去宣傳，介紹國人加入本黨……到了全國的人心都歸化於本黨，就是本黨的革命大告成。」

（《宣傳主義是以黨建國的第一步》）又說：「要達到這個目的，只有兩個條件，第一條是要諸君明白革命主義，第二條是要諸君信仰革命能夠最後成功。有此二條件，才可以永久結合。如果不然，便是今日一時的結合，不是永久的結合。」

　　為什麼一切團體都要接受中國國民黨的領導呢？國父告訴我們：「國民黨之民族主義，其目的在使中國民族得自由獨立於世界……其所恃為後盾者，實為多數之民眾，若知識階級，若農夫，若工人，若商人而已。蓋民族主義，對於任何階級，其意義皆不外免除帝國主義之侵略，……帝國主義受民族主義運動之打擊而有所削弱，則此多數之民眾，即能因而發展其組織，且從而鞏固之，以備繼續之鬥爭，此則國民黨能於事實上證明之者。吾人欲證實民族主義實為健全之反帝國主義，則當努力於贊助國內各種平民階級之組織，以發揚國民之能力。蓋惟國民黨與民眾深切結合之後，中國民族之真正自由與獨立，始有可望也。」（《中國國民黨第一次全國代表大會宣言》）以上的教言，我們可以得到一個結論：三民主義是適合國情造福國民的革命主義，一個團體必須信仰三民主義，而後才能「永久的結合」。如果沒有這一中心信仰，則不會統一行動，集中力量，結果只是「一時的結合」。中國國民黨是實行三民主義，領導國民革命的政黨，它代表全民族的利益，所以它「贊助國內各種平民階級之組織」，則一切「平民階級之組織」又必須服從它的領導，所以才能取得「真正自由與獨立」。

　　在整個民眾運動中，其最重要和最多數的，自然是農民組織和工人組織。國父對這兩個團體的組織、充實和改變，也曾有過許多正確的指示。首先，組織農民團體。國父認為：「農民是我們中國人民之中的最大多數，如果農民不來參加革命，就是我們的革命沒有基礎。」（《耕者要有其田》）因此，國父告訴農民：「你們各鄉農民向來不知結團體，……所以總是被人欺侮。如果要以後不被人欺侮，便要從今日起結成團體。」（《農民大聯合》）農民自己有了團體，「便可以一致實行民生主義，為大眾謀幸福。」（同上）

　　但是，組織農民團體雖然是為農民謀幸福，然則在方法上卻不能夠急進，為農民謀永久的幸福。國父曾說：「中國的人民本來是分作士農工商四種，這四種人中，除農民以外，都是小地主。如果我們沒有預備，就仿效俄國的急進辦法，把所有的田地馬上拿來充公，分給農民，那些小地主是一定起來反抗的。就是我們的革命一時成功，將來那些小地主還免不了再來革命。我們此時實行民生主義，如果馬上就要耕者有其田，把地主的田都拿來交到農民，受地的農民固然是可以得利益，失地的地主便要受損失。但是受損失的地主，現在都是稍為明白事體的人，對於國家大事都很有覺悟，而一般農民全無覺悟。如果地主和農民發生衝突，農民便不能抵抗。我們要免去現在的衝突，要你們將來能夠抵抗，大家此時便要對農民去宣傳，……就是要農民全體都有覺悟，……便是先勸你們結團體……教他們聯絡的方法……更要聯絡全國的農民，來同政府合作，慢慢商量來解決農民同地主的辦法。農民可以得利益，地主又不受損失。這種方法，可以說是和平解決。」（《耕者要有其田》）這是國父對於農民團體的意見，在爭取民族生存的抗戰中，這個意見尤其寶貴。我們從事民眾組織工作的人，是絲毫也不可忽略的。

　　其次，講到工人團體。中國的工人比較農民稍有智識，覺悟也比較農民為早。所以農民團體還需要去幫助他們組織，而工人團體有許多都已經組織起來了。但是，中國和外國不同，中國工人和外國工人也不同。所以，中國工人團體的任務和外國工人團體的任務也完全兩樣。國父對此，有過很明白的指示，他說：「中國工人和外國工人不同的地方，是外國工人只受本國資本家的壓迫，不受外國資本家的壓迫，……至於中國的實業，還沒有發達，機器的生產還沒有盛行的。所以中國還沒有像外國一樣的大資本家，……中國工人現在還不受本國資本家的害，……中國工人是受外國資本家的壓迫，……這就是中外工人不同的情況。……現在中國不僅工人要受外國資本家的壓迫，就是讀書的人，耕田的人，做生意的人，都是受外國經濟的壓迫。……我們中國工人如果像外國工人組織大團

體，來解決國內的問題，推倒初發生的資本家，實在是很容易，但是把這個問題解決了，對於外國經濟壓迫問題，可不可以一齊來解決呢？我們每年所受五萬萬的損失，可不可以挽回呢？都是不能的。」（《中國工人所受不平等條約之害》）

跟著，國父又指出了中國的工人團體的任務，他說：「中國現在有團體的，除了讀書的人以外，只有工人才有團體，……工人既然有了團體，要廢除中外不平等條約，便可以做全國的指導，做國民的先鋒，在最前的陣線上去奮鬥。諸君是工人，是民國的一分子，要提高工人的地位，便要先提高國家的地位。如果專從一方面去做，是做不通的。像這樣講，工人不但是對於本團體之中有責任，在本團體之外，還有更重大的責任。這是甚麼責任呢？就是國民的責任。……現在中外的工人，都是一樣的作戰，所向的目標都是一樣的敵人。所以中外的工人應該聯成一氣，中國工人聯絡了外國工人，對外國資本家去宣戰，便要學辛亥的革命志士，同心接力，一往向前，抱定破釜沉舟的大勇氣。諸君有了這種團體和這種勇氣，便可以打破外國的經濟壓迫，解除條約上的束縛。……要解決這種束縛，在工人一方面，並不是難事，英國俄國的工人便是中國工人的好榜樣。不過像英國俄國的工人擔負國家的大責任，根本上還要有一類辦法，就是我的三民主義和五權憲法。諸君能夠服從我的主義，奉行我的辦法，就可以和英國俄國的工人一樣，在社會上占最高的地位。由此看來，中國工人不是反對本國資本家，要求減時間，加工價，完全是吃飯問題，最大的還是政治問題。要實行解決中國的政治問題，就要奉行三民主義，贊助我的革命。」（同上）

由是我們可以知道，中國的工人團體乃是參加國民革命，實行三民主義，聯合一切生產大眾去打倒帝國主義，從民族解放鬥爭中去提高自己的地位，謀取自己的幸福。這一點，也是我們從事民眾組織工作的人所最不可忽略的。（待續）

313

《抗戰》半月刊1942年第18號

最後，我們談到組織工作本身的技術問題。由於國父的豐富的革命實踐，所以在這方面，他遺留給我們的教訓是非常正確的。現在為了便於說明起見，特分項闡述如次：

（一）任何團體，主張要鮮明，內容要充實，辦法要完備。如果敷衍了事，則團體是不會有前途的。國父在批評當年日本東京的留學生所組織的團體的時候，就曾經這樣說過：「那些團體為什麼那樣容易消滅呢？我以為很奇怪，便過細考察那些團體的內容，始知道那些團體在當初結合，並沒有什麼特別主張，只知道爭個人的平等自由，甚至在團體之中，並沒有什麼詳細章程。做事都是雜亂無章，由各人自己意氣用事。」（見前）將這番話反過來說，則一個團體要想永久生存，必須確立主張，充實內容。同時，要訂定完善的辦法，以作團體活動的準繩。

（二）要先健全組織，然後才可以運用組織去發生行動。如果組織不健全，則一切行動是無法產生的。國父說過：「你們（指農民——作者）回去鄉村之後，第一步奮鬥的工夫，是要大家聯絡，結成真團體。大家做到了第一步工夫，有了好團體之後，才可以做第二步工夫。第二步工夫是什麼呢？就是為農民爭利益。但是，第一步工夫如果沒有做好，決不能夠亂說就要做第二步工夫。先把第一步工夫謹慎去做，做好了之後，然後舉代表來報告政府，再來開大會，政府便教你們做第二步工夫。……如果先不聯絡團體，便要去爭利益，就像俗話說：未學行，先學走，一定是有禍害的。」（《農民大聯合》）因為有了組織，然後才有力量。有了力量，行動才容易成功，這是不容本末倒置的。

（三）組織要按部就班，從小到大，從簡到繁，切切實實一步一步去做，不可好高騖遠，希圖僥倖。國父告訴我們：「要農民全體都有覺悟，便是先勸農民結團體，教他們聯絡的方法，先自一鄉一

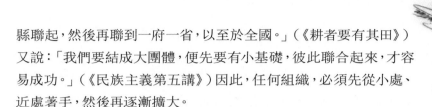

縣聯起，然後再聯到一府一省，以至於全國。」（《耕者要有其田》）又說：「我們要結成大團體，便先要有小基礎，彼此聯合起來，才容易成功。」（《民族主義第五講》）因此，任何組織，必須先從小處、近處著手，然後再逐漸擴大。

（四）要善用固有的團體，充實其內容，發展其組織，以作新團體的基礎。國父說過：「我們想要恢復民族的精神，要有兩個條件，第一個條件，是要我們知道現在處於極危險的地位。第二個條件，是我們既然知道了處於很危險的地位，便要善用中國固有的團體，像家族團體和宗教團體。大家聯合起來，成一個大國族團體。成了國族團體，有了四萬萬人的大力量，共同去奮鬥，無論我們民族是處於甚麼地位，都可以恢復起來。」（《民族主義第六講》）因為一切固有的團體，都有悠長的歷史，並且有相當多的群眾做基礎，如果善於運用它的力量，則組織的發展一定是非常迅速的。

（五）要使情感與組織並重，不可使情感超過組織。國父指示我們：「吾黨之情感至重，同盟會以前之黨員，親如骨肉，勿論矣。即至現在黨員數十萬，散處國內外，仍能精神脈脈相通，共向革命，完全在情感。今日改組，應保持本黨原來之情感，採取蘇俄之組織，則得其益而無其弊，直可駕蘇俄而上之。」（《答鄒魯問：是否可完全仿效蘇俄之組織》）因為情感都是對人的問題，而組織才是對事的問題。如果專恃情感來維繫團體，一旦情感破壞，則團體也就歸於消滅。所以必須在情感之外，再輔助嚴密的組織，使雙方配合發生作用。就情感言，可以親愛精誠；就組織言，可以協同一致。這樣，團體才能堅固和生長。

（六）在團體中，宜採用民主集權制。對於這點，國父說得很明白。他說：「大會以為國民黨之組織原則，當為民主主義之集權制度。每一黨員既有應享之權利，亦有當盡之義務。參與黨內一切問題之決議，及黨外政策之確定，選舉各級執行黨務之機關，此其權利也。此等全黨黨員參與共同討論決議，及選舉之制度，即所以

保證民主主義之實行。討論既經終了，執行機關既經決議，則凡屬黨員，均有遵守此等決議案或命令並實行之義務，此所謂政黨的集權制度。……如無民主集權制之組織及紀律，則必不能勝利，無組織之政黨，等於無政府主義者之俱樂部，決非民眾之先鋒隊，決不能為民族解放而奮鬥。」（《十三年一月改組本黨時向全國代表說明紀律問題》）沒有民主，就不能集思廣益；沒有集權，就不能嚴格執行。偏重民主，則流於自由；偏重集權，則流於獨裁。所以必須兩者配合，相互為用，然後團體的力量才能堅強。

（七）要嚴格執行紀律，對破壞紀律者要毫不容情地予以制裁。國父曾說：「吾黨欲達國民革命之目的，或群眾之政黨，則亦不能全賴黨員個人之自律精神。革命之群眾政黨，須有普及的強迫的紀律。此等政黨之組織性質，本不能離紀律而存在，故紀律實為革命勝利之第一必要條件。」（同上）又說：「本黨領有歷史的使命而奮鬥，我國領土之完全自由及和平，全賴本黨奮鬥之成功，欲求此成功，必賴紀律之森嚴。黨之成敗，全繫於此，望共勉之。」（同上）對於違反紀律者的制裁，國父主張：「為保證黨之真正領導權起見，為保證黨之戰鬥力起見……大會特別規定此等地方實行紀律之法，除道德上名譽上之制裁外，當以強制的辦法，如免職、調任、暫時的或永久的驅逐出境，以及其他方法。」（同上）因為在團體中是沒有個人的自由的，要限制每個人的自由，就必須樹立森嚴的紀律，並且要嚴格執行紀律。只有在紀律的統一範圍之下，才能合個別的意志為集體的意志，合個別的力量為集體的力量。

（八）要各盡責任，各盡能力，同心協力，一致行動。不可袖手旁觀，或自作自為。國父曾說：「我們不能說做了委員才可以做事，不做委員便不能做事，只要大家各盡各的責任去實行，各盡各能努力去奮鬥，都可以說是做事。」（《第一次全國代表大會閉幕詞》）又說：「我們對這次大會所定的政綱，就萬不可違背，如果有了違背，便是亂大眾的步驟……以後縱然看見政綱有不對的地方，或者

中途得了新見解，或者有特別聰明的人一時發見政綱中有不合理的地方，都不可以自作自為。如果一二人自作自為，便是亂了全黨的一致行動。」（同上）因為團體是合個人而成，團體的成敗就是個人的成敗。所以對於團體的事，要像自己的事一樣的關切和負責，不能以沒有名位就推卸不理。同時，團體的一切決議和辦法，都是經過全體的討論而訂出來的。在討論時，不妨儘量提供自己的意見，但一經決議，就要確實遵行，不容中途妄作主張，有所變更，這是每個團體職員所必須遵守的。

末了，我們覺得，今天的抗戰是全民族生死存亡的總決鬥，要保證這一鬥爭的必然勝利，就必須要動員廣大的民眾來參加。目前，各種民眾團體在數量上雖然有了許多，可是，無論在廣度上或深度上，都還顯得不夠，都遠不能適應抗戰的要求。在這裏，我們聽到國父關於組織工作的教言，心中真不禁發出無限的警惕。所以，我們認為，最後的問題，不是別的，而是實踐——切切實實地照著國父所指示的去力行。

❋ 行政三聯制的運用

《幹訓》月刊第 4 卷第 1 期1942年7月

總論

中國的行政界，一向是充斥著官僚主義的作風的。官僚主義的看家本領，就是因循敷衍，虛應故事，一切都著眼於個人的升官發財。至於工作本身，他是絕不關懷的。

總裁曾經指出：「現在中國人做事，最大毛病就是不實在。上騙下，下騙上，一件事情一面報告上來說是做好了，其實並沒有做好，甚至根本沒有做。或者上面下一個命令下去要做什麼事，在下命令之前，根本沒有考慮是否行得通。命令既下之後，也不切實監督指導下面的人去執行，更不去考察究竟下面做了沒有，或者做了幾分之幾。大家只知道得過且過，甚至自己欺騙自己。這種不良的

習氣，充其極至，不僅要亡國，而且可以滅種。」（〈主管機關與推行政令之要領〉）針對著這種嚴重的毛病，所以總裁便宣導行政三聯制。並且號召各級行政機構普遍推行。這一制度不但在消極方面根絕了官僚主義的一切腐敗現象，並且在積極方面樹立了行政上的進步的規範，使得今後的政治建設能夠順利的展開和加速的完成。

行政三聯制的本身，雖然只有設計、執行、考核這三個簡單的部分。可是，它的內容卻是非常豐富的。我們如果仔細研究，首先就可以發現，它是具有完整性的。總裁說：「這行政三聯制本來分為計劃、執行、考核三方面，但在意義上是有其相互之關係的，尤其是三者聯繫上整個的作用極其重要，萬不可絲毫忽略。」（〈行政三聯制大綱〉）因為行政三聯制，其本身就是一個完整的工作過程，雖然其中分為設計、執行、考核，但是這三者並不是各自孤立，而是相互關聯，互相影響的一個有機的整體，正如鐵鏈一樣，一環緊接著一環，此一部分依賴著彼一部分，彼一部分又規定了此一部分，這樣的互相貫串，互相扣緊，才能構成一個完整的工作過程。如果將它們看作是三個各不相犯的部分，則其結果，必然是在工作上發生前後矛盾互相抵觸的脫節現象。這是我們應該認識的第一點。

其次，我們可以看到，它是具有發展性的。有人認為行政三聯制只是簡單地由設計而執行，由執行而考核，考核之後，工作就算終了。這種看法，顯然有著很大的錯誤。因為從進化的觀點來看，任何一件工作，都沒有絕對終了的時候，前一件工作的結束，就是後一件工作的開始，前一件工作是後一件工作的根據，後一件工作是前一件工作的繼續，這樣前後呼應，彼此照顧，工作的本身才有進步可言。根據這種看法，所以行政三聯制並不能終了於考核，而應於考核之後，檢查工作成果，結集工作經驗，以作下一次工作的準繩。換言之，行政三聯制不是簡單的直線式的貫串，而是連續的、螺旋式的發展。總裁說：「在執行當中或執行之後，要嚴密考核，不許那

一部分有著官僚主義只知應付的毛病，然後又將執行和考核的結果，為下次擬訂計劃作參考。如此循環不斷、一貫連穿下去，方可收三聯制的實效。」（同上）所謂「循環不斷、一貫連穿下去」，就是指行政三聯制的發展性而言。發展是進步的基本原因，有了發展然後才有進步。行政三聯制所以成為進步的行政工作規範，就是因為它本身具有那種無限的發展性。如果行政三聯制只是呆板的貫串，固定的結束，則任何工作，都將墨守成規，毫無進步。這是我們應該認識的第二點。

再次，我們還可以看到，它是具有戰鬥性的。行政三聯制從一開始就是以反官僚，反腐化的姿態出現的，它須要根除一切因循敷衍的毛病，樹立迅速確實的作風，這就很顯然地揭示了它的戰鬥的性能。總裁說：「我們要打倒官僚主義，就要著實去做考核的工作。」（同上）其實不但是考核工作可以「打倒官僚主義」，就是設計、執行也有著同樣的功用。而且我國今天的政治建設，其基本的要求，就在於「迎頭趕上」。申言之，今天的一切工作，都必須要把握時間，看準事機，集中一切力量，突破種種困難。要達成這個要求，尤其需要戰鬥的精神。行政三聯制，就是在這種意義下產生的一種行政的規範，所以必須要如總裁所指示的「以堅強的精神繼續不斷的來實行到底」（同上），才能充分發揮它的功效。否則，只是輕描淡寫地去運用行政三聯制，而不把握它的戰鬥性，則所收的成效是非常微渺的。這是我們應該認識的第三點。

最後，我們還可以看到，它是具有創造性的。行政三聯制是落後的中國的一種行政規範，在落後的國度中，一直都沒有成規可循，所以必須於工作發展之中，適應著人、時、地、物的差別，去創造各種新的工作方式，然後一切工作才不致落於空泛。總裁指示我們：「這種行政的設計工作，不如國防設計及經濟設計之有標準與成規可循，我們要創立新的行政設計的方法，樹立行政設計的楷模，希望各位負行政責任工作的同志，下一番苦功，走出新的道路來。」（同上）可見行政三聯制的創造性是異常豐富的，這種創造

性，不僅在行政設計方面，就是行政的執行和考核也莫不如此。總之，行政三聯制的運用是靈活的，只要我們能夠把握住它的原則去機動地創造各種工作方式，則一切的工作，自然可以得心應手，順利完成。倘使將它看作是一成不變的刻板文章，遇事依樣畫葫蘆，不思進取，則其結果，依然不免再蹈虛應故事的惡習。這是我們應該認識的第四點。

以上四點，是行政三聯制的基本性能。這些性能雖然已經先天地存在於行政三聯制的本身，但必須經過人為的實踐，然後才能體現出來。因此在運用的時候，我們就必須要確實把握住這些性能，並且極力使這些性能充分貫注於工作之中。在此，順便聲明一點，就是本文的讀者對象，大半是縣以下的行政幹部，所以本文所研討的行政三聯制的運用，都是以縣以下的行政工作為範例。而且因為篇幅的限制，很多地方只能作原則的說明。不過在運用的時候，我依然是主張：要靈活，要機動。

分論之一

行政三聯制的第一個部分就是設計。設計的要求，依照總裁的指示，就是「我們對於一件事情，在未辦之前，一定要有計劃，有準備，而且要計劃得很周到，準備得很充分。」（〈主管機關與推行行政令之要領〉）。古人說：「有備無患」，又云：「凡事預則立，不預則廢」。可見事前的準備對於任何工作都是非常重要的。我們甚至可以說，設計就是整個工作的模型，設計的功夫做好了，整個工作便成功了大半。

關於工作的設計，我們必須要做到下面幾個步驟：

（一）認清工作對象和工作目標。總裁說：「科學的辦事方法，第一件要緊的事情，就是先要認清我們所辦的事業之範圍。換言之，就是要確定我們工作的對象與目標之所在。」（〈科學的道理〉）。因為工作的對象和目標，就是我們的任務，不明瞭任務而去進行工作，就無異於盲人騎瞎馬，其危險是不堪設想的。所以工作

的設計，必須以認清工作對象和工作目標為先。比如：現在鄉公所奉令限期完成全鄉戶口的調查。我們便應該知道，全鄉的戶口調查，就是工作對象；調查的確實和完成調查的期限，就是工作目標。根據這兩點，然後才可以著手於全鄉戶口調查的設計。

　　（二）瞭解工作環境，估計主客觀的條件。認清了工作的對象和目標之後，進一步就要瞭解工作環境，明瞭此時此地的工作情況，同時，並須將主觀的和客觀的各種條件加以詳細的分析，估計雙方的力量及其發展的前途，以作工作設計的參考資料。總裁告訴我們：「辦事成功的一個要訣，就是要因人制宜，因事制宜，因時制宜，因地制宜，我們要領會這個要訣，作妥善的運用，能夠通權達變，因應咸宜，就要用環境與內容的研究法，就是要透徹明瞭一件事物的周圍環境如何，事物本身的內容如何。從外觀察其造成的由來和它所處的地位；從內觀察其包含的成份和它構成的因素，內外都透徹了以後，才能夠根據客觀事實和事物本身的實況，來決定進行的具體辦法。」（〈訓練的目的與訓練實施綱要〉）又說：「我們認清了對象，又要根據客觀和主觀的種種條件來決定我們著手進行的步驟和逐步實施的計劃。」（同上），這就是說，在著手工作之前，一定要「知彼知己」，能夠「知彼知己」，工作的設計才能正確。現以推行公共造產為例：我們首先應當瞭解，民眾對公共造產的反映如何，過去地方公共造產的成效如何，地方有無荒山荒地可資利用，地方土壤的性質如何等等；其次要估計主觀的條件，看看自己在地方上的信仰如何，跟各方面的關係如何，自己的能力和經驗如何，自己的各級幹部是否努力，最低限度的經費是否具備等等；同時還要估計客觀的條件，看看地方上可能反對的是那些人，可能幫助的又是那些人，所產的物品是否有銷路，所獲的贏餘是否超過所付的代價等等；明瞭了這些，在設計上才不至於再犯「閉門造車」的錯誤。

　　（三）注意有關的資料和法令，並力求與各方面的配合。資料可以幫助工作的瞭解，法令可以幫助工作的進行，這兩者對於設計

都是非常重要的。總裁在講述設計的方法時,特別提示我們要注意「搜集各種的材料」(見〈行政三聯制大綱〉)又說:「行政計劃是根據國家的政策來的」(同上),所以國家的法令,就是設計的重要根據。此外,對於與工作有關的各方面,在設計時也要注意彼此的配合,而後可使工作步調一致,工作效率增加。比如辦理徵兵,在資料方面,一定要有戶籍總冊,壯丁名冊,過去應徵壯丁的統計,過去逃亡壯丁的統計等作參考;在法令方面,一定要有兵役法和優待抗屬辦法等作根據。此外,應該協同縣黨部或當地駐軍的政治部作廣大的兵役宣傳,發動地方上各學校各團體去歡送出征軍人並慰勞其家屬。這些,在設計時都是應當顧及的。

(四)分別輕重緩急,把握工作時效。在以上這些步驟完成之後,就要綜合各方面的情勢,來判斷工作的輕重緩急,並且把握工作的時效,先完成重要的、急的部分,然後再及輕的、緩的部分。總裁說「我們要講科學方法,一定要先研究一切事物,以明白本末終始之所在,分別輕重緩急的次序,然後按照次序,將根本的急要的事情先辦,非根本的不必要的後辦。」(〈為學辦事與做人的基本要道〉)現以徵購軍糧為例:一般地講,阻擾軍糧徵購工作的,多半是地方上少數不明大義的豪紳地主,如果他們首先就不肯將餘糧獻給政府,則其他的田主一定爭相效尤,抗拒徵購。所以這時最重要和最迫切的,就是對這些豪紳地主的徵購,先把這方面的徵購做到了,然後對其他田主的徵購,就一定很容易進行。

(五)估計工作的發展,預作多重的準備。對於工作雖然有了計劃,但是計劃並不能限制工作的發展。當工作發展到另一階段時,工作的情況變了,因之工作的計劃也要變更。可是,等工作的情況有了變化時,才去變更工作計劃,那就是做了工作的尾巴。所以要想不致臨時手忙腳亂,就必須要在事前把握工作的動向,看清工作的發展路線,預作多重的準備,以便適應工作的發展去推進工作。總裁告誡我們:「大概天下的事物,絕無一成不變的道理,一切都在時時刻刻變動不居。尤其是人類社會諸般事物,其變動的情

況格外複雜。所以我們無論辦一件怎樣單純的事情，一定要注意研究其與種種事物的複雜關係，盡我們智慮所及，假定各種可能的情況，而預先準備各種處理的方法，然後才可以隨時對於變動的情況，應付裕如，使我們所辦的事情能夠辦好。」（同上）這就指示我們必須要估計工作的發展，去作多重的準備。比如我們奉令剿匪，除了策劃進剿的辦法之外，還得預先估計，如果匪軍向甲路敗退時，我們的追擊計劃如何，向乙路敗退時，我們的追擊計劃又如何。萬一我軍轉進，則掩護的計劃應如何，轉進的路線又應如何。對於這些，如果都能在事前考慮清楚，籌劃妥當，那就真是「有備無患」了。

完成了上述五個步驟，則對工作的設計便已成功。此外，剩下來的，便是方案的草擬。方案的草擬，是技術和文字的功夫，此處限於篇幅，不再贅言。（待續）

附：四卷一期《編後》

……

庸凡先生的《行政三聯制的運用》一文，替大家費了一番分析和闡發的工夫，同時也有精闢獨到的地方，足供參考。

❋ 行政三聯制的運用（續）

《幹訓》月刊第 4 卷第 2 期 1942 年 8 月

分論之二

行政三聯制的第二個部分就是執行。任何一件工作，儘管在計劃上如何完備縝密，但，如果不能將計劃確實執行，則依然等於紙面文章，無補於事。所以一件工作的成敗，其最大關鍵完全在於執行。關於執行，依照總裁的指示，就是「要有步驟，有條理，因為有步驟，才能按部就班的做去，有條理，才不至於紊亂。」（〈主管機關與推行政令之要領〉）這種條理和步驟，一方面依據著工作計劃，一方面依據著實際情況。換句話說，即是在一定的目標之下，適應著

各種情況的變化，由近及遠，由小到大，循次漸進，以至於使工作計劃全部實現。

現在把執行工作的幾個要領分述於次。

（一）運用組織，發動幹部。一件工作的成功，並不是工作執行者個人的本領，而是這個工作團體中各個人的力量。縱使職務簡單如錄事，地位卑下如公役，在一件工作的完成中，也或多或少的包含著他們的勞績。所以執行工作，最要緊的就是不要忽視集體的力量。總裁告訴我們：「現在是什麼時代，個人生活的價值，不放在集體生活中間，顯不出絲毫的功效。一切奮鬥的記錄，失卻了群眾力量的結合，都將成為徒勞而無益。所以我們個人的生活，所以必須是集體中間一員的生活；我們所擔負的工作，必須以群眾運動的精神來推進。我們做人，一定要做一個「群眾的人」，我們辦事，也一定要「為群眾」「合群力」來辦事。我們一切的生活與行動，都不能離開集體和群眾，離開了集體和群眾，就沒有意義，沒有價值，更不會有什麼成功。」（〈認識時代——何謂科學的群眾時代〉）要想發揮集體的力量，就必須要運用組織，從組織上把個人結合為集體，這樣，才能達到上下一致，萬眾一心的程度。要想運用群眾的力量，就必須在群眾中間佈置核心份子，這種核心份子就是幹部，靠著幹部的推動和影響，才能達到上下溝通，一呼百諾的要求。所以我們在執行工作之始，就得要把工作計劃通過幹部而達到工作人員的全體，使大家都能瞭解計劃，擁護計劃，然後再運用組織，集中全體工作人員的意見和力量，去執行計劃，開展工作。

（二）具體分工，切實工作。在集體工作中，分工不僅是不可少的事，而且是極應該的事。因為分工的結果，可以使職責分明，效率提高。但是分工只是職掌不同，而不是任務不同，所以儘管工作分配得如何具體，如何詳盡，然而各部門之間，仍須密切聯繫，通力合作，這樣，才能完成同一的任務。總裁說：「無論什麼事業，分工的辦法愈精細則愈進步，合作的精神愈充足則愈易成功，這是一定

的道理。」(〈為學辦事與做人的基本要道〉)所以我們在執行工作的時候,一方面固然應該具體分工,另一方面還要顧到切實合作,務必使分工與合作兩者密切關聯,互相扣緊,以促成工作的展開。切不可只有「分工而不合作,以致工作衝突,力量抵消,利則相爭,害則相避。」或者是「合作而不分工,以致職責不明,工作紊亂,凡事敷衍,效能減低。」(所引均見同上)這些都是我們在執行工作時應當審思留意的。

(三)精確真實,講求效率。精確的反面就是粗疏,真實的反面就是虛浮。粗疏和虛浮,就是不實在,亦即是降低工作效率,甚而至於損害工作。譬如在一小時內,我們辦了十件公文,看起來確實很敏捷,但,如果在公文上面說理不明白,措詞不具體,等到下面再來請示(或者上面批駁回來),這樣往返轉折,其中效率會耽擱了多少時間,又不知貽誤了多少要事,這都是粗疏虛浮的害處。假使我們辦一件公文,能夠多用腦筋思索,考慮清楚,然後下筆,則即許時間來得慢一點,然而辦一件有一件的效率,做一件有一件的功績,比起粗疏虛浮,費時誤事的,自然好得很多。所以執行工作,不管是大是小,必須要精確真實,講求效率。總裁說:「我們凡事一定要先求實在,再求迅速,不可因求迅速而失之虛浮。」(同上)這實在是我們執行工作所應信守勿逾的圭臬。

(四)發動競賽,突擊完成。當一件工作進入緊張階段時,我們應該看準時機,立即發動工作競賽,使大家用突擊的精神來完成工作。這種工作競賽,是提高工作效率最有效的方法。總裁對此曾經有過非常精闢的指示,他說:「抗戰到了今天,已不完全是軍事問題,而真正建國的工作,就要從現在開始。所以我們必須鼓勵前進的勇氣,將我們全國同胞的精力提高到最高限度,來增進我們的工作效率。我們不論是作戰,是行政,是從事教育訓練,是努力生產建設,也不論是戰區,是後方,所有中央地方縣區鄉村機關學校,工廠農場,都要厲行工作競賽。規定競賽標準,約定競賽單位,看誰做得多,誰做得好,誰做的快,誰做得確實。誰的物美,誰的價

廉,誰浪費最少,誰出品最精。乃至誰節約,誰儉樸,誰清潔,誰整齊,誰最有紀律,誰最能互助,如此不斷的競賽,不斷的研究,有缺點互相幫助改正,有長處互相觀摩發揚,一方面將我們個人工作的興趣儘量提高,同時更使我們集團工作的共同成績,一天天的改良進步。這樣,不僅戰時的力量因而充實,而因循怠慢的習氣,也必能因此革除。」(〈二十九年三月十二日國民精神總動員週年紀念廣播講詞〉)所以工作競賽的辦法,是應該積極推行的。特別是今天我國的各項建設事業,在在都需要「迎頭趕上」,工作競賽就是「迎頭趕上」的具體實施,其重要性實較其他各種辦法為大。這一方法如果運用恰當,是會給工作帶來無限的活力和光明的前途的。

　　以上所舉的四項,都是執行工作的幾個重要的原則,雖然這些原則多半偏重於工作技術方面,可是在工作執行中,工作技術實具有非常重大的決定作用,所以我們也不應該忽略。在行政三聯制中,關於執行的部分,總裁曾經提出有分級負責制、分層負責制與幕僚長制,這三種制度都是著重於組織的運用的,而且是運用組織的具體辦法。在工作執行中,這也是一個極其重要的準繩,關於這,總裁所講的〈行政三聯制大綱〉中,已有非常明白的指示,此處不再贅言。

分論之三

　　行政三聯制的第三個部分就是考核。考核即是在工作終了或者工作告一段落的時候,將執行的結果與預定的計劃加以比較觀察,以究明工作的成敗得失,而作此後工作進行的參考或根據。考核這個部分,表面看起來似乎是存在於工作的完成以外,然而實際上它的重要性仍然不下於計劃和執行。因為考核是界於前一件工作與後一件工作之間,它一方面是前一件工作的結束,另一方面又是後一件工作的準備。這種承先啟後、繼往開來的任務,不僅顯示考核的作用,而且也說明了它在整個工作進行中的重要的地位。總裁曾經指示,一件工作「辦完之後,一定要檢查,要改進。因為要檢查,

才尋得出過去的缺點。要改進，才會有進步。」（〈主管機關與推行政令之要領〉）所以考核就是促進工作進步的動力，只有在要求進步的意義下，才能充分發揮考核的作用和價值。

關於考核的要領，現在列舉幾項，分述於下：

（一）考核要站在工作立場，以工作計劃為根據。考核是完全對事的，考核的對象就是工作，考核的範圍也是工作的範圍。即使考核有時也涉及個人的問題，但這也是完全根據於工作的得失，而不是根據於個人的恩仇。所以一切的考核，都必須要站在工作的立場，以工作計劃為根據，就是對人的考核，我們也應該依據工作的成敗來判斷他的功過。這樣的考核，才能公正嚴明，才能使被考核者心悅誠服。所以，總裁在講到考核工作的時候，就特別指示我們：「應該根據行政計劃及預算為考核的標準，以觀其進展的程度。」（〈行政三聯制大綱〉）有了工作計劃作根據，不僅考核的標準可以明朗，就是考核的內容也可以充實，而一切關於人的考核也可以由此得到解決。

（二）考核要注重平時，要有經常性。考核雖然是在工作完了或者是工作告一段落時才舉行，然而平時的檢查依然不得不注意。而且要使工作完了時的考核有效，更其有賴於平時的檢查。因為工作完了的考核是有定期的，有定期的考核往往容易作弊。譬如有些機關，每當上級派人前來考核之前，就連夜開始準備各項政績成冊，等到上級人員到來考核的時候，表面看來各項進展都是合乎計劃的要求，孰不知其中大半都是偽造的，距離計劃的要求還遠得很。這樣的考核雖然是由於考核的技術不健全，但是過分注意定期的考核而忽略了日常的考核也是一個極大的原因。所以考核工作一定要注意平時，要有經常檢查，將平時的和經常的考核積累起來，以作定期考核的根據和參考。這樣的考核，才能確實具體，公正嚴明。總裁告訴我們：「行政考核還有橫向工作的分類，如經常報告、審核、派員調查視察等工作，以觀察工作的進展，亦為十分重要的工作，最重要的還要設計者時常調查及視察計劃執行的程度，以監

督事業的進展。」（同上）同時，總裁還主張：「平時有一個經常的考核機關」（同上），所以，他提出在「國防最高委員會內另設黨政工作考核委員會」（同上），以統籌平時的考核工作。這種平時的考核，特別是一個主官對於他所轄的機關更為適用。因為在他所主持的機關裏，這種平時的考核，不僅有消極的監督作用，而且還有積極的推動作用。總之，考核工作不應以偶然之成敗和一時的小眚來作根據，而應隨時隨地從經常工作的效率與成就中實施考核。

（三）考核要注重結集工作經驗，增進工作效率。考核的基本精神就在於求得工作的進步，所以考核的結果，不管成敗得失，最要緊的還是在於結集工作經驗，看看工作中哪些是好的？好的程度如何，是怎樣做好的？再看看工作中哪些是壞的？壞的程度如何，是怎樣弄壞的？有了這些經驗，然後在將來的工作中，才知道如何發揚我們的優點和如何避免我們的缺點，能夠如此，工作才有進步可言，工作的效率才會提高。這是實施考核的積極作用，我們千萬不可忽略，否則，考核工作就失去它的重大意義了。總裁指示我們：「發現錯誤是我們求進步最重要的途徑，所以我們分析研究一切事務，最要緊的，就是能發現所有的弊病，弊病既經發現之後，隨即就要加以改進，就人而言，譬如發現了自己或別人的缺點與錯誤，應當立即改正補救；就物而言，譬如一棟房子發現了破敗危險的地方，便要修理好，以免倒塌。」（〈科學的道理〉）這種發現錯誤和改正錯誤的精神，就是結集工作經驗，爭取工作進步和提高工作效率最有效的辦法。如果只是從消極方面去品評甲乙，分別優劣，那就抹煞了考核工作的意義了。

（四）考核要功過分明，賞罰公正。考核的對象雖然是工作，但是工作是由人來完成的，人在工作中實居於主要的地位，所以考核的最後，還是落在人的身上。考核的積極作用應在於促進工作，提高效率，而其消極的作用卻在獎賢能而懲不肖。所以在考核之後，一定要根據實際的成績，來作嚴明的賞罰。對勤懇工作的人要賞，對懈怠敷衍的人要罰，絲毫也不容許姑息。否則，努力的人將

因此而灰心，懈怠的人亦將愈益無法無天了。所以，總裁說：「領導辦事要有進步，要能成功，對於一般辦事人員，一定要有嚴明的考核，如無考核或考核不嚴，則功過不明，是非不清，一切賞罰也無從公正實施。沒有公正嚴明的賞罰，則賢能有功的人，不能夠獎進他；懈怠敷衍的人，無從勸誡他。一切政令，由是推諉延誤，而一切事務必將遲滯廢弛。」（〈訓練的目的與訓練實施綱要〉）足見賞罰的運用在工作考核中是非常重要的，特別是在政風靡蕩、紀律廢弛的今天，賞罰更有加緊執行的必要。

以上所列舉的，不過是考核工作中的幾個要領，至於考核的技術，此處限於篇幅，不能作詳盡的敘述。不過要特別說明的一點，就是考核者應該公正，被考核者應該坦白。大家都要認識，是對事不是對人，這樣考核工作的效率才會提高。此外，總裁在《行政三聯制大綱》中所提到的年度政績比較表、政績交代比較表和某種事業進度表，都是考核工作的幾種具體的尺度，我們在工作中也應該切實遵行。

結論

關於行政三聯制，上面所說的當然不過是幾項原則。至於怎樣化原則為具體，就完全在於我們自己適切適宜的運用。總之，行政三聯制是最進步的行政規範，在建國事業亟待開展的今天，我們必須要努力學習這種規範，運用這種規範，並且充分發揮這種規範的精神和效能。然後一切的建設事業，才會得到完滿的成功。

✣ 我觀《原野》（劇評）[1]

《皖報》1942年6月29日

此次《原野》在立煌演出，一般說來，還算是令人滿意的。最少

---

[1] 此文係在1942年6月29日、30日皖報「戰士」副刊上連載，因30日皖報未見，錄此待補。

它已獲得了下述幾種成就。第一，它提高了觀眾的水準，把戲劇中許多優越的技術介紹給觀眾，使觀眾知道，一個優良的戲劇，並不像普通粗製濫造的那麼幼稚，那麼低級，從而造成觀眾對戲劇的佩服和擁護。第二，它改變了觀眾對戰時戲劇的看法，使觀眾知道，戰時戲劇並不一定要有漢奸、日本鬼和中國游擊隊，只要能夠反映人生，啟發人生，導引人生的戲劇，在戰時也可以演出，而且也會有傑出的效果。總之，《原野》的成功演出，在取材上是豐富了，在範圍上也擴大了。第三，它發揚了「人定勝天」的工作精神，盡可能地戰勝了一切客觀上的艱苦，打破了一切都歸結於物質條件困難的依賴心理，從而給予今後的戲劇工作者以最大的勇氣和鼓勵。以上三點成就，也許在感覺上是異常不夠，然而這些成就的存在，卻是不可否認的事實。

可是，我並不因此就認為《原野》的演出是十全十美的成功了的。我所說的成就，乃是說它的演出在客觀事實上的影響，如若講到演出的本身，則《原野》也跟其他演出的戲劇一樣，依然有著不可掩飾的缺點。

以下就我個人所看到的，談談我一點意見。

綜觀《原野》全劇，其最出眾的地方，便是劇情離奇曲折，而且用的是倒敘法。上演這樣的戲，對於劇裏的故事，最要敘述得清楚，否則，觀眾就會墜入五里霧中。比如，仇虎跟焦閻王的冤仇，仇虎跟金子的關係。這些都是劇裏的故事，同時也是全劇中的大關節，如果觀眾不瞭解這些故事，是無法懂得全劇的進行的。然而，此次演出，最缺憾的，便是沒有把劇裏的故事很清楚地傳達給觀眾。照我看來，對劇裏故事敘述不清的原因，不外兩點，一是喉嚨嘶啞，一是言詞太快。前者譬如飾仇虎的蔡方先生，或許他的戲太重同時又兼做導演的原故，以致弄壞了他的喉嚨；後者如飾金子的曾萍女士，或許她的全副力量在表現金子憂憤的反抗性格的原故，所以就顧不得運用舞臺說話表演法，由是造成故事的敘述不清。因此，仇虎為什麼跟焦閻王有仇？仇虎為什麼會認焦母做乾媽？金子

為什麼會愛上仇虎？這些問題，至今都還為沒有讀過該劇的觀眾所迷惑。

其次，《原野》裏有些細節是需要特別交代清楚的，如小黑子的來歷即是一例。本劇裏正面交代小黑子與金子的關係的，計有四處：一是在序幕中焦氏對焦大星說：「賺了錢寄回來，我給你留著，給你那死了娘的孩子用。」（手邊無劇本，所引台詞，只記其大意，下同）二是在第一幕中常五看著小黑子說：「這孩子怪像他死去的媽。」三是同幕中焦母對金子說：「你別假慈悲。孩子又不是你生的。」四是第二幕中金子對焦大星說：「孩子又不是我生的。」作者所以兩次三番詳加鋪設，就為的要傳達給觀眾，小黑子並不是金子親生的，因而其後被焦氏打死，在金子最多也只是可憐，而不是悲傷。否則，看著自己的丈夫蒙難兒子被打死之後，還能安心跟人逃走，金子還能成為曹禺筆下的金子嗎？可惜本劇的演員們對這些地方都交代得不夠，都沒有使觀眾確實聽清種種的交代。觀眾比較注意的，還是焦母那句「孩子又不是你生的」。但，只有這一句，觀眾很可能誤會是焦母氣頭上的話，所以結果小黑子在觀眾眼裏，還以為是金子親生的。這一點，影響了金子的性格，同時也減滅了觀眾對金子的同情。（未完）

✲ 明末的陞官熱

《中原月刊》1942年第6卷第2期

滿街都督沒人抬，遍地職方無賴。

——明末南都人為譏諷朝政作

吏治的清濁，是政權隆替的最準確的寒暑表。吏治清，則其所代表的政權便是進步的、有前途的。反之，吏治濁，則其所代表的政權便是腐化的、走向沒落的。歷史上朝代的興亡，雖然在表面上不過是君主易姓而已，實則其中是包含著進步的吏治戰勝腐化的吏治的那種鬥爭過程的。所以歷來有識之士，每以吏治清明與否，覘驗國運的興衰。胡文忠（林翼）有言：「天下安危，繫

乎吏治」。證諸明末史實，益信其言之不謬。

明代之所以亡國，雖然原因並不簡單，但主要的可以說是由於吏治腐敗。特別是神宗以後，宵小在位，正人去國，以致政風靡蕩，紀綱廢弛。當時內外臣工，大多「懷患得患失之隱以事君，竊作福作威之權以罔上。」（陝西道御史白抱一疏奏——崇禎長編卷二）「刻深狠戾者，……則務為戕傷善類，以快己之私，便辟機變者，……則又狎比淫朋，以遂己之欲。總之，務為容悅之意多，自然安社稷之意少。」（同上）及至閹宦魏忠賢用事，更是極力排除異己，任用奸邪。一時廟堂之上，盡皆庸碌貪鄙之徒，把軍國大事放在這般人手裏，則其結果當然是「……人心積弛，法度盡弊。糜餉則有兵，臨敵則無兵；剝剝士卒則有將，約束致勝則無將；發清華顯要則有人，推督撫樞部則無人。……」（上海舉人何剛上崇禎疏——崇禎長編卷二）以如此腐敗的吏治，在承平之際尚且不可，何況適當內亂外困相煎迫的時候？無怪一旦變出非常，鐵統江山，便如摧枯拉朽般地給搗毀了。

關於當時吏治腐敗的現象，綜括起來不外兩種，其一是人人想發財，因而上下貪汙，巧取豪奪，以民脂民膏自肥，致令國家財用空乏，人民窮困不堪。另其一是人人想升官，因而造成鑽營奔走，躐等悻進的不良風尚，致令國家名器汙褻，官爵濫觴。以上兩種現象，表面上雖有不同，而實際上卻是相因相成的。因為要發財，就不得不以升官為工具；同時，因為要升官，又不得不以發財為資本。誠如崇禎朝史科給事中韓一良疏言：「……然今之世，何處非用錢之地？何官非愛錢之人？向以錢進，安得不以錢償？……」（三朝野紀卷四）升官既然可以發財，而發財又可以加速升官。所以歸根到底，人人都拼命地在企求升官。可是，就在大家爭嚷著升官的當中，明朝三百年的天下，便含悲忍淚地給胡虜吞滅了。

明末的升官，幾乎成了朝野一致的狂熱。特別是一般士大夫們，為了升官，不惜千方百計地去鑽營奔走。有公然爭嚷以求升官者；有賄賂當道以求升官者；有以攻訐正人取悅權要以求升官者；

有因裙帶關係以求升官者；有奴顏婢膝奉承諂媚以求升官者。種種色色，極盡卑鄙污穢之能事。茲按上述各類，摘錄其事實於下。

公然爭嚷以求升官者如：

（一）「應秋素極貪穢，去年冬求司空缺，於趙高邑（南星——作者註）前屈膝不已，趙鄙之。常語人曰：吾入山三十年，不意士風掃地至此。」（三朝野紀卷二）

（二）「先是應山楊公（漣）由僉院升副院，僉院席虛。熊明遇、徐良彥皆欲得之，應山與高邑（趙南星）諸公堅執不可，共推轂桐城左公（光斗）。熊徐大怒，遂嗾傅櫆參論高邑，再及桐城，並連魏大中、張鵬之等。」（先撥志始卷一）

（三）「弘光禦極，……封黃得功靖南伯，高傑興平，良佐廣昌，劉澤清東平。……蓋先是變時，傑持闖公爵來挾封，時議以我方不利，從之便，封傑實以此故。其封澤清，亦實以澤清攘臂言：『先帝時以議封』故。……」（過江七事）

賄賂當道以求升官者如：

（一）「湯本沛者……為知縣三月，以貪酷致激民變，考察降五級。饋四百金於昆山（周熙秋），補上林典簿」。（先撥志始卷二）

（二）「崔呈秀者，薊州人，以御史巡撫淮陽，貪墨甚著，錫山高攀龍為總憲，力任澄清，舉江西巡按為廉，糾崔呈秀為貪。呈秀百計求援。而高公執法不少徇，遂擬遣戍。呈秀乃微服持賂叩忠賢，願為之子，呼之以父。忠賢悅，遂出中旨，免其勘，復起用。」（同上）

攻訐正人取悅權要以求升官者如：

（一）「王安既死，忠賢用事。烏程沈榷首通其門下劉榮，以轉通於賢，由是附賢者益眾。賢以霍維華之攻王安也，深德維華，維華因引孫傑與賢通線索漸密，塚宰周嘉謨惡之。以年例黜維華於外，孫傑遂疏攻嘉謨。嘉謨引疾求去，賢矯旨准其回籍調理，次年孫傑亦以例外轉。」（先撥志始卷一）

（二）「徐大化……倡封疆之議，以殺楊（漣）左（光斗），得魏忠賢之歡心，由三次考察部郎，不二年蹶躋尚書。」（同上）

因裙帶關係以求升官者如：

（一）「張我續有妾百餘，內有逆賢侄女，素以醜惡見憎。至是尊重之，駕於嫡上。攜三萬金為贄，稱侄婿叩頭。逆賢喜，令以五千金助殿工，為起用地，陳維新知之，即為揭薦。」（先撥志始卷一）

（二）「初維華以崔呈秀、吳淳夫薦起用，其妾有為逆賢甥孫者，刺因稱『愚甥孫婿』，海內笑之。」（同上）

（三）「左都督田弘遇疏奏：幼子敦吉為皇貴妃胞弟，蒙恩授以都指揮僉事。卑微一官，不足以延貴妃遺澤。請照神廟鄭貴妃胞弟國泰例，授官左都督。又為妻侄吳吾賢乞恩，授錦衣衛指揮僉事。謂『吾姓曾經繼嗣也』。」（崇禎長編卷一）

奴顏婢膝奉承諂媚以求升官者如：

（一）「韓玄（爌）既去，顧秉謙急欲居首輔。……秉謙率其子叩首逆閹（魏忠賢）曰：『本欲拜依膝下，恐不喜此白鬚兒，故令稚子認孫。』璫頷之，時其子方乳臭，即授予尚寶丞。」（三朝野紀卷二）

（二）「時黃運泰（天津巡撫）迎逆賢喜容於郊，五拜三叩頭。乘馬前導，如迎昭儀。及像至祠所安置訖，運泰列拜丹墀，率文武諸官俱五拜三叩頭。運泰復至像前萬福，口稱『某名某年某月某事，蒙九千歲扶植，叩頭謝。』又：『某年月，蒙九千歲升拔，又叩頭謝。』致辭畢，就班，仍五拜三叩頭。旁觀者皆汗下浹踵，運泰揚揚甚得意也。甯撫秦士文、晉撫牟志夔亦至像前跪稱『上公公，萬福。』五拜三叩頭，各備極醜態云。」（先撥志始卷二）

（三）「長蘆巡鹽龔萃肅疏請為廠臣建祠。……時巡按建祠已著萃肅名矣。萃肅曰：『同眾鳥見葵忱』。遂具疏獨建，鋪張稱頌，詞極斐亹，曲盡諂諛之私。」（同上）

看了以上這些事實，不禁教人渾身肉麻，尤其因為這些事實，

大多出於所謂「讀詩書、明禮義」的士大夫當中，更是駭人聽聞。總之，在當時，無官的想求官，有官的想升官。文臣如此，武將也如此；朝廷如此，社會也如此。天下紛紛，惟官是求。官階既濫，則做官者的品質亦必甚濫。結果，官愈多吏治愈壞，而吏治愈壞，官也愈多。因而在一般老百姓的心目中，把官看得一文不值。當福王即位南京時，南都人士曾戲作西江月一詞，書於演武場，以諷刺當時官爵之濫。其詞曰：「有福自然輪著，無錢不用安排。滿街都督沒人抬，遍地職方無賴。本事何如世事，多才不若多財。門前懸掛虎頭牌，大小官兒出賣。」（事見弘光實錄抄卷二）雖然如此，可是一般士大夫們，並不因此而稍減其求官的狂熱，甚至在清兵攻下福京，進逼東南一帶時，尚有「士大夫沿習承平，求官乞蔭。塗巷之內，半腰犀玉。至有以白石充之。時人語曰：『帶何挺挺，白石粼粼。』其子弟方髫齔，繡衣冠佩，傳呼道上，又為之語曰：『痘兒哥，痘兒哥，橫街騎馬誰敢何？』」（東南紀事卷二）老百姓這些說話，一半固然是諷刺，但一半也是怨恨。因為當時做官的人，幾乎大半都習慣於擺架子，逞威風，至於魚肉鄉里，欺壓平民，更是做官者的本分。當時官既然多，所謂擺架子，逞威風，自然是施之於老百姓，而被魚肉、被欺壓的，也必然是老百姓。在大小官吏重重壓榨之下，一般老百姓受不了這口怨氣，於是，「……受害者延頸大清兵。謠曰：『清行如蟹』。蓋遲其來也。……」（東南紀事卷一）民心向敵而不向我，可痛之事，孰愈於此？雖說這是老百姓頭腦簡單，沒有國家民族觀念，但朝廷的官階太濫，吏治太壞，似乎也難逃避一部分責任吧。

國家官吏的進退、遷調和升降，應該依於法而不應該依於人。這種法，即是今世所稱的人事制度。在明代，雖然有系統的人事制度尚未建立，可是按資例轉、考銓察成的法度，還是粗具規模的。無如因為當時人人升官心切，所以在事實上，依然是按資自按資，升官自升官，考銓自考銓，晉級自晉級，一切人事上的規定，都給破壞無餘。如「甲子吏科都垣缺，序應屬劉宏化，其次大鍼，又次魏大中。大鍼素與東廠理刑傅繼教善，繼教及刑科傅槐與逆賢之甥傅

應星通譜,稱兄弟,大鋮計邀中旨,借上供事,劉宏化不得升轉,朝論沸然,知大鋮自為地也。」(先撥志始卷一)既然通過了私的關係便可以壓住別人,升擢自己,則一切所謂的資歷和銓敘,自必完全歸於無用。於是,企求升官者,都紛紛去找路線,買關節,只要能打通權門,迎合當道,則在短時間內,便可由知縣而知府,由知府而道,而司,而部,而院,而入閣。所以當時一般官吏,對本身職務多漠不關心,其晝夜所盤算的,就是如何使自己的官職由小變大,由低變高。這種情形,就是當時在朝的大學士王應熊也看不過去,而不得不慨歎地指出:「臣觀邇來用人之途,亦甚易矣。登甲不數年而巡撫,履任不逾年而驟易,紀綱未必粗佈,肯綮何曾熟嘗,真以官為傳舍也。推官即升監臨,知府即界節鉞,名分轉換,凌替易生,真以官為戲場也。……」(王應熊上崇禎疏——崇禎長編卷一)人事之紊亂,至此已造其極。

法定的人事制度既經破壞,則升遷進黜之權,自必操諸君主。但明朝末代的君主,除崇禎外,盡都庸碌無能,一切大權都落入閹宦及閣臣之手。所以閹宦和閣臣,在實際上是握有用人大權,內外臣工的升遷進退,完全決定於他們。最顯著的莫如魏忠賢,當時「……中外有緊切當做之事,當用之人,必曰:『要與內邊(指忠賢)說』,或人不得用,事不得行,亦必曰:『內邊不肯』。……」(趙南星參劾魏忠賢疏——先撥志始卷一)用人行事是國家的大政,這種大政操之一人手裏,則其人必可藉此營私舞弊,作福作威。所以「……無識無骨苟圖富貴之徒,咸扳枝附葉,倚托門牆,或認作居停,或投充門客,內有授而外發之,外有呼而內應之。……」(同上)一時魏忠賢門下,遂有「左右擁護」,「五虎」「五彪」「十狗」「十孩兒」「四十孫」(魏忠賢傳)之稱。滿朝文武大多做了魏忠賢個人的爪牙,造成了當時所謂的「閹黨」。國家正氣至是喪盡,推源禍始,實由於人事紊亂有以致之。

因為用人既失常軌,只有權要的喜怒,才能決定官吏的進退。所以一般企求升官的人,莫不千方百計以求取悅於權要。當時他們

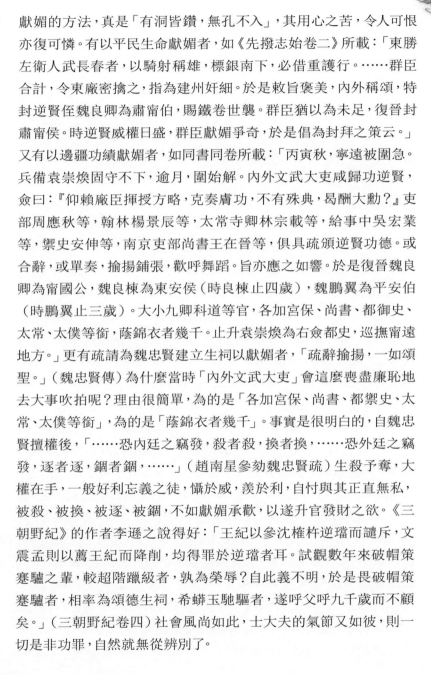

獻媚的方法，真是「有洞皆鑽，無孔不入」，其用心之苦，令人可恨亦復可憐。有以平民生命獻媚者，如《先撥志始卷二》所載：「東勝左衛人武長春者，以騎射稱雄，標銀南下，必借重護行。……群臣合計，令東廠密擒之，指為建州奸細。於是敕旨褒美，內外稱頌，特封逆賢侄魏良卿為肅甯伯，賜鐵卷世襲。群臣猶以為未足，復晉封肅甯侯。時逆賢威權日盛，群臣獻媚爭奇，於是倡為封拜之策云。」又有以邊疆功績獻媚者，如同書同卷所載：「丙寅秋，甯遠被圍急。兵備袁崇煥固守不下，逾月，圍始解。內外文武大吏咸歸功逆賢，僉曰：『仰賴廠臣揮授方略，克奏膚功，不有殊典，曷酬大勳？』吏部周應秋等，翰林楊景辰等，太常寺卿林宗載等，給事中吳宏業等，禦史安伸等，南京吏部尚書王在晉等，俱具疏頌逆賢功德。或合辭，或單奏，揄揚鋪張，歡呼舞蹈。旨亦應之如響。於是復晉魏良卿為甯國公，魏良棟為東安侯（時良棟止四歲），魏鵬翼為平安伯（時鵬翼止三歲）。大小九卿科道等官，各加宮保、尚書、都御史、太常、太僕等銜，蔭錦衣者幾千。止升袁崇煥為右僉都史，巡撫甯遠地方。」更有疏請為魏忠賢建立生祠以獻媚者，「疏辭揄揚，一如頌聖。」（魏忠賢傳）為什麼當時「內外文武大吏」會這麼喪盡廉恥地去大事吹拍呢？理由很簡單，為的是「各加宮保、尚書、都禦史、太常、太僕等銜」，為的是「蔭錦衣者幾千」。事實是很明白的，自魏忠賢擅權後，「……恐內廷之竊發，殺者殺，換者換，……恐外廷之竊發，逐者逐，錮者錮，……」（趙南星參劾魏忠賢疏）生殺予奪，大權在手，一般好利忘義之徒，懾於威，羨於利，自忖與其正直無私，被殺、被換、被逐、被錮，不如獻媚承歡，以遂升官發財之欲。《三朝野紀》的作者李遜之說得好：「王紀以參沈榷杵逆璫而譴斥，文震孟則以薦王紀而降削，均得罪於逆璫者耳。試觀數年來破帽策蹇驢之輩，較超階躐級者，孰為榮辱？自此義不明，於是畏破帽策蹇驢者，相率為頌德生祠，希蟒玉馳驅者，遂呼父呼九千歲而不顧矣。」（三朝野紀卷四）社會風尚如此，士大夫的氣節又如彼，則一切是非功罪，自然就無從辨別了。

迨至崇禎時，風氣已成，積弊已深。士大夫升官發財之心理，更牢不可破。崇禎目睹此狀，知非嚴加整飭，不足以肅朝綱，曾剴切詔諭吏部云：「各部司官，分曹任事，職掌甚繁。近聞闒茸不堪，未經考滿，營競躐轉，最為誤事！前有旨照舊制久任，仍聽堂上官考核咨送，方准升調，何未見遵守？以後著照前旨實行，仍將各司屬分別甄核，其各司吏胥嚴加察飭，如舞文作奸，參治正法！」（崇禎長編卷一）其後又復三令五申，督從臣下整飭吏治。無如當時內有闖酋之竄亂，外有清虜之窺伺，國家正竭全力以籌餉辦，對人事行政自無暇顧及。同時，內外文武大吏方醉心於功名利祿，更無一人能夠勵精圖治，起弊振衰。故皇上雖再以嚴旨切責，而群下仍是「未見遵守」。誠所謂「痼疾已成，不復藥矣。」（列皇小識序）

及福王即位南京，權臣馬士英當政。當時，是非之顛倒，賞罰之紊亂，更甚於前代之上。如「王永吉為薊遠總督，坐視神京之陷。辛巳，起罪官王永吉總督山東。」（弘光實錄抄卷二）又，「乙酉，起逆案阮大鋮為添注兵部右侍郎。」（同上）而「士英既以與定策，因得內外援，遂大鬻爵，下至驢兒灶養，幾于『朱赫赫棗』（？）五囊十囊矣。」（過江七事）同時，在北廷降敵諸臣，至是又紛紛南下，覥顏求官。朝廷不察，仍是「⋯⋯恩外加恩，紛紛未已，武臣腰玉，直等尋常，名器濫琢，於斯為極。⋯⋯」（史可法上崇禎疏，弘光實錄抄卷三）當時，草莽孤臣劉宗周目擊時艱，曾上疏痛陳四事。其中有兩事，針對當時的人事弊害：「⋯⋯一曰慎爵賞以肅軍情。無故而施之封典，徒以長其跋扈，以左帥（良玉）之恢復也而封，高（傑）劉（澤清）之敗逃也而亦封，又誰為不封者？武臣既封，文臣隨之；外廷既封，中璫隨之，臣恐天下因而解體也。一曰竅舊官以立臣紀。燕京既破，有受偽官而叛者，有受偽官而逃者，有不受偽官而逃者，有在封守而逃者，有奉使命而逃者，而於法皆在不赦。至有偽命南下，徘徊於順逆之間，必且倡為一種曲說，以惑人心。不特偽官偽，真官亦化為偽，而天下事益不可為矣。當此國破君亡之際，普天臣子皆當致死。幸而不死，反膺升級，能無益增天譴？除濫典不宜概行

外，此後一切大小銓敘，暫稱行在，以存臣子負罪引慝之情。……」（同上）可是，藥物雖靈，其奈病入膏肓何？況且福王昏庸無能，馬士英又利祿熏心，雖有一二憂國傷時之士，不過也是「心有餘而力不足」。所以大小官吏依然是夤緣奔走，惟升官發財是圖，卒至斷送了明朝三百年的天下。

明社既起，士大夫功名利祿之欲，尤甚熾熱。因此，引狼入室者有之，為虎作倀者有之，獻城迎降者有之，薙髮求榮者有之，為敵人作走狗以消滅明室餘裔者亦有之。而在清代的貳臣中，又以物望隆重或位列顯要者居其大半。至於堅決抵抗寧死不降的，反而大多是「卑微」的小吏和「愚昧」的農民。明朝養士三百年，不想竟得到如此悲痛的結果。讀史至此，真不禁令人太息者再了。

國家的官職，所以有升降進退者，原意即在獎賢能而退不肖。因此，升官並不是絕對要不得的。不過，如果脫離了一定的人事制度而濫於升擢，卻可招致極大的害處。曾文正曾云：「大君以生殺予奪之權，授之督撫將帥，猶東家以銀錢貨物，授之店中眾夥；若保舉太濫，視大君之名器不甚愛惜，猶之賤售浪費，視東家之貨財不甚愛惜也。」介子推曰：「竊人之財，猶謂之盜，況貪天之功，以為己力乎？」余則略改之曰：「竊人之財，猶謂之盜。況假大君之名器，以市一己之私恩乎？」吾願今之為政者，三復斯言！

1946年

✳ 綏署政治部召集本市新聞界舉行座談會
決定統一言論及員工待遇，並每星期舉行會報一次

《中報》1946年2月27日

本報訊 綏署政治部為增進鄭市報人聯繫，並交流工作意見起見，特於昨（廿六）日下午二時，假該部中山俱樂部舉行鄭市新聞界座談會。計到綏署政治部、政務處、中央社、群力通訊社、《中

報》社、《群力報》社、《春秋時報》社等單位。由政治部潘副主任國屏主席，對鄭市新聞業務及應行注意事項作說明。繼由中央社范特派員、《中報》社楚社長、《群力報》哈總編輯等發言。最後決定：一、每週新聞界於星期六下午二時在部會報一次，並以各通訊社報社總編輯經理為出席人；二、各報社的社論、新聞、言論，員工待遇等，均在會報內統一決定；三、充實記者公會。歷三小時散會。

✲ 再論東北問題

——兼勉昨日示威遊行的各界民眾（社論）

《群力報》1946年2月28日

昨天，在風雪交加中，本市各界民眾為東北問題舉行了一次盛大的遊行。天上是飛舞的雪花，地上是偉大的行列，看見這情景，想到他們胸中那種不甘受人奴役的愛國熱誠，一方面是欽佩不已，一方面又感慨萬端，集稿之暇，特為文一抒所見。

自從日本投降以後，東北的局勢一直就陰晴莫定，變幻無常。敏感的人早就為此擔心，不過在另一方面，根據中蘇一貫的友誼，尤其根據以三十年為期的中蘇友好同盟條約，我們相信東北的主權絕不會被割裂，東北的領土也絕不會再受侵害。而且中蘇兩國是並肩作戰的盟友，無論在道理上或利害上，蘇聯都沒有背棄諾言損及中國的理由。這是相當合於人情道理的看法，然而東北的接收，依舊還有問題。不愉快的消息，也依然不斷傳來。及至張莘夫遇害及第六軍的一營殉職之後，東北問題的嚴重，才引起全國的注意。大家在想：我們苦戰八年，費了不少的勁，流了無數的血，才贏得這場勝利。而如今，國家還受欺負，主權還受損失，領土還不能順利收回，這成什麼世界！這麼一想，自然群情憤激，心有不甘。於是各地民眾遂紛紛起來示威遊行，表示維護東北領土主權的決心。這種行動和願望，值得佩服，也值得尊重。

不過，東北問題在本質上是國際問題。國際問題的解決，第一

步當然應該循外交途徑。因此，我們必須信賴政府，幫助政府，使此一問題早日得到合理的解決。我們捫心自省：中華民族一向是愛好和平的民族，我們絕沒有侵略別人的野心，更不會為人「火中拾栗」。八年之前，當侵略的狂焰開始危及世界安全的時候，我們就義不容辭，挺身出戰，為了和平與正義，我們已經盡了最大的努力。不客氣的說一句，我們對得起盟邦，也對得起世界。與蘇聯之關係，尤其沒有絲毫惡感存在。所有這些事實，證明我們對東北問題的解決，完全占著上風。從蘇聯方面著想，今天全世界正走向和平與繁榮，蘇聯本身的乞求也不外乎此，所以東北歸還中國，實際上就是給蘇聯的安全以一重保障。如果東北支離殘破，反而會給蘇聯添上不少的麻煩。總而言之，民族之間要平等，利害之際要分明，本此兩個原則，東北問題不難尋求合理的解決。

就以上所言，我們雖然問心無愧，但我們卻不能說完全不負責任。這責任，在於我們還未能自立自強，如果我們有基礎，有力量，誰也不敢欺負我們。所以歸根到底，還是反求諸己。為了收復國土，維護主權，遊行示威當然無可厚非，不過我們還得進一步拿出力量和辦法。力量從哪里來？力量從團結中來；辦法從哪里來？辦法從建國中來。能夠朝野同心，萬眾一體，就有力量；能夠埋頭苦幹，生聚教訓，就有辦法。老實說，世界雖然飽經滄桑，但是弱肉強食的公例，依然留在人間。生存在這樣的世界上，我們必須有賴以自存的手段。過去八年，我們雖然流了不少的血汗，但是和平的絕對保障，還有待於繼續努力。所以問題的根本，還要由自立自強做起。

✳ 本市新聞界籌組速記學校

《春秋時報》1946年3月27日

群力社訊　查速記學為新聞從業人員之基本知識，他如參謀人員、各廠商外事人員及各銀行外交人員，莫不感迫切需要。我國滬渝各地均設有速記專科學校，豫省尚無此等學校之設置。一般

欲學者苦無機會，深感不便。本市新聞界對速記學有研究者數人。有鑒於此，乃思籌組一速記學校，定名為燕京速記專修班。發起人為范測夫、吳家堯、哈庸凡、高雨村、彭紹熙、袁流胥、宋伯武、李靜庭、楊亮工等人。由范測夫任班主任。班址暫設本市鄭縣中學，每日晚六時至八時上課。聞第一期擬招收速成班及基本班學生一百名。修業期限，速成班為四個月，基本班為五個月，畢業後發給證書。刻范等連日奔走，紛向有關方面接洽，積極籌備，一俟主管教育當局批准，即可開始招生開課。茲後該校在鄭市學術界定可放一異彩云。

❋ 花園口堵復工程土工已泰半完成

救署工作隊為工人謀福利

《中報》1946年4月22日

本報訊　本市各報社記者為明瞭黃河堵復工程施工實際情形及第一工作隊發放麵粉實況，特於昨（二十一）日上午九時，連袂乘河南救濟分署第一工作隊卡車，前往花園口參觀。計有《群力報》社哈社長夫婦，本報劉總編輯毅質及記者多人。十一時抵達花園口，由該署第一工作隊賑務股吳股長惠人導引巡禮一週。據該工程負責人談，堵復工程現有工人一萬五千名左右，土工已完成泰半，口門現僅餘二百餘工尺，一俟大批材料運到後，工人將大量增加，預計六月底即可合龍。

又訊　河南救濟分署第一工作隊為增進工人健康及提倡工人娛樂，特設衛生機構專司工人疾病醫藥等事宜。該隊隊員于工餘時間，公演各種戲劇，調劑工人生活。最近將設合作社洗澡塘，為工人謀福利。該隊賈隊長雲松語記者謂：「行政要學校化，我們和工人要家庭化。」現在他們正趨向這條路上。

❋ 白副總長出席綏署紀念週

講軍事訓練實施要領
參觀花園口後赴新鄉

《中報》1946年4月29日

群力社訊 鄭州綏署於二十八日上午八時，假南錢塘里勝利舞臺舉行擴大國父紀念週，到綏署各單位官佐，鄭州黨政軍團各機關首長，及綏署教育會議出席代表四百餘人。白副總長崇禧，由劉主任峙陪同如時蒞臨主持。領導行禮如儀後，即席報告。首謂此次係奉委員長之命，視察津浦、隴海、平漢沿線、黃河以南各部隊之整編訓練情形，徐州、鄭州兩綏署所轄部隊，均已遵照命令開始整編，月底即可整編峻事。次即指出今後訓練實施要領，略謂基本教練應注意教育設備與教育方法，戰鬥教練應注意各兵種協同一致，據點攻擊。末謂吾人在軍事方面必須適應時代，並應有超越時代之研究。如此乃能擔任未來之國防責任，確保國家領土主權之完整。詞畢九時許，宣告禮成散會。旋赴清真寺出席鄭州回教協會之歡迎大會，到教胞千餘人。白氏於歡迎大會席上，報告中華回教協會成立經過及工作情形，並指示教胞應注意教育，打破派別，認識國情，把握時代。詞畢劉主任峙繼起致詞，語多勗勉，辭意懇摯。會後驅車前往花園口，視察黃河堵口復堤工程。隨行者有王光臨[1]、汪光堯[2]、高晴嵐[3]、王永川[4]、侯仲陽[5]、哈庸凡[6]等多人。綏署全體官佐均在天成路列隊歡送。十二時抵臨花園口，黃河水利委員會委員長兼黃河堵口復堤工程局局長趙守鈺率所屬高級職員在場歡迎。白氏下車後，略事休息，並進茶點。旋由趙委員長陪同視察堵口復堤工程，白氏目看工作緊張情形，至表欣慰。二時許，由花園口分

---

[1]　時任鄭州專員公署專員。

[2]　時任鄭州綏靖公署高級參議。

[3]　時任鄭縣縣長。

[4]　時任國民黨鄭州市黨部書記長。

[5]　時任河南省政府禁毒委員。

[6]　時任鄭州綏靖公署上校參議兼《群力報》社社長。

乘吉普車三輛，至廣武改乘專車前往新鄉視察部隊整編情形。

✳ 一戰區為陣亡將士遺族募集教育基金

邀請名票公演佳劇

《中報》1946年6月16日

　　本報訊　第一戰區指揮所參謀處趙主任甯國代表裴副長官於昨日上午十時，假小有天飯店招待本市新聞界，到《群力報》哈社長庸凡等十餘人。報告陣亡將士遺族募集教育基金之意義及籌備經過，至下午一時許，始盡歡而散。

　　又訊　第一戰區長官部為抗戰陣亡將士遺族募集教育基金，特敦請各地男女名票，假本市管城舞臺及長發戲院公演佳劇，並定開售票價三千元二千元不等，惟票數不多，欲飽眼福可從速往購，以免向隅。聞今日重要戲目，管城為《十道本》，長發為《百草山》、《戰長沙》。

✳ 政府與人民團體（社論）

《群力報》1946年6月15日

　　在政治上，中國正在努力建設一個全民政治的國家。政府有能，人民有權，是國父民權主義的精義所在。要政府有能，第一要政府的組織健全，第二要政府的官吏賢能；要人民有權，第一要人民能自治，第二要人民有組織。這四個基本條件具備之後，才能夠達到全民政治的理想。

　　目前政治的現狀，顯然與全民政治的理想還遠。政府雖有能，但不是萬能；人民雖有權，仍不是全權。所以政權尚要建設，而民權更要扶植。人民對政府有監督的權利，政府對人民有扶植的責任。只有政府和人民都發揮其職責，全民政治的理想才不致落空。因之政府對人民組織，不應以歸順為目的，而必須積極地使其運用民權，表達民意。政府的一切設施，都應以人民為依歸。民意如果為

政府所尊重，民權自然可以發展。中國人民知識水準低落，民意未必完全都對，遇此場合，政府唯有因勢利導，盡其訓政的責任。如果以民意幼稚而擅加摧殘壓抑，則全民政治必永無實現之日。

國民政府自奠都南京以迄今日，對於人民組織，一貫的有兩個態度：一求普遍，二求健全。因為求普遍，所以人民的團體不怕多，越多政治越有基礎；因為求健全，所以要使人民的團體能自動自治，能自動自治才能有自覺的意志。這是政府在訓政時期中對人民團體的基本態度，也是革命政府應盡的天職。現在國家能夠順利進入訓政時期，即表明中樞政府對人民團體所採取的政策是完全正確的。

現在憲政即待實施，中樞政府對人民團體的既定政策，越有發揚光大的必要。以前民眾團體尚未普遍建立，而組織更不見健全。推究原因——實由於地方政府對人民團體的組織，有時不免監督太過，以致遇事即令，未能啟發其自覺的意志，於是民眾團體遂成為等因奉此的組織，與衙門毫無二致。這種民眾團體根本即無民眾的基礎，在政治上的貢獻，殆微不足道。其次，一般民眾團體在組織之初，即忽視民主的重要性，往往由少數人糾合之後，才強拉群眾加入。此種現象，即知識份子的組織亦不能免，其他群眾組織更無贅言。群眾組織貴能自覺，自覺即由民主而來，一般群眾組織之所以無法健全，實由於民主精神未能發揚之故。

上述的缺點，人多諱言，因之循循相因，馬虎了事。長此下去，民權既無由發展，其他宏圖亦必成泡影，所謂民眾團體只不過空留軀幹而已。吾人以為今日中國政治，之所以動搖未定，基本的原因是由於人民對政治無興趣，無經驗，真正的民意無由表達，野心家乃得假藉民意以倒行逆施。所以人民對政治漠不關心，誠非良好現象，政府必須秉承中樞政策，從旁扶植民眾團體之發展，且尊重其自覺之意向，而不必遇事即令，無端斥訓，消失其自覺自治的精神。人民固然受政府的指導，政府亦應接受人民的監督，這是政府與民眾團體的正確關係。吾人希望在憲政即將實施之今日，政府與人民

各自認清其職責所在，而善盡其負之責任，庶幾全民政治的理想，可得順利達成。

❈ 滬記者訪問團十二人昨午抵鄭

各機關及新聞界到站歡迎

《中報》1946年6月19日

群力社訊　上海市新聞記者訪問團徐守廉等一行十二人，十八日上午十二時三十分由汴專車抵鄭，鄭市各機關代表及新聞界謝仁釗、劉家康、馬效良、范世勤、哈庸凡、劉毅質等三十餘人均至車站歡迎。各記者下車後，即由謝秘書長劉團長等陪同驅車前往天成路四號綏署招待所休息。一時三十分，各報社通訊社假招待所設宴為記者團洗塵，謝秘書長關副主任委員劉團長均被邀作陪。席間杯盞交錯，賓主盡歡。四時許出席鄭市各機關座談會，七時應各機關公宴。聞該團明日上午十時前往綏署拜訪劉主任，預計在鄭停留三日，再飛北平訪問云。

❈ 上海記者團參觀花園口

《中報》1946年6月21日

群力社訊　上海記者訪問團全體人員於二十日午後二時，由《群力報》社長哈庸凡、救濟分署姜秘書等多人，陪同前往參觀花園口堵口復堤工程，該口東西壩堤橋樑打樁日內即可竣工。如下游工程能順利進行，則汛期災民不久當可返里安居。至四時二十分返鄭云。

❈ 注意堵復工程（社論）

《群力報》1946年7月18日

對於水利工程，我們完全是外行，不談別的，連許多專門名辭我們都鬧不清楚。正因為這個緣故，堵口復堤這樣一件大事，我

們自始不多說一句話。我們相信專家，相信以專家的技術、經驗和高度的責任心，一定會把偉大的工程做得好。從今年三月一日起，花園口的堵復工程正式動工，預定六月中旬即可完成。此期間，有十三萬人民胼手砥足在工作，有十八縣不斷運送柳枝和石料，更有聯總晝夜不息運來無數的材料和物資，九個國家的治河專家和全中國的水利工程師絞盡腦汁，集人類的智力財力和物力來從事這一件工程，在中國的治河史上還是第一次。如果這一次的工程再無法成功，則「人定勝天」的定理便成廢話。中國人只好受制於天，吃苦受難到底。

因為我們相信專家，相信人力物力的偉大，所以我們也相信堵口復堤一定可於六月中旬成功。這一信心到了現在，我們可以坦白的說是動搖了。堵口便橋打樁拋石，接合在望，橋樁即被沖毀，橋面多孔。黃泛已至，洪水滔滔，九仞之功，將毀於一簣。舉凡黃泛區各縣所築各堤，均有前功盡棄之虞。險象橫生，令人心跳。詢之工程當局，亦已失去自信，此種惡劣之後果，由於環境者十之一二，由於人謀者十之八九。復堤與堵口未能配合，疏浚與堵堤未能並進。此外，由於環境、流量估計不確實，打樁未至預定深度，下樁後未及護樁，此由人謀。由於環境者尚可原，由於人謀者絕不可諒。人謀所以未滅，則由專家意見不統一，督導工程未周密，尤其對人力之管理，工料之運堆，疏忽大意，債事最多。有此種種前因，故有今日危險之後果。負責工程當局，試問何以辭其咎，又何以面對十三萬躬身此役的人民，更何以面對千千萬萬的難胞。我們不懂工程，但我們看了現狀，不能不說話，否則便有愧新聞記者的職責。

歷代以治河為差事，作祿位，此一觀念至今日猶未改變。為做官而治河，當然無事業心，更無責任心，等因奉此，因循敷延，甚或鬧意見，剋扣部下，無怪治河治了幾千年，還是黃水滔滔，橫流天下。記者上月曾一度視察花園口，曾與堤工老者談，叩其對工程前途之意見，彼則慨然告記者：「算有這回事罷了，怎幹得通？」言外之意，對工程措施殊多未滿。事實亦告訴我們，整縣的工人逃亡，整

批的料物散失，而黃沙墟上，依然弦歌四起，過其舒適生活。當事者究以幾許精神時間付之工程，不問已可知。然而猶復掩耳盜鈴，侈言成效，此殆為傳統之官僚作風所使然。

這一段話，也許言之過激，為當事者所不願聽。但此次工程，無論國內國外都期望甚殷。故不惜集人類之智力財力物力以赴事成，初不料此有關千千萬萬人民生死、有關大河流域興衰之工程，竟以兒戲出之。天下事之可哀可痛，寧有再逾於此乎？事既至此，吾人誠望當事當局公佈工程狀況，究竟工程是否如一般人所料之危險？前途究竟有幾分把握？又如何再策群力，以善其後？凡此疑問，負責當局應坦白告訴人民，切莫諱疾忌醫，自欺欺人，須知工程開始迄今，所費已經不貲，人民所流血汗更不在少，犧牲之後，必求代價。當局受國家人民付託之重，更不可以不了了之。趁此攀躋可及之時，痛加檢討，以圖後效，否則中原滔滔，你等將為國家民族之罪人。

鄭州新聞界昨舉行三次會報

❖ 通過組織豫災訪問團

《春秋時報》1946年7月19日

本報訊　七月份下半月鄭市新聞界會報，昨日上午九時，由《群力報》負責假晴川里綏署政治部中山堂舉行。到會哈庸凡、范世勤、沙晴浦、劉毅質、趙青勃等各報社、各通訊社社長、總編輯和記者等九人。由哈社長庸凡主席，開會如儀後，即舉行討論事項，首由哈社長庸凡提出（一）調整並統一各報社員工待遇；（二）報紙分銷及廣告價格折扣問題；（三）記者公會如何充實，展開社會活動等三案。繼由沙副社長晴浦提出組織「鄭州新聞界豫災訪問團」等案。

當經決議：（一）各報社員工待遇自八月一日起，一律分級調整為二萬六千元、二萬八千元、三萬元三等，職員待遇因物價日漲，各報社亦應酌情提高；（二）各報外銷、分銷在百份以內者予八折優

待；在百份以上者予七折優待；（三）關於廣告刊費，因當有若干技術問題尚待研討，本會定於二十五日由《群力報》召集各報社負責廣告獎勵人員，舉行小型會議解決之；（四）推選范世勤、侯端桓、哈庸凡、劉毅質、趙青勃等五人為記者公會二屆會員大會及理監事改選事宜籌備委員，並定於今（十九）日午後三時假綏署政治部中山堂舉行五人小組會議；（五）豫災訪問團定名為「鄭州新聞界豫災訪問團」，各報社各派一人參加，分期前赴豫南豫北黃泛區訪問。詳細辦法請沙副社長晴浦草擬；（六）由各報社聯名電請中央社在鄭設立中央社分社。至中午十二時散會云。

又訊　下次新聞界會報由《中報》召開，日期為八月一日。

❖ 鄭州新聞記者公會第二屆會員大會通告

鄭州各報1946年7月21—25日

　　查本市新聞從業員向多未曾辦理登記手續，茲為便利會務推行起見，特重新舉辦會員登記。凡現在鄭州執行新聞業務之人員（包括經理及營業人員），均請於即日起至本月二十五日止，開列姓名、年齡、籍貫、現任職務、住址各項，逕送《群力報》社哈社長匯收。事關切身利益，幸勿觀望為荷。

鄭州新聞記者公會第二屆會員大會啟

❖ 認識戰敗後的日本（社論）

《群力報》1946年7月26日

　　我們是戰勝了日本，可是對日本應當如何處置？戰敗後的日本又是一個什麼樣的局面？我們的國民不但不談，簡直是沒有放在心裏。我們的先哲教人「忠恕」，不但反對「落井投石」，不主張打落水狗，有時候甚至對失敗者同情，歌頌。日本人給予我們的殘害，至深且痛，此仇此恨，不知何日可了。可是日本敗了，我們就把一切都忘掉，這誠然是中國的民族美德，但遇著狡黠的負心人，結果必

定要吃大虧。現在事實已經擺著：本月十九日東京就發生了「血腥事件」，日本員警公然槍殺了我們的臺胞。不管事情的真相怎樣，一個剛剛戰敗的國家，敢於槍殺戰勝國的僑民，無論如何是史無前例的。從這一件事來看，日本人不但不服輸，而且也不感德，心理上還是與我們為敵。武器給我們繳下來了，心理的武裝並沒有解除。上海日俘集中營曾發生過日俘寫在壁上的一條標語：「二十年後再來中國」。證之十九日東京員警槍殺臺胞事件，日本人確有這個打算。我們如果無原則的對日本寬恕，二十年後可能再吃一次虧。

戰敗後的日本，在盟軍統帥麥克亞瑟的佔領政策之下，解除了武裝，摧毀了軍事設施，逮捕了一大批的戰犯，用這樣溫和的手法，導引日本的政治走上民主，修正憲法，重選議員，瓦解財閥，貶抑貴族。表面上是很快成功的，然而嚴正來說，一切都不徹底。天皇制度被保留，戰犯還沒審判，保皇派在議會得勢，都象徵著麥帥的佔領政策已經打了折扣。日本的民族性狡猾是舉世皆知的，自美國佔領軍進入日本本土以後，日本全國上下都一致討好美國人，使盟軍的佔領政策軟化下來。由於日本全國上下狡猾的情感的掩飾，他們正在重振旗鼓，為下一次的戰爭作著準備。軍國主義的思想依然在學校裏大事薰陶。總之一句，日本人並不服輸，他們已經在狡猾的情感掩飾之下，作了許多準備。

在許多時候看來，日本的情形比較最單純，復原也比較容易。現在日本國內的輕工業，在美國的支持之下，已經有百分之七十以上恢復了生產。日本既狡點也還重實際，再加以他們的苦幹精神，日本的國力恢復是很快的。同時，日皇使日人吃敗仗，但日本人對日皇的虔誠，絲毫未衰。這一神人的中心的存在，更使日本的重建加速。所以日本雖然敗了，而日人的雄心還在，假如美國對日本政策偶有差池，二十年後遠東可能再罹戰禍。我們與日本為鄰，對於這可能性是不可以粗心大意的。

上面我們說過，中國人不主張「落井投石」，不打落水狗。對於日本，自然不必再念舊惡，長恨在心。但如何肅清日本軍國主義思

想，如何使日本走上和平民主之路，這責任中國人必不可放棄。為了完成這一責任，寬恕必有其限度，須知姑息足以養奸，優容實以釀禍。在日本人未放下精神的武裝之前，我們應該採取積極態度，督促盟國的佔領政策全部實施。這次我們吃日本的虧最大，對於戰後日本的處置，我們應該有極大的發言權。從目前我們全國國民對日本狀況漠不關心的態度看，是十分危險的。話又說回來，弱化日本無論如何是消極的，強化自己才是積極的。戰爭後我們內爭未已，建設工作無法進行，如此蹉跎下來，中國永遠是一個弱國，日本即使強不起來，外禍仍未可免。如果日本他時強大，其時危險更逾甚於過去。所以我們一方面要認識日本，一方面也要認識自己，知彼知己，自強自立，八年的戰果庶幾可保！

❖ 鄭市新聞記者公會二屆大會今日舉行

並選舉第二屆理事監事

《中報》1946年8月1日

本報訊 鄭州新聞記者公會第二屆會員大會定於今（一）日上午九時假錢塘路勝利舞臺舉行，並選舉第二屆理監事。籌委會推定范世勤、楚鴻烈、哈庸凡為主席團，並分函各機關團體派員出席指導云。

❖ 鄭記者公會第二屆會員大會昨在勝利舞臺進行

《春秋時報》1946年8月2日

本報訊 鄭州新聞記者公會第二屆會員大會經積極籌備後，於今日上午十時二十分，假勝利舞臺舉行。到：綏署謝副秘書長仁，王科長梅安，綏署政治部汪科長劍，憲兵團劉團長家康，縣黨部陳陽，縣政府候選人巴應選，本市《群力報》，《中報》，《風沙晚報》，《春秋時報》，《實言報》，《鄭州日報國民報聯合版》，《華北日報》，群力通訊社，中央通訊社，西北通訊社，國光通訊社等各

報社通訊社社長、經理、總編輯、記者等新聞從業員約五十餘人。由前理事長楚鴻烈任主席。開會如儀後,由主席報告召開二屆會員大會意義,繼由劉團長家康,王科長梅安,汪科長劍先後致詞,籌備委員會主任委員哈庸凡報告籌備經過。

旋即開始理、監事改選,選舉結果:曹棄疾(三十一票)、范世勤(三十票)、蔣蘊青(三十票)、楚鴻烈(三十票)、哈庸凡(三十票)、李斌(二十九票)、王永川(二十五票)等七人當選理事。穆醒夫(十一票)當選候補理事,沙晴浦、邱漢、蕭振漢當選監事。並推選楚鴻烈、蔣蘊青、范世勤擔任常務理事,由范世勤任理事長。常務監事推選結果,由沙晴浦擔任。選舉完畢,即開始討論提案,通過:(一)請求綏署製發通行證由記者公會製發雇員證及採訪證,以利記者工作;(二)取締冒名記者;(三)籌備在半年以上而未出報、未發稿之報社、通訊社,由記者公會令其上報,停止創辦;(四)合理統一員工待遇。

❀ 哈庸凡啟事

《群力報》1946年8月3日

本報自八月一日起改組,庸凡於同時辭去社長職務。憶本報鄭州版發刊以來,時逾半載,賴各方協助,至深感念。今當離職,特布區區,以誌謝忱。

❀ 本市新聞界豫災訪問團

名單已定十五日出發

《華北日報》1946年8月13日

大中社訊　鄭新聞界豫災訪問團於昨(十二)日下午四時,假綏署政治部召開團員大會,計到團員哈庸凡、劉雲峰、萬鈞、沙景昌、李斌、吳定一、于映江及報社代表十餘人。由范理事長世勤主持開會,議決要案多項:(一)推定哈庸凡為領隊,推李斌擔任總務,于映江擔任交際;(二)在訪問團出發前一日,分別晉謁劉主任

陳處長及救災會負責人，陳述本團任務及請示一切。該團如無特別事故發生，准於十五日首途云。

❈ 鄭記者豫災訪問團定明日首途

救災會劉主任委員昨茶會歡送

《華北日報》1946年8月15日

大中社訊 鄭州救災委員會於昨（十四）日下午四時，假憲兵團召開茶會，歡迎「鄭州新聞記者救豫訪問團」。計到本市各報社通訊社社長暨訪問團團員等二十餘人。由劉主任委員家康主持，開會如儀後，即席致詞略稱，諸位記者先生們，在此種炎熱之天氣，不辭勞苦，來為河南老百姓奔走呼籲，實令人欽仰。吾謹代表鄭縣救災委員會向諸位致敬，並希各位將災區詳細災況予以調查，滿載而歸，為一般災民呼籲，賑濟無數災民，感謝不盡也，最後謹祝各位一路順利健康。

繼由訪災團領隊哈團長庸凡向救災委員會致謝，並答言以我們記者們因無有力量救濟災民，實覺抱愧至極。不過我們得絕對盡我們的熱誠精神，前往災區搜集最嚴重之災情資料，來為社會報導。還望救災委員會切實指導，並示採訪方針。

又訊 鄭新聞記者豫災訪問團於昨日下午七時許，假實言報社召開團務會議，議決要案多項：（一）今日下午四時，全體晉謁劉主任，請示重要工作；（二）總務方面除李長白負責外，由救濟會代表協助；（三）訪問團於明（十六）日上午六時在關中里集合出發云。

❈ 鄭州新聞界豫災訪問團定明日首途

憲兵團昨茶會歡送

《中報》1946年8月15日

本報訊 憲兵團以鄭市新聞界豫災訪問團出發在即，特定昨日下午四時假該團會議室舉行茶會歡送。除出席訪問團團員哈庸凡

等十餘人外,並有各報社社長總編輯等作陪。席間劉氏首先代表鄭州各界救災委員會向訪問團致歡送詞,並希望此行作忠實之報導,旋就最近重要工作作簡要報告。報告畢,繼由記者公會理事長范世勤、訪問團哈庸凡、《群力報》蔣蘊青等分別致詞後,始全體乘車赴時疫醫院參觀云。

✼ 中央社電訊

1946年8月16日

中央社鄭州8月16日電 「鄭州新聞界豫災訪問團」十六日出發赴黃泛區。

✼ 鄭記者訪問團昨首途赴許

《華北日報》1946年8月17日

大中社訊 鄭州新聞界組織之豫災訪問團一行八人於晨八時乘汽車一輛登程,首赴許昌開始工作云。

✼ 歡迎鄭州記者豫災訪問團

《新民日報》短評1946年8月17日

鄭州記者豫災訪問團一行九人,為視察本省各地災況,業於昨日抵許。風塵僕僕,溽暑長征,此種不辭勞苦的服務精神,實令吾人欽佩!

本縣潁河決口,災情慘重,雖賴各方賑濟,奈杯水車薪,終難普救。今訪問團諸君抱最大熱忱來許視察,我們相信一定會將災胞的慘況散播全國,俾收共同救濟的效果。

吾人除謹代表本縣人民,向訪問團諸君深致感謝外,同時更望訪問團以同業資格,今後對許昌新聞界多加指導和聯繫,這是我們附帶的一點希望。

本市新聞界同人歡宴鄭記者訪問團

❀ 本報李社長代表致歡迎詞　哈庸凡君答詞並報告任務

賓主情緒熱烈極為歡洽

《新民日報》1946年8月18日

本報訊　鄭州新聞記者豫災訪問團抵許，業誌本報昨訊。本市建國、許都兩報社，國光、力行兩通訊社與中原週報及本報等六單位，特於昨午十時假豫東飯莊設宴為該團洗塵，藉表歡迎之忱。到該團全體團員，賓主等共二十餘人，情況熱烈。席間首由本社李社長西庚代表本市新聞界致歡迎詞，對該團溽暑遠行，為豫省千萬被災民眾謀福利之精神，倍加讚許。並希望該團能將許昌穎災以及河南各地災情實況，普遍向社會各界報導和呼籲，使政府及社會人士深切認識豫災之嚴重，藉能得到救濟，嘉惠災黎。最後對豫省新聞界之應相互聯繫加強組織等亦有所說明，歷時十餘分鐘。意義深長，情緒熱烈。當被該團攝影記者迅速攝入鏡頭。

詞畢，由該團領隊哈庸凡代表致答詞，對該團此行任務亦有所報告，並希望許昌新聞界能多予協助，俾能完滿達成任務。繼由鄭州綏署政治部喬炳琛、鄭州各界救災會李聘臣兩先生起立發言，對本市新聞界之熱烈歡迎申表謝意。席間杯觥互錯，談笑風生，賓主極為歡洽。散會後，復假國光通訊社門前全體留影，以資紀念云。

又訊　鄭州記者豫災訪問團昨竟日搜尋許災資料甚多，定今日出發赴穎河決口氾濫一帶視察。本市新聞界復於昨晚請該團全體團員假南關三星劇院觀劇，藉資聯歡云。

❀ 歡迎豫災訪問團

本市新聞界特為設宴洗塵

《建國日報》1946年8月18日

本報訊　鄭州新聞界豫災訪問團抵許，業誌前報。本市同業為表示歡迎之忱起見，特於日昨上午十時，假西大街豫東飯店設宴為之洗塵。到訪問團全體團員，本市各報社通訊社社長編輯記者等共

二十餘人。首由《新民日報》社社長李社長西庚致歡迎詞，對該團訪問各地災情之意義及精神備致嘉許。訪問團領隊哈庸凡致答詞，對該團此行任務有所說明。俟由綏署政治部喬炳琛、鄭州救災會李聘臣起立發言，對本市新聞界之熱烈歡迎，申致謝意。席間互相交換工作意見，至為歡洽。至十二時許，始盡歡而散，散席後並全體攝影，以資留念云。

✻ 豫災訪問團招待會昨下午假商會舉行

答問問題共計十二項

《建國日報》1946年8月18日

本報訊　本市各界昨日下午五時假商會招待鄭州新聞記者豫災訪問團，參加者訪問團全體團員，各機關首長和士紳約三十餘人。首由五區專署王秘書長法舜報告開會意義。略謂此次訪問團溽暑遠行，不辭勞瘁，前來許昌訪問災情，一俟獲得災情實況，定可盡力報導，俾為災民呼籲，許昌民眾誠覺萬分快慰和榮幸。繼由宋縣長說明訪問團所希望明瞭者，不外一，此次穎災實況；二，人民的負擔；三、民三十年以後，五年來許昌被災的概況。吾人必須據此詳作報告。訪問團將許昌人民的苦難轉告國人，呼籲救濟。旋由訪問團團長哈庸凡對各界盛情招待申致謝意，並提議對許昌各方面情況，擬由訪問團提出問題，請由各主管其事之機關分別作答。經全體同意後，即由哈團長發問。茲將各項問題及解答略錄於後：

◈ 一、問：許昌產菸概況如何？

閻副議長答：許昌捲菸較以往銷路遲滯，以前有菸廠六十餘家，此刻僅餘三十一家。最近外菸大量傾銷，而貨物稅局又將出廠稅提高，更加重了捲菸工業之危機。

◈ 二、問：許昌轉運業概況如何？

靳理事長答：戰前有轉運公司十幾家，後受戰事及交通影響，多半倒閉，現在僅餘三四家。

◈ 三、問：今年麥收如何？

閻副議長答：因今年麥收前，天氣轉寒不易結實，故今年麥收僅三成。除繳軍糧及田賦外，全部收穫僅及四個月之用。許昌人稠地狹，且為交通要道，最近三年，扶溝、太康等黃泛區逃難災民又大量集中，且許昌又為附近各縣糧食之集散地點，一般人表面上均認許昌為殷實縣份，實則平時每年麥收即缺三個月之需。今年許昌軍糧攤牌奇重，田賦稅則每畝最高者為三毛八分，較五區各縣皆高，人民實不堪此種繁重的擔負。

◈ 四、問：潁河決口經過及災民情況如何？

閻副議長答：登封境內有少室山龍門山及箕山，因該縣擬興修水利，故將三山之山水匯為一流，水流因而增大，潁河上游之水即出於此，上游在禹縣以上因地勢甚高故無水患，入許昌境後因地平河狹且至姚灣時，河道突轉為銳角，水本東北流，至姚灣，即急轉折向西南，且灣處河床為泥沙淤塞。故月前山洪爆發後，至姚灣河堤即突然潰決，決口後，洪水氾濫，遍地皆成澤國。水勢所及，南北寬十五里，東西橫長三十四里，房屋倒塌不可勝計，秋禾盡為沖毀。關於災情實況，咸拍有照片呈報。災情發生後之救濟措施，除呈請發放急賑外，現將施賑者為救濟分署之小型工賑麵粉兩千袋及馬署長在許時所批准之麵粉九百九十五袋，前者作為以工代賑之用，後者則作為非救不活災民之急賑，每人發放一袋。但經詳實調查，僅非救不活之災民即有四千餘人，此外尚有預備潁災賑款五百四十萬。連同募捐合計僅及六百萬，以此區區之數，賑濟數萬災民，杯水車薪，誠無濟於事。

◈ 五、問：敵偽物資之接收情形如何？

王秘書長楊幹事長答：光復以後，敵軍投降者計共一萬五千人，其所有之交通器材彈藥糧秣及其他有關軍事物資，早已由最先到達之受降部隊全部接收。地方所接收者偽商會主席徐立吾之食鹽二十萬斤、布匹六百餘疋、盤紙三百多盤，上項物資，有保管委員負責保管。嗣經移交黨政接收委員會，其中食鹽為部隊接去，盤紙因

絕火，已不能使用，布匹則多已霉爛。

◇ 六、問：漢奸之檢舉及懲治情形如何？

楊幹事長答：偽自治委員會副主任兼偽財政委員會主席徐立吾於光復後，潛逃無蹤。偽維持會長李新如、偽警察局長之弟白某、偽糧業公會主席王健星則均已就逮，分送高等法院審判中。徐逆之房產已全部充公，將移作創辦教育事業之用。

◇ 七、問：許昌產菸之面積、每畝產額及其現值各若干？

此問題另作書面答覆。

◇ 八、問：民眾自衛隊之組織及地方治安情況如何？

宋縣長答：縣府前奉令根據民眾自衛隊組訓辦法，組織縣民眾自衛隊，限九月底全部完成。惟因縣長更調，故稍有擱延。本人自八月一日到職後即積極著手進行，刻已組成民眾自衛總隊部，包括一個大隊，六個常備隊，一個集訓中隊。九月一日前鄉鎮自衛隊、九月十五日前保自衛隊亦可陸續組成。關於治安情形，尚稱良好。惟於月前在東營鄉發生搶布案，此案業已破獲。至於城防，則由五個自衛中隊分任，惟槍支陋劣，可用者不及十分之二。輕機槍僅有三挺，其中一挺已壞。彈藥極感缺乏，有三中隊，每人平均不足十粒，其餘三隊每人僅有七粒。兵站所繳敵兵之槍械，縣府已呈請移助地方。

◇ 九、問：三十年以來許昌所受水旱蝗災之災情實況如何？

楊幹事長答：三十年許昌災情慘重。四五月間，每天平均餓斃千人，當年死亡總數約在十萬以上。三十三年敵軍犯豫時，在許昌激戰，軍民死者累累。敵軍佔領期間，經常駐軍五千，擾劫地方並大批收買食糧。三十四年七月，郟縣股匪萬餘竄許，侵佔西北及東北鄉二個多月，搶劫擄掠，為害甚巨。去年十月至今年五月，大軍時有過境者，所需糧秣多就地徵收。許昌上次所繳軍糧曾因徵數增加，曾超繳七千餘大包，民眾之繁重負擔由此可以想見。

◈ 十、問：許昌教育近況如何？

楊幹事長答：許昌中等學校有省立中學一所，區立聯師一所，縣立中學兩所，縣立簡師一所，私立中學兩所，合計中等學校七所，學生總數約在三千以上。各校設備簡陋，圖書儀器多付闕如。小學共計三十三所，保國民學校計一百七十餘所。今年暑期補習班據統計共有學生九百一十餘人，但各中等學校下期招考新生，計有六班，每班以五十人計算，總計所招新生不過三百五十人，所以補習班的九百餘人中，尚有五百餘人沒有升學的機會。鄉間的小學畢業生不能升學者，更不可以數計。許昌教育經費據估計本年至少需用六萬萬，但今年的預算中僅有二萬萬元，經費困難是發展許昌教育的極大障礙。

◈ 十一、問：許昌病疫流行情形如何？

宋縣長答：許昌最近黑熱病流行，已發現患者約五十餘人。但衛生院刻正以全力防治此病。該院院長許汝倫即為黑熱病研究專家。

◈ 十二、問：請許昌父老提出目前最迫切之要求。

朱又廉耿書記長答：禁止攤派。許昌人民對於軍需糧秣，以及車馬草料的負擔極感繁重，亟盼當局嚴令禁止。減低田賦課則，因民三十年縣府奉令將由田賦收入全部劃歸中央，另一令將正稅和附加稅百分之六十劃歸中央，百分之四十劃歸地方。當時縣長誤認為全縣所有稅為百分之六十，故呈報時，多報百分之四十。因許昌賦稅按照規定增加甚多，後經核定每畝三角八分，然較諸他縣超越甚多，雖經一再呈請減低，然迄今尚無結果。

所有以上問題經過解答後，哈團長又詢問關於招考鄉鎮長及因吸毒而被押之四窗鎮長的經過，由宋縣長詳加解答後，座談會即於王秘書長致謝詞後結束。是時天已黃昏，由商會設宴招待，至七時許始盡歡而散。

❖ 潁濱瑣聞

《新民日報》1946年8月17–20日

※鄭州記者豫災訪問團哈庸凡氏等冒暑蒞許,將勘察潁災狀況,許縣被災人民,將來當能獲得最迅速的實際救濟。

※旅行社門前,停了一輛紅紙黑字的「鄭州新聞界豫災訪問團」的大卡車,給予許昌民眾一種良好印象,歡欣心情。

※昨假商會,由黨政首長及地方仕紳招待「鄭州新聞界豫災訪問團」座談會,承哈庸凡氏詢問本縣種種災情等,由本縣各首長作詳盡答問。一問一答,如泣如訴。

※聽到兩個商號店夥說:「鄭州各家報館來很多人,調查許縣災情。看來我們許縣的災情亦不減於去年春荒呀,亦竟被外埠所能注視。」兩店夥口似懸河,津津有味。

※鄭州記者豫災訪問團昨視察本縣潁災歸來,目睹災區慘況,深為感傷。該團定今出發,赴漯河周口等地視察,勞苦不息,令人欽佩。

※鄭記者訪問團昨因道途泥濘,未能成行,該團擬改乘火車南下。

❖ 許縣府昨假商會召開救災座談會

到鄭記者訪問團等卅餘人
王秘書宋縣長等相繼致詞

《新民日報》1946年8月18日

本報訊　許昌縣府於昨日下午五時,假商會召開救災座談會。到鄭州新聞記者豫災訪問團全體團員,五區專署黨團,縣參會,商會及各報社記者等三十餘人。由專署王秘書長法舜主席,首代表吳專員向鄭記者豫災訪問團致歡迎之辭。繼宋縣長報告本縣抗戰期中所受之損失及當前水災等,人民苦不可言,希望訪問團能盡力向政府呼籲減輕民困。嗣有訪問團哈庸凡先生代表說明訪問團任務

後，即開始由訪問團各團員提出有關許昌災情等各項問題，由有關各方分別予以答覆，歷時二時許。會後並請全體團員便餐，賓主至為歡洽云。

✽ 鄭記者豫災訪問團豫南初步工作

《華北日報》1946年8月19日

大中社許昌通訊 「鄭州新聞界豫災訪問團」團員劉雲峰、李斌、沙景昌、于映江、吳定一、樊世勳一行九人，由哈庸凡率領，於十六日晨八時乘汽車首途赴豫南及黃泛區視察災情。當日下午三時抵達許昌，下榻車站大同路社會服務處，本市新聞界及各界首長聞訊均前往訪問。該團十七日即開始分訪南關方面調查災情，上午十時應各報及通訊社邀請舉行座談會，交換各方意見，頗為歡洽。下午四時，許昌各界舉行座談會，訪問團應邀出席。五區專署秘書王法舜，許昌縣長宋瑤及縣參會，黨部，青年團，商會及報界，交換災情及其救災意見。會後，新聞界歡迎訪問團觀劇，情形極為熱烈。聞訪問團十八日晨赴許昌西南二十餘里之姚灣、潁河決口處視察云。

為了報導豫災，呼籲救濟，鄭州新聞界特組織豫災訪問團，出發向各地搜索災情資料，大聲疾呼，使河南嗷嗷待哺之災民獲得救濟。首途我們先到豫南及黃泛區之嚴重區域，再到豫西、豫北、豫東，但使命是艱巨的，希望各方予以寶貴資料，再向京滬呼籲。為了基於這個使命，大家便匆匆出發。

別了鄭州 十六日晨八時，大家乘了大卡車出發，汽車在原野上奔馳，鄭州在視線中慢慢消失。公路因雨水過大沖毀，顛簸行駛，十時許抵新鄭，小作休息，順便訪問縣長翟景卓。據云該縣麥收不及三成，秋禾因雨水失多等，秀而不實，該縣農民副產以棗為大宗，開花結實時期，又遭大雨，被雨打落，損失總計一億八千萬元。被災區域在縣城東北一帶。十二時許汽車開馳，越長葛，下午三

時至許昌。

抵達許昌　抵許昌後，即開始向有關方面採訪。該地新聞界及地方各機關分別舉行座談會，交換災情意見，許昌今夏二麥歉收平均三成，全縣所產小麥產量，尚不足三個月之用。夏雨失時，秋禾播種期晚，秋收亦難樂觀。加以此地因交通關係，黃泛區災民多向此地設法謀生，故此地食糧問題相當嚴重。該縣素負產菸區盛名，故差款亦較他地為重。去年度證實分配為十萬零四千一百三十四石，為數之巨，駭人聽聞。縣參會已將當地情形詳為搜集，派人進省向當局呼籲，請予減免徵實賦額。速撥賑款救濟，以蘇民命。

許昌水災　許昌城南三十餘里之潁河於上月八日突告決口，雖經當地民眾努力搶修，於未修復前，復逢山洪暴發造成巨災，為害甚大。其氾濫區域面積廣大，洪水淹沒廬舍，秋禾悉被淹沒。受害較重者，計有繁城鎮與東營鄉等八鄉鎮，災民非救不活者有兩千餘人，許昌各界特發起救災，共計募捐所得四百餘萬元。辦理急賑大口每人五千元，小口每人三千元。惟日後生活仍屬無著，縣參議會副議長閻毅敏等日內即將進省，呼籲救濟善後云。

鄭州新聞界豫災訪問團豫南之行

✿ 山洪暴發潁河決口

被淹後村莊達一○三處

哀鴻遍野希予從速救濟

《華北日報》1946年8月19日

潁河發源于登封嵩山之少室、當陽山、龍門三山，東南流經禹縣、襄縣、許昌、臨潁、郾城而達周口，匯流於黃河。潁河素有「鐵頭銅腿豆腐腰」之稱，每屆夏秋之交，雨水過大，山洪暴發，禹縣地勢尚高，無大災害，一入許昌，地勢稍下，土質又鬆，經縣西南二十餘里之姚家灣村，河堤曲折，正向東北而轉向東南。水勢過大，決口數次，為害甚烈。二十六年、三十二年相繼決口，任水橫流，地方無力堵口，致使災禍蔓延，任其成災。

今年七月十六日、十七日、二十七日，八月十三日，雨水過大，河水暴漲，水勢由決口處沖出，其勢之大，為數年所罕見。水深七尺，平地行舟，波及欒城、穎秀、阜民、壩陵、繁城、東營六鄉鎮，被淹村莊一〇三村，尤以東營鄉為慘。全鄉被水沖沒，占耕田五八四〇四畝，秋禾全被沖毀，約計晚秋三七九九六畝，早秋二〇四〇六畝。被毀房屋草房一二九間，瓦房五四七間，沖去食糧一〇四六一市石，沖去牲畜六三三頭，沖去八十七人。被災人數二三八八五人，非賑不活者二五〇八人。

記者為明瞭情況，特往災區訪問。大朱、謝莊、孟莊、朱莊等村，因水被毀，房屋倒塌，雖水勢回落，路途不堪行走。尚有餘水包圍全村，房屋倒塌，民眾多以木板作船來往行駛。無家可歸，群宿村圍高地。食糧毫無，嗷嗷待哺。全家財產盡付東流，留戀附近，不忍捨去。目睹災情，極為慘重。

被水月餘，如此慘重之災情，經地方人士之呼籲，仍未獲得救濟。聞行總撥麵粉九九五袋尚未發放，地方募捐六百餘萬元定二十一日發放。救濟如救火，若不從速救濟，將來蔓延，更為慘烈。雖發放賑濟，亦係杯水車薪，無濟於事，當局應作普遍救濟，俾使災民得以苟延生命。

歸途記者滿心憂鬱，為災民擔憂。食宿毫無，露宿野地，如遇上游雨水過大，山洪暴發，則災民盡成魚腹也。

❖ 豫災訪問團工作在許昌

《中報》1946年8月19日

大中社許昌通訊 鄭州新聞界豫災訪問團團員劉雲峰、李斌、沙景昌、于映江、吳定一、范贊勳等一行九人，由哈庸凡率領，於十六日晨八時乘汽車首途赴豫南及黃泛區視察災情。當日下午三時抵達許昌，下榻車站大同路社會服務處。許昌新聞界及各界首長聞訊，均前往拜訪。十七日即開始分訪有關方面，調查災情。上午十時，應各報社及通訊社約參加座談會，交換各方意見，頗為歡洽。下

午四時，許昌各界舉行座談會，訪問團應邀出席。五區專署秘書王法舜、許昌縣長宋瑤及縣參會、黨部、青年團、商會及各報社交換災情及其他救濟意見。會後新聞界歡迎訪問團觀劇，情形極為熱烈。聞訪問團定十八日晨赴許昌西南二十餘里之姚灣潁河決口處視察災況云。

✤ 記者訪問團定今日離許

將轉赴周口黃泛區視察

《新民日報》1946年8月19日

本報訊 鄭州新聞記者豫災訪問團，抵許已歷二日。昨日該團分兩組工作，一組四人留城工作，一組五人赴潁河決口處視察。據該組歸來談，潁災確屬嚴重，被災難民多有齊集與該團叩頭請求救濟者，情形極為淒慘。該團刻以在許事畢，定今日七時首途赴周口黃泛區一帶調查云。

✤ 鄭州新聞界豫災訪問團啟事

《新民日報》1946年8月19日

本團此次來許，承地方各機關法團首長暨同業先生優渥接待，多方協助，盛誼隆情，至深感念。茲以趕赴黃泛區一帶訪問災情，定今（十九）日晨早首途，行色匆促，未及一一走辭，請乞鑒諒。今後望不棄在遠，時賜教言為幸。

✤ 豫災訪問團離許赴鄢城

《華北日報》1946年8月19日

大中社許昌通訊 「鄭州新聞界豫災訪問團」抵達許昌後，繼各方訪問，昨（十八）日百餘村莊被水沖毀，秋禾多被毀，災情嚴重，已達極點。除攝影多處外，並獲得災情村資料甚多。當日下午返城。該團定十九日離許赴鄢城，轉赴周口黃泛區一帶云。

❈ 忘記了勝利的許昌

八，一七寄自許昌

《群力報》1946年8月22日

我們到達許昌，正是盟軍勝利日的第二天。非常奇怪，對於這個光榮的日子，許昌居然毫無表示，甚至連形式上的慶祝都沒有舉行。我們走遍街頭巷尾，找不出一張慶祝這個日子的標語。倒是中山街上的幾家糖果店，一致在門前掛上「中秋月餅」的彩色招牌。

說來也頗近情理，自從勝利以後，許昌僅僅有過很短幾個月的復甦時期。跟著來的是物價高企，是交通不便，是征派浩繁，是商店倒閉，是連續不斷的人禍天災。老百姓對於勝利以後的憧憬，像是一個短促的夏夢。當痛苦的程度超過喜悅時，於是這個光輝的日子，自然便由平凡而逐漸至於漠然了。

在平漢路上，許昌一向是被人稱道的商業繁榮區。有名的河南煙業，便以這裏為集散地。且不遠溯戰前的繁榮，就是勝利以後的最初幾個月，復業的商店也有八百多家，轉運業四十多家，煙廠五四四家。可是一年來，倒閉的倒閉，歇工的歇工，現在所有的商店，不到四百家，轉運業三十四家，煙廠十多家。比之過去，真是一落千丈。那種蕭條的況味，宛如一個日趨式微的家庭。

許昌在淪陷期間，一部分商家避難西遷，另一部分則依附敵偽以生存。勝利後，第一個頭痛的事便是交通困難，貿易轉運不便，而重重的攤派，又復紛遝而來，單是軍糧一項，今年七、八、九三個月，許昌所負擔的軍糧，大約是一萬八千大包。而不滿四百家店鋪的商會，就承擔了八千大包。每包二百斤，每斤以一百六十元計算，則共合四千一十六萬元。此外，還有強行攤派的款。泰和煙廠馮經理曾經慨歎地說：「我這個廠開工還不到一個月，可是攤派的款子就達三百萬元以上。」在這種朝不保夕的情況下，人們如何提起興奮的心情？

因為負擔過重，生意難做，所以取巧的事業應時而出。如這裏中山街上有所謂「社會服務處理髮室」和「民眾教育館印刷部」之類的市招，我也曾到裏面去看過。無論陳設和價錢，都不夠稱「服務」，尤其談不上「教育」。此中關係，若有若無，或顯或晦。我們局外人當然不得詳悉，不過希圖避免捐款則是事實。目前商業的困難，我們完全同情，商家要求減輕負擔，我們並不反對，但如同這類假借名義逃避負擔的情形，則未免失之狹隘。當然，如果將這類的商業就當作官僚資本，指為某人與民爭利，那也似乎過分誇張。不過為了防微杜漸，徹底消滅官僚資本，似乎也應該由取締這類冒名的商業始。

許昌在災難中度過了八年，也在驚慌中度過了一年。老百姓盼望和平與安定，真如大旱之望雲霓。然而，自從□□進犯開封，豫東各縣告警。這裏的人們又陷於極度不安，市面上謠諑紛紜，物價開始在波動。平漢路的火車也因軍運繁忙而時常誤點。地方當局自八月十五日起宣佈戒嚴，每晚十時以後市面即燈滅人靜，斷絕交通。擔任警戒的除軍警以外，還有拿紅纓槍、齊眉棍的民眾自衛隊，相當森嚴，也相當悽楚。勝利已經一年，民間的宵禁還在實行。若非□□強橫，何至到如此地步？今天民心的向背，非常顯然。誰給他和平他就向誰，而稱兵作亂的，終必為老百姓所唾棄。難道□□□對民眾這點意見，竟會熟視無睹。

許昌的接收工作，也跟其他地方一樣，攪得一團糟。日本投降以後，除軍用品由受降國軍繳械接收外，其餘敵偽產業物資，始而由地方個別接收，繼而組織黨政接收委員會統一接收。經手一多，時間一長，問題就跟著來了。據說，當許昌光復之初，偽煙商聯合會所存留的大宗物資，計有食鹽二十多萬斤，布匹六百多匹，盤紙三百多盤。現在布匹據說已經黴爛，不堪使用；盤紙則因為潮濕太重，引火不著，也成了廢品。這樣的解釋，自然也近情理而且也許都是事實，不過，如果查究起保管責任來，似乎也很費口舌。

許昌的宋瑢縣長，據說還肯做事，他到任不足廿天，下車伊始，宣佈三項禁政：即禁煙、禁賭、禁攤派。關於禁止攤派一項，宋縣長不贊成一切拖泥帶水的做法，他主張要禁止就得絕對禁止，不可有絲毫放鬆或假借。……倘能如此，那則是許昌老百姓之福，我們佇候宋縣長的新政吧。

我和此間一位新聞同業談起地方行政工作，據他告訴我，說是地方上和縣府平行，地方上往往擁有相當勢力，他們來向縣府推薦鄉鎮長，縣長礙於情面，對於所推薦的人不得不用。既用之後，有貪贓枉法的情事發生，其推薦機關又出面向縣府說情，使縣長不得不容忍。所以地方行政工作很難做好，一切弊病也很難革除。這些情形當然是泛指一般而言，不過我在許昌新民日報上，看到縣府徵求備用鄉鎮長的一則通告，其中所限的資格頗嚴，且須經過甄別考試，可是應徵者必須要「本縣各機關法團、中等以上學校首長或地方士紳一人以上之薦舉」，「錄取後擇優調至縣府作短期之服務，遇有鄉鎮缺出，即行委派，以後依次委用」。由此推想，這也許是宋縣長應付上述情形的一種聰明辦法。假如不出我所料，則對於這套辦法，我倒頗為贊同，因為地方行政工作，一向都是受掣於所謂「安定」的。

我們以為地方機關和士紳，最好是以公正態度，保持超然立場，只有不牽制地方官，然後才能監督地方官。

特別是今天的許昌，城市凋敝，農村荒蕪，老百姓已經痛苦得不堪言狀，所以地方的合作，尤其重要；滌汙革弊的工作，尤其迫切。應盡最大力量，恢復人民對勝利的感覺。否則，許昌也許會真的忘記勝利了！

❖ 瀕於破產的許昌煙業[1]

八，一八寄自許昌

《群力報》1946年8月25日

在八月十七日許昌新民日報第四版上，登載了許昌南關泰豐煙廠經理張祥甫緊要啟事一則。茲全抄如次：

敬啟者，敝廠自今春舊曆三月開設以來，慘澹經營，不遺餘力，所出各牌香煙，久蒙社會人士所讚許。惟數閱月來，敝廠營業情形日漸衰落，而開支浩大，入不敷出，確已不堪維持。惟為顧及欠人外債，維持信譽起見，決自國曆八月十一日起，將敝廠全部財產召盤拍賣，以顧敝廠及本人信譽。茲將敝廠拍賣物品略計如下：捲煙鐵機一部、木機兩部、圓車洗車各一部、切菸機兩部、石印機三部及一切應用傢俱等。如蒙全部承兌者，請駕臨南關丁字口路東本廠，與本經理接洽面談是荷。謹此敬告各界，此啟。（標點係作者加入）

像上面這則啟事的情形，不單是泰豐一家，簡直可以概括許昌整個煙業的命運。按說，從三月開設到八月，前後不及半年，若非本錢賠乾，何至於拍賣全部財產？「營業情形日漸衰落」，「開支浩大入不敷出」，「全部財產召盤拍賣」，這語句是何等淒切，何等痛心。一個「慘澹經營不遺餘力」的廠家，只落得這麼一個淒慘的下場，這並不是泰豐經理張祥甫狂嫖、濫賭，折耗資本，更不是他今年的流年不利、命中註定破財，而是許昌的煙業今天已處到瀕臨破產的邊緣，是民族工業危機日益深刻化的必然結果。

許昌及其鄰近各縣在從前就以盛產煙草馳名，赫赫有名的英美煙草公司和南洋兄弟煙草公司早年即在許昌設處專門辦理煙草採購事宜。當地商人輾轉運往漢口上海出售的，尤其不在少數。所以煙草在河南，一向是一項大宗的出口貨物，它對於許昌一帶的社會經濟有著決定的作用。據估計，這一帶的農村，幾乎有百分之

---

[1] 此文係連載，下期《群力報》未見，錄存待補。

八十以上的土地種植煙草，而城市裏的商業，也幾乎完全以煙草業為中心展開其活動。

從前的許昌，僅僅是煙草的產銷地，當地的製煙業並不發達，有的只是很少數的一些手工製造品，其簡陋與粗劣，當然不能跟舶來品及上海貨抗衡。抗戰以後，海岸給封鎖，東南各省相繼淪陷，外貨的來源斷絕，隨著一般土貨的發達，於是，許昌一帶的製煙業才如雨後春筍一般的蓬勃興起。

這時，製煙剛剛開始由手工進步到手搖機，一切應用技術也還幼稚非常。雖然機器和藥品還得設法向淪陷區偷運，不過好在原料是本地出產，城市和鄉村的剩餘勞力又在在皆是，因此成本還不算高。同時，在「炮臺」、「大前門」一類名貴貨品來源斷絕之後，銷路也還興旺。後來中原一帶的物資逐漸流向製煙業，資本一雄厚，辦法也增多。幾家大煙廠遂廢手搖機而改用活力機，並設法購用盤紙、錫紙，改善裝潢，以求進步。所以在短短幾年中，遂能扶搖直上，奠定了國產紙煙的基礎。在那時，許昌一帶比較具有規模的煙廠，就達六十餘家。資本在一萬萬元以上的，亦有五家。使用手搖機的小型煙廠，更是星羅棋佈，不可數計。每家每日出品少則四箱，多可達十二箱。每家雇傭工人，由數十人至兩百餘人。銷路遍及西安、天水、漢中、成都、重慶等地，甚至遠至平津、蘭州，這是河南製煙業的黃金時代。

然而，好景不長。自從勝利以後，在外貨充斥與捐稅加高的雙重打擊下，河南的製煙業遂頓形萎縮，駸駸乎有全部崩潰摧毀之勢。以許昌一地而言，戰後復工的煙廠計共五十四家，一年來倒閉了二十三家。而現在的三十一家中，因為貨銷不動，或者周轉不靈而歇工的，就有十八家。至於剩下的十三家，有活力機的，只有豫成、光復、泰和、興亞四家，其餘都是用手搖機的小型煙廠。就是這十三家中，也有半數以上時作時歇。如使用活力機的興亞煙廠，歇工就將及一個月。所以能夠每天開工的煙廠，實際上是非常之少。至於開工的廠家，每天出貨也不多。普遍都是兩箱至六箱，比較出

貨多的是豫成煙廠，每天可出十箱左右。

我曾經去參觀過一家已經歇工的煙廠，機器房的前後門都上了鎖，從窗眼裏，看得見那滿布灰塵的機器，像一匹垂死的野獸，蹲在黑暗的角落裏喘息。庭院裏，冷清清的，主人帶著悽惶的神情，在應付他的債主。一腔沉重的心思，不時從眼角裏流露出來。這情景仿佛就跟張祥甫今天的處境一般。也許許昌的煙廠，很少有人避免得了這麼一個命運。

由於外貨大量湧進，河南紙煙的市場日益窄狹，甚至本地的銷量也非常有限，因此「營業情形日漸衰落」，「入不敷出」，不得不走上沒落之途。至於本地所產的煙葉，雖為外貨所必需，但是，一則因為災荒連年，農村勞力缺乏，產量因之減少；二則外貨資本雄厚，可以任意操縱價格，造成賤賣。以上兩種情形如果不積極設法改善，則許昌一帶的社會經濟的基礎，必將會遭受更大的打擊。

（未完）

❋ 潁災及其救濟工作（續昨）[1]

八，十九寄於許昌

《群力報》1946年8月24日

上次馬傑署長來許視察潁災，根據當時地方當局報告的非賑不活的災民人數，批准每人發放麵粉×袋計九百九十五袋。其後經過第二次和第三次調查，才發覺非賑不活的災民的實在人數是四七五八零八人。因為麵粉人口數不符，難以發放，於是又擱置下來。近幾天在忙亂一番之後，才於昨（十八）開始發放霸陵鄉災民的急賑麵粉。據調查，該鄉非賑不活的災民計二十八戶，共八十一人，應領麵粉八十一袋。可是，鄉公所在造具領麵粉的花名冊時，只填戶口和所領麵粉袋數，未將各戶人口數註明，當時在場監發的豫分

---

[1] 此文係連載，上篇原報未見，錄存續篇待補。

署第十五工作隊譚隊長認為不合手續，遂臨時決定，每戶無論人數多少，一律暫發一袋，其餘五十三袋暫存鄉公所。俟另造具災民名冊，再行補發。一件救命的工作又輕輕地擺下來了。

除霸陵鄉外，其餘五鄉災民應領之麵粉，則另擇日在沙門寺集中發放。所以這五鄉倒楣的災民，到底什麼時候才有麵粉到手，誰也說不定。而且將來是要集中沙門寺發放，饑饉的，步履維艱的災民們是否走得到，還是問題。另有豫分署的小型工賑麵粉二千袋，準備將來堵竣潁河缺口時作為以工代賑之用。這一項麵粉的處理，現在還談不到。此外，地方存有預備的災賑款五百四十萬元，連同此次潁河決口所舉行的遊藝募捐，共約六百萬元。現在正準備發放災民大口五千元，小口三千元。如此嚴重的潁河決口，到現在只有那麼一點微薄的救濟，是人命輕賤，還是人謀不臧？

以上所說由潁河決口所引起的災害，僅限於東營等六個鄉。如果從農作物的收穫來說，許昌全縣都有異常嚴重的災象。據估計今年全縣麥收，年均不足三成。因為去年冬種下地時，氣候不暖，今年麥收前又突然轉寒，所以麥子不易結實。而且正值麥收時節，連日暴風，麥穗為風刮去不少，因此今年的收成更壞。除了繳納田賦和軍糧外，僅是供全縣四個月的食用，其餘八個月的糧食，絲毫無有著落。許昌地狹人稠，且為交通要道，年來因黃風為災，由黃風地逃出的災民，又大量集中許昌，所以糧食的供應，更成問題。

原來許昌並非產糧縣份，縱使每年麥收十足，也還缺少三個月的糧食。今年麥收銳減，而七、八、九三個月的軍糧攤派，就有一萬八千大包。田賦徵實則按每畝三毛八分計算，今年合十萬零四十擔。較之五區任何一縣的負擔為重，這真是一個了不起的問題。

河南災禍是普遍的，由許昌一縣可以想見其他。目前災象已成，無可挽救，重要的在於救災工作。以往的救災工作做得不夠，做

得不徹底,這是事實。今後著重的地方,一要把握時間,二要多想辦法。救災是服務,不是做官,所以不必用那一套官場的辦法。否則,將見河南的災禍日益加深,國家的元氣日多虧蝕,一切光明的憧憬,終於化作幻夢一場。

鄭記者豫災訪問團抵漯訪問災況
✽ 郾城水旱各災駭人聽聞

《華北日報》1946年8月26日

大中社訊 「鄭州新聞界豫災訪問團」一行九人由哈庸凡率領,於二十日下午三時,由許昌抵達此間。郾城縣政府秘書長李荃,縣黨部書記長閻敬修,三民主義青年團郾城分團幹事長、郾城縣參議會議長金璋,漯河警察局局長劉光祖,商會理事長及各機關團體代表、新聞界等多人到站迎接。

訪問團下車與歡迎者一一握手後,即驅車至寨內,下榻第一中心國民學校。下午五時並洗塵及電影招待,情況極為熱烈。二十一日上午十時,郾城、漯河各機關舉行座談會,邀請訪問團參加。閻書記長致詞後,縣參議會金議長對該縣連年災情災況,報告甚詳。各出席代表及鄉鎮長亦分別陳述地方負擔過重,詳加報告。末由訪問團代表哈庸凡致答詞,除向各界表示謝意外,並說明此次訪問團組織係為豫災慘重,為明瞭真實情況,特赴各地訪問。俟有詳細統計後,並向中央及國內各方呼籲,俾使豫省災況得以傳達各方,獲得救濟。末並各別交換意見,至十二時許始散會。聞該團來豫南訪問後,並向豫西、豫北訪問,行期約為兩月云。

又訊 豫災訪問團在漯河工作完竣,於二十二日上午八時,乘汽車離漯赴周口黃泛區一帶訪問。郾城、漯河各機關首長均到郊外歡送云。

鄭州新聞界豫災訪問團黃泛區訪問完畢

❋ 在漯稍事休息即返鄭

《華北日報》1946年8月29日

大中社漯河電話　「鄭州新聞界豫災訪問團」黃泛區訪問歸來，昨（二十七）日上午十一時由周口抵漯。在此略為休息後，今明即可返鄭云。

大中社周口通訊　「鄭州新聞界豫災訪問團」哈庸凡（和平日報、群力報），李斌（中央社），劉雲峰（鄭州日報國民報聯合版），沙景昌（華北日報、大中社），吳定一（中報、風沙晚報），于映江（實言報），范贊勳（西北社）等一行九人，於二十二日上午十時，由漯河抵達此間。河南修防處主任蘇冠軍、七區專員代表張亞、周口警局局長趙從奎、商水縣長張炳躍等及周口商水淮陽黨政團、商會、縣參會等均到寨外歡迎。並滿街粘貼歡迎標語，情況至為熱烈。訪問團下午應邀參加晚會，並有平劇助興。該團已向有關方面商定每日訪問日程，二十三日上午赴李埠口，袁砦等，參觀黃河險工，下午參觀南北兩寨各小手工業。二十四日上午渡河李雛口訪問泛區，下午向黃委會、專署交換意見。二十五日渡河去淮陽訪問災情。二十六日參加各機關座談會。二十七日離周口轉向他處云。

❋ 鄭新聞界豫災訪問團黃泛區訪問歸來

《華北日報》1946年8月31日

大中社訊　「鄭州新聞界豫災訪問團」哈庸凡、李斌、于映江、沙景昌、劉雲峰、吳定一、范贊勳、李聘臣、喬炳岑等一行九人，日前出發豫南訪問黃泛區災情，刻已任務達成。已於昨（二十九）日下午返鄭，本市各報社及通訊社均到站歡迎。據領隊哈庸凡談稱，此次出發經許昌、漯河、周口、淮陽等地訪問災情，所獲成績極佳，並攝得災情照片甚多，俟稍事休息後，再轉他處訪問云。

著述輯佚・文稿

「九一」記者節

❋ 鄭市新聞界今舉行紀念

《華北日報》1946年9月1日

　　本報訊　今日為「九一」記者節，鄭市新聞界定於下午五時在勝利舞臺舉行茶話會，除表示紀念外，並藉以慰勞豫災訪問團各同志，同時請該團報告訪問詳情。會後並由綏署政治部放映電影云。

鄭新聞界昨熱烈舉行

❋ 紀念九一記者節

假勝利舞臺茶會同業聯歡
綏署政治部音樂演奏及電影助興

《華北日報》1946年9月2日

　　本報訊　鄭州「九一」記者節茶話聯歡大會於昨（一）日下午五時，假勝利舞臺舉行。計到鄭市新聞界從業人員及來賓六十餘人，由記者公會范理事長世勤主席，即席對紀念記者節之重大意義及記者應有之修養與努力，詳加講述。並謂做一個記者，要把天下事作為己事，絕不准有不正當之行為，或被他人利用。繼由憲兵第十七團劉團長家康致詞，對鄭市新聞界工作成績及此次豫災訪問團不避一切艱難困苦，千里跋涉黃泛區訪問受災實況，搜得很珍貴的災情資料，來為千百萬飢餓線上的災民呼籲的精神，倍加慰勉。

　　繼由豫災訪問團領隊哈庸凡及李斌、于映江相繼報告此次黃泛區訪問經過，及該團此行失敗與成功，與下次出發應改革之要點，做有系統之講述。最後由綏署政治部潘副主任國屏致詞。

　　至八時許，始由綏署政治部政工大隊舉行音樂演奏助興。節目極為精彩，就以張成文之口琴演奏《比翼鳥》，及全體合唱之《勝利歡呼》，博得掌聲如雷。後政治部放映電影招待，至十一時許，於熱烈歡呼聲中散會云。

✳ 九一記者節記實[1]

《中報》1946年9月2日

時針剛指向五點，三三兩兩的人絡繹的走入勝利舞臺——這是鄭州的新聞從業員們早在期待中的「九一記者節」降臨的集會。

舞臺被佈置作主席臺，雖非富麗堂皇，而在簡樸中包含著肅穆。池子中的座椅大部被搬到場外，而剩下的少部分，包圍著十幾張桌子拼成的長桌，上面覆以藍布，擺著鮮花瓶，那上面的瓜子、餅乾、蛋糕、紙菸任憑參加的人自己選擇。特別是桌上釘的那塊綢子，留下了每一個參加者的大名，真是集龍飛鳳舞顏柳歐趙的大成。

主席是記者公會的理事長范世勤先生。簡短的說明了開會的意義後，首先請憲兵團劉團長講話。他以誠懇而謙遜的語氣說：「從維持本市治安與警備上來說，新聞界是老大哥，憲兵團是小弟弟。今天是小弟弟給老大哥拜賀來的。」他並且舉出近來他有意取消時疫醫院，可是他的秘書把《群力報》反對這一措施的社論圈上幾個紅圈送給他看了以後，覺得反對的意見很對，「因為這是代表老百姓意見的」（劉語），所以他就把取消的意見取消了。這當然是劉團長「尊重別人意見」精神的充分表現，假使把這種精神應用到劉團長對我們的指示上，下面的話就很有重複一下的必要：「（一）說話要正大，兼視是為明，兼聽是為聰；（二）要大勇，要以威武不能屈的精神轉移社會風氣；（三）要和平，要善意的勸善規過，不要興風作浪，管教寓於愛護」。

繼由綏政部侯科長講話，他開口便說「各位先生！」緊接著便對「先生」二字詳加解釋，乍一聽來，大有咬文嚼字之嫌。原來他所謂的先生是當作教授教員的含義的先生，他把報紙當做學校，把報紙當做中外地理、古今歷史以及自然科學的總反映。

---

[1] 此文署名為蔭亭。

「悲痛」是第三位講話人——甫自豫南訪問災情歸來的,「鄭州新聞界豫災訪問團」哈庸凡領隊,他說在災區中第一個印象是災情嚴重,「黃泛區祇僅僅再有十天功夫就可收穫了」(哈語),而老天爺竟等不上以致汪洋一片。其次「人為災荒較天災多⋯⋯假使花園口堵口成功,黃汛區就不會水災⋯⋯」(哈語)再其次,「有形的原因較無形的原因多,從鄭州到許昌漯河一路上生意蕭條。以許昌為例,勝利後有生意八百多家,現在只有四百家姑且維持市面⋯⋯負擔重,捐稅重是原因之一」。最後他說「大部分行政人員是吃苦耐勞的」(哈語)。他以漯河為例,其所有的十九個鄉鎮要負擔三千多萬元,即此已窮盡應付,所餘本身之辦公費用已寥寥無幾。此後又對訪問團本身的優缺點作一簡要的檢討及提出訪問團今後應注意的事項。

餘興由綏署政治部主持。共分兩大部分,前一部分是音樂節目,張成文先生的口琴獨奏「比翼鳥」,真仿佛兩個看不見的鳥忽高忽低,忽遠忽近在空中迴旋著似的,大家都要求「再來一個」。一位同業說他們似乎需要一個「均衡政策」,讓聲樂器樂平等一番。

後一部分是電影,正要放映的時候,綏政部潘副主任匆匆趕到,他在擴音器中向大家說明綏政部劉主任因公不能參加,特委託潘副主任來同大家共慶佳節。

四大卷新聞片中,予人印象最強烈的,要算那一部介紹美國新聞界工作情況的片子,人家有最現代化的工具,遍佈了全美,全世界的通訊網,和「間不容髮」地緊張的工作精神,使世界上任何一個角落裏——當然大多和美國有關的每一個事件發生後的幾分鐘之內,經過報紙廣播等呈現在廣大的人民面前。我們什麼時候能夠到這種程度?我們主要缺少的是物質呢?或是精神呢?——這是記者在歸途中欲罷不能念念不忘的問題。

❈ 淡漠的小城許昌

《和平日報》（漢口版）1946年9月5日

　　我們到達許昌，正是盟軍勝利日的第二天。非常奇怪，對於這個光榮的日子，許昌居然毫無表示，甚至連形式上的慶祝都沒有舉行。我們走遍街頭巷尾，找不出一張慶祝這個日子的標語。倒是中山街上的幾家糖果店，一致於門前掛上「中秋月餅」的彩色招牌。

　　說來也頗近情理，自從勝利以後，許昌僅僅有過很短幾個月的復甦時期。這幾個月過去了，跟著來的是物價高企，是交通不便，是征派浩繁，是商店倒閉，是連續不斷的人禍天災。老百姓對於勝利以後的憧憬，像是一個短促的夏夢，當痛苦的程度超過喜悅時，於是，對於這個光輝的日子，自然便由平凡而逐漸至於漠然了。

　　在平漢路上，許昌一向是被人稱道的商業繁榮區。有名的河南煙業，便以這裏為集散地。且不遠溯戰前的繁榮，就是勝利以後的最初幾個月，復業的商店也有八百多家，轉運業四十多家，煙廠五四四家。可是一年來，倒閉的倒閉，歇工的歇工，現在所有的商店，不到四百家，轉運業三十四家，煙廠十多家。比之過去，真是一落千丈。

◈ 地方經濟完全破壞無餘

　　許昌在淪陷期間，一部分商家避難西遷，另一部分則依附敵偽以生存。勝利後，西遷的商家回來不多，就是回來的也無復舊日的光景。至於附逆的商家，當勝利初傳之時，早已席捲而逃。所以地方原有的比較雄厚的經濟基礎，俱已破壞無餘。此刻起來的商家大多本小利微，魄力不夠，他們當初原指望國泰民安，諸事順遂，不想第一個頭痛的問題，便是交通困難，貿易轉運不便，而重重的攤派，又復紛遝而來。泰和煙廠馮經理曾經慨歎地說：「我這個廠開工還不到一個月，可是攤派的款子就達三百萬元以上。」在這種朝不保夕的情況下，人們如何提起興奮的心情？

◇ 官僚資本這裏也有

因為負擔重，生意難做，所以取巧的事業應時而出。如這裏中山街上有所謂「社會服務處理髮室」和「民眾教育館印刷部」之類的市招，我也曾到裏面看看，無論陳設和價錢，都不夠稱「服務」，尤其談不上「教育」。此中關係，若有若無，或顯或晦。我們局外人當然不得詳悉，不過希圖避免捐款則是事實。目前商業的困難，我們完全同情，商家要求減輕負擔，我們並不反對，但如同這類假借名義逃避負擔的情形，則未免失之狹隘。當然，如果將這類的商業就當作官僚資本，指為某人與民爭利，那也似乎過分誇張。不過為了防微杜漸，徹底消滅官僚資本，似乎也應該由取締這類冒名的商業始。

◇ 紅纓槍，保衛自己的城

許昌在災難中度過了一年，也在驚慌中度過了一年。老百姓盼望和平與安定，真如大旱之望雲霓。然而，自從□□進犯開封，豫東各縣告警。這裏的人們又陷於極度不安，市面上謠諑紛紜，物價開始在波動。平漢路的火車，也因軍運繁忙而時常誤點。地方當局自八月十五日起宣佈戒嚴，每晚十時以後，市面即燈滅人靜，斷絕交通。擔任警戒的除軍警以外，還有拿紅纓槍、齊眉棍的民眾自衛隊，相當森嚴，也相當悽楚。勝利已經一年，民間的宵禁還在實行。若非□□強橫，何至到如此地步？今天民心的向背非常顯然，誰給他和平他就向誰，而稱兵作亂的，終究為老百姓所唾棄。難道□□□對民眾這點意見，竟會熟視無睹。

◇ 天下烏鴉，接收工作同樣黑暗

許昌的接收工作，也跟其他地方一樣，攪得一團糟。日本投降以後，除軍用品由受降國軍繳械接收外，其餘敵偽產業物資，始而由地方個別接收，繼而組織黨政接收委員會統一接收。經手一多，時間一長，問題就跟著來了。據說，當許昌光復之初，偽煙商聯合會所存留的大宗物資，計有食鹽二十多萬斤，布匹六百多匹，盤紙三百多盤。現在布匹據說已經黴爛，不堪使用；盤紙則

因為潮濕太重，引火不著，也成了廢品。這樣的解釋，自然也近情理，而且也許都是事實，不過，如果查究起保管責任來，似乎也很費口舌。

◈ 地方勢力，操縱縣政

我同此間一位新聞同業談起地方行政工作，據他告訴我，地方上往往擁有相當勢力，他們常常向縣府推薦鄉鎮長，縣長礙於情面，對於所推薦的人不得不用。既用之後，如果有舞弊違法的情事發生，其推薦機關又出面向縣府說情，使縣長不得不容忍。所以地方行政工作很難做好，一切弊病也很難革除。這些情形，當然是泛指一般而言。不過在許昌新民日報上，看到縣府徵求備用鄉鎮長的一則通告，其中所限的資格頗嚴，且須經過甄試，可是應徵者必須要「本縣和各機關法團、中等以上學校首長或地方公正士紳一人以上之薦舉」，「錄取後擇優調至縣府作短期之服務，遇有鄉鎮缺出，即行委派，以後依次輪委」。由此推想，這也許是宋縣長應付上述情形的一種聰明辦法。

我們以為地方機關和士紳，最好是以公正態度，保持超然立場，只有不牽制地方官，然後才能監督地方官。

特別是今天的許昌，城市凋敝，農村荒蕪，老百姓已經痛苦得不堪言狀，所以地方的合作，尤其重要；滌汙革弊的工作，尤其迫切。應盡最大力量，恢復人民對勝利的感覺。否則，許昌也許會真的忘記勝利了！

庸凡寄自許昌

✽ 應該認真的辦一辦（社論）

《群力報》1946年9月8日

我們到鄭州至今未滿一年，貪汙案已發現了好幾件。最近馬汝賢的貪汙案，據估計約在四億元以上，這是多麼駭人聽聞的數字。我們痛惡貪汙，所以也勇於揭發貪汙。貪汙不但是政治上的大恥辱，同時是革命建國的大障礙。凡是愛國家、愛人民的報人，是不該

對貪汙抱緘默的。豫主席劉書霖先生的八大施政方針，其中就有「肅清貪汙」這一條。可見劉主席並不諱言貪汙，而且具有剷除貪汙的決心，這是值得我們欽佩的。可怪的就是在鄭州所發現的貪汙案，不但沒有辦，而且貪汙的仍大搖大擺的在做官。是下情不能上達？還是另有其原因？真令人大惑不解！

在鄭州所發現的幾件貪汙案，檢舉人都有真憑實據，不管檢舉人的最初動機如何，貪汙案已因此而構成。既然構成了貪汙案，政府就應該辦。縱使政府沒有接到控告，而報章喧騰，即是民意的表現，也斷不能裝聾作啞，使其不了了之。然而過去的幾件貪汙案，卻都是不了了之的，究竟誰是誰非，現在大家都莫名其妙。本來一件貪汙案，受害的多是一般人民，一經告發，就成公訴，決不允許私自調解，暗中了結的。但鄭州卻有這個習慣，貪汙案揭發之時，一定有人以和事老自居，挺身而出，從中調解，不論如何大的貪汙案，結果都是宴席上杯酒了之。反正政府不過問，只要檢舉人願意，就一了百了。這一來縱容了貪汙，貶抑了正義，是非可以顛倒，國法可以不彰。此風何可再長？

現在馬汝賢的貪汙案又揭發了，準備調處的人正在躍躍欲試，某些機關且已得到某方面的暗示，決定還是不問。假使斯言不虛，如此處理案件成什麼體統？如果官官相護又不了了之，莫不像有人說：「王八蛋才不貪汙！」要想澄清政治，就永無希望。為了社會的正氣，為了人民的利益，為了政府的威信，馬汝賢的貪汙案是要認真辦一辦的。就是為馬汝賢的家人著想，假如斷無貪汙其事，也該在法律面前公開聲辯聲辯，以正社會的視聽。此案不含混，是非就分明！

河南的政治是有前途的，劉主席有心求治，而又有賢明的作風，前次在省政府會議席上，接受人民的控訴，當場就扣押了幾十箱貨物。風聲所播，紀律斐然。以這種魄力來推進政治，當然是十分有望。我們惟望省以下各級行政官吏一致認識建設河南關係國家前途的偉大，領會劉主席殷殷求治的苦心，切念全省人民嗷嗷之望。大家振奮精神，洗滌積習，扶植社會正氣，培養廉潔風尚，使貪

汙絕跡，政治澄清，新河南的建設便會光芒萬丈。

其次，河南的各級民意機關大都成立未久，一旦使用民權，不免處處感到棘手。此前在各先進的民治之區，亦有此現象，倒不必引以為慮的。不過樹立民治楷模，民權基石，各級民意代表必須自尊自愛，為民主張，遇事無所畏，無所私，民意之所在，即使困難大，也要挺身而起，達成自身的使命，切不可含糊緘默，或者看風使舵，自陷於不明。這一點意思，我們相信河南各級民意代表會同意的。

貪汙不能容忍，希望政府對鄭州的貪汙案認真地辦一辦，這關係社會的風氣，關係人民的氣節，關係河南的建設前途，不可再不了了之。

❃ 本市零訊

《華北日報》1946年9月16日

鄭綏署政治部《群力報》前社長哈庸凡氏，現奉命調任國軍某部政治部上校秘書。聞定今日離鄭履新云。

❃ 鄭州報業史話（節選）

《春秋時報》1947年9月18日

【籌備中的報】　《知由民報》，社長哈庸凡，刻在籌備中。

【群力報】　《群力報》於三十四年九月二十八日創刊於漯河，時為第五戰區長官部所在地。為四開大型。三十五年元旦，第五戰區奉命進駐鄭州，並改組為鄭州綏靖公署。《群力報》鄭州版於三十五年元旦在鄭州創刊。創刊初期為對開一大張，後即改為四開大型報。至八月一日，漯河版與鄭州版合併。先後主持社務者為潘國屏、哈庸凡、蔣蘊青三先生。三十五年十月三十一日為整頓內部，添置印刷器材而暫時停刊。三十六年五月一日復刊。劉子清中將任董事長，顧德祿任社長，吳家堯任副社長。版面新穎，報導出色，頗為鄭州人士所歡迎。

1948年

❋ 哈庸凡與鄭州《華北日報》

　　從抗戰前期為《桂林日報》做特約通訊員，後任《桂林日報》外勤記者算起，到1948年，哈庸凡投身報業已逾十載。歷經《廣西日報》、第五戰區《陣中日報》以及鄭州綏靖公署《群力報》幾個時期，其中還包括桂林《風雨月刊》、《克敵週刊》和安徽立煌「皖幹團」《幹訓》月刊以及老河口《力行週刊》的經歷。因此，在鄭州綏靖公署主任劉峙部屬排擠之下，他於1946年8月辭去《群力報》社社長職務後，所能做而又樂於做的事，惟有報業。尤其在1946年底，他自行脫離被安排的部隊政工一職返回鄭州之後，一度陷於失業困境。此時，哈庸凡不過三十出頭，丟了官辦報社的「烏紗」之後，自己辦報的決心亦愈加堅定。

　　1948年3月，一份由哈庸凡創辦的民營報紙《華北日報》以「晚刊」形式在鄭州問世。據《鄭州市誌》「華北日報」條載：「1948年哈庸凡接辦出晚報，曾風行一時。」

　　◈ 夭折的《知由民報》

　　既然要辦民營報紙，首先需要的就是資金。回鄭失業之初，哈庸凡先是應聘就任新鄉《生力日報》總編輯，後又幫友人推銷《和平日報》和《中國時報》，維持生計之餘，多方積蓄資金，為籌辦報紙做準備。1946年10月，哈庸凡以《知由民報》為新報名，向鄭縣政府申請報刊登記。

　　1947年初，哈庸凡創辦的《知由民報》正緊鑼密鼓地進行，短短兩個月間，曾兩次公佈出報日期，而新報卻仍遲遲未能如期出版。同年2月21日，鄭州《春秋時報》頭版刊出消息〈《知由民報》四月出版〉，稱「前群力報社長哈庸凡於去年十月籌備創行之《知由民報》，經呈奉內政部核准，並領得京警豫字第四十一號登記證。該報原定本年三月一日創刊。想因物價高漲，印刷材料困難，已決定

暫行延期。目前正致力於籌備工作。另據消息靈通人氏談，該報或可於四月發刊云。」至4月26日《春秋時報》再次刊出消息：「哈庸凡先生主辦之《知由民報》，將於下月第一週出版。」無奈各項費用高企，籌措不及，預告出版的《知由民報》遲遲未能面世。同年9月18日《春秋時報》刊出〈鄭州報業史話〉一文中仍不忘提及：「知由民報，社長哈庸凡，刻在籌備中。」

名稱	負責人	登記號
河南民國日報	趙培五	京警豫字第三六一號
知由民報	哈庸凡	京警豫字第四一一號
北強日報	李筱舫	京警豫字第四五○號
建國日報	常訪農	京警豫字第四○六號
力行日報	丁叔恆	京警豫字第四八三號
鄧縣民報	史榮忱	京警豫字第五三三號
登封新報	馮榮壽	京警豫字第五五號
學校新聞	晉雪聲	京警豫字第五六號
全國報社通訊社雜誌社一覽		

圖為當時「全國報社通訊社雜誌社一覽」中「知由民報」在列

由於囊中羞澀，經費無著，《知由民報》幾經延期終於未能出版。《知由民報》夭折，預示著哈庸凡嘗試獨自創辦第一份民營報紙的失敗。後來憶及此事，他仍記憶猶新：

那時「吳家堯（時任《群力報》總編輯）代辦《和平日報》在河南的推銷工作，推銷人可以按報費取兩成做酬勞。為了生活，我就從吳家堯那裏分了一部分《和平日報》在鄭州附近的幾個地區代銷。當時我還打算利用推銷積累一筆資金，然後自己辦報，並且用《知由民報》的名義向鄭縣縣政府登記，已取得准予發行的登記證。但因推銷報紙的收入很不固定，有時因為某一地區的代銷人不可靠而吃倒賬。推銷開始的幾個月，我的收入還不錯，後來因為禹縣、郊縣兩處代銷人虧款潛逃，連累我賠墊報費。所以登記了的《知由民報》始終未辦成。」

◇ 革新《華北日報》

迨至1948年初，得知經營乏善、業已停刊的鄭州《華北日報》有轉讓之意，現成的印刷設備無須白手起家，而此時哈庸凡正為《知由民報》夭折苦苦尋覓，經人介紹，即與《華北日報》老闆李雋鋒（即李拐公）簽訂半年租約，按月繳付一定的租金，接手《華北日

報》。春節過後，稍加籌備，同年3月，以《華北日報》晚刊名義出版。

從官辦報紙的禁錮中走出，終於可以依照自己的意願辦報，此時哈庸凡躊躇滿志，挾其多年辦報編刊的經驗，以及在《群力報》社長任上與社會各界的人脈資

圖為當年《華北日報》晚刊一版部分揭露貪腐報導

源，決心借鄭州《華北日報》這個平臺大顯身手。當時，內戰正熾，征派頻繁，而官員貪腐盛行，橫徵暴斂，民眾苦不堪言。接手《華北日報》後，哈庸凡試圖從民營報紙獨立新聞人的角度，針砭時弊，為民代言。一則擴大報紙在鄭州本地的影響，二則報紙影響擴大之後勢必受到讀者關注，增加銷量，這樣在繳付租金後可以收穫更多的盈餘。基於這一目標，在短暫的籌備出報過程中，他從欄目定位、採訪報導到版面安排、報紙行銷等諸方面，對原《華北日報》做了大刀闊斧的革新，以「捧好人，打壞人」這樣淺顯直白的六個字，宣示報紙的嚴正立場。鑒於原《華北日報》內容陳腐，格調低下，失去讀者，而不得不停刊，哈庸凡從一開始就對新報與舊報作了切割，在新報報頭下赫然標明為「革新版」。

他後來曾回憶說，那時在鄭州，報販替報館賣報是先拿報去賣，過後才跟報館結算的。也就是說，賣不掉的報紙報販要退還給報館，只有賣掉了才會給報館錢。作為按月需發放員工工資、繳付租金的民營報紙，其風險不言而喻。他曾說，那時辦《華北日報》晚刊，每天印數並不一樣，要依當天的新聞關注度做判斷，印多了，賣

不掉，賠得就多；印少了，不夠賣，賺得就少。往往臨到開機印報時，他才最後拍板。因此，出報伊始，哈庸凡事必躬親，既當社長，又當編輯；撰寫社評，擔任校對。每期報紙都要精心策劃，每則新聞乃至每行標題再三推敲，傾注全副精力，以使這份報紙能儘快嶄露頭角，在鄭州報界一枝獨秀。

該報報頭居中，分三行，第一行為黑體「華北日報」，第二行小黑「革新版」，第三行大字楷書「晚刊」。下列「社長哈庸凡，發行人李雋鋒」。現能看到的1948年5月20日《華北日報》晚刊報頭下標刊期為「新字第80號」，以此推算，該報第1號即創刊號為當年3月2日。

《華北日報》晚刊係八開兩版，一版為要聞和社評，以鄭州本地新聞為主；二版係專欄或文藝副刊「北園」。廣告以二版上下兩部分為主，偶爾也在一版報眼位置刊出。每期廣告10則左右，包括百貨、呢絨服裝、銀錢商號、醫藥、飯莊、浴池及電影劇訊之類。

北京、河南等地現存的《華北日報》晚刊殘缺不全。僅就現存報紙的相關內容，或許可以窺見這份報紙曾經的追求與嘗試。

◇ 揭貪腐無論官階　抱不平何懼大員

那時國統區官貪吏腐，民怨沸騰。揭惡除劣，除暴安良，這類「負面」報導，官辦報紙多不願做，即使做往往也大事化小，小事化了，而民營報自有其獨特優勢。僅存的《華北日報》晚刊幾乎每期要聞版都有揭露貪腐的報導，小到保甲長，大到赫赫有名的軍政大員，無一能免。

1948年6月7日一版報導〈一個中隊長離職　虧空巨大糧款〉，說的是鄭縣第一區第十中隊中隊長李芝蘭當年1月因故離職，經結賬共虧空現款613.33萬元，糧1187斤，而此項糧款全係該中隊官兵薪糧，該隊官兵已聯名呈請上峰追究。

6月9日一版報導〈航空站導航台台長強佔民地　地主所有權被侵害〉，說的是戰時一些住戶和地主的土地被日寇強佔修機場，

光復後政府明令將機場拆除，土地歸還民有。不料駐該地的航空站導航台台長繆煥拒不交出，並在該地強行耕種。住戶與地主前往理論，均被士兵攔阻。只得聯名向縣府控告。

6月10日一版報導〈保長和副保長劃分地盤剝削〉，說的是鄭縣長春鎮十一保共轄十三甲，該保保長杜良才和副保長郭正興為劃分權益，竟將辦公地址分開，杜良才管轄東半保之七甲，郭正興管西半保之六甲。照樣刻兩顆圖記，在保內同樣有效。雙方的辦公處也設有書記保丁等員役，派款催丁，一事兩行，以致該保之負擔，均較他保為重，所有居民莫不叫苦連天。當局以一保兩設辦公地址，實屬不法，即將予以取締。

6月14日一版報導〈鹽務分處利用職權要鹽商送禮　質料粗原物璧還　上海貨欣然接受〉，說的是端陽節前當局嚴禁送禮，而鄭縣鹽務分處乃別出花樣，示意所轄鹽業公會送兩打襯衫作為節禮。而鹽業公會辦事人買了本地產兩打襯衫送去，不料因「質料粗劣」遭退還，並附回條：「原物璧還」。後該公會另購三打上等滬產襯衫送往，才算了事。報導指「鹽務分處竟以上司地位變相敲詐，甚為憤慨」。

6月17日一版兩則報導，一則是〈難民貧窮無力出款　甲長兇惡倚勢打人〉，另一則為〈貪汙之風無孔不入　教育界也波及　劉冰友百般設法從員生身上揩油〉。

而6月19日一版則把矛頭直指政府大員，點名陳立夫兄弟及劉汝明等。這則報導全文如下：

陳立夫等在鄭田地　不擔田賦差徭
貧農負擔沉重不堪　農會請縣府想辦法

本報訊　鄭縣耕地全面積為五九二，○四二畝，其中鐵路公路占去六，○○○餘畝，城防工事占去一六五一餘畝，九，○○○餘畝被飛機場占去，上項因公占去之田地，均不擔負任何差款。而政府大員如陳立夫、陳果夫、陳泮、劉汝明、張大天、張靜宇等，總共在

鄭縣置有田地九，○○○畝以上，此項私有耕地之田賦，鄉鎮公所亦無稽徵良策，欲與其說，則「侯門深似海」，不得見面。若置若罔聞，則糧政無法推行。現實有農地五六六，□□□畝，上峰嚴派冬差，均按現有地畝數計撥，致使多數貧農負擔沉重不堪，鄭縣農會理事長李鴻□以各種攤派甚重，□□□□，將於今（十九）日專赴縣府請示解決辦法。

田賦差徭既按耕地總數分派，而政府大員所擁有的土地「不擔田賦差徭」，其結果必然是把本應由這些權貴們承擔的田賦差徭，轉嫁到一般民眾頭上，故致「貧農負擔沉重不堪」。

事實上，此類貪腐現象民眾早已司空見慣，惟敢怒不敢言。報紙不懼權貴，敢作敢為，揭露貪腐，抨擊不公，讀者覺得一在理二解氣，對報紙的關注與信任自然隨之增加。

◇ 紓弱困為民代言　街談巷議張正義

置身亂世，窮苦大眾備受煎熬，往往有苦難言，而報紙把一些典型事件刊佈出來，揭露黑暗，令人振聾發聵。《華北日報》晚刊上這類通訊報導較多，6月10日一版顯要位置刊出的通訊〈王保才賣壯丁〉，即是一例。這篇通訊說的是河南孟縣人王保才去年（1947）冬，帶著妻子和老孀母以及兩個年幼的弟弟從豫北逃難到鄭州，他和妻子給人幫工，兩個弟弟領著老孀母乞討，勉強湊合度日。不料

今年開春以來，物價飆漲，全家五口人生活陷入困境。經過反覆盤算，王保才決定以「賣壯丁」（即把自己賣了去當兵，而從買家取得酬金）的方式籌得一筆錢養家活口。經與自衛隊三名中間人談妥，這筆買賣以法幣兩千一百萬元成交。當初言明這筆錢分四次結清，先後共交一千三百萬元，下欠八百萬元。如今四個月過去，王保才早已當兵走了，起先得到的錢差不多快花光了，而中間人不僅不結清下欠的八百萬元，而且連面也不肯見。通訊結尾說，昨天（6月9日）王保才家屬已當面向縣政府控訴，「希求官家替他們做主，追回欠款」。報紙為這篇通訊加上副題「賣身錢還欠八百萬介紹人躲得不見面」，更能吸引讀者關注。

基層官兵橫行鄉里，作威作福，無惡不作，已成老百姓家門口的惡勢力，令民眾叫苦不迭。繼報導密縣團隊在鄭縣復興鄉擾民的通訊見報後，氾水縣又發生類似事件，6月13日一版發表通訊〈泗水縣自衛隊也在鄉間滋事〉，副題為「要老百姓燒茶送飯　還要非刑拷打保長」。同版還有揭露鄭縣柳林鄉保長張英孝的通訊〈如此民選保長〉，副題為「貪汙劣跡被人揭發　還要痛打質問的人」。這類報導紓弱困，揭邪惡，讀來讓人憤慨。

報紙讀者層次不一，需求多樣。除了記者採寫的經濟社會要聞之外，身邊發生的、著急為難的各類家里短亦受民眾關注。哈庸凡在《華北日報》晚刊二版獨闢蹊徑地設置兩個專欄，一個名曰「新聞圈外」，一個名曰「戲劇圈內」（這兩個專欄曾在他任社長的《群力報》上用過）。所謂「新聞圈外」，意指刊登非新聞記者採訪的社情民意，亦即讀者意見、讀者投書乃至讀者控訴，包括街談巷議的三言兩語等，藉以張揚民意；所謂「戲劇圈內」，則是戲劇圈裏的坤伶軼事，滿足部分戲迷讀者需求。「新聞圈外」針對大眾需求，在二版中佔有半版甚至三分之二版；「戲劇圈外」則針對小眾喜好，每期一兩則而已。

1948年6月8日《華北日報》晚刊二版的「新聞圈外」，頭條位置刊出難民投書：〈製發難民證手續應求改善〉，信中寫道：「我是一

個外縣的難民，最近常讀貴報，知道貴報是一份專門代不平者說話的報紙，內心實在興奮。這裏我有一個疑問，想請貴報代我刊登出來，以引起當局注意。」信中說到，當時外縣到鄭州的難民均需領取難民證，而辦理難民證則要交三張照片，還要有連環保手續。信末連聲質問：難民們「每日生活在飢餓線上，連吃飯都成大問題，如今為領取難民證而要兩三張照片，少說也需要十幾萬元，試問這錢在哪里去拿？至於找連環保更是沒辦法，……試問一個陌生的人，有誰肯來擔保呢？」

此外，同版還集納「街談巷議」九則，如：「揭發的貪汙案很多，政府懲辦的太少」；「稽徵處姓馬的要到本報登啟事，否認他領處長大少爺逛妓院」之類。

6月9日二版「新聞圈外」刊出讀者何伯成投書：〈房價問題應有交代　救濟難民不要治標　讀者要求本報追究違法事件〉。信中寫道：「貴報主持正義，為民喉舌，不僅造福地方，而且為人間留正氣，我們不勝欽佩。」讀者提出三個問題，一是說貴報揭發貪腐事件多，結果政府雖然重視，但認真去辦理的並不多，如稽徵處浮收營業稅等事件，希望貴報在言論方面繼續追究；二是鄭市房價問題，聽說當局擬定辦法即可實施，但已過去半月仍杳無音訊，請貴報代民呼籲；三是對於學生和難民的救濟，當局應有一個治本的辦法。這封信落款注明「6月5日」，假定報社次日收到，算上編輯排版，9日見報，時效也是夠快的。

同版「街談巷議」七則，包括「為整飭市容開的會不少，實際上辦事非常之少」；「商人說，我們不懂新稅法，反正加成出錢就是了」；「糧官陳明鈞貪汙案、密縣團隊擾民事，至今都無下文」等。

儘管在戰時，對於軍方的批評也是有聞必錄。6月19日二版「新聞圈外」刊出候補兵王維新投書：〈士兵待遇太差〉，報紙配以副題：「戰前一個準尉的薪水，還不抵三個上等兵，如今一個準尉抵七個上等兵有餘」。6月15日二版「新聞圈外」刊出〈一個

列兵來函　反對調到公館服務　不打仗而作老媽子〉。說的是一個名叫李得勝的戰鬥兵被他的官長相中，調到公館做勤務兵，「每天的工作和一般老媽子的工作沒有兩樣，不外是掃地擔水，沏茶，做飯，抱小孩，洗衣服，晚上有時還要招呼太太們打牌」。他向編輯先生提出三個問題：一、列兵調到家裏做勤務兵，國家是否允許？二、像他這樣做勤務兵的到處都是，為何這樣普遍？三、美國軍隊中是否有這種現象？編輯依次答覆：一、不允許；二、由來已久；三、沒有。

同版「街談巷議」12則，包括「指揮部三令五申，不准部隊強佔民房，可是令只管令，占只管占」；「物價一天數漲，當局難道就沒有辦法嗎？」；「昨天本報刊出鹽務分處勒令送節禮的消息後，好多鹽商稱快不已」等。

對於綜括性的讀者意見，報紙尤為重視。6月14日二版刊出讀者史敬文投書：〈讀者四項意見　希望當局注意〉。四項意見包括：一、軍人強佔民房，儘管軍事當局三令五申嚴予禁止，然「禁者自禁，占者自占」，蠻橫無理，置諸命令於不顧者甚多；二、懲治密縣團隊紀律，此事「早經一區專署下令劾辦肇事禍首，然事過經旬，猶未有下文交代」；三、金店愈開愈多，「甚有三五萬資本即敢開業者。金店愈多，『金潮』愈熾，其誘導或刺激物價高漲，尤足令人痛心」；四、暗殺風燃，「本縣各鄉鎮自四月中至六月初，短短數十天內，即發生暗殺案七起，死傷均有。」這種綜括性意見集中代表不同層面讀者的呼聲，影響面更廣。

報紙刊載的事件多，影響大，但並不是一登了之，而是注重事件如何處置的後續報導。因為讀者固然需要瞭解事情的經過，而更想知道事情的結果。《華北日報》晚刊在事件後續報導上注重時效，前後呼應，極大地增添了報紙的可信度與親和力。

當時，有個叫劉建章的讀者細心把《華北日報》晚刊近期刊載的有反饋的五個事件一一找出來，投寄給報社。

6月16日二版「新聞圈外」迅即刊出，題為〈本報刊載的事實

五件事有反應〉。這五件事分別是：一、4月12日刊登的鄭縣團管區第十四中隊分隊長張晉文勒索大車，毆打甲長一事，15日便刊出張晉文被撤職消息；二、4月13日刊出鄭縣維新鎮第三保為平漢路代購道木一百七十一根，時逾兩月，路方拒不付款，17日便刊出鐵路辦事處讓第三保前往洽領木款的函件；三、4月21日刊出鄭縣政府公役劉鳳績趁轉長春鎮鎮長委任令，索要敬儀九十萬元，23日便刊出劉鳳績被開除的消息；四、4月23日刊出工九團三營七連牛振生等在民權鄉催軍麥，因麥價問題打甲長晉東生，5月25日便刊出指揮部軍法處傳訊牛振生的消息；五、4月26日刊出老公務員石備軒因受生活壓迫，在本市省立第十二小學校內自殺未遂，送往公教醫院醫治，27日便刊出有讀者送往捐款七百萬元，29日又收到一百七十四萬元。之後，又有新鄉寄來十萬元，總計八百八十四萬元，均已先後付轉。劉建章讀者對此十分感慨：「由於以上五則消息，我看出你們『捧好人，打壞人』的立場，更看出你們敢仗義執言的強硬態度，尤以石備軒自殺一事，你們以一個窮苦的文化工作者的立場，向他伸出援助之手，這更值得大家的敬佩。」

這些消息及後續報導均係哈庸凡親手策劃，因此記憶猶新。多年後他在談及此段經歷時，曾提到兩件事，其中一件即是老公務員石備軒自殺未遂的事。他寫道：當時「鄭州有一個在銀行工作多年的職員，因年老失業，生活困難，被迫自殺未遂，送往醫院急救。我得到這個消息，除發表新聞、短評，並派記者到醫院送款慰問以外，還在報上發起為他募集生活費，得到很多讀者的捐助。」另一件事是：「三月中旬，鄭州發生一件軍官殺妻案。當時鄭州各報都採訪了這個消息，但鄭州綏靖主任公署新聞處以事關軍人名譽，不便發表，派人到各報勸告抽掉這段新聞。我當時根據新聞記者『有聞必錄』的理由，拒絕了他們的勸告，只把其中比較刺激的字句改得緩和些，仍然予以發表。」他回憶道：「自從這兩件事以後，《華北日報》晚刊聲名大著，銷路激增。」

至於「戲劇圈內」則為戲迷與追星族專設，篇幅較小，以對

仗式標題吸引眼球。如6月7日二版「王金玲怕談令姐　李桂枝不納貴賓」；6月8日「打鼓佬體貼入微　劃票的不勝其多」；6月9日「高秀鳳瘦減腰圍　李香英鼇頭獨佔」；6月10日「武生同場各顯本領　丑角打諢淫蕩不堪」；6月11日「李寶珠飄逸俊雅　張雲霞甜潤溫柔」之類。

◇　構思妙以報交友　借大旗巧做掩護

「捧好人，打壞人」這一鮮明和獨特的報紙立場，迅即引起讀者關注與好評，哈庸凡並不以此滿足，而是繼續精心策劃多項活動，吸引讀者參與，把報紙辦成讀者之家，藉以擴大報紙影響力，覆蓋更多的讀者群體。

1948年4月，國民政府召開行憲國代大會，行憲政府即將誕生。當年5月1日起，《華北日報》晚刊發起行憲後立法、行政、監察三院院長人選有獎猜測，猜中者給獎，獎品以贈報為主。在新政府三院院長選出後，活動結束。6月10日，報紙二版刊出〈行憲後三院院長　猜中人名公佈〉。三院院長全部猜中者無，猜中兩個院長人選的讀者計49人，在報上逐一登出猜中者姓名，每人贈閱一個月報紙；猜中一個院長人選的讀者甚多，按規定沒有獎品。此篇消息後特別申明：「以後本報陸續舉辦各種測驗，希讀者諸君不吝賜教為幸」。

與此同時，《華北日報》晚刊以「對新政府的希望」為題舉辦首次民意測驗，目的在於「促進社會各界對國事的關切，同時並由此表現自己對政府的要求」。測驗題目擬出各界民眾最為關心的八項，依次為：一、政府對於人事任用的原則；二、新政府對於貪官汙吏；三、新政府對於豪門資本；四、新政府對於土地改革；五、新政府對於物價；六、新政府如何挽救工商業危機；七、新政府的外交路線；八、新政府的教育方針。每一項下面，預先擬出若干選項供參加者填寫。如第一項「政府對於人事任用的原則」，下面設有三個選項，即「1.維持現狀，以資熟手；2.淘汰腐惡，選賢任能；3.任用一個派系的人物，使該派系的抱負能儘量發揮」；第二項「新政府

對於貪官汙吏」有3個選項：「1.斷然廓清；2.逐漸淘汰；3.以感化方式使他們自新」；第七項「新政府的外交路線」3個選項：「1.親蘇；2.親美；3.獨立自主外交」等；第八項「新政府的教育方針」3個選項：「1.採取免費制度，實施強迫教育；2.積極救濟青年，普設臨時學校；3.維持現狀」等。

測驗辦法規定，參加者就上述各項中圈定一項，用毛筆繕寫清楚，逕送本報；須注明參加者姓名、年齡、籍貫、學歷、職業、住址各項。同時規定，測驗自即日起至6月10日截止，測驗結果整理後在本報公佈。民意測驗吸引讀者積極參與，報紙銷路與日俱增。

報紙銷路打開後，哈庸凡在行銷方面再出新招，即擴大徵求「直接基本定戶」，以讓利優惠的方式盡最大可能發掘更多的讀者群。所謂「直接基本定戶」係指「凡逕向本社營業部訂閱並預繳報費者」，以6月15日至8月30日為徵求期，在徵求期內，「直接基本定戶訂閱本報一律按九折優待，如一次預定三個月或同時訂閱十份以上者，均按六折優待。難民及佔領區學生訂閱本報，則按七折優待」。同時對「直接基本定戶」給予若干優惠，包括「如在本報刊登廣告啟事，一律照價八折」；「得免費委託本報代辦訂閱書刊報章等事宜」；「如有疑難問題諮詢，本報願義務延請專家解答」；「將參加本報讀者各種福利事業」等。

揭貪腐，抨不公，勢必會遭到當局干預，甚至可能被迫停刊。因此需要增加「保護色」，藉以保證報紙批評不受干擾。此時正值國代大會召開，4月底，蔣介石李宗仁分別當選中華民國總統副總統。因為與李宗仁係桂林同鄉，早年又曾為李的下屬，哈庸凡便以同鄉與舊屬名義致電李宗仁表示祝賀，料想李此時會有答覆。不久，李宗仁果然覆電哈庸凡表示感謝。哈庸凡把去電與李宗仁覆電在報上刊出，這家報社社長與李宗仁究竟係何種關係，官場中人不明就裏，自然也會敬畏三分。再加上此前哈庸凡曾任《群力報》社長，與鄭州綏靖公署新聞官們也很熟悉，所以這份敢罵敢鬥敢揭老底的民營報紙，能夠生存下去並「風行一時」。

創辦《華北日報》晚刊的嘗試取得意想不到的成功，哈庸凡固然志得意滿，而不甘寂寞的秉性又讓他燃起勃勃雄心。據他後來回憶：「接辦《華北日報》是我實現理想的第一步。不過，開始也還是著眼於解決生活問題，等到《華北日報》晚刊銷路打開並且逐漸賺錢以後，我就產生了很大的野心。我想在鄭州把經濟基礎打穩，把報紙搬到上海出版，然後逐步在幾個重大的城市出分版；每一個分版，都附帶辦一個學校和電影院，把文化、教育、娛樂都集中在報社的管理之下」。距今70多年前即有類似於今天組建報業集團的構想，思路可謂超前。然而身處兵荒馬亂之時，這類設想畢竟有些書生氣。隨著戰火迫近鄭州，政府機關撤離，哈庸凡也隨之離開鄭州，他傾注全副精力的《華北日報》晚刊經歷短暫的高潮後戛然而止。而他作為一名青年報人，在這份報紙的革新與創新方面做出的嘗試和努力，畢竟留下四十年代中國民營報紙一個依稀可辨的身影，也是研究中國民營報業史不可多得的史料。

✱ 為萬世開太平[1]
——慶祝總統蔣公副總統李公就職大典（社評）

《華北日報》晚刊1948年5月20日

今天，行憲首屆總統副總統就職，國家從此將邁入一個嶄新的階段，在飽經匪患的中國人民看來，自然是一大幸事。但是另一方面，烽火蔽天，白骨遍野，物價狂漲，民不聊生。美麗的遠景掩飾不了殘酷的現實，雖然這都是由□□的叛亂所造成，但是過去的政府人謀不臧，也不能辭其咎。當此普天同慶、薄海騰歡之時，人民念及自身遭受的痛苦，更對行將成立的新政府寄予殷切的期望。

民國成立三十七年，國家多故，戡亂不休。一般說來，老百姓根本就沒有過上一天太平的日子。不僅如此，在兵連禍結之下，老

---

[1] 此句出自北宋著名理學家張載（1020—1077）的傳世名言，即「為天地立心，為生民立命，為往聖繼絕學，為萬世開太平」。

百姓所付出的痛苦代價，幾乎達到歷史上空前未有的程度，我們綜覽局勢，默察輿情，認為今天中國人民要求和平安定，其迫切更甚於豐衣足食。理由很簡單，因為三十多年的變亂，已經使國家的元氣喪失殆盡，如果沒有一個和平安定的環境，不但長治久安的局面難於實現，就連人民最低限度的生活條件也將要喪失。

蔣總統繼承國父遺志，以澄清天下、登斯民于衽席為己任。三十多年，苦心孤詣，夙夜憂勤，其所企求者，無非實現三民主義，建設富強康豐的新中國。蔣總統的願望，也正是全中國人民的願望。所以這次大選，大總統終以眾望所歸而為國家元首。人民所以屬望於大總統，不僅因為他對國家民族建立豐功偉績，而且信賴在他的英明領導下，必可出現一個太平盛世。過去軍政、訓政時期，蔣總統安內攘外，任務雖然艱重，但那只是革命過程中的工作。現在憲政實施之後，大總統的責任較前更為重要。我們願意由大總統這一任起，為萬世開太平，為中國的富強康豐奠萬年不朽之基。

李副總統樸實謙恭，禮賢下士，有古大臣風，是元首最適當的助手。其政治主張高瞻遠矚，切中時要，我們希望他能堅定立場，貫徹主張，為元首分憂勞，為人民謀幸福。

✱ 李副總統覆哈社長

《華北日報》晚刊1948年5月20日

本報訊 李宗仁將軍膺選副總統後，本報哈社長、梁副社長[1]曾以鄉誼兼舊屬關係去電致賀。頃奉李

《華北日報》晚刊1948年5月20日
一版刊出《李副總統覆哈社長》

---

[1] 梁伯樵，廣西人，抗戰期間曾在湖北老河口第五戰區司令長官部政治部工作，兼任老河口區區長。

副總統電覆，原電如次：「鄭州華北日報社哈庸凡梁伯樵兩兄鑒：辰東電[1]誦悉，辱賀復謝。仍望努力啟迪民智，倡導法治精神為盼。李宗仁辰文[2]京印。」

✽ 肅清貪汙革新庶政
——期望於行憲政府者

《華北日報》晚刊1948年5月20日

國家正式步上行憲階段，也是國民黨今天開始將政權交給人民，在歷史上是劃時代的一頁。

國民黨自執政以來，在艱苦困難中渡過了二十四年，在這二十四年漫長歲月裏，經過幾度行將搖動國基的狂風暴浪，賴總統蔣公領導全國上下堅強支持，卒能化險為夷，奠國家富強康豐之基。到了今天，國民黨可算告慰於國人，蔣總統的豐功偉業，尤其邁古鑠今。

今天蔣先生就任首屆的大總統，除了叛國的□□外，誰也深慶得人，而衷心快慰的。副總統李宗仁先生除了畢生對國家民族的貢獻外，其為人的誠摯，性格的樸質，尤其為世人所樂道。因此今天大總統與副總統就職，我們除了熱烈慶祝外，更寄予熱切的厚望。

國民黨在野的時候，確實是很開明、很精華、富有革命性的政治組合。可是推倒軍閥在朝執政之後，混進了少數腐化墮落的分子，這些腐化分子祇知自私和小組織的派別利益，忘了國家利益，不顧民族利益。在上的把持弄權，互相傾軋，掩蔽主官，而本身工作能力又低；在下的魚肉百姓，有利爭趨，有責推諉，逐漸使貪汙蔚成風氣，自為得計，而恬不知恥，致使國危民困，不可終

---

[1] 辰東電即5月1日電。按，李宗仁在1948年4月29日國代大會選舉中當選中華民國副總統，隔天哈庸凡梁伯樵即去電致賀。

[2] 辰文係5月12日，即李宗仁覆電發於5月12日，此時距他就職儀式（5月20日）尚有8天。

日。

貪汙之風盛行，人民無法為生，被迫鋌而走險者甚眾，實為□□增加兵源。匪能到處猖獗，未始不得助於貪官。故貪官為亂之源。戡亂工作固然重要，而堪「亂」之「源」尤其重要。

今為正式行憲的第一日，民主政治的第一日，因此我站在人民的立場上，要求大總統以肅清貪汙革新庶政，為總統涖任後第一要務。

✽ 本報舉辦首次民意測驗

《華北日報》晚刊1948年5月20日二版刊出首次民意測驗題目

《華北日報》晚刊1948年5月20日

行憲伊始，舉國上下對於行將成立的新政府都有著一番殷切的期望，本報為了促進社會各界對國事的興趣，同時並由此表現自己對政府的要求，特發起並舉辦首次民意測驗，題目是《對於新政府的希望》。測驗題目如次：

（一）政府對於各級人事任用的原則應該是：1、維持現狀，以資順手；2、淘汰腐惡，選用賢能；3、任用一個派系的人物，使該派系的抱負得以儘量發揮。

（二）新政府對於貪官汙吏，應該：1、斷然肅清；2、逐漸淘汰；3、以感化方式使他們自新。

（三）新政府對於豪門資本，應該：1、無條件的沒收；2、限制他們的發展；3、暫時取放任態度。

（四）新政府對於土地改革，應該：1、實行二五減租；2、實行耕者有其田；3、發展農村經濟。

（五）新政府對於物價，應該：1、徹底管制；2、採用實物配給

制度；3、整理財政金融。

（六）新政府要挽救工商業危機，必須：1、增加生產；2、改善交通；3、舉辦工商貸款；4、消滅共產。

（七）新政府的外交路線，應該是：1、親蘇；2、親美；3、獨立自主外交。

（八）新政府的教育方針，應該：1、採取免費制度，實施強迫教育；2、積極救濟青年，普設臨時學校；3、維持現狀。

辦法：

（1）參加測驗人員就上列各項中圈定一項，用毛筆繕寫清楚，逕送本報；

（2）參加測驗人員應註明姓名、性別、年齡、籍貫、學歷、職業、住址各項。

（3）測驗自即日起至六月十日截止，整理後在本報公佈。

❋ 王保才賣壯丁

母老，家貧，子幼，
賣身錢還欠八百萬，介紹人躲得不見面

《華北日報》晚刊1948年6月10日

本報訊　滿天的烽火，燒遍了半個中國。社會的悲劇也正在連續不斷的演出，這裏又有一個充滿著血與淚的事件，它使我們感到沉痛和不平。

孟縣人王保才，今年二十五歲。去年冬天，當炮火逼近豫北原野時，他帶領了他的妻子和一個白髮蒼蒼的老孃母，以及兩個年幼的弟弟，全家五口人開始走上茫茫的逃亡的路。十幾天的奔波，輾轉到了鄭州。然而，鄭州是個有錢人的天下，窮人們只能依附於富人腳跟下討生活。除了他和他的妻子還有氣力去給人家幫工外，他的孃母和弟弟們便只好求乞討度日了。在最初這樣的安排還勉強可以維持，但自入春以來，百物高漲，他們幾口人的生活也漸感不支了。經過多少日夜的苦思，經過多少次的躊躇，他決定了一個新的計

劃：賣壯丁。於是經過自衛隊的朱喜亭、趙相儀、宋小孫三人介紹，這椿買賣終以法幣兩千一百萬元成交。當時言明分四次交清，先後共交一千三百萬元，下欠八百萬。王保才得到這批錢，分別交與全家五口人維持生活。然後，他便踏上征途，走向烽火的最前線。

今天，事情過去已快四個月了，朱喜亭等還沒把下欠的八百萬元交到這可憐者的家屬手中，而且幾乎是連面也不願見了。在物價高速度的飛漲下，原先交得來的錢，差不多馬上就要花光了，以後怎麼辦呢？王保才的全家老弱五口人，他們感到極度恐慌。迫不得已，昨天已據實向縣政府控訴，他們告的是朱喜亭、趙相儀、宋小孫三人，希求官家替他們做主，追回欠款。

❋ 端午節書感（社評）

《華北日報》晚刊1948年6月11日

在戰亂的年代裏，節令對於一般人民，除了作為時間的記號以外，不復有其他意義。即如今年的端陽節，如果處在承平盛世，少不得門懸蒲艾，酒飲雄黃，龍舟競渡，村村爭妍，處處都呈現歡愉熱烈的氣象。然而，抗戰八年之後，繼之以剿匪戰爭，國家的元氣和民間的財富都受到重大損失，老百姓連安居樂業、休養生息的機會都不可得，哪裡還會打起精神來過節？何況正值物價暴漲、生活騰貴之時，縱然有錢人家可以在節日多少點綴一番，其心情與太平盛世也不可同日而語。至於貧苦人家同時又有兒女繞膝的，那就是過節如同過難。古語說：「甯為太平犬，莫做亂離人」，這話在今天體味起來，更為貼切明朗。所以享受一個佳節良辰，也非先有一個安定和平的環境不可。

端陽，中秋，除夕，都是舊曆的節日。可是在新曆中也一樣承認它們的地位，並且美其名為夏節、秋節、春節，這種不中不西、不今不古、不新不舊的做法，正是現階段中國國情特點之一。譬如吃西餐猜枚、新式結婚先送喜字，都是同樣的例證。這就說明中國的文化，舊的已經毀壞，新的尚未建設，在漫無準備之中，只好取中西今

古而中庸之,成為一種不倫不類的所謂適合中國國情的形式。思想意識如此,生活行動也復如此,所以社會的悲劇愈演愈多,社會的進化也是迂迴曲折。現在政府力倡政治革新,我們希望能夠同時兼及社會革新方面,因為沒有社會革新做基礎,政治革新不過是徒具其表而已。

　　把端陽節稱為詩人節,那是紀念我們民族的歌手屈原的。我們認為,屈原的偉人處,不僅是在文學上的成就,尤其重要的是他的忠貞的政治節操,可以垂範千古而不朽。屈原光明公正,勤於王事,是真正想給國家人民做點事的好人。但是因此見忌於那般依附權勢以圖私利的權貴集團,所以上官大人一再進讒言於懷王,終於使屈原罷政歸隱,終於使屈原因憂憤而投江自殺。這故事是感動人的,也是教育人的。現在屈原的時代尚未過去,壞人讒害好人的事實尚迭見不鮮。固然,我們不必一定效仿屈原那樣以死來表白心跡,但我們必須要學習屈原那種忠貞不移的節操以立身處世。無論做人做事,我們都應該嫉惡如仇,從善如流,不屈服,不妥協,為正義和真理而奮鬥到底。

❋ 暗殺之風不可長(社評)

《華北日報》晚刊1948年6月13日

　　據鄭縣縣府統計:自四月二十八日至六月二日三十五天中,鄭縣各鄉鎮先後發生暗殺事件七起,死者一十四人。平均每五天一起暗殺事件,因而致死的差不多每兩天有一個人。這個統計數字,如果從社會的戡亂方面來看,倒也很平常。因為河南民風強悍,所謂「打擊」之風,在平常已非常盛行,何況正值兵荒馬亂盜匪橫行的年代?但是,如果從社會秩序方面來看,不論其原因為仇殺,為盜殺,為情殺,都是地方當局一個不容忽視的嚴重問題。

　　暗殺的第一個證明,就是法律的尊嚴已經破產,因為法律所以保護社會和個人安全,同時也維護人與人之間的正常關係。如果有人犯罪,縱使所損害的屬於私人權益,也只有在法律之前,才能得

到應有的制裁。而冤抑是非，也只有訴諸法律，向法律要求公斷，這是最起碼的法治常識。然而，中國官場辦事，一向是以人為先，以情為重，分明有犯罪事實，但是在人情面子之下，依然可以設法解脫。總之，沒有人情作奧援，則縱有滿腹冤屈，也很難求得法律的保障。在這種情形之下，弱小者只有飲恨以終，強梁者則怒上心頭，以手刃仇人而後快。習之既久，不管是非曲直，都不求援於法律，只憑自己血氣之勇，殺敵報仇，甚有殺及仇人一家者。彼此報復，循環無已，法律的尊嚴完全掃地。

暗殺的第二個證明，就是人性已經墮落，感情的衝動超過了理智。對於是非曲直，不作客觀分析，只憑個人的成見或偏見，一口咬定某也為好，某也為不好；附於己者為好，叛於己者為不好；利於己者為好，害於己者為不好。因此，每當橫逆之來，不通過理智的判斷，完全意氣用事，說打就打，要殺就殺，幾乎恢復到原始時代那種程度的殘暴和野蠻。人性中的和平、仁愛、互助種種美德，至是泯滅殆盡，推其極致，人類的殘暴戰爭將無底止。

根據以上兩點，所以暗殺事件，從法律觀點言，是法律的失敗；從教育觀點言，是教育的失敗。這是一個嚴重的社會問題，也是一個嚴重的政治問題，此風不遏止，法治不能實現，民主也是徒託空言。退一步說，戡亂期間，為了社會秩序和人民安全，也有力加防止的必要，願有地方之責者深思而熟慮之。

✳ 封鎖區經濟問題（代論）

《華北日報》晚刊1948年6月12日

自從□□狼奔豕突，到處竄擾，中央為防止物資資匪和絕其經濟來源起見，於去年春起，曾頒佈匪區交通經濟封鎖辦法，在接近戰爭地帶，實行經濟封鎖。我們要達成戡亂的任務，不得不在經濟上予以致命的打擊。要在經濟上打擊敵人，又不得不防止物資資敵，以枯竭其經濟來源。為達成這項重大的任務起見，縱使暫時忍受若干犧牲和不便，諒想大家也必樂於接受的。

但為減少種種不必要的麻煩起見，這裏卻要提出若干意見，要求當局加以萬分審慎，那就是：

（一）封鎖線問題。即是何等地帶應當實施封鎖，封鎖的主旨，既在於防止物資流入匪區，所以接近匪區和物資可以運往的交界處，應是理想的封鎖線。其他不接近匪區和物資不能直接運往的地帶，似乎應當除外。因為這等地帶，既與匪區並無交通，則凡所封鎖的，自然不是運往匪區的物資，而是我們自己需用的物資了。這項自用物資如果連帶加以禁運、監查或領證、許可等手續，徒增商民的麻煩，而與原來所定防止資匪這目的無關。

（二）採購證問題。封鎖之宗旨，既在於防止資匪，則凡一切可以資匪的物資，自應悉以禁運。其或有特別原因，例外予以許可的，當然應予證明，以便過境。其從匪區轉運物資出境的，其作用與絕匪區物資來源同，論理也應予鼓勵。至於在滬辦貨，運往非匪區，或從非匪區辦貨運到上海，這與封鎖匪區辦法全無干涉，我們以為除法令另有規定外，亦不需要任何手續。

（三）物資種類問題。依照院頒匪區交通經濟封鎖辦法第五條之規定，凡物資金融，限制其通過封鎖線的，應由當地軍政機關規定其種類、名稱及數量，即此可知並非一切產品概予禁運。所以何種物品，何種數量，列在禁例，應按照實際情形，分別詳為擬定。先期明白公告，使商民有所適從。否則商民將隨時隨地可以被指為犯禁，而徒為不肖胥吏開其敲詐盤剝之門。

以上三點而外，如封鎖線任務的如何執行，以及一切留難、婪索等不良風氣的如何防止，這當然是上下一致關心的問題。抗戰時期，不論前方後方，這些痛苦的教訓留給人們的印象太深了。懲前毖後，我們相信，當局對此當有完善的規劃。

經濟封鎖關係戡亂計劃，雖不得不努力奉行，但在經濟界臨於極度困難之秋，凡屬不必要的羈絆和束縛，我們總希望極力減輕至最小限度，以免加速其惡化。

現在往往有許多政策，初意原無可厚非，而施行的結果竟適得

其反，徒為執行政策者多開發財的門路。我們所以不憚詞費，喚起
政府和社會注意這個封鎖匪區經濟問題者，就是為此。

❖ 戡亂時期的保甲問題（社評）

《華北日報》晚刊1948年6月14日

　　保甲是行政上最基層的組織，政府的一切設施，只有透過保
甲，才能普及於人民。同時，人民的一切願望，也只有透過保甲，才
能表達於政府。所以保甲就是政府最接近人民的地方機構，如果保
甲組織不健全，保甲人員有問題，則不僅人民受害無窮，就是政府
的威信也受損失不少。特別是戡亂時期，我們要爭取民心，要加強
老百姓對政府的向心力，對於保甲的作用，尤其值得重視。

　　目前保甲的弊端，不但人民清楚，就是政府中人也有相當瞭
解。不過問題雖然存在，但解決問題的辦法總不見得徹底。一位幹
過多年的縣長曾經慨歎地說：「保甲裏的毛病誠然很多，但是好人
不願幹，只有讓壞人出來，壞人幹保甲，只有越幹越糟。保甲越糟，
好人越不願出來。」這位縣長的意見，實際上正是今天一般為政者
的苦悶。因為事實非常明顯，舉凡要丁，要糧，要款，都得保甲去執
行。保甲人員不能一日告缺，公正人士不幹，只好退而求其次，但
求能要丁，要糧，要款，以維持自己的地位，敷衍一個時期。此外不
復計較，實際上計較也沒有用。比較賢明的縣長，也不過多訓練幾
次，多規定幾項防止弊端的辦法，多懲辦幾個違法的保甲人員。要
想從積極方面想出辦法，力挽狂瀾，還是不很容易。

　　問題的癥結就在這裏。為什麼保甲的毛病多而且普遍？為什
麼地方政府首長不能徹底整肅他們？為什麼公正人士不能用來擔
當保甲工作？這些問題詳細推究起來，對今天的戡亂建國和政治
革新都是大有助益的。用歷史眼光來看，保甲的違法舞弊幾乎有
十分之七是先天的，因為中國雖然革命多年，而成為革命最大障
礙的封建勢力尚未完全剷除，目前的保甲組織，在精神上可說是
紳權的延續，在性質上也完全繼承過去所謂「鄉紳」的地位。所以

保甲組織，事實上就是官僚和紳權的混合物。他所代表的乃是少數既得利益的，而不是大多數「愚昧無知」的民眾，因為玩來玩去，都是當地有數的幾個人員，公正人士縱然出來也幹不下去。地方政府首長雖然明知保甲有毛病，但自己的地位和權力還得倚重他們支援，何況有的保甲人員還有參議員做後臺，亦有在宦海中浮沉多年的人士，自然也避免投鼠忌器。而且事實上區區一個縣長，也難於徹底整肅。因此保甲弊病越來越多，越來越普遍，成為今天政治上最大的一個毒瘤。

　　或謂實行民選或可解決這個問題，其實不然。因為中國文化落後，民智未開，老百姓對於政治尚無積極參加的興趣。所以一切選舉還是由少數人來辦，選來選去，還是當地那幾個人物。雖然選出好人來，終究也會在地方封建勢力之下屈服，否則便是滾蛋。所以要整肅保甲，最根本的辦法，就是肅清封建殘餘勢力，打擊紳權，使保甲失去依靠，然後選用青年有為的幹部充任保甲人員，勤教之，嚴管之，使他們真正和人民站在一起，為推行政令，完成戡亂建國而努力。

❉ 密縣團隊的賞罰問題（社評）

《華北日報》晚刊1948年6月27日

　　鄭縣復興鄉鄉民代表及鄉公所昨（26日）投函本報，揭露密縣團隊駐防該鄉以來的種種不法行為，全文已在今（27）日本報「讀者呼聲」欄內刊載。自從上次鄭州緊張以來，我們曾不斷聽到四鄉騷擾、人民不安的消息，照常理判斷，以為這不過是少數散兵游勇滋事而已。不想連有組織、有部勤的地方團隊也是如此，真令人萬分痛心。

　　我們一再指出，當前的戡亂工作，主要在於爭取民心，而爭取民心的手段，就是愛民恤民。捨此而外，縱有最精良的裝備，最堅強的戰鬥力，也不能獲致勝利。縱然僥倖取勝，也不是徹底的勝利。

基於這種理由，所以我們不斷呼籲政治上要肅清貪汙，軍事上要嚴守紀律，使廣大民眾都能自動自發的來支援剿匪戰爭，而後可以言勝利，這是顛撲不破的真理。地方團隊來自民間，對於地方疾苦，應該比正式部隊要瞭解得清楚。雖然離開了密縣，密縣是中國的土地，鄭縣民眾同樣是中國的人民，如今連他們也反過臉來欺壓老百姓，試問老百姓還有哪條路可走？老百姓被逼得無路可走的時候，地方團隊靠什麼生存？

密縣團隊的不法行為，固然令人痛心，但尤其使我們驚奇的，是省府對密縣團隊還給予嘉獎。據本（27）日《群力報》第二版載：「此次密縣戰役，能夠取得輝煌戰果……全為我軍一致動員，配合適當，尤以密縣團隊迭挫匪鋒……省府劉主席以該縣高縣長領導有方，特犒賞參加此次戰役之地方部隊，犒賞費三億元。」這段消息與密縣團隊在復興鄉的行為對照起來，簡直是一大諷刺。我們認為：地方團隊所以自衛，剿匪、保民乃其天職。「迭挫匪鋒」並非了不起的功勳，當此匪氛未靖之時，不宜輕予賞罰，以免養成驕兵悍將。即使卓著戰功，但以在復興鄉的種種不法行為，也不過將功折罪，不必大張旗鼓地嘉獎。照我推想，一定有人蒙蔽省府，企圖市惠。所以我們建議，對密縣團隊的戰功和他們在復興鄉的行為，省府務必認真徹查。假如是事實，除了嚴辦該團隊的各級首長之外，並將犒賞費三億元移作補償復興鄉民眾的損失，以挽回人心於萬一。目前最嚴重的問題，不是匪患，不是天災，而是社會上是非不清，賞罰不明，正直不能揚，邪惡不能抑。此種風氣滋長，傾家覆國有餘。省府受封疆之寄，庇護一方，獎善懲惡，責無旁貸。我們願意從密縣團隊這件事上，看出省府的作風和魄力，人民生計卜於此，國家生機卜於此。

❋ 平均商民負擔（社評）

《華北日報》晚刊1948年7月29日

鄭州商民負擔太重，攤派太多，為人人盡知的事實。其原因由

於：（一）戡亂剿匪軍事緊張，過境部隊眾多，調用浩繁；（二）由於交通不便等影響，市面蕭條，各正當商號營業清淡，時有倒閉；（三）負擔不平均，實力雄厚的銀行業，及許多合作社、福利社、造產委員會之類，假借名義，拒擔差款。如果僅是前兩個原因，雖負擔沉重，誰也沒有話說。但有第三個原因存在，當然會引起許多怨言了。

銀行業是否應擔負差款呢？據商會方面說，依照法令規定，除中央銀行外，都應該負擔。但鄭州銀行業卻始終置之不理，地方當局也無辦法。因而銀行業應當負擔的差款，被轉嫁到其他各業頭上，這確是太不合理了。其次，合作社等組織似乎是有法令根據，可以不出差款的，但我們再看看事實：在鄭州六七十家合作社、福利社之中，真正名副其實為民眾謀福利的，恐怕連十分之一也不到。絕大多數的都是私人組織，與普通商號一樣，只憑一塊招牌，即可免掉應擔的差款，這是更不合理的。我們希望鄭州當局把這兩件事認真的辦一下，銀行業如果確實應該負擔差款，就應嚴令照辦。合作社等組織，應邀鄭州各界代表共同徹查，凡假借名義不合實際的，不管有什麼有力的靠山背景，一律與普通商號同樣負擔，以求公允，以息民怨。

❋ 鄭州新聞記者公會昨開第三屆會員大會

投票選出理事九人監事三人

《群力報》1948年8月21日

本報訊 本市新聞記者公會昨（二十）日上午八時，假敦睦路青年劇場舉行第三屆會員大會，出席各有關機關代表及會員百餘人。由王永川主席，報告開會意義及大會籌備經過。繼由縣府代表劉向吾、指揮部政工處何揚清致詞，旋即開始討論提案：（一）主席團交議：（1）提議改選第三屆理監事；（2）關於理事依法規定為九人，候補三人。監事三人，候補一人；（3）發表大會宣言。以上均經大會決議通過。（二）吳家堯等七人提議：請確定新聞從業人員

待遇最低標準，決議原則通過，由新任理監事會函報業公會執行；
（三）劉毅質等五人提議，切實整肅新聞記者陣容案：（1）提請各
報社通訊社任用記者必須慎重；（2）鼓勵社會人士檢舉記者不法
事件。決議通過。（四）哈庸凡等三人提議：請授權監事會監督並檢
舉非法活動之記者。決議通過。（五）哈庸凡等三人提議：請在理
事會下設秘書室，研究、福利、總務三組，以利工作開展案。決議原
則通過，交理監事會辦理。（六）張一麟等四人提議：請有關機關
保障新聞記者採訪自由案，決議通過交理監事會照辦。繼即開始投
票，選舉結果：王永川、曹棄疾、顧德祿、穆醒夫、吳家堯、楚鴻烈、
劉毅質、哈庸凡、張一麟等九人當選為理事；高一輕、戴子騰、孟紫
萍等三人為候補理事；楊炳靈、袁流胥、劉光欽等為監事，李雋鋒
為候補監事。

1950年—2000年

❖ 我在機關學校教授國文的幾點體會

《皖北文教月刊》1950年9月

本文準備談機關文化補習學校國文教學中的四個問題。即：
一、課程名稱問題；二、教材問題；三、教學問題；四、作業問題。這
四個問題中的意見，大部已經取得經驗。文中各節，都是個人的意
見，並不代表一定的組織，如有與實際情況出入或者看法不夠妥當
的地方，完全由個人負責。

◈ 一、課程名稱問題

在我們某些同志的思想中，通常總是把「文化」這個名詞的涵
義簡單化起來，認為文化僅僅包括讀書、寫字，由這個觀點引申下
去，就將一般學校的國文課的內容當作是文化課的內容，將一般學
校的國文課的任務當作是文化課的任務。

　　由於文化課與國文課這兩個概念混淆不清，反映在教育思想上，就是既規定文化課是執行國文課的任務，又要求文化課灌輸各種科學知識，形成教育方針與教育要求的不一致，課程內容與教學方法的不一致。我們機關學校創辦之初，本來準備將文化課與算術課並列為兩大課程，這就是上述那種觀點在實際問題上的表現。

　　搞清楚這個問題，本身就是一個學習，從爭取教育效果來說，尤其有積極的作用。因為第一，機關學校的課程雖然比不得一般學校那麼門類清晰，但是既然目的在於提高在職幹部的文化水準，那就不能過於簡單。一般地講，提高文化主要地應在兩方面同時進行：一面培養讀寫能力，一面增加生活知識，兩者缺一，都不足以構成一定的文化水準。因此，問題就非常明白，雖然培養讀寫能力和增加生活常識都是文化課的內容，但是兩者之中的任何一者，都不可能完全代替文化課。同時，兩者在性質上、作用上、發展方向上，又有各種程度的差別，不容混為一談。所以必須要廢除文化課這個籠統的名稱，而從文化課的內容中區分兩個或者兩個以上的獨立的課目，才能更好地完成提高文化的任務。第二，將國文課從文化課的內容中區別出來，就使它具有獨立的教學目的和教學要求，並可遵循其本身的規律而發揮和擴大教育效果，不因兼顧其他方面而有影響（當然，適當的聯繫還是可以的）。否則，內容龐雜，體系紊亂，只見互相牽制之弊，而無彼此輔助之功。中心一多，兩不討好。第三，將文化課與算術課並列，兩者佔用時間相等，在算術課方面倒無所謂，而在文化課方面則大大吃虧。因為算術課只有一個中心，文化課則有好幾個中心，在同樣的時間內進行一件工作與在同樣的時間內進行好幾件工作，其效果孰優孰劣，可以想見。何況嚴格說來，算術也是文化課的內容之一。算術既可從文化課的內容中獨立出來，國文又何能例外？第四，如果認為機關學校目前限於條件，不能同時進行其他學科的教授，那麼，也應該確定課程名稱為國文課，不應稱之為文化課。這樣做，不但可以有重點地、有分別地表現了文化課的內容，建立了對「文化」一詞的正確看法，就是在教

員和學員的思想上，也有了端正的認識和明確的路向，因而更能集中力量，完成任務。

經過反覆研究，總算基本上扭轉了那個思想，正式決定以國文、算術、歷史、地理、自然等五科來代替文化課。在以後的教學進程中，證明了我們這一番「正名」的工作，並沒有白做。

◇ 二、教材問題

關於教材的選用，我們開始也是走了一段彎路。以後幸虧學員同志及時發覺，紛紛提出意見，這才使我們有可能設法挽救過來。原來初時國文採用的教材，乃是皖北新華書店出版的文化課本第二冊，其中分為歷史之部、地理之部、自然之部等三個部分。課程名稱是國文，而採用的教材卻是包羅萬象的文化課本，這個矛盾是非常不應該的，所以一上來我對這本教材就有意見。但是由於時間倉促，大家手忙腳亂，只得拿來就講，果然上了五、六課之後，學員一致感到國文教材的內容與歷史教材的內容雷同（因為文化課本開始就是歷史之部）。對於學員同志們這個意見，我當然也有同感，後來向校方反映，經過研究，最後才決定停止講授那個文化課本，讓我有可能來考慮選擇教材。

我擔任教授國文的那個班，開始時學員有二十五人，在名義上稱為高小班。但是就文字的根底來說，其中有過半的學員已經具有初中一年級程度。要十分準確地確定他們的年級是不可能的，只能一般地把這個班看作是介乎高小與初中之間的一種程度，這是我選擇教材的第一個根據。

在選擇教材之先，我曾經向學員同志們徵求一次意見，要他們說出自己在運用文字方面所感到的最大的困難。結果，歸納起來，主要有這麼幾種意見：一、有些字看上下文可以懂得它的意思，但是讀不出音來。二、有些字會認會寫，就是不會用。三、對於音同字不同，字同音不同或者義同而字和音都不同的字分不出來。四、有意思、有感想，也能講上一套，就是寫不出來，或者一寫就離了題，或者寫了收不住尾。五、自己經歷過的景物，能回憶出來，但不能形

容出來，或者在說話上能形容出來，但不能在文字上表達出來。六、看一篇作品，分不出好壞（不是政治思想上的分別，而是文字技巧上的分別）。只覺得一字一句都有道理，都有意思，但要照樣做又做不上來。這些意見和要求，雖然在程度上有差別，但總的問題只有兩個：一是思想打不開；二是文字根底淺。一般地講，目前應該著重解決的問題是後一個，但前一個問題在教學比重上也要有一定的分量。這是我選擇教材的第二個根據。

教成人與教兒童不同，因為成人的生活經驗比較兒童豐富。有許多事物在兒童心目中是稀奇的，但在成人看來卻平淡得很。例如，兒童對於「貓先生」和「狗大哥」這類稱呼是很有興趣接受的，但是對於成人就成了亂彈琴。教具有一定政治水準的幹部與教一般群眾不同，因為具有一定的政治水準的幹部在認識問題的深度上和廣度上都較一般群眾為強。例如，「毛主席是咱們的大救星」，「人民解放軍是人民自己的軍隊」，「農民不識字，受盡地主欺」這類課文，對於一般群眾，自然是十分需要的，但是具有一定政治水準的幹部卻不願以此為滿足。教機關學校與教一般學校不同，因為機關學校的學習比較一般學校更急於運用（這並不等於急於求功），在時間上也比一般學校為少。有些課程在一般學校可以按部就班，循序漸進，而在機關學校則應緊縮精練，因應制宜。例如文法，在一般學校，可以由句子解剖到詞類識別作為一個單一的教材講授，而在機關學校則應結合在課文之內，隨時指點，隨時練習，這才合乎精簡實用的要求。因此，我認為選擇教材應該遵循下列三個原則，即：生活內容與教材內容一致；認識水準與教材水準一致；應用範圍與教材範圍一致。這是我選擇教材的第三個根據。

按照以上三個根據，同時斟酌本地出版業的狀況，我就大膽地選定了《虹》的通俗本（瓦西列夫斯卡原著，葉克改編，華君武插圖，東北新華書店版）作為國文的主要教材，另外從報紙上選擇一些適當的文章作為國文的補充教材。

◇ 三、教學問題

我是一個小資產階級出身的知識份子，在舊社會也曾教過一個時期的書。由於舊習染的限制和主觀不夠努力，所以就是在教學方法上，也或多或少地保存了舊的影響和舊的經驗。通過這次機關學校的教學工作，使我有機會再一次從鏡子裏看清楚了自己。在這裏，我想主要地談談我在國文教學方面的體會和轉變，算是自我檢討也可以。

過去我教國文，雖然事前也做準備，但總不外乎查查字典，翻翻辭源，分別段落，提示中心這些工作。再進一步，也不過在起承轉合、跌宕頓挫之處，加上眉註旁圈，以說明講授時的記憶。除此之外，並不知道有所謂聯繫實際，更談不上根據學生情況來做準備工作。這次在機關學校教國文，開始我也如法炮製，但是，儘管典故爛熟，舌燦蓮花，學員同志的情緒可並不高。我開始感到我的法寶不靈，隨後搜集反映。一半固然是教材不適當（就是那本文化課本），一半則由於自己隔靴搔癢。自此以後，凡在上課之先，除了做好一個明確具體的教案之外，特別著重結合學員的情況，進行教學準備。例如，音同字不同的字：「以」與「已」；「聲」與「申」；「製」與「制」。字同音不同的字：「朝」代與「朝」夕；到「處」與「處」在；「種」子與耕「種」。形狀相仿佛的字：「辨」、「辦」、「辯」、「辮」；「護」、「獲」、「穫」；「執」、「熱」、「孰」、「熟」。簡筆字：「才」與「纔」，「犹」與「猶」，「斗」與「鬥」與「鬪」。一筆之差的字：「侯」與「候」，「烏」與「鳥」，「冶」與「治」，「書」與「畫」。義同而使用不同的字：「他」，「她」，「它」，「牠」；「你」，「妳」，「您」；「的」，「地」，「底」。遇到課文中有類似這樣的字，就可以聯繫其他有關的字一起講授，不必受課文的限制。用這樣的方法進行教學，不但可以使進度加快，記憶增強，而且在使用時也可以減少錯誤，這是我在四個月的教學中已經證實了的。同時，要儘量用學員最熟悉、最能理解的話來講解，切忌使用自己聽得懂而別人聽不懂的話。如把「鑽」字當名詞解，舉「金剛鑽」為例就不如舉木匠

用的「鑽子」為例來得通俗。又如把「鑽」字當動詞解，舉「鑽木取火」為例就不如舉「鑽研」為例來得熟悉。不過，應該說明，這樣做法看似簡單，實際上全靠課前的準備充分。必須先將課文逐字逐句研究，根據學習的情況，預見學員的需要，而後分別摘記下來，講授時方能得心應手。

過去師生界限森嚴，所謂「為人師表」，所謂「表率群倫」，在在表示老師比之學生無論在任何方面都占絕對壓倒的優勢。因此，凡為人師，處處都要炫耀自己的本領。我一向教書，也是因襲這種作風。這次在機關學校，那種作風就吃不開了。首先是在講課上，我自己認為拿手的一套，學員不一定需要，學員需要的，我未必馬上拿得出來。清醒地檢查了自己，以後的優越感就打了一個折扣。想通了這個道理之後，我的態度就開始變得老實了，對待學員是誠心地幫助，耐心地解釋，虛心地聽取意見。

以上是我在機關學校教學中的幾點體會和檢討。下面，我想把這次教國文曾經用過的幾種方法，簡單地介紹出來。

（一）分工準備，互教互學　未上該課之前，先將該課中生字的字音、字義、詞彙、成語、文法、組織及中心思想，列成研究大綱，分配學員預先準備，並提出疑難問題。上課時，由負責準備的學員提出報告，其他學員補充意見或提出疑問，學員能解答由學員解答，學員不能解答者由教員記下來，最後，教員綜合大家意見進行講解。在講解中，除了把學員的正確意見作進一步的發揮之外，並對他們當中的不正確意見加以分析和批判。該課講授完畢，教員即根據講授要點改頭換面作成練習題，由學員個別或集體（以互助組為單位）研究解答以後，教員綜合解答其中共同的錯誤，再進行一次教育。

（二）抓住關鍵，反覆譬解　在教學進行中，發現有最容易忽略或最容易混淆的地方，應該馬上集中力量，進行反覆譬解，總求在大家思想上留下深刻的印象為止。如，「因為……所以……」、「雖然……但是……」、「不但……而且……」。遇到類似這種上下語氣

變換的情況，就需要特別深入，有時除了教員自己反覆譬解之外，並可臨時指定學員測驗，以創造範例，加深大家的瞭解。

（三）解剖文章，推廣思路　將一篇文章從中心思想到一個句子的構造，像拆卸機器一樣地解剖出來，使學員從這當中體會寫成一篇文章的思想是怎樣開展的；或者將一篇從正面著筆的文章，改成一篇從反面或側面著筆的文章，交給學員對比一下，並指出兩者在構思上的差別；或者選擇課文中的一段，要學員放大或縮寫。總之，目的只有一個，就是幫助學員打開思路，不要局限在一點。

（四）聯繫實際，個別輔導　多讀，多看，多寫，是學好國文的主要法則。但這條法則要具體化，要根據每個學員的具體情況，如文化程度、理解能力、工作性質、工作環境、個性、興趣等。幫助他訂出計劃，讀什麼？怎樣讀？看什麼？怎樣看？寫什麼？怎樣寫？同時，要有檢查，要和正課一樣的重視，最好是有組織地進行。

◇　四、作業問題

由於機關學校所進行的是一種補習教育，而這種補習教育又是速成性質的，所以機關學校國文作業的次數，應較一般學校為多。在一般的情況之下，每星期至少要保證兩次，但不一定都是作文。按我的經驗，對於思想打不開和文字根底淺的學員，測驗比之作文更有幫助。因為照題目發揮意見比較空洞，做的人也比較難以捉摸。而照題目找尋答案則比較具體，做的人也比較易於掌握。同時，作文比較機械，而測驗則富於變化，在興趣方面學員也是寧肯接近後者。

測驗題的內容，應該有兩個標準：一是課文中有先例的，二是目前學員所最需要瞭解和運用的。測驗題的形式，則根據內容靈活變化，切忌老一套和重複。我覺得，測驗的目的雖然是同時發展記憶力和理解力，但記憶力並不是孤立的，只有在思想上透徹的瞭解，而後才能在思想上深刻的記憶。所以測驗題應該力避抄襲書本，以免養成學員死讀硬記，那樣，是恰好束縛了他們的理解力的。

我說多做測驗，並不是說完全廢除作文。在一般情況之下，兩星期一次作文還是有必要的。作文的題目要具體，反對言之無物；也要切近生活，反對無的放矢。一般地講，學員對於軟性的題目要比硬性的題目有興趣些，對於自然的題目要比造作的題目有想法些。因此，出題目也要事先準備。要能隨時掌握學員的思想情況、生活情況和學習情況，每次作文，就根據這些情況出兩個到三個題目，任學員選作一個。選定題目之後，仍以互助組為單位，集體研究各篇文章的主題和題材，並訂出寫作大綱，最後由各人自己起草，不一定要求都在堂上舉行。

作文中的最大一個問題，就是批改的問題。我一貫主張，批改作文一定要不怕麻煩，特別是在刪改的地方，一定要說出為什麼要刪改的道理，免得學員知其然而不知其所以然。

最後，我想附帶談談關於作業中的寫字問題。我們的學員同志差不多一貫都是使用鋼筆，鋼筆寫字，筆劃最容易模糊，特別是文字根底淺的同志，用鋼筆寫字常常有錯訛的地方。同時，在格式上又都是習慣於橫寫，不但批改不方便，就是將來到社會上應用，也未免顯得特殊。我想，國文到底是「國貨」，還是以用毛筆和直行書寫為宜。

✽ 劉秀山[1]《在大別山上》一書的形成[2]

（1966年7月14日）

著述輯佚·文稿

一、這部書的寫作過程

1.劉秀山的《在大別山上》，據他自己說，是在安醫休養期間修改成的。是1964年5月交給我抄寫的。

2.據劉談：這部書醞釀時間很長，他在禁閉期間就開始構思。

3.據劉談：這部書裏有些大別山老蘇區的歌謠，是江流（前《安徽文學》副主編）供給的。同時，劉擔任安徽省文聯副主席，同省文聯的人接觸較多，因此，這部書的寫作，估計有江流和省文聯

---

[1] 劉秀山（1913—1971）湖北省英山縣城關人。曾任皖西第一區專員，安慶專署專員，安徽省民政廳長，治淮工程指揮部政治部主任。因生平敢作敢為，慣與邪惡勢力鬥爭，人稱劉大膽。1949年太湖，桐城兩個專署合併為安慶專署，劉秀山任專員，同年7月調皖北行署任辦公廳主任，次年改任民政處長，皖南皖北行署合併為安徽省政府後，劉任省民政廳長，旋任治淮工程指揮部政治部副主任、主任。1953年「三反」期間，劉以淮委名義寫了治淮政治工作報告，分別送華東局、水利部，安徽省委，批評當時安徽省委主要負責人漠視人民疾苦。前安徽省委主要負責人，踐踏民主與法制，在未報經華東局和中央審批的情況下，對劉秀山肆意誣陷迫害，株連一百二十五人，逼死一人，逼瘋二人。1955年6月將劉逮捕。直至1962年2月11日擴大的中央會議期間，劉少奇命令首先放人，搶救瀕於死亡的劉秀山的生命。隨後派中央監察委員會副書記錢瑛親自赴安徽，復查此案。1962年7月15日省委常委擴大會議通過的《中共安徽省委關於劉秀山同志問題甄別平反的結論》指出：「…誣定劉秀山同志是叛徒、奸細、反革命分子，有著叛變投敵、參予審訊殺害我同志、敲詐勒索、向蔣匪師長劉文朝告密、包庇派遣特務馬野林（劉的愛人）、殺害無辜群眾等等重大反革命罪惡，把劉秀山同志開除出黨，撤銷一切職務，判處無期徒刑，剝奪政治權利終身，都是完全錯誤的，是違反黨紀國法的」。劉秀山同志出獄後，由於鐐銬鐵窗多年，身染嚴重肺病，掙扎在死亡線上，即以治病為主，安排任省文聯副主席，1964年選為安徽省委候補委員。此後劉秀山致力寫作，把在獄中所寫的回憶錄改編成長篇小說《在大別山上》。初印清樣，徵求意見。——據360百科

[2] 此文為文革初寫的一份材料，錄自當年安徽造反派編印物。原稿未見。

的某些人參加。

二、我抄寫這部書的經過

1.1964年，我工作的合肥冶金機械廠決定結束。為了安排我的工作，5月的一天，廠黨委副書記徐某同我一起去劉秀山處，想請劉幫助。劉說：他現在沒有工作，又不能向外介紹，不好解決。臨走時，他拿出《在大別山上》的第一次抄寫稿三大冊，還有一部分稿紙，叫我幫他抄寫。當時交代的任務是抄清楚，分段落，改正標點及錯別字，有些用詞不當的地方也可斟酌調整。快出門時，他又叮囑，先把原稿看一遍，心裏有個底。又說：你看過後，可以提出你的看法，我們來研究。

2.我拿回來的原稿，是小趙抄的第一次稿，那是用蘸水筆藍墨水寫的（有的是紫色墨水），劉用自來水筆紅色墨水在上面修改了很多。我看了大約一個多星期才看完，一邊看，一邊把我的意見記下來，最後加以整理，歸納為十條意見（詳見另一交代）。這些意見我用信紙寫好，帶到劉處，當時劉外出未回，我把意見封好交護士轉給他。過一天，我愛人下班回來（那時她在安醫洗衣房做臨時工），帶來劉的信，叫我去面談。

3.我到劉處，他把我的意見交給我，要我詳細說明我的看法。我談過之後，他笑著說，戰爭時期有許多東西你不懂得。隨後又逐條討論，我說我的看法，他說他的看法，除了第二條意見他叫我補寫一章，敘明金高的出身經歷以及和黨的地下組織的關係，第十條意見他同意由我改換名字以外，其餘意見都沒有同意。……[1]關於第四條，他說，一個人的意志和生活有矛盾是常有的事，這個副大隊長開始雖然想同那個妓女結婚，但後來還是壯烈犧牲，不失革命戰士的本色。一個人的生活是多方面的，哪能沒有一點缺點呢？關

---

[1]　這類材料不應有省略號，顯係整理者依原稿錄入時刪節，以下還有一處。從上下文看，這裏依照十條意見順序，逐條敘述修訂意見，整理者刪掉原文所述第一條、第二條、第三條和第八條、第十條。

於第五條，他說，游擊隊的傷員在基本群眾家中養傷並不保險，在偽保長家中養傷反而保險。關於第六條，這是討論最長的一個問題，他聽我的意見，覺得有些道理，但又捨不得砍掉這一章。他說，這是全書中寫得最精彩的一章。考慮了一會，他得了一個主意，說：可以改成一個夢，寫游擊隊的文工隊員夜宿老蘇區，聽老蘇區人民講革命故事，晚上就做了一個夢，夢見老蘇區當年的各種情況。後來又想了一會，他說，不行，不行，寫成是個夢，人家會以為我們諷刺社會主義。乾脆，就這樣寫。關於第七條，他說，故事情節要曲折，多變化，才能吸引讀者，地下工作人員本來就很神秘嘛。後來我堅持有的地下工作人員不能寫得太莽撞，不能喪失革命警惕性。他說，可以，個別地方變動一下，問題不大。……關於第九條，他說，國民黨的《六法全書》有很多矛盾的地方，可以利用這些矛盾來作合法鬥爭。而且還說，幫助紅軍家屬打贏官司的就是他自己。談完了這些意見，他拿出人民出版社的退稿信給我看，並說：「這些編輯光會一套理論，實際知識一點不懂。」又說：「我這部書給魏老看，他才瞭解。」這一次談的時間最長，由下午三點談到六點，是我到醫院看他時間最長的一次。臨走時他交給我安慶專區地圖和六安專區地圖各一幅，作為抄寫中的參考。

4. 當時正是七月，天氣很熱，晚上不能寫，白天雖然工作不多，但要按時上班，又不能把原稿帶到辦公室抄寫。我把這個問題向劉提出來，他馬上寫了一封信，叫我帶給邊某。邊當時已調鋁廠，就在劉的信後寫了一封信，叫我帶給省委鋼廠渠廠長，請渠免除我的一些臨時工作，渠把信交給組織部姚部長，姚決定我每週一、三、五下午到廠參加學習，其餘時間在家抄寫，抓緊時間完成。

5. 我在抄寫中，發現原稿各章的標題有的不夠明確，有的不能概括全章內容，所以各章的標題都一律空著不寫，打算在全書抄完後再來考慮，其餘都按劉的交代進行。我替他補寫的第五章，約一萬多字，寫得相當吃力，既要在故事發展上前後照應，又要在風格上同劉的原稿一致，這一章寫的時間也較長。

6.第五章寫成後，連同已抄好的部分送到劉處，請他看一看，有沒有意見。那天我是同王某（某廠廠長、黨委書記，當時在家停職反省，錯誤情節不明）一起去的。劉沒看我的稿子，只是說等全書抄完再看。隨後我又提到上次談過的一些意見，對於傷員在偽保長家養傷不合情理這個問題，我很堅持。劉望著王某說：「你是打過仗的，你說，我們的傷員是在基本群眾家養傷好，還是在偽保長家養傷好？」王笑了一笑，同意劉的意見。然後劉又對我說：「你不瞭解，國民黨的保長是兩面派，陰一面，陽一面，他當國民黨的保長，又幫我們工作，他不敢傷害我們的人。」後來王某就向劉談他犯錯誤的事，劉鼓動他告狀。

7.我抄到第八章（將近十萬字），一天晚上，劉突然叫刁某到我家把原稿要回。那晚我不在家，我愛人用一張破被面把三大冊原稿包起來交刁帶走的。據刁說：有人向劉提了意見，說不應該叫哈庸凡抄寫。劉剛甄別過來，經不起。所以把原稿收回，我抄的一張也沒要。那時我晚上經常失眠，所以當晚回家我愛人沒告訴我，直到第二天才講。我聽了之後，就找出劉給我參考用的兩張地圖，送到醫院交護士轉給他。

三、在這部書上，我和劉在思想上的聯繫和影響

1.當我看到劉拿出三大本裝訂成冊的創作時，我曾說過：「啊！你的精力不小呀。」劉也很得意地說：「你看我有股傻勁吧！」這時，我在思想上是佩服他的。認為他病情不輕，年紀不小，還能每天堅持三小時的寫作，終於寫成這部將近50萬字的創作。我同他年紀差不多，但比他健康，時間也比他寬裕，但我連日記都堅持不下來。由於這種佩服的心情，加上一貫對他的信賴，所以就以認真負責的態度來幫助他搞好這部書，想盡自己的力量使這部書寫得完整妥當，一方面滿足了他的出版的要求，一方面也為自己將來調動工作創造條件。

2.劉這部書的寫作動機，他沒正面談過。不過，從我幫他抄稿以來所接觸的談話中，可以看出一些東西。他曾說：現代一般寫革

命戰爭的小說都很平淡，他這部書要別開生面。他還說過：書中的金高就是他自己的影子，書中金高寫的詩詞，有些就是他自己寫的。他又說過：這部書要爭取在全國性的出版社出版，不在地方性的出版社出版。同時，書中的序言也把這部書評價得太高。把以上這些情況綜合起來，可以看出，他的寫作動機是從表現個人和追求個人的名譽、地位出發。這一點，我當時也看得到。但是由於我也有嚴重的資產階級個人主義思想，所以不但沒有提醒和反對他的寫作動機，反而願意賣力氣來支持和促進他的寫作動機。

3.這部書寫的是解放戰爭期間我大別山遊游擊隊成長的故事，但是全書的主題思想，都是宣揚和提倡個人奮鬥的道路。由於我在舊社會也經歷過這樣的道路（具體情況當然不同），所以對劉這部書感到很親切，很合口味。這一點，特別表現在我補寫的第五章中。在那一章裏，我帶著深厚的同情來描寫金高這個小資產階級知識份子。劉秀山說過：金高就是他自己的影子。如果把全書合起來看，那末，這個金高，一半是劉秀山，一半是哈庸凡。儘管我和劉秀山在很多方面不同，但是在留戀舊知識份子思想感情這個問題上，我和劉的觀點是完全一致的。

4.我給劉提的意見，是大同中的小異，不是把那些問題提到政治原則的高度來討論，研究怎樣寫法才有教育意義，而是把那些問題降低為技術問題，研究怎麼樣才能把故事情節寫得合情合理。正因為我和他的基本觀點一致，所以這些看來似乎對立的意見，實質上並無根本分歧。一經他解釋說明，我就一邊倒，無條件地讓步。這固然因為他是革命前輩，老首長，一向對我有影響，但最根本的還是我和他都是以資產階級的文藝思想來對待這個問題。

四、我和劉秀山的關係

◈ A、工作上的關係

1.1949年11月，我從華東軍大到皖北行署分配工作，可能宋

某[1]把我在解放前的某些表現告訴了劉秀山，所以民政處就把我留榮軍管理局工作。當時劉兼任局長，他經常帶我到榮軍大隊、教養院、療養院等單位檢查工作。那時，局裏有人向我提意見，說知識份子參加革命，應該多在勞動上鍛煉。以後劉在一次談話中，告訴我要在思想上提高，在理論上加強修養，並以范長江為例。我覺得劉的說法很合我的口味，認為他很能體貼人，把他當成知己。

2.1950年間，有一天在劉的辦公室閒談，他談到知識份子在政治上的作用很大，秦始皇焚書坑儒，所以國運不長。自漢以後，歷代帝王都很重視知識份子。共產黨是一貫重視知識份子的，你們好好幹就會有前途。他這一說，也增加了我的優越感。

3.1951年設立皖北區復員委員會，劉兼秘書長，把我調到秘書科工作。1952年劉調淮委，以後我和他在工作上就沒有聯繫。

◈ B、住院期間的關係

1.1962年2月，劉甄別回來住安醫二院療養。4月，我第一次去看他，他拿出在禁閉期間寫的一本《鐵窗詩草》給我看，都是舊體詩，後來我也寫了兩首詩向他祝賀。

2.第二次去看他是同胡某一起去的，胡把自己的申訴材料帶給劉看，劉在上面關於榮軍管理局劇團問題上，加上「是鄭抱真副主任同意的」一句，當時由我代寫。

3.第三次去看他，把我的申訴底稿帶給他看，看過之後，他要我把參加革命後的工作表現以及受處分後的勞動表現補充進去。

4.第四次是同我愛人一起去，我愛人對他說明受處分的情況，他馬上寫了一封信給王某（當時民政廳甄別辦公室負責人之一），要王幫助解決。又寫封信給桂廳長，請批給救濟五十元。

5.第五次去看他，主要是請他把我的問題向桂廳長談談，早日解決。

6.第六次去看他，談到我的甄別問題，他寫了一封信給黎某

---

[1] 宋某即指宋日昌，時任皖北行署主任。

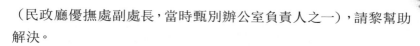

（民政廳優撫處副處長，當時甄別辦公室負責人之一），請黎幫助解決。

7. 到劉那裏談甄別問題談得多了，不好再講，我就寫了一封信去。後來收到他的復信，內有「……你的問題一定要搞個水落石出，工作自有適當安排」等語（原信還在我家）。

8. 第七次到他那裏，他叫我代他覆封信，收信人的姓名、地址記不起來了，只記得來信要求劉幫助解決甄別問題，覆信是劉口述，我筆錄，大意是材料已轉原單位，希安心工作，等待消息。

9. 第八次到他處，他本來叫我復信給江某（原民政廳科員，後因反革命罪行判刑，1952年釋回），後來又改變主意，叫我帶著地址去找江某，在光明電影院後面，找到江家，轉達了劉的意見，大意是材料已轉民政廳，希安心等待。

10. 1963年2月，民政廳閻某書記同我談過以後，我知道我的問題不能甄別了，所以後來到劉處，也不再提這件事了。倒是他主動談起，他說：「我為你的問題，說了不少話，民政廳黨組對我都有意見了。沒有甄別的不是你一個人，比你大的幹部，也沒有甄別。羅平羅秘書長，不是還住在稻香樓嗎？何朋部分甄別了，14級降到18級。算了，你一個月八十塊錢，總比農民生活好得多。」

11. 有一次去看他，談到我的工作問題。他說：「我給你找工作吧。」說著，就寫了一封信給當時合肥市委第一書記劉某[1]，請劉把我安排到文教部門工作。後因市委宣傳部不同意，問題沒解決。

12. 有一次去看他，發現他房裏增加了一張大方桌子，桌子上擺墨硯，我問他幹什麼，他說正在寫東西，原來桌子小了，不合用，改張大的。我問他寫什麼，他說寫一部小說，寫好了給你看。

13. 有一次去看他，他拿出《參考消息》上登載李宗仁在國外對意大利一家報紙的記者發表談話給我看。臨走時，他把最近幾天的《參考消息》找出來，叫我帶回去看。以後有空就到他那裏拿《參

[1] 劉某即指劉征田。

考消息》，有時找護士拿，有時我愛人下班帶回。

14.1963年的一年中，還到劉處去過好幾次，具體次數記不清楚，但都是去探望他的健康情況，沒有提出旁的問題。有兩次談話還記得，一次，他叫我多讀書，多讀名人傳記，加強修養，也可以寫點東西。又一次，他聽我說在參加勞動，他說：勞動鍛煉也很好，要通過勞動改造思想。我把幾年來思想改造的一些體會談給他聽，他表示同意。

✼ 妙玉其人
——《紅樓夢》人物談片之一

《安徽社聯通訊》1983年第13期
《阜陽師範學院學報》1988年第4期

在大觀園眾多的女性中，妙玉可算是一個特殊的人物。她不是賈府的親屬，不是賈府的姻眷，也不是賈府的僕婢，更不同於賈府從姑蘇買來學戲的女孩子和小尼姑、小道姑一流，而是由賈府禮聘為櫳翠庵住持、出身於「讀書仕宦之家」（程乙本《紅樓夢》第十七回。以下凡引自《紅樓夢》的語句，都只註明回數）的女尼。這樣一個人物，在以描寫賈府盛衰為主線的《紅樓夢》中，似乎是無足輕重。然而，作者曹雪芹卻將她列入賈寶玉在太虛幻境薄命司看到的《金陵十二釵正冊》。不僅如此，在《金陵十二釵正冊》中，還將她排在史湘雲之後，賈迎春之前而居於第六位。由此不難看出，按照曹雪芹的創作意圖，妙玉應該是書中一個頗為重要的、可以從一個側面反映和加深主題思想的人物。

誠然，作者為正冊中的金陵十二釵排列的名次，並非一概公允。但是，妙玉作為與賈府毫無瓜葛的佛門弟子而被安排在《金陵十二釵正冊》中的第六位，不能不認為作者存有一番深意。

一

在《紅樓夢》前八十回中，妙玉並不是作者濃墨重彩描繪的人

物。關於她的故事，作者告訴我們的，一共只有五處，即：第十七回禮聘；第四十一回櫳翠庵品茶；第五十回賈寶玉乞梅；第六十三回慶賀賈寶玉生辰；第七十六回凹碧館續詩。其中第十七回、第五十回和第六十三回，都是聞其事未見其人。特別是第五十回〈乞梅〉一節，其人更在若有若無之間。真正有妙玉出場，使我們既見其人又觀其行的，只有〈櫳翠庵品茶〉和〈凹碧館續詩〉兩處。看來，作者給予我們的太少了。其實，就在這五處，作者已以精煉的筆法把妙玉的靈魂展現在讀者之前。只要細心品酌，反覆玩味，依據作者勾勒的畫面，用我們的想像綴聯人物的行動，就能從這寥寥的五處，把握人物的思想感情，洞悉人物的內心世界，從而獲得一個有血有肉的、呼之欲出的妙玉的形象。

清人涂瀛認為：「妙玉壁立萬仞，有天子不臣，諸侯不友之慨。」（《紅樓夢論贊》——引自《古典文學研究資料彙編・紅樓夢卷》第一冊第一三〇頁）有人則把妙玉同元季畫家倪雲林相比，認為她也屬於「孤高好潔」，「傲世憤俗」一流。（見《紅樓夢學刊》一九八〇年第四期《妙玉與倪雲林》）這些看法，都只揭示了問題的一個方面，實際上她的性格遠比上述的理解複雜。她表面的冷，正是內心的熱；表面的超然，正是內心的煩惱；表面的落落寡合，正是內心的感情熾烈。這些看來相反的東西，都統一在妙玉的身上。在《紅樓夢》第三十七回詠白海棠詩中，作者借薛寶釵之口，吟出「淡極始知花更豔」句。「淡」與「豔」，本來是截然相反的對立面，但在一定的條件下，「淡」可以轉化為「豔」。這一定的條件就是「極」——事物達到一定的限度，就會走向它的反面。因此，無論「壁立萬仞」也好，「孤高好潔」也好，「傲世憤俗」也好，都是妙玉熱愛生活，追求幸福的願望達於極限的表現。

當然，曹雪芹生當十七世紀中葉，他不可能懂得辯證法。但是，由於他是「按跡循蹤」（第一回）進行創作，他深刻理解生活中的妙玉，甚至熟悉連她自己也不曾意識到的東西，並且完全按照生活的邏輯來展現她的性格和命運，因而在他的筆下，就出現了一個

雖然充滿著矛盾，但卻是令人信服的，可以捉摸到的妙玉的藝術形象。作者的高明處在於，他不僅天才地符合生活辯證法，而且充分相信讀者會以自己的感受來豐富人物的形象，勿須他多費筆墨。

妙玉是一位正當妙齡的大家閨秀，而且「文墨也極通，經典也極熟，模樣又極好」（第十七回）。她完全有權利得到她應該得到的東西。不幸的是，她入了空門，成了長伴青燈古佛的幽尼。入空門意味著斬斷塵緣，無牽無掛。然而，她的出家，是由於「自幼多病，買了許多替身皆不中用」（同前），並非出於自願。「修行」而又「帶髮」，足見她並不是四大皆空的悟道者。第七十六回為林黛玉、史湘雲續詩，她寫下「……簫憎嫠婦泣，衾倩侍兒溫。空帳悲文鳳，閒屏設彩鴛。……」這樣一些飽含閨怨的詩句，顯然不是了卻塵緣的出家人所能擬想。可見她雖然身在空門，但她的胸膛裏依然跳動著一顆青春的心，以及由這顆心引起的對於生活的熱望。後來，她「父母俱亡」（同前），她更感到身世的淒涼和命運的播弄，因而也更關心自己的歸宿。應聘到榮國府，是她生活歷程中的一個重大的轉折，從此她進入另外一個世界。雖然誦經禮佛的日常功課並未改變，但櫳翠庵畢竟不是空中樓閣，大觀園的良辰美景，不能不牽動她的情思；榮國府的各色人等，不能不引起她的品量。於是，在無聲無息之中，便在賈寶玉身上寄託了一個近於朦朧的，但卻是真誠的希望。

有關這個方面，作者給了我們不少的暗示：

其一、櫳翠庵品茶時，對於同性的劉姥姥吃過的「成窯五彩小蓋鐘」，她嫌醃臢，卻將「自己日常吃茶的那只綠玉斗」給異性的賈寶玉使用（第四十一回）。

其二、連與世無爭的李紈都覺得「可厭」的櫳翠庵住持妙玉，到底還是讓賈寶玉把紅梅折了回來，而且不要人跟著，「……有了人，反不得了」（第五十回）。

其三、收到妙玉慶賀生辰的帖子以後，賈寶玉自己明白：「……因取了我是個些微有知識的，方給我這帖子」（第六十三回）。可見

妙玉並不把別人的生辰放在心上。

看了以上這些情節，對妙玉同賈寶玉的關係還能作出別的解釋嗎？

二

妙玉鍾情於賈寶玉，並非羨慕榮國府的赫赫門第，而是有其思想的必然。她出身於「讀書仕宦之家」，雖然作者在書中對她的家世未作詳細交代，但從她父母雙亡後孑然一身的景況來看，顯然是屬於家道式微那種類型的寒門庶族。這樣的家庭，在以傾軋為能事的封建官場中，往往由於主人的清高和耿介而為權貴所排斥。邢岫煙說她「不合時宜，權勢不容」（第六十三回），可能就是指她的家庭而言。妙玉自幼受到父輩的薰陶，平時十分欣賞《莊子》，又常常稱讚宋人范成大「縱有千年鐵門檻，終須一個土饅頭」的詩句（同前），足見她接受了蔑視傳統禮法，追求超脫物外的思想影響，因而形成孤芳自賞，傲岸不屈的品格。同時，多年的佛門生活，又使她習慣於野雲閒鶴，淡泊自甘的行徑。因此，在她的人生觀裏，既有積極的反抗現實的一面，又有消極的逃避現實的一面，這兩個方面結合起來，就構成不求聞達，不慕榮華，不遵禮法，不附權貴的叛逆性格。所以她雖然置身於大觀園的花團錦簇之中，卻不屑與一班凡夫俗子為伍，只有從賈寶玉那裏，她才發現共同的志趣和理想；也只有從賈寶玉那裏，她才真正獲得理解與同情。這就是妙玉所以傾心於賈寶玉的思想根據。可以這樣說，從思想傾向來看，妙玉比之林黛玉更同賈寶玉「心心相印」。

然而，妙玉畢竟不能逃脫現實，在封建禮法和佛門清規雙重鉗制之下，她只能把她的秘密深深地埋在心底，即使在賈寶玉面前，她也故作偏激之態，給人以更為冷漠的印象。

譬如：明明連「自己日常吃茶的那只綠玉斗」也給賈寶玉使用，卻偏「正色道：你這遭吃茶是托他們兩個的福，獨你來了，我是不給你吃的」（第四十一回）。明明懷著一腔熱忱為賈寶玉生辰祝福，

卻偏在賀帖上寫下「檻外人」三個冷冰冰的字，萬縷柔情掩蓋在嚴峻的言詞之下。

這就表明，在愛情問題上，她還缺少《玉簪記》中陳妙常追舟的勇氣。妙玉對愛情的追求，固然表現為她對封建禮法和佛門清規的反抗，而她的柔弱，也同樣表現為對封建禮法和佛門清規的控訴。所以妙玉的性格是十分複雜的，是既打上時代的烙印又屬於她「這一個」所獨有的，不能與歷史上的人物類比。邢岫煙說她「僧不僧，俗不俗，女不女，男不男」（第六十三回），倒不失為一個頗有見地的評語。

三

《紅樓夢》的讀者，一般都對寶、黛的愛情寄予同情和惋惜，其實，妙玉的愛情悲劇更甚于林黛玉。林黛玉是賈府的近親，她雖然寄居外家，但還有已故鹽政小姐的身份以資護持；妙玉則家世淹沒，孑然一身，雖受賈府禮聘，卻是寄人籬下。此其一。

林黛玉和賈寶玉自幼生活在一起，可以耳鬢廝磨，長日相伴；而妙玉與賈寶玉不僅不能親近，甚至見面的機會也極少。此其二。

林黛玉尚有紫鵑可寄腹心；而妙玉跟前的兩個老媽媽和一個小丫頭，顯然都不理解她的心事。此其三。

最後，更為可悲的是，林黛玉是待字閨中的少女，她自己和別人都可以名正言順地考慮她的終身大事；妙玉則被視為皈依三寶的女尼，完全被剝奪了愛情和婚姻的權利。

由於上述原因，雖然埋在妙玉心底的那個願望，也能給她在黃卷青燈的寂寞歲月中帶來慰藉，但是，「追求幸福的願望只有極微小的一部分可以靠理想的權利來滿足，絕大部分卻要靠物質的手段來實現。」（恩格斯：《路德維希·費爾巴哈和德國古典哲學的終結》。人民出版社一九七二年四月版第三〇頁）妙玉缺少足以誇人的出身、家世以及沖決藩籬的勇氣，也就是缺少實現願望的物質手段，這就決定了她孜孜以求的只能是一場酸楚的幻夢。

妙玉的悲劇還不限於愛情，她的結局也是十分不幸的。關於這方面，在《紅樓夢》前八十回中雖未出現，但作者在第五回《金陵十二釵正冊》關於妙玉的畫圖、判詞和《世難容》曲子中，都一再透露了她未來的命運，所謂「⋯⋯可憐金玉質，終陷淖泥中」，所謂「⋯⋯到頭來依舊是風塵骯髒違心願，好一似無瑕白玉遭泥陷。⋯⋯」正是妙玉結局的形象概括。可惜八十回以後的原稿未能留傳下來，致使我們不能看到妙玉走向泥淖的悲慘景象。不過，據看過全稿的脂硯齋在靖氏藏抄本的一條批語說：

「妙玉偏辟處。此所謂過潔世同嫌也。他日瓜洲渡口，各示勸懲，紅顏固不能不曲從枯骨，豈不悲哉！」

這條批語是為櫳翠庵品茶，妙玉不收劉姥姥吃過的成窯杯寫的。在這裏，脂硯齋對「過潔世同嫌」句中的「潔」字顯然作了狹隘的理解，因而表現了因果報應的觀點。不過，妙玉後來嫁給一個行將就木的老翁，則可能不失作者的原意。總之，不論具體情節如何，作者為妙玉安排的結局是十分不幸的。

高鄂續成的後四十回，雖然存在不少的缺陷，但對妙玉的處理，基本上能體察和掌握曹雪芹的創作構思，保持人物性格的完整，並按照生活的邏輯進一步展現人物的內心世界，從而較為成功地完成了人物的悲劇命運。後四十回描述妙玉的結局，可能不及曹雪芹的設想，但就暴露封建社會罪惡的主題而言，還是起了一定的作用的。

四

妙玉是曹雪芹飽蘸血淚刻畫的人物，在這個人物的身上，不能不反映他對生活的認識。

曹雪芹生當被稱為盛世的清代雍正、乾隆年間，經歷了由「錦衣紈絝」「飫甘饜肥」到「蓬牖茅椽」「繩床瓦灶」的重大轉變。在這個轉變中，他看到了宦海的浮沉和世態的炎涼，看到了是非的混淆和善惡的顛倒。由此他發現：凡是志行高潔，才華優

異的正直之士，最後都不可避免地招致摧殘和毀滅。在暗寓妙玉結局的《世難容》曲子裏，他發出「……才高人愈妒，過潔世同嫌…」的憤激之詞，就是他在觀察社會，體驗人生之後得到的痛苦的結論。

由現實追溯歷史，作者進一步發現，他所指出的「……才高人愈妒，過潔世同嫌……」的現象，不僅存在於他生活的時代，而且是封建社會裏一個帶普遍性的問題。由於階級局限和歷史局限，他不可能對這個問題作出正確的解釋，但是，在飽經憂患的生活之後，他終於敏銳地覺察到，這是封建專制造成的惡果。要消除這種現象，首先應當揭露封建制度的罪惡，也就是一班士大夫所謂的譏議朝政。

然而，他所處的時代，正是文網周密，鉗制輿論的黑暗時代，雍正、乾隆兩朝一再興起的文字獄，給他以莫大的威脅，而他的生活感受又如骨鯁在喉，不吐不快。於是，便只好將真事隱去，用「假語村言」寫出一部《紅樓夢》來。作者在書的開首，故意佈下一層迷霧，其意圖就是為了掩蓋全書的政治鋒芒。

既然「政治在當時是一個荊棘叢生的領域，所以主要的鬥爭就轉為反宗教的鬥爭」（同上。第十二頁）。既然曹雪芹不能譏議朝政，所以便轉而把宗教當作抨擊的對象。因為佛家思想同儒家思想一樣，都是封建統治賴以維持的精神支柱，從這個意義上說，反宗教鬥爭實質上就是反封建鬥爭。一部《紅樓夢》，到處閃射著反宗教思想的光芒。書中出現了不少的出家人，除了虛無縹緲，實際上並不存在的一僧一道以外，所有現實中的僧尼，如鐵檻寺的靜虛、地藏庵的圓信、水月庵的智通，無一不是在法衣掩蓋下幹著傷天害理勾當的惡棍。作者對她們的無情鞭撻，正是他反宗教思想的具體表現。

作者塑造的妙玉的形象，也是從反宗教思想著眼的。他首先賦予妙玉以佛門弟子的身份，然後又使她的思想感情不容於佛門清規。正是在宗教枷鎖的禁錮下，扭曲了她的人性，戕害了她的青春，

把一個天真無邪的少女拋入了黑暗無邊的深淵。在妙玉這個具體人的身上，作者反宗教的思想不是表現為鞭撻，而是表現為控訴。「可憐金玉質，終陷淖泥中」。作者對妙玉的不幸遭遇，是寄予深切同情和惋惜的。

作為妙玉的陪襯，是地藏庵老尼的徒弟智能。她與秦鍾相戀，甚至不惜背棄佛門清規，親自找到秦鍾家裏去。同樣是女尼，同樣是追求美好的未來，為什麼智能敢於不惜一切，而妙玉卻計不及此呢？這裏的差別在於，妙玉曾經是宦家小姐，她的家世和封建教養，都不容許她去做為當時社會所不齒的事。當然，智能的勇氣也不會給她帶來成功，被秦邦業趕走以後，她的結局是可想而知的。由此可見，在封建禮法盤根錯節，無往不在的黑暗時代，凡是敢於表現自由意志，追求個性解放的人，無論勇敢還是柔弱，世家還是平民，最後都不可避免地走向毀滅的道路。妙玉如此，智能如此，林黛玉、賈寶玉諸人莫不如此。曹雪芹之所以要寫妙玉，就是企圖在林、賈以外，再一次向封建社會提出強烈的控訴。

妙玉的身世是淒苦的，愛情是不幸的，結局是悲慘的，自然應該歸入「紅顏薄命」一流，所以作者將她列入《金陵十二釵正冊》，並且給以應有的地位。所謂「紅顏薄命」，按作者的意思，是指在封建社會裏由於「……才高人愈妒，過潔世同嫌……」而招致損害的無辜者。從客觀效果看，作者的意旨在於昭示後人：記取過去，爭得未來。

✻ 《江淮英烈傳》編輯絮記[1]

一、關於寫作問題

1.傳記屬文學體裁，首先是傳記，其次才講究文學色彩。傳記文學最重要的是尊重歷史，尊重客觀事實。在符合歷史的條件下，來用恰當的文學形式，使烈士的英勇事蹟通過盡可能完美的藝術形式表達出來。這一點可概括為事實第一，文采第二。

2.寫烈士傳最容易發生雷同現象。一旦寫成公式化的東西，便使人感到枯燥無味，從而削弱了它的教育作用。司馬遷《史記》中的《鴻門宴》一段，無論項羽、劉邦、范增、張良，甚至樊噲、項伯，個個都寫得很生動，很真實。要盡可能做到這一點，除了掌握充分的史實以外，還要從材料中研究和揣摩每個烈士的個性特點。只有把個性寫出來，人物才能寫活。這一點做起來比較吃力，但我們應當努力這樣做。

3.中國革命是在半封建、半殖民地的社會裏進行的，儘管烈士們都是無產階級先進分子，但也不能不受時代的限制。我們的責任是如實地反映時代，保持歷史的本來面目。既不應把烈士神化，也不應用今天的尺度去要求前人。我們應當堅持歷史唯物主義的態度。

4.篇幅上不作限制。一切以事實為根據，有話即長，無話即短。不拼湊，也不

哈庸凡先生離休後受聘任《江淮英烈傳》叢書主編與《安徽民政誌》主編。圖為哈庸凡先生主持《江淮英烈傳》編委會

[1] 1984年，安徽省民政廳聘任哈庸凡先生為《江淮英烈傳》主編，本文係他寫在筆記本上的工作箚記手稿，應為在編輯工作會議上講話提綱。

壓縮。

二、關於選題問題

1.在初步查閱資料之後，即可以選題。

2.選題以後提出寫作計劃，計劃中主要提出繼續調查訪問的專案和線索，於二月底以前告知編寫組，以便統籌安排。

3.稿件的三種情況

資料少，不全；與其他史料互相有出入；寫作差，達不到入選稿件品質。

三、發行管道

1·預訂

①省內外大專院校

②省外黨史辦、圖書館、研究單位、老幹部局

③南京軍區所屬部隊

2·批銷

①省軍區系統　②省武警系統　③炮兵學院

④電子工程學院　⑤文化系統　⑥教育系統

⑦共青團系統　⑧工會系統　⑨婦聯系統

⑩鐵路系統（鐵四局）　老幹部局、礦務局等。

3·代銷

第一片　阜陽、宿縣地區，蚌埠、淮北市

第二片　六安、滁縣地區，合肥、淮南市

第三片　宣城、安慶、徽州地區，蕪湖、安慶、馬鞍山、銅陵市

4·零售　①巡迴展覽②清明節

❊ 試論統一戰線與社會主義現代化建設

《安徽社聯通訊》1985年第4期

毛澤東同志曾經把統一戰線看作是革命鬥爭的三大法寶之一，在黨的工作重點轉移到現代化建設上來的新的歷史時期，統一戰線仍將作為一個重要的法寶，繼續發揮並不斷加強它的作用。我黨的統一戰線工作，經歷了中國革命各個歷史時期，積累了豐富的經驗，這些經驗對於今後統一戰線工作的開展，無疑是一份珍貴的財富。然而，問題並不止於此。隨著我國社會主義現代化建設的進展，統一戰線同其他各條戰線一樣，也面臨著一些新情況和新問題，需要從理論上和實踐上進行探索，爭取更恰當地適應建設有中國特色的社會主義這個歷史趨勢。本文試圖對這個問題提出一些初步看法，希望得到各方批評指正。

一

根據馬克思主義的基本原理，統一戰線屬於上層建築範疇，它對它賴以生存的經濟基礎負有維護、鞏固和推動的責任。在當前的歷史條件下，就是為發展社會生產力，推進四個現代化，建設有中國特色的社會主義服務，這是從統一戰線作為上層建築範疇這個普遍性出發所規定的任務。當然，在新的歷史時期，統一戰線還擔負著統一祖國的任務，這是從統一戰線作為一個具體的工作領域這個特殊性出發所規定的任務。這兩個任務密切關聯，互相促進。發展社會主義現代化建設，增強我國的經濟實力，實際上正是為統一祖國創造條件；而在愛國主義的召喚下，又將加速社會主義現代化建設的進程。因此，統一戰線應當通過自己特定的工作，努力完成為社會主義現代化建設服務和統一祖國的任務。

在新的歷史時期，統一戰線是全體社會主義勞動者同擁護社會主義的愛國者與擁護祖國統一的愛國者所結成的廣泛聯盟。按

照這個特點，統一戰線在為社會主義現代化建設服務中，擁有兩大優勢：其一，統一戰線內部包括國內、港澳和海外僑胞中各個階層、各條戰線、各種行業的代表人物及其所聯繫的社會人士，應該而且可能及時反映社會動態和經濟資訊。這種廣泛的社會聯繫，是除統一戰線以外上層建築範疇中其他任何領域所不能比擬的。恰當地組織和運用這一優勢，對於社會主義現代化建設必將產生積極的作用。其二，上述人士中的大多數都具有某一行業的專長，有的還是該行業的專家，可謂得天獨厚，這種多方面的智力資源也是除統一戰線以外上層建築範疇中其他任何領域所不能比擬的。有計劃地調動和發揮這一優勢，對於社會主義現代化建設也將是一個重大的貢獻。以上兩大優勢，從全國看是如此，從一個地區看也是如此。不過，要使這種客觀存在提供的可能成為現實，關鍵在於主觀努力。因此，統一戰線對於社會主義現代化建設不是無能為力，而是大有可為，在這個問題上，應當有足夠的估計和認識。

二

統一戰線作為一個具體的工作領域，不直接參加生產勞動，這就決定了它為社會主義現代化建設服務的方式只能是間接的，宏觀的，有時甚至是不著痕跡的。根據這個特點，統一戰線為社會主義現代化建設服務，大體上可以從以下四個方面考慮：

第一，統一戰線中的階級、階層和人們，在政治上都有一個共同的語言，就是愛國主義（在社會主義勞動者與擁護社會主義的愛國者之間，還有社會主義作為共同語言）。在新的歷史條件下，愛國主義適合一些人，特別是港澳同胞、海外僑胞、外籍華人的思想水準和認識水準，具有相當大的號召力。在愛國主義的旗幟下，可以團結和推動更為廣泛的人們致力於社會主義現代化建設。過去對愛國主義的宣傳，似乎偏重於統一祖國的一面，今後應當同時兼顧為社會主義現代化建設服務這一面，使愛國主義的精神力量化為振興中華、統一祖國的物質力量，在沿海開發城市和經濟特區中，

尤其要強調這一點。

第二，統一戰線要團結一切可能團結的力量，必須依靠黨的政策。十年內亂期間，統一戰線成了「重災區」，所以在統一戰線內落實政策顯得尤為迫切。黨的十一屆三中全會以來，在各級黨委領導下，統戰部門在這方面做了大量的工作，取得顯著的成績。例如，《羊城晚報》一九八四年十月十六日第一版載廣東省臺山縣「……今年一至九月，落實僑胞政策進展較快，華僑及港澳同胞為家鄉建設捐贈的港幣驟增至六千萬元，而去年一年捐贈的港幣是四千八百萬元。」「眼下，華僑及港澳同胞給家鄉捐款，已從興辦公益事業轉為幫助家鄉搞生產建設，到目前為止，已簽訂『三來一補』合同一千五百多宗，總金額三百萬美元……」這裏雖只講的是僑鄉臺山，但是，落實政策所帶來的積極影響，在任何地方都是不容置疑的。我們既要估計它在政治上的影響，又要估計由於政治上得到妥善解決，而將自己的專長或特有的社會聯繫轉化為生產力的那種經濟上的影響。目前的問題是，在個別地方或個別人身上，政策還未落實或者還未完全落實，即使在政策上已經落實的地方，也還需要針對不同對象做好疏導工作，使所有被落實政策的人都能解開思想疙瘩，消除各種顧慮，在統一祖國和社會主義現代化建設中發揮應有的作用。落實政策的目的，在於調動一切積極因素並且化消極因素為積極因素，為社會主義現代化建設和統一祖國服務。這是一個內容十分豐富的題目，大有文章可做。

第三，民主協商是統一戰線參與國家大計方針的優良傳統，也是統一戰線為社會主義現代化建設服務的可行方式。最近舉行的中國共產黨第十二屆三中全會通過的《關於經濟體制改革的決定》，事前曾邀請各民主黨派、全國工商聯負責人和其他知名人士舉行座談，徵求意見，這是黨中央高度重視並充分發揮統一戰線作用的光輝範例。就一個地區來說，對於當前有關經濟社會發展的重大措施，也不妨仿照中央的做法，事先在統一戰線的

一定範圍內徵求意見，或交由各級政協有關的工作組進行研究，廣集眾議，以供採擇。這樣做，既能發揮統一戰線為社會主義現代化建設服務的積極性，增強振興中華、繁榮家鄉的責任感，又能使當地經濟社會發展的重大措施建立在更為廣泛的群眾基礎之上。

　　第四，當前，參加統一戰線的一些民主黨派，紛紛舉辦各種類型的補習班（學校），邁出了為社會主義現代化建設服務的步伐。從運用社會力量培植人才，適應廣大青年學習要求來說，這是一件值得提倡的好事。不過，為社會主義現代化建設服務的管道並不限於辦學，如果不根據自身的特點而競相趨向辦學，則不僅服務項目單一，服務內容重複，而且可能脫離當地經濟社會發展的總體規劃，對其他方面造成影響。據安徽省經濟文化中心調查組一九八四年九月十八日在《合肥市中等教育面臨的困難及其出路》這篇調查報告中說：「……初步統計，目前省直機關和合肥市一些單位借用中小學校舍辦學的有四十一家，共辦各種學習班二百三十三個，有學員一萬二千六百二十九人，共借用中學骨幹教師四百六十人。」並指出，由於過多地聘用中學骨幹教師，「對學校的正常教學帶來很大衝擊，造成不利影響。」建議「對社會辦學適當加以整頓。」民主黨派辦學的主觀願望是好的，但客觀效果卻未能盡如理想，主要原因是缺乏著眼於全局的統一指導。因此，統一戰線應當根據當地經濟社會發展的總體規劃，按照各民主黨派和工商聯的特點，在調查研究的基礎上做好預測、聯繫和協商，並提供資訊和諮詢服務，從宏觀方面加以指導。即使是辦學，也要在國家發展教育的統籌安排之下，以自身力量為主，互有分工，互有側重，而且要照顧急需文化科學知識的郊區和小城鎮，不要過多地集中在城市。此外，統一戰線應利用廣泛的社會聯繫，大力鼓勵引進人才，引進技術（包括管理經驗），引進外資，不但要從國外引進，也要從省外、縣外引進。

　　社會主義現代化建設要擺脫僵化的模式，走自己的路，建設有中國特色的社會主義，這是前人未曾做過的極其壯麗的事業。因此，統一戰線在為建設有中國特色的社會主義服務中，也將遇到前人未曾遇到的問題，儘管這些問題目前還處於萌芽狀態，但是，作為研究課題，應當把它們揭示出來，以期引起注意，共同加以探討。

　　第一個問題，城市個體經濟的代表人物算不算統戰對象？城市個體勞動者組織應該不應該包括在統一戰線組織之內？

　　社會主義社會要大力發展商品生產，要國家、集體、個人一齊上，要實行社會主義全民所有制支配下多種經濟成分共存。同時，我國憲法也明確規定：在法律規定範圍內的城鄉勞動者個體經濟，是社會主義公有制的補充，受到國家的保護、管理和監督。因此，在今後相當長的時期內，城鄉勞動者個體經濟將有較大的發展。當然，在社會主義全民所有者和社會主義集體所有者占絕對優勢的條件下，個體經濟不會也不可能發展成為資本主義。但它畢竟是以個人佔有生產資料為特徵的經濟成分，就它受國家保護這一面說，它是團結的對象；就它受國家監督那一面說，又存在鬥爭的可能。而且一種經濟成分在取得合法地位之後，就會謀求在政治上與其他經濟成分結成聯盟，城市的個體經濟在這方面尤其敏感。為了調動城市個體經濟的積極因素又避免它的消極因素，統一戰線應當考慮這個問題。

　　第二個問題，小城鎮要不要開展統戰工作？統戰工作如何促進小城鎮的發展？

　　當前，為了適應農村商品經濟的發展，安置農村剩餘勞動力，以逐步縮小城鄉差別，各地正在加緊建設和發展小城鎮，要把小城鎮建設成為一個地區的政治中心、經濟中心、文化中心和科技中心，有的小城鎮還要建設成為大中城市的衛星城。按照這個趨勢，

今後小城鎮的產業結構、階級結構和知識結構將要發生重大的變化，有的小城鎮還可能有涉外事務，客觀上要求統一戰線發揮作用。過去講到統一戰線，總是著眼大中城市，而忽視小城鎮，實踐將證明，這種看法是不能適應經濟形勢的發展的，小城鎮的建設將要改變統戰工作的格局；而統戰工作的開展，又將促進小城鎮的發展。這個問題值得很好研究。

第三個問題，在經濟特區和沿海開放城市中，統戰工作應當如何進行？

從統一戰線的角度看，經濟特區和沿海開發城市的一個顯著的特點，就是「三胞」的事務多，所以這裏的統戰工作不能完全搬用內地的一套。同時，「三胞」工作牽涉面廣，政策性強，所以這裏的統戰工作較之內地更為複雜，也更艱巨，沒有現成的東西可資借鑒。只有在實踐中不斷總結經驗，逐步形成一套切合實際而又行之有效的辦法，才能更好地團結和推動「三胞」在社會主義現代化建設和統一祖國大業中發揮積極作用。所以這也是一個值得重視和研究的問題。

第四個問題，在「一個國家、兩種制度」的設想實現以後，特別行政區要不要開展統戰工作？

在中英關於解決香港問題的協議中，規定了採用「一個國家、兩種制度」的辦法。十三年後，香港將成為中國的一個特別行政區，把書面的條文變為事實。臺灣回歸祖國以後，也同香港一樣，成為我國的又一個特別行政區，保持資本主義制度。因此，在不遠的將來，我們將要面臨「一個國家、兩種制度」的局面。我們說，特別行政區內的資本主義制度可以五十年不變，並不是說，在一個國家內，社會主義與資本主義長期共存，事實上，擁有十億人口、九百六十萬平方公里的社會主義大陸，遠遠超過一兩個資本主義的特別行政區。我們提出「一個國家、兩種制度」的設想，最重要的依據就是我們堅信歷史唯物論，堅信社會主義最終必然戰勝資本主義。建國初期，我們實行保護資本主義工商

業的政策,後來經過對資本主義工商業的社會主義改造,終於消滅了資本主義和資產階級。因此,在「一個國家、兩種制度」的局面之下,必然存在著又聯合、又鬥爭的複雜情況。對於這種情況,除了採取其他處置以外,還必須運用統一戰線這個法寶,以爭取、團結、教育特別行政區人民的大多數,把社會主義的影響滲透到特別行政區的每一個角落,在不設統戰機構和統戰專職幹部的情況下,獲得統戰工作的最大效果。這是一場特殊的、無形的、極其艱巨的戰鬥,也是應該認真研究的一個課題。

統一戰線在為建設有中國特色的社會主義服務中,可能遇到的問題很多,但主要的則是上述幾點。

歷史是發展的,統一戰線也是發展的。過去適用的東西,必須在新的歷史條件下接受檢驗。當前,一個以城市為重點的經濟體制改革的熱潮正在全國興起。統一戰線作為反映生產關係的上層建築,必須改革不適應生產力發展的部分,在改革中開創統戰工作的新局面。

✽ 民革中央孫中山研究學會增補理事函

中國國民黨革命委員會中央委員會　1987年4月22日
<87>辦發字第三○二五三號

民革第六屆中央委員會在一九八七年四月九日舉行的第十八次(擴大)會議上,通過了民革中央孫中山研究學會增補理事的建議。這次增補理事共十一人,名單如下(按姓氏筆劃為序):

王奇(團結報社)　王靜如(北京)

鄧衛中(四川)　　史式(四川)

朱培楓(香港)　　陳炎(北京)

沈雲蓀(上海)　　沈楚才(團結報社)

哈庸凡(安徽)　　莫濟傑(廣西)

民革中央辦公廳　1987年4月22日

✽ 《安徽省誌・民政誌》^[1]編纂始末

（1991年11月14日收入《安徽省誌・民政誌》）

1985年8月，按照安徽省地方誌編纂委員會部署，省民政廳黨組決定，由一位副廳長和各業務處室負責人共同組成《安徽省誌・民政誌》編纂領導小組，下設《安徽省誌・民政誌》編輯室，抽調在職幹部和聘請離退休同志共六人負責編修。經過一段時間的參觀學習、業務培訓後，即由各業務處室指定專人負責搜集中華人民共和國建國以來各該處室的資料，並撰寫資料長篇；編輯室人員則集中力量分頭徵集清末、民國和革命根據地的資料。

1987年6月，編輯室與金寨縣民政局聯合召開《金寨縣民政誌》稿評議會，對編寫民政誌的指導思想、篇目設置、資料鑑別、專誌體例及品質等問題作較深入的交流和探討，為編修誌稿積累了一些經驗。會後，再次修訂篇目，並開始分篇撰寫。時經兩年，稿易三遍，於1989年9月寫成約30萬字的評議稿，除分送廳領導、各業務處室及離退休老同志，各地市及部分縣民政局徵求意見外，並於1990年3月底，邀請省地方誌編纂委員會辦公室、省委黨史徵集工作委員會、省委政策研究室、省軍區、省公安廳、省水利廳、省財政廳、安徽大學等專家、學者及部分地市縣民政部門修誌同志，舉行為期三天的評議會。會後，集中各方意見，分類整理，綜合分析，制訂修改方案，並經編纂領導小組同意，將下限由原定1985年延伸到1989年，經省地方誌編纂委員會辦公室審定後，即調整方案，明確責任，同時綜合總纂。至1991年5月，全書定稿陸續送審。

《安徽省誌・民政誌》上起清光緒三十二年（1906年），下迄1989年，為時凡八十四年。在這八十四年中，安徽民政工作先是隸屬於大清帝國、中華民國，從1929年5月皖西立夏節起義至1949年中華人民共和國建立前的二十年中，省內同時存在兩種或三種隸屬不同、性能各異的民政工作。這是安徽民政工作的特點，也是《安

439

---

[1] 1989年4月，安徽省民政廳聘任哈庸凡先生為安徽民政誌主編。

徽省誌・民政誌》編寫的難點。為了如實記述這種錯綜複雜的歷史
進程，本誌不得不破除以事繫年的成例，在篇目設置上有所變通。

　　自清末設置民政專制機構以來，舉凡地方行政、官吏任免、行
政區劃、地方自治、警政、戶籍、選舉、圖誌、地政、徵兵、徵發、賑
災、救濟、慈善事業、公共衛生、公共工程、名勝古跡、禮俗風化、
褒揚恤典、優待抗日軍人家屬、寺廟、公產、移民、禁煙禁毒、出版
登記、社團登記、勞資爭議、主佃糾紛等政務，均屬民政部門職責。
革命根據地和建國初期，安徽民政部門的職責也較後來為多。根據
省地方誌編纂委員會辦公室規定，凡已劃出的業務，由現在主管部
門的專業誌負責撰寫，原主管部門的專業誌不再記述。因此，本誌
只就全國第八次民政會議確定民政部門的職責追述歷史，不可能
反映歷史上安徽民政工作的全貌。

　　清末、民國時期，社會救濟與社會福利並無明確劃分，其福
利設施與救濟設施往往混為一體，難於區別。為了記述方便，本
誌將清末、民國時期的社會福利併入〈社會救濟〉篇，而在〈社會
福利〉篇中，則專記中華人民共和國建國後的發展變化，以避免
混淆和重複。〈婚喪管理〉篇和〈其他民政事務〉篇也從建國後
記起。

　　《安徽省誌・民政誌》的完成，主要是省民政廳黨組的正確領
導、省地方誌編纂委員會辦公室的精心指導以及省民政廳各處室
的大力支持。在編纂過程中，中國第一和第二歷史檔案館、省圖書
館、省檔案館、省博物館、南京大學圖書館、安徽大學圖書館、安徽
師範大學圖書館、省政協文史資料委員會圖書室、安慶市圖書館、
無為縣檔案館等均提供大量有價值的資料，省委黨史徵集工作委
員會不僅提供查閱資料的方便，還幫助審閱和訂正有關章節。各地
市民政局和金寨、六安、臨泉、嘉山、肥西、當塗、舒城、樅陽、利
辛、甯國、績溪縣民政局等也積極支持。省民政廳原領導胡錫光、
胡向農、梁武城、白犁平、李喚儂、李灝、姜德馨、裴文忠、李巨、
李勝冰以及革命根據地黨政機關和民政部門的老同志汪道涵、陸

學斌、劉征田、羅平、裴海萍、何紹先、楊蔭南等，都給予關懷和指導，並提供寶貴資料，在此一併表示衷心感謝。

省民政廳各業務處室負責搜集建國後資料並撰寫資料長篇的，先後有李方好、涂東平、陳建莉、侯世標、孫邦平、薛昆明、張文達、房玉保、吳建國、王克勤、濮宜平、楚國穩、周林、趙如林、萬文華、方勇勝、韓永耀等同志，他們的辛勤勞動，體現了眾手成誌的修誌傳統，應當充分肯定。

編修民政專業誌，對我們來說，是一項陌生而艱巨的工作。這不僅因為我們缺乏方誌學的知識，而且因為民政工作是多項業務的集合，頭緒多，變化大，牽涉面廣，而時勢的更易，資料的散佚，更增加了各種的難度。我們懷著盛世修誌的熱忱，依靠廳黨組、省地方誌編纂委員會辦公室的領導和各方面的支持，雖然勉力完成任務，但在品質上可能還有問題甚至差錯，懇請各方批評指正，以謀補救。

❖ 兩種致富觀

《安徽老年報》1995年8月14日

「貧窮不是社會主義」。改革開放以來，國家允許一部分地區、一部分人先富起來，繼而達到共同富裕。這一政策，符合我國國情，完全正確。

從個人來說，致富之道，一靠技能，二靠勤勞，三靠競爭。憑這三條，在憲法和法律範圍內，從事正當的生產、經營活動，經過智慧、精力和汗水的長期積累，最終步入富裕行列。如此致富，是堂堂正正的富，是社會主義市場經濟必需的富。如此致富，應當受到全社會的鼓勵和尊重。

有的人不學技能，不耐勤勞，不講市場規則，卻硬把自己擺在「先富起來」那一部分人之中，妄想一夜之間腰纏百萬，享盡豪華。在利欲和狂妄驅動下，假冒偽劣有之，坑蒙詐騙有之，化公為私有

之，貪汙納賄有之，傷天害理，違法觸刑，在所不計。如此「致富」，是損人害己的富，是巧取豪奪的富，是曇花一現的富，是社會主義市場經濟不能容忍的富。如此「致富」，或者能「瀟灑」一時，但終究是「機關算盡太聰明，反誤了卿卿性命。」

兩種致富觀，兩條致富路，一正一邪，一善一惡，一功一罪，涇渭分明，不容混淆。人們據此作出讚揚或鞭撻、扶持或制裁的選擇。至於個人，如果有勇氣，不妨自我測試一下：錢袋裏裝的是不是昧心錢？有沒有血腥氣？半夜聽到敲門，會不會心驚肉跳？

❋ 誰該看老年報

《安徽老年報》1997年12月3日

「誰該看老年報？」答案似乎很明確：「當然是老年人。」這個答案不能說不對，但答得不完全。如果說按百分制計分，只能給六十分。

老年報的大部分內容，固然以老年人為主要讀者，但同時也刊登各地的敬老資訊以及某些老年人對其切身問題的願望和要求。手邊有10月5日《安徽老年報》，其中第一版上，報導了合肥市蒙城路的敬老工作，還有〈請把屁股坐正〉一篇評論。類似這樣的內容，光給老年人看，除了受到鼓舞或感到同情以外，別無作用。因為老年人是弱勢群體，沒有力量解決自身的問題。只有讓做老年工作的人，特別是負責人看，才有可能受到啟發，舉一反三，進而依據實際情況，改進老年工作。上述答案恰恰把應該看老年報的這一部份人漏掉了，所以不能得滿分。

老年報是老年人自我教育的園地，也是保障老年人權益的輿論陣地，老年人應該看，做老年工作的人也應該看。做老年工作不看老年報，就像做生意不懂行情一樣的不可思議。在一次徵求老同志意見的座談會上，我拿出1996年6月12日《安徽老年報》第一版刊登的〈中組部負責同志說明「兩個待遇」具體內容〉，在座的領導和

部門負責人都說未看過。據此推想，可能有相當一部分做老年工作的人不看老年報，或者看得很馬虎。我不是老年報的推銷員，但作為老年群體的一分子，我有責任呼籲省內所有涉及老年人的地區、單位、部門都要訂閱《安徽老年報》，並要認真地看。領導工作忙，可指定相關人員看後將需要的部分圈出送閱。

話又說回來了，在相當一部分做老年工作的人不看老年報的情況下，他們又怎麼能聽到我們的聲音呢？

❈ 澳門回歸與新世紀展望

《工商導報》1999年12月17日

在舉國上下慶祝中華人民共和國建國五十週年的歡騰熱潮尚未消退的時候，在新世紀的曙光噴薄欲出，即將照射地球的時候，我們又以熱烈而亢奮的心情，迎來了澳門回歸。

我國對澳門恢復行使主權，標誌著殖民主義者在中國領土上最後一個烙印被徹底消除。歷史是無情的，當年，殖民主義者從腐朽的封建王朝手中攫取了澳門；如今他們又在莊嚴的五星紅旗下，把澳門交還中國。形成這種反差的根本原因，在於中國人民已經掌握了自己的命運，並且具有維護祖國領土主權完整的決心和能力，在國際上贏得了崇高的地位，因而迫使曾經欺凌過我國的國家不能不正視現實。歷史又一次證明，只有自強，才能自立於世界民族之林。

根據一國兩制方針制定的澳門基本法，必將使澳門同胞在回到祖國懷抱後感到分外溫暖，進而滿懷信心去開始新的事業，營造美好的明天。在歡慶澳門回歸的同時，我們不由得想起孤懸海外的臺灣，儘管目前島內仍有少數人在搞分裂，但統一大業人心所向，歷史潮流不容逆轉，隨著時勢的推移，臺灣上空終歸要飄揚祖國的五星紅旗。

澳門回歸正值世紀之交，人類歷史上又一個千年即將開始。在

此辭舊迎新之際，我們回顧黨的十一屆三中全會以來改革開放取得的豐碩成果，更加堅定了建設有中國特色社會主義的信心。展望未來，仍須堅持改革開放，堅持兩個文明建設同步發展，不斷提高國民素質，不斷提高科技創新能力，不斷提高綜合國力，不斷提高民族凝聚力，以此奠定振興中華的堅實基礎。在融入國際社會過程中，保持民族尊嚴和革命傳統，推動建立多極格局的世界新秩序，促進人類的進步事業。

✳ 老年節活動答客問

小窗獨坐，有客來訪。寒暄過後，話題轉到老年節活動，賓主交談摘記如下。

客：你在6月3日《安徽老年報》上提出，老年節要搞些活動。但老人不比兒童、青年，恐怕有困難。

主：不，老人也熱愛生活，也有所追求，也有一顆活躍的心。問題是如何開發，如何調動，如何組織。

客：過老年節送點禮品就行了，何必興師動眾呢？

主：物質（金錢）饋贈遠不能補償精神上的荒寞，端正社會的視聽。

客：那麼，老年節搞哪些活動呢？

主：可搞的活動很多。大體上可分為慶賀、宣傳、慰問、展覽、表演、比賽等六類。慶賀類包括銀婚以上紀念；七旬以上壽辰老人集體婚禮；表彰尊老、助老及做老年工作有顯著成績的個人和集體。宣傳類包括宣傳《中華人民共和國老年人權益保障法》和養老保險法規，老年報刊出專頁、專版，其他傳媒重點報導；設立街頭諮詢服務站等。慰問類包括慰問鰥寡、傷殘、久病老人、困難企業的離退休人員及由下崗職工贍養的、年齡在六十歲以上的父母。展覽類包括本地區老人福利圖表、模型；老人創作的詩、詞、曲、書、畫、印、文、學術成果及花（盆景）、鳥、魚和其他工藝品。表演類包

括歌詠、舞蹈、戲曲、樂器和太極拳、劍等。此外，還可組織遊園、猜謎、專題座談和主題講座。

客：要搞這麼多名堂呀！

主：根據條件，能搞多少就搞多少。通過活動，一是樹立、普及和保持尊老、敬老風氣，爭取更多的人關心、支持乃至參與老齡事業；二是促使老人自知、自信、自修、自得，在新的起點上實現自身的社會價值；三是推動老年學及其分支學科的研究。

（手稿，作於上世紀九十年代）

❊ 休閒與讀書

休閒與讀書，似乎是風馬牛不相及的兩回事。其實，在一定條件下，二者完全可以結合起來，而且互為條件，相得益彰。

休閒不是好逸惡勞，遊手好閒，也不是安富尊榮，坐享清福。休閒的真正意義是，在緊張的工作之後，利用一段時間，一方面恢復體力，調整精神和心態，另一方面積蓄能量，迎接更為繁巨的工作。從這個意義上講，在休閒的時間裏，除了從事有助於身心舒適的活動外，盡可能讀一些想讀而沒有時間讀的書。或者雖然曾經讀過但還未透徹領悟的書。一卷在手，物我兩忘，這是休閒中讀書完全可以達到的境界。這樣做，不但充實了休閒的內容，而且增添了休閒的情趣。

讀書不是消磨時間，也不是應付差事，而是依照個人的需要，鍥而不捨，融會貫通，吸取精華，豐富自己。這樣的讀書，無疑是艱苦的腦力勞動。對於在校受業的莘莘學子，當然是必要的。而對於在崗的工作人員，則是望而生畏的一道難關。在這道難關面前，有的乾脆放棄讀書，把已有的知識凍結起來，讓它老化僵化；有的雖然硬著頭皮撐下去，終因不能全身心投入而收穫不多，甚至半途而廢。

（手稿，約作於上世紀九十年代）

（北魏孝文皇帝）……帝曰「……今欲斷諸北語，一從正音。其年三十已上，習性已久，容不可猝革。三十已下，見在朝廷之人，語音不聽仍舊；若有故為，當加降黜，各宜深戒！王公卿士以為然不？」對曰：「實如聖旨。」帝曰：「朕嘗與李沖論此，沖曰：『四方之語，竟知誰是；帝者言之，即為正矣。』沖之此言，其罪當死！因顧沖曰：「卿負社稷，當令御史牽下！」沖免冠頓首謝。……六月乙亥，下詔：「不得為北俗之語於朝廷，違者免所居官。」

——《資治通鑒》卷一四〇

晚年讀書筆記

哈庸凡賽春英夫婦1998年春於合肥寓所

歷史斷片・特載

本章特載哈庸凡夫人賽春英女士為紀念抗日戰爭勝利五十週年撰寫的回憶文章，以及賽春英女士年表，以示紀念。另附晚輩撰寫的回憶哈庸凡先生文章。

逐隨時代浪潮，哈庸凡先生在三四十年代職業身份變化頻繁。正如其在抗戰期間曾寫的那樣：「我從事工作算來前後將及十年。由文書而教員而記者，而軍人，而秘書，而幹訓生」（《我的工作經驗》，皖報1941年9月3日）。戎馬倥傯，經歷曲折。然而，他對生平經歷絕少提及，偶然說起亦多語焉而不詳。子女和晚輩們對他的瞭解，僅限於日常生活的點點滴滴。這些支離破碎的回憶，或許可以從另一面幫助讀者瞭解哈庸凡先生的人生歷程，品嚼他的喜怒哀樂。

447

✱ 重撫傷痛說當年　　賽春英

《安徽新聞世界》1995年9月號

在抗日戰爭的烽火歲月裏，中國人民經受了血與火的錘煉，經受了仇與恨的煎熬，在每一寸土地上，都留下了累累彈痕和斑斑血跡。憑著萬眾一心的鋼鐵意志和不斷高漲的愛國熱情，終於迫使日本侵略者豎起白旗，交出武器，從而恢復了我國的領土、主權和尊嚴。

作為在抗日烽火中成長起來的一代人，我們怎能忘記那段艱苦歲月？怎能忘記日本侵略者橫行鄉里、蹂躪民眾的滔天罪行？

那是57年前的冬天，我剛滿16歲，還在念中學。雖然老師給我們講過「七七」盧溝橋事變和「八一三」淞滬戰役，校園裏也流行《大刀進行曲》和《義勇軍進行曲》一類抗戰歌曲，激起我們對日本帝國主義的仇恨，但總以為戰爭離我們還遠，依然沉浸在天真無邪的夢幻中。不久，傳來武漢淪陷的消息，過境的中國軍隊也日益頻繁。我們學校決定提前放寒假，組織一部分同學分別到街頭和鄉下集鎮宣傳抗日。我也參加了宣傳隊，每到一處，先把「棗陽縣復興中學抗日宣傳隊」的旗幟插在地上，然後高唱抗戰歌曲，把群眾聚攏來，再由一二人站在板凳上演講。講到痛心處，講的人流淚，聽的人當中也有不少人流淚，救亡圖存的呼聲把彼此的心連在一起。

不久，年關臨近。要在平時，正是城鄉民眾大辦年貨的繁忙季節。可是，眼下正值兵荒馬亂，人心惶惶，誰也沒有閒心操辦年貨。不過，響應縣抗戰協會號召，捐寒衣、送軍糧的人卻十分踴躍。小東門內一位六十多歲的老大娘，在煤油燈下，戴上老花眼鏡，從掌燈時分到天明，連裁帶縫，做成5件棉背心，一時傳為美談。

這年春節，棗陽鄉親是在同仇敵愾而又惶恐不安中度過的。開春以後，聽說日本侵略軍已佔領隨縣淅河、馬坪港一帶。隨縣西距棗陽180華里，戰火日漸迫近，已成為不可回避的事實。棗陽民眾首先感到威脅的是，天空中開始出現塗有太陽旗標誌的敵機。進入4月，敵機飛臨棗陽上空日益頻繁，每天來兩三次，每次五六架突然襲來，輪番狂轟濫炸。素稱繁盛的東門大街，被炸成一片瓦礫。一個賣鱔魚的小販，被炸掉一條腿，掛在電線杆上。當時，防空設施十分簡陋，僅在城郊挖了幾個用木材支撐的防空洞。聽到空襲警報，居民便往防空洞跑，人多擁擠，目標暴露，敵機在投下炸彈後，又俯衝掃射，頓時，防空洞內外血肉模糊，慘不忍睹。

經過幾番轟炸，人們惶恐不安，紛紛舉家外逃。此時學校已停課。我們家商定，由母親帶著我和妹妹到湖河鎮投奔親戚，留下父

親賽德炳看家。當時妹妹尚在幼年，我已長大，母親擔心路上發生意外，強制我把辮子盤在腦後，梳成髮髻，還用灶煙與泥土調和，搽在臉上，皮膚黝黑，扮作已出嫁的媳婦，以便掩人耳目。

1939年5月4日晚，日軍以重炮、坦克為先導，突破隨縣七姑店守軍防線，由厲山沿襄（陽）、花（園口）公路西犯。次日，棗陽淪陷。不久，中國軍隊調集優勢兵力，沿桐柏山脈唐河一線南北合擊，5月底收復棗陽，迫使日軍退守隨縣。這就是抗日戰爭進入相持階段後第一次鄂北戰役。

1940年5月，棗陽縣城第二次淪陷。當天，日本侵略軍分別由東門和南門進城，城內居民扶老攜幼，由西門和北門逃難，日本侵略軍在後緊追，一直追到離城30餘里的太平鎮附近麥田裏，將逃難的男女老幼300餘人團團圍住，用刀砍死。我父親賽德炳也同逃難的人群一起慘遭殺害，當時年僅51歲。直到日本侵略軍撤出棗陽後，遇害人家屬才去認屍安葬。當時正值春末夏初，天氣漸暖，加以身首異處，死亡多日，屍體無從辨認。後來還是從父親的鞋子認出了他，因為那雙鞋是我母親親手做的。至於我父親的頭顱，就再也找不到了。

日本侵略軍撤離棗陽後，城內斷瓦頹垣，滿目瘡痍，除了洗劫和焚燒的痕跡外，還有幾件慘事令我至今難忘。我家對門一個宋姓女孩，當時不過十一二歲，兩個日本兵上前摸她，她急得跳進水塘，她父母也向日本兵跪下求饒。但終於還是被日本兵撈起來姦汙了。我家街東頭黃姓糧行老闆娘，已經50多歲了，也被鬼子輪姦致死。小東門內那位一夜做了5件寒衣的老大娘，被一個日本兵強姦後，還將一根麵杖從陰戶捅到喉嚨，活活被折磨死。真是殘忍之極！狠毒之極！

經過血的洗禮，我才從玫瑰色的夢幻中驚醒過來，看清了日本侵略者的猙獰面目，決心參加中國軍隊的政治工作隊，去做一個中國人應該做而且可能做的事。一個細雨霏霏的早晨，我懷著國難家仇的悲憤心情，告別母親，踏上了征程。

✿ 附錄：先父賽公德炳遇難六十週年碑文

　　先父生前曾任中國回教救國協會湖北分會棗陽縣支會理事長。一九三八年十月日寇侵佔武漢，棗陽成為戰略要地。日寇曾三次進犯我縣，敵機狂轟濫炸，獸兵姦擄燒殺，死傷同胞逾萬，物資損失慘重。一九四○年五月間，日寇第二次攻入縣城，先父與鄉人倉促走避，集體慘遭殺害於城東八里坡的大堰裏，同時遇難同胞三百餘人。茲逢先父與鄉人遇難六十週年，緬懷先人悲痛曷亟，特樹此碑，深表哀思兼以教育後人，國仇家難永銘心版，血的教訓百世不忘。弘揚愛國精神，光大民族正氣，朝乾夕惕，嘗膽臥薪，務使中華民族屹立於世界民族之林，以告慰先人在天之靈。

　　　立碑人

子　　　春珊　　　女　春蘭　春英　春芳

姪　　　春樺　　春山　春友　春高　春華

孫　　　大財　大用　大發　大新　大星　大昇　大安　大富　大根

孫女　　桂蘭　大義　桂芝　玉傑　大英　桂榮　大芝　玉佩　大芳

　　　　大鳳　大清　大榮　大菊　大芳　桂芳　大香

重孫　　志強　志剛　黎明　志勇　賽挺　賽暢　志軍

　　　　志峰　如超　如兵　如軍　如波　兆軍　小紅

重孫女　賽麗　黎薩　志敏　志萍　紅梅　賽騫　兆群

✿ 賽春英年表

◎ 原籍　　河南省唐河縣湖河鎮（後屬湖北省棗陽縣）

◎ 出生地　湖北省棗陽縣順城關

◎ 1919年11月21日出生。

◎ 1928年9月─1934年7月　　湖北棗陽書院街中心小學讀書。

◎ 1935年9月─1937年8月　　湖北棗陽縣立復興中學讀書。

◎ 1937年9月─1939年8月　　河南信陽師範學校讀書。

◎ 1940年2月—1941年7月　　湖北棗陽鹿頭鎮小學任教員。

◎ 1941年10月—1942年3月　任陸軍第85軍第4師政治工作隊隊員。

◎ 1942年5月—1942年9月　任陸軍第43軍第122師政治工作隊隊員。

◎ 1943年2月—1943年6月　任湖北棗陽宋集小學教員。

◎ 1943年9月—1943年12月　任湖北光化縣銀行練習生。

◎ 1944年2月—1945年3月　任湖北老河口中山鎮小學教員。

◎ 1946年8月—1948年7月　任河南鄭州大同一校教員。

◎ 1948年10月—1949年1月　在安徽合肥掩護地下工作。

◎ 1949年3月—1949年7月　任合肥市立第一小學教員。

◎ 1949年7月—1950年7月　任合肥市立第四小學教員。

◎ 1950年7月—1951年7月　創辦合肥第五初級小學，任代校長。

◎ 1950年5月　當選皖北區第一屆婦女代表大會代表。

◎ 1951年7月—1952年8月　任安徽省炳輝小學教導處副主任。

◎ 1952年8月—1958年4月　任安徽省革命殘廢軍人第三速成中學教員。

◎ 1958年4月　受到錯誤處理。

◎ 1978年5月　平反恢復名譽，離職休養。

◎ 2013年8月1日　因病逝世，享年九十五歲。

❋ 我的父親

哈海珊

　　日月如梭，轉眼父親哈庸凡離開我們已經11年了，但無論是在夢裏，還是在現實裏，父親的音容笑貌依然栩栩如生的和我們在一起……。今年是父親誕辰100週年，懷著深深的感恩之情，謹寫此文以作紀念。

一、慈父

　　與世界上所有受父親關愛的孩子一樣，慈祥是小時我們對父親的第一印象。

◇ 1・牛肉麵

小時候，父親常在工作之餘，帶上我去街上的小麵館吃牛肉麵，那薄得透亮的牛肉片、滿口流香的湯汁，翠綠的芫荽，滑爽的麵條，無一不給我留下了難以忘懷的印象。這些在數年後，經歷慘絕人寰的大饑荒那幾年裏，常常成為我夢裏的頂級享受。

◇ 2・書店和圖書館

父親閒暇時最喜歡做的事就是去書店買書，小時的我經常是作為「跟屁蟲」跟著，父親在買書前，要把我安排好，通常的做法是，就在書櫃上找到一本我喜歡的書，讓我坐在旁邊的地上看。就是這樣潛移默化的影響，我在上小學三年級時，就可以人模人樣的抱著一本厚厚的大部頭書在看了。

圖書館是父親另一個常去之處，常跟著的我，受益匪淺。以致在初中時就已讀完了父親從省圖書館借來的多達十多本的陶菊隱所著《北洋軍閥統治時期史話》。當然，現在看來，此書與歷史真相的距離，就另當別論了。

◇ 3・高幫翻毛小皮鞋

1956年，我從懷遠縣城關小學考入著名的懷遠一中。由於懷遠一中是名校，是建校已有九十年歷史的原教會學校，當時的錄取的比率是1比10。父親對此肯定是滿意的。他嘴上不說，在去上海出差時，給我帶回了一雙時尚的高幫翻毛小皮鞋。穿上合腳，漂亮神氣，在懷遠一中近千名學生中頗為引人注目。作為初一新生的我，還被邀請在高三學生

1978年秋全家福

自編、自導、自演的話劇中擔任了一個角色。這引起了沒有得到皮鞋的大哥的不滿，用現在網上流行的語言來描述就是：羨慕嫉妒恨。他還自編了兩句順口溜到處說：「小皮鞋實在好，哈海珊高興我煩惱。」當然，沒有給他買皮鞋並不是出於父親的「偏心」，主要是我們家裏的特殊情況：我是在五歲時與時年六歲的大哥一同進入懷遠縣城關小學讀書的。估計當時父母考慮的是：方便兄弟間的互相照應。四年級時大哥因病休學，後來我就高了大哥一級，我考初中時，大哥還沒考。

◈ 4．水果糖

大饑荒的那些日子裏，所有的人都處於饑餓中，副食品更是稀缺，糖果在黑市上更是賣到三塊錢一粒。這樣的高價，根本不是普通人可以問津的。在這樣的饑荒裏，我卻有幾次，得到父親給的一兩粒糖果，當然是那種最低檔的，而且糖紙都是揉皺的。不知父親是何時、從哪里得到這些糖果的，當時正值壯年，被迫做著重體力勞動的他，也是迫切需要這些食物的。儘管我得到的只是一兩粒，要知道除了大哥在外讀書，包括六弟在內，父親身邊有九個子女，他要給予的豈止是我這一兩粒？！六弟當時已能自編自唱童謠，十弟尚幼，後來他倆不幸因飢病而死。否則，他倆也會成長為儀俵堂堂的男子漢，這是那次史無前例的大饑荒，給我們家庭造成的最大悲劇。

二、血性

父親雖是文人，但作為道道地地廣西人，卻也有著與生俱來的「八桂子弟」的血性。

◈ 1．投筆從戎

抗日戰爭開始，已在報社工作的父親，毅然投筆從戎，走上抗日前線，在軍隊做過民運，做過戰地記者，做過主力部隊團級政工主官，抗日戰爭後期成為第五戰區司令長官部上校參議兼《陣中日報》總編輯和社長。當年他在抗日戰場上，冒著炮火，採寫戰地通

訊，謳歌抗日英烈，鼓舞國人志氣，為中國人民的抗日救亡事業作出了自己的貢獻。

◈ 2・合肥起義

1948年，父親與民盟的一些同志，積極從事地下活動，在中共皖西軍區唐曉光部支持下，促成合肥實現和平解放，使合肥解放沒有花費一槍一彈。

◈ 3・制止開槍

上世紀五十年代初，父親在安徽省革命殘廢軍人第三速成中學工作，學校位於風景秀麗的懷遠縣荊山腳下。那時，學校警衛班有槍有實彈，警衛班裏都是退伍榮譽（傷癒）老兵，作風強悍。他們時常掛在嘴邊的一句話是：「老子身上打個眼，（功勞）只比毛主席小一點點。」又值建國初期，各項法律規章尚未健全。

一天午後，我在機關大院玩。忽然聽到連續兩聲槍響，是警衛班有人在開槍打鳥。父親正好路過，時任學校教導主任的他，立刻嚴厲地加以制止，大聲批評道：「隨便開槍是擾亂社會治安的！」

◈ 4・屢敗屢戰

那時，每逢春節，機關團體有互相團拜的風氣。「第三速成中學」與當地的縣委、縣政府是平級的，因此節日裏相互拜年，有時也有酒宴。建國初期的縣黨政領導，多為軍人出身，酒量了得。父親雖是軍人出身，但拼酒是弱項，有好幾次，我看到父親在酒宴後是被人扶著，甚至是抬著送回家裏的。父親那不服輸的血性，支撐著他屢敗屢戰。

三、韌性

◈ 1・艱難的抉擇

1957年母親原單位「反右」運動結束，單位撤銷，次年在她赴省城等待分配工作時，為湊齊「名額」，被荒唐地補劃為右派。父親雖然逃過劃為右派的厄運，但在連續不斷的運動中，已是風雨飄搖。1959年我從合肥六中初中畢業，明顯感到家道中落，不想上

高中，想上中專早出來工作養家。我填報的志願是：安徽工業專科學校（安徽工學院前身）。不想班主任讓班幹把學習成績好的同學的志願，一律改成了本校高中。由於當時瘋狂的極左路線也波及到我們這些年僅十幾歲「家庭有問題」的孩子，六中也沒有錄取我，反而被錄取到遠在十幾公里外，想也沒有想過的肥東店埠中學（肥東一中前身）。時年僅十四週歲的我，對離家外出上學有著莫名的恐懼，有同學建議我去學中醫，我甚至想去工地做小工。儘管父母當時已身處逆境，家庭收入大減，還要養活七個孩子（吃飯、穿衣、上學），面臨著巨大的經濟困難。但父親還是沒有聽從友人送我去做工以緩解經濟困境的建議，毅然決定我去上高中，並親自把我送到了學校。現在看來，這個艱難的決定，實實在在地改變了我的人生。

◇ 2．從領導幹部到苦工

1959年的反右傾運動將父親徹底地打入了深淵，我們知道的是：父親身上整潔的幹部服變成了髒兮兮的工作服。「哈主任」的稱呼變成了「老哈」，工作也從省直機關辦公室轉到了工廠室外的苦活、累活。後來我們知道，他是被打成了「歷史反革命」，從而被「監督改造」。面對突如其來的厄運，父親儘管也有情緒低落的時候，但還能坦然應對。七十年代初，我到繁昌順風山鐵礦探望在那裏「監督改造」的父親，看到年屆六旬的他還與年輕人一樣在工地上挑著礦石，儼然一位老礦工。從1959年到1978年，從四十五歲到六十五歲，整整二十年，父親終於熬到了遲來的平反，健康地活到了九十歲。

◇ 3．雨夜奔波

上世紀六十年代初的大饑荒時代，由於父母已先後遭極左路線的錯誤處理，我們家庭經濟處於極度困窘之中。一天，在苦等三弟送回他在牛市放牛半月工資（僅7元錢）無果後，儘管早已天黑，父親還是決定冒著傾盆大雨帶著我步行到遠在西門五里墩的牛市去取回這7元錢。我當時感覺，明天家裏肯定是沒米下鍋了，否則父

親不會這麼急。千辛萬苦趕到西門牛市，見到三弟，才知道原來是工資未發，只好又垂頭喪氣地趕了回來。第二天，也不知道父親去求了什麼人，或是想了什麼辦法，不知所措的我們還是吃上了像往常一樣的食物，沒有斷頓。

◈ 4・主編《江淮英烈傳》

平反後，儘管已是六十五歲，父親仍被省民政廳聘為《江淮英烈傳》主編，這時的他激情煥發，不辭勞苦，親自到鄂豫皖老根據地縣市調查，搜集資料，然後再進行文字的加工、提煉、編輯。《江淮英烈傳》出版後，得到各方的好評。父親在做這項工作時，也和我談到極左路線的危害，他在調查烈士事蹟時，聽說在張國燾鄂豫皖蘇區總部附近挖出累累白骨，其中還有女人的頭飾，這說明張國燾的極左「肅反」連女人也不放過。

這期間，父親還陸續發表了一些研究文章，包括孫中山研究和戲曲研究。鑒於他的努力工作和成就，父親被推薦擔任第五屆安徽省政協委員和民革中央孫中山研究學會理事。

四、樂觀

◈ 1・趣味故事

父親在空閒時，也常常和我們講故事，大多是文學、文字和佚聞趣事。這裡各摘錄一個：

① 絕妙對聯：說的是古代有一個

2000年秋在合肥明珠廣場合影

將軍程奉，時任某城守備，一天在巡城時，腳被城門縫壓了一下。這個場景，使他賦成了一首對聯的上聯：「程奉巡城　城縫壓住程奉腳」。然而，苦思苦想卻對不出下聯。幾年後守備去職，新來的將軍任該城指揮。就職後，他也在苦思如何對上前任留下的上聯。一天，他在城樓上巡視，看見遠處民眾在祭祖燒紙，靈機一動，對出了與上聯一樣絕妙的下聯：「指揮燒紙　紙灰飛過指揮頭」。

②何遂變何「逆」的故事：1937年的某日，時任中華民國立法院軍事委員會委員長的何遂要造訪廣西，何遂不僅是立法院高官，而且還是當時廣西最高掌權者李宗仁在「陸小」求學時的老師，與李有師生之誼。對他的來訪，廣西方面非常重視，在《廣西日報》頭版發了消息。意外的是，見報時何遂變成了何「逆」。這可是犯了天大的錯誤！因為在抗戰期間，只有漢奸才被鄙稱為「某逆」，如汪精衛被稱為「汪逆」，陳公博稱「陳逆」等。李宗仁對此大為光火，這一下不僅當日《廣西日報》要銷毀，還要追查相關人員的責任。何遂到訪的新聞稿是父親寫的，調出手稿看，儘管字跡潦草，但也不能認定父親寫的就是何「逆」，當班校對和編輯等當事人也惶恐不安，生怕被槍斃。後來時任五路軍（總司令為李宗仁）總政訓處長兼《廣西日報》社長的韋永成將軍把此事定為責任事故，才沒有把處罰升級。但經過了此事的震動，所有人在工作中都提高了警惕，以後甚至出現了終身沒有發生校對錯誤的文字工作人員。

1995年第2期《群言》雜誌刊出當年親歷此事的《廣西日報》校對韋士賓老人的回憶，題為〈校對歷險記〉，記述了此次校對事件經過。

◇ 2・又「賺」了10元錢

父親身體一向很好，近九十歲時還手腳利索。一次要到幾公里外的幹休所去報銷醫藥費，由於他年事已高，我們叮囑他一定要打車去，父親也答應了。從幹休所回到家，父親笑眯眯地對大家說，今天又賺了十元錢，原來他是步行來回的。軍人出身的他，一直保持了良好的心態和堅強的意志。

◈ 3・時年80多歲時的裝修

為了改善生活條件，父親提出要裝修住房，沒搬家裝修是相當麻煩的，時年已八十多歲的父親並沒有被困難嚇倒，樂於承擔可能的不便，堅持完成了裝修。

◈ 4・講究的衣著

父親的衣著是很講究的，一直到去世前，鄰居們都說我們這一輩沒人能比得上父親裝束的瀟灑，我們知道，沒有樂觀和堅定的生活態度，是不可能做到這些的。

五、我的悔恨和道歉

◈ 1・子欲養而親不待

由於父親身體一向很好，我們總是設想待退休後再好好陪父親出去玩玩，殊不知天有不測風雲，2003年，距我退休僅兩年的時候，父親突然因病去世，從發病到去世僅僅二十多天。這突如其來的打擊，使我和兄弟們悲痛萬分，追悔莫及。這正應了古話說的：「子欲養而親不待」，留下無法彌補的遺憾。

◈ 2・我的狂妄和自負

一次在與友人談天時，對方說：我現在的生活是完全靠自己的努力才爭取來的。我隨口答道，我也是靠自己的努力。話說完後不久我就後悔了。這句話足以證明我的狂妄和自負。且不說父母生我養我，如果沒有他們在常人難以想像的極度困難情況下培養我上高中，也沒有我的今天。後來再次遇到該友人，我向他檢討了自己的狂妄，我說那天說的是不對的，沒有父母在苦難中的鼎力培養就沒有我的今天。

今年3月，美國第一夫人蜜雪兒訪問中國，並發表了演講，其中有一段話對我觸動很大：

「I wouldn't be where I am today without my parents investing and pushing me to get a good education。」

這句話中文譯為：「沒有父母投資並促使我得到良好的教育，

就沒有我的今天。」父母對子女的恩情中外皆然！在今年（2014年）父親誕辰100週年，母親誕辰95週年之際，我要大聲向你們二老道歉，請你們原諒兒子過去的狂妄和無知，我將永遠銘記你們大海一樣的恩情！

六、告慰父母

抗日戰爭時期，父母為抗戰顛沛流離到安徽。七十年過去，現在父親這一支哈氏家族已發展到逾三十人，分佈在合肥、北京、上海、新加坡、西雅圖等地。儘管我們這一代被極左路線剝奪了接受「正規」高等教育的權利，由於承續了父母艱苦奮鬥、努力學習的家風，我們兒女輩中仍有四人獲得高級職稱。包括唯一的女婿在內，有六人分別擔任過主編、廠長、副總經理、局長等領導職務。連同父親在內，家裏共有三人擔任過省政協委員，一家父子三人都當過省政協委員，這在全省應該都是罕見的。特別令人欣慰的是，哈氏家族現在已有了五個重孫輩子女，家族和睦、興旺發達。

我們沒有辜負你們的期望，爸爸媽媽安息吧！

2014年4月3日寫於安徽合肥杏林花園

❖ 附錄：傷疤

哈海珊

《安徽統一戰線》2002年第7期

從我們記事起，直到進入中學後相當長的日子裏，我們不知道老韋是我們家的什麼人。我父親姓哈，母親姓賽，家裏沒有姓韋的親戚。

約一米六七的個頭，黑壯，精瘦，一臉和氣，普通得不能再普通的一個人，從小面對著年約三十多歲的他，我們兄弟幾個，無一例外地全都直呼其「老韋」。

老韋的主要任務是照料我們兄弟幾個，有時也要燒燒飯。面對著我們幾個精力旺盛，頑皮得近乎無賴的兄弟們，老韋經常被弄得很無奈。記得每天晚上洗腳時，我剛把腳放進洗腳盆裏，就又明

知故犯地大聲喊道：「老韋，拿鞋來。」老韋總是一邊用廣西家鄉話嘮叨著：「海珊，你晚晚夜不拿孩（鞋）來。」一邊把我不知扔在哪裡的拖鞋找來放在我的身邊。有時晚飯為了省事，老韋常去機關食堂買饅頭。看著他拎著籃子往食堂走去，我們幾個放學後在依山而建的機關大院裏玩得滿身是汗的的兄弟們，會心地相視一笑，一個「陰謀」就產生了。買好饅頭往家裏走去的老韋，對身處的「險境」卻渾然不知。於是在大院的操場邊，或是在山坡下一叢樹的背後，他會遭到我們兄弟幾個突然地「搶劫」。三十多歲的老韋一邊大聲嚇阻我們，一邊護著盛饅頭的籃子左右騰挪。由於我們人多勢眾，「陰謀」往往也能得逞。這時，我們用髒得發黑的小手，舉著我們的「戰利品」——雪白的饅頭，望著「落荒而去」的老韋開心地笑了。

老韋的髮式是向後梳的，唯一與眾不同的是腦門上有一條與髮式平行、閃亮的傷疤，長約三四釐米，傷疤底部呈圓弧形。用力或生氣時，傷疤會隱隱發紅、發亮。這條奇怪的傷疤一直困惑著我們，直到我們懂事後，才依稀聽大人說，那是日本人的機槍子彈留下的「紀念」。儘管我年齡不大，卻也想像得出，當年日本人的子彈要是稍向下偏一點點，那後果會是什麼。在對大人刨根問底地糾纏後，隱約得知老韋當年也是機槍手，而且不是八路軍、新四軍的機槍手。打日本鬼子的居然還有不是八路軍、新四軍的？這著實使少不更事的我大惑不解，而大人們此時卻更不願意回答問題了。令我大惑不解的是，敢於與窮兇極惡的日本鬼子對著幹的，居然是這麼一個矮小、瘦弱的人，與我們在電影裏看到的，從書中讀到的那些抗日英雄差得太遠了。

隱約知道老韋是「打鬼子的機槍手」以後，從小就崇拜英雄的我，在隨便之中，對老韋多了幾許敬畏。然而，老韋還是那個樣子，從不提自己的身世，我們兄弟幾個人，無論那個喊「老韋」，他還是笑眯眯地應答，一點軍人的氣魄都沒有……

就在我考上初中臨近開學的一天，老韋把我拉到門外院子裏，以少有的嚴肅和認真對我說：「海珊，你上學跑步時，一定要（腳）

前掌落地……。」一邊說一邊示範給我看。看到他那挺胸、抬頭、曲肘、輕快的步伐和乾淨俐落的立正、稍息、向後轉的動作，才知道他是一名受過嚴格訓練的、真正的軍人。偶而，父親喊他的名字，他立馬起身應答：「到！」

上世紀五十年代後期，隨著一次次「運動」的開展，我們家裏的氣氛也降到了冰點。父母失去了歡笑，有關老韋身世的種種疑團，也不敢開口再問了。由於我們日漸長大，也由於家庭入不敷出，老韋開始去做壯工——那種專門出賣力氣，掙錢卻很少的工作。臨去上班的那天，老韋淡淡地笑著對我們說，以後你們的學費不用愁了。儘管當時的學費不高，但我們兄弟五六個一起開學的費用，也著實讓父母為難。

沒完沒了的「運動」，連正值少年的我們也感受到沉重的壓力。上世紀六十年代初的一天，老韋打點行裝要回廣西老家去了。說是行裝，其實就是兩隻不大的紙箱和一根扁擔而已。我不知道大人們是怎麼作出決定的，只是感到深深地無望和難過。我不能阻止老韋的離去，更無力幫助他。終於，眼睜睜地望著帶我們度過十多年光陰，年屆四十的老韋，淡淡地笑著，一搖一晃地擔著他的全部家當，緩緩地走出了院門。淚水瞬間湧出我眼眶，似乎什麼都看不見了，只看見老韋腦門上那條紅亮的傷疤。那麼眩目、那麼赫然、那麼刺人肺腑……

「四人幫」倒臺以後，父母親的冤假錯案得以平反，歡笑又開始充滿在家庭之中。我們兄弟們的孩子都長大了。然而，我們卻不敢像兒時那樣再問老韋的事了，那是我心頭一個永遠的痛。

其實，隨著年齡和閱歷的增長，我和我的兄弟們都已知道，老韋是抗戰時期正面戰場上的一名抗日軍人，為抗擊日寇流下了自己的鮮血，他應該受到尊重和關愛！也許他從未得到過獎章，但他頭上的傷疤，是任何榮譽和獎章都不能比擬的。然而，令我們揪心和不敢想像的是，以他過去國軍的身份和頭上那條醒目的傷疤，不明不白從大城市回到鄉下，能躲過那場失去理性、失去人性、瘋狂而

又暴虐的「文化大革命」嗎？

　　若有幸能逃過這一劫，老韋該是耄耋之年的老人了。

　　老韋，你在哪裡？

✿ 那些年那些事　　　　　　　　哈曉斯

　　在我眼裏，父親既是親切的，又是神秘的。說親切，他對子女從工作、生活到身體各方面時刻掛在心頭。六十年代饑荒那些年，外面得了幾塊糖果也揣在兜裏，帶回給子女們分了吃。弟兄妹妹有九個，他從不偏袒任何一個；說神秘，父親的很多經歷我們竟然毫無知曉。三年多來，我在國家圖書館、北京大學圖書館以及父親原籍和抗戰期間經歷過的廣西壯族自治區、河南、安徽省圖書館、檔案館查找父親相關文稿，讀到父親從未提起過的小說、戲劇、文論、特寫等多篇文稿，發掘出許多與父親相關的珍貴史料。恍然覺得，除了生活中的父親之外，我又從故紙堆中發現和認識了父親的另一面。許多發現讓我驚歎，而更多的是讓我遺憾，這些事為甚麼不能早些知道而去問問父親呢？

　　如今，籌畫逾四載的《瑰異庸凡》即將問世，借此機會記下幾件難以忘懷的往事，謹表紀念。

挑刺《沙家浜》

　　十年浩劫時期，文化早已淪為荒漠沙丘。舞臺革命，藝術專政，八個「樣板戲」一統天下。父親早年在桂林積極投身戲劇救亡運動，既登臺當過演員，也做過劇團導演，彼時正發配在安徽銅陵礦山勞動。體力勞動之餘，他也聽「樣板戲」。其實，那時工地、食堂、商場，但凡有人的地方，都有高音喇叭天天播放，可謂震耳欲聾、無孔不入，由不得你不聽。或許其中的京劇唱腔也可作為寥寂荒漠中的一絲綠蔭，聊以憩息。即使這樣，有著記者敏銳眼光又勤於思考的父親，居然也從「樣板戲」裏挑出刺來。

　　記得上世紀七十年代初，那會兒我也算是個「文青」，經常在

工廠宣傳壁報上寫寫畫畫。有年春節父親回家探親，一次聊天時我說到「樣板戲」，父親若有所思地說，其實「樣板戲」的某些唱詞還值得推敲。我很新奇：這些戲都成「樣板」了，全國傳唱，乃至唱到國外，怎麼還要「推敲」？見到我狐疑的眼光，父親興致也高起來，隨口舉例道：「比如《沙家浜》裏四龍有句唱詞：四龍自幼識水性，敢在滔天浪裏行。這裏說自幼識水性，自幼怎麼可能識水性呢？這不是唯心主義先驗論嗎？」

當時報紙上廣播裏正熱火朝天批唯心主義先驗論，批生而知之，宣揚毛澤東的實踐論。既然這樣，在父親看來，「樣板戲」裏這句唱詞就有先驗論之嫌。我急忙問道：「哪該怎麼修改好呢？」對此，父親早已成竹在胸。他說可以改為「四龍自幼習水性」，習者，學習，訓練也。這樣，既避免了先驗論，也與原來唱詞意義相符。自幼就習水性，自然水性高，才「敢在滔天浪裏行」呀。

原先覺得「樣板戲」挺神聖，從未想過「樣板戲」唱詞還會有問題，聽完父親的分析，再翻翻那些大批判文章，我覺得還真有道理。於是，一個週末，我寫了篇短文，題目記不清了，大意就是說，《沙家浜》裏「四龍自幼識水性」這句唱詞內含先驗論思想，應改為「習水性」，方能體現實踐論的觀點。

工廠宣傳科對我的稿件向來很看重，幾乎每期壁報都要約我寫稿。而我這篇談「樣板戲」的短文卻「卡殼」了。那天我照例去宣傳科聊天，聊起「習水性」，幾個筆桿子都覺得有道理，但最終科長還是不敢在壁報上刊登，雖經力爭，還是未能見「牆」，讓我著實鬱悶幾天。後來有人攛掇我寫成稿件寄給《人民日報》，我也真的想過，而且稿子也寫好了，但終於沒寄出。後來想想還真有點後怕，當時倘若真的寄出去了，沒準會作為「階級鬥爭新動向」，說我詆毀反對「樣板戲」，甚至追查背後黑手之類，在那個年代並不稀奇。

現在想來，當年父親挑刺「樣板戲」，或許是在枯燥單調的勞

動之餘，尋求一些有限的精神娛樂，更或許是從文字方面以其人之道還治其人之身。批先驗論者鼓噪一時，何不先從眼皮下的「樣板戲」批起？令人慨歎的是，陷身囹圄之中，父親思想依然活躍，雖然擺脫不了身體的禁錮，但思想和精神世界卻仍然有一塊屬於自己的天地，在這塊天地裏依然可以恣情思考，不懈追求。

監獄外的囚徒

1978年2月，我接到安徽大學中文系錄取書時，父親還沒平反，好在當時雖有政審但已非決定因素。大二那年，文壇上「傷痕文學」流行，安大外語系一個女教師文革中被工宣隊迫害致死的事件，也在揭批四人幫運動中受到追查。我以此為題材，試著寫了篇小說，講的是文革中進駐一所大學擔任領導的工宣隊隊長，在階級鬥爭政治路線的革命旗幟下，對專政對象行侮辱強姦之勾當，而這個所謂專政對象即是以當年我校外語系那個女教師的淒慘經歷為參照的。

小說寫完後，想了幾個篇名都覺得不太貼切。週末回家後，我把小說底稿拿出來請父親抽空看看。這時父親已獲平反，並依照政策辦理離休。一個多小時後，父親看完底稿喊我過去，跟我商量小說篇名的事。只見父親在一張信紙上寫了六個字：「監獄外的囚徒」。

見我還在沉吟著，父親略帶啟發地說：「說到囚徒，一般都會理解在監獄裏。而文革的荒唐與邪惡恰恰在於，儘管不在監獄，沒有鎖鏈，但很多的人們卻失去自由，任意被以革命之名迫害凌辱摧殘，甚至剝奪生命。儘管人在監獄之外，身處陽光之下，卻不得不過著囚徒一樣的生活。」經過父親一番指點，我不由得拍案叫絕。這個飽含哲理又能概括十年浩劫實質的點睛之筆，無疑給小說增加了一抹亮色。

很快，我把小說謄寫好後送到安大校刊編輯部。看完小說後，編輯老師覺得小說故事緊湊，標題很有創意，當即決定採用。沒過

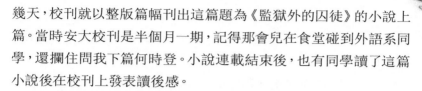

幾天，校刊就以整版篇幅刊出這篇題為《監獄外的囚徒》的小說上篇。當時安大校刊是半個月一期，記得那會兒在食堂碰到外語系同學，還攔住問我下篇何時登。小說連載結束後，也有同學讀了這篇小說後在校刊上發表讀後感。

父親這次為我的小說起名，不僅有他多年來（不止文革，遠自五十年代始）切膚之痛的現實感受，也包含著他深厚的文學功底。「監獄外」與「囚徒」本來互不相干，而文革使他們變為常態。以兩個不對稱的語詞組合，冷峻折射出社會的荒唐，政治的荒唐，以及荒唐背後的瘋狂。一句「監獄外的囚徒」，猶如一把鋒利的手術刀，刺準了文革的命脈，教人刻骨銘心，痛定思痛。

這時距1981年6月27日中共十一屆六中全會通過《關於建國以來黨的若干歷史問題的決議》，徹底否定文革，尚有1年零八個月之久。

查當年日記，關於這篇小說有幾處記載，錄此備忘：

465

◎ 1979年10月28日　星期日　晴　上午在教室抓緊時間把小說潤色完畢，已搞出20頁，明天就要排版付印了。

◎ 10月29日　星期一　晴轉多雲　上午將小說稿交給校刊編輯室，預計本週末可改清樣。

◎ 11月12日　星期一　晴　上午去校刊編輯室，我那篇小說《監獄外的囚徒》的上半部已經出來了，下半部今天發排，估計下週可以出來。

◎ 11月17日　星期六　小雨　小說下半部的清樣已出來，我去校刊編輯室看了一下，改了幾個地方。另外，把結尾兩個自然段刪掉了，一是省得轉版，二來給人留點懸念亦好。

◎ 11月22日　星期四　多雲　這一期校刊又出來了，小說已連載完。

冷對逆境志剛強

六十年代中期，父親被遣至安徽銅陵礦山勞動，自此與家人離多聚少，平時難得一聚。十年浩劫中更被無端剝奪一年一度的探親假，平時多是母親一人去銅陵看望他。

粉碎「四人幫」之後，我前後三次去過父親那裏，1977年去過兩次，1978年剛上大學之後的第一個暑假又去過一次。其中前兩次印象頗深。

一次是1977年春節，翻檢當年日記，我是2月14日（臘月廿七）從合肥乘火車去銅陵的，在父親那住了七天，父子倆一起歡度丁巳年春節。大年初四（2月21日）與父親一道由銅陵返回合肥。當年3月7日日記曾補記過年期間的一件小事：

「爸爸身體很好，精神也很好，一次穿皮靴和我走了30多里路，我累得夠嗆，他卻滿不在乎。」

這事回想起來，印象還很清晰。那時礦上單身職工燒飯用的是煤油爐。我去了以後，考慮到過節燒菜需要多用煤油，休息天，父親一早喊醒我去買煤油。我原以為買煤油能有多遠，問都沒問就隨父親出了門。後來越走越遠，才知賣煤油的黃滸鎮距葉山鐵礦來回有30多里路，已經屬於繁昌縣地界。父親跟我邊聊邊走，倒也不覺著累。約莫兩個多小時後，我們買好煤油往回趕，記得當時父親腳穿一雙勞保翻毛皮靴，但他步履輕快，我反倒有點跟不上。回程大約走到三分之一時，一輛卡車在我們身邊停下。原來這是葉山礦裏的車，司機和車上工友認識父親，招呼我們上車。不料父親擺了擺手，說你們走吧，我們不坐了。我不解其意，父親若無其事地說，走走好，可以說說話，這種順風車有什麼好坐的？那天來回走下來，父親似乎很尋常，在我則是一場艱苦的拉練。

另一次是1977年8月。那時粉碎「四人幫」已近一年，父親蒙冤廿載遲遲未得平反，心中焦急萬分。那年8月3日，收到父親來信，要我抽空去銅陵葉山一行。我買了8月29日夜10點的火車票，本來是我一人去，無奈剛六歲的侄女達媽遲遲不睡，非鬧著要跟我一起去看爺爺。我只得帶著小達媽從合肥坐火車由裕溪口輪渡過江，經蕪湖轉赴銅陵。當時父親已63歲，身體依舊很結實。那次看望父親，一個難忘的細節是，當晚我揹著煙酒食品之類包裹，牽著路上不時要抱的小侄女到銅陵葉山父親住處時，已是七八點了。父親從信中得

知我們那天要來，特地煮了一小鍋米飯候著，而他自己則早早吃過了。我們吃完後，還剩下半鍋飯。後來我們聊天聊得很晚，而說話間，父親竟然不聲不響把剩下的半鍋飯全部吃完，這麼好的飯量讓我大為驚奇。

那時父親尚未平反，但政治氣氛已大為好轉。父親住的礦區宿舍係兩人一間，大約十多平方米，在房間做飯，出進很逼仄。與父親同住的劉師傅，大約五十歲左右，老家在皖西霍邱縣農村。每年過年回家探親路過合肥，父親常托劉師傅給我們弟兄帶些礦裏發的勞保皮靴、茶缸之類物品，我們也常托他帶些煙酒食品給父親。有時他趕不上車，也在我家住過，因此我們家裏人跟劉師傅都很熟。這次在礦裏，一向沉默寡言、對父親或許負有某種監督任務的劉師傅，跟我講了父親的許多故事。

那天，父親帶著孫女出去串門，我在房間幫父親整理衣物，與在一旁洗衣服的劉師傅聊起來。劉師傅忽然深有感慨地對我說：你父親這個人啊，剛強得很哩。劉師傅突出此言，讓我一驚。忙問怎麼回事？劉師傅若有所思地緩緩說道，六六年文革開始鬧批鬥，有天通知說第二天銅陵市造反派開批鬥大會，批鬥對象包括你父親。造反派來人通知後，你父親很淡然，一句話沒說，翻著衣箱找衣服，結果找出一件穿過多年的舊黑色中山裝，不過倒是呢面料，平時沒見他穿過。只見他把中山裝平放在桌子上。然後燒了壺開水，把開水倒進大茶缸裏，又把大茶缸放在中山裝的領子袖口上來回熨燙。當時我很奇怪，就問他，明天要批鬥你，還不早點休息，你燙衣服幹甚麼？你父親輕輕一笑說，批鬥也是上臺嘛，既然上臺，就得有個樣子。劉師傅端起茶缸比劃著說，茶缸裝開水燙衣服並不容易，得來回反覆燙，記得那晚你父親折騰了小半夜，才算把舊中山裝弄的邊角服貼，穿起來也像回事。第二天大清早，他就是穿著這件中山裝被造反派拉走的。

聊到這裏，劉師傅又悄聲說起另一樁事。他說那時批鬥會曾發生打死人的事。一次批鬥會前的夜裏，當時我已經睡下，你父親睡

不著，喊醒我說托我辦件事。我忙起身，問他什麼事。你父親眼睛盯住我，一字一句地說，如果明天開會我回不來了，麻煩你設法通知合肥我的家人，讓他們把我帶回去，我不能也不該埋在這裏。我明白他的意思，平時我們也議論過，只是我無法安慰，只好點頭答應了你父親。後來你父親又拿出一張紙來，叮囑我說：老劉，這裏有張紙，我的東西都整理好了，我的孩子多，他們都還小，這些東西全部留給他們，哪個東西給誰，全寫在這張紙上，麻煩你保管好。一旦我回不來，請你把這張紙交給我的孩子。劉師傅說，其實你父親那些東西也就是礦裏發的勞保皮靴、工作服、毛巾、肥皂啥的，沒有一樣值錢的。說起這些往事，劉師傅不由得深深歎了幾口氣。最後說，這些事都是我自己經歷的，我和他一起住了十幾年，你父親相信我，只跟我說，其他沒人知道。

聽聞此言，我欲哭無淚。遙想抗戰初期，在八桂子弟從軍抗戰的滾滾洪流中，身為獨生子的父親別離寡母，投奔抗日前線，在日寇槍炮聲中出入火線，早已把生死置之度外。而劉師傅說的那個時刻，父親之所以輾轉難眠，並非因為恐懼，而是留戀和愧疚。他把身邊所有的東西整理出來，分給每一個子女，應是以此種獨特方式與子女訣別。親情深似海，父愛重於山。遙想當年，1949年11月在華東軍政大學短訓班，面對著政治生命的抉擇，時年三十五歲的父親曾坦言：「在理論上我知道一個革命者應當無條件為人民服務，但在感情上我還不能做到置妻兒於不顧」；數十年之後，面臨著肉體生命也可能瞬間了斷之時，年近六旬的父親依然不忘親情，牽掛著每一個子女，深怕虧欠了哪個孩子。烏雲壓城，惡煞當道。縱不

1977年4月，哈庸凡夫婦與子女及孫輩合影

能挽狂瀾於既倒，亦不忘呵護子女以親情。世間為人父者，其如斯乎！

　　說來劉師傅也算是個傳奇。一個負有監督任務的老工人，經過常年累月近距離接觸，終於被他的監督對象所感化，深刻地說明癲狂年代中是非曲直完全被顛倒，邪惡醜陋當道，以傾國之惡鬥逞一己之私，始作俑者搬起石頭砸了自己的腳。畢竟公道在人心，善惡自有報。

鴻爪春泥跡猶存

　　往事如煙，隨著歲月變遷，許多事已經很模糊了。幸好當年日記尚在，夜來翻檢舊時筆記，搜尋父親的履痕，雖不過隻言片語，然人生漫漫，萬千故事，卻也「鴻爪春泥跡猶存」。

　　父親貶發銅陵前後逾十載，母親多次去看望他，總是帶些吃的穿的物品過去，而從父親那裏帶些他捨不得穿、積攢多時的工作服和雨靴之類的東西回來，給我們兄弟們由大到小輪著穿。1976年12月13日日記載：「一大早起來，和小七一起，騎車送媽媽上火車。」這次母親在父親那裏待了兩週，同年12月26日日記：「媽媽晚上十點鐘回來了。」

　　粉碎「四人幫」後那段時間，父親急於澄清背負多年的冤屈。1977年1月日記中多次記述幫父親抄寫申訴材料，當月父親與我的通信中主要也是這個話題，父親有機會也想回合肥當面談。同年4月1日，接父親來信說，他可能要回合肥做手術。隔了兩天，4月3日日記載：「凌晨四時許，爸爸回來了，真令人吃驚！他昨夜坐了一夜火車，真夠辛苦！」現在想來，以當時父親的急迫心情，只要有可能，恨不得插翅飛回來，一天也不願在那邊待下去。所以一旦准了假，他便迫不及待地買了最早的車次，寧肯坐夜車，只盼著早點回家。據日記載，父親4月5日住進合肥市第一醫院外科，7日下午成功做了疝修補手術，9日出院回家，14日我請105醫院兩個軍醫為父親拆線。

469

　　這次父親在合肥待了一個多月，至5月19日才返銅陵。這段時間日記中有關父親的記載（其間我離肥外出幾天，記述不全）：

◎　4月11日：今天一天在家裏未出去，絕大部分時間在和爸爸談心，大哥也在家裏陪著。

◎　4月14日：今天來了兩個軍醫替爸爸拆線。

◎　4月16日：晚上，爸爸、媽媽、小九去看黃梅戲《南國烽煙》，大哥去看《八一風暴》。

◎　4月18日：上午我和大哥分別去省委和省民政局詢問爸爸的事。中午全家人在黃山照相館照了兩張合影。照完像後，爸爸、大哥、小七、小九、二嫂等去逍遙津公園玩。……今晚的晚餐全家人幾乎來齊了，計有十三人吃飯。……江虹當著爸爸、媽媽、大哥的面，即興故事表演《猴子吃西瓜》，接著爸爸唱了兩段京戲，熱鬧極了。

◎　5月1日：上午和下午，爸爸、媽媽、小七都上街看電影去了。

◎　5月7日：上午和大哥一起去省委統戰部，再次就爸爸的問題詢問有關領導，答覆比較滿意，統戰部讓爸爸寫份材料，由他們轉給銅陵辦理。

◎　5月11日：晚上十點下班回來，幫爸爸抄寫給統戰部的材料，寫完已是下一點了……

◎　5月13日：上午去省委統戰部送材料，他們答應轉給銅陵縣委辦理，態度相當好。

◎　5月14日：上午又給爸爸抄了一份材料，他準備回去以後送給黨支部。

◎　5月15日：上午爸爸去看電影《苦菜花》。下班回來時，爸爸、媽媽去看電影《針鋒相對》還未回來。

◎　5月16日：上午陪爸爸去安大看望周景紹老師，他和爸爸解放前曾一起秘密去官亭見中國人民解放軍皖西軍區三縱隊政委唐曉光。老人相見，敘往事，看現在，感觸頗深。

◎　5月17日：下午去買了火車票，爸爸預定十九日返回。

◎　5月18日：晚飯後，一家人正在暢敘，忽然來了一個不速之客。此人是安大中文系講師，30年前曾和爸爸一起冒著生命危險，去肥西官亭和中國人民解放軍皖西軍區三分區政委聯繫。這次事件是爸爸歷史上的一個重要轉折點。兩位老人談起當年的情況，仍記憶猶新，感慨不已。

◎ 5月19日：一大早，我和小七騎車去送爸爸。6點正，列車徐徐開動了。

當天恰是父親63歲生日，可當時父親自己不說，沒有誰能想起來。想必他自己也沒心思過，在那個溫飽尚很勉強的時代，過生日已屬奢侈。

父親回去後不久，他的問題終於有了動靜。

據7月9日日記：「爸爸來信談到，那邊準備開始調查一些問題了，這可是件大好事。」

1983年10月哈庸凡夫婦同遊桂林

儘管如此，最終平反恢復名譽，補發工資，調回安徽省民政廳還在1年半以後，即1978年12月。1979年8月，父親辦理離休手續。

80年代初，父親和母親曾結伴去桂林省親，然後再去湖北棗陽母親老家。這是父親自1938年6月離開桂林、投身抗日軍旅之後首次（1981年10月曾因工作回過桂林）回桂林省親，也是母親第一次去父親的家鄉。與他們同行的還有北京的四姨，武漢的表姑等，此行大約一個多月，具體時間在當年日記中也能找到。

1983年10月，哈庸凡夫婦暢遊桂林灕江

◎　1983年10月9日：爸爸媽媽定於10月11日取道漢口回桂林探親，今回家一敘。

◎　10月11日：上午送爸爸媽媽上火車，8點33分開往蕪湖。昨與蕪湖市勞動局古克保聯繫，他已交代光吉同志接待，今晚送他們上船。

◎　10月12日：上午接蕪湖市勞動局光吉同志電話，稱爸爸媽媽已於昨晚8時乘大輪離蕪湖去漢口，預計13日上午可抵漢口。

◎　10月18日：上午接爸爸自武漢寄來一信，謂已於13日中午安抵漢口，16日返桂。

◎　10月21日：下午接爸爸媽媽自桂林寄來一信，謂下月初離桂轉漢返襄（陽），中旬可回肥。

◎　11月19日：下午古克保自蕪湖來電說，爸爸媽媽已乘午後1時快車返肥。要幹休所派車去接，晚在我處歡宴。

　　此前一年，即1982年3月，母親還單獨回過老家襄陽。據當年3月17日日記：「媽媽今晨乘火車去蕪湖，經武漢回襄陽省親。」而1981年10月，父親任《江淮英烈傳》主編時曾與同事去桂林調研，這是他時隔四十三年之後首度回到故鄉。

❋ 五十年前的那個寒秋　　　　　哈曉斯

　　至今仍清晰記得，颼颼北風讓合肥城一夜進入寒秋。爬起床套上昨天的單衣，竟然瑟瑟發抖。家裏兄弟多，平日裏都是母親早早把每人的衣服備好，可今天屋裏屋外喊了幾聲，見不到她的身影，無奈北風呼嘯，沒有厚衣服出不了門，只得胡亂找出一件棉衣套在外面，匆匆奔出門去。

　　這是1966年10月1日，此生永遠不會忘記的日子。五十年後查得氣象資料顯示，那年10月是合肥有氣象記錄以來最冷的一個寒秋，極端低溫僅為零上2度。

　　這是沸騰的年代。簌簌寒風中，紅標語大字報層層糊滿小區院牆。高音喇叭裏亢奮力竭地吼著砸爛打倒的口號。路上行人縮頸揣

手，灰色衣著襯以灰暗臉色，很難讓人想起，今天竟是節日。

這是史無前例的紅的濫觴，紅的肆虐，紅的瘋狂。此前，父親被發配皖南銅陵礦山已逾兩載，母親遭誣陷劃為右派被「勞教」三年後，隻身留在合肥照料我們七個還在讀書的弟兄和妹妹。當時，對於我們這個與任何公職單位並無瓜葛的家庭來說，按說抄家風一時還刮不進來。然而，風聲愈來愈緊，小區戴紅箍的大媽日漸增多，鄰居無事生非，常常為雞毛蒜皮小事竟指著母親說什麼「歷史問題」。母親這時總是一言不發，默默把門關起。

我那時很擔心，生怕家裏真有什麼東西被這些人抄去。一天在櫥櫃裏找到一張父母的合影照片，母親身著淡黃色雙排扣列寧裝淑靜漂亮；父親穿著西裝結著領帶英俊瀟灑。照片是放大的，大約四寸。照片中母親三十歲左右，父親也不過三十來歲，拍攝時間應該在1949年前後。當時穿西裝繫領帶早已被斥為資產階級腐朽行為，我怕萬一被這些人拿去，會使本來已經不堪凌辱的父母「罪上加罪」。於是自作主張，悄悄找來剪刀，把照片剪得粉碎，剪完之後，還把碎片帶出門外，東一把西一把地灑了。

多年之後，我才跟母親坦白這件事，她很生氣，後來還幾次提起，說這是她最喜愛的一張照片。

那時，停課停學鬧革命。我們沒興趣，幾個要好同學玩起無線電收音機，先是礦石裝收音機，以後是二極管、三極管，為個小零件，能跑好幾天。常常是裝了拆，拆了裝。自己裝的收音機，偶而還能收聽到臺灣、莫斯科華語廣播之類「敵臺」，以致有些莫名的緊張。十一那天我出門，正是到同學家去鼓搗這個。

我家那時住在合肥白水壩。那天早上，當我走到濉溪路口時，遠遠望去，馬路邊有個十分熟悉的身影，走近點再看，竟然是瘦弱的母親在寒風凜冽中拿著掃帚掃馬路，頓時我僵住了。至今腦海裏還能浮出當時的影像：母親挺直腰板在掃馬路上紛亂的落葉，身上披著我從來沒有見過的白色醒目、標誌牛鬼蛇神的「囚服」，顯然是造反派強迫穿上的，以肉體虐待與精神羞辱，来昭示所謂革命行

動。我剛想走過去喊，忽然止住。我猜想，母親此刻顯然不想見到我，生怕給孩子們有所傷害。這件「囚服」或許早就給她了，而被她藏起來不讓我們見著，雖然幹活時被勒令必須穿，但是她不告訴孩子們在哪被勒令幹活，誰也看不見。我常想，在泰山壓頂般的凌辱之下，母親默默地以這僅能的抵抗，來保護她的孩子們免除恐懼，也維持自己最後一絲尊嚴。估計除我之外，弟兄和妹妹沒有第二人見過母親這身裝束。

這件事縈繞多年，時常湧上腦海。母親大冷天掃馬路時在想些什麼呢？或許在想，1940年5月日寇發動棗宜會戰，攻陷棗陽縣城，外祖父逃難途中被日寇殺死，她懷著殺父之仇毅然走上抗日戰場，如果歷史不是那樣，她現在還在鄂北棗陽，還是一名普通教員；或許在想，當年她先後在赫赫有名的國民革命軍陸軍第八十五軍第四師和第四十三軍第一二二師（師長王銘章於台兒莊殉國）任政治工作隊隊員，參加棗宜會戰等戰役，因此與從廣西桂林入伍、當時在隨棗和棗宜會戰主力部隊陸軍八十四軍一八九師任職的父親相識相戀，如果歷史不是這樣，她也不會受到這麼多牽連；或許在想，戰爭年代血與火都闖過來了，還有什麼過不了的。只要活下去就有希望，為了孩子們也得活下去。……很遺憾，母親在世時，我始終沒敢問她那天掃馬路的事，當時是怕被她發現，辜負她一番苦心；後來是不忍提起，畢竟是一段屈辱。士可殺不可辱，而那個時代，士既可公然虐殺，更可肆意凌辱。

屈指五十載過去，母親仙逝也已三年。五十年前的那一幕已經定格為歷史鏡頭，儘管身著不堪的「囚服」，但母親在凜冽寒風中依然那樣剛強，那樣美麗，那樣

賽春英與四妹賽春芳1998年秋在北京香山公園

慈祥，那樣偉大。

2016年10月1日寫於北京

✲ 憶與公婆相處的歲月　　趙江虹

歲月催人老，彈指一揮間。轉眼間我也是奔六的人了。

今年五月，適值孩子莎莎的爺爺誕辰100週年。老人家於九十高壽仙逝後，我一直想著寫點什麼，在日常生活中，腦子裏始終回映著他的身影。前幾年是因為還未退休，當時老婆婆健在，特別是與老婆婆相處感情篤深，自老公公不在了以後，老婆婆每年要在北京住上半年左右。凡能找出點空閒，我們總要開車帶著她出去玩，不管是公園、郊區、農家、水庫，還是國際風情節、地壇廟會、美術館畫展、景山公園牡丹花會、圓明園菊花展等，凡是熱鬧好玩的地方我們都去。就連我下班時，老公也帶上她一起開車去單位接我。一次，我下班點快到了，老公說開車時間緊就別去了，沒想到她像孩子一樣鬧著一定要去，居然忘了換鞋，上車時才發現穿著拖鞋，老婆婆自己也笑得合不攏嘴，目睹此狀真讓人捧腹。與老婆婆相處的時光是快樂的，高興時她還會脫口說出「江虹啊，我感覺你像是我親生的一樣」等話。其實我心裏明白，這是人心換人心啊。

由於公事，私事，家事的瑣碎與繁忙，常常還要出門開會、採訪，出個短差等，許多想法根本顧及不上。倒是在日常就很注意積累他們的點滴資料，以備將來寫點紀念。為紀念老公公誕辰100週年，借出書之際，將平日腦子裏

2007年春與老婆婆在北京景山公園牡丹園賞牡丹

閃現的記憶略寫二三，以此紀念他們，紀念我與他們共處的難忘時光。

我24歲與老公哈曉斯結婚，他在家排行老四，他們家兄妹共7個。一大家子人口著實熱鬧，每逢過年過節更是喜樂滿堂。雖然弟兄們均已相繼成家，但關係都走得很近。每週末都會在公婆家相聚，一到吃飯時，人多嘴雜歡笑更多，做菜都是雙份或大盆盛菜，再加上各家都有下一代，更是熱鬧無比。

老公公哈庸凡1914年出生在廣西桂林，祖上是富商，在他出生時，已是家道中落，三歲沒有了父親，與母親相依為命，生活拮据，受盡欺辱，吃苦無數。十七歲時為了擺脫貧苦，養活自己和母親，自己出去打拚，靠寫文章賺錢，養家度日。一輩子與筆墨打道，寫得一幅好字好文章。他的人生經歷非常坎坷，在我走進哈家以後，老人家給我的印象是：博學多才，有人生底蘊，說話有分寸，合情合理，穿著講究得體有型，文人氣質加上尚好的個人形象，給人以親近感，是個好父親。平日，我有話能和他主動交流。

上世紀八十年代初，我還在文工團，記得那會兒正趕上排演話劇《李宗仁歸來》，對於李宗仁的形象、性格、愛好，包括習慣動作等等，除了導演翻閱資料時瞭解到一點點有關他的歷史情況外，演員們對李宗仁的情況便是一無所知。要更好地塑造人物形象，首先得深入到劇中人物、社會背景當中。為此，導演在全體大會上說起這事正發愁，我平時聽老公公談起過有關李宗仁的事，因為他們都是桂林人，知道他當年採訪軍政要人時，採訪過他。於是我貿然站起來表示能拿下這個難題。事後，老公公真的欣然允諾下來，並去我團為大家上了這一課，他講得認真，大家聽得也認真，反映很不錯，後來演出也非常成功。

晚年的他一直思想活躍，筆耕不輟，看問題超前。記得九十年代初期，社會上到處都在談論開公司，做生意，大街小巷見面就問做什麼生意，談論鋼鐵、元釘、鋼管、水泥、塑膠怎麼賣？「永久」、「飛鴿」、「鳳凰」、「藍鳥」的議價是多少？你要多少

貨？我有多少貨。在哪成交發貨？你有幾車皮、幾艘船？一時間，好像是從地底下冒出了無數個大老闆來。人人都是企業家，人人都是總經理。真是有點雲裏霧裏之感。那時我還在安徽省社科聯上班，每天下班回家後，總是先從公婆家裏過一趟，常談到接觸到的社會經濟新動向，老公公思想也非常敏銳，認為中國經濟從長期封閉中剛走出來，大家思想有許多還處在盲目階段，導致經濟秩序出現一定的混亂。如要有經濟學專家的分析與指導，分析市場訊息，理順經濟秩序，作出市場指導，將會起到重要的作用。我們便談論起我們是否也成立一個諮詢公司，就叫點子公司如何，公司職能就是分析、指導、溝通、運作。我們往往越說越有勁，通過交流、分析，共鳴，有時辯論，看清了一些社會經濟問題，還形成了論述文章。

我從他這裏，特別是思想上、學識上、分析問題的能力上，學到了許多屬於社會大課堂上的東西。在我眼裏他博學多才，嗜書如命。他喜歡京劇，寫了不少京劇劇本；研究紅學並頗有造詣；研究學術，形成一篇篇論文。在我看來，他對經濟學、歷史學、哲學、文學、社會學、文化學、旅遊學等，可謂無師自通。我那會兒在省社科聯學會部專搞學會工作，接觸到各類學會及學術研究，我的工作他倒也很感興趣，我又多了個指導老師。在他的影響下，我學會了分析研究，觀察思考，開始寫些評論或論文等，並在有關期刊上發表。還曾就身邊發生的家常趣聞趣事寫成一篇篇小散文，經他指點修改一番，在當地報刊刊登。如〈我家的書櫥〉、〈莎莎昇旗〉、〈我家的小保姆〉、〈熱中涼話〉等等。我對社會文化學的興趣也越來越濃厚，為此，我考入安徽大學哲學系函授大學，專修社會工作與管理的專業，而且非常感興趣，為今後從事新聞事業打下了一定的基礎。

老公公還是一位做事心細並有愛心和善解人意的知識份子，雖然清高、孤傲，獨坐書房，但平日裏總還是喜歡與年青人談心交流，談天談地、談生活談經濟、談政治談歷史，特別重視對下一代

人的關心和教育，對於別人的孩子他也一樣的關注，並常常給予無私的關心和愛護。他曾得知，來到家裏照顧他們起居的保姆小楊，因為每天要做他們的三餐飯和整理家務，而她自己手上還有著一些小本生意也要兼顧，為此，顧及不上孩子的學習。他便主動對小楊說，孩子今後在學習上有什麼困難和需求，儘管向他提出。2003年夏日的一天，小楊的孩子寫了一篇作文〈感激〉，想讓老公公給看看，作為對下一代的關愛和幫助，他非常認真地輔導孩子，幫助修改作文寫評語，最終，孩子的作文作為範文在全班朗讀，大大提高孩子對寫作的興趣和能力。每每說起此事，小楊總是一個勁兒地說「爺爺真是難得的好人」。

我的婆婆賽春英1919年出生於湖北棗陽的一個大戶之家。出嫁之前過著養尊處優的大小姐生活，家庭條件的優越，造成她性格傲慢，事事要強，脾氣剛烈，爭強好贏。自從嫁到哈家，她的一切改變了。從她口中，還有從老公公的個人自傳中，我看到了社會力量的強大，知道了命運是怎麼改變人生的，怎麼能把一個地主家大小姐，變成一個在水深火熱的生活磨難中求生存求發展的大眾婦女。階級社會讓人蛻變，讓人蛻皮；讓人變粗，讓人變狠……。記得那年，我剛踏進哈家的大門時，他們家住在合肥市三里庵，這個地方對於我這樣在城裏長大的女孩特別陌生，覺得他們家是住在城鄉結合部。門前養著雞鴨鵝，屋後還有大片菜地，小河溝裏養魚，河邊種菜，還有一口自家挖的土井，一不小心就會踩著一腳泥……。這裏的空氣倒是很新鮮，地裏種著豆角，茄子，辣椒等等，有些菜我叫不上名也不認識。當時我還摘了一點時蔬回娘家受到誇獎，問我這麼新鮮嫩綠的菜在哪個菜場買到的。

當時「四人幫」還沒有倒臺，公婆兩人還沒有平反，居住環境自然很差。那時我眼裏的老婆婆經常穿著一身深藍色的工人制服，頭帶著白色的布帽，家裏家外總在勞作，我以為她是環衛工人，根本看不出她曾經是教師。她做事很快、很麻利，說話聲音很大，很硬，很愛罵髒話，我有點怕她。但我和她不多話。因為她說的事，大

都是些關於文化大革命之類的事，好像與我無關，也不感興趣。當時我太年輕，生活閱歷太淺，也沒有經歷過什麼波折，她說的那些事我聽不太明白。我當時還是個文工團的小演員，年輕，愛俏，愛動，愛聽美好的，因此和她相處卻不相知。

　　時間一年年的過去，生活教我學會了許多許多。慢慢地我開始關注她瞭解她，重新認識她。她一生生了9個孩子，只有老五是女孩，這日子過的可想而知。後來，我從老公公的個人自傳中瞭解到她的人生坎坷，現在想想，真讓我對她肅然起敬。由於孩子太多，幾乎一年一個，大量家庭瑣事，都壓在她身上。特別是從解放後的「反右」到文化大革命，他們家本身就是從國民黨政權過來的高官、文人，趕上這兩場歷史性大運動，自然在劫難逃，首先納入審查、打擊、改造的對象。從經濟生活上、政治待遇上、工作就業上，全面受到不公正的打擊。官越大，受打擊越狠。公公長期困在工廠勞動改造、學習教育。家裏只有婆婆帶著一群孩子度日如年。她與孩子們都經歷了貧窮、飢餓、「黑五類」等待遇和磨難。生活的逼迫，人生的打擊，沒有工作，沒有工資，沒有關心，沒有幫助，只有嗷嗷待哺的幼年孩子，逼著她開始種菜養家糊口，老天不會絕人之路，歲月讓人堅強成長，長期的磨難，讓她面部寫滿了歲月的滄桑。把她從一個不曾沾家務的大小姐，蛻變成一個在生活中拳打腳踢的女強人。

　　改革開放後，公公婆婆得到平反，享受了離休待遇。婆婆進入省委老幹部局辦的老年大學，她開始找回早已逝去的青春尾巴。我當時經常送給她各類書畫展的門票，她對此非

賽春英女士2006年畫作《桃花喜雨江南》入展證書

常感興趣，特別是參加老年大學書畫班後，逢展必看，看後必畫，畫得認真，悟性極高，進步極快。在學期的畫展上，她畫的牡丹活靈活現，因為她姓賽，被同學和老師戲稱為「賽牡丹」。除此之外，又參加了合唱團。每天忙得不亦樂乎。

賽春英女士和她的牡丹圖

　　記得1991年的春夏之交，她已經是72歲的老人了，我和老公組織全家搞了一場家庭聯歡會，我是主持，要求各家都要拿出有準備的節目，現場請人錄影。他們老兩口興趣盎然，老公公一段京劇《紅燈記》李玉和的唱腔聲驚四座，老婆婆更是巾幗不讓鬚眉，老年大學的校歌唱得字正腔圓，內容大意是，老年大學讓我們老有所樂，老有所養，我們要縱情歌唱。如今，重播當年的錄影，總會將我又帶回到那個難忘的全家樂現場。此時的她說話不再粗暴，人變得慈祥，和藹可親，衣著開始講究，出門時也打扮一番。我們的關係慢慢地越來越融洽。

　　她最上癮最愛幹的一件事就是看《參考消息》，幾十年如一日，一天不看《參考消息》，就像少吃了一頓飯，絕對是《參考消息》的忠實粉絲。老公公曾經說她不關心家裏的事，只關心國家大事、世界大事。你要問她最近的時事，她能倒背如流，要是問她家長里短的事，她總是東一榔頭西一棒槌的答不全。說實在的，受了一輩子的苦，早該享享清福了。記得一次開車帶她去天壇公園玩，本想中午在外面吃頓飯再回家，可她非要馬上回家不肯在外面吃飯，問她為這麼急著回家，她說《參考消息》到了，我說這是我們家訂的報紙，放在報箱裏不會丟。後來她終於說了實話，原來是連戰夫婦到北京訪問，今天該離京回臺灣了，電視有實況報導。原來是

為了這個，真讓我哭笑不得，只好調頭抓緊回家。

如今公公婆婆都相繼離開了，我們也步入老年之列，上一輩人給我們留下的記憶，我們希望永遠銘記在這一卷融匯著苦難和輝煌的家史中，傳承艱苦奮鬥不懈追求的淳樸家風。

2014年清明於北京

✱ 「好小孩」們的爺爺　　　　哈達媽

在所有的孫輩中，我是唯一和爺爺奶奶共同生活過四年多的孩子。自然對他們更多一分瞭解也多一份情感。

多年過去了，我的爺爺亦已長眠快十一年了。四叔費盡心血，奔波於各個圖書館找尋有關爺爺的資料，終於在今年得以完成爺爺的自傳《瑰異庸凡》，感動之餘，我也覺得應該寫點什麼了，遂步入時光隧道，搜索整理記憶。

和爺爺奶奶在一起生活的時候，我還是一個不足四歲的孩子，上離家不遠的幼稚園。每天早晨，都是爺爺拉著我的手送我去上學，爺爺快走幾步，回頭看我，催我快點，然後伸出一隻小拇指，我趕忙牽住。一路上祖孫無話，每每如此。

在我的眼裏，爺爺的外表白皙俊朗，舉止性格也是非常的儒雅斯文。他的背總是挺直，衣服總是那麼整潔，鞋子總是那麼光亮，這是自小我對爺爺的印象，直到他的晚年依然如此。在他的生命的最後一年，他也是常常打著領結，腰杆挺直地在宅院附近散步，早上也是起得很早去慢跑，午休

爺爺奶奶和「好小孩」們

後在書房讀書。他的每一天都是從容而充實的。

爺爺奶奶帶我的那幾年，印象最深的還是北風呼嘯的時候，我膽子很小，逢到北風擊打窗櫺的時候就驚恐萬狀，跟爺爺說：「爺爺，我怕！」爺爺慢條斯理，看看我，說：「不怕，風迷路了，它哭了⋯⋯」就這樣，兇猛的北風的嘶吼，被爺爺描述成一個迷路的孩子的無助哭泣，從此我不怕風了。

夏天的晚上，爺爺會帶著我在院子裏納涼，他躺在一張躺椅上，篤悠悠地搖著一把黑金相間的摺扇，我坐在他膝邊的一張小椅子上，爺爺不常常跟我說話，夏夜，有微風，有蘆葦葉子在光影中晃動，有蟾蜍奮力躍過我和爺爺的腳面，祖孫倆的怡然自得。

爺爺常常對我們說的話是：好——小——孩⋯⋯，因為是濃重的廣西口音，每一個音調都是三聲，所以稱得上是隆重的誇獎，爺爺一說這個，我們都特別歡欣鼓舞。

爺爺喜歡聽收音機，把耳朵湊近了聽，全神貫注。爺爺喜歡唱京劇，字正腔圓而又韻味十足。更多的時候，他就在書房裏，和他的數以千計的書籍親密對話。

和爺爺印象最深的一次對話是在1998年，我和爺爺在書房裏聊天，他說：「我先有一個兩年計劃，再有一個五年計劃⋯⋯」見我疑惑的眼神，爺爺解釋道：「兩年計劃是從今年到2000年，我爭取活到那一天。到了2000年，我又有一個五年計劃，就是爭取活到2005年，我還有好多事情要做呢⋯⋯」他的神色裏沒有絲毫恐懼或者不安，就是淡定平靜，爺爺真的有很多事情要做，他在學電腦，

哈達媽結婚時爺爺奶奶到場賀喜

他準備寫回憶錄，他在給古書做註釋，他真的有很多事要做。最終，我的爺爺完成了兩年計劃，五年計劃卻沒有完成。2003年11月22日，爺爺離開了我們。

爺爺的九十歲生日，我們在一家老字號的飯店給爺爺做壽，我和爺爺站在飯店前面的林蔭道上等候晚來的家人。六月天，微風徐徐，爺爺不說話，我說：「爺爺，像不像我小時候，就是我們在院子裏葡萄架下乘涼的那時候……」爺爺笑而不語，半晌，說「你還記得？」突然又眼前一亮地快走幾步，原來是堂弟一家來了，爺爺看見他的重孫子了，又是熟悉的那一聲隆重的招呼：「好——小——孩……」

爺爺去世的前一天，我似乎有感應。那天早晨，我就感覺心裏堵得慌，下午接完孩子，更是強烈地想去醫院看爺爺的感覺。遂把孩子安頓好，去醫院。那晚本來是我的三叔和四叔值班，我去了，又執意要留在那，四叔就回去了。爺爺在輸液，眼睛閉著。十二點多的時候，爺爺睜開眼睛，看見我：「達媽，你不在家帶好小孩，到這來做什麼？」我笑著跟他說：「來陪爺爺呀。爺爺，您想吃點東西嗎？」爺爺點頭，我沖了麥片餵他，爺爺已經坐不起來了，三叔在他身後撐著他，他勉力半坐著，我餵他一口，他吃一口。吃了半杯，他點點頭，三叔又扶他躺下了。我去門口洗杯子，經過護士站，我說：「我爺爺好得很，剛剛吃了半杯麥片呢……」護士看看我，說：「你爺爺，你爺爺，說不定是吃給你看的，怕你難過……」

那晚，爺爺輸液結束得很晚，一滴一滴，牛奶一樣的液體，還有走道裏的時鐘，秒針的顫動在我的記憶裏是那麼地突兀刺眼。我在爺爺的旁邊趴著小憩，間或看看爺爺。爺爺躺著，眼睛閉著，偶爾睜開眼睛看看我。他的眼神裏依舊沒有悲涼，就是平靜就是從容。

爺爺下葬的那天，阿訇掀開白布讓我們看爺爺最後一眼，在我們的淚涕滂沱中，爺爺的面容白淨聖潔，是那麼熟悉慈祥的面容。

我常常會想起我的爺爺，北風呼嘯時，夏天的夜晚，想起他挺直的背影，想起他濃重的廣西口音的「好──小──孩……」

這就是我的爺爺，真實得簡單純粹，真實得從容堅強，也真實得優雅高貴。

❖ 在默默無聞中實現人生價值
　　──寫給爺爺奶奶的一封信　　　　　　哈達娜

爺爺、奶奶：

您們好！

離開家已有二十多天，不知您們身體可好？爺爺還每天鍛煉身體嗎？奶奶還堅持畫畫嗎？

我在這裏一切都好，也沒有上一次來北京那麼想家了。現在每天都過得很充實，學習一些電腦軟體，所以時間也就過得快了。我也漸漸地適應了北京的飲食和天氣，學會做簡單的飯菜，每天寧可多穿一些衣服也不能凍著，否則在這兒生病是一件很麻煩的事情。

工作方面，我做事會小心謹慎的，也會把握住學習的機會。適當的時候，我會跟四伯說去學習的事情。另外，我不會放棄自己專業的，在這邊，平面設計的工作是很吃香的。最近，我在書市買了四本電腦設計專業的書，正在抓緊時間學習，因為我現在首先要熟悉環境，鞏固專業技能，才能打有把握之仗。到那個時候，我也許才能真正悟出爺爺給我提出的那個問題了──「在默默無聞中如何實現自己的人生價值」。放心吧，我不會辜負您們對我的期望的！

爺爺，奶奶，天氣漸漸轉涼，你們要多保重身體，下雨天路滑，就別出門了。平時得多鍛煉身體，爺爺能做到，奶奶可就不一定了，每天都在書房裏畫畫，不活動怎麼行？等我掙錢了，還請您們來北京玩呢。

好了，先寫到這兒吧。辦公室人多，若有語句不通順的地方，請

爺爺指正。

　回信地址：

　北京海淀區中塔園7號樓6門503室　郵編：100036

　祝爺爺、奶奶

　身體健康！萬事如意！

孫女　娜娜

2001年10月28日

哈達娜1998年10月與爺爺奶奶和四伯四嬸暢遊頤和園

❋ 抗戰七十八週年頌　　　　　哈曉斯

《湖北日報》2015年7月11日

維我中華，文明古邦。積弱百年，割土裂疆。
盧溝炮隆，抗日軍壯。揮師北征，廣西兒郎。
灕江之畔，父勇且剛。投筆從軍，棄家北上。
拱衛武漢，劍鎖長江。大別山魂，為桂軍殤。
黃梅廣濟，血堤肉牆。雙城一役，破倭堅防。
威震敵膽，統帥嘉獎。戰地通訊，青史傳揚。
淅河戰壕，六月禦防。臥山枕水，嚼寒吞涼。
寸土未失，壘固兵強。一八九師，戰史輝煌。
鄂北賽氏，世居棗陽。寇犯隨棗，燒殺掠搶。
外爺賽公，遭寇戮亡。國恨家仇，母心悲愴。
棄教從戎，束髮武裝。驅馬陣前，筆舌為槍。
火線助威，恤死撫傷。桂鄂迢迢，人海茫茫。
隨棗會戰，初識棗陽。抗敵六載，眷侶戰場。
我五戰區，抗倭有方。軍前演兵，陣中文章。
父主報政，揚善懲強。四五年春，敵愈瘋狂。
最後一戰，河口淪亡。隨軍轉戰，父堅母強。
迨至八月，日酋告降。舉國歡呼，群情激蕩。
受降漯河，見證寇亡。抗戰八載，民悲國殤。
賴我雄兵，喋血疆場。全國民眾，奮起救亡。
決死決戰，至勇至強。適逢七七，頌紀德揚。

❋ 御街行·抗戰勝利七十週年兼紀父母之抗戰歲月

哈曉斯

古城雨巷淡煙籠，灕江碧，獨秀蔥。
國破疆裂東省陷，救亡緊弦張弓。
八桂兒郎，鐵血如虹，豈容寇逞兇。

北上抗倭殺幾重，陣中搏，城頭衝。

淞滬淮上奔戰急，
漢水隨棄神勇。
台兒莊前，飲刀吞彈，抔土盡英塚。

哈庸凡賽春英夫婦和孩子們　1965年

民國三十七年河南鄭縣大同一校十六屆畢業同學和老師合影
前排左起第三人係賽春英女士，時年29歲

跋

瑰異庸凡——抗戰時期的一位民國報人

488

哈曉斯

十年多來，那個傍晚的情景如同刀刻般地印在我的腦海裏，它像一塊陰霾時時吞噬著我內心的那片天空。雖然時過境遷，依然常常讓我悲從中來。儘管也曉得人總會有那一天，但還是接受不了父親離我們而去的事實。

在我們兄弟妹妹的心目中，父親始終是健康的，即使在晚年，也是胸挺腰直，舉手投足絕無衰態。我的記憶裏，幾乎找不到陪父親去看病住院的情景。2003年春節，我由北京回合肥探親，曾親見年屆九旬的父親清晨揹著筆記本電腦，去老年大學上五筆字型課的一幕。而他的思路敏捷、崇新求變，亦常為曾經的同事和晚輩們嘆服不已。即使在身患惡疾病入膏肓之際，頭腦依然清晰冷靜如常。儘管醫生和家人還瞞著他，而他已在察言觀色中知曉了自己的病況。2003年11月19日清晨，我偕家人從北京匆匆趕回時，父親在合肥市第一人民醫院幹部病房已住了半個多月。據兄弟們告我，此前父親曾有交代，如果到18號他的病情還未見改善的話，那時重點就要轉移到母親身上，不能讓母親因此倒下。父親甚至口授訃文，囑咐寫明「桂林人哈某客籍安徽某年去世」云云。或許此時，他想到生他養他的桂林山水；想到他3歲喪父後，含辛茹苦養育他長大、青春守寡的母親；想到抗戰爆發後他告別寡母投筆從戎、而母親因思子成疾溘然病逝時，他仍在鄂北前線未能回鄉守孝；想到桂林老家的親朋故舊；想到他一生的遊走漂泊……想到葉落歸根的古訓，濃鬱的鄉情像長長的風箏線一樣，無論遊子飛得多高，飛得多遠，總是牢牢地繫在心底，任誰也扯不斷。

秋盡冬來的合肥，天氣陰冷。11月22日下午，我替換兄弟妹妹值班，獨自守候在父親病床前。父親此時略顯疲態，呼吸短促，眼睛時睜時閉，我不忍打擾他，只是靜靜守在旁邊。我倆默默對望著，都不說話。大約五點剛過，事後回憶，父親此刻一定是有某種預感，他突然開口對我咕噥著說了一句話。我連忙問他，是否要水？他搖搖頭。再問要不要喊醫生？他還是搖頭。見我沒明白，他顯得很焦急，就近拉過我的手，在我的右手掌心上一筆一劃地寫了個字。當時我本以為他是要什麼東西，或是哪里不舒服，而他給我寫的那個字，我還是清晰地感覺到了，是個「走」字，最後一筆是長長的一捺。當時我壓根不明白他寫這個字是什麼意思，頭腦頓時懵了。數分鐘後，父親突然呼吸急迫，我慌忙叫來醫生，緊張會診、搶救，5時45分，父親竟然撒手離我們而去。此時悲切之情無以言表。

多年來，我不時會想起父親最後給我寫的這個字，苦苦琢磨其中的含義。

是說他要「走」了，與親人告別？父親一生做事講求善始善終，凡事追求完美。抗戰前期在桂林投身戲劇救亡運動，一次演出話劇《打出象牙塔》，他扮演劇中男主角藝術家，戲尚沒演完，卻被司幕誤把幕布拉下。他為此勃然大怒，尚未卸妝就扯開幕布對著觀眾席發問：是誰吹的哨子（當時司幕以哨聲為準）？因此招致劇評人撰文批評。1945年春，國民政府第五戰區司令長官易主，桂系高層幕僚隨李宗仁西去漢中，時任《陣中日報》總編輯（後為社長）的父親，在戰區長官部駐地老河口淪陷，報社隨軍轉戰途中，堅持陣中辦報，機器損壞，就出石印報，為前線將士鼓勁，直至抗戰勝利。此刻，即使在最後關頭，也拼著一口氣向他最愛也最掛念的親人們告別。似乎是，似乎也不完全是。

是說要我趕緊「走」，回北京單位上班？父親為人嚴謹，愛護子女且嚴格要求，從不溺愛。九十年代中期，我奉調入京，再三囑咐之餘，他親筆書有贈言五則 。此後書信來往，亦多以工作為念。此刻，他是說，他的病情已經沒希望了，讓我趕緊「走」，別影響工作。

似乎是，似乎也不完全是。

事實上，父親的一生，完全可以用一個「走」字來概括。他24歲別離寡母，北上抗戰，軍旅倥傯，顛簸流離。職業生涯更是變幻無常，1941年抗戰中期，父親剛滿27歲，曾在《皖報》上發表《我的工作經驗》一文，其中寫道：「我從事工作算來前後將及十年。由文書而教員而記者，而軍人，而秘書，而『幹訓生』，這其中的每一次轉換，都曾灑下我自己奮鬥的血汗。而今，回想當年的履險犯難，猶恍若壯士橫戈上戰場。」此後，則由幹訓生而科長，而副刊主任，而總編輯，而社長，直至五十年代後期因「歷史問題」蒙冤後，而「礦工」等等。頻繁的職業變換，巨大的身份落差，父親始終以八桂子弟骨子裏生就的硬漢秉性堅守著，富貴不傲，貧賤不屈，忍辱負重，為了隨他顛簸流離、蒙冤受屈的妻子和他們的九個子女，為著心中那個奮鬥多年、未曾熄滅的理想。

三年多來，我不停地追隨父親的足跡「走」著，走過桂林，南寧；走過漢口，襄陽；走過老河口，丹江；走過鄭州，許昌，多次徜徉於國家圖書館、北大圖書館、河南、安徽和廣西自治區圖書館、檔案館，在浩如煙海的故紙堆中，尋訪父親的文稿及其經歷的蹤跡。兩年前，一個偶然的機會，獲知父親22歲（1936年）在桂林創辦主編的《風雨月刊》，廣西壯族自治區圖書館有藏，即請南寧一位教師實地去探個究竟，果然找到了這本雜誌創刊號，發現上面有父親署名的文章。這是當年父親發起創辦桂林「風雨社」、創辦《風雨月刊》的珍貴史料，殊為難得。此後，相繼尋覓到父親在各個時期的小說、散文、戲劇、評論、報導文稿逾百篇。有些因時代久遠字跡斑駁不清，須仔細辨認；有些僅存前篇，而續篇散佚。茫茫文海，歷經戰亂兵燹與文革浩劫，存世的文稿已屬難得，每篇的尋覓與發現都有一段故事，都有一份驚喜。尤其難得的是，這些文稿中包含著許多資訊，成為解讀父親人生經歷與走進那個時代的鎖鑰。

1936年仲夏，父親曾應約為《桂林日報》撰寫桂林當地風土人情的系列特寫，其中一篇題為《油條與糊辣》，說它們是桂林市面

唯一經濟食品，「味既可口，價復低廉。」文中感慨道：「油條、糊辣最大的功用，還是幫助一般貧苦的人們，解決了飢餓的恐慌。」父親少年時代家境貧寒，靠著寡母和祖母變賣首飾及替人縫補勉強維持，度過了悽楚的初中生活，而高中階段更因實在籌措不出學費曾兩度休學。多年後他曾憶及：「我在初中三年，完全是靠母親典賣首飾来做學費」。因而寫這篇《油條和糊辣》感觸極深，惻隱之心躍然紙上。文章末了他忍不住透露一個秘密：「跑到油條店中去吃上幾碗糊辣，十幾根油條。這樣，一餐就抵得過了。據說有一位貧苦的青年，在初中那三年就是這樣度過的。」（見本書第26頁）細細品嚼此文，我覺得，這個貧苦的青年，不是別人，正是他自己。或者至少，他有著與這個貧苦青年類似的經歷，也曾在飢腸轆轆時，摸索著兜裏僅有的幾枚銅板，夾著書本，躑躅於油條店門首，憑藉幾根油條和幾碗糊辣充飢。

　　《瑰異庸凡》編成之際，不由得感慨萬端，有詩四句錄此以紀：「國破倭猖呼救亡，拋卻筆硯換刀槍。陣中尤須舉群力[1]，戎馬青春著華章。」

　　父親好文善書，著述頗豐，本書輯錄的僅是其中一部分，大都出自抗戰時期。由此或許可以看出一個青年知識份子在國難嚴重關頭投筆從戎、追求真理、激濁揚清的世紀展痕。

　　《瑰異庸凡》付梓之際，還要特別述及母親賽春英，她是一位傑出的女性，抗日戰爭中，因為外祖父在棗宜會戰中被日寇殘殺，她身為大家閨秀，毅然束發武裝，奔赴戰場，成為一名抗日軍人，先後任國民革命軍陸軍第四師、第一二二師政治部政工隊員，浴血奮戰。與父親在戰場上相識相愛，結為戰地眷侶。不可思議的是，1958年，當原單位反右鬥爭已結束，她在省城等待分配工作時，竟被「增補」為右派分子，從此墜入苦難生涯。母親裹過小腳，不諳農事，不曾做過重體力活，在大饑荒期間，為了填充我們兄妹9人的

―――――――――――――――――――
[1]　「陣中」、「群力」分別指父親抗戰後期擔任總編輯及社長的《陣中日報》與《群力報》。

肚皮，湊齊我們的學費，她一邊做工掙錢，一邊開荒種地，拼盡柔弱女性的最後一滴汗水，勉力維持，不讓一個孩子挨餓輟學。幸運的是，含冤二十載之後，1979年，父母終獲平反並辦理離休，得以頤養天年。

父母堅韌不拔，忍辱負重，奮鬥不懈，大愛無疆，給子女留下無盡的精神財富，已成為哈家傳世家訓。2014年，適值父親誕辰一百週年暨母親誕辰九十五週年，曾輯錄父親遺稿成冊，編印數部饋贈親友。近年來，陸續發現父親隨棗會戰前後若干文稿及史料，遂對原書稿作了增補，篇幅有所增加。

書稿蒐集整理過程中，得到國家圖書館、廣西壯族自治區圖書館、廣西壯族自治區檔案館、河南省圖書館、安徽省圖書館、安徽省檔案館、北京大學圖書館、桂林市圖書館等鼎力支持，謹此一併表達誠摯感謝。

甲午年暮冬編成於北京東城沃言齋
丙申年仲夏補訂於美國西雅圖旅次

哈庸凡夫婦恬美充實的晚年

順天主，康民物，雍容其度，乾健其體，嘉慧普群生，道統紹羲農舜堯

治功懋，熙績淳，正直在朝，隆平在野，慶雲輝五色，光華奪日月星辰

——清人王柏心賀道光皇帝愛新覺羅·旻寧50歲大壽聯

晚年讀書筆記

庸凡春英金婚纪念2003年6月

哈庸凡先生2003年6月自題金婚紀念詩聯

國家圖書館出版品預行編目資料

瑰異庸凡——抗戰時期的一位民國報人/ 哈庸凡著‧哈曉斯輯
– 初版– 臺北市：博客思出版事業網：2019.112
面； 公分
ISBN： 978-986-96385-3-1(全套：平裝)

848.6   107008090

現代文學 60

瑰異庸凡——抗戰時期的一位民國報人 (下)

作　　者：哈庸凡著‧哈曉斯輯
編　　輯：楊容容
美　　編：塗宇樵
封面設計：塗宇樵
出 版 者：博客思出版事業網
發　　行：博客思出版事業網
地　　址：台北市中正區重慶南路1段121號8樓之14
電　　話：(02)2331-1675或(02)2331-1691
傳　　真：(02)2382-6225
E—MAIL：books5w@gmail.comc或books5w@yahoo.com.tw
網路書店：http://bookstv.com.tw/
　　　　　https://www.pcstore.com.tw/yesbooks/
　　　　　博客來網路書店、博客思網路書店
　　　　　三民書局、金石堂書店
總 經 銷：聯合發行股份有限公司
電　　話：(02) 2917-8022　　傳　真：(02) 2915-7212
劃撥戶名：蘭臺出版社　帳號：18995335
香港代理：香港聯合零售有限公司
地　　址：香港新界大蒲汀麗路36號中華商務印刷大樓
　　　　　C&C Building, 36,Ting, Lai, Road, Tai,Po, New,Territories
電　　話：(852)2150-2100　　傳真：(852)2356-0735
出版日期：2019年12月初版
定　　價：新臺幣 720 元整（平裝套書不零售）
ISBN： 978-986-96385-3-1